한국 고전문학 작품론

6 구비문학

민족문학사연구소 편

한국 고전문학 작품론

6
구비문학
가장 오래된, 여전히 재현되는 말의 예술

Humanist

《한국 고전문학 작품론》 시리즈를 펴내며

'고전문학'은 근대 이전 시기에 생산된 한국문학, 즉 한국문학의 전통을 지칭하는 말입니다. '오래된 전통'이기에 고전문학은 오늘날의 우리에게 매우 낯선 대상이며, 그것을 이해하고 그 문학적 의미를 해석하는 일 역시 쉽지 않습니다.

중등 교육의 현장에서 문학 교육은 여전히 국어 교과(국어, 문학)의 영역에서 큰 비중을 차지하고 있습니다. 문학 교육이 제대로 이루어지기 위해서 갖춰야 할 것은 여럿이지만, 그 가운데 '작품에 대한 신뢰할 수 있는 이해와 해석'은 문학 교육의 기초라고 말할 수 있습니다. '작품에 대한 신뢰할 수 있는 이해와 해석'을 바탕으로 교사는 학생들에게 알아야 할 것, 생각해 보아야 할 것 등을 제시할 수 있으며, 학생들의 주체적·창의적 해석을 촉발시킬 수 있고, 나아가 학생들과 의미 있는 대화적 관계를 형성할 수 있습니다. 문학 수업뿐 아니라 문학 텍스트를 활용한 모든 수업에서도 '문학작품에 대한 신뢰할 수 있는 이해와 해석'을 바탕으로 할 때 그 텍스트를 온당하고 적절하게 활용할 수 있습니다.

그런데 중등 교육 현장에 제공되는 작품에 대한 지식·정보들 가운데는 신뢰할 수 없는 것이 많습니다. 학계에서 인정되고 있는 정설이나 통설이 아닌 견해, 학계에서 이미 폐기된 견해가 제공되는가 하면, 심지어는 잘못된 지식·정보가 제공되기도 합니다. 뿐만 아니라 제공되는 지식·정보는 암기를 전제로 한 단편적 지식의 나열에 그칠 경우가 많아서 흥미로운 수업을 가능케 하는 바탕 자료의 구실을 하기 어렵습니다. 이해와 해석의 차원에서 쟁점은 무엇인지, 정설이나 통설이 어떻게 정설이나 통설이 될 수 있었는지, 여전히 남아 있는 문제는 무엇인지 등을 제대로 알아야 보람 있는 수업, 흥미로운 수업, 창의성을 촉발하는 수업을 할 수 있습니다.

이러한 문제점은 고전문학 교육의 경우에 더욱 심각합니다. 고전문학의 경우는 작품과 독자와의 시간적·장르적 거리가 멀고 낯설어서 교육 현장에 제공되는 지식·정보에 많은 부분 의존합니다. 제공되는 지식·정보가 낡고 불만족스러워 스스로 관련 논문이나 저서를 참고하고자 해도, 읽어내기 쉽지 않을 뿐 아니라 방대한 자료를 섭렵하려면 상당한 노력과 시간을 들여야 합니다. 그렇기에 대부분 최신의 연구 결과를 반영한 교육 자료를 구성하기 어려운 형편입니다.

이러한 문제를 해결하기 위해서는 교사나 교사를 꿈꾸는 학생들에게 작품의 이해와 해석에 길잡이 역할을 해줄 수 있는 제대로 된, 신뢰할 수 있는 교육 자료를 제공하는 것이 무엇보다 필요합니다. 작품의 이해와 해석을 올바르게 안내하는 신뢰할 만한 책, 기존의 정전뿐만 아니라 새롭게 주목되고 있는 작품까지도 그 의미를 알 수 있도록 안내하는 책, 학생들이 작품과의 만남을 통해 새로운 안목과 지혜와 상상력을 기를 수 있도록 돕는 책을 중등 교육 현장에 제공하는 것이 필요합니다. 민족문학사연구소에서 《한국 고전문학 작품론》을 기획하게 된 이유가 여기에 있습니다.

《한국 고전문학 작품론》은 고전소설 2권(한문소설, 한글소설), 한문학 2권(한시와 한문산문, 고전산문), 고전시가 1권, 구비문학 1권 등 모두 6권으로 구성되어 있습니다. 한국 고전문학의 주요 작품들은 물론 새로 주목해야 할 작품들까지 포함하여 고전소설 68항목, 한문학 100여 항목, 고전시가 50여 항목, 구비문학 40여 항목 등 전체 260여 항목을 100여 명의 전문 연구자가 집필하여 묶어내었습니다. 집필에 참여한 인원 면에서나 규모 면에서 전례를 찾기 어려울 정도로 방대한 작업이 이루어진 것입니다.

검인정 제도가 시행된 이후 중등 국어 영역의 교과서(국어, 문학)에는 다종다양한 고전문학 작품이 제시·수록되고 있으며, 교육과정이 거듭 바뀌면서 학습해야 할 작품의 수 또한 크게 늘어나고 있습니다. 《한국 고전문학 작품론》을 고전문학의 전 영역을 포괄하는 방대한 규모로 간행하는 이유가 여기에 있습니다.

《한국 고전문학 작품론》은 각 작품의 전문 연구자가 집필한 작품론이지만, 그렇다고 해서 전문 연구자들의 '학술 논문 모음집'은 아닙니다. 중등 교육의 현장에서 의미 있는 교육 자료로 활용되도록 학술 논문과 같은 작품 해석의 수준과 엄격함은 유지하면서도 독자들이 이해하기 쉽게 서술 분량을 줄이고 내용을 풀고 가다듬었습니다.

《한국 고전문학 작품론》을 간행하기 위해 민족문학사연구소 연구기획위원회 안에 '고전문학작품론 간행 기획소위원회'를 구성한 것은 2014년 3월이었습니다. 그해 말까지 기획위원들이 여러 차례 회의를 거듭하면서 영역별 집필 항목을 구성하였고 필자를 선정하였습니다. 이후 원고 청탁으로부터 간행에 이르기까지 참으로 오랜 시간이 걸렸습니다. 물론 그 시간은 중등 교육 현장에서 의미 있게 활용될 수 있는 교육 자료를 제공하고자 하는 정성스런 마음을 담아내는 시간이었습니다.

《한국 고전문학 작품론》을 간행하기까지 많은 분들이 도움을 주셨습니다. 무엇보다도 집필을 맡아주신 필자들께 감사드립니다. 고전문학 학계 최고의 연구자들이 필자로 참여하여 협력해준 덕분에《한국 고전문학 작품론》이 간행될 수 있었습니다. 영역별 집필 항목, 집필의 수준과 방식을 정하는 과정에 이필규, 전경원 두 분의 현직 국어 교사께서 큰 도움을 주셨습니다. 두 분께 감사드립니다.《한국 고전문학 작품론》과 같은 방대한 규모의 출판을 기꺼이 맡아준 휴머니스트 출판사와 특히 이 책의 산파 역할을 해준 문성환 문학팀장에게 감사드립니다.

《한국 고전문학 작품론》은 교사나 교사를 꿈꾸는 학생들에게 작품의 이해와 해석에 길잡이 역할을 할 수 있는 책으로 기획되었으나, 고전문학 관련 대학 강의에서도 활용될 수 있을 것입니다. 뿐만 아니라 고전문학에 관심이 있는, 고전문학을 보다 깊이 있게 감상하고자 하는 일반 독자들에게도 의미 있는 책이 될 것입니다.《한국 고전문학 작품론》이 이분들의 손에 들려 마음에 어떤 소중한 흔적을 남기기를 기대해봅니다.

2017년 11월
기획위원 모두

머리말

가장 오래된, 여전히 재현되는 말의 예술

구비문학은 《한국 고전문학 작품론》 시리즈에서 특이한 위치를 지닌다. 글이 있기 전에 말이 있었다. 구비문학은 역사적으로는 한문문학·향찰문학·국문문학이 생성되기 전부터 존재했고, 이런 기록문학들이 형성되고 난 이후에도 지속되었다. 뿐만 아니라 말의 문학은 오늘날에도 여전히 다양한 형식으로 존재한다. 따라서 구비문학을 고전문학이라는 역사적 범주 안에 가둬둘 수 없다. 구비문학은 고전문학이면서 현대문학이다. 나아가 근대적 문자중심주의의 시선을 내려놓고 보면 구비문학은 문학의 일부이자 말의 문화 자체라고 할 수 있다. 이 책은 미흡하나마 이런 변화된 시각을 반영하려고 애썼다.

구비문학의 갈래는 1971년 《한국구비문학론》이 출간되면서 설화·민요·무가·판소리·민속극·속담·수수께끼로 정리된 바 있다. 설화는 신화·전설·민담이라는 하위 갈래로 구분된 바 있으나, 경험담과 설화의 관계가 문제가 되었다. 설화는 허구를 기반으로 하지만 경험담은 사실을 기반으로 한다. 하지만 경험담도 구술 과정에서 경험의 허구화라는 과정을 거친다. 경험담은 설화는 아니지만 설화적 허구성을 지닌 이야기라고 할 수 있다. 민요·무가·판소리는 어떤가? 이들 갈래는 이야기가 아니라 모두 노래를 기반으로 삼고 있다. 노래를 기반으로 이야기·몸짓·말이 결합하여 다양한 형식의 말의 예술을 구현한다. 민속극은 이야기나 노래가 아니라 몸짓(혹은 춤)을 바탕으로 삼고 있다. 사람이 직접 탈을 쓰고 춤을 추느냐 인형을 사용하느냐 또는 춤판이 세속적이냐 종교적이냐에 따라 다양한 형식으로 구현된다. 민속극은 몸짓이 바탕이지만 이야기 없이 구현되지는 않는다. 구비문학의 갈래들은 이처럼 중첩되어 있고 서로 열려 있다. 각 갈래들은 구술문화라는 하나의 마당에서 피어오른 문예의 꽃들이기 때문이다.

구비문학은 한동안 민족적이고 민중적인 문학이라는 이유로 크게 주목된 바 있다. 구비문학이 가장 오래된 문학 양식이고, 문자를 사용한 이후로는 문자로 문학 활동을 영위했던 이들이 주로 지배계층이었기 때문이다. 틀린 시각은 아니지만 구비문학은 그보다 더 포괄적이다. 설화 가운데 인물전설 같은 경우는 민족적인 특성이 강하지만 설화 대부분은 인류적·지역적 보편성을 지니고 있다. 무가나 판소리는 마을의 굿판이나 거리의 소리판에서 시작되었지만 상층이 후원자로 개입하면서 예술적으로 고양되었다. 오늘날 구비문학은 다양한 예술 장르 또는 미디어와 결합하면서 대중적 예술로 확산되고 있다. 우리가 구비문학 작품을 열린 시각, 다양한 시각에서 이해해야 할 이유가 여기에 있다.

구비문학은 가장 오래된 문학이고, 비유적으로는 국문문학을 낳은 어머니의 문학이다. 하지만 우리의 어머니들이 그러하듯이 중·고등학교 교육 현장에서 구비문학은 여전히 한국문학의 비주류에 머물러 있다. 교과서에서 다뤄지는 작품들도 손에 꼽을 수 있을 정도이다. 그러나 구비문학의 세계에는 기록문학만큼이나 폭넓은 상상력과 삶에 대한 깊은 성찰을 담은 작품들이 적지 않다. 그래서 이 책은 교과서에서 다루고 있는 작품만이 아니라 다뤄주었으면 하는 작품까지 두루 다루었다. 이 책을 통해 구비문학의 다채로운 세계를 들여다보길 희망한다.

2018년 9월
기획위원 조현설

차 례

● 제1장 설화와 실화

● 신화 ●

● 전설 ●

● 민담 ●

제1장

설화와 실화

설화는 구전설화와 문헌설화로 나눌 수 있다. 설화는 이야기의 현장에서는 민족마다 달리 구분하지만 학술적으로는 신화·전설·민담으로 나누는 것이 일반적이다. 신화는 다양하지만 세 작품을 다뤘다. 창세신화는 무가로 불리지만 여기서 다뤘고, 여신신화 가운데 마고할미신화는 구전되고 다른 여신들의 사례는 문헌에 기록되어 있다. 주지하듯이 건국신화는 모두 문헌에 담겨 있다. 전설도 사례가 많지만 전국적으로 분포하는 광포전설 가운데 대표적 사례를 다뤘고, 민담도 그렇다. 광포전설이나 민담은 한반도를 넘어 유라시아 대륙에서도 전승되는 설화들이고, 신화적 요소를 지닌 설화들이다.

설화는 과거로부터 현재까지 전승되고 있는 이야기이지만 문자를 쓰기 시작하면서 기록된다. 삼국시대 설화들을 담고 있는《삼국사기》나《삼국유사》가 대표적인 사례이고, 조선 후기까지 흥미나 교훈을 목적으로 기록은 이어졌다. 우리는 문헌설화 편자나 저자가 설화를 기록하는 방식을 통해 설화에 대한 당대의 관심이나 세계관을 가늠할 수 있다. 문헌설화를 따로 다룬 이유가 여기에 있다.

실화는 설화에 상대되는 말이다. 이전에는 구비문학에 포함하지 않았으나 시집살이담이나 전쟁 체험담 등 경험담 또한 구전 현장에서 자주 만날 수 있는 이야기 유형이기 때문에 구비문학의 일부로 다루었다. 실화는 실제로 있었던 경험을 구술하는 것이지만 그 과정에서 허구화되고 정형화되기 때문에 문학적으로도 의미 있는 이야기이다. 학교괴담은 현대의 전설로 분류할 수 있는 이야기이지만, 경험처럼 이야기되는 경우가 많아 편의상 실화의 하위 갈래로 묶었다.

신화

하늘과 땅을 열다

창세신화와 무가

제주도에서 큰 굿을 할 때 첫 판을 '초감제'라고 한다. 초감제는 '초감제(初監祭)' 혹은 '초강제(初降祭)'라고 풀이된다. 초감제의 '감'이라는 말은 '가망'이라고도 하는데, '신(神)'을 뜻한다. 따라서 초감제는 큰 굿의 첫 굿에서 가망신을 부르는 의례이다. 초강제라는 해석은 신에 처음 강림하는 의례라는 뜻으로 본 것이다. 이 초감제에서는 '베포도업침, 천지왕본풀이, 날과국섬김, 집안연유닦음' 등의 순서로 무가(巫歌)가 불리는데, 이 가운데 베포도업침, 천지왕본풀이가 바로 창세신화이다. 〈베포도업침〉은 천지개벽에 대한 이야기이고, 〈천지왕본풀이〉는 일월성신을 배치하고 이승과 저승의 질서를 창조하는 이야기이다.

제주도 초감제의 〈베포도업침〉과 〈천지왕본풀이〉에 해당하는 한반도 지역의 창세신화가 김쌍돌이 구연본 〈창세가〉이다. 1923년 손진태가 함경도 함흥에서 채록하여 1930년에《조선신가유편》에 소개한 무속신화이다. 굿의 절차 등에 대해서는 보고가 되어 있지 않지만, 무당 김쌍돌이에 따르면 큰 굿에서 불렀던 무가라고 한다. 분명 함경도 굿에도 제주도의 초감제와 같은 제차(祭次)가 있었을 것이고, 손진태가 〈창세가〉라고 이름 붙인 작품은 거기서 불린 무가였을 것이다. 〈창세가〉는 크게 두 부분으로 나뉘어 있다. 전반부는 천지개벽과 일월성신, 불·물의 기원, 그리고 인류의 창조를 노래하고 있고, 후반부는 두 신이 인간 세상을 차지하려는 경쟁을 다루고 있다.

한국의 창세신화를 대표하는 이들 작품은 중국이나 그리스의 경우와 달리 문헌에 기록되어 있지 않다. 문자가 없었던 민족들처럼 구전되다가 20세기에 들어와 기록되었다. 단편적으로 민간에 구전되어온 신화도 있지만, 창세신화의 주된 구전자는 무당이었다. 한국의 창세신화는 굿의 일부로 구연된 신의 본풀이였다. 그렇기에 의례적 요소가 적지 않고 정제되어 있지도 않다. 하지만 신화적 요소를 풍부하게 갖추고 있어, 창세신화의 원석과 같은 작품이라고 할 수 있다. 한반도 지역의 〈창세가〉와 제주도 지역의 〈베포도업침〉, 〈천지왕본풀이〉는 천지개벽, 인류 창조, 물과 불의 기원, 인간세계 차지 경쟁 등 다양한 신화소를 갖추고 우리의 해석을 기다리고 있다. 특히 미륵과 석가의 대결은 대단히 흥미로운 신화소이다.

—

창세와 태초의 내기

—

한반도 지역의 〈창세가〉와 제주도 지역의 〈베포도업침〉, 〈천지왕본풀이〉

는 유사하지만 서로 없는 부분이 있어 상보적이다. 따라서 두 지역의 창세신화를 함께 다루면서 줄거리를 정리해본다.

천지 혼합 시절에는 하늘과 땅이 간격 없이 한 묶음이어서 깜깜했다. 개벽 시절에 하늘과 땅이 열리는데, 하늘은 자시에 열리고, 땅은 축시에 열리고, 사람은 인시에 비롯되었다. 하늘에 해가 먼저 나오고 견우직녀성, 북두칠성, 노인성 등의 별이 나온다. 이렇게 〈베포도업침〉에서는 창세 과정이 관념적으로 진행된다. 태초에 천지가 맞붙어 있어 암흑과 혼돈의 상태였다는 것은 〈창세가〉의 경우도 마찬가지이고, 중국을 비롯한 여러 나라의 신화에서 확인되는 이야기이다. 이런 태초의 상태에서 천지가 만들어지는 과정은 신화에 따라 차이가 있다. 〈베포도업침〉은 간지(干支)에 따라 천지의 개벽과 인류의 생성에 대해 이야기한다. 송대(宋代) 주돈이의 《태극도설》 등에 보이는 '천개어자(天開於子), 지벽어축(地闢於丑), 인기어인(人起於寅)'과 같은 우주론이 무속에 수용된 결과로 보인다.

그런데 〈창세가〉에서는 이 과정을 전혀 다른 모습으로 형상화하고 있다. 〈창세가〉에는 미륵님이라는 창세신이 등장한다. 이 거인신이 천지를 열고 네 귀퉁이에 구리 기둥을 세워 천지를 고정한다. 그리고 일월성신을 만든다. 본래 해와 달이 둘씩 있었는데, 달 하나는 떼어 북두칠성으로 만들고, 해 하나는 떼어 큰 별로 만든다. 그 외에도 여러 별을 만들고 난 뒤 미륵님은 칡으로 칡장삼을 만들어 입는다. 그다음으로는 물과 불을 만드는데, 무에서 창조하는 것이 아니라 풀메뚜기, 풀개구리, 생쥐 등의 도움을 받아 물과 불의 근원을 자연 속에서 찾아낸다. 다음은 인류 창조이다. 미륵은 금쟁반, 은쟁반에 하늘에서 금벌레, 은벌레 각각 다섯 마리씩을 받아 남자와 여자로 만들고 이들을 부부로 삼는다.

이런 창조의 과정이 〈베포도업침〉과 〈천지왕본풀이〉에는 없다. 〈베포도업침〉은 간지에 따른 천지개벽을 이야기한 다음 바로 일월의 혼돈을 제시한다. 일월이 둘씩 떠올라, 낮에는 뜨거워서 밤에는 추워서 사람들이 고통을 받자, 천지왕이 낳은 대별왕과 소별왕이 활로 해와 달을 쏘아 일월을 하나씩 남겨 백성들을 살기 편하게 만들었다는 것이다. 〈천지왕본풀이〉는 이 요약된 진술을 받아 대별왕 형제의 '일월 조정' 과정을 구체적으로 이야기한다. 〈창세가〉가 창세신 미륵님이 해와 달을 하나씩 떼어내 별을 만들었다고 간단하게 진술한 것을 〈천지왕본풀이〉는 형제신의 탄생에서부터 자세하게 진술한다.

〈천지왕본풀이〉에 따르면, 해와 달이 둘씩 떠올라 인간이 고통을 받는다. 옥황상제 천지왕이 해와 달을 먹는 꿈을 꾸고 지상에 내려와 총맹부인과 함께 산다. 가난한 총맹부인이 수명장자 집에 쌀을 꾸러 갔는데 흰모래를 섞어 준다. 밥을 먹다 돌을 씹은 천지왕이 수명장자와 그의 아들 딸의 악행을 알게 된다. 천지왕은 벼락장군, 우레장군, 화덕진군을 보내 수명장자 집과 사람을 불사른 뒤 수명장자한테는 불직사자의 신직을 주고, 딸은 팥벌레로, 아들은 똥솔개로 만들어버린다. 그 뒤 천지왕은 태어날 아들들의 이름을 지어주고 승천하려고 하자 총맹부인이 본메(증표)를 요구한다. 천지왕은 박씨 두 알을 주면서 "나를 찾으려면 박씨를 심으라."라는 말을 남기고 승천한다. 총맹부인은 대별왕, 소별왕 형제를 낳아 키우는데, 열다섯 살이 되어 서당에 갔다가 호래자식이라는 말을 듣고 아버지를 찾는다. 아버지가 천지왕이라는 말을 듣고 박씨를 심어 넝쿨을 타고 옥황에게 올라간다. 넝쿨은 용상의 뿔에 걸려 있었는데 아버지는 보이지 않았다. 둘은 천 근 활과 백 근 살로 해와 달을 하나씩 쏘아 떨어뜨려 해와 달의 운행법을 만든다.

〈천지왕본풀이〉에는 〈창세가〉에는 없는 두 형제신의 출생담이 있다.

천지왕의 하강과 지상의 총맹부인과의 결연, 그리고 쌍둥이 형제의 출산이 그것이다. 그 과정에 수명장자의 악행과 천지왕에 의한 수명장자의 징치, 그리고 불직사자라는 신직을 주는 이야기가 개입되어 있다. 활로 해를 쏘아 떨어뜨리는 '사일(射日) 신화소'는 중국의 예(羿) 신화, 몽골의 메르겐 신화에도 보이는 요소인데, 〈천지왕본풀이〉에는 형제가 각각 해와 달을 쏘는 모습으로 나타난다.

일월의 운행법을 만든 뒤 두 형제는 인간 세상(이승)을 어떻게 다스릴지를 두고 다툼을 벌인다. 수수께끼 내기와 꽃피우기 내기가 그것이다. 수수께끼 내기에서 진 소별왕이 마지막으로 꽃피우기 내기를 제안한다. 내기에서 대별왕이 심은 꽃씨는 번성꽃이 되고 소별왕이 심은 꽃씨는 시든꽃이 되자 소별왕이 다시 잠 오래 자기 내기를 제안한다. 형이 푹 잠든 사이 반잠을 자던 아우가 형의 꽃을 꺾어 자기 앞에 놓고 형을 깨운다. 대별왕은 역적과 도둑이 많으리라는 예언과 함께 아우에게 이승을 차지하게 하고 자신은 저승을 차지한다.

〈창세가〉에서는 형제의 대결이 미륵님과 석가님의 대결로 변형된다. 미륵님이 창조한 태평한 세상을 다스리겠다고 석가님이 나타나면서 대결이 시작된다. 동해에 줄을 맨 병을 내려 끊어지지 않게 들어올리기, 여름에 성천강 얼리기, 자면서 무릎에 꽃피우기 내기를 한다. 계속 패배한 석가님이 미륵님의 무릎에 핀 모란꽃을 꺾어 제 무릎에 꽂아 승리한다. 미륵님은 가문마다 역적·백정·과부·도둑·무당이 날 것이라는 예언과 함께 이승을 석가님에게 주고 떠난다. 김쌍돌이 구연본 〈창세가〉에는 분명하게 나타나지 않지만 미륵님은 〈천지왕본풀이〉와 마찬가지로 저승을 차지한 것으로 보인다.

이런 내용을 지닌 창세신화는 김쌍돌이가 구연한 〈창세가〉와 박봉춘이 구연한 〈베포도업침〉, 〈천지왕본풀이〉 외에도 여러 구연본이 정리되어 있다. 이른 시기에 보고된 자료로는 손진태가 1923년에 채록한 김쌍돌이본 〈창세가〉가 있고, 문창헌이 1925년에서 1945년 사이에 조사해 필사한 《풍속무음》 소재 〈초감제본〉이 있다. 대부분은 1960년대 이후 학자들에 의해 채록된 자료들이다. 이 자료들은 《한국의 창세신화》(김헌선, 길벗, 1994), 《제주도 무가본풀이사전》(진성기, 민속원, 2002), 《제주도 무속자료사전》(현용준, 각, 2007) 등에 수록되어 있다.

—

한국 창세신화의 주제 읽기

—

한국 창세신화는 여러 가지 신화학적 주제와 쟁점을 지니고 있다. 먼저 천지창조를 들여다보자. 천지는 창세신이 없는 데서 만든 것이 아니다. '무에서의 창조'는 서구 기독교적 세계관의 우주론이지만 한국에는 그런 것이 없다. 천지는 이미 있다. 다만 솥뚜껑처럼 맞붙어 있어 어둠에 잠겨 있을 뿐이다. 이것이 창세 이전의 혼돈 상태이다.

이러한 혼돈에 질서를 부여하는 것이 창세인데, 창세는 두 가지 형식으로 나타난다. 하나가 신 없이 저절로 개벽과 생명이 생성되는 창세라면, 다른 하나는 신이 개벽과 인류의 생성에 개입하는 창세이다. 전자를 '자생형'이라고 한다면, 후자는 '창조형'이라고 할 수 있겠다. 후자의 경우 창조를 담당하는 신이 하나인지 둘인지, 혹은 다수인지에 따라 하위분류를 할 수도 있다.

자생형 창세신화를 대표하는 것이 〈베포도업침〉이다. 〈베포도업침〉에는 신이 없다. 초감제에서 〈베포도업침〉에 이어 구연되는 〈천지왕본풀이〉

에는 천지왕이라는 신이 등장하지만 창세신으로 보기 어렵다. 그가 한 일
은 수명장자를 징치하거나 총맹부인과 결연을 맺은 일이다. 총맹부인과
의 결연으로 쌍둥이 아들을 낳아 해와 달의 운행법을 만들었으므로 창조
과정에 참여하지 않은 것은 아니지만, 천지왕은 직접 천지를 열고 인류를
만든 창세신은 아니다. 앞서 언급했듯이 〈베포도업침〉은 동아시아 고대
의 우주론에 따른 창세를 이야기한다. 〈베포도업침〉만 그런 것이 아니라
함흥 출신 무당 강춘옥이 1965년에 구연한 〈셍굿〉이나 20세기 초에 문창
헌이 조사한 제주도의 필사본 무가 〈초감제본〉 등도 같은 우주론을 채택
하고 있다. 이런 자화론(自化論)적 우주론은 멀리는 도교에 기원을 둔 것
으로, 창조론적 우주론보다 후대에 나타난 것이다.

창조형은 자생형보다 전승의 내력이 오래된 창세신화이다. 〈창세가〉에
는 창세신 미륵님이 등장한다. 미륵님은 중국 문헌신화에 나오는 반고처
럼 하늘과 땅을 밀어 올려 천지를 개벽시키는 창세신이다. 미륵님은 일월
성신을 만들고, 벌레로 인간을 만들어 태평한 세상을 일군다. 그런데 갑자
기 석가님이 나타나 태평한 인간 세상을 빼앗으려고 한다. 〈창세가〉를 기
준으로 보면 석가님은 창세신으로 보이지 않지만, 강춘옥본 〈셍굿〉을 참
조하면 석가님도 창세신이다. 〈셍굿〉의 서인님(성인님, 곧 서가모너님을 지
칭), 제주도의 〈천지왕본풀이〉의 대별왕·소별왕 형제를 염두에 둔다면
미륵님과 석가님은 쌍둥이신일 가능성이 높다. 이렇게 쌍둥이신이 세계
를 창조하는 것을 학자들은 '평행 창조'라고 부른다.

한국 창세신화에서 가장 중요한 주제는 인간 세상을 차지하기 위한 '신
들의 내기'이다. 신들의 목숨을 건 내기는 창세신화의 긴요한 주제이고,
《호모 루덴스》의 저자 요한 하위징아(Johan Huizinga)는 그것을 '신들의 놀
이'라고 규정한 바 있다. 이 놀이가 〈창세가〉와 〈천지왕본풀이〉에서는 수

수께끼 놀이를 포함한 여러 가지 경합으로 표현되어 있다. 〈천지왕본풀이〉에서 형제는 이승을 차지하기 위해 대결을 벌이는데, 먼저 수수께끼 내기로 시작한다.

"설운 아우야, 어떤 나무는 주야 평생 잎이 아니 지고 어떤 나무는 잎이 지느냐?"

"설운 형님아, 짧게 자른 나무는 주야 평생 잎이 아니 지고 속이 빈 나무는 주야 평생 잎이 집니다."

"설운 동생아, 모르는 말 말아라. 푸른 대나무는 마디마디 비어 있어도 잎이 아니 진다."

"설운 아우야, 어떤 일로 동산의 풀은 못 자라고 구렁의 풀은 잘 자라느냐?"

"설운 형님아, 이삼사월 봄비가 와 동산의 흙이 씻겨가니 동산의 풀은 못 자라고 구렁의 풀은 잘 자랍니다."

"설운 동생아, 모르는 말 말아라. 어떤 일로 사람은 머리는 길고 발등의 털은 짧으냐?"

형 대별왕은 연속해서 두 번 수수께끼를 낸다. 아우 소별왕은 계속 풀이에 실패한다. 소별왕은 상식적인 답변을 내놓지만 대별왕은 상식을 뛰어넘는 사례를 들어 소별왕의 뒤통수를 친다. 수수께끼는 상대를 잡으려고 계산된 질문을 하기 때문에 소별왕은 대별왕을 이길 수 없다. 더구나 대별왕은 천지 만물을 만든 창세신이 아닌가. 그래서 소별왕은 트릭을 쓴다. "설운 형님아, 그러면 꽃을 심어 번성하는 쪽이 이승법으로 들어서고,

시드는 쪽은 저승법으로 들어서는 것이 어찌하오리까?" 이 내기의 벼리라고 할 수 있는 '자면서 꽃피우기 내기'이다. 〈천지왕본풀이〉에서는 먼저 꽃피우기를 하고, 사태가 불리하자 잠자기 내기를 제안하는 형식으로 이원화되어 있지만, 〈창세가〉를 비롯한 다른 구연본들을 참조하면 '자면서 꽃피우기'가 원형이다. 이 내기에서 소별왕은 대별왕의 번성꽃을 꺾어 자신의 시든꽃과 바꿔치기를 한다. 시든꽃을 피게 하는 능력, 상대방을 속이는 능력은 석가님이 미륵님과 한 쌍의 신이되 세계의 어두운 부분, 달리 말하면 악(惡)을 상징하는 신이라는 것을 말해준다. 그래서 미륵님은 이승을 떠나면서 이렇게 선언하는 것이다.

"설운 아우 소별왕아, 이승법을 차지하여 들어서라. 그렇지만 인간 세상에 살인 역적이 많으리라. 검은 도둑이 많으리라. 남자 자식 열다섯이 되면 자기 아내 놓아두고 남의 아내 우러러보기 많으리라. 여자 자식도 열다섯 넘어가면 자기 남편 놓아두고 남의 남편 우러르기 많으리라."

〈천지왕본풀이〉이 대별왕과 소별왕에 대응되는 〈창세가〉의 쌍둥이신이 미륵님과 석가님이디. 그런데 왜 신들의 이름이 미륵과 식가일싸? 학계의 오래된 질문이다. 불교의 영향이라고 하면 간단할 것 같지만 실상이 그렇지 않다. 미륵과 석가가 불교의 불보살의 이름이므로 불교에서 온 것은 분명하지만, 문제는 석가님이 악의 상징이라는 점이다. 게다가 선의 상징인 미륵님은 이 세상을 차지하기 위해 석가님과 싸운다. 불교의 문헌과 구전 어디에도 미륵과 석가가 선악을 대표하여 대결을 벌이는 이야기는 없다.

이는 외래 종교인 불교와 토착 종교인 무교(巫敎)의 대립과 조정의 결과로 보는 것이 가장 적절하다. 불교는 삼국시대에 한반도에 전파되어 정착하는 과정에서 무교와 상당한 갈등을 겪었다. 외래 종교인 불교는 왕권과 손을 잡았고, 신라의 경우 풍류도(風流道)로 불리기도 한 무교는 귀족들의 생활 종교였다. 이 두 세력 사이의 갈등 와중에서 발생한 사건이, 신라의 경우 527년에 발생한 이른바 '이차돈의 순교'이다. 이 사건을 기념하기 위해 법흥왕은 흥륜사라는 신라 최초의 절을 지었는데, 그 장소가 바로 '천경림(天鏡林)'이라는 숲이다. 이 숲은 무교의 의례 공간이었다. 이 무교의 공간에 절이 세워진 것은 무교가 불교 안으로 포섭된 것을 뜻한다. 법흥왕은 불교를 공인했고, 무교는 공인된 불교라는 조건 속에서 활로를 모색할 수밖에 없었다.

〈창세가〉에서 미륵님과 석가님의 대립은 이 모색의 한 양상을 보여준다. 미륵도 석가도 불교를 상징하는 신불이지만, 〈창세가〉는 불교를 수용하면서 미륵은 긍정하고 석가는 부정한다. 미륵을 긍정한다는 것은 미륵이 다스리던 과거를 '태평세'라고 했기 때문이고, 석가를 부정한다는 것은 석가가 다스리는 현세를 '말세'라고 말하고 있기 때문이다. 미륵세를 태평세로 인식하는 것은 미륵하생신앙의 영향이다. 미륵불이 다시 오면 이 세상이 낙원이 된다는 미륵하생신앙은 삼국시대 하층 민중들의 열렬한 환영을 받았고, 하층민들이 좋아하던 미륵불을 무속이 받아들여 창세신으로 변형시킨 것이다. 그러나 무교의 불교에 대한 거부감이 없어진 것은 아니었다. 고려시대와 조선시대를 거치면서 무교는 불교와 융합되기에 이르지만, 함경도 지역에서 전승되던 〈창세가〉에는 초기의 거부감이 자취를 남기고 있다. 그것이 바로 석가님이 다스리는 현세를 말세로 인식하는 〈창세가〉의 태도이다. 그래서 〈창세가〉에서는 석가님을 미륵님의 자리를 속여 빼앗은 사기꾼의 형상으로 묘사하고 있는 것이다. 불교와 무관한 〈천지왕본풀이〉와 달리 〈창세가〉에는 불교에 대한 이중적인 시각이 드러나 있다.

한국 창세신화의 세계관과 구조

한국 창세신화에는 여전히 풀리지 않는 신화학적 과제들이 있다. 왜 제주 도와 함경도 창세신화가 유사한가? 한반도의 다른 지역에서는 양자와 유 사한 사례가 보고된 적이 없기 때문에 제기되는 질문이다. 뿐만 아니라 이들 창세신화는 중국이나 몽골, 만주 등지에서 보고된 신화와 유사한 점 이 적지 않은데, 이들 사이의 관계는 무엇인가? 신들은 잠을 자면서 꽃피 우기 내기를 하는데, 왜 신들은 잠을 자는가? 〈창세가〉에 나오는 금쟁반 과 은쟁반, 금벌레와 은벌레의 정체는 무엇인가? 나중에 바위가 된 두 중 이 상징하는 바는 무엇인가? 창세신 미륵님이 어떻게 생쥐한테서 물과 불의 근원에 대한 정보를 얻을 수 있는가? 〈천지왕본풀이〉에 등장하는 박씨와 박 넝쿨의 정체는 무엇이고, 수명장자는 누구인가? 또 벌레와 솔 개로 변한 아들딸은 어떤 존재인가? 이런 과제들은 여전히 풀어야 할 숙 제로 남아 있다.

이런 의문들 가운데 함경도와 제주도의 창세신화를 관통하고 있는 신 화적 세계관 문제를 더 숙고해보기로 한다. 〈천지왕본풀이〉에서 천지왕 은 일월이 두 개씩 떠오르는 인간 세상의 문제를 해결하기 위해 지상에 하강하여 총맹부인과 결합하는데, 이들 사이에 수명장자가 끼어든다. 수 명장자는 그 행위에서 알 수 있듯이 지상의 악을 상징하는 존재이다. 천 지왕은 이 악인을 징치하여 불직사자라는 신직(神職)을 배당한다. 이것이

〈천지왕본풀이〉에 나타나는 첫째 대결인데, 이 대결에서 '천지왕-수명장자'는 각각 '천상-지상', '선-악'을 대변한다. 이 대결에서 천지왕이 수명장자를 징치하는 데 실패했다는 견해도 있지만, 신직을 주어 천지왕의 체제 내에 배치했다는 점에서 성공한 것이다.

그러나 실패가 실패만은 아닌 것처럼 성공도 완전하지 않다. '천지왕-수명장자'의 대결이 '대별왕-소별왕'의 두 번째 대결로 이어지기 때문이다. 이 대결에서 '대별왕-소별왕'은 각각 '선-악', '저승-이승', 나아가 '태평세-말세'를 대변한다. 동생의 속임수에 패배한 대별왕이 "나는 저승법을 마련하마. 저승법은 맑고 청량한 법이로다."라고 하면서 저승에 좌정하기 때문이다. 이렇게 보면 수명장자의 악행은 이승의 지배자 소별왕으로 계승된 것이다. 그런데 소별왕은 수명장자의 아들이 아니라 천지왕의 아들이다. 말하자면 천상과 선을 상징하는 천지왕 내부에 이승의 악을 상징하는 존재가 배태되어 있었던 셈이다. 악이 악을 낳는 것이 아니라 선이 악을 낳는다. 천상과 지상, 이승과 저승, 선과 악이 서로가 서로를 포함하고 있는 관계, 곧 한국 창세신화의 세계관을 이런 식으로 서사화하고 있는 것이다.

〈창세가〉에 느닷없이 등장하는 두 중의 정체도 이런 맥락에서 해석해야 매듭이 풀린다. 속임수를 써서 내기에서 승리한 석가님의 세상에 갑자기 석가님을 거부하는 두 중이 나타난다. 석가를 따르던 무리 가운데 두 중이 석가가 잡은 노루 고기를 먹지 않겠다고 버리면서 성인이 되겠다고 선언한다. 이 두 중이 죽어서 바위와 소나무가 되는데, 사실 이 바위는 다른 것이 아니라 한반도 도처에 미륵신앙의 대상으로 존재하는 '미륵바위'이다. 천지왕이 소별왕을 낳았듯이, 미륵님이 창조한 세상에 갑자기 석가님이 등장했듯이, 석가님이 다스리는 세상에 갑자기 두 중, 곧 미륵님이

다시 나타난 것이다. 미륵님 안에 석가님이 있었듯이, 석가님 안에 두 중으로 상징화된 미륵님이 있었던 것이다. 이렇게 한국 창세신화 내에는 동아시아 철학에서 태극과 음양의 관계로 표현된 우주론이 구체적인 신들의 형상과 행위를 통해 표현되어 있다.

- 조현설

참고 문헌

김헌선, 《한국의 창세신화》, 길벗, 1994.

진성기, 《제주도 무가본풀이사전》, 민속원, 2002.

현용준, 《제주도 무속자료사전》, 각, 2007.

박종성, 〈창세의 시절을 노래하다 - 〈창세가〉〉, 《한국의 고전을 읽는다 1》, 휴머니스트, 2006.

신동흔, 《살아있는 한국신화》, 한겨레출판, 2014(개정판).

심재관 외, 《석가와 미륵의 경쟁담》, 씨아이알, 2013.

조현설, 《우리 신화의 수수께끼》, 한겨레출판, 2006.

대지를 만들고 시조가 되다

한국 신화의 여신들

세상은 누가 만들었을까? 무속신화에서 세상을 만든 존재는 천지왕이거나 미륵님이다. 모두 남성신이다. 이 신들은 맞붙어 있던 천지를 열고, 해와 달, 별들을 만든다. 인류를 만들고 세상의 질서도 만든다. 남성신들만 창세에 관여하는 것이 아니다. 여신들도 창세의 일부를 담당한다.

그런데 흥미로운 것은 한국의 창세 여신들은 남성신들과는 달리 천지개벽이나 일월성신의 생성에 관여하지 않는다는 사실이다. 창세 여신들은 하늘을 만들고 하늘에 별들의 질서를 만드는 대신 대지를 만드는 데 관여한다. 제주도의 설문대할망, 서해안의 개양할미, 경기도나 호남 지역의 노고할미, 경상도나 충청도의 안가닥할무이, 강원도의 서구할미 등이 그런 존재들이다. 이들은 모두 대지를 창조하거나 지형지물의 형성과 관련이 있는 여신이다.

　지역마다 조금씩 다른 이름으로 불리는 여신들은 흥미롭게도 '마고할미'라는 별명을 공유하고 있다. 마고할미 가운데 '마고(麻姑)'는 한자말에서 유래된 이름이지만, 《신선전(神仙傳)》과 같은 책 속에 묘사되어 있는 마고는 마고할미와는 다른 존재이다. 마고는 아리따운 10대 소녀 형상을 지니고 있고, 곤륜산 꼭대기에 거주하면서 불로장수를 주관하는 여신 서왕모에게 천도복숭아를 바치는 여선(女仙)이다. 마고할미라는 말은 '여선 마고'라는 한자어 이름 뒤에 '할미'라는 고유어를 붙여 만든 말이지만, 같은 여신은 아니다. 한국의 마고할미는 어머니나 할머니의 이미지를 지닌 창세 여신이다.

　그러나 마고할미는 창세 여신으로만 존재하지 않는다. 설문대할망은 한라산의 여산신(女山神)이고, 노고할미는 지리산이나 노고산의 여산신이다. 개양할미는 서해안 칠산바다를 지키는 해신(海神)이다. 본래는 세상을 창조하는 데 일조한 여신이었지만, 후에 내륙에서는 산신으로 해안에서는 해신으로 모셔진 신이기도 하다.

　이들 마고할미계 여신 외에도 여러 여신이 우리의 문헌과 구전과 의례 속에 실려 있다. 《삼국유사》에 따르면 불사를 좋아해 절을 수리하는 네 시주를 했다는 경주 '선도산성모'라는 여산신이 있고, 박혁거세의 아들 남해 차차웅의 왕비로 가뭄에 빌면 효험이 있다는 '운제산성모'도 있다. 《신증동국여지승람》에 기록되어 있는 대가야와 금관가야의 시조를 낳은 가야산의 여산신 '정견모주'도 같은 계열의 여신이다. 《삼국유사》나 《삼국사기》에 기록된 박제상 또는 김제상 이야기에 따르면, 일본에 간 남편을 기다리다 딸들과 함께 망부석이 된 아내가 등장하는데, 이 치술령 망부석은 여전히 '치술신모'로 숭배되고 있고, 이 지역에서 기우제 때 모시는 여신이다.《고려사》에는 호랑이 모습으로 나타나 왕건의 6대조인 호경을 짝으로 데려간 평나산 여산신도 등장한다. 아들 낳는 데 효험이 있다고 소문이 난 일월산 황씨부인과 같은 당신(堂神)도 있다.

이들 여산신들 가운데는 성씨의 시조모(始祖母)로 모셔지는 여신도 있다. 경주 지역의 선도산성모나 가야산 자락의 정견모주가 그런 경우이다. 선도산성모는 남편 없이 박혁거세와 알영을 낳았다고 하고(이는 박혁거세가 알에서 태어났다는 신라 건국신화와는 다르다.), 정견모주는 천신 이비가지를 만나 뇌질주일과 뇌질청예 형제를 낳는다. 주지하듯이 박혁거세는 경주 박씨의 시조이자 신라의 건국 시조이고, 뇌질주일과 뇌질청예는 각각 대가야와 금관가야의 건국 시조가 되었다고 한다.

많은 여신 가운데 마고할미계 창세 여신과 시조모가 된 여신들에 초점을 맞추어 여신신화를 더 깊이 읽어보자.

—

대지와 지형지물을 만들고 시조모가 된 여신들

—

마고할미계 창세 여신의 대표 선수는 제주도의 설문대할망이다. '할망'은 할머니의 제주도 말이고, '설문대'는 선문대·설명두·세명주·쇠맹뒤 등으로도 불리는데, 정확한 뜻은 알 수 없다. 단편적인 형태로 구전되고 있는 '설문대할망 이야기'를 엮어보면 이렇다.

제주도에는 많은 오름이 여기저기 흩어져 있는데, 이 오름들은 설문대할망이 치맛자락에다 흙을 담아 나르다가 치마의 터진 구멍으로 흙이 조금씩 흘러서 만들어진 것이다. 구좌면에 가면 다랑쉬오름이 있는데, 산봉

우리가 움푹하게 패여 있다. 오름을 만들 때 설문대할망이 흙을 집어놓고 보니 너무 많아 보여서 주먹으로 봉우리를 탁 쳐서 움푹 패어진 것이라 한다.

흙으로 제주섬을 만들 정도로 몸집이 컸던 설문대할망은 오줌 줄기도 대단했다. 한번은 한 발은 선상면 오조리 식산봉에, 한 발은 성산면 성산리 일출봉에 디디고 앉아 오줌을 쌌는데, 오줌발이 세서 땅이 떨어져나가 소섬(우도)이 되었다. 그때 싼 오줌이 지금의 성산과 소섬 사이의 바닷물인데, 그 오줌 줄기의 힘이 몹시 강했기 때문에 땅이 깊이 파여 고래나 물개 따위가 사는 깊은 바다가 되었고, 배들이 자주 부서질 정도로 조류도 아주 세다.

성산면 성산리 일출봉에는 기암이 많다. 그 중에 높이 솟은 바위에 다시 큰 바위를 얹어놓은 듯한 바위가 있는데, 이 바위는 할망이 길쌈을 할 때 접싯불을 켰던 등잔이다. 처음에는 올린 바위가 없었는데 불을 켜보니 등잔이 낮아 다시 바위를 한 덩어리 올려 등잔을 높인 것이라 한다. 그래서 이름이 등경돌(등경석)이다.

설문대할망은 제주도라는 섬을 만든 어신이다. 제주도는 지질학적으로는 화산활동의 결과로 바닷물 속에서 솟아올라 생성된 섬이지만, 제주 사람들의 상상 속에서는 여신이 바닷속의 흙으로 만든 섬이다. 여신은 섬을 만들었을 뿐만 아니라 섬의 지형도 창조했다. 다랑쉬오름 같은 오름도 만들고, 우도와 같은 부속 섬도 만들었다.

대개의 창세신이 그러하듯이 설문대할망도 엄청난 거인이었다. 오줌발의 힘으로 섬을 만들고 깊은 바닷물을 창조했다는 것이 유력한 징표이다. 몸집이 너무 커서 빨래를 할 때면 한라산을 깔고 앉았고, 관탈섬이나 소섬을 빨래판으로 삼았다. 할망의 속옷을 만들기 위해 제주 사람들이 명주를 99통이나 모았지만 한 통이 모자라 못 지었고, 그래서 할망이 약속한 제주와 육지를 잇는 다리가 완성되지 못했다는 이야기도 설문대할망이 거인신임을 잘 보여준다.

이런 여신의 형상과 행위는 설문대할망만의 것은 아니다. 한반도 여러 지역에서 전승되고 있는 마고할미계 여신의 일반적인 모습이다. 그 가운데 '노고할미 신화'에서는 다음과 같이 나타난다.

노고산에 노고할미가 있다. 노고산성은 노고할미가 쌓았다. 노고할미는 대단한 거인이어서 노고산과 불국산에 다리를 걸치고 오줌을 누었는데 문학재 고개에 있는 큰 바위가 오줌발에 깨져나갔다. 노고할미는 순한 할머니여서 사람들에게 해를 끼치지 않는다.

짧은 이야기지만 설문대할망의 모습과 다르지 않다. 차이가 있다면 노고할미는 산성을 쌓았다는 것이다. 마고할미계 여신들이 산성을 쌓는 이야기는 드물지 않다. 대지와 지형이 자연물이라면, 산성과 같은 지물은 인공물이다. 마고할미들은 백성들의 안녕을 위해 또는 외적을 방어하려는 장수들을 위해 하룻밤에 산성을 쌓는다. '하룻밤 산성'은 비록 인공물이지만 창세 여신으로서의 창조적 능력을 보여주는 것이고, 자연물을 창조하는 본래의 능력이 인공물에까지 연장된 것이다.

여신 가운데 주목되는 또 다른 존재가 여산신이자 시조모이다. 《삼국유사》 권5에 '선도성모수희불사(仙桃聖母隨喜佛事)'라는 제목의 이야기가 있다. 선도산의 성모가 불사를 좋아해서 자기 소유의 재물을 희사하여 안흥사를 수리하는 일을 도왔다는 것이다. 이 기사 가운데 선도산성모의 정체에 관한 부분이 있다.

신모가 처음 진한에 와서 성자를 낳아 동국의 첫 번째 임금이 되었으니,
아마도 혁거세와 알영 두 성인을 낳았을 것이다. 그러므로 계룡·계림·
백마 등으로 일컬으니, 이것은 닭[雞(계)]이 서쪽에 속해 있기 때문이다.
일찍이 하늘나라의 여러 선녀에게 비단을 짜게 하여 붉은빛으로 물들여
관복을 지어 남편에게 주었으니, 나라 사람들은 비로소 그의 신비한 영
험을 알게 되었다.

선도산성모는 경주 서쪽에 있는 선도산 또는 서연산의 산신이고, 지금
까지도 박씨 집안 여성들에 의해 제향의 대상이 되고 있는 여신이다. 이
여신은 후대에 불교의 영향 안에 들어가면서 불사를 기뻐하는 모습으로
변형되었고, 당나라 문화의 영향을 받아 신라 땅에 온 당나라 황실의 딸
로 변신했지만, 본래 면모는 신라의 건국 시조인 박혁거세와 그의 부인인
알영의 어머니이다. 《삼국유사》에 보이는 공식적인 신라 건국신화를 보
면 혁거세의 모친은 지워져 있고, 알영의 모친은 계룡으로 신비화되어 있
다. 하지만 비공식적인 전승에서 선도산성모는 신라 건국 시조 부부의 어
머니이다.

이런 양상은 가야(가락국)의 경우에도 거의 동일하게 나타난다. 《신증동
국여지승람》(1530)에서는 최치원이 지은 〈석이정전〉과 〈석순응전〉을 인
용하여 가야산의 산신 정견모주에 대해 기록하고 있다. 여산신 정견모주
와 천신 이비가지가 만나 뇌질주일과 뇌질청예라는 두 아들을 낳았는데,
후에 뇌질주일은 대가야의 왕이 되고 뇌질청예는 금관가야의 왕이 되었
다는 것이다. 《삼국유사》의 〈가락국기〉에 따르면, 가락국의 건국주는 김

수로왕이다. 그런데《신증동국여지승람》에 의하면 김수로왕이 바로 뇌질청예이다. 김수로왕은 알에서 나왔으므로 어머니가 불분명하지만 뇌질청예는 어머니가 분명하다. 신라의 비공식적 전승과 마찬가지로 가야의 경우도 지리지의 전승에서는 여산신 정견모주가 건국주의 어머니로 이야기되고 있다.

선도산성모나 정견모주의 사례에서 알 수 있듯이, 우리나라 여산신들 가운데는 특정 집단의 시조모가 많다. 이는 건국신화의 부계가 천신으로 나타나는 현상과는 다른 양상이다. 〈단군신화〉의 환인, 〈주몽신화〉의 천제 또는 해모수, 〈박혁거세신화〉의 하늘, 〈김수로왕신화〉의 하늘 또는 천신 이비가지 등이 모두 부계이다. 이것은 건국신화가 부계 중심이며, 왕권의 신성성을 하늘과 천신에게서 얻는 방식으로 구성되었기 때문이다. 그렇다면 선도산성모나 정견모주가 여신으로 숭배되는 이야기들은 고대국가 이전의 신화, 부계가 아닌 모계 중심의 신화로 이해할 수 있다.

—

창세 여신과 여산신의 변모

—

그렇다면 여기서 몇 가지 물음을 던져보자. 왜 여신들이 대지의 지형지물을 창조하는 신이 되었을까? 여신이 천지를 개벽하는 신화는 왜 없을까? 왜 여신들은 자연물만이 아니라 산성과 같은 인공물을 창조하는 역할까지 맡았을까? 왜 여산신이 시조모가 되었을까? 아니 시조모가 된 여신들은 왜 건국신화에서는 지워지거나 주변화되었을까? 이런 질문들은 한국신화가 형상화하고 있는 여신을 이해하는 첩경이다.

만주(족) 구전신화에는 300여 명의 여신들이 있는데, 그 가운데 '압카허허'라는 창세 여신이 있다. '조상신들의 이야기'라는 뜻을 지닌 구전 서사시 〈우처구우러번〉에 등장하는 최고신인데, 압카허허는 자기 몸의 일부로 지신(地神) 바나무허허와 성신(星神) 와러두허허를 만든 다음 세 여신이 연합하여 세계를 창조하는 작업을 수행한다. 또 다른 사례로, 오키나와에 존재했던 류큐왕국에서 1531년부터 1623년에 걸쳐 편찬된 가요집인 《오모로사우시》에는 창세 여신 아만츄가 등장한다. 아만츄 역시 하늘과 땅을 분리하여 인간이 살 만한 땅을 창조한다. 그리고 한반도의 북쪽과 남쪽의 구전 서사시에 보이는 창세 여신의 존재는 마고할미계 창세 여신의 성격을 이해하는 데 큰 참조가 된다. 한반도와 제주도의 땅과 지형을 형성하는 마고할미 역시 태초에 세계를 창조했던 최고의 여신이었을 가능성이 있다는 것이다.

그런데 우리 신화에서 천지를 열고 일월성신을 만들고 인간을 창조하는 존재는 남성 최고신이다. 함경도 무가 〈창세가〉에 등장하는 미륵님과 석가님, 제주도 무가 〈초감제〉에 등장하는 천지왕 등이 그들이다. 하지만 이들은 마고할미처럼 지형을 창조하거나 산성을 쌓거나 길쌈이나 빨래를 하지 않는다. 말하자면 한국의 창세신화에서는 남성신과 여성신의 역할이 분리되어 나타난다는 것이다. 이런 양상은 본래는 남성신이나 여성신이 단독으로 세상을 창조하던 신화가 서로 역할을 분담하는 신화로 분화되었을 가능성이 있다는 것을 말해준다. 다시 말하면, 〈우처구우러번〉의 후반부에서 여신 압카허허의 창세신으로서의 기능과 위상이 남신 압카은두리에 의해 대체되듯이, 마고할미계 여신의 창세신적 위상이 남성신으로 대체되었을 수 있다는 것이다.

이 같은 변화를 전제해야 우리는 비로소 마고할미계 여신들의 다양한 형상을 제대로 이해할 수 있다. 구전되는 마고할미 신화에는 뭔가를 창조하는 이야기보다 창조에 실패하는 이야기가 압도적으로 많다. 예컨대 앞에서 언급했던 설문대할망은 제주 사람들에게 연륙교를 놓아주기로 약속했다가 약속을 지키지 못한다. 다 모아도 옷감 한 통이 모자라 제주 사람들이 만들어주기로 약속했던 할망의 옷이 지어지지 못했기 때문이다. 양양에서 전승되고 있는 '죽도 마귀할멈 이야기'의 마귀할멈은 옥황상제와 대결한다. 옥황상제의 창조의 비밀인 둥근 돌을 훔쳐 지상에 내려온 마귀할멈은 인간 세상을 창조하고 다스릴 힘을 얻기 위해 죽도에 숨어 바위를 갈다가 파도 때문에 실패한다. 옥황상제라는 남성신의 존재에서 알 수 있듯이, 이미 마고할미는 창조신의 지위를 잃었기 때문에 창조에 실패하고 있는 것이다.

이런 모습은 남성 영웅을 도와 산성을 쌓는 마고할미 이야기에서도 확인할 수 있다. 단양 지역에 전해지고 있는 '온달 장군과 입석' 전설이 대표적이다. 단양의 온달성은 온달 장군이 신라군을 막기 위해 쌓은 성인데, 온달은 성을 쌓을 석재를 마고할멈에게 부탁한다. 온달 장군을 위해 열심히 돌을 캐 운반하던 마고할멈은 온달 장군이 싸움에 져서 성을 빠져나갔다는 소식을 듣고 들고 가던 큰 돌을 내팽개쳐버린다. 그때 날아가 박힌 돌이 장발리에 있는 선돌이고, 돌이 있는 마을이 선돌마을이라는 이야기이다. 마고할미의 창조성은 자연물만이 아니라 인공물에도 미친다. 그래서 한반도 전역의 다수 산성들이 마고할미의 작품으로 이야기되고 있다. 그런데 이 전설의 마고할멈은 온달이라는 남성 영웅을 돕는 조력자일 뿐이다. 더구나 산성을 쌓는 일에 성공하지도 못한다. 온달이 패배하자 마고할멈도 산성 쌓기에 실패한다. 남성 지배적 문화 속에서 창세 여신이 주변화되면서 이런 전설이 형성된 것이다.

창세 여신의 지위 변화와 같은 현상이 여산신의 경우에도 나타난다. 앞에서 언급한 바 있는 선도산성모는 신라 건국신화에서 배제되었을 뿐만 아니라 "일찍이 여러 천선(天仙)에게 비단을 짜게 하여 붉은 물감을 들여 조복을 만들어 그 남편에게 주었다. 나라 사람들이 이 때문에 비로소 신이한 영험을 알게 되었다."라는 〈선도성모수희불사〉의 기사에서 알 수 있듯이, 남편에게 관복을 만들어 바치는 여신으로 자리매김하게 된다. 이는 남성 영웅인 온달을 도와 산성을 쌓는 일을 했던 마고할미의 형상과 다르지 않은 모습이다.

　가락국 건국신화도 정견모주를 배제한다. 하늘에서 내려온 수로왕을 부각시키면서 시조모를 지운다. 이런 변화가 의례와 구전도 변형시킨다. 정견모주는 불교의 신격으로 포섭되어 가야산 해인사의 수호신으로 좌정한다. 그런데 해인사 국사단에 모셔진 산신은 이름이 정견천왕으로 남성신이다.• 남성 중심의 문화가 산신의 성별마저 변형시킨 셈이다. 여신의 소외, 이는 한국의 여신과 그 신화를 이해하는 열쇳말이다.

—

여신들의 다양한 얼굴을 생각한다

—

여신신화에 대해서 생각해봐야 할 문제들은 아직 적지 않게 남아 있다. 우선 생각해볼 것은 삼척 취병산 서구암의 마귀할멈 이야기이다. 서구암 자체가 마귀할멈이 변신한 바위인데, 이 마귀할멈은 '마귀'라는 호명에서 짐작할 수 있는 것처럼 재앙을 내리는 사악한 여신이었다. 그런데 이 지

• 현재 국사단에는 정견모주와 두 아들의 모습을 그린 산신도가 벽면에 그려져 있다. 이는 2000년 대에 들어와 여신에 대한 관심, 정견모주에 대한 재인식과 관련된 변화를 반영한 것으로 보인다.

역에는 이 마귀할멈을 최진후라는 실존 인물이 퇴치했다는 전승이 구전과 17세기 허목(1595~1682)이 지은《척주지》등의 문헌에 전해지고 있다. 왜 창세신인 마고할미가 이 지역에서는 마귀할멈으로 폄하되고, 하늘이 내린 효자였다고 하는 최진후에게 굴복할 수밖에 없었는가? 이는 여신 소외의 한 극점으로 보인다. 왜 여신이 여괴(女怪)가 되고, 효자에 의해 퇴치되었는지 물어볼 필요가 있다.

제주도의 창세 여신 설문대할망은 흥미롭게도 자신이 만든 세계에 수장된다. 설문대할망이 스스로 만든 제주 바다의 깊이를 재고 다녔는데, 다 발목까지밖에 잠기지 않았다는 것이다. 그러다가 한라산 중턱에 있는 물장오리˚에 들어갔다가 빠져 죽었다고 한다. 참으로 어이없는 결말이다. 아들이 오백 명이 있었는데 아들들한테 먹이려고 큰 솥에 죽을 끓이다가 죽 솥에 빠져 죽었다는 전설도 있다. 왜 설문대할망은 자신이 만든 물장오리에 빠져 죽었는가? 이 죽음을 두고 여신의 죽음이 새로운 창조로 이어졌다는 해석과 설문대할망 이야기를 전승하는 제주도 사람들의 비극적 세계 인식이 죽음으로 표현되었다는 해석이 대립되어 있다. 두고두고 곱씹어보아야 할 문제이다.

경주와 울산 사이에 있는 치술령 망부석의 주인공은 비극적 죽음을 맞은 박제상의 부인(과 딸들)이다. 이 이야기는 신화가 아닌 전설이지만 전설의 주인공이 신비화되고 신격화되는 경우는 적지 않다. 이 지역에서 치술령 망부석은 기우제 때 비는 비의 여신이다. 망부의 한과 슬픔에서 비를 주는 신성을 발견한 것이다.

˚ 제주시 봉개동 한라산 기슭에 있는 938미터의 오름인데, 분화구에 호수가 형성되어 있다. 《탐라지》에는 "용이 사는 못이 있는데, 직경이 50보나 되고 깊이를 헤아릴 수 없다. 사람이 떠들면 비바람이 일어난다. 가뭄이 들어 여기서 기도하면 비가 내리는 영험함이 있다."라는 기록이 있다.

이런 식으로 한을 품고 죽은 여성이 여신으로 숭배되는 사례가 적지 않다. 경북 영양의 일월산에 있는 황씨부인당의 당신(堂神)이 그렇다. 아들을 못 낳아 집을 나간 뒤 행방불명되었다가 재로 발견된 황씨부인은 당신으로 모셔져 아들을 점지해주는 여신이 된다. 밀양 영남루에 얽힌 '아랑전설'의 주인공 아랑도, 촉석루에서 적장과 함께 죽은 실존 인물 논개도 한스럽게 죽어서 여신이 된 경우이다. 이와 같은 여신들의 출현과 여성의 한스러운 죽음의 관계도 여신(신화)의 형성과 전승에서 깊이 고려해야 할 주제이다.

　오늘날 과거에 소외되었던 여신신화가 재평가되면서 되살아나고 있다. 제주도에서는 해마다 5월에 '설문대할망제'를 열어 제주섬을 만든 창세 여신의 의미를 되새긴다. 용인 마성리에서는 해마다 '할미성대동굿'을 열어 산신 마고할미를 되살린다. 변산반도 죽막동에 있는 수성당에서는 매년 정월보름에 칠산바다를 다스리는 개양할미에게 제사를 지낸다. 이렇게 숭배되고 있는 여신들이 우리나라 전역에 적지 않다. 여신과 더불어 여신의 신화도 여전히 살아 있는 셈이다. 남신과 달리 여신을 모시는 의미가 무엇인지, 여신신화의 함의가 무엇인지 더 깊이 생각해볼 필요가 있지 않을까.

- 조현설

참고 문헌

김선자 외, 《동아시아 여신신화와 여성 정체성》, 이화여자대학교 출판부, 2010.

김화경, 《신화에 그려진 여신들》, 영남대학교 출판부, 2009.

조현설, 《마고할미 신화 연구》, 민속원, 2013.

조현설, 《우리 신화의 수수께끼》, 한겨레출판, 2006.

조현설, 〈동아시아 신화에 나타난 여신 창조 원리의 지속과 그 의미〉, 《구비문학연구》 31,
        한국구비문학회, 2010.

조현설, 〈제주 여신신화의 변형 체계와 그 의미〉, 《제주도연구》 36, 제주학회, 2011.

천혜숙, 〈신화로 본 여계신성의 양상과 변모〉, 《비교민속학》 17, 비교민속학회, 1999.

천혜숙, 〈여성신화연구 (1)〉, 《민속연구》 1, 안동대학교 민속학연구소, 1991.

一二三四五六七八九十
나라를 만든 영웅들

건국신화란 무엇인가?

건국신화는 국가 설립의 정당성을 '하늘의 뜻'에서 찾는 이야기를 일컫는
다. 국가의 통치자를 신성한 존재의 화신 또는 대리자로 생각하는 '신정
설(神政說, sacred kingship)'을 이야기로 표현한 것이 건국신화라고 해도 좋
을 것이다.

건국신화는 고대국가의 건국에서 비롯되었다. 비교적 잘 알려져 있는
고조선의 〈단군신화〉, 고구려의 〈주몽신화〉, 신라의 〈박혁거세신화〉, 가
락국의 〈김수로왕신화〉가 대표적인 사례들이다. 상대적으로 덜 알려져
있지만 제주도에 세워졌던 고대국가 탁라국(탐라국)의 〈삼성(三姓)신화〉
도 건국신화의 하나로 볼 수 있다. 《삼국유사》에 실린 〈가락국기〉의 성가
(聲價) 때문에 가려져 있지만, 《신증동국여지승람》에 전하는 뇌질주일과

뇌질청예가 각각 대가야와 금관가야를 세웠다는 이야기 역시 또 다른 가야연맹체의 건국신화라고 할 수 있을 것이다.

건국신화는 고대국가의 산물만은 아니다. 건국에 초월적 신성성을 부여하려는 기획이 있다면 중세에도 근대에도 건국신화는 만들어진다. 《고려사》에 기록되어 있는 왕건의 조상들에 대한 이야기, 곧 〈고려세계〉는 고려의 건국신화이다. 호경을 통해서 신라 성골 혈통을, 작제건을 통해서 중국 당나라의 혈통을 왕건의 계보에 끌어들여 혈통을 신성화하고 있기 때문이다. 조선은 서사시인 〈용비어천가〉를 통해 왕통의 신성성과 정당성을 노래한다. 중국의 성인들이 나라를 열 때 이적(異跡)이 있었듯이 이성계의 조상들에게도 같은 이적이 있었다는 논리로 신성성을 확보한다. 20세기 벽두에는 국권이 위기에 처하자 위기를 넘어서기 위해 집단을 통합할 수 있는 이념이 요청된다. 이 요청에 부응하여 호명된 존재가 단군이다. 이 시기 단군은 대종교의 신으로 재신화화되고, 위기를 돌파할 민족의 표상으로 떠오른다.

그렇다면 무엇이 건국신화인가? 건국신화는 나라를 세운 건국 시조에 대한 신화이자 나라를 세운 특정 성씨의 시조에 대한 신화이기도 한데, 건국신화와 시조신화는 어떻게 다른가? 이런 물음은 건국신화를 건국신화로 만드는 요소가 무엇인가에 대한 물음이기도 하다. 건국신화는 지역별, 시대별로 차이가 있는가? 한국의 건국신화는 어떤 특징을 지니고 있는가? 건국신화와 역사는 어떤 관계가 있는가? 건국신화를 둘러싼 다양한 질문들이 있다. 이 질문들에 답을 찾기 위해 먼저 건국신화 속으로 들어가 보자.

단군과 주몽, 혁거세와 수로

한국을 대표하는 건국신화는 역시 〈단군신화〉이다. 단군은 한반도 유역에 있었던 가장 이른 시기의 고대국가인 고조선을 세웠고, 이후에도 한반도의 국가들은 단군의 후예임을 자임했다. 〈단군신화〉를 전하는 가장 오래된 문헌은 《삼국유사》이다. 그런데 《삼국유사》의 기록은 〈단군신화〉의 '원전'이 아니다. 《삼국유사》의 〈단군신화〉는 '고기(古記)'라는 원전을 인용한 것이다. 그러나 우리는 '고기'가 옛 기록을 의미하는 것인지, '고기'라는 기록(책)을 의미하는 것인지 확인할 수 없다.

고기(古記)에 일렀다. 옛날 환인의 아들 가운데 환웅이 있어 천하에 자주 뜻을 두고 인간 세상을 탐구했다. 아버지가 아들의 뜻을 알고 삼위태백을 내려다보니 인간들을 널리 이롭게 할 만했다. 이에 천부인(天符印) 세 개를 주어 내려가 다스리게 했다.

환웅은 무리 삼천 명을 거느리고 태백산 꼭대기 신단수 아래로 내려와 이곳을 신시(神市)라고 불렀는데, 이분이 환웅천왕이다. 환웅은 풍백(風伯), 우사(雨師), 운사(雲師)에게 곡식, 수명, 질병, 형벌, 선악 등을 맡기고, 무릇 인간살이 삼백예순 가지 일을 주관하여 세상에 살면서 교화를 베풀었다.

때마침 곰 한 마리와 범 한 마리가 같은 굴에서 살았는데, 늘 신웅(神雄)에게 사람이 되게 해달라고 빌었다. 이때 환웅신이 영험한 쑥 한 심지와 마늘 스무 개를 주면서 "너희가 이것을 먹고 백일 동안 햇빛을 보지 않는다면 곧 사람의 모습을 얻으리라."라고 했다. 곰과 범은 이것을 얻어먹고 삼칠일(三七日) 동안 몸을 삼갔다. 곰은 여자의 몸이 되었지만 금기를 지키지 못한 범은 사람의 몸을 얻지 못했다. 웅녀(熊女)는 혼인할 자리가 없었으므로 늘 단수(壇樹) 밑에서 아기를 배게 해달라고 빌었다. 이에 환웅은 잠시 사람으로 변해 웅녀와 혼인하여 아들을 낳으니 이름을 단군왕검이라 했다.

단군왕검은 요임금이 왕위에 오른 지 50년 만인 경인년에 평양성에 도읍하고 비로소 '조선(朝鮮)'이라 일컬었다. 또 도읍을 백악산 아사달로 옮겼는데, 그곳을 궁홀산이라고도 하고 금미달이라고도 한다. 그는 1500년 동안 나라를 다스렸다. 주(周)의 무왕이 즉위한 기묘년에 기자(箕子)를 조선에 봉하니 단군은 곧 장당경으로 옮겼다가 뒤에 돌아와 아사달에 숨어 산신(山神)이 되었다. 수(壽)는 1908세였다.

'고기'를 인용한 이 기사는 네 개의 의미 단락으로 이루어져 있다. 첫 단락은 최고신 환인과 그 아들들로 이루어진 천상 세계의 모습과 '홍익인간' 하기 위해 환웅을 지상 세계에 파견하는 장면으로 이루어져 있다. 둘째 단락에는 환웅이 태백산 신단수 아래 신시를 세우고 교화를 베푸는 모습이 그려져 있다. 셋째 단락은 〈단군신화〉에서 가장 주목되는 부분인데, 여기서는 건국주인 단군을 낳기 위해 환웅과 웅녀가 결연을 맺는다. 마지막 단락에서는 단군의 조선 건국과 통치, 그리고 화신(化神)을 기술하고 있다. 잘 정제된 한 편의 이야기라고 할 만하다.

이 외에도 〈단군신화〉는 《삼국유사》와 같은 시기에 지어진 이승휴(1224~1300)의 《제왕운기》, 조선 초 권람(1416~1465)의 《응제시주》나 《세종실록지리지》, 16세기 도가계 문헌인 《청학집》, 17세기 불교계 자료인 《묘향산지》 등에 조금씩 형식과 내용을 달리하여 실려 있다. 또 20세기 들어 대종교 문헌인 《신단실기》, 역사학계에서 위서(僞書)로 치부하는 《규원사화》나 《환단고기》 등에도 또 다른 형태의 〈단군신화〉가 담겨 있다. 〈단군신화〉는 하나가 아닌 셈이다.

〈단군신화〉와 더불어 살펴봐야 할 신화가 고구려 건국신화인 〈주몽신화〉이다. 주몽은 《삼국유사》 〈기이(紀異)〉의 기록과 달리 〈왕력(王曆)〉에 따르면 단군의 아들이기 때문이다. 고구려의 건국주 주몽은 해모수의 아들이기도 하고 단군의 아들이기도 하다. 〈주몽신화〉 역시 하나가 아닌 것이다. 여러 자료들 가운데 〈주몽신화〉를 대표할 만한 것은 《삼국사기》나 《삼국유사》에 실린 자료가 아니라 이규보의 〈동명왕편〉(1193)이 인용하고 있는 《구삼국사》의 〈고구려본기〉이다. 더 오래되고 더 자세한 자료이기 때문이다.

《구삼국사》 〈고구려본기〉에서 말했다.

부여왕 해부루가 늙도록 자식이 없어 산천에 제사를 드려 후사를 구했다. 왕을 태운 말이 곤연에 이르렀는데, 큰 돌이 눈물을 흘리는 것을 보았다. 왕이 그것을 이상하게 여겨 사람을 시켜 그 돌을 굴리게 했더니 금빛 개구리 형상의 어린아이가 있었나. 왕이 말하기를 "이는 하늘이 내게 아들을 주신 것이로다!"라고 했다. 이에 데려와 길렀는데 금와라 이름 짓고 태자로 삼았다. 그 재상 아란불이 말하기를 "며칠 전 하늘이 내게 내려와 이르기를 '장차 나의 자손으로 하여금 이곳에 나라를 세우게 할 것이니 너는 그것을 피할지라. 동해 가에 가섭원이라는 곳이 있는데 비옥한 땅이라 도읍을 세울 만하도다.'라고 했습니다."라고 했다. 아란불이 왕께 권하여 도읍을 옮겨 이름을 '동부여'라 했다. 옛 도읍에는 해모수가 천제의 아들로 와서 도읍했다.

여기까지는 고구려 건국신화의 앞 이야기로, 부여 신화라고 할 수 있다. 주몽이 동부여 금와의 궁실에서 태어났기 때문에 동부여와 고구려의 관계를 드러내려고 〈고구려본기〉 서두에 부여의 역사를 기술하고 있는 것이다. 〈주몽신화〉는 해모수의 강림으로부터 비로소 시작된다.

한나라 신작 3년 임술년에 천자가 태자를 파견하여 부여왕의 옛 도읍에 내려가 놀게 했는데, 이름이 해모수였다. 하늘에서 내려오는데 다섯 용이 끄는 수레를 탔고, 종자 백여 명은 모두 흰 고니를 타고 있었다. 채색 구름이 하늘에 떠 있고 음악이 진동하는 가운데 웅심산에 내려 십여 일을 머문 뒤 비로소 내려오니 머리에는 오우관을 썼고 허리에는 용광검을 차고 있었다. 날이 저물면 하늘로 올라가니 세상 사람들이 '천왕랑'이라고 했다.

성 북쪽 청하의 하백에게는 세 딸이 있었는데 큰딸은 유화, 둘째 딸은 훤화, 셋째 딸은 위화였다. 셋은 청하에서 나와 웅심연 위에서 놀았다. 자태가 곱고 아리따웠는데, 여러 가지 패옥이 쟁그랑거려 한고와 다를 바 없었다. 왕이 좌우에 말하기를 "(저 여인을) 얻어 비로 삼으면 후사를 얻을 수 있을 것이다."라고 했다. 그 여자가 왕을 보고 곧 물로 들어가니 주변에서 말했다. "대왕께서는 어찌하여 궁전을 지어놓고 여자가 방에 들어가길 기다렸다가 입구를 닫아 여자를 막지 않으십니까?" 왕은 그럴듯하게 여겨 말채찍으로 땅에 그림을 그리니 구리집이 잠시 후 솟아났고 그 모습이 장려했다. 방 안에 자리 셋과 말술을 두니 세 여자가 각각 자리에 앉아 서로 술을 권하면서 마셔 크게 취했다. 왕이 세 여자가 대취하기를 기다리다가 급히 나아가니 여자들이 놀라 달아났는데 맏딸 유화는 왕에게 붙들렸다.

이처럼《구삼국사》는 장면 하나하나를 자세하게 서술한다. 천왕랑의 강림과 유화와의 첫 만남이 눈에 보이듯이 생생하다. 하지만《삼국사기》와《삼국유사》의〈주몽신화〉는 요약본이라 할 수 있을 정도로 소략하게 기술되어 있다. 아버지의 허락도 없이 사통한 벌로 압록강가로 귀양 갔다가 금와왕을 만나는 장면부터 소개한다.

금와가 이상히 여겨 방 안에 가두었더니 햇빛이 비쳐왔다. 유화가 몸을 피하자 쫓아와 비추었고 그로 인하여 태기가 있어 알 하나를 낳았다. 크기가 닷 되들이만 했다. 왕이 그것을 개와 돼지에게 주었으나 모두 먹지 않았고, 또 길에 버리자 소와 말이 피했고, 들에 버리자 새와 짐승이 덮어주었다. 왕이 알을 깨뜨리려다가 깨뜨리지 못하자 어미에게 돌려주었다. 유화가 물건으로 싸서 따뜻한 곳에 두었더니 한 아이가 껍질을 깨고 나왔다. 골격과 외양이 영특하고 기이했다. 나이 겨우 일곱에 숙성하여 보통 사람과 달랐고, 혼자 활과 살을 만들어 백 번 쏘면 백 번 맞추었다. 나라 풍습에 활 잘 쏘는 사람을 주몽이라 하였으므로 이름을 주몽이라 지었다.

금와에게는 아들 일곱이 있어 늘 주몽과 놀았는데 재주가 주몽을 따르지 못했다. 맏이 대소가 왕에게 "주몽은 사람의 소생이 아니니 빨리 처치하지 않으면 후환이 있을 것"이라고 했다. 왕이 듣지 않고 주몽에게 말을 기르게 했다. 주몽은 준마를 알아 일부러 적게 먹여 파리하게 하고, 둔한 말은 잘 먹여서 살찌게 했다. 왕이 살찐 말은 자기가 타고 파리한 말은 주몽에게 주었다. 왕의 여러 아들과 신하가 주몽을 죽이려고 하자 어머니 유화가 알고 "이 나라 사람들이 너를 죽이려고 한다. 네 재주로 어디 간들 못 살겠느냐, 빨리 도망치거라."라고 했다.

이렇게 하여 동부여를 탈출한 주몽은 졸본에 이르러 고구려를 세웠다는 것이 《삼국사기》와 《삼국유사》의 〈주몽신화〉이다. 《삼국사기》, 《삼국유사》와 달리 《구삼국사》에는 하백과 해모수의 도술 경쟁담, 탈출하는 과정에서 유화가 보낸 오곡의 종자를 받는 장면, 비류국 송양왕과의 대결담, 건국 이후의 승천담이 덧붙어 있다. 그리고 금와와 유화를 얻는 장면, 주몽의 활쏘기 능력이나 대소 등과의 사냥 대결 장면 등이 상세하게 묘사되어 있다.

—

건국신화의 쟁점들

—

건국신화의 내용상의 쟁점들을 거론하기 전에 먼저 건국신화가 무엇인가를 물어볼 필요가 있겠다. 앞서 언급했듯이 건국신화란 국가 건립의 정당성을 신성한 존재의 뜻에서 찾는 이야기이다. 따라서 기이한 또는 비정상적인 탄생만으로는 신성성을 확보하지 못한다. 먼저 지상에 성스러운 나라를 세우려는 최고신의 뜻이 있어야 하고, 뒤를 이어 그러한 뜻을 이룰 건국주가 탄생해야 한다. 그런데 건국주가 나타나려면 천상과 지상을 잇는 매개자가 있어야 한다. 건국주는 반인반신의 존재이므로 천상에서 바로 하강하지는 않기 때문이다. 그러므로 건국 드라마에는 세 배역이 반드시 있어야 한다.

〈단군신화〉는 건국신화의 일반적 형식을 가장 잘 보여준다. 최고신 환인은 홍익인간의 뜻을 가지고 환웅을 파견한다. 환웅이 직접 나라를 세울 수도 있었겠지만 그가 세운 것은 신시(神市)이다. 이 신의 마을은 신의 아들이 머무는 상징적 공간이다. 환웅은 조력신을 거느리고 인간 만사를 주관했지만, 그는 건국자가 아니라 웅녀와 더불어 단군을 탄생시키는 매개자일 뿐이다. 건국은 세 번째 존재인 단군의 사업이다. 이런 형식은 고구려 〈주몽신화〉에도 보이고, 신라·가락국·탐라국 건국신화에도 보인다. 이는 동물과의 결연으로 시조가 태어났다고 말하는 씨족의 시조신화와 크게 다른 점이다.

그런데 고조선의 건국신화는 하나가 아니다. 《제왕운기》에서는 "누가 처음 개국하여 풍운(風雲)을 열었는가? / 석제(釋帝)의 손자 이름은 단군"이라는 구절에 현전하지 않는 기록인 《본기(本紀)》를 인용하여 주석을 붙여놓았는데, 특이한 대목은 "환웅이 손녀로 하여금 약을 마셔 사람의 몸이 되게 하여 박달나무의 신과 혼인하여 아들을 낳으니 이름이 단군이다."라는 구절이다. 환웅이 곰에서 인간으로 변신한 웅녀와 혼인하여 단군을 낳는 《삼국유사》의 기록과는 전혀 다른 내용이다. 이뿐이 아니다. 《묘향산지》에는 환웅이 백호(白虎)와 혼인하여 단군을 낳았다는 기록도 남아 있다. 그렇다면 우리는 적어도 세 종류의 단군 탄생담이 있었다는 사실을 확인할 수 있다.

이런 사실이 시사하는 바는 무엇인가? 신화를 전승하는 개인이나 집단의 입장에 따라 건국주의 탄생을 신성화하는 방법이 다를 수 있다는 뜻이다. 곰이나 호랑이는 특정 씨족의 기원이 되는 토템 동물이므로, 환웅은 웅족(熊族) 또는 호족(虎族)과 결혼 동맹을 맺은 것이다. 그런데 두 유형의 신성혼(神聖婚) 이야기가 전승되고 있었다는 것은 두 씨족 사이에 경쟁이 있었다는 뜻이고, 고조선 패망 이후에도 두 유형의 〈단군신화〉가 일종의 경쟁 관계를 지니면서 전승되었다는 뜻이다. '손녀를 약으로 화신(化身)케 하여 단수신(檀樹神)과 혼인'시켰다는 또 다른 전승은 웅호(熊虎)와는 다른 맥락을 지니고 있다. 《제왕운기》의 기록에는 토템 동물이 없다. 이

유형의 〈단군신화〉가 상대적으로 후대에 만들어졌다는 뜻이다. 약과 화신, 그리고 단수신과의 결연은 이 신화가 선도(仙道) 또는 무교(巫敎)적 세계관의 영향을 받았다는 것을 말한다. 단약(丹藥)과 변신은 선도와, 단수신은 무속의 신목(神木, 당나무) 신앙과 관계가 있기 때문이다. 동시에 웅호 모티프의 유무로 나누어보면, 있는 것은 부계 혈통이, 없는 것은 모계 혈통이 강조되어 있다. 최고 신성의 근원이 서로 다르다는 점도 여기서 확인된다.

〈주몽신화〉 자료들에는 〈단군신화〉와 같은 큰 차이가 나타나지 않는다. 앞에서 살펴보았듯이 〈주몽신화〉는 대체로 《구삼국사》〈고구려본기〉 계열과 《삼국사기》〈고구려본기〉·《삼국유사》〈기이〉 계열로 나눌 수 있을 터인데, 후자는 전자의 요약본 성격이 강하고, 《삼국유사》의 기록은 《삼국사기》를 약간 수정하여 옮겨놓은 것이다. 예컨대 《구삼국사》에는 자세하게 묘사되어 있는 해모수와 하백의 도술 대결이나 주몽과 송양왕의 고각(鼓角) 경쟁 및 활쏘기 시합이 《삼국사기》에는 누락되어 있거나(도술 대결), "임금은 분노하여 그와 말다툼을 하다가 서로 활을 쏘아 재주를 겨루었는데 송양은 대항할 수 없었다."와 같은 한 줄의 문장으로 간략하게 대체되어 있다. 《삼국유사》에는 송양과의 대결에 대한 언급조차 없다. 이는 건국서사시의 기록이라는 성격이 강한 《구삼국사》와 비현실적인 요소를 배제하고 정제된 역사 서술을 추구하려 한 《삼국사기》의 차이로 흔히 이해되고 있다.

한 가지 덧붙여야 할 것은 북쪽 건국신화와 남쪽 건국신화의 차이 문제이다. 한반도의 북방에 세워진 고조선·고구려의 건국신화와 남방에 세워진 신라·가락국의 건국신화에는 여러 차이가 나타나지만, 주목할 만한 대목은 '신성혼'이다. 북방의 건국신화는 환웅과 웅녀, 해모수와 유화의 혼인에서 알 수 있듯이 신성혼 이후에 건국주가 탄생하여 나라를 세운다. 그에 비해 남방의 건국신화에는 혁거세나 수로와 같은 건국주가 먼저 태어난다. 혁거세와 알영, 수로와 허황옥의 신성혼은 그 후에 거행된다. 왜 그런가? 이는 건국이라는 역사적 사실의 반영으로 해석된다. 고조선과 고구려가 외래자가 토착민을 정복하는 형식으로 국가를 건설했다면, 신라와 가락국은 여러 집단의 연합에 의해 국가를 설립한다. 그래서 전자는 강자와 약자의 결연을 통해 태어난 인물이 양자를 통합하는 건국주가 되었다고 말하고 있는 반면, 후자는 하늘이 보낸 인물이 건국주가 되었다고 이야기하고 있는 것이다. 후자에서 결혼은 부차적인 요소라고 해도 좋을 것이다.

단군과 근대 이후의 신화

〈단군신화〉는 한국 건국신화를 대표하는 신화이다. 그것은 고조선이 우리 역사의 가장 이른 시기에 설립된 고대국가이고, 그 신화가《삼국유사》나《제왕운기》 등에 잘 보존되었기 때문이다. 최초의 고대국가였기 때문에 고조선 이후에 세워진 국가들은 집단적 통합이 긴요할 때마다 고조선과 단군을 호명하였고, 호명의 필요에 따라 기존 문헌의 〈단군신화〉를 변형시켜 재구성했다. 이런 재구성과 관련하여 두 가지 문제를 생각해볼 필요가 있다.

하나는 건국신화와 권력의 관계 문제이다. 고대국가의 건립은 지배자와 피지배자의 계급 관계를 제도화하는 것이면서 동시에 남성 지배의 제도화이기도 하다. 그래서 건국신화는 지배자 남성의 계보와 목소리만을 담고 여성(성)은 주변화시킨다. 〈단군신화〉의 곰(여성)은 시조모라는 여성성으로 평가되지 않고, 환웅과 결혼하여 단군을 낳은 존재로만 의미화된다. 우데게이족이나 어윙키족 등의 시조신화에서 곰은 주역이었지만, 〈단군신화〉의 곰은 조역일 뿐이다. 그것은 〈주몽신화〉의 유화, 〈박혁거세신화〉의 알영, 〈가락국신화〉의 허황옥이나 정견모주의 경우도 마찬가지이다. 따라서 건국신화는 국가와 남성 권력의 이데올로기를 이야기의 형태로 표현한 것이라 할 수 있다.

다른 하나는 건국신화와 민족(민족주의) 관계 문제이다. 20세기 벽두에 한반도의 식민지화가 진행되면서 '민족의 존속과 지속'이 화두로 떠오른다. 그 과정에서 위대했던 과거의 역사를 재소환하여 의미화하는 작업이 이루어지는데, 그 중심에는 역시 건국신화가 있었다. 그래서 근대 역사 교과서에 실린 단군에 대한 기록은 중국 신화나 역사와 대등한 관계를 지니도록 재구성된다. 중국의 책봉국이 아니라 자주적 국가라는 점을 강조한 것이다. 또 대종교와 같은 민족종교에 의해 단군은 인간이 아니라 신의 위치로 격상된다. '환인-환웅-단군(단웅)'은 삼위(三位)의 신으로 좌정한다. 일본과 마찬가지로 고조선은 천신에 의해 설립된 국가가 되고, 한민족은 천신에 의해 선택된 민족으로 자리매김된다. 이런 하나의 핏줄, 단군의 후예라는 이야기가 해방 이후 남북의 민족 이념으로 자리 잡는다. 건국신화가 민족 이데올로기로 재구성된 것이다.

마지막으로 덧붙여 생각해볼 문제는 21세기의 건국신화, 또는 〈단군신화〉이다. 현재 한반도와 그 부속 도서에 거주하고 있는 한국인들은 단일한 민족이 아니라 단일민족이라는 이데올로기를 내면화한 사람들이다. 그런데 지금 한국 사회에는 다양한 인종과 문화가 공존하고 있다. 그래서 다문화 사회, 다문화 교육이 주요한 이슈로 부각되고 있다. 이런 변화 속에서 〈단군신화〉는 어떻게 이해되어야 하는가? 여전히 단일민족의 기원으로 해석되어야 할까, 아니면 단일민족을 넘어서는 신화로 해석되어야 할까? 건국신화를 이해하는 데 반드시 넘어야 할 물음이다.

- 조현설

참고 문헌

신동흔, 《살아있는 한국신화》, 한겨레출판, 2014(개정판).

이지영, 《한국 건국신화의 실상과 이해》, 월인, 2000.

조현설, 《동아시아 건국신화의 역사와 논리》, 문학과지성사, 2003.

조현설, 《우리 신화의 수수께끼》, 한겨레출판, 2006.

조현설, 〈여러 얼굴을 지닌 단군신화〉, 《한국의 고전을 읽는다 1》, 휴머니스트, 2006.

조현설, 〈근대계몽기 단군신화의 탈신화화와 재신화화〉, 《민족문학사연구》 32, 민족문학
　　사연구소, 2006.

전설

一 二三四五六七八九十

목소리로 귀환한 원귀의 서사

원귀의 귀환

—

다른 문화권의 영화나 드라마에 등장하는 '죽은 자의 넋'이나 '귀신'에 비해 한국 귀신들은 유독 말이 많다. 할리우드 영화에서 유령은 '말을 하는 존재'가 아니라 '힘을 과시하는 존재'에 가깝다. 그들은 멈춘 시계를 움직이게 하거나 창문을 부수거나 물건을 떨어뜨리는 등 '어떤 권능의 과시'를 통해 자기 존재를 증명한다. 직접 모습을 드러내기보다는 누군가의 신체에 빙의하거나 보이지 않는 힘을 가시화하는 과정을 통해 자신이 '여기 존재하고 있음'을 증명하는 것이다.

반면에 한국 귀신은 말이 많다. 아니 정확히 말하자면 말을 하기 위해 산 자들의 세계로 돌아온다. 그리고 한국에서 전승되는 귀신 관련 서사(구전되는 이야기나 기술된 이야기들, 소설과 영화와 드라마 등)에서 초점화되는 것은 그 귀신이 '현재 행하는 일'이 아니라 '과거에 대해 하는 말'이다. 그리고 이 말은 모두, 왜 자신들이 죽은 자의 세계에 안착하지 못하고 '사이의 공간'을 떠돌다가 다시 '산 자들의 세계'로 돌아오게 되었는지를 설명한다. 자신의 죽음과 죽음 이전의 자기 삶에 대해 말하는 것이다.

한국의 원귀(寃鬼)들은 왜 말을 하기 위해 산 자들의 세계로 돌아오는 것일까? 그것은 아마 살아서는 말할 수 없었기 때문일 것이다. 살아서 말할 수 없었던 이들이 죽어서 목소리를 획득하는 것, 이것이 한국의 원귀 서사에 숨은 의미이다. 한국의 원귀들이 대부분 여성으로 그려진다는 점도 이와 같은 맥락과 무관하지 않다. 그리고 이들 원귀는 대부분 '폭력적 상황' 속에서 죽음을 맞이한다. 살아서 말할 수 없었던 폭력의 증언은 죽어 돌아온 원귀의 목소리를 통해 복원된다. 살아서는 공적 담론의 장에서 자신의 목소리로 자신의 삶을 말할 수 없었던 이들이 삶과 죽음 사이의 공간을 떠돌다 끝끝내 산 자들의 세계에서 자기 발언의 장소를 스스로 만들어내는 것이다.

그런데 원귀의 목소리는 여전히 역설적이다. 존재하면서도 존재하지 못하기 때문이다. 원귀가 만들어낸 발언의 장소는 공적 담론의 장 속에 존재하지만, 특정한 인물을 통해서만 대리된다. 원귀를 만나 원귀의 말을 들은 자가 그 목소리를 대리하는 것이다. 이 대리자의 곁에는, 눈에 보이지 않을 뿐 원귀가 존재한다. 그리고 이 원귀는 공적 담론의 장, 법과 공적 질서로 채워진 공간을 지향한다. 따라서 원귀의 목소리를 대리하는 것은 이와 같은 장(場)에서 자신의 자리를 확보할 수 있는 '남성'이다.

이와 같은 구도를 명확하게 보여주는 것이 〈아랑 이야기〉이다. 이야기의 주인공인 아랑은 사대부가의 규수로, 신임 부사가 된 아버지를 따라 밀양 고을에 내려왔다가 그녀를 흠모하던 지체 낮은 남성에게 성적 폭력의 대상이 되어 죽음을 맞이한 후 아무도 모르게 땅에 묻힌다. 이야기 각 편에 따라 지체 낮은 남성이 아랑을 남몰래 흠모했다거나 아랑이 성적 폭력에 저항했다는 수사가 덧붙기도 하지만, 이것은 별도의 분석이 요구되는 수사적 전략이라 할 수 있다. 서사적으로 분명하게 초점화되는 것은 아랑이 경험한 일이 '성적 폭력'이라는 점이고, 이 폭력이 세상에 드러나지 않은 채 은폐되었다는 사실이다. 바로 이런 이유 때문에 아랑은 죽은 자들의 세계로 가지 못하고 '사이' 공간을 떠돌다 산 자들의 세계로 원귀가 되어 돌아온다.

〈아랑 이야기〉는 밀양에 부임하는 신임 관리들이 부임 첫 날 시체로 발견되는 일이 반복된다는 서술로 시작된다. 이 소식을 들은 한 담대한 남성이 자청하여 신임 부사가 된 후 밀양으로 내려오고 부임 첫 날 밤에 원귀가 된 아랑을 만나게 되는데, 이로부터 사건이 본격적으로 전개된다. 이 남성에 앞서 밀양으로 내려왔던 신임 부사들은 아랑을 보고 놀라서 죽은 것인데, 주인공 남성은 놀라거나 당황하지 않고 담대한 모습으로 원귀를 만나 아랑의 대리자가 될 자격을 갖추었음을 스스로 입증한다.

아랑은 자신의 죽음에 관한 진실을 알리고자 한다. 그녀는 자신의 죽음이 성적 폭력에 기인한다는 사실과, 자신에게 가해졌던 폭력은 물론 자신의 죽음조차 은폐된 현실을 고발한다. 그녀가 이 대리자 남성에게 요청하는 것은 두 가지인데, 하나는 자신의 시신을 찾아 제대로 장사를 지내달라는 것이고, 다른 하나는 자신에게 폭력을 행사한 범인을 찾아 처벌해달라는 것이다. 대리자 남성은 아랑이 요청한 일을 모두 성공적으로 수행하고 이를 통해 그 자신도 사회적 지위 상승이라는 성취를 거둔다.

아랑이 요구하는 것은 자신의 죽음에 대한 '애도'라고 할 수 있는데, 아랑은 대리자 남성에게 이와 같은 애도를 공적인 담론장, 이른바 '광장'에서 수행해달라고 요청한다. 아랑은 자신의 목소리를 대리하는 남성에게 사람들을 동헌 마당에 모두 모아놓고 그곳에서 직접 범인이 누구인지 밝혀달라고 요청했으며, 자신의 시신을 발굴하고 장사 지내는 것 역시 고을의 일로 치러달라고 요구한다.

남성 대리자를 선택한 것은 아랑인데, 바로 여기서 아랑이 다른 누구도 아닌 밀양 부사라는 직함을 지닌 남성을 호출하고자 한 까닭이 드러난다. 그녀는 자신의 죽음에 대한 애도를 공적인 장에서 수행할 수 있는 지위에 있는 남성을 필요로 했던 것이다. 그리고 이와 같은 역할을 수행할 수 있는 관장(官長)이 나타날 때까지 끈질기게 기다렸다. 아랑은 신임 부사가 내려오는 날마다 매번 그들 앞에 나타나 '말하기'를 멈추지 않았다. 이처럼 집요하게 그녀가 자신의 목소리를 대리할 자를 찾았던 것은 자신의 죽음에 관한 진실이 밝혀지고 자신의 죽음이 공적인 장에서 애도되기 바랐던 간절함이 그만큼 컸기 때문이다.

그러나 이와 같은 아랑의 간절함은 그 집요함이 무색하리만큼 지난 백 년이 넘는 시간 동안 그 뜻이 왜곡되었다. 〈아랑 이야기〉가 전승되었던 조선 후기부터 최근까지 그녀가 말하고자 했던 죽음은 성적 폭력에 관한 일이 아니라 '열녀'의 일로 의미화되었기 때문이다. 이 때문에 그녀가 그토록 주장했던 애도보다 사대부가 처녀로서 그녀가 품었으리라 기대되는 순결함과 순정함이, 그리고 성적 폭력에 대한 그녀의 열녀적 저항만이 강조되었다. 그녀의 '장렬한 죽음'은 한때 꽤 긴 시간 동안 외적의 우두머리를 품에 안고 몸을 던진 논개의 '열(烈)'에 비견되었고, 이제는 민족 영웅인 사명당의 이야기와 나란히 서게 되었다. 아랑이 원귀로 돌아오면서까지 그토록 하고자 했던 그 '말'의 의미를, 지금 이 시점에서 다시 되짚어 보아야 할 까닭이 여기에 있다.

열(烈)과 정순(貞純)의 화신으로 소환된 한시 문맥 속의 아랑

〈아랑 이야기〉는 여성의 성적 폭력에 관한 이야기지만, 사대부 남성들의 글쓰기에 자주 등장하는 소재였다. 사대부들이 지은 한시나 야담 등에 다수의 기록이 전하는데, 과체시(科體詩)에도 〈아랑 이야기〉를 소재로 삼은 것이 있을 정도였다. 아랑 서사는 여성의 성적 폭력에 관한 사건을 다룬 이야기지만, 남성들에게는 '열녀'라는 이름으로 포장된, 특정 젠더 규범을 지시하는 담론으로 기능하기도 하였다.

아랑이나 아랑각(아랑을 제사 지내는 사당)에 대한 이야기는 1800년대 후반 한시와 야담 기록을 통해 먼저 확인된다. 고종 연간에 밀양 부사로 부임한 신석균은 1878년에 지은 그의 시에서 가을날의 쓸쓸하고 고즈넉한 영남루 주변의 풍경을 읊으면서 "열녀 사당 앞으로 낙엽이 흘러간다"라는 구절을 통해 아랑각의 존재를 언급한 바 있다. 장석영(1851~1929)도 그의 시에서 "구름 깊은 무협(巫峽)에서 유자(遊子)와 이별하니 / 꽃 지는 사당에서 옥인(玉人)이 시름 짓네"라는 구절로 아랑각의 정취를 노래하였다.

신석균과 장석영의 한시에서 아랑각은 쓸쓸함 혹은 부상감의 정조를 드러내기 위해 전경화된 하나의 소재로 등장하고 있다. 여기서 아랑각은 영남루의 주변 풍경 가운데 하나에 지나지 않는데, 주목할 것은 영남루야말로 당대 사대부 남성 주체들에 의해 전유된 공간이었다는 사실이다. 영남루는 지역의 선비들뿐만 아니라 각지에서 찾아온 이름난 시인 묵객들이 시회(詩會)를 벌이는 장소였으며, 밀양 부사가 부임을 해 오거나 밀양 고을에 유명한 인사들이 방문할 때마다 그들을 대접하기 위한 연회가 베풀어지던 장소였다. 그리고 그런 시회나 연회에서 흥취를 돋우는 것은 언

제나 기생들의 춤과 노래였다.

영남루를 배경으로 창작된 수많은 시에서, 누각에 울려 퍼지던 기생들의 음악은 사대부 남성의 문화 코드와 낭만을 표현하는 주요 소재로 동원되고 있다. 사대부 남성들이 영남루의 풍경과 정취를 표현하기 위해 관습적으로 동원해온 기녀들의 이미지와 마찬가지로 아랑각 역시 '남성 폭력에 희생되었던 한 여성을 애도하는 사당'이라는 공간적 의미를 잃어버린 채, 코드화된 사대부 남성 주체의 우울과 상실을 드러내기 위해 소환된 관습적인 이미지에 지나지 않는다.

장상학(1872~1940)이 지은 '아랑각'이라는 제목의 한시에서는 아랑각의 정취가 아니라 아랑의 서사가 한시의 주요 소재로 활용된다.

아랑각(阿娘閣)

아랑은 윤씨의 딸로 부친의 관직을 따라와 관아에 있었다. 어느 날 저녁 유모에게 속아 누각 위에서 달구경 하다가 도적이 칼로 찔러 강기슭 대숲 사이에 던져졌으나 아는 사람이 없었다. 귀신이 원통함을 관리에게 하소연하여 도적이 마침내 법으로 처벌을 받았다. 후인들이 그곳에 나아가 정각을 세우고 돌에 새겨 이를 드러냈다 한다.

누각 머리 달은 밤마다 희고
누각 앞의 대나무 해마다 푸르건만
아랑은 떠나가 다시 오지 못하고
공허히 정각과 표석만 남았네
아랑이 서왕모처럼 오래 살았더라면
아랑이 명부(命婦)가 되었더라면

아랑의 이름이 백세(百世)토록

남녀 골 인구(人口)마다 전해지지 않았을지도

강 위 배다리 큰길가에서

이리 갔다 저리 갔다 어지러이 오고 가며

종의 얼굴 종의 무릎에 나아가는 무리들은

아랑의 기풍 듣고도 부끄러워할 줄 모르리니

(정경주 편역, 《영남루제영시문》)

시의 마지막 구절을 통해 암시되듯이, 시인이 아랑을 불러낸 까닭은 도적에 항거했던 아랑의 기풍을 당대인들에게 환기시키는 데 있다. 민족의 운명이 외세라는 도적에게 유린당할 위기에 처했음에도 그저 아첨하고 순종하기만 하는 이들에게, 도적에 항거하여 죽음을 맞이한 아랑의 절개와 의기를 떠올려 자신들의 부끄러움을 깨달으라고 질책하는 것이다. 외세에 굴복하는 당대 시류를 비판하는 준거로 열녀를 활용한 예는 조선 후기 사대부 문인의 글에서 종종 발견된다. 조선 후기 문인들에게 열녀는, 오랑캐들에게 동방예의지국의 풍속을 알려 조선이라는 나라의 윤리적 우월성을 과시하는 근거이자 제국주의 외세 앞에 무력한 사회 분위기에 맞서 이에 대한 비판과 저항을 촉구하는 깃발과도 같은 표상성을 지닌다.

장상학의 시에서도 아랑은 지조와 절개라는 '열(烈)'의 이념을 드러내기 위해 동원된 하나의 기표에 지나지 않는다. 그가 주목한 것은 아랑에게 가해진 폭력의 내용이나 풀지 못한 아랑의 원한, 대리인을 내세워서라도 끝끝내 아랑이 세상을 향해 토해내려 했던 말이 아니라, 기개 어린 그녀의 죽음과 그가 그 죽음에 새겨 넣은 '열녀'의 표상이다. 그가 불러낸 아랑은 정조를 지키기 위해 죽음을 무릅쓴 순결하고 강인한 처녀로서, 이념화된 정절의 상징이자 화신일 뿐이다.

아랑이 이처럼 '열녀'의 기호로 호출될 수 있었던 것은 영남 지역의 사대부 문인들 사이에서 아랑이 이미 열녀의 이미지로 각인되어 있었기 때문이다. 〈아랑 이야기〉는 과체시의 형식으로 19세기 후반 이래 영남 문인들 사이에 회자되어, 오늘날에도 영남의 시골에서 만나는 유림들 중에 이 과체시를 외우고 있는 이들이 있다. 구전으로도 전해지다 보니 이본 또한 많은데, 이원명의 《동야휘집》과 이가원의 《조선문학사》 등에 전하며 그 외 다수의 필사본 과시(科詩) 사본(寫本)을 통해 전승되고 있다.

영남루 달밤에 이 상사를 만나 전생의 원한을 말하다

칼 흔적 푸른 강물에 갈아 없애고자
한 맺힌 물 해마다 꽃피를 쏟아내니
숲 안개 성곽 남촌으로 비 끌어가고
댓바람 당 북쪽 사당 등잔에 나부끼네
황혼녘 패물 차고 우두커니 서 있는데
도깨비불 반딧불 이리저리 날며 구슬피 오르내르고
누각 위에 달 뜨는 애틋한 밤에
강가에서 처음 이 상사를 만나니
원혼은 처량하게 구천을 떠돌다
고통스런 말로 새벽녘 횃대에 찬 기운을 일으키네
내(아랑) 어찌 영남루를 알았으리오
일찍이 아버님 따라 천 리를 달려와서
규방에 틀어앉아 내칙편(內則篇)을 읽고 또 읽는

옥 같은 정조 꽃다운 자태의 처녀였다오

청량한 밤 단 한 번 어머니의 훈계 어긴

달구경이 유모의 속임순 걸 어찌 알았겠소

부용당 위 작은 난간에 기대 있었더니

꽃먼지 속 갑작스런 서쪽 뜰의 사람 그림자

칼머리에 팔 잘린 넋 놀라 흩어지고

대밭 속에 헛되이 묻혀 원통한 피 물드니

가을바람에도 부모 계신 곳으로 돌아가지 못하고

자줏빛 원한으로 오직 붉은 붓 빌리기만 생각했소

대숲의 성근 비는 시퍼런 핏빛을 띠니

내 원통함을 울부짖고 싶어도 사람들이 절로 두려워해

몇 번이나 저승으로 태수의 혼을 보냈으며

동각(東閣)에서 매화가 지는 것도 자주 보았소

삼생에 걸쳐 이승의 원한을 울며 호소하고

꽃을 희롱하던 마음으로 손가락을 깨문다오

서안의 등불이 가물가물해도 마음 밝게 비추고

귀신의 말이 웅얼웅얼해도 피맺힌 밤을 울부짖으니

책상머리 기도는 적막하게 소리 없고

손 안의 단사로 주역의 점괘를 마치오

평두(平頭) 아직 동헌 뜰에 있으니

그대 지닌 서릿발 같은 서슬로 용서하지 마시오

원한을 말하는 귀신의 그윽하고 간곡한 하소연이 끝나자

희미한 달빛 아래 매화 뜰에 꽃그림자 아롱지네

(정경주 편역,《영남루제영시문》)

이 시에서 초점화된 것은 원혼이 된 아랑과 이 상사의 만남이며, 아랑의 죽음을 둘러싼 사건은 원혼인 아랑의 목소리를 통해 재현된다. 설원(雪冤)을 부탁하는 원혼의 간절한 목소리를 타고 들려오는 것은 자신에게 가해진 폭력의 원인이 자신에게 있지 않음을 설명하는 구구절절한 알리바이이며, 문제의 해결이 남성적인 권력 질서 내지는 남성 주체에 의해 전유된 상징계 내에서 이루어져야 한다는 설득의 말이다. 원혼으로 돌아온 아랑은 본인이 영남루와 같은 바깥 세계 혹은 여성 주체에게 금기시된 공간에 발을 들여놓지 않은 채 규방에서 여성 규범서만 습관처럼 읽는 사대부 처녀였음을 강조하고 있다.

아랑제(阿娘祭)의 역사를 서술한 책(《밀양아랑제 사십년사》)은 〈아랑 이야기〉를 토대로 아랑의 정순(貞純) 정신을 설명하면서 다음과 같은 문제를 제기한다. "사건의 정황과 상식으로 보면 비록 유모의 간권이 있었다 하더라도 규중처녀의 몸으로 밤중에 내아(內衙)를 벗어나 영남루에 등림했다는 것은 무리한 설정이며, 그 점에 있어서는 차라리 통인이 쉽게 잠입할 수 있는 내아 후원의 죽루와 송림이 사건 현장으로서는 합리성이 있다"는 것이다. 이는 사실상 〈아랑 이야기〉를 열녀담으로 인식하고자 한 대부분의 남성 주체들에게 공통적으로 문제시된 부분이라고 할 수 있다. 아랑에게 가해졌던 폭력의 내용이나 부당성보다는 그 폭력의 원인이 사대부가 여성답지 않은 아랑의 행동에 있는 것이 아니냐는, 한밤중에 규방 처녀에게 허용되지 않은 곳에 발을 들여놓음으로써 폭력의 빌미를 제공한 것이 아니냐는 의문이 남성 주체들에게 더욱 문제시됨에 따라 아랑 역시 이에 대한 알리바이를 제공하기에 급급한 모습으로 형상화되기에 이른 것이다. 규방 깊숙한 곳에서 여성 규범서를 읽으며 사대부가 처녀답게 지내던 자신을 바깥으로 끌어낸 것은 유모의 속임수요, 그녀의 속임수에

도 불구하고 가지 말았어야 할 곳에 간 것은 나이 어린 그녀의 어리석은
실수라는 것이 그녀의 변명 아닌 변명인 셈이다.

—

공적 영역에서의 애도와 대리자의 의미

—

〈아랑 이야기〉는《청구야담》,《동야휘집》,《금계필담》,《일사유사》,《반만
년간 죠선긔담》등 여러 야담집에 실려 있다. 그 가운데 대표적인 세 작품
의 줄거리를 살펴보면 다음과 같다.

《청구야담》에 실린 이야기
① 옛날 밀양 부사 가운데 중년에 부인을 잃고 미혼의 딸을 키우는 이가
있었다.
② 어려서 어머니를 여읜 딸은 유모를 의지해 함께 지냈는데 어느 날 그
딸이 유모와 함께 사라졌다.
③ 부사가 낙담하여 사방으로 찾았으나 찾지 못하고 이로 인해 병을 얻
어 죽었다.
④ 이후 밀양에 부임하는 부사마다 죽어서 나라에서 자원자를 찾았으나
나타나는 이가 없었다.
⑤ 낙직한 지 20년이 된 한 무변이 자원코자 하여 그 아내와 의논하였다.
⑥ 무변의 아내가 자원하라 이르고 자신이 함께 따라가 귀신을 대응하겠
다 하였다.
⑦ 무변이 밀양 부사로 부임한 날 저녁 무변의 아내가 심상치 않은 기운
을 느끼고 남편을 내방으로 들여보낸 후 자신이 남장을 한 채 귀신을 기

다렸다.

⑧ 무변의 아내가 처녀 귀신의 말을 듣고 그를 타일러 보냈다.

⑨ 다음 날 무사한 무변 내외를 보고 주위 사람들이 모두 놀랐다.

⑩ 무변의 아내가 처녀가 주기라는 자에 의해 원통하게 죽었다는 사실을 무변에게 알려주었다.

⑪ 무변이 주기를 찾아 문초하자 사실을 있는 그대로 고하였다.

⑫ 주기가 말하기를, 자신이 부사의 딸을 욕심내어 유모를 뇌물로 포섭한 후 달구경 나온 낭자를 겁간하려 했으나 그녀가 저항하여 칼로 찔러 죽이고 말았다고 하였다.

⑬ 주기가 유모도 함께 죽여 인적 드문 산에 매장한 사실을 고하였다.

⑭ 부사가 주기를 때려죽이고 처녀의 시체가 묻힌 곳을 파보니 금방 죽은 사람 같았다.

⑮ 부사가 처녀를 장사 지낸 후 정자를 헐고 죽림에 불을 지르니 그 후로 영중이 무사하였다.

⑯ 부사는 이후 높은 벼슬에 올랐을 뿐만 아니라 가는 곳마다 선정을 베풀었다고 한다.

《동야휘집》에 실린 이야기

① 옛날 밀양 부사 가운데 중년에 부인을 잃고 미혼의 딸을 키우는 이가 있었다.

② 어려서 어머니를 여윈 딸은 유모를 의지해 함께 지냈는데 어느 날 그 딸이 유모와 함께 사라졌다.

③ 부사가 낙담하여 사방으로 찾았으나 찾지 못하고 이로 인해 병을 얻어 죽었다.

④ 이후 밀양에 부임하는 부사마다 죽어서 나라에서 기상이 남다른 김 무관을 부사로 임명하였다.

⑤ 김 무관이 박식할 뿐 아니라 기개가 웅장한 자신의 친구 이 상사에게 함께 가 도와달라 청하여 응락을 받았다.

⑥ 이 상사가 귀신을 만나 자초지종의 사연을 들었다.

⑦ 귀신이 말하기를, 유모의 꾐에 빠져 달구경을 나갔는데 한 총각이 다가와 핍박하매 죽기로 항거하였더니 자신을 찔러 죽인 후 강가 죽림에 던졌으니 원통함을 풀어달라 하였다.

⑧ 귀신이 붉은 깃발을 주면서 그것으로 범인을 찾을 수 있을 것이라 말하였다.

⑨ 이 상사가 간밤의 일을 부사에게 말하자 부사가 주기라는 자를 찾아 문초하였다.

⑩ 주기가 말하기를, 자신이 부사의 딸을 욕심내어 유모를 뇌물로 포섭한 후 달구경 나온 낭자를 겁간하려 했으나 그녀가 저항하여 칼로 찔러 죽이고 말았다고 하였다.

⑪ 주기가 유모도 함께 죽여 인적 드문 산에 매장한 사실을 고하였다.

⑫ 부사가 처녀의 시체가 묻힌 곳을 파보니 금방 죽은 사람 같았나.

⑬ 부사가 처녀를 장사 지낸 후 주기를 사형에 처하였다.

⑭ 이 상사는 과거에 급제하여 이름을 떨쳤다.

⑮ 일찍이 한 관찰사가 영남루에서 자다가 꿈에 한 처녀를 만났는데 처녀가 말하길, "내일 시제를 '영남루 달밤에 이 상사를 만나서 전생의 원통한 빚을 말한다(嶺南樓月夜逢李上舍說前生冤債)'로 걸고 '上' 자를 세 번 쓴 시권(試券)을 장원으로 뽑으소서."라고 하였다.

⑯ 관찰사가 다음 날 꿈속 처녀가 시킨 대로 하여 열예닐곱 살 된 배익소

를 장원으로 뽑았다.

⑰ 관찰사가 사연을 묻자 배익소가 꿈속에서 한 여인이 시를 외워주었다고 답하였다.

⑱ 시는 다음과 같다. …… 이 시는 귀신이 지은 시이다.

《반만년간 죠선긔담》에 실린 이야기

① 영남루 아래 대수풀 아래 낭자사(娘子祠)가 있는데 지금도 누에 오르는 자가 사당에 절하며 낭자의 영혼을 조상한다.

② 낭자는 명종조 대 부사 윤모의 무남독녀로, 일찍 어머니를 여의었으나 재화와 자색이 뛰어났다.

③ 낭자는 동헌 뒤 별당에 유모와 함께 있었는데 어느 날 유모가 부사에게 급히 달려와 낭자가 범에게 물려갔다는 말을 전했다.

④ 부사가 놀라 사방으로 행적을 찾았으나 끝내 찾지 못하고 심화(心火)로 병을 얻어 사직한 후 서울로 돌아왔다.

⑤ 밀양에 부임하는 부사마다 죽어서 사람들이 동헌 부근에 가지 않으려 했다.

⑥ 경성 동촌 사는 이 진사가 나이 사십이 되도록 초시도 못하고 죽장망혜로 명산대천 유람만 다니다가 어느 깊은 달밤 영남루에 이르러 난간에 기대섰다가 홀연 음풍 속에서 전신에 피를 흘리는 처녀를 만났다.

⑦ 처녀가 애소하기를, "전일 부사 윤후의 딸인데 한밤중에 영남루 앞으로 꽃구경을 가자는 유모의 꾐에 빠져 부모께 고하지도 못하고 몰래 나갔다가 통인 아모가 들어와 겁간코자 한대 내가 울며 듣지 아니하자 칼로 찔러 나를 죽이고 누 아래 죽림 속에 몰래 묻었습니다. 제가 원혼이 되어 신관 도임 시마다 원정을 호소코자 했으나 모두 놀라 죽어버리는 바

람에 원한을 갚지 못하였습니다."라고 하였다.

⑧ 이 진사가 자신은 한미한 선비라 원수를 갚아줄 수 없다고 하자, 낭자가 과거를 보면 급제를 할 것이니 본주 부사로 내려와 백일장을 열어 범인을 색출하라 일러주었다.

⑨ 낭자가 홀연 사라진 후 진사가 서울로 올라오니 과거일이 다 되어 과거 시험을 보러 갔다.

⑩ 공중에서 낭자가 내려와 시권을 가지고 당상으로 올라간 후 진사가 장원급제를 하였다.

⑪ 이 진사가 밀양 부사를 자원하여 내려왔다.

⑫ 아전, 통인들이 모두 부사가 죽었을 것이라 생각하고 다음 날 아침 식전에 시신을 수습할 장비를 갖추어 왔으나 살아 있음을 보고 놀라 신인이라 여겼다.

⑬ 죄인들을 처벌하고 쌓인 송사들을 신속하게 판결하여 주위 사람들이 모두 놀라움 속에 우러러보았다.

⑭ 부사가 백일장을 실시하니 각처 선비가 구름처럼 몰려들었다.

⑮ 부사가 시제로 '영남루 달밤에 이 상사를 만나서 전생의 원통한 빚을 말한다(嶺南樓月夜逢李上舍說前生冤債)'로 내니 낭자를 죽인 괴한이 사건의 전말을 고하는 내용의 시를 지어 냈다.

⑯ 부사가 괴한 주기(朱旗)를 잡아들여 엄문한 후 윤 소저 묻은 곳을 찾아 시신을 수습하고 주기와 유모를 법으로 죽였다.

야담집에 수록된 위 세 작품은 공통적으로 아랑의 죽음을 둘러싼 사건을 처음부터 드러내지 않고 원혼으로 귀환한 아랑의 목소리나 대리자로 선택된 인물의 목소리를 통해 재현함으로써, 원혼 아랑의 귀환과 대리자를 통한 법적·상징적 질서 내에서의 해원(解寃) 과정에 초점을 두고 있다. 야담으로 전승되는 〈아랑 이야기〉의 구조를 도식화하면, '밀양 부사의 딸인 아랑의 실종 – 신임 밀양 부사의 반복적인 죽음 – 중개자(대리 발화자)와 원귀 아랑의 만남 – 원귀 아랑의 발화로 드러나는 폭력 사건의 전말 – 공적 영역에서의 해원'으로 정리할 수 있다. 서사적으로 아랑의 사건을 풀어가는 대리자가 별도로 존재하지만, '해원'에 초점을 둘 때 서사를 이끌어가는 힘은 원귀 아랑에게서 나온다. 대리자가 할 일의 내용과 방향을 제시해줌으로써 해원을 실현케 하는 존재가 아랑이라는 점에서 해원의 실질적 주체는 원귀 아랑이다.

문제는 원귀 아랑이 현실계와 초월계 어디에도 완전히 속하지 못한 존재인 데 반해 그가 선택한 해원의 공간은 현실계라는 데 있다. 원귀 아랑이 해결하고자 하는 문제는 현실계에 있지만 그는 현실계에서 그 존재를 가시적으로 드러낼 수 없기에 문제를 해결할 수 없다. 그는 공적 영역에서 자신의 문제를 해결하고자 하지만 그의 목소리가 울려 퍼지는 공간은 현실계의 공적 공간이 아니라 대리자인 신임 부사와 만나는, 특별하게 성별화(聖別化)된 밤의 은밀한 공간뿐이다. 원귀 아랑의 목소리는 현실계에서 실현될 수 없으며, 아랑이 겪은 사건 역시 현실계에서 재현될 수 없다. 이 때문에 원귀 아랑은 현실계에서 자신의 목소리를 대신할 존재를 찾는 데 집착한다.

야담집에 수록된 〈아랑 이야기〉의 결말은 억울하게 죽은 아랑의 '열녀 되기'가 아니다. 서사적 흐름의 귀결점은 그녀에게 폭력을 가한 '주기'에 대한 처벌로 이어지지만 이야기는 여기서 끝나지 않는다. 《청구야담》 소재 이야기의 결말은 아랑의 시체를 수습하여 장사를 지내는 것, 곧 아랑의 죽음에 대한 애도 행위로 구성되어 있다. 그리고 그녀의 죽음에 대한 애도가 끝난 뒤로 영중(營中)이 무사했고 마치 보상을 받듯 애도 행위를 주도한 부사가 높은 벼슬에 올라 선정을 베푸는 선관(善官)이 되었다는 내용이 후일담처럼 덧붙여져 있다.

이로써 원귀 아랑의 귀환 목표가 무엇이었는지 명확하게 나타난다. 아랑이 돌아온 것은 '공적 영역에서 자신의 죽음을 애도하기 위해서'였다. 아랑은 관아의 뜰이라는 공적 공간에서, 공적인 권한과 책임을 지닌 부사의 주관 아래, 공적 규범인 법이 정한 근거에 의거하여 자신에게 일어난 일이 무엇인지 밝히고 그에 대한 책임을 묻기를 희망하였다. 그리고 사건을 밝히고 가해자를 처벌하는 데 머무르지 않고 자신의 시신을 찾아 공적 영역에서 장례를 치르도록 제안하고 주도하였다. 공적 영역에서 자신에게 가해졌던 폭력을 밝히고 처단하는 동시에 자신의 죽음에 대한 애도가 완성되기를 희망한 것이다.

원귀 아랑은 대리자를 통해 자신에게 가해진 폭력이 공적 담론의 장에서 재현되고 '법'의 이름으로 재판이 이루어진 데 만족할 뿐 '정려문'이나 '열녀비'와 같은 명예 얻기를 소망하지 않았다. 원혼이 되어 돌아온 그녀가 대리자에게 요청한 것은, 오직 현실계에 존재하는 목소리를 통해 자신의 사건이 공적으로 담론화되고 '법적 질서'의 승인 이래 가해자에 대한 처벌이 이루어지게 하라는 것이었다. 원귀 아랑이 끈질기게 신임 부사만을 원했던 것은 그가 공적 영역 내에서 그녀의 죽음을 애도할 수 있는 권한과 지위를 가진 이였기 때문이다.

무엇보다 원귀 아랑은 당대 권력을 주도하는 사대부 남성 주체들의 담론 영역에서 가장 핵심적인 자리에 위치한 과거장의 시제로 자신의 사건을 다루게 함으로써 상징계의 범위 안에서 가장 유효한 목소리를 획득하는 데 성공한다. 당대 최고 권력을 가진 사대부 남성들이 사회적 권력을 획득하기 위해 누구나 참여해야 했고 바로 그런 이유로 모든 사대부 남성들의 최고의 관심사이자 사회적 이슈였던 과거장에서 '과체시'의 형태로 그녀에게 가해진 폭력 사건의 전말이 재현되기에 이른 것이다. 이것은 공적 영역 내에서의 최고의 애도 행위였다.

상징계 내에서 그녀의 죽음이 말해지고, 공적 영역 내에서 지속적으로 애도되기를 희망한 원귀 아랑의 정치적 전략은 여전히 유효하고 또 성공적이다. 사대부 남성들에게 한문 수업은 궁극적으로는 학문 세계로의 진입을 목표로 하더라도 현실적으로는 과거 급제를 통해 사회적 권력을 획득하는 주요 수단이었다. '입신양명'이라는 과제를 성취해야 하는 이들에게 과거 급제는 당면한 최우선의 목표일 수밖에 없으며, 이를 위해 사대부 남성들은 누구나 과체시를 배우지 않을 수 없었다. 죽어서야 목소리를 획득한 아랑은 자신의 이야기를 상징계 틈새로 진입시키기 위해 집요한 노력을 계속했으며, 마침내 남성 주체들에게 최대 관심거리인 과체시에 자신의 이야기를 실어 보냄으로써 당대는 물론 후대에까지 공적 담론의 장에서 두고두고 자신의 사건이 언어화되는 최고의 성과를 얻어냈다. 과거장에서 아랑의 사건을 소재로 한 과체시가 발표되고 이것이 장원으로 인정받아 세상에 공표되는 것은, 아랑 그녀가 스스로를 위해 준비하고 계획한, 철저하게 준비된 '애도'의 마지막 장이며 클라이막스였던 셈이다.

아랑이 원귀가 되어 돌아오면서까지 포기하지 않고 만들어낸 애도의 무대에서 가장 중요한 배역을 맡은 것은 대리자로 선택된 밀양 신임 부사였다. 〈아랑 이야기〉에서 대리자는 초현실계와 초현실계의 존재를 인정하고 수용할 수 있을 만큼 유연한 사고와 대담한 태도, 비범한 기개를 지닌 인물로 그려진다. 또한 대리 행위에 대한 보상으로 신분 상승을 약속하는, 원귀 아랑과의 협상이나 거래가 가능할 만큼 신분이 낮고 불우한 인물이다. 원귀 아랑이 이와 같은 인물을 대리자로 선택하는 것은 신분 상승이라는 보상안을 적극적으로 받아들일 수밖에 없는 존재인 동시에 이들이 자신과 유사한 주변부적인 존재이기 때문이다. 권력의 중심에서 밀려나 있는 그들이나 억울한 죽음을 당해 구천을 떠돌며 방황하는 그녀는 모두 현질서 내에 존재하는 동시에 바깥으로 밀려나 있는 존재라고 할 수 있다.

그런데 여기서 대리 발화자가 남성이고 대리 발화의 장이 남성 주체들의 영역과 질서 내부라는 사실로 인해, 자신의 죽음을 스스로 애도하기 위한 원귀 아랑의 기획이 남성 주체가 전유한 상징 질서 혹은 남성 중심적 질서가 지배하는 세계로의 재편입을 위해 굴절과 왜곡을 감수하며 타협한 결과가 아니냐는 의혹이 제기될 수 있다. 그런데《청구야담》에서는 대리자가 남성이 아니라 여성인 '무변의 아내'로 등장한다. 이야기 속에서 무변은 무능력하고 소심하며 아내에게 의존적인 존재로 등장할 뿐 아랑의 죽음을 애도하기 위한 일련의 과정에서 핵심적인 역할을 수행하지 못한다. 그는 부사의 권한으로 할 수 있는 최소한의 형식적인 일들을 해낼 뿐 실질적으로 밀양 부사로의 자원을 권유하고 원귀 아랑과의 만남을 예감하며 원귀 아랑을 만나 그의 말을 듣는 것은 무변의 아내이다. 무변은 남성 주체가 전유한 질서 내로의 진입과 승인을 위해 필요한 도구적 존재에 불과하며, 애도 행위를 실제로 현실화하는 것은 원귀 아랑과 무변 아내 사이의 공조와 연대이다.

이 텍스트를 통해 유추해볼 때 원귀 아랑이 원한 대리자는 남성이 아니라 자신의 의지와 목소리를 현실화할 수 있는 능력과 지위를 가진 존재이다. 현실의 질서와 담론의 장이 모두 남성 주체에게 전유되어 있기 때문에 아랑은 불가피하게 남성 관리를 선택할 수밖에 없었던 것이다. 여기서 원귀 아랑이 궁극적으로 소망했던 것이 더욱 분명해진다. 원귀 아랑은 대리 발화자를 내세워 남성 주체에게 전유된 질서로 진입함으로써 그들로부터 사회적 승인을 얻고 그 승인을 통해 사회적 권력을 획득하고자 한 것이 아니다. 그에게 필요한 승인이 있었다면 그것은 공적 영역에서 발언할 수 있는 자격이었을 뿐이며, 그녀가 시종일관 의도한 것은 공적 영역 내에서 자신의 죽음을 애도하는 것이었다. 남성 주체를 선택하여 그들의 세계로 들어간 것은 이 애도 행위를 실현하기 위한 정치적 전략이자 최소한의 타협이었을 뿐이다.

—

말할 수 없음의 금기

—

공적 영역에서의 애도를 주장하고 관철시킨 아랑의 모습은, 국가의 법을 위반하며 금지된 영역을 넘어 친족의 죽음을 공적 영역에서 애도하고자 했던 그리스 비극의 '안티고네'를 연상케 한다. 그러나 원귀 아랑의 이야기에서 더욱 주목할 만한 사실은 그녀가 자신의 죽음을 애도하고자 했다는 점이다. 그리고 애도를 제안하고 요청하는 데 머무르지 않고 그 애도의 장을 자신의 의지와 능력으로(대리자를 내세웠을지언정) 만들어냈다는 점에 주목할 필요가 있다. 또한 그녀는 처음부터 끝까지 매우 집요하게 오로지 '공적 영역에서의 애도'를 주장하고 관철시켰으며, 이와 같은 목표를 실현하는 데 있어서 아주 작은 타협도 허용하지 않았다.

구술 전승되는 〈아랑 이야기〉는 남성이 연행하는 경우와 여성이 연행하는 경우 초점화된 대상이 다르게 구현된다. 남성이 연행하는 경우 원귀의 공포스러운 형상과 원귀의 출현이라는 신이한 사건의 체험, 나비가 되어 나타난 아랑의 극적인 해원 장면, 그리고 아랑 제사와 아랑각의 연원 및 유래를 설명하는 부분 등이 서사적으로 강조된다. 특히 이들이 연행하는 이야기에서 아랑은 순결하고 정숙한 사대부가의 전형적인 처녀일 뿐 아니라, 절의를 실천하여 남성들에게도 귀감이 될 만한 '여중군자(女中君子)'로 그려진다. 반면에 여성 연행자는 아랑이 경험하는 성적 폭력에 초점을 맞추는 경우가 많다.

"이놈 고지기가 달려들어서 억신 손으로 하이 여자가 이길 수 있나. 옷을 갈기갈기 다 뻐지고 그 빠져 나올라고 힘은 쭉 빠지고, 이놈이 끌안고 지랄을 하이 할 수 있나. '내 고분고분 평상의 소원 들어돌라'꼬 카이, '큰일 날 소리요. 내가 누구 집 자년데 어림도 없어요. 죽어도 그리 못한다' 카다가 칼을 빼들고 엉그렁거리미 지랄을 한다 캐. 위협해도, '죽어도 안 된다' 카미 안 듣고 정신을 채리고 도망을 치자 화가 머리끝까지 치받쳐 여자를 직이서 갈대밭에 던지 났뺐어." 《《한국구비문학대계》7-5)

그런데 〈아랑 이야기〉가 여성 연행자들이 즐겨 연행하는 이야기 레퍼노리는 아니다. 때로 여성 연행자들은 자신들보다 남성들이 〈아랑 이야기〉를 더 잘 연행할 수 있다고 말한다. 또 이야기의 맥락을 풍부하게 재현하지 못하기도 한다. 이들에게는 〈아랑 이야기〉를 연행할 동기가 충분하지 않은데, 그 까닭은 아랑이 이들에게 '성적 폭력에 희생당한 여성'이기보다는 이미 지역 사회를 대표하는 '열(烈)'과 '정(貞)'의 화신으로 자리 잡고 있기 때문이다. 〈아랑 이야기〉가 전승되는 밀양에서 아랑은 정순과 충열의 표상으로 정형화되었으며, 지역에서 수행되는 '아랑제' 역시 아랑의 이와 같은 형상에 초점을 두고 있다. 더구나 이제 '아랑제'는 사명대사, 김종직 등 지역의 남성 영웅들과 함께 '밀양 아리랑 대축제'로 변형된 지형 축제의 틀 안으로 흡수되었다. 아랑과 어깨를 나란히 하는 김종직과 사명당은 지역사회 공동체를 대표하는 인물들로, 남성 연행 집단이 전유한 문화의 핵심에 자리 잡은 존재들이라고 할 수 있다.

'밀양 아랑제'는 과거 아랑에 대한 제향으로 시작되었다. 아랑 제향에 대한 초기의 구체적인 기록은 확인할 길이 없으나, 19세기 기록에 아랑 사당의 존재가 나타나는 것으로 미루어 보건대 아랑에 대한 제향 역시 그 무렵에 계속되고 있었던 것으로 짐작할 수 있다. 아랑 제향에 관한 구체적인 기록은 확인되지 않는데, 아랑제를 주관했던 이들은 일제강점기에 기생들이 남몰래 아랑을 모시는 제사를 지냈다는 말을 들은 적이 있다고 구술하기도 하였다.

1950년대 이후 지속된 아랑제의 핵심은 여성 제관이 주도하는 '아랑 제향'이었는데, 이 의례는 유교식 제례로 진행되었다. 다만 제사를 주관하는 제관은 '아랑규수 선발대회'라는 이름의 행사를 통해 선발되는 여성이 맡았는데, 주로 미모와 덕행을 갖춘 여학생으로 학교장의 추천을 받아 출전할 수 있었다. 대회에 참여한 여성들은 교양 필기시험 외, 시(詩)·서(書)·화(畵) 등의 각종 재예와 다도(茶道), 꽃꽂이, 자수(수놓기), 과일 깎기, 걸음걸이, 절하기, 생활 예절, 말솜씨, 품행 등을 평가받는 과정을 거쳐야 했다. '아랑규수 선발대회'는 '순결하고 정순하며 모범적인 가정 규수'를 뽑는 대회로 지역민들에게 의미화되었다.

1960년대 초 박정희 정권이 들어선 후 '아랑제'는 한국의 대표적인 지역 축제로 확장되면서 관 주도의 관변 행사로 자리 잡기 시작했다. 이후 아랑은 '정순(貞純)'의 화신으로 소환되는 동시에 통합과 동질화를 위한 이념적 도구(貞·節)로 동원되기에 이르렀다. '아랑규수 선발대회'와 '아랑 제향' 외에는, 지역의 중·고등학생들이 참여하는 대규모 마스게임과 일종의 스펙터클을 구현하는 데 초점이 된 정형화된 민속놀이가 '아랑제'의 핵심 내용으로 구성되었다. 1990년대 지방자치제 실시 이후 '밀양 아랑제'는 '밀양 문화제'로 바뀌었다가 2004년에 이르러 다시 '밀양 아리랑 대축제'로 변경되었다. '아리랑 대축제'로 전환되면서 아랑의 비중은 줄어들고, 김종직과 사명당을 아랑과 함께 기념하게 되었다. "임진왜란에서 나라를 구하신 사명당 임유정 성사의 충의정신, 조선시대 성리학의 태두이신 점필재 김종직 선생의 지덕정신, 죽음으로서 순결의 화신이 된 윤동옥 아랑낭자의 정순정신"이라는 '밀양 아리랑 대축제'의 구호는 이와 같은 아랑의 박제화 과정을 여실히 보여준다.

'아랑 제향'은 철저하게 유교식 제사 형태로 치러졌으며, 제관으로 뽑힌 여성들은 실질적으로 제사를 주도하지 못한 채 지역 유림들의 지시와 충고에 따라 맡은 배역을 충실하게 소화해낼 뿐이었다. 제를 올리는 것도 아랑규수로 뽑힌 여성이요, 제향을 위한 음식을 준비하는 것도 아랑규수와 그 어머니였지만, 이 모든 상황을 주관하고 감독하는 이들은 지역의 유림과 유지들이었기 때문이다. 오늘날의 '아랑규수 선발대회'는 과거와 달리 일반적인 미인 선발대회와 크게 다르지 않은 방식으로 진행된다. 성적 차별 체계에 기반하여 성적 폭력의 대상이 되었던 아랑의 몸은, 이렇게 해서 다시 '남성 지배'의 이념과 훈육 시스템을 강화하는 수단으로 소환되어 헌납되기에 이르렀다.

2006년 '밀양 아리랑 대축제' 때 공연된 춤극 〈아랑〉과 국악 연주 공연 〈아랑 윤동옥의 天道〉의 줄거리는 다음과 같다.

〈아랑〉

약 400여 년 전 이조 명종 때 밀양 윤 부사의 무남독녀인 동옥이란 처녀
가 있었다. 동옥, 즉 아랑은 재주가 뛰어날 뿐 아니라 용모가 남달리 아
름다워 부근 총각들의 선망의 대상이 되었다. 이 고을 관노인 통인 주기
가 신분도 잊은 채 아랑을 흠모하기 시작했다. 주기는 아랑을 유인해낼
방법으로 아랑의 유모를 돈으로 매수했다. 그리고 아랑의 유모는 휘영청
달이 밝은 날 아랑에게 달구경을 가자며 영남루 뜰로 데리고 나온 후 소
피를 보러 간다며 사라졌다. 유모가 자리를 피하자 아랑에게로 접근한
주기는 아랑을 겁간하려 했으나 아랑의 거센 반항 때문에 뜻을 이룰 수
없게 되자 비수를 끄집어내어 아랑을 위협했다. 아랑은 정조를 지키기
위해 반항하다 결국에는 주기의 비수에 찔려 죽고 말았다. (후략)

〈아랑 윤동옥의 천도〉

(전략) 밀양 윤 부사의 딸 윤동옥(아랑)은 사월 보름날 유모의 꾐에 빠져
영남루 누각에 달구경을 나가 주기에게 정조를 강요당하다 아랑의 거절
에 칼에 찔려 죽는다. (중략) 흥겨운 사물악기의 소리로 나비가 된 아랑을
달래며 우리 모두의 영혼 속에 정절의 여인으로 함께 살아간다.

두 공연은 모두 아랑의 형상에서 정조를 지키기 위해 산화해간 정절녀
와 열녀의 이미지를 더욱 강하게 부각시켰다. 이들 서사에서 초점이 되는
것은 정조를 지키기 위한 아랑의 저항이며, 이 분투는 아랑의 죽음을 통
해 완성된다. 또한 아랑의 죽음에 대해, 비극적 죽음을 가능하게 했거나
잠재적으로 묵인했던 상징 질서나 권력 구조를 향해 질문하기보다는 주
기와 유모의 개인적 악덕에만 그 책임을 묻고 있다. 아랑을 배제한 아랑

의 기념은《밀양아랑제 사십년사》에 실린 아랑 제향의 고유문(告由文)에 서도 확인된다.

> 겨레의 자랑으로 연면히 이어온 순결의 표상인 아랑아씨의 정순정신을 본받고자 하오니 어여삐 살피시어 어린 후진에게 향기 높은 빛을 내려주 시옵소서.

> 부덕의 표상인 정순과 미의 불씨를 엎드려 바치나이다. 굽어 살피시어 온 누리에 맑고 아름다운 빛이 넘치게 해주시옵소서.

> 저희들은 아랑아씨의 정순정신을 여성 생활의 귀감으로 기리고자 하오 니 아씨의 맑고 고운 넋이 길이 편안하옵기를 바라오며, 우리 향토의 발 전과 편안을 지켜주시옵소서.

정순녀 아랑, 순결한 처녀 아랑, 여중군자 아랑은 모두 남성 주체에 전 유된 이미지이며, 남성 주체가 지배하는 영토 내 존재들이다. 따라서 그들 이 스스로 지켜내지 못한 아랑은 저항하며 산화해간 열녀 아랑으로 다시 한 번 재창조될 수밖에 없다. 이제 남성 주체에게 남은 일은 자신의 영토 를 침입한 자를 처단하는 것이다. 같은 계층 내 여성인 사대부가 규중처 녀로서 아랑은 사대부 남성 주체의 아내이며 어머니이며 딸이며 며느리 이다. 무엇보다 사대부 남성 주체의 영토 내 가장 핵심부에 자리한 것은 배우자로서의 순결녀 아랑이다. 그런데 바로 그 가장 안쪽 핵심부를 다른 계층의 남성이, 그것도 특히 미천한 신분인 통인이나 노비가 공략해 들어 온 것이다. 이렇게 해서 사대부가 여성인 아랑의 죽음과 그녀를 노린 하충민 남성의 폭력은 남성 주체를 자극하는 가장 극적인 구도가 된다.

이제 남성 주체에게는 그토록 정숙하고 순결한 처녀 아랑이 왜 한밤중에 달구경을 나가 폭력의 빌미를 제공했느냐 하는 문제가 미해결의 과제로 남는다. 자신들이 만들어낸 아랑의 이미지를 남성 주체의 환상에 따라 완성시키기 위해 그녀에게 알리바이를 제공하는 마지막 손질이 필요한 것이다. 정숙한 아랑은 하층계급의 남성을 알지 못했을 뿐 아니라 그에게 전혀 관심을 갖고 있지 않았다. 무엇보다 얌전하고 정숙한 아랑은 유모의 꾐이 아니었다면, 어머니 대신 의존하던 유모의 유혹이 아니었다면 결단코 한밤중에 달구경 따위는 나가지 않았을 것이다.

이렇게 해서 정순녀 아랑, 열녀 아랑의 이미지가 완벽하게 구축된다. 물샐 틈 없이 완벽하게 마무리된 이미지 만들기와 함께 그녀의 생명은 사라지고 그녀의 입은 봉쇄된다. 바깥세상이 궁금하고 밤공기를 쐬고 싶은 어린 여자아이의 호기심도, 아랑에게 가해졌던 성적 폭력의 내용도, 폭력으로 인해 그녀가 경험한 슬픔과 분노도 단단한 봉인 아래 감금된 것이다. 이 모든 것들은 부인되고 지연된 채, '말할 수 없음'의 금기에 갇혀 다시는 떠오를 수 없는 저 깊은 심연에 파묻혀버린다.

폭력의 경험이 '말할 수 없음'의 금기에 갇힐 때 폭력의 기억은 수치스럽고 감추어야 하는 것으로 남으며, 폭력의 책임을 계속해서 피해자에게 되묻게 함으로써 가해자가 아닌 피해자의 죄의식을 강화한다. 공동체가 폭력의 피해자를 공동체의 수치로 간주할 때 폭력을 경험한 이가 직면하는 사회적 시선은 그의 말문을 닫게 한다. 그는 자신의 슬픔과 분노를 말할 수 없게 되며, 이와 같은 침묵의 봉인은 폭력을 발생하지 않았던 사건으로 만들면서 피해자의 상실을 더욱 강화한다.

아랑을 외면한 기념과 박제화가 지속될 때 이와 같은 행위에 참여한 여성들은 아랑에 감정을 이입하여 원귀 아랑의 해원을 통해 자기 상실을 애도하기보다는 아랑을 자신과 무관한 존재로 여기거나, 박제화된 아랑이 표상하는 가부장적 젠더 규범(열과 정 등)을 내면화하게 된다. 이런 과정이 반복될 때 아랑이 겪었던 고통과 상실은 여전히 '말할 수 없음'의 상태에 묶여 있을 수밖에 없다. 그러나 원귀 아랑의 귀환 목적이 '말하기'와 '공적 애도'에 있었다는 사실을 다시 돌이켜볼 필요가 있다. 또한 원귀 아랑의 귀환 목표는 '열녀'나 '정순녀'의 표상을 얻는 것이 아니었으며, 그녀가 원한 것은 남성 동성 집단의 승인이나 이들에 의해 부여되는 정절녀의 명예가 아니었다. 그가 원한 것은 남성 권력이 주도하는 기념, 곧 '정려문'을 받는 것이 아니었던 것이다.

원귀 아랑은 대리자를 만나 먼저 폭력 사건의 전말을 고하고 범인에 대한 정보를 제공하여 그로 하여금 광장에서 원귀의 발언을 모방적으로 수행하게 만든다. 그리고 대리자를 통하여 공공장소에서 폭력을 자행한 남성 스스로 자신의 행위를 자백하게 하고 공적 영역에서 가해자에 대한 집단의 심판과 법적 처벌이 이루어지도록 상황을 이끌어간다. 마지막으로 원귀 아랑은 대리자를 통해 집단의 구성원들이 다함께 그녀에게 폭행이 가해진 현장을 둘러보게 하고, 파헤쳐진 시신을 통해 폭행이 이루어진 그 날 그 모습 그대로(목에 칼이 꽂힌 채 피 흘리는 모습)를 드러내 보임으로써 폭력 장면과 함께 그녀의 죽음을 각인시킨다. 그리고 그녀의 시신을 묻고 장례를 치른 후 사당을 짓고 해마다 제사를 지내게 하는 것이다.

이것이 귀환한 원귀 아랑이 대리자인 신임 부사를 내세워 광장에서 행한 일의 전부이다. 결국 원귀 아랑의 귀환 목적은 처음부터 끝까지 '공적 애도', 곧 집단 성원 전체가 참여한 '광장에서의 애도'에 있었던 것이다. 원귀 아랑은 살아서는 애도할 수 없는 것을 애도하기 위해 죽어서 다시 돌아온 것이며, 이 애도를 위해 이곳도 저곳도 아닌 '사이'의 공간에 서서 인간도 아니고 여성도 아닌 원귀로 '발언하기'에 이른 것이다. 아랑이 죽어서라도 하려 했고 죽어서야 할 수 있었던 말은, 자신을 죽음으로 내몬 폭력의 내용과 폭력의 주체, 그리고 그 폭력으로 인해 유발된 자신의 슬픔과 분노였다. 살아 있는 여성 주체의 입을 통해서는 언어화될 수 없었던 상실이 죽어 귀신이 되어 돌아온 원귀의 힘과 그가 주도한 대리 발화를 통해 비로소 언어화될 수 있었다는 점에서, 살아서는 할 수 없었던 말을 죽어서 하게 되었다는 점에서 원귀 아랑의 대리 발화는 아랑이 자신의 육체적 자아를 내던져 획득한 상징적 자아의 목소리라고 할 수 있다.

– 김영희

참고 문헌

강진옥, 〈원혼설화의 담론적 성격 연구〉, 《고전문학연구》 22, 한국고전문학회, 2002.
곽정식, 〈아랑(형) 전설의 구조적 특질〉, 《문화전통논집》 2, 경성대학교 향토문화연구소, 1994.
김대숙, 〈구비 열녀설화의 양상과 의미〉, 《고전문학연구》 9, 한국고전문학회, 1994.
김영희, 〈밀양아랑제(현 아리랑대축제) 전승에 대한 비판적 고찰 – 돌아오지 못하는 아랑의 넋, 구천을 떠도는 그녀의 목소리〉, 《구비문학연구》 24, 한국구비문학회, 2007.
조현설, 〈원귀의 해원 형식과 구조의 안팎〉, 《한국고전여성문학연구》 7, 한국고전여성문학회, 2003.

一二三四五六七八九十

날개 달린 아기장수의 죽음과
자기 상실의 애도

신화적 존재의 추락과 반신반인 장수의 비극

신화를 믿고 숭배하던 세상이 점차 변하여 사람들이 신화 속 주인공의 성스러움을 의심하고 회의하기 시작했을 때 이들 주인공의 운명은 어떻게 달라졌을까? 우주의 중심이 될 자, 세상을 창조하거나 구원할 자임을 증명하던 그들의 '힘'은 아마도 무시무시한 파괴의 위력으로 다가오기 시작했을 것이다.

이들은 이제 과오를 범하고 신의 세계에서 추방되거나 신과 인간 사이에 태어남으로써 절반의 신성(神聖)에 갇히게 된다. 시간이 더 흘러 이들이 원래 신의 영역에 계보를 댄 존재들이었다는 사실마저도 잊히면, 이들은 신도 아니고 인간도 아닌 동시에 신이면서 인간인 반신반인(半神半人)의 존재로 살아가며 성(聖)과 속(俗)의 경계를 배회하게 된다.

신과 인간의 경계에 선 존재들은 신과 인간의 관계를 문제 삼으면서 인간의 존재론적 한계에 관한 인간의 회의와 질문을 보여준다. '완전한 성(聖)의 세계를 두고 인간은 왜 불완전한 존재로 남게 되었는가? 결핍과 불안을 해소하기 위한 인간의 도전은 왜 신에게 '죄'가 되었는가? 죽음이라는 인간의 한계에 직면하여 인간은 신의 양가적(兩價的) 얼굴에 어떻게 직면해야 하는가?' 등이 인간이 스스로 답을 구해야 하는 질문들이었다.

반신반인은 인간의 존재론적 모순을 그 자체로 상징하는 존재이면서 결핍과 한계에 직면하여 응전해나가야 하는 인간의 운명을 대리하는 존재이다. 성(聖)의 세계에 완전히 포섭될 수도 없고 인간의 불완전한 조건에 안주할 수도 없는 반신반인은 자기 한계에 대한 도전과 신에 대한 죄를 숙명처럼 안고 있는 존재라고 할 수 있다. 반신반인에게 남은 성(聖)의 흔적은 인간에게 구원의 빛이 될 수도 있지만, 반대로 파멸로 이끄는 위기가 될 수도 있다. 현실에 안주하지 않고 도전하는 그의 숙명이 인간의 현존을 뒤흔드는 죄의 씨앗이자 파괴적 징후로 인식될 수 있기 때문이다.

전 세계 다양한 문화권에서 전승되는 수많은 신화적 서사에 등장하는 반신반인적 영웅 가운데 가장 대표적인 존재는 '거인'이다. 한국에서 구술 전승되는 이야기들 중에는 거인의 면모를 드러내는 창조신 '마고'가 있다. 마고는 창조의 여신이지만 탈신성화와 세속화의 과정을 거쳐 일종의 거인 혹은 마귀 같은 신이하고 괴이한 존재로 인식되기도 한다. 그리고 마고는 이야기 속에서 대체로 지형의 창조에 관여하는 신격으로 등장한다. 마고의 배설물과 신체가 마을의 주요 지형을 형성한다.

한국 구술 서사에 등장하는 이와 유사한 남성 거인이 '장수'이다. 전국 산천 곳곳에는 이들이 남긴 발자국이나 갑옷 등을 숨겨놓은 바위 등이 있다. 마을에 따라서는 장수의 무덤이 있는 곳도 있고, 장수가 던지거나 들어서 옮긴 바위가 있는 곳도 있다. 장수의 칼이 꽂혔던 자리가 남아 있는 마을도 있고, 칼이나 활을 보관하는 농바위가 있는 곳도 있다. 장수와 관련된 산과 바위 등의 지형물은 모두 신성한 힘을 갖는다. 마을 제의가 행해지는 곳도 있고, 기우제나 기자치성(祈子致誠)의 대상이 되는 곳도 있다. 기타 생산과 관련된 주술적 관념에 결부되어 특별한 전설이나 민요의 전승 근거가 되는 경우도 있다.

장수가 사라진 바위나 칼과 갑옷을 남겨두고 간 바위는 장수의 재래(再來)를 증거한다. 장수는 '지금 이곳'에 없지만 미래의 어느 날 다시 오리라는 믿음 속의 존재이다. 그가 오는 날은 위기의 날일 수도 있지만, 이 위기의 날 그가 세상을 구원하거나 최소한 위기를 미리 알려주리라는 믿음이 전승되기도 한다. 장수의 서사가 지형물의 창조에 관련된다는 점이나 장수와 관련된 공간이 주술적 관념 혹은 제의에 결부된다는 점, 장수가 위기를 예고하거나 위기에서 민중을 구원하리라는 관념이 존재한다는 사실은 모두 장수의 신화적 성격, 곧 반신반인적 속성을 대변한다.

그러나 반신반인은 어느 세계에도 속할 수 없고, 숙명적으로 실패가 예정된 도전에 나선다는 점에서 비극적인 존재이다. 그의 도전은 신을 향한 것이기에 처음부터 패배가 예정된 '죄'가 될 수밖에 없다. 그의 초월적 역량은 그로 하여금 자신의 현존에 안주할 수 없게 만들어 그의 숙명을 신을 향한 도전으로 이끈다. 그러나 그에게는 인간의 한계 또한 내재되어 있기에 그의 도전은 반드시 실패할 수밖에 없다. 그는 자기 현존에 만족하지 못하는 인간의 어리석은 도전과 죽을 수밖에 없는 인간의 한계를 대변하는 존재이다. 따라서 그의 비극은 인간의 존재론적 비극이기도 하다.

한국 구술 전승에서 장수 또한 반신반인의 비극적 운명을 공유한다. 그는 엄청난 괴력을 갖고 있거나 거대한 신체 혹은 엄청난 식성을 갖고 있다. 그리고 그의 이런 '남다름'은 그를 도적의 수괴나 반역의 우두머리로 이끌기도 한다. 혹은 실제로 그런 일을 행하지 않을지라도 그와 같은 숙명을 타고난 것으로 예견된다. 이 때문에 그의 남다름은 인간 사회 내에서 '반사회적'인 것으로 인식된다. 구술 서사에 나타난 이 경계적 존재는 동질적인 인간 사회의 안정적 균질성을 깨뜨리는 위기 징후로 포착된다. 이런 부류 이야기에서 '장수'는 더 이상 미래의 구원자로 인식되지 않고 현재의 안정을 깨뜨리는 파괴자로 간주된다.

제주도의 장수들은 엄청난 식성을 가진 것으로 그려진다. 그리고 이야기 속에서 이와 같은 식성은 가난이 일상인 공동체에서 파괴적인 성격으로 간주된다. 그리고 이와 같은 이유로 그는 공동체로부터 추방되거나 배제된다. 반신반인적 속성을 지닌 장수가 신화적 대상에 대한 믿음이 현격하게 약화되어 인간적 질서와 관념 속에 재배치되는 탈신성화와 세속화의 여정을 걸으며 반사회적 존재로 낙인찍히는 것이다. 신의 속성으로 인식되던 그의 남다름은 반사회적 자질로 간주되기에 이른다. 이런 장수의 계보를 잇는 대표적 존재가 '아기장수'이다.

—

아기장수의 날개

—

옛날 가난한 집에 사내아이가 태어났다. 아이를 낳은 지 사흘째 되던 날 어머니는 목이 말라 부엌에 나가 물을 마시고 방으로 돌아왔다. 그런데 방에 누워 있어야 할 아기가 보이지 않았다. 어머니는 놀라 아이를 찾기 시작했다. 아이는 천장에 붙어 있었다(이야기에 따라 시렁(선반) 위에 앉아 있는 것으로 그려지기도 한다.). 어머니가 서둘러 아이를 내려 살펴보니 양쪽 겨드랑이 밑에 날개가 달려 있었다. 아기장수의 어머니는 남편에게 이와 같은 사실을 밝힌다. 이 말을 전해 들은 남편은 문중회의 혹은 마을회의를 소집하고 자신이 '날개 달린 아이'를 낳았음을 알린다. 한자리에 모인 문중 혹은 마을의 어른들은 "이토록 가난한 집에 남다른 아이가 태어났으니 나중에 화근이 될 것이 분명하다"고 하면서 부모가 아기장수를 죽여야 한다고 말한다. 부모는 아기장수를 기름 짜는 틀에 넣어 죽인다. 이야기에 따라서 커다란 섬돌이나 쌀섬으로 눌러 죽이기도 한다. 살려고 버둥거리는 아기를 죽이는 장면이 상세하게 묘사된다. 바닷가 마을에서는 마을 인근 바다에 나가 아이를 빠뜨려 죽이며, 살려고 헤엄쳐 다가온 아이를 다시 도끼로 쳐서 죽이기도 한다. 주변 바다가 붉게 물들고 이후 마을이나 나라에 변고가 있을 때마다 같은 장소에 붉은 기운이 감돌아 위기를 예고한다. 아이를 죽인 후 뒷산에서 용마가 나더니 자신이 태울 주인이 사라졌음을 알고 울면서 마을 앞 소(沼)에 빠져 죽는다. 그 뒤로 마을에서는 용마가 난 산을 용마산이라고 부르고 마을 앞 소를 용소라고 부른다.

〈아기장수〉 이야기는 현재까지 전국에서 600편이 넘는 각편이 채록되어 보고된 바 있으며, 신의주부터 제주도에 이르기까지 고른 분포를 보이는 한국의 대표적인 '전설(傳說)'이다. 나른 문화권에서 이와 유사한 주제를 다룬 이야기는 있어도 이와 같은 유형의 이야기가 전승된 예는 찾기 어렵다는 점에서 〈아기장수〉 이야기는 한국을 대표하는 구전 이야기라고 할 수 있다. 1970년대에는 가장 민족적이며 민중적인 이야기로 주목받았는데, 특히 핍박받는 현실 속에서 메시아를 기다리는 민중의 염원이 나타난 이야기로 해석된 예가 많았다. 1970년대 이후 한국문학 연구 영역에서 장르 논의가 본격화될 때에는 '설화' 장르 중에서도 전승의 근거인 '증거물'이 있고 '세계와 대결하여 패배하는 자아상'을 구현하는 장르인 '전설'을 대표하는 이야기로 주목을 받았다.

그러나 1980년대 후반 이후 천혜숙 등의 연구자에 의해 〈아기장수〉의 신화적 성격이 주목을 받기 시작했다. 특히 〈아기장수〉 이야기는 아기장수의 행동이 비극적 파국을 초래하는 것이 아니라 아기장수의 날개가 위기 징후로 포착된 후 파국을 향해 급진전한다는 점에서 역사적 상징성을 넘어서는 신화적 의미가 포착된다. 또한 전승 측면에서도 〈아기장수〉는 주로 남성 어른이 남자 아이들에게 들려주는 동화(童話)라는 점에서, 또 연행 및 전승 주체가 근친 간 살해를 다루는 비극적 사건을 심리적 저항 속에서도 변경하지 않고 연행한다는 점에서 문제적인 작품이라고 할 수 있다. 연행과 전승의 측면에서 변화를 지향하기보다는 전승의 지속성에 강하게 견인되는 작품인 것이다.

〈아기장수〉의 연행자들은 자신의 창작 역량에 따라 이야기 문맥을 바꾸기보다는 자신이 전해 들은 내용에 최대한 충실한 형태로 이야기를 연행하고자 노력한다. 600편이 넘는 각편 중 아기장수가 죽지 않거나 부모가 아기장수를 죽이지 않는 형태로 이야기 문맥이 변형된 예는 10%를 넘지 않는다. 〈아기장수〉를 연행하는 자격과 권한 역시 자의적으로 배정되지 않는다. 연행에 나선 이들은 마을공동체의 역사와 전통을 수호할 권한과 자격을 부여받은 이들, 이른바 '마을의 웃어른'으로 불리는 토박이 남성 이야기꾼들에게 연행을 미룬다. 그리고 이들은 이야기의 '서사적 진실성'에 대한 믿음과 순응의 태도 속에 연행을 주도하거나 연행에 참여한다. 마을공동체의 역사와 전통에 익숙하지 않은 이들, 특히 젊은 여성이나 이주민들이 〈아기장수〉를 연행하는 경우는 거의 없다.

그렇다면 〈아기장수〉 이야기는 마을공동체 내에서 어떤 사회정치적 효과를 만들어내는 이야기였을까? 〈아기장수〉 이야기는 남자 어른이 남자

아이들에게 들려주는 이야기라는 점에서 전통에 견인되며, 보수적으로 전승되는 이야기라는 점에서 연행과 전승의 권한과 자격이 제한되고, 이야기 자체의 권위를 존중하는 작품이라는 점에서 공동체 내 '남성'의 주체화 과정에 연관된 이야기로 해석될 수 있다. 공동체 내의 권력을 계승하고 역사와 전통, 규범적 가치 등을 이어나갈 다음 세대 주역, 곧 '남성' 주체가 사회적으로 구성되는 데 관여하는 이야기인 것이다.

〈아기장수〉의 연행에 참여한 남자아이들은 다음과 같은 메시지를 받지 않을 수 없다. 그것은 '내가 공동체가 승인하는 집단 동일성에서 벗어난 차이를 가진 존재로는 결단코 받아들여질 수 없다'는 것이다. 그리고 그 불승인의 정도와 압박은 '최후의 순간까지 나를 보호하고 보살필 것으로 믿어 의심치 않는 내 부모가 갓난아기인 나를 죽일 정도'의 것으로 해석된다. 이것은 집단이 공유한 '같음'에서 벗어난 '다름'을 간직한 채로는 부모는 물론 공동체의 그 어느 부분으로도 수용되거나 편입될 수 없다는 사실을 사회 입문을 앞둔 신참자에게 명확하게 제시하는 효과를 드러낸다. 차이를 지닌 존재로 공동체에 편입하려는 시도는 '생각조차 해서는 안 된다'는 의미에서 '금기를 넘어선 금기'라고 할 수 있다.

사실상 아기장수가 죽어야 하는 까닭은 '날개'에 있다. 여기서 날개는 집단 구성원 누구도 갖고 있지 않은 어떤 것으로, 집단 동일성에서 벗어난 차이 곧 '남다름'을 의미한다. 아기장수는 날개 없는 사람들의 세상에 날개 달린 아이로 태어났기 때문에, 다시 말해서 '남들과 다르기 때문'에 죽을 수밖에 없는 운명에 직면하는 것으로 그려진다. 〈아기장수〉의 연행에 참여한 아이들은 스스로를 '날개 달린 아기장수'와 동일시하고 아기장수가 직면한 운명을 자신의 운명으로 받아들인다. '날개 달린 아기장수'로는 사회에 입문할 수 없고, 자기 안의 '날개 달린 아기장수'를 죽이고 사회적 규범과 표준화 기제에 부합할 만한 존재로 거듭나야 입문을 성취할 수 있다는 메시지를 각인하게 되는 것이다.

전 세계 입문의례(initiation)는 죽음과 재생의 모티프를 구현하는 것으로 알려져 있다. 죽음과 재생을 의례적으로 모방하는 것은, 사회 입문이 전 존재로서는 죽고 새로운 존재로 거듭나는 과정으로 의미화되어야 하기 때문이다. 사회 입문을 앞둔 자들은 사회적 호명을 앞두고 자신이 입문할 공동체가 규범화한 가치나 표준화 기제들을 내면화해야 한다. 그리고 이 과정에서 규범과 표준에 벗어나는 존재로서는 죽고 이에 부합하는 존재로 거듭나는 재생과 부활의 여정을 거쳐 입문을 성취하게 된다.

그런데 입문의례는 입문 과정에서 수용될 수 없는 요소들을 서서히 축출하고 새로운 규범과 표준의 덕목을 순서대로 차근차근 획득하는 '점진적' 과정으로 구성될 수 없다. 이것은 분명한 '단절면'으로 구성되어야 하며, 입문의례에서 사실상 가장 강조되는 것도 질적으로 다른 주체로 구성되는 계기로서의 의례적 '죽음'과 '재생'이다. 이런 까닭에 세계적으로 분포하는 입문의례에서 '죽음'을 모방하는 형태의 행위들이 강조된다. 예를 들면, 긴 시간 수면 상태에 빠져들게 하거나, 극한의 신체적 고통을 경험하게 하거나, 동굴과 같은 밀폐된 공간에서 일정 시간을 보내게 하거나, 땅속에 파묻었다 꺼내거나, 환각 상태에 빠져들게 만들거나 하는 등의 활동으로 입문의례가 구성되는 것이다.

〈아기장수〉의 연행과 전승은 여기에 참여한 남자아이들에게는 입사적(入社的) 의미를 갖는다. 입사 전 존재로서는 죽고(날개 달린 아기장수로서는 죽고) 입사를 통해 새로운 존재로 거듭나게 되는 것이다. 이 과정에서 아기장수의 비극적 운명은 사회 입문 과정에서 대두되는 공동체의 압박이 입문자 개인의 심리에 어떤 강박과 신경증을 만들어내는지 암시한다. 그러나 아기장수의 죽음이 참혹할수록 아기장수의 죽음을 둘러싼 필연성과 정당화의 논리는 회의와 비판의 대상이 된다. '자기 보호조차 할 수 없는 어린 아기를 다른 누구도 아닌 부모가 죽여야 했을까', '아기장수의 죽음을 요구한 논리는 과연 옳은 것일까' 등의 질문이 제기되지 않을 수 없는 것이다. 이렇듯 비극적 파토스가 만들어내는 비판적 성찰의 계기는 사회적 규범과 표준화 기제에 대한 순응과 동시에 이와는 다른 결의 반응을 이끌어낸다.

사회적 주체로 호명을 받고 이 호명에 응답하는 주체화의 여정은 집단 동일성에 대한 동화의 압박과 이에 대한 순응으로만 구성되지 않는다. 사회적 존재로 살아가는 인간이라면 누구나 사회적으로 규범화된 동일성과 표준화의 기준에 부합하는 삶을 살고자 노력하는 한편으로 끊임없이 일탈을 꿈꾸기 때문이다. 〈아기장수〉 이야기가 만들어내는 서로 다른 결의 수용적 반응은 사회적 존재로 살아가는 인간의 존재론적 위치와 역설을 보여주는 동시에 이와 같은 사회적 삶의 조건에 대해 갖는 인간의 양가(兩價)감정을 대변한다.

—

부친 살해와 자식 살해

—

어느 날 문득 추방당했던 형제들이 힘을 합하여 아버지를 죽이고 그 고기를 먹어버림으로써 부군(父群)을 결단낸다. 말하자면 자군(子群)은 단결함으로써 혼자서는 도저히 불가능하던 일을 성취시키고 마침내 부군의 결단을 성사시킨다. 그들은 식인종들이었으니, 살해한 아버지의 고기를 먹었을 것임은 두말할 나위도 없다. 폭력적인 원초적 아버지는, 아들

형제들에게는 누구에게나 선망과 공포의 대상이자 전범(典範)이었다. 이들 형제들은 먹는 행위를 통해 아버지와의 일체화를 성취시키고, 각자 아버지가 휘두르던 힘의 일부를 자기 것으로 동화시켰다. 아마도 인류 최초의 제사였을 토템 향연은 이 기억할 만한 범죄 행위의 반복이며 기념 축제였을 것이다. 그리고 이 범죄 행위로부터 사회 조직, 도덕적 제약, 종교 같은 것들이 비롯되었을 것이다.

(프로이트, 〈토템과 터부〉,《프로이트 총서 16 - 종교의 기원》)

정신분석학자 프로이트는 인류학적 보고서와 연구 성과들을 토대로 인류 문명의 시작과 남성 주체의 탄생을 '부친 살해'의 대서사로 재구해냈다. 오이디푸스 신화를 비롯한 유수한 다른 문화권의 서사에서 반복 등장하는 부친 살해 모티프는 그 자체로 과거 혹은 지난 세계와의 단절과 새로운 세계의 시작을 알리는 서막을 표상하는 동시에 새로운 세계를 건설할 창조의 주체가 필연적으로 거쳐야 하는 입사(入社)의 과정을 상징한다. 새로운 질서의 중심이 될 아들의 무리는 아버지로 표상되는 구질서와의 절연을 선언하고 그 단절면 위에 자신들의 세계를 구축한다.

루이 16세를 광장에서 처단한 프랑스혁명이 부친 살해의 서사로 은유되는 것은 우연이 아니다. 혁명과 같은 역사적 단절과 변혁의 사건은 '아버지'로 상징되는 구질서와 구체제, 다시 말해 기존의 법·규범·윤리·도덕을 살해하는 과정을 거쳐 새로운 체제와 가치 규범을 건설한다. 부친 살해 서사가 상징하는 것은 생물학적 아버지의 살해 혹은 생물학적 아버지와의 단절이 아니라 공동체가 금과옥조로 수호하는 가치체계와 규범적 질서에 대한 전면적 반성이며, '아버지'로 표상되는 낡은 체제의 변혁과 그 체제를 대표하는 정치권력의 극복이다. 단선적으로 이야기할 수는 없지만, 추상적이고 상징적인 수준에서 역사를 논구할 때 '아버지'를 살해하는 과정 없이 진보나 변화는 존재할 수 없는 것이다.

심리학적으로 부친 살해는 오이디푸스 콤플렉스 형성을 통한 성적 주체의 탄생을 예고하는 사건이다. 아버지가 가진 것을 동경하며 아버지와 경쟁 관계에 돌입하는 심리적 주체는 아버지가 가진 것을 갖지 못한 어머니의 존재를 통해 거세 불안에 시달리게 된다. 공격과 숭배의 양가감정을 경험하는 주체는 자신의 환상 속에 구성된 상상적 아버지를 살해하는 과정을 통해 상징적 아버지와의 동일시로 나아감으로써 심리적 분리와 독립을 성취하게 된다. 부친 살해의 과정은 부모로부터 독립을 성취하려는 투쟁의 과정이며, 이는 '아이를 놓아주지 않으려는 부모와 이로부터 독립을 선언하려는 아이 간의 갈등'이라는 점에서 '세대 간의 대립'을 표상한다. 부친 살해 없이는 새로운 세대의 등장도, 심리적 주체의 분리·독립도 존재할 수 없는 것이다.

이야기가 인식과 기억의 틀을 만들고 세계상을 구성하며 정체성의 핵심 시나리오를 제공하는 힘을 발휘한다고 할 때, 부친 살해의 서사는 새로운 역사의 시작과 신구(新舊) 질서의 교체, '아들'로 표상되는 새로운 세대의 등장과, 심리적 주체의 성상 및 상징 질서로의 진입을 이끌어내는 효과를 만들어낼 수 있다. 그런데 만약 서사적 전통 속에서 부친 살해가 아닌 자식 살해가 구현된다면, 이런 이야기는 어떤 사회적 의미를 성취하는 것일까? 아버지를 살해하는 자식이 새로운 세계의 주인공이 된다면, 아버지에 의해 살해되는 자식은 결국 새로운 세계가 오지 못하는 미래를 예고한다. 아기장수가 지닌 날개, 곧 차이가 현재와는 다른 미래를 예고하는 징후라면, '날개 달린 아기장수의 죽음'은 미래로 나아가는 문을 닫고 현재 상태에 머물러 있는 '오늘'이 지속되는 상황을 암시한다.

남성 주체의 우울과 어머니라는 알리바이

프로이트는 "억압된 모든 것은 사라지지 않는다"고 경고한 바 있다. 주체화의 여정 속에 거세된 '날개 달린 아기장수'는 어디로 사라진 것일까? 프로이트의 말대로 사라지는 것이 아니라면 무의식 깊숙한 곳에 억압된 채 가라앉아 있는 '죽은 아기장수'는 언제 어떻게 우리에게 엄습해오는 것일까? 프로이트는 특정 대상을 향해 있던 마음의 에너지가 대상을 상실했을 때 반드시 상실을 애도하는 시간을 거쳐야 새로운 대상을 향해 다시 마음의 에너지를 쏟아부을 수 있다고 말한다. 그리고 애도되지 못한 상실은 사라지는 것이 아니라 마음속에 우울로 똬리를 튼다고도 했다.

상실이 무의식적으로 부인될 때, 다시 말해 상실이 일어났다는 사실을 인식조차 할 수 없을 때 애도는 지연되고 우울이 지속된다. 사회화의 과정 속에 '날개 달린 아기장수'를 죽여야 했던 이들은 모두 '날개 달린 아기장수의 죽음'이라는 상실을 인지하지 못한 채 살아가기에, 우울 속에 존재한다. 프로이트는 사실상 양심적 자아, 흔히 사회적 자아라고 말하는 것이 이와 같은 우울증적인 과정을 거쳐 형성된다고 말한 바 있다.

애도하지 못한 상실(아기장수의 죽음)을 마음속에 자아 형성의 잔여물로 보존한 채 살아가야 하는 '남성' 주체에게도 심리적 방어가 필요하다. 어린아이들은 아기장수에게 감정을 이입하지만 이 아이들이 자라 어른이 되어갈수록 이들은 아기장수가 아닌 그의 부모에게 감정을 이입하게 된다. '어린 아기장수의 죽음'을 방관하거나 혹은 방조한 이로서의 죄책감이 사회화가 진행될수록 더욱 강화되는 까닭이 여기에 있다. 그리고 죄책감이 짙어갈수록 이를 회피하기 위한 심리적 방어도 강해진다.

이 때문에 아기장수의 비밀을 발견하고 아기장수의 비밀을 발설하는 이는 다름 아닌 그의 어머니가 되어야 한다. 아기장수의 죽음을 요구하는 것은 남성 연대 내부의 정치적 논리이며, 새로운 질서의 성립을 가로막는 구질서의 핵심 역시 남성 권력이다. 또한 아기장수를 살해하기로 결정하고 부모로 하여금 이를 실행케 하는 것 또한 남성 연대에 토대를 둔 공동체라고 할 수 있다. 그러나 이 모든 일의 시작점에는 그의 어머니가 있다. 즉 모든 책임을 어머니에게 떠넘기는 것이다. 그리하여 〈아기장수〉 이야기를 연행하는 이들은 이야기 끝에 "이런 이유로 장수가 태어나면 자기 어머니부터 죽여야 된다는 말이 있다"는 언설을 덧붙인다.

〈아기장수〉 이야기와 유사한 주제를 공유하는 〈우투리〉 이야기라는 것이 있다. 구전 이야기 속에서 우투리는 태어나서 자라는 동안 말을 하지 못하거나 상반신만 있는 상태로 태어난 것으로 그려진다. 그러던 어느 날 우투리를 업고 논일을 하던 그의 어머니 앞에 말을 탄 관리가 지나가다 그 어머니를 희롱한다. 말을 타고 지나가던 관리가 "네가 지금까지 심은 모가 모두 몇 포기이냐?"라고 묻고 어머니가 답을 하지 못해 쩔쩔매는 사이, 말도 못하고 걷지도 못하던 우투리가 갑자기 말문을 열고 "당신이 지금까지 디뎌온 말 발자국 수가 얼마인지 말하면 우리도 시금까지 심은 모가 몇 포기인지 대답하겠다."라고 말한다. 이날로부터 사태는 급반전된다. 우투리는 집으로 돌아와 어머니에게 콩 한 되, 팥 한 되를 볶아달라 말하면서 곧 누군가 자신을 찾아올 것인데 자신이 어디로 갔는지 묻거든 절대로 아무 말도 해서는 안 된다고 말한다. 어머니는 우투리의 말대로 콩을 볶다가 튀어나온 콩 한 알을 주워 먹는다.

우투리는 어머니가 볶아준 콩과 팥을 들고 집을 나서며 자신이 어디로 가는지 알려 하지 말라는 금기를 남긴다. 그러나 우투리의 어머니는 아들의 뒤를 쫓고, 아들이 산속 바위 안으로 사라져 들어가는 모습을 목격한다. 우투리가 사라진 뒤 어느 날, 지난날 만났던 관리의 부하들이 찾아오고 그들의 겁박에 못 이긴 어머니는 아들이 사라진 곳을 밝히고 만다. 관리의 부하들을 우투리가 사라진 바위까지 안내한 어머니는 아들의 탯줄을 무엇으로 잘랐냐는 부하의 질문에 억새풀이라고 답한다. 관리의 부하가 억새풀로 바위를 가르자 바위 속에서 군사를 일으켜 나오던 우투리가 관장의 부하들과 격전을 벌이게 된다. 우투리의 군사들은 어머니가 볶아 준 콩과 팥이 변한 것이었는데, 어머니가 무심결에 주워 먹은 콩 한 알 때문에 우투리는 패하고 만다.

〈아기장수〉에 비해 〈우투리〉 이야기는 더욱 명확하게 신구 질서의 대립이라는 주제를 구현한다. 우투리는 미래에 세상의 중심으로 우뚝 설 자로 그려진다. 이야기 속 관장은 각편에 따라 조선을 세우려는 이성계로 묘사되기도 하는데, 이들은 우투리가 만들어낼 새로운 세상의 반대편에 서 있다. 끝내 우투리는 패배하고 새로운 세상은 다가오지 못하며, 이 때문에 이야기를 연행하고 전승하는 이들은 모두 부조리하고 모순투성이의 현재에 머물게 된다. 그리고 이 모든 책임은 우투리의 어머니에게 있다.

우투리의 어머니는 사실상 구질서에서 새로운 질서로 넘어가는 남성 권력의 승계와 무관한 존재이다. 그러나 새로운 질서가 구현되지 못한 책임은 금기를 어긴 어머니에게 있다. 그녀는 아들의 비밀을 폭로하고 아들이 제시한 금기를 위반한다. 끝내 아들을 파멸에 이르게 한 치명적 실수 또한 그녀의 몫이다. 그러나 튀어나온 콩 한 알을 주워 먹은 과오는 우투리를 둘러싼 성스러운 비밀을 알 수 없는 어머니에게는 지극히 자연스럽고 당연한 일이며, 이것은 모든 사람이 공유한 인간적 한계에 해당한다. 우투리를 배신하고 거절하고 가로막은 것은 '모두'이지만, 그가 미래 세계의 주인이 될 자라는 사실을 인식하지 못한 무지와 사소한 실수 또한 '모두'의 것이지만, 이 '모두'를 대신해 그의 어머니가 과오와 잘못을 떠안는다. '어머니의 죄'가 우투리의 파멸에 동참하거나 이를 방조하고 방관한 모든 이들의 죄책감과 우울을 대리하는 것이다.

그러나 이와 같은 심리적 방어기제는 상실을 애도하는 계기를 마련하지 못한다. 오히려 상실을 인지하지 못하는 상태가 지속되고 애도가 지연되면서 우울이 강화될 수 있다. 오늘날 사회화의 여정을 거쳐온 모든 이들은 어쩌면 마음속에 '날개 달린 아기장수의 죽음'이라는 상실을 품고 살아가는지도 모른다. 그리고 이 상실은 애도되지 않은 채, 그러나 사라지지도 않은 채 우리 마음 안에 끈질기게 남아 있을 것이다. 사회 입문을 위해 스스로 거세해야 했던 무수한 나만의 '차이'들은 지금 우리의 '알아차림'과 '애도'를 기다리고 있다. 우리가 자기 내면의 차이들, 바로 이 '내 안의 타자'들을 이해하고 수용할 때 사회 속에 더불어 살아가는 무수한 차이를 지닌 '나와 다른' 존재들을 이해하는 새로운 지평도 열릴 것이다.

- 김영희

참고 문헌

김영희, 《한국 구전서사의 부친살해》, 월인, 2013.
조동일, 《민중영웅이야기》, 문예출판사, 1992.
김수업, 〈아기장수 이야기 연구〉, 경북대학교 박사학위논문, 1995.
김영희, 〈비극적 구전서사의 연행과 '여성의 죄'〉, 연세대학교 박사학위논문, 2009.
천혜숙, 〈전설의 신화적 성격에 관한 연구〉, 계명대학교 박사학위논문, 1987.

부정당한 여성 신성과
쌍둥이 남신의 결핍

짝패 '여신'의 비극적 운명

—

신화에 자주 등장하는 소재 가운데 하나는 '짝패(double)'이다. 짝패의 이미지는 몸은 하나지만 머리가 둘로 나뉜 형태로 등장하기도 하고 쌍둥이신으로 등장하기도 하는데, 어느 경우에나 둘 중 하나는 부정된다. 짝패의 상태에서 존재는 불완전한 것으로 간주되며 둘 중 하나의 존재가 사라졌을 때 나머지 하나는 온전한 자신의 운명을 살아갈 수 있는 것으로 그려진다. 그러나 남은 하나는, 부정당해 사라진 나머지를 일종의 '결핍'으로 안고 살아가야 한다. 부정당한 신성(神聖)이 사라진 채 보존되는 '잔여'로 남음으로써 존재의 결핍과 균열 상태가 지속되는 것이다.

이 짝패가 남매로 그려질 때 신화적 서사의 주제는 젠더 감각을 불러일으킨다. 사라져야 하는 것은 '남성'이 아니라 '여성'이며, 부정당해 사라진 여성 신성(여신)은 남은 남성에 비해 더 월등한 권능을 가졌던 것으로 가정된다. 그러나 여성 신성의 거세는 필연적인 논리로 그려지며 남은 남성은 사라진 여성 신성의 죽음과 부재를 현존으로 안고 살아간다. 그리고 그는 이 결핍으로 인해 비극적 파국을 맞이하게 된다. 짝패의 운명은 처음부터 결핍을 잔여로 보존하는 방향으로 노정되어 있으며 이 보존은 필연적으로 파멸을 부른다.

한국에서 전승되는 〈오뉘힘내기〉 이야기는 〈아기장수〉처럼 대표적인 '신화적 전설'로 분류되곤 한다. 이 이야기는 '오뉘힘겨루기'로 불리기도 하는데, 성이나 탑 등의 지형에 얽힌 전설 혹은 역모에 연루되어 죽은 비운의 인물에 관한 전설로 전승된다. 〈오뉘힘내기〉는 장사로 태어난 두 오누이가 서로 능력을 겨루는 내기를 하다가 일부러 내기에 진 누이 장사가 결국 죽음을 맞이하는 내용의 이야기이다. 자신의 능력을 과신하는 남동생을 타이르려던 누이의 의도가 엉뚱한 방향으로 빗나간 결과를 초래하여 결국 오누이가 생사를 건 내기를 하게 되는데, 이때 누이가 이길 것을 예견한 어머니가 일부러 누이를 지게 하고 이를 받아들인 누이가 스스로 죽음을 자초하는 내용으로 구성되어 있다.

이야기는 "○○지역 ○○마을에 있는 '○○산'에는 '○○성'(혹은 '○○탑')이 있는데, 이는 옛날에 오누이 장사가 쌓은 것"이라는 말로 시작되거나 "옛날에 ○○라는 사람이 살았는데 반역을 도모했다가 실패하여 죽었다."라는 말로 시작된다. 주인공 오누이는 모두 힘이 뛰어나 '장사'로 불렸는데, 남동생은 많이 알려진 데 비해 누이는 그의 특별한 능력이 거의 알려지지 않았다. 특히 이야기의 문맥은 남동생보다 누이가 더 뛰어난 장사였음을 계속해서 암시한다. 남동생인 장사는 매일같이 밖으로 돌아다니며 자신의 힘을 자랑하고 다녔는데 자신의 힘을 과신하고 으스대는 경향이 강했다. 이를 염려하던 누이는 남장을 하고 씨름판에 나가 남동생과 겨뤄 승리를 거둔다. 씨름에서 지고 돌아온 남동생은 분을 이기지 못하고, 이를 본 누이가 사실을 고백한다. 누이의 말을 들은 남동생은 격분하고 누이에게 내기를 제안한다. 내기의 내용은 각편에 따라 다른데, 남동생이 나막신을 신고 서울에 다녀올 동안 누이가 탑이나 성을 쌓기도 하고, 남동생이 성을 쌓을 동안 누이가 이 성을 감쌀 베를 짜기도 한다. 남동생은 내기에서 지는 사람이 죽기로 하자고 제안을 하고 누이는 이를 받아들인다. 승부는 누이가 이기는 쪽으로 기우는데, 이를 지켜보던 어머니가 아들이 내기에 져서 죽을까 염려하여 누이에게 뜨거운 팥죽(혹은 그 밖의 다른 뜨거운 음식)을 먹인다. 누이는 어머니의 의도를 알고 있었지만 팥죽을 받아먹고 이 때문에 내기에서 져 죽음을 맞이한다. 누이가 죽고 시간이 흐른 뒤 남동생은 반란을 도모하게 되는데, 자신의 능력을 과신하여 성급하게 나서는 바람에 결국 실패하여 비참한 최후를 맞는다.

〈오뉘힘내기〉는 한국에서 전승되는 대표적인 비극적 전설로 분류되곤 한다. 비극적 파국을 초래하는 필연성의 논리는 '짝패'에서 시작된다. 오누이 장사는 남매로 그려지고 있지만 이는 짝패, 곧 쌍둥이신의 변형된 형태라고 할 수 있다. 남매는 초월적 힘 혹은 신성 표상을 공유하고 있으며 한 부모 아래에서 태어나 자랐다. 이야기에 암묵적으로 전제된 논리는 대등한 힘을 가진, 같은 근원에서 태어난 두 존재는 공존할 수 없다는 점이다. 내기를 해야 할 이유도, 내기에서 진 사람이 죽어야 할 이유도 없지만 이야기 플롯이 전개되는 흐름 속에서 이들 사건은 필연적인 과정으로 그려진다. 둘 중 하나는 반드시 사라져야 하는 것이다. 그리고 남은 하나는 이 죽음을 자기 존재 안에 보존한 채 살아가야 한다.

문제는 쌍둥이신을 표상하는 신성한 남매 가운데 왜 사라져야 하는 것이 누이인가 하는 점이다. 또 누이가 아니라 남동생을 선택해야 하는 운명은 이미 필연적으로 예정되어 있음에도 표면적으로 이를 실행하는 인물은 오누이의 어머니로 설정된 점 또한 문제적이라고 할 수 있다. 이와 더불어 누이의 죽음을 보존한 채 살아가야 하는 남동생은 '반란의 수괴'가 되고 비극적 필연성에 이끌려 파국을 맞이하는데, 이야기의 맥락상 파국의 원인이 누이의 죽음에 있는 것으로 그려진다는 점 또한 살펴볼 필요가 있다. 파국을 향한 이와 같은 설정은 누이의 죽음을 초래한 남동생과 어머니의 행동을 비판적으로 고찰하는 계기를 마련하지만 다른 한편, 부정된 누이의 신성(神聖)이 남성 영웅에게 결핍을 만든 원인으로 해석되는 계기를 만들기도 하기 때문이다.

신화와 반(反)신화

〈오뉘힘내기〉에 주목한 초기 연구자들은 이 이야기를 전국에서 전승되는 대표적인 광포 전설이자 전형적인 비극적 서사로 분류하고 이야기의 비극성을 역사적 관점에서 분석하고자 하였다. 이 이야기는 '현실에서 좌절한 역사 인물에 관한 전설'로 재해석되면서, 조선시대 반란을 도모했다 실패한 이몽학 등에 얽힌 전체 이야기군의 일부분으로 이해되기도 하였다. 최치원, 이몽학, 김덕령, 이자겸, 이괄 등 뛰어난 능력에도 불구하고 비극적 좌절을 맛본 역사적 인물이나 반란을 도모했다 실패한 인물들이 〈오뉘힘내기〉의 주인공으로 등장하기도 하고, 비극적 영웅의 일대기적 이야기 묶음 속에서 실패 원인을 제시하는 에피소드로 〈오뉘힘내기〉가 삽입되기도 하기 때문이다.

역사적 관점에서 〈오뉘힘내기〉를 해석하던 시기에 주제 비평에서 초점화된 것은 남성 영웅의 좌절이었다. 남성 영웅의 비극적 운명을 통해 민란 시기 민중의 역사의식을 규명하고자 하는 이들은 〈오뉘힘내기〉의 주제를 '설화의 주인공(武人)이 자아를 성취하고자 현실 세계와 투쟁하다 목표를 달성하지 못하고 불행하게 죽었지만 민간에서는 초월적인 비범한 능력을 지닌 인물로 계속 숭앙되는 이야기'로 기술하기도 하였다. 그러나 이 과정에서 누이의 존재 의미나 어머니의 역할, 신성 표상이 오누이의 형태로 나타난 것의 상징적 의미나 오누이 장사라는 서사적 전략의 효과 등은 간과되거나 제대로 다루어지지 못했다.

이에 대한 반성에서 다음으로 연구자들이 주목한 것은 〈오뉘힘내기〉의 신화적 성격이었다. 이에 주목한 연구자들은 이른바 장수 설화나 장사 설화가 거인 설화로서 신화적 속성을 다루고 있음에 초점을 두기도 하였다. 그러나 이들이 새롭게 주목한 것은 '누이'였다. 〈오뉘힘내기〉의 신화적 성격에 주목한 이들 대부분은 누이에게 드리워진 여신의 흔적에 관심을 기울였다. 이들은 〈오뉘힘내기〉에 등장하는 누이가 대지모신(大地母神)의 상징성을 지니고 있다고 주장하였다. 〈오뉘힘내기〉의 누이가 여성 신성 혹은 여성 신화의 계보를 잇고 있음에 주목하고, 신화가 탈신화화되거나 신성 표상이 탈신성화의 여정을 이어가는 과정에서 여신의 신성 표상이 점차 탈각되어 흔적만 남게 된 것을 이 누이의 표상으로 이해했던 것이다.

이들 연구자 가운데 천혜숙은 〈오뉘힘내기〉를 '신화적 전설'로 명명하고, 이를 신화 전승 시대 이후 탈신화화된 서사가 아니라 신화와 공존하며 다른 지향을 향해 나아간 반(反)신화화의 서사로 규정하기도 하였다. 그는 오누이신의 신화적 형태로 〈남매혼〉 이야기를 거론하였다. 홍수 등의 종말적 사건이 도래하여 천지 가운데 오누이만 남게 되었다는 설정으로 시작되는 〈남매혼〉 이야기는 맷돌을 굴리는 등 하늘의 의지를 묻는 시험을 거쳐 '성적 결합'에 이르게 되고 이를 통해 새로운 인류의 시조가 된다.

어느 날 온 세상이 물에 잠기고 모든 사람이 사라진 가운데 오로지 산꼭대기에 오누이만 남게 되었다. 오누이는 어찌할 바를 모르다가 맷돌을 산 아래로 굴려 산 아래 바닥에 이르기까지 맷돌이 서로 붙은 채 굴러가면 서로 성적인 결합을 하고 중간에 떨어지면 헤어지기로 하였다. 맷돌을 굴렸는데 산 아래까지 맷돌이 붙은 채 굴러갔다. (이야기 각편에 따라서는 불을 피워 오른 연기가 둘로 나뉘었다가 서로 얽히는 장면이 등장하기도 하는데, 변이형들은 대체로 둘로 나뉘었던 것이 하나로 합쳐지거나 얽히는 형상으로 나타난다.) 이에 따라 오누이는 서로 성적인 결합을 하고 자손을 낳아 인류의 시조가 되었다. (〈남매혼〉 이야기의 개요)

구조주의적 신화 비평의 관점에서 보면, 〈남매혼〉의 오누이 결합은 같은 오누이 모티프를 공유하고 있는 〈오뉘힘내기〉의 대결 양상과 완벽하게 대비된다. 오누이 관계가 한쪽은 '결합'을 향해 나아가 새로운 세상의 창조와 인류의 시작이라는 신화적 사건으로 귀결되고, 다른 한쪽은 '대결'을 향해 나아가 새로운 세상으로 나아가려는 시도가 좌절되는 비극적 사건으로 귀결되기 때문이다. 전자에서는 오누이가 공존할 뿐 아니라 오누이의 공존과 결합이 신화적 맥락에서 정당화된다. 반면에 후자에서는 오누이 가운데 누이가 반드시 사라져야 하며, 오누이 가운데 한 명의 소멸이 결과적으로 나머지 한 명 내부의 결핍으로 보존될 뿐 아니라 이 결핍으로 인해 나머지 한 명마저 비극적 파국을 맞이한다는 점에서 오누이의 운명은 처음부터 공존이 아니라 공멸을 향해 예정되어 있다. 천혜숙은 이를 '신화'와 '반(反)신화'로 명명하였다.

　신화와 반신화가 공시적인 것이든 통시적인 것이든, 다시 말해 신화와 반신화가 같은 시대에 공존하는 서로 다른 지향의 서사이든 탈신화화와 탈신성화의 역사적 맥락 위에서 서로 잇따르는 순차적인 서사이든 간에, 분명한 것은 오누이로 표상된 신성(神聖)의 운명이 서로 다른 서사적 전략 속에 정반대 방향의 사건 전개 서술로 귀결되었다는 점이다. 오누이는 쌍둥이만큼이나 신화의 단골 주제라고 할 수 있다. 중국의 복희와 여와 신화 외에도 전 세계 많은 신화에서 창조의 신이나 소멸의 신 혹은 죽음의 신이나 인류의 시조신이 '오누이신'으로 등장한다. 오누이가 아닌 부부 등 다른 종류의 남녀 구성으로 등장하는 사례도 있으나, 오누이로 등장하는 경우에 분명하게 강조되는 것은 이들이 하나의 신성 혈통에서 나온 서로 다른 짝패라는 사실이다.

　오누이신의 운명이 쌍둥이신의 운명과 언제나 일치하는 것은 아니어서 오누이 가운데 한쪽이 반드시 소멸되어야 하는 것은 아니다. 그러나 신성을 상징하는 오누이 가운데 어느 한쪽이 사라지는 경우 다른 한쪽은 반드시 사라진 한쪽, 즉 소멸 그 자체를 자기 존재의 내부에 보존한다. 그리고 이것이 남은 한쪽의 치명적 결함이자 결핍이 된다. 오누이신은 둘이면서 하나인 신을 표상하는데, 둘이 아닌 하나의 표상으로 남아야 할 때 한쪽이 다른 한쪽을 지운 상태 그대로 보존해야 하는 것이다. 이렇게 해서 남은 신성은 부정된 나머지 신성을 지운 상태, 곧 결핍으로 보존하면서 둘이면서 하나임을 증거하게 된다. 부정된 채 사라진 신성은 이렇게 해서 부재 속에 현존을 드러낸다.

　〈오뉘힘내기〉에서 부정되어 사라진 신성은 '누이'이다. 그리고 이 과정에서 오누이의 어머니가 개입한다. 남동생이 아니라 누이가 부정되고 이 부정의 과정에 어머니가 '아들을 살리기 위해서'라는 이유로 개입하는 양상은, 이 신화적 흔적을 담은 서사의 탈신성화 내지는 탈신화화 과정에 젠더 전략이 개입되었음을 의미한다. 어머니의 개입은 아버지의 부재 속에서 이뤄진다는 점에서 더욱 문제적이다. 어머니의 개입으로 인해 딸인 누이가 자신의 파멸을 무조건적으로 순응하고 있다는 점 또한 주목할 필요가 있다. 오누이신의 신화적 명성이 희미해진 자리를 대체한 어머니와 오누이 사이의 삼각관계는 〈오뉘힘내기〉가 신화의 다음 단계로 어떤 서사적 전략을 취하게 되었고 그 효과는 무엇이었는지 살펴보는 데 필요한 핵심 열쇠라고 할 수 있다.

―

오누이와 어머니 사이의 삼각관계

―

"이몽학 어머니가 생각하건대 '틀림없이 아들이 살아야 할 텐데.' 그런데 아들이 딸한테 죽게 생겼거든. 얼른 어머니가 팥죽을 끓여가지고 마중을 나갔어. 치마를 끌면서 오는 딸을 보고서 '오죽이니 시장하겠니. 내가 팥죽을 쒀 왔다' 하면서 팥죽을 떠주었어. 팥죽을 막 떠먹을려고 하니까 아들이 오더래. 그래서 누님이 죽고 아들이 성공을 했드레여."

(윤재근 채록, 충남 부여군 은산면 김결봉(남, 73세) 연행)

"그 모친이 있어가지고 가만히 보니 그래, 만약 딸이 먼저 쌓게 되면 아들이 죽는단 말이야. 아들이 죽으니 자기가 인제 가서 한 번만 더 쌓아가지고 더 인제 가지고 올라가면 다 마무는데, 토성을 마무는데, 그때 그 어무이가 떡을 가지고 갔어. '아, 야야. 이 일이 수골하고 이래 된데 떡을 먹고 싸라.' '아, 늦습니다.' '아이, 아직 늦지 않다. 저 아들은 인제 응, 자는 아직 멀었으니 니는 떡을 먹고 가서 쌓아도 괜찮다.' 그래. 그래 인제 앉아서 인제 떡을 좀 멕였단 말이야. 멕이고 가니 시간이 좀 늦었단 말이야. 고, 고 인제 시간에 올라가면 먼저 쌓는데, 그만 떡 먹다보니 시간이 늦어. 그래, 아들이 그만 먼저 이겼단 말이야. 먼저 쌓고 나니 누우가 내중 그만 늦어가지고 누우가 죽었다는 그런 얘기가 있어……. 토성을 쌓을 때 그 누우가 그저 한 초매 앞 쌓아가지고 올라가면 고만 성이 돌아가면 쌓고 이렇게 됐다고 전설이 있잖아. 하룻밤에 쌓았다는 거야. 장군, 여장군이지. 그래 그 어무이가 그 누우를 내중 지고, 지게 해가지고 인제 누우가 죽고 이랬다는 시방 지금도 여 내려가면서 그 성이 지금도 뵈이여. 석성은 뵈이고 토성은 다 무너져 없고."

《한국구비문학대계》 2-8, 강원도 영월군 영월읍 엄기복(남, 73세) 연행)

〈오뉘힘내기〉를 이끄는 핵심 사건은 오누이와 어머니 사이에서 전개된다. 오누이의 아버지는 처음부터 부재하며 언급조차 되지 않는다. 오누이의 어머니 역시 내기가 막바지에 이르는 마지막 단계에 처음 등장할 뿐이다. 그러나 오누이의 어머니는 누이의 승리로 귀결될 내기의 결말을 정반대 방향으로 전환하는 결정적 역할을 수행한다. 딸에게 뜨거운 팥죽을 먹이며 어머니는 조금도 망설이지 않는다. 어머니에게 '아들이 아니라 딸이 죽어야 한다'는 것은 너무나도 마땅한 일이어서 의문의 여지조차 없는 사안이다. 그리고 딸 역시 어머니의 이와 같은 생각을 저항 없이 받아들이며, 어머니에게 정당한 일이 자신에게도 그러하다는 듯 팥죽을 받아먹는다. 어머니도 딸도 팥죽을 받아먹는 행동이 '죽음'을 초래하는 일이 되리라는 것을 알고 있다.

어머니는 오누이의 내기를 막을 수도 있고 죽음을 요구하는 아들의 행동을 꾸짖을 수도 있다. 그러나 아버지는 부재하고 어머니와 딸은 아들의 뜻을 따른다. 아들의 결정에는 재론의 여지가 없다. 그러나 아들이 인정받고 싶어 하는 세계는 '남성 동성 집단'이며, 아들이 추구하는 권력도 아들을 거부하는 권력도 모두 '남성 정치권력'이다. 사실상 아들이 도전하는 세계도, 이 아들의 도전을 부정하는 세계도 남성들의 것이지 여성들의 것은 아니다. 그러나 싸움과 갈등은 '어머니와 딸' 사이에서 일어난다. 어머니는 자신의 의지인 듯 딸에게 팥죽을 내밀지만, 사실상 딸의 죽음을 요구하는 것은 아들이요, 부재하는 아버지이다. '아버지'로 상징되는 남성 권력 질서와 규범은 부재하는 가운데 '어머니'를 대리자로 내세워 자신의 의지를 실현한다. 어머니는 아들과 아들 너머에 존재하는 '상징적 아버지'의 뜻을 대리하는 존재이다.

오누이 장사 가운데 누이 역시 어머니의 뜻을 따름으로써 어머니 배후에 존재하는 아버지와 아들, 다시 말해 부권적 질서의 의지와 요구를 수용한다. 이 갈등의 구조 속에서 어머니와 딸은 아들인 남성의 입사를 위한 도구적 존재처럼 그려진다. 누이는 남동생의 자만을 바로잡아 그를 '훌륭한 영웅'으로 성장시키기 위해 남복을 하고 그에 맞선다. 그리고 자신의 죽음을 통해 그의 존재를 완성하고자 한다. 남동생이 도모하는 반란이 낡은 질서에 대한 도전이라면 낡은 질서나 새로운 질서를 상징하는 세계는 모두 남성 주체의 것이며, 남성 정치권력의 장(場)을 통해 구성되는 것들이다. 새로운 세계의 주인이 되어야 할 남성 주체의 질적 성장과 변화를 위해, 다시 말해 입사적(入社的) 완성을 위해 '누이의 죽음'이 요구되는 것이다.

그러나 남동생은 이와 같은 '죄'를 떠안을 자신이 없다. 이 때문에 어머니의 행동이 필요한 것이다. 부권적 질서의 계승과 정치적 역동에 필연적으로 폭력과 희생이 뒤따른다면 이를 대리하기 위해 어머니와 딸의 희생이 요구된다. 이 과정에서 남동생은 어머니의 행동을 모른 채 승리하고, 아버지는 처음부터 등장하지 않는다. 어머니는 남동생이 알지 못하는 사이에 딸에게 팥죽을 내밀고, 딸은 남동생 모르게 이 모든 일을 받아들인다. 어머니는 자신이 내미는 팥죽이 딸을 죽음으로 내몰게 되리라는 것을 알고 있기에, 어머니의 행동은 근친 살해의 의도가 있는 것으로 해석될 수 있다. 남동생의 승리는 근친 살해의 폭력 위에 이루어진 일이었음에도 남동생은 이 모든 폭력적 상황에서 배제된 채 무구하고 무죄인 상태로 남는다. 그에게는 폭력과 희생에 관한 그 어떤 그림자도 드리워져서는 안 되며, 누이는 죽음을 통해 이 모든 것을 안고 사라져야 했던 것이다.

"그 딸이 알었어. 자기 엄니가아 자기 동상 살라구 자기 그저…… 거시걸라구, 암만 해도 아들을 중히 여기구서 거시걸라구 허능 걸 알었지마는 그래가지구서 인제 거기서 죽을 먹으면서, 내가 이 죽 먹구 있는 동안에는 동생이 오을 거 알었어. 응. 그래두 워트겨? 어머니가 그러궁개. 참 죽을 먹구서, 거진 먹을라구 허는디 즈 동생이 당도했단 말여. 그런디 성을 쌓구서 문을 달어야 할 텐디 문을 못 달구 그렁개 미완성이지."

《한국구비문학대계》4-5, 충남 부여군 옥산면 최갑순(남, 75세) 연행)

"그런디 가만히 김덕령이 누님이 생각을 한개, 남자라는 것이 너무나 기상이 올라가면, 올라가면 적이 많은 것이 되거든. 핵교 다니면서도 그 사람이 너무나 뛰어나게 저기 헐라치면 다 돌려봐버리지 않어? 태를 끌거든. 큰일났다 그 말이여. (중략) 집에 돌아와서 밥을 안 먹고 누워버렸어. (중략) 내가 그랬다고 오곰장이를 내보였어. 즉 그 누님을 죽일라고 그래. 왜 그러냐 하면 자기 이상 없는데 누님이 있다는 것이지. (중략) 이제 목숨 내기를 하고 무등산을 돌러 갔는디, 누님은 도인이여. 도인이여. 다 짜가지고는, 올라면 멀었어. 그렇게 다 짜놓고 옷고름짝 하나를 안 달었어. (누님이 도인이란 대목에서 목소리를 완곡하게 구술) 자기가 죽어야 원칙이지. 동생이 살아야지, 자기가 죽어야 헐 것이 아니여? 아, 그런디 땀을 뻘뻘 흘리고 돌아왔는디, 누님은 어찌 했냐닌깨, '아이구, 나 하나 안 됐다.'고. 그래 죽었다고. (조사자: 일부러 죽었군요.) 아, 그럼 일부러 죽을라고, 아 동생 살려야지."

《한국구비문학대계》5-3, 전북 부안군 부안읍 박정서(남, 44세) 연행)

〈오뉘힘내기〉는 가족 질서 내에서 어머니와 아들, 그리고 딸이 각각 상호 간의 관계 속에서 어떤 정체성을 수행하는지 명확히 보여준다. 아들은 드러나지 않은 배후의 '아버지'와 '남성 동성 집단'을 향해 인정 투쟁을 하며 중요한 선택들을 거침없이 이어나간다. 그에게 어머니나 누이 때문에 발생하는 망설임이나 내적 갈등은 존재하지 않는다. 어머니는 오로지 이런 아들을 향해 서 있다. 그녀의 모든 선택은 아들을 위한 것이며 아들을 향한 것이다. 이런 어머니의 등을 보고 서 있는 존재는 딸이다. 딸은 어머니가 자신의 뜻을 말하지 않아도 이미 알고 있으며 이 뜻을 자신이 마땅히 따라야 할 사명으로 여긴다. 이 과정에서 어머니와 딸 사이의 연대는 존립 기반을 형성할 수 없다. 이들은 서로를 향해 서 있지 않기에 손을 맞잡을 수 없으며 이들의 모든 선택과 판단은 부권적 질서를 향해 있다.

〈오뉘힘내기〉에서 누이는 처음부터 끝까지 자기 자신을 위한, 혹은 자기 자신의 입장에 선 선택과 판단을 하지 않는다. 남복을 하고 씨름판에 뛰어드는 것도, 남동생의 내기 제안을 받아들이는 것도, 어머니가 내민 팥죽 그릇을 받아먹는 것도 모두 자기 자신을 위한 선택이라거나 자신의 입장에 선 선택이라고 말하기 어렵다. 누이의 능력은 이 모든 상황을 타개하고도 남을 만한 것이었지만 그는 자신의 능력을 발휘하지 않고 '남동생이 아니라 자신이 죽어야 한다는 당위'를 그대로 받아들인다. 아래 이야기처럼 남동생을 계몽하려는 누이의 뜻이 구체적으로 그려지는 각편도 있지만 이런 경우에도 누이는 결국 자신이 죽어야 하는 현실을 받아들인다. 누이의 이와 같은 맹목적 순응은 가부장적 가족 질서와 규범 내에서 딸의 정체성이 어떻게 수행되고 구성되는지 여실히 보여준다.

"그 뉘님도 장사고 이몽학이도 장산디 이몽학이는 역적이여. 역적 행위를 했고 그 뉘님은 에 심지가 옳고. 어 아는 것이 동상보담 더 잘 알고 했기 때미, 그 동생이 그 역적 행위를 했기 때미 그렇게 하면 안 된다고, 어 못허게 하는게 에 그 이몽학이가 그러면 자꾸 그 역적 행우를 할려고 그래서. (중략) 그 어머니 말을 참 순종하니라고 그래서 그것을 자기가 알았어. 벌써. '나 이거 먹는 동안에 들어올 텐데, 내가 죽는다.' 음 자기는 이렇게 생각했는지 자기는 동상이 오더래도, '봐라, 이렇게 내가 이겼어. 허닌게 내가 너를 안 죽이고, 너를 내가 안 죽이고 니가 우리나라의, 니가 말하자며는 에 역적을 면하고, 나가 인저 천자가 될라면 임금이 될라면 쌀 서 되, 쌀 서 말을 방 안에다 찧어가주고 서 되 서 홉이 될 때까장 니가 그 방아를 찧어 니가 성공한다.' 하는 걸로 이렇게 인자 말을 돌려서, 이렇게 그 동상을 그 역적을 면허게 할라고 그런 생각을 가주고 있었는디. 어머니는 갖다 딸을 갖다 그렇게 했단 말이지. (중략) '너는 내 칼 받아라'

고. 아, 그러고서는 제 누나를 막 칼 빼가주고 목을 칠라니께, '헐 수 없다. 목 쳐라.' 그런게 그 누나 목을 쳐버렸어. 이몽학이가. 그렇게 하구서는 댕기면서 역적 행우질만 하고."

(강현모 채록, 충남 부여군 홍산면 김창용(남, 69세) 연행)

이야기판에서는 남동생이 아니라 자신이 죽어야 한다는 누이의 판단이나 이를 종용했던 어머니의 행동을 마땅하고 당연한 것으로 받아들이는 연행자들의 목소리가 많다. 그러나 가족관계 내에서 일어난 사건이니만큼 내기에서 진 사람은 죽어야 한다고 주장하는 남동생, 딸의 죽음을 종용하는 어머니, 아무런 저항 없이 이를 따르는 누이의 행동에 의문을 제기하는 연행자들의 목소리 또한 부분적으로 존재한다.

① "옛날에요. 그때만 해두 저…… 그러니께 말하자면 아조(我朝) 시절이지. 인제 그때에 십 남맬 뒀드래요. 딸 아홉하구 아들 하나하구. 딸이 너무 거세서 그 아들 하나를 아주 이걸 못살게 군단 말여. 게 못살게 굴어 가지구서는 그 어머니가 있다가서 하는 얘기가 뭔고 하니, '야, 이라다가는 우리 집이 아주 멸명지환(滅命之患)을 당하겠으니까 닐녕지환을 당하겠으니께 야 이거 흉계를 한번 꾸며야 되겠다!' 그리고 딸 아홉을 세워 놓구서, '느덜은 하루 식전에 구녀성을 돌을 치마 앞에다가 전부 쌓아라. 그 느 오빠는 쇠나무께를 신고서 서울을 목매기 송아지를 끌구 갔다 오너라!' 성이 언간이 다 쌓아진단 말여. 아 그런데 이거 이거 그 오빠는 안 온단 말여. (청중: 미구 오게 됐지.) 응. 미구 오게 되어 있는데 안 온단 말여. 그러니께 할 수 없이 그 어머니가 팥죽을 한 가마솥 끓였어. 팥죽을. '얘, 느덜 시장한데 이거 한 그릇씩 먹구 해라.' 말여. 이렇게 했단 말여. 그러

오뉘힘내기 - 부정당한 여성 신성과 쌍둥이 남신의 결핍 • 113

니께 이건 막 팥죽을 먹는 판에 그 오빠가 목매기 송아지를 끌구 들어닥친단 말여. (청중: 지면 죽이기로 했지.) 응, 칼루다 쳐가지구 지금 거기 모이가 아홉장이 날르란히 있어. 거기 있어, 응. 지금 아홉장이 날르란히 있다구." 《한국구비문학대계》3-2, 충북 청원군 미원면 김종대(남, 61세) 연행)

② "그런 전설이 있기는 있는디, 그곳이 저 확실치는 못한개비여. 왜냐허면 이치에 당치 않은 것 같으며, 우리는 남매간인디 서로 내기를 했단 그 말이여. 누님을 죽일 수가 있는가? 이치로 봐서, 나는 그게 그려. 이치로 봐서. 그런 얘기가 있긴 있는디, 아무리 재주 내기를 허고 했을망정 말이여. 아 누님을, 누이를 칼로 목을 칠 리가 있는가? 생각해봐. 맥없는 소리여. 그런 얘기는 그것 부황헌 얘기여. 그런 것 하다보면 확실히 그런 얘기는 있어. 말은 저 광주 김덕령이, 김덕령이가 했다구 그려. (중략) 그래 베 안 끊었어. 안 끊고 지달렸어. 동생을 기달린개 들어왔거든. 돌아와 보닝개 베틀에서 베를 못 잘랐어. 그런개 졌지. 그러니께 누님을 죽였다고 말은 그러는디, 아, 김덕령이 같은 이는 말하자면 능에 재촉하다 그런 영웅이다 그러는디 누이를 죽일 이치가 어디가 있어? 말은 그런 전설이 있어. 그래 우린 그런 소릴 믿지 안혀."

《한국구비문학대계》5-3, 전북 부안군 부안읍 이상희(남, 68세) 연행)

③ "그래서 김덕령 장군이 큰 인물은 큰 인물이었고 장사는 큰 장사였지마는, 끝에 가서 힘을 발휘하지 못했고 끝에 출세를 못했다는 이야기예요. 그래서 인제 묘를 쓰고 나니까 아들을 제일 먼저 날 줄을 알았는데 딸을 먼저 낳어. 그래서 김덕령 장군 누나가 된 거지요. 그래서 둘이 무럭무럭 잘 자라가지고 컸는데 이 김덕령 장군이 안하무인이래요. (중략) 그런

데 일부로 속옷 고름 하나를 안 달았어요. 누나가. 자기 동생을 살리기 위하여서 자기는 죽을려고 생각을 한 거지요. 설마 죽이지는 않겠지 그렇게는 생각을 했겠지만은. 가보니까 조금 덜 이어지고 자기는 일부러 속옷 고름 하나 안 달고 딱 개어 놓아가지고 있으니까 자기 동생 김덕령 장군이 의기양양하게 내려오는 거지요. 했다고."

《한국구비문학대계》6-8, 전남 장성군 복하면 정기수(남, 44세) 연행)

④ "이것이 영 성질이 말이여. 지면 서로 죽이기로 했거든, 서로 죽기로. 이놈 성질이 틀림없이 지가 지면 자살할 것 같거든. 그러지마는, '나를 설마 죽일라다냐? 또 나는 죽어도 괜찮겠다.' (중략) '이런 년 그걸 못해야.' 하고 말이야 칼로 딱 때려버렸어. 칼로 탁 죽여버렸다니까, 지그 누님을. 웅! 죽여버렸다니까."

《한국구비문학대계》6-9, 전남 화순군 이서면 하홍석(남, 63세) 연행)

연행자들의 의문은 ①의 이야기에서처럼 누이에게 죽어 마땅한 죄를 만들기도 한다. '누이가 너무 거세고 누이의 존재가 가문의 위기를 초래할 상황이었기 때문에' 누이를 죽일 수밖에 없었다는 것이 연행자들의 설명이다. 그러나 이 경우에도 누이의 '거칠고 드센 성격'이 누이가 죽어야만 하는 이유가 될 정도로 구체적으로 기술되지는 않는다. 옹색한 변명이라 하더라도 누이의 죽음을 좀 더 설명해야 할 필요성을 연행자들이 인식했다는 사실은 의미가 있다. ② 이야기의 연행자는 '영웅'인 남동생, 곧 김덕령이 누이를 죽였을 리 없다고 말한다. 연행 의식의 차원에서 이른바 '전설' 속 사건의 진위가 의심받기에 이른 것이다. 반면에 ③과 ④ 이야기의 연행자는 김덕령이 그런 품성을 지닌 인물이었으며 그가 누이를 죽음에 이르게 했다는 사실을 강조한다. 이처럼 연행자들이 남성 영웅을 어떻게 평가하느냐에 따라 누이의 죽음을 둘러싼 해석적 입장이 달라지기도 한다. 남성 영웅에 대한 해석과 누이의 죽음을 둘러싼 심리적 저항감이 새로운 해석을 가능하게 하는 것이다.

⑤ "이몽학이 어머니가 이몽학이를 참 키우면서 여러 가지 참 하는 행실을 보니께, 참 범상치 않은 것만은 틀림이 없지마는 아무래도 위험한 인물이야. 위험한 인물이고, 또 이몽학이 누이도 그렇게 훌륭한 인물 있었죠. 아니 (부정했다가) 그렇죠? 그래 이몽학이 누이로 아주 참 에…… 이몽학이보다 더 머리가 좋았답니다. 세상일을 앉아서 다 알 정도로 이렇게 좋았대요. 그런디 이몽학이 뉘가 생각할 저귀, 이몽학이가 아무래도 커가지고서, 그대로 둬서는 위험한 인물일 거 같어. 그래서 하루는 내기를 했대요." (강현모 채록, 충남 부여군 홍산면 이석재(남, 66세) 연행)

⑥ "약속에 따라서 그 그 자기 뉘이를 죽였어요. 그래서 어 그 자기 뉘이가 억울할 거 아니냐 말이요. 이 자기 사실 실력은 (청중: 나았었는데) 능력이 나았는데 자기가 졌다. 그래서 원하는 귀가 됐다는 거지. (중략) 그런디 공중에서 어. '나는 너 뉘이다. 니 내가 억울하게 죽었다. 그래서 니 지금 용마가 필요해여. 그런디 용마를 없앴다.' 그렇다는 얘기가 있어. 공중에서 들려왔다는 그런 얘기가 있지요. (중략) 지금 문달음 저 가야산 문달음만 남아 있지 대문은 안 닫쳐 있지. (웃으며) 그 그런 얘기가 있시오. 그 여기 얘기가 아니지요, 그게."

(《한국구비문학대계》 4-1, 충남 당진군 대호지면 김형창(남, 61세) 연행)

⑤의 이야기에서는 이몽학을 처음부터 '위험한 인물'로 규정하고 있다. 이에 따라 누이에게 내기를 제안하고 누이를 죽음에 이르게 한 모든 과정이 이와 같은 그의 인물됨에서 비롯된 사건으로 그려진다. 특히 누이는 이몽학의 '위험함'을 처음부터 인지하고 세상일을 꿰뚫어 보고 있었기 때문에 이몽학을 깨우치기 위해서 남복을 하고 씨름판에 나선 것으로 그려진다. 이 이야기는 이몽학 누이의 죽음을 잘못된 일로 해석하고 이몽학의 '그릇된 품성'을 드러내는 데 초점을 두고 이야기 서술의 전체 문맥을 이끌어가고 있다. 이와 같은 해석 태도가 ⑥의 이야기에서도 나타난다. 이 이야기는 누이의 죽음을 '잘못된 일'일 뿐 아니라 '억울한 일'로 규정한다. 그리하여 이야기 속에서 누이는 억울하게 죽어 '원귀(冤鬼)'가 된다. 누이의 죽음이 억울하게 벌어진 일이라는 사실을 증명하기 위해 죽은 누이가 다시 원귀로 소환되는 것이다. 누이의 죽음을 그릇된 일이나 억울한 일로 인식하는 태도는 연행 및 전승 주체의 해석적 지평이 다른 방향으로 이동한 양상을 짐작케 한다.

여성 신성의 배제와 보존이 만들어낸 남성 신싱 내부의 균열

'누이의 죽음'을 부당한 것으로 다루는 서사는 전체 〈오뉘힘내기〉 이야기 전승의 일부분에 지나지 않는다. 대부분의 이야기는 '반란을 도모했다가 실패한 남성 영웅'의 서사로 귀결된다. 그러나 서사적으로 초점화되는 것은 '누이의 죽음'과 이것을 초래한 '오누이의 내기'이다. 결과적으로 서사적 전략에 따라 남성 영웅의 실패는 누이의 죽음에 기인하는 것으로 그려지는데, 이때 '누이가 죽게 되는 원인은 무엇인가?'라는 질문이나 그 질문에 대한 답은 서사를 통해 명확하게 구체화되지 않는다. 남성 영웅의 실패가 누이의 죽음에 기인하는데 누이의 죽음에 대한 원인이 명확하게 규명되지 않은 채 필연적인 것으로 그려질 때, 다시 말해 불분명한 원인에 기인하지만 반드시 그렇게 되었어야만 하는 사건으로 누이의 죽음이 그려질 때 남성 영웅의 실패는 누이의 죽음 자체를 원인으로 삼게 된다. 누이의 죽음이 만들어낸 결핍이 남성 영웅의 비극적 파국을 이끌어낸 원인이 되는 것이다.

표면적으로 누이의 죽음은 팥죽을 내민 어머니에게 그 책임이 있는 듯 보이기도 한다. 그러나 누이가 아니라면 남성 본인이 죽을 수밖에 없는 상황이었다는 점을 고려할 때 논리적으로 어머니에게 이 모든 책임을 전가할 수는 없다. 오히려 내기를 통해 둘 중 하나가 죽을 수밖에 없는 상황을 만든 것이 주인공 남성 본인이라는 점을 떠올릴 때, 남성 영웅의 좌절은 그 자신의 한계에 기인하는 것으로 보는 것이 더 타당할 것이다. 그러나 이런 논리적 인과의 과정들은 지워지고, 서사적으로 강조되는 것은 팥죽을 내민 어머니의 행동이다. 내기와 내기의 결과에 따른 죽음은 '무엇 때문인지는 알 수 없으나' 필연적인 과정으로 전제된다. 이것은 오누이의 신적인 속성에 관련된 일이기 때문이다. 다시 말해 오누이의 신성은 수용될 수 없는 세계 속에 존재한다는 점 때문에 비극적 속성으로 규정된다.

서사적 전략에 따라 '오누이의 남다른 힘은 이 세계 속에 공존할 수 없는 것'으로 규정된다. 사실상 세계로부터 거절당한 것은 '오누이 모두의 신성(神聖)'이다. 남동생 역시 반란에 실패하기 때문이다. 그러나 사건의 전개는 마치 오누이 가운데 누이가 사라진다면 남동생의 신성은 수용될 수도 있다는 전제에서 시작된다. 그래서 가장 먼저 누이의 신성이 배제된다. 그러나 누이의 신성을 배제한 사건은 남동생의 신성에 치명적 결핍을 만들고 이 결핍이 남동생의 파멸을 초래한다. 탈신화적 맥락에서 이 결핍은 남동생의 성격적 결함으로 해석되지만, 신화적 맥락에서 이 결핍은 남동생의 신성 자체에 내재한 균열이다. 남동생의 신성은 오누이 신성의 일부로 존재한다는 점에서 시작점부터 결핍을 내포하고 있다. 누이의 죽음을 통해 남동생의 신성을 완전한 것으로 만들고자 하는 시도가 있었으나 누이의 죽음은 '배제된 신성'의 형태로 남동생의 신성 내부에 보존되며, 이와 같은 과정을 통해 남동생은 끝끝내 신성 내부의 결핍을 해소하지 못한 상태에 이르게 된다.

누이의 죽음이 남동생의 신성에 치명적 결핍을 만들고 이것이 공동체 전체의 파국을 예고하는 서사적 전략은 〈오뉘힘내기〉 유형의 일부 각편에서 더욱 극대화된다. 이런 전략이 나타난 각편에서 강조되는 것은 미완의 건축이다. 〈오뉘힘내기〉의 일부 각편은 "우리 마을에 ○○성이 있는데 이 성이 미완의 상태로 남아 있다"거나 "우리 마을에 ○○탑이 있는데 이 탑이 미완의 상태로 남아 있다"는 말로 시작된다. 이와 같은 도입부 언술을 통해 이야기 속 사건은 모두 '○○성'이나 '○○탑'이 미완으로 남게 된 까닭을 밝혀주는 내용으로 의미화된다. 이때 '○○성'이나 '○○탑'은 마을을 하나의 우주로 싱징할 때, 마을이라는 우주적 공산의 중심이자 마을공동체를 상징적으로 표상하는 핵심 장소로 해석된다. 다시 말해 '○○성'이나 '○○탑'이 마을우주나 마을공동체 자체를 상징하는 깃발 같은 상징적 의미를 획득하게 되는 것이다. 이 깃발은 마을공동체 구성원들을 결속하는 동시에 대외적으로 마을공동체를 표상하는 효과를 드러낸다.

문제는 마을우주 혹은 마을공동체를 표상하는 핵심 대상이 미완의 상태로 남아 있다는 데 있다. 치명적 결핍을 내포한 상태로 남아 있는 것이다. 이것은 마을의 현재적 결핍이나 좌절을 설명하는 단초가 된다. 여기에는 마을의 '지금'이 여러 가지 모순과 부정적 현실에 직면하고 있다는 인식이 전제되어 있다. 그리고 이와 같은 모순과 부정의 원인이 미완의 성과 탑에 기인하는 것이다. 그런데 이 미완이 누이의 죽음을 초래한 남동생에 기인하는 것으로 그려지지 않고 누이의 죽음 자체에 기인하는 것으로 그려진다는 점에 주목할 필요가 있다. 전자의 경우 미완의 책임이 남동생에게 있는 것으로 귀결되지만, 후자의 경우 이와 같은 질문 자체가 봉쇄되거나 지워진다.

더구나 이야기 속에서 남동생은 누이를 죽이고자 하는 의도를 드러내지 않고 오로지 '내기'를 향해 돌진한다. 그는 마치 내기를 하는 것 외에는 다른 선택이 없는 것처럼, 내기의 결과에 따라 둘 중 하나가 죽는 것 외에는 다른 선택이 없다는 듯 행동하고, 서사는 이와 같은 그의 맹목성에 의문을 제기하지 않는다. 이야기 속에서 의도를 드러내는 것은 오히려 어머니와 누이이다. 어머니는 딸이 아니라 아들을 선택하는 의도를 드러내며, 누이는 남동생을 계도하고자 하고 어머니의 뜻을 받아들이는 의지를 드러낸다.

성이나 탑의 미완에 초점을 두고 이야기를 전개하는 각편에서 이와 같은 미완은 공동체의 위기를 초래한 원인으로 서술된다. 특히 미완의 성은 외적의 침입에 효과적으로 대응하지 못하고 참담한 결과를 초래한 원인으로 서사화된다. 'ㅇㅇ성이 미완으로 남은 까닭에 외적이 침입했을 때 이를 막지 못하고 전쟁에서 패할 수밖에 없었다'는 기술이 덧붙는 것이다. 이와 같은 서사 전략은 '미완의 책임이 어디에 있는가?'라는 질문을 하게 만든다. 그렇다면 이 미완의 책임은 누이를 죽음에 이르게 한 어머니에게 있는 것일까? 아니면 내기를 제안한 남동생에게 있는 것일까? 그것도 아니라면 남동생을 계도하고자 남장을 하고 씨름판에 나선 까닭에 남동생으로 하여금 내기를 제안하게 만든 누이에게 있는 것일까? 만약 이 모든 것이 원인으로 의심될 수 없다면, 애초에 신성(神聖)이 하나가 아닌 둘, 곧 오누이로 분화된 채 세상에 드러난 데 비극의 원인이 있는 것일까?

– 김영희

참고 문헌

권태효, 《한국의 거인설화》, 역락, 2002.

강현모, 〈비극적 장수설화의 연구〉, 한양대학교 박사학위논문, 1994.

김영희, 〈'여성 신성'의 배제와 남성 주체의 불안 – 〈오뉘힘내기〉 이야기를 중심으로〉, 《한국고전여성문학연구》 26, 한국고전여성문학회, 2013.

윤재근, 〈조선시대 저항적 인물 전승 연구〉, 고려대학교 박사학위논문, 1988.

이지영, 〈〈오뉘힘내기 설화〉의 신화적 성격 연구〉, 《한국고전여성문학연구》 7, 한국고전여성문학회, 2003.

천혜숙, 〈전설의 신화적 성격에 관한 연구〉, 계명대학교 박사학위논문, 1987.

四
본능과 윤리, 또는 자연과 문명 사이

달래강, 달래고개, 또는 울음재
—

산과 강, 고개와 연못, 봉우리와 골짜기, 동굴과 바위……. 세상 수많은 자연물에는 이름이 있고 거기에는 이야기가 얽혀 있다. 그것들이 처음에 어떻게 생겨났는지, 또는 어떻게 그런 이름을 갖게 되었는지를 전하는 이야기를 일컬어 '전설(傳說)'이라고 한다. 자연물에 얽힌 전설은 곧 '자연전설'로서 전설의 원초적 기본형에 해당한다.

뿌듯한 행복감을 전해주는 이야기가 없는 것은 아니지만, 전설 가운데는 마음을 착잡하게 하는 아픈 이야기가 많다. 전설의 주인공들은 무언가를 제대로 해보기 전에 세계의 힘 앞에 속절없이 무너지곤 한다. 〈아기장수〉가 그렇고 〈오뉘힘내기〉가 그렇다. 이 이야기들은 크고 험한 세상에서 과연 인간이란 어떤 존재이며, 무엇을 어떻게 할 수 있는지를 저 밑바닥으로부터 돌아보게 한다.

이 땅에서 전해온 여러 전설 가운데 가장 아픈 이야기를 들라고 할 때 빼놓을 수 없는 것이 〈달래강〉이다. 이름 그대로 강(江)에 얽힌 전설이다. 고개에 얽힌 이야기로도 전해지는데, 이때는 '달래고개 전설'이 된다. '달래'가 마을 이름이 되어 '달래마을 전설'로 전해지기도 한다. 이름만 들으면 무척 아련하고 아름다워 보이지만, 내용은 놀랍고 슬프기 그지없다. 한 제보자는 이 이야기를 전해주면서 "세상에서 가장 슬픈 이야기"라고 덧붙이기도 했다. 한숨이 절로 나며 눈물이 핑 돌기도 하는 이야기. 그렇다. 어떤 마을에서는 이 전설에 얽힌 고개를 '울음재'라고 부르기도 한다. 울음이 배어 있는 고개. 단순한 울음이 아니라 존재의 밑바탕에서 솟구쳐 올라오는 울음이다.

그 화두가 무엇인가 하면 바로 '성(性)'이다. 인간이라면 누구라도 본능적으로 가지고 있는 성적 욕망이 비극을 낳은 상황이다. 어떤 비극인가 하면 바로 죽음, 그것도 아주 참혹한 죽음이다. 한 소년이 제 손으로 성기를 짓이기고 자기 존재를 멸실시킨 극단적 자기부정의 죽음이다. 그는 왜 그렇게 극단적 선택을 했던 것일까? 그리하는 것 말고 다른 방도는 없었을까? 이에 대해 이야기에서는 "왜 그렇게 했나, 한번 달래나 보지!"라고 말한다. 하지만 꿈엔들 어찌 그럴 수 있었으랴. 다른 이도 아닌 자기 누이한테…….

—

이 천하에 몹쓸 놈아, 달래나 보지!

—

예전에 한 오누이가 살고 있었다. 오빠와 여동생이라고도 하고 누나와 남동생이라고도 하는데, 누나와 남동생 쪽이 더 많다. 두 명 다 결혼 전이었다고도 하고, 누이가 막 결혼한 무렵이었다고도 한다. 어떻든 둘 다 아직 청춘이었다. 그리고 성(性)에 한창 눈뜰 나이였다.

어느 날 누이와 남동생은 단둘이서 먼 길을 가게 되었다. 누이가 앞쪽에 가고 오라비가 뒤를 따라서 걸어가는데 강물이 나타났다. 마침 비가 많이 와서 물이 불어난 터라 강물을 건너기가 수월치 않았다. 허리까지 또는 가슴까지 차오른 물을 겨우 헤치고서 강을 건너다 보니 두 사람의 옷이 다 젖고 말았다. 물에 젖은 옷이 몸에 착 달라붙자 반 벗은 것과 마찬가지가 되었다. 성숙한 누이의 몸매가 그대로 드러나는 순간이었다. 뒤를 따라가던 오라비가 그 모습을 바라본 것이 문제였다. 아니, 보지 않으려고 해도 저절로 눈길이 갔을 것이다. 어떻든 그 순간 오라비의 몸이 자기도 모르게 반응하고 만다. 성기가 불쑥 부풀어 오른 것이다.

자료에 따라서는 강물이 아니라 고갯길이나 들길이었다고도 한다. 누이가 앞서고 오라비가 뒤를 따라 길을 가는데 피할 틈 없이 갑자기 소낙비가 쏟아져서 몸이 흠뻑 젖었다고 한다. 그 뒤의 전개는 마찬가지이다. 비에 젖어 몸에 찰싹 달라붙은 옷과 생생하게 드러난 누이의 몸, 그리고 그것을 보고 반응한 오라비의 몸……

'이게 뭐야! 말도 안 돼!'

누이의 몸을 보고서 성기가 발기한 상황을 오라비는 스스로 받아들일 수가 없었다. 어찌 누이한테 이럴 수 있다는 말인가! 따지고 보면 그것은 몸만의 반응일 리 없다. 그는 실제로 누이한테 욕망을 느꼈던 것이었다. 있어서는 안 되는 추잡하고 불온한 욕망이었다. 소년은 그런 자기 자신을 용서할 수 없었다. 부러 걸음을 늦추어 뒤로 처진 소년은 외진 곳으로 가서 바지를 내리고 모난 돌을 집어 든다. 그리고 자기 성기를 사정없이 내리쳐 짓이긴다. 그렇게 자지러져 쓰러진 그는 다시 일어나지 못한다.

뒤늦게 달려와 오라비를 발견한 누이는 눈을 의심할 수밖에 없었다. 그녀는 무슨 일이 일어난 것인지를 단번에 깨달았다. 허망하고 무참한 일이었다. 누이는 차갑게 식은 오라비의 몸을 붙잡아 흔들면서, 또는 품에 끌어안고 울면서 이렇게 말했다고 한다.

"아이고 속내도 모르고…… 달래나 보지."

(김영희 구연, 〈속내 달래마을 유래〉, 《한국구비문학대계》 7-8)

"에이 천하 몹쓸 놈아, 이놈아, 달래나 보지. 예 이놈아, 달래나 보지 왜 죽었나?" (길용이 구연, 〈충주 달래강 전설〉, 《한국구비문학대계》 7-8)

'달래나 보지', 이는 20여 편에 이르는 이 전설의 채록 자료에서 거의 빠지지 않는 말이다. 누이가 이렇게 말한 까닭에, 그들이 건너던 강이 '달래강'이 되고, 고개는 '달래고개'가 되었다고 한다. 슬픔에 겨웠던 누이는 오라비와 함께 그 자리에 쓰러져 죽었다고도 하며, 비통한 울음을 토하면서 고개를 홀로 넘었디고도 한다. 그래서 그 고개가 '울음재'가 되었다는 전설을 남긴 채로. 어느 쪽이든 참으로 비통한 결말이 아닐 수 없다. '세상에서 가장 슬픈 이야기'라는 말에 고개를 끄덕이게 된다.

슬프다고 표현했지만, 상황을 되짚어보면 꽤나 거북하고 부담스러운 이야기이기도 하다. 오누이 사이에 정욕을 느꼈다는 것도 그렇지만, 돌로 성기를 자해해서 죽음에 이른 것은 상상하기도 싫은 끔찍한 일이다. 그런 일이 이 세상 어딘가에서, 다른 곳도 아니고 내가 살고 있는 마을 근처에서 일어났다는 말이 잘 믿기지 않을 정도이다. 짐짓 모른 척 외면하고 싶은 이야기이기도 하다. 실제로 현지 조사 과정에서 화자들이 이 전설을 말하기를 꺼리는 경우가 있었다고 한다. 보고된 자료들을 보아도 구연 과정에서 곤혹스러움을 나타낸 자취가 엿보이곤 한다.

어떻든 그것은 하나의 전설이다. 지금도 유유히 흐르고 있는 강물에, 또는 변함없이 자리를 지키고 있는 고개에 얽힌 전설. 한편으로 슬프고 한편으로 거북한 내용이지만, 그것은 엄연한 '역사'이다. 입에서 입으로 전해 내려온 구전의 역사. 어쩌면 그 내용은 사실이 아닐지 모르지만, 사실이 아닐 가능성이 더 크지만, 그 안에는 어김없이 '진실'이 담겨 있다. 인간과 삶에 대한 본원적 진실이.

—

오누이, 남녀라는 자연과 형제라는 문명

—

〈달래강〉 전설의 서사 내용은 무척 단순하다. 어떤 자료는 단 몇 줄밖에 안 되는 분량에 전체 내용을 담고 있을 정도이다. 하지만 이 이야기가 환기하는 화두는 간단치 않다. 그것은 인간 세상의 윤리적 금기를 정면으로 문제 삼으면서 거기 내재한 갈등을 충격적인 형태로 노출한다.

이 이야기의 기본 화두를 이루는 요소는 '오누이 사이의 정욕'이다. 오누이는 매우 가까운 사이지만 정욕이 허용되는 관계가 아니다. 이야기 속의 오누이도 이를 잘 알고 있다. 그럼에도 예기치 않게 정욕이 촉발되었는데, 이는 인간의 원초적인 본능에 의한 것이었다. 그리고 그것은 심각한 윤리적 문제를 야기한다.

이 이야기의 대립적 갈등은 누이와 오라비 사이에 개재한다기보다 오누이라고 하는 관계에 얽힌 이중적 의미 속성이 서로 부딪치는 방식으로 성립된다고 할 수 있다. 그 핵심은 오누이가 한편으로 '형제'이고 한편으로 '남녀'라는 사실이다. 그 갈등에 얽힌 의미 요소를 추출하여 정리하면 다음과 같다.

오누이	형제	문명	사회적 인간	이성	윤리	외현	진실
	남녀	자연	생물학적 인간	본능	욕망	잠재	진실

오누이는 한 부모 아래서 태어난 형제간 가족관계를 맺고 있으며, 세상의 윤리와 관습은 그들 사이의 정욕을 상정하지도 않고 허용하지도 않는다. 그것은 이성에 반하는 일이며, 사회의 기본 질서를 깨뜨리는 반문명적 행위이다. 세상 사람들은 누구라도 이를 인지하여 내면화한 가운데 거기 맞추어 살아가고 있다. 문제는 오누이가 문명적으로는 가족이고 형제이지만, 자연적으로는 인간이고 '남녀'라는 데 있다. 멀리 있는 남녀도 아니고 가까이에서 구체적 삶을 공유하는 남녀이다. 누이나 오라비가 상대를 이성으로 느끼는 일은 관습과 이성의 통제에 의해 억눌려 있지만 부지불식간에 그러한 상황이 발생할 가능성이 잠복해 있다. 이성에 대한 정욕은 사람들이 갖는 가상 강력한 충동으로서 마치 불길과 같아서 한번 피어나면 걷잡기 힘들다. 한창 성에 눈뜨기 시작하는 사춘기 무렵의 남녀는 특히 그러하며, 상대방의 몸을 보거나 만지는 등의 구체적 감각에 노출될 때 더욱 그러하다. 〈달래강〉 이야기 속의 오라비가 바로 이런 상황에 처한 것이었다. 잠재해 있던 본능적 욕망에 의해 윤리적 이성이 위협을 받는 상황이다.

이 상황이 문제가 되는 것은 그것이 단지 이야기 속 오누이만의 일에 그치지 않고 인간의 보편적 속성을 반영한다는 데 있다. 사람들은 표면적으로 이성과 윤리의 길을 따라서 살아가고 있지만, 이면적으로 본능과 욕망의 함정에 훌쩍 빠져들 가능성이 있다. 이는 인간이 사회적 존재인 동시에 생물학적 존재이기 때문이다. 사회적 윤리와 관습에 반하는 충동과 욕망은 '인간 이하의 일'이나 '금수 같은 일'로 규정되지만, 그럼에도 그것이 인간의 숨은 진실이라는 점은 부정되지 않는다. 그러한 욕망이나 충동은 사람이 태어날 때부터 안에 지니고 있는 것이므로 더 시원적이고 본질적인 것이라고 볼 가능성도 있다. 물론 그렇다고 해서 사회적 존재로서의 이성과 윤리가 부정될 수는 없다. 인간은 사회적 존재로서 이 세상을 살아갈 수 있는 것이기 때문이다. 요컨대 이 이야기는 사회적 존재로서의 인간과 생물학적 존재로서의 인간이라는 두 개의 존재적 진실이 모순적으로 맞부딪치는 상황을 함축한다고 할 수 있다. 가벼이 여길 수 없는 심중한 문제 상황이다.

이와 같은 이 전설의 화두는 '문명 대 자연'이라는 대립 항을 통해 구체적인 서사적 형상화가 이루어지고 있다. 이야기 속에서 오라비가 문명적 질서에 반하여 본능적 욕망에 휩싸이게 되는 과정에는 명백히 '자연'의 힘이 작용하고 있다. 돌아보면 두 사람은 들길이나 고갯길을 단둘이 가고 있는 상황이었다. 집(가정)으로 표상되는 문명적 체계로부터 벗어나 있는 상황이며, 타인의 시선이라는 윤리적 규준 내지 검열 기제가 약화된 상황이다. 바로 그 시점에서 문제가 발생하는데, 그 구체적인 매개체는 바로 '물'이었다. 이야기는 강물이나 소낙비에 의해 옷이 젖는 바람에 오라비의 욕망이 촉발되었다고 한다. 여기서 '옷'은 곧 몸이라는 자연을 감싸고 있던 문명적 형식에 해당한다. 그것이 온전할 때 이성에 의한 욕망의 통제는 큰 무리 없이 이루어질 수 있었다. 하지만 그 형식은 강물이나 빗물이라는 자연의 세례 앞에서 힘을 잃는다. 옷이 젖어서 제 기능을 못하는 상태에서 자연적 본능은 더 이상 문명 안에 머물러 있지 않고 몸 밖으로 훌쩍 솟구쳤던 것이다. '발기(勃起)'라는 형태로.

하지만 문명은 그렇게 무력하게 빛을 잃은 것은 아니었다. 윤리와 양심이라는 이름으로 의식화된 문명적 이성이 오라비의 내면에서 작동하면서 자연적 본능의 준동과 맞선다. 한 인간 안에서 벌어지는 치열한 싸움이다. 서로 공존할 수 없는, 한쪽이 죽어야 한쪽이 사는 모순적 싸움이다. 그 싸움은 문명의 승리로 돌아간다. 문명적 이성은 강한 집념으로 자연을 눌러 죽이는 데 성공한다. 하지만 자연의 죽음은 존재 자체의 죽음이었다. 자연과 함께 문명도 피를 흘리고 쓰러져 죽는다.

—

그 모순 앞에 우리는 어떻게 해야 하나

—

어찌 보면 이 전설에서 제기하고 있는 문제 상황은, 그리고 오라비의 죽음이라는 결말은 다소 억지스러워 보이는 면도 있다. 인간의 본능적 욕망과 윤리가 꼭 이렇게 모순적 결과를 낳아야 하는 것인지 의문이다. 그냥 그럴 수도 있는 일로 여기고서 참아 넘기든가 하면 될 일이지 굳이 성기를 훼손하는 극단적 선택을 해서 죽을 일은 아니지 않은가 말이다.

하지만 이는 전설의 서사적 코드를 잘 모르고 하는 말이다. 이 이야기가 문제 삼고 있는 것은 한 소년이 누이한테 성욕을 느낀 구체적인 특수 상황이라고 볼 바가 아니다. 사람이 세상을 살아가다 보면 서로 다른 가치나 지향이 모순적으로 맞물리는 상황과 부딪힐 수밖에 없다. 이성과 본능, 또는 윤리와 욕망의 갈등은 그 가운데서도 본원적이고 심각한 쪽에 해당한다. 그것은 때로 커다란 무게감으로 존재의 정체성을 흔들곤 한다. 이야기 속의 소년이 처한 상황은 이를 전형적으로 함축하는 것이라 할 수 있다. 누이를 향해 정욕이 솟아난 상황은 숨길 수 없는 존재적 진실인 동시에 그간 지켜온 자기의 존재적 정체성을 송두리째 부정하는 일이기도 하다. 그의 자해와 죽음은 존재의 모순적 이중성으로부터 야기되는 갈등과 좌절의 원형적 표상으로 이해함이 옳다. 조현설(2000)에서 말한 대로 질서와 욕망, 포획과 탈주, 도덕과 윤리학 사이의 깊은 갈등이다. 깊은 신음과 비극성을 내포한.

그렇다면 이러한 모순적 상황에서 우리는 어떻게 해야 하는 것일까? 누가 뭐래도 이성과 윤리의 손을 들어야 하는 것일까, 아니면 자연의 이치를 따라 욕망의 편을 들어야 하는 것일까? 그런 상황이 애초에 발생하지 않는다면 좋겠으나, 그럴 수도 없는 것이 세상살이다.

전설은 본래 논쟁적 전승을 특징으로 하는 이야기 양식이다. 전승자들은 서사적 화두를 놓고 다양한 태도와 해석을 제시하며 심각한 논쟁을 벌인다. 그 논쟁은 어느 한쪽으로 귀착되기도 하고, 결론 없이 팽팽히 맞서기도 한다. 이 전설을 둘러싼 논쟁도 심각하고 팽팽한 쪽인데, 서사 속에 결정적인 한 방이 있다. '달래강' 또는 '달래고개'라는 명명적 정체성과 통하는 한 방이다.

"에이 천하 몹쓸 놈아, 이놈아, 달래나 보지. 예 이놈아, 달래나 보지 왜
죽었나?"

앞에서도 인용한 대목이다. 그냥 달라고나 해보지, 몸이 시키는 대로 움직여보지 왜 그렇게 허무하게 죽었느냐는 말이다. 다시 말하면, '윤리'라는 것이 어찌 목숨보다도, 달리 말해서 '존재'보다도 소중하겠느냐는 말이

다. 그렇게 충동에 빠지고 욕망을 느끼는 것이 인간이라면 그 자체로 받아들여야 하지 않느냐는 말이다.

꽤나 놀랍고 파격적인 말이다. 욕망과 윤리 사이의 모순적 갈등에 놓인 이야기 속 주인공의 선택은 윤리 쪽이었다. 누이에 대한 성적 충동이라는 불온한 욕망은 지워 없애야 할 대상이었다. 그것이 인간성을 지키는 일이었다. 사회적이고 문명적인 기준에서 볼 때 그리해야 마땅한 선택에 해당한다. 그 선택을 통해서 그는 짐승 차원으로의 존재적 전락을 모면할 수 있었다. 꽤 많은 전승자들이 동감하는 지점이며, 일부 연구자들이 이 설화를 보는 입각점이기도 하다.[•] 그런데 바로 그 지점에서 이야기는 저 누이의 입을 통해서 그와 다르게 항변하고 있는 중이다. 그딴 윤리가 다 무어냐고. 일단 살고 봐야 하는 게 아니냐고. 왜 남은 사람들을 이렇게 아프게 하는 거냐고. 그렇다. 그게 사람인데, 그렇게 스스로 포기하고 쓰러지는 건 너무 속절없지 않는가. 하늘이 사람을 그리 낸 것인데 말이다.

이와 관련하여 한 제보자는 이 상황을 다음과 같이 설명하고 있다.

"그래가지고 나 몸 하나를 희생을 하단데도, 넘이 부끄럽단데도 하나밖에 없는 남동생을 뭐인가 살렸어야 될 거다 그 말이라. 그런데 그 동생이 자기의 발동한 마음을 갖다가 누나한테 전하질 못해가지고, 뭐인가 죽었다 이 말이여." (박봉천 구연, 〈도라바구 전설〉,《한국구비문학대계》6-3)

남들이야 뭐라고 하든 누이로서 제 몸을 동생한테 허락해서라도 동생

• 이 전설을 종합 고찰한 배도식은 눈앞에 드러나는 육체적 욕망보다 도덕적으로 승화된 윤리적 가치를 택한 것이 이 전설의 지향점이며 가치라고 본 바 있다.

을 살려야 하는 심정이었다는 것이다. 어떻든 사람이 살고 보는 게 우선인데, 그 마음을 죄로 여겨 스스로를 죽였으니 안타까운 일이라는 말이다. 앞서 말한 자연과 문명의 관계로 말하자면, 문명으로서의 인간 대신 자연으로서의 인간 쪽의 손을 들어주는 선택이다. 그것이 인간의 더 본연적인 면모이자 가치라고 하는 말도 된다.

이 지점에서 떠올리게 되는 이야기는 이 전설과 내용이 통하는 면이 있는 〈남매혼〉 이야기이다. 흔히 '고리봉 유형'이라 칭하는 전설이다. 온 세상이 홍수로 잠겨 사람들이 다 죽고 오누이만 남은 상황이었다. 후손을 낳아 인간의 명맥을 잇기 위해서는 오누이가 결합해야만 했으나, 그것은 윤리가 금한 일이었다. 이 시점에서 오누이는 하늘을 향해 뜻을 묻는다. 높은 봉우리에서 맷돌 윗짝과 아랫짝을 굴리면서 둘이 붙어 하나가 되면 하늘이 결합을 허락한 것으로 여기겠다고 한다. 그렇게 내리굴린 맷돌 두 짝은 봉우리 아래에서 거짓말처럼 합쳐진다. 이에 오누이가 결연해서 자식을 낳았으니 이 세상 사람들은 그 오누이 부부의 후손이라고 한다. 이 이야기 내용을 보면, 사람들이 다 죽어 없어진 특수 상황이라고 하지만, 오누이의 남녀 결합을 하늘이 용인한다는 설정이 인상적이다. 자연의 논리가 문명의 논리보다 앞섬을 확인시키는 내용이 된다. 대홍수가 문명에 대한 징벌의 의미를 가진다고 볼 때, 이 설화의 내용은 타락한 문명을 갱신하는 힘이 자연적 본성의 회복에 있다고 하는 이치로 해석될 여지도 있다. 그 자연적 본성에 '오누이의 성적 결합'이라는 불온하기 그지없는 화소를 배치한다는 파격에 이 설화의 놀라움이 있다.

〈남매혼〉 전설이 신화적 면모가 짙은 데 비해 〈달래강〉은 전형적인 전설로서의 성격을 지닌다. 그것은 인류의 존속과 같은 상황을 전제하지 않으며, 단지 '욕망' 자체를 문제 삼고 있을 따름이다. 하지만 두 전설의 서사는 질적으로 다르지 않다. 〈달래강〉에서도 한 인간 존재의 절멸이 기본 화두가 되어 있다. 윤리의 전복이냐 존재의 부정이냐의 문제이다. 그리고 저 한마디, "달래나 보지."라는 말은 이 질문에 대해 존재의 편을 든다. 누추하고 모순적이라 할지라도, 그것이 인간이라면 인정할 수밖에 없지 않는가 하는 관점이다. 구비전설 특유의 인간관이다.

윤리적 타락의 방조? 아니, 존재에 대한 성찰

〈달래강〉 전설 대다수 자료에서 "달래나 보지." 하는 말이 서사의 주요 요소이자 의미의 기본 축을 이루고 있다고 했다. 그리고 그것은 문명적 체계에 앞선 자연적 인간성을 긍정하는 의미를 내포한다고 했다. 그런데 이러한 진술은 자칫 오해를 낳을 소지가 있다. 만약 이야기 속의 소년과 같은 상황에 처하게 된다면 정말로 오라비는 누이에게 정욕을 드러내면서 '달라고' 하는 게 맞는 것인지, 그리고 누이는 그 요청을 받아들여야 맞는 것인지의 문제이다. 이야기를 표현된 발화 그대로 따라갈 때 부딪히게 되는 문제이다.

이에 대한 일차적인 답은 이 설화를 구체적 상황보다 의미적 상징의 맥락에서 보아야 한다는 것이다. 이 이야기는 사람에 얽힌 이치가 그렇다는 바를 전하는 것일 뿐 상황에 대한 구체적인 대응 방법을 말하는 것은 아니라는 뜻이다. 그럼에도 불구하고 만약 실제로 이와 같은 문제에 부딪힌 상황이라면 어떻게 해야 하는가 하는 의문을 완전히 지울 수 없는 것 또한 사실이다. 이에 대해서 한 제보자가 덧붙인 다음과 같은 말이 하나의 우문현답이 아닐까 한다.

"내가 허퍼 안 해드려도, 서로 쌈을 하드래도 달래나 보지 왜 죽었나?"

(길용이 구연, 〈충주 달래강 전설〉,《한국구비문학대계》7-8)

누이를 향한 정욕에 대하여 그것을 당연히 그럴 수 있는 것인 양 받아들인다면 그건 황당한 일일 것이다. 그런 식이 되면 서사는 인간의 본질에 얽힌 원형적 모순이라는 차원에서 삽시간에 막장 드라마 수준으로 전락하게 된다. 불온한 욕망을 용납하지 않고 스스로를 절멸시킨 저 오라비의 결연한 선택이 있었기 때문에 이 이야기가 전설적 파토스를 지닐 수 있었던 것이다. 그에 대한 반명제 역시 그만큼의 파토스를 가지고 있어야 마땅하다. 누이가 내뱉는 슬픈 탄식 "달래나 보지!"가 그 자리에 놓인다. 그것은 그렇게 달라고 하고 또 주면 된다는 말이 아니다. '서로 쌈을 하드래도' 드러내고 부딪치는 게 맞다는 말이다. 그렇다. 비록 부끄럽고 누추한 것이라 하더라도 욕망은 억지로 감추고 부정하는 것보다 드러내서 풀어내는 것이 답이다. 감추면 출구가 막히게 되지만, 드러내면 어떻게든 실마리가 풀릴 수 있는 법이다.

그것은 곧 이 전설이 존재하는 이유이기도 하다. 이런 누추하고 불편한 사연이란 눌러서 감춰두는 편이 더 쉽고 편안한 일일 것이다. 하지만 전설은 굳이 이를 화두로 부각해서 드러낸다. 그것도 과장되고 파격적인 형태로 말이다. 왜냐하면 그와 같은 인간의 숨은 진실은 감추는 것이 답이 아니기 때문이다. 불편함과 황망함 속에서 서로 '쌈을 하드래도' 있는 그대로 드러내는 것이 답이기 때문이다. 그 싸움에 정해진 답은 없다. 논쟁을 야기하는 것 자체가 이런 이야기의 존재 의미가 된다. 천혜숙이 〈남매혼 신화와 반신화〉에서 말한 것처럼, 전설은 대답이 마련된 공간이 아니고 대답을 추구하는 공간이다.

오늘도 저 한 편의 아픈 이야기를 품은 채 달래강 강물은 유유히 흐른다. 그 강물을 보면서 우리는 우리 자신을 돌아본다. 약하고 모순적이어서 오히려 갸륵한 우리 존재의 속내를.

– 신동흔

참고 문헌

김민수, 〈한국 구비설화에 나타난 성적 욕망의 억압과 해소 양상〉, 건국대학교 석사학위
　　　논문, 2016.
김영희, 〈유혹하는 여성의 몸'과 남성 주체의 우울 – 비극적 구전서사 〈달래나 보지〉를
　　　중심으로〉, 《동양고전연구》 51, 동양고전학회, 2013.
배도식, 〈달래고개 전설에 나타나는 갈등의 자의식〉, 《동남어문논집》 21, 동남어문학회,
　　　2006.
조현설, 〈동아시아 창세신화 연구 1 – 남매혼 신화와 근친상간 금지의 윤리학〉, 《구비문
　　　학연구》 11, 한국구비문학회, 2000.
천혜숙, 〈남매혼 신화와 반신화〉, 《계명어문학》 4, 계명대학교, 1988.

민담

품안의 자식과 내놓은 자식의 엇갈린 운명

전 세계에서 널리 전승되는 민담

구비설화, 특히 민담은 인류 보편의 원형적 이야기라는 특징을 지닌다. 비슷한 내용을 가진 이야기가 세계 각지에서 동시에 전승되어온 사례가 많다. 이에 대해서 한 곳의 이야기가 나른 곳으로 옮겨간 것이라고 설명하기도 하지만, 역사적 영향 관계를 상정하기 어려운 경우도 많다. 지역적으로 멀리 떨어져 있고 이질적인 역사와 문화를 지닌 지역에서 비슷한 이야기가 나타나는 현상은, 이야기의 보편적 원형성에 따른 것이라 할 수 있다. 인류 공통의 심리와 상상력으로부터 비슷한 이야기들이 산출되었다는 뜻이다. 융(C. G. Jung)은 이러한 공통적인 정신적 기반을 '인간의 집단무의식'으로 설명하기도 했다.

한국 민담의 세계적 보편성을 말할 때 빼놓을 수 없는 이야기가 〈콩쥐팥쥐〉이다. 〈콩쥐팥쥐〉와 〈신데렐라〉의 놀라운 유사성은 일찍부터 큰 관심의 대상이 되었다. 계모에 의한 극심한 자녀 차별도 그렇지만, 잃어버린 신발을 매개로 남녀가 인연을 맺는다는 내용은 일부러 맞춘 것처럼 흡사해서 놀라움을 안겨준다. 해외에서도 이와 같은 유사성에 주목해서 〈콩쥐팥쥐〉 이야기를 '한국판 신데렐라(Korean Cinderella)'로 부르기도 하거니와, 실은 비슷한 이야기가 동남아시아와 인도 등 또 다른 지역에서도 널리 확인되고 있다.

〈콩쥐팥쥐〉의 어떠한 점이 이와 같은 인류적 보편성으로 연결되는지 궁금증을 갖게 된다. 얼핏 '계모의 악행'이라는 요소가 도드라져 보이지만, 이는 표면적인 것이라 할 수 있다. 〈신데렐라〉나 〈콩쥐팥쥐〉 유형의 이야기에 등장하는 완악한 계모에 대해 많은 학자들은 그 인물이 실질적으로 표상하는 것은 '친모(親母)'라고 하는 데 의견을 같이하고 있다. 자식을 미워하고 괴롭히는 '나쁜 엄마'의 다른 이름이 곧 계모라는 뜻이다. 제 몸으로 낳은 자식을 부모가 미워하는 것은 실제로 그리 드문 일이 아니다. 어쩌면 모든 부모와 자식 사이에 미움이 개재한다고 말할 수도 있다. 만약 부모가 모든 자식을 똑같이 미워한다면 차라리 문제가 덜할 것이다. 어떤 자식은 사랑하고 어떤 자식은 미워하는 차별이 행해질 때 더 큰 상처와 모순이 생겨나게 된다. 이것이 〈콩쥐팥쥐〉와 〈신데렐라〉의 핵심적인 서사적 화두에 해당한다.

—

콩쥐와 팥쥐, 알려진 사연과 숨은 사연

—

〈콩쥐팥쥐〉는 한국 사람이라면 모르는 이가 없을 정도로 유명한 이야기이다. 전래동화로 빠지지 않는 이야기라서, 누구라도 어릴 적에 이 이야기를 접하게 되어 있다. 하지만 예전부터 구전되어온 원래의 내용을 제대로 알지 못하는 사람이 많은 것 같다. 현대판 전래동화가 구비설화 원전을 많이 축약하고 각색한 데 따른 것이다. 특히 콩쥐가 결혼한 다음에 벌어진 이야기가 생략된 경우가 많다.

구비설화 원전을 보면 주인공 자매의 이름부터가 가지각색이다. 콩쥐와 팥쥐가 공식적인 이름처럼 되어 있지만, 원전은 이 외에도 '콩조시와 팥조시, 콩대기와 팥대기, 콩남과 팥남' 등 다양한 이름을 전하고 있다. 1930년대에 평안북도에서 채록한 15편의 자료를 종합해서 정리한 임석재는 '콩중이와 팥중이'를 인물명으로 삼기도 했다. 한편 여주인공이 만나는 남자의 신분 또한 자료에 따라 다양하다. 원님이나 평양 감사라고도 하고, 임금이라고도 하며, 그냥 선비라고도 한다. 여기서는 주인공 자매를 콩쥐와 팥쥐, 남자를 선비로 설정한 권은순 구연 〈콩쥐팥쥐〉(《한국구비문학대계》1-9)를 기본 자료로 해서 내용을 정리한다.

옛날에 콩쥐와 팥쥐가 살았는데, 계모인 팥쥐 엄마가 친딸만 챙기고 콩쥐를 구박했다. 밭을 매러 보내는데, 팥쥐한테는 쇠호미로 모래밭을 매게 하고 콩쥐는 나무호미로 돌밭을 매게 했다. 콩쥐가 밭을 매다가 호미를 부러뜨리고서 울고 있는데 하늘에서 검은 소가 내려와서 사연을 묻더니만 콩쥐한테 냇물에 가서 목욕을 하고 오라고 하고는 그사이에 밭을 다 갈아주었다. 그리고 콩쥐한테 맛있는 음식을 전해주었다. 콩쥐가 집에 돌아갔더니 팥쥐 모녀가 문을 걸고 자기끼리 밥을 먹은 뒤였다. 팥쥐는 콩쥐가 가져온 음식까지 빼앗아 먹었다. 얼마 뒤에 외갓집에서 잔치를 한다고 초청했는데 계모가 팥쥐만 데리고 가면서 콩쥐한테 잔치에 오려면 조와 벼 석 섬을 쪄놓고, 밑 빠진 독에 물을 가득 채우고, 구멍 난 솥에 밥을 해놓으라고 했다. 콩쥐가 울고 있을 때 두꺼비가 와서 솥의 밑구멍을 막아줘서 밥을 할 수 있게 하고, 구렁이가 독을 막아줘서 물을 채울 수 있게 하고, 새들이 벼와 조의 껍질을 다 까주었다. 콩쥐가 입고 갈 옷이 없어 울고 있으니까 하늘에서 황소가 내려와 옷과 신발이 있는 곳을 알려주고 잔칫집에 타고 갈 가마와 하인을 불러주었다. 콩쥐는 잔칫집에 가는 길에 신발 한 짝을 잃어버렸는데, 선비가 신발을 들고서 잔칫집에 찾아와서 신발 주인한테 장가를 들겠다고 했다. 신발이 팥쥐 발에 맞지 않고 콩쥐 발에 꼭 맞자 선비는 자기가 찾던 사람이 콩쥐라며 그녀를 아내로 삼았다.

콩쥐와 결혼한 선비는 볼일을 보러 나가면서 다른 사람하고 목욕을 하러 가지 말고 목욕을 하더라도 먼저 물에 들어가지 말라고 했다. 그런데 팥쥐가 와서 선비가 시켰다며 목욕을 하러 가자고 콩쥐를 끌고 갔다. 목욕을 간 콩쥐가 먼저 물에 들어가지 않으려 하자 팥쥐는 콩쥐를 번쩍 들어서 연못에 빠뜨렸다. 그렇게 콩쥐를 죽인 팥쥐가 콩쥐 행색을 하고 집에 앉아 있는데 선비가 와서 보니 아무래도 다른 사람 같았다. 왜 그리 얽었냐고 하니까 메밀 멍석에 엎드렸다가 그리되었다고 하고, 왜 그리 푸르냐고 하니까 팥 멍석에 엎드려 있어서 그리되었다고 했다. 어느 날 선비가 연못에 갔다가 예쁜 꽃 한 송이를 발견하고 꺾어 왔는데 그 꽃이 선비를 보면 춤을 추고 팥쥐를 보면 머리를 쥐어뜯었다. 팥쥐는 꽃을 아궁이에 집어넣어서 불태웠다. 이웃집 노파가 불을 빌리러 왔다가 아궁이에서 빨간 구슬을 발견하고 집으로 가져갔더니 예쁜 색시가 나왔다. 색시는 노파한테 선비를 청하여 식사를 대접하게 하면서 젓가락을 짝짝이로 놓게 했다. 선비가 밥을 먹으려다 젓가락이 짝짝이인 것을 보고 뭐라 하자,

콩쥐가 나타나 젓가락이 짝짝이인 것은 알면서 계집이 바뀐 것은 모르냐고 타박했다. 선비를 되찾은 콩쥐는 팥쥐를 죽이고 그 몸으로 반찬을 해서 어미한테 가져다주었다. 고기반찬인 줄 알고 음식을 먹은 계모는 그게 팥쥐라는 사실을 알고 데굴데굴 구르다 죽었다. 콩쥐는 선비와 오래오래 잘 살았다.

앞부분은 익숙하지만 뒷부분은 낯선 사람이 많을 것이다. 내용을 보면 왜 전래동화에서 이 대목을 생략하는지도 알 수 있을 것이다. 자매 사이에 죽고 죽이는 복수전이 한 편의 공포물을 연상시킨다. 죽은 팥쥐의 몸으로 음식을 해서 어미한테 먹게 했다는 것은 엽기의 극치로 보일 정도이다. 여기서 상기해야 할 사실은 지금 우리가 보고 있는 것이 소설이나 영화가 아닌 상상적 이야기로서의 민담이라는 사실이다. 이 파격적인 화소들은 실제가 아닌 상징의 차원에서 이해하는 것이 맞다. 어떤 상징인가 하면, 앞서 말한 부모의 미움과 차별, 그리고 그에 따른 갈등과 모순에 얽힌 상징이다.

—

품안의 자식의 길과 내놓은 자식의 길

—

세상에는 이상할 정도로 자기 자식을 못살게 구는 엄마들이 있다. 그럴 때 우리는 흔히 "너희 엄마 계모 같다."라고 말하곤 한다. 이때 계모는 '나쁜 엄마' 또는 '사나운 엄마'의 표상이라 할 수 있다. 계모라고 해서 다 나쁘다고 하는 뜻은 물론 아니다. 세상에는 좋은 계모도 많다. 그런 현실적 맥락보다 상징적 맥락에서 내용을 이해해야 한다. 사람들은 흔히 전형적 표상 차원에서 언어를 사용하는데, 그런 언어사용은 특히 옛날이야기에서 두드러진다. 계모 외에 마녀와 요정, 난쟁이와 거인, 공주와 왕자 등이 두루 여기 해당한다.

민담에서 계모로 표상화된 '나쁜 엄마'는 그 유형이 단일하지 않다. 최근에 우진옥은 설화 속 계모의 유형을 크게 세 가지로 설명했다. 자식을 편애하고 차별하는 유형과 자식을 소유하고 착취하려는 유형, 자식을 분리해서 축출하려는 유형 등이 그것이다(우진옥, 2015). 그 가운데 〈콩쥐팥쥐〉의 계모는 자식을 편애하고 차별하는 엄마의 전형적 사례에 해당한다. 동생인 팥쥐는 끔찍하게 아끼면서 언니인 콩쥐는 죽어라 미워하는 식이다. 이야기 속에서 많이 과장되어 있어서 남의 일처럼 보이지만, 실제 세상에 이와 같은 엄마가 적지 않다고 할 수 있다. 자매든 형제든 또는 남매든, 자식을 차별해서 사랑을 한쪽에만 쏟는 엄마들 말이다. 아니, 엄마만이 아니다. 이는 아빠의 문제이기도 하며, 할머니나 할아버지의 문제일 수도 있다.

〈콩쥐팥쥐〉 설화는 그 차별을 두 가지 형태로 구체화한다. 하나는 일을 시키는 것에서의 차별이다. 한 아이한테는 나무호미로 험한 밭을 매게 하고, 다른 아이한테는 쇠호미로 무른 밭을 매게 한다. 둘 모두에게 일을 시키는 것처럼 보인다는 교묘한 외양 때문에 아프고 억울한 차별이다. 또 하나는 '먹는 것'에서의 차별이다. 엄마(계모)는 먼저 일을 마친 아이한테만 밥을 주겠노라고 하거니와, 자기가 사랑하는 딸한테만 밥을 주려는 술책이다. 먹는 것에서 차별받는 것만큼 슬프고 억울한 일이 또 없을 것이다. 두 딸에 대한 엄마의 그 차별은 잔칫집에 한 아이만 데려가는 것으로 거듭 자행된다. 더욱 심하고 노골적인 차별이다.

그 편애와 차별은 자식에게 큰 상처를 가져다준다. 자기를 보호해주어야 할 엄마한테서 받는 처사라서 슬픔이 더 크며, 바로 옆에 있는 다른 형제와 비교되는 처사라서 소외감과 박탈감이 더 크다. 이야기 속에서 콩쥐가 거듭해서 구슬프게 우는 모습은 차별받는 자식의 깊은 상처와 슬픔을 단적으로 보여준다. 그 상처는 몸 깊은 곳에 강하게 각인되어 쉽게 사라지지 않는다. 콩쥐가 선비와 결혼한 뒤에도 팥쥐를 선뜻 밀쳐내지 못하는 것은, 그리고 팥쥐한테 극심한 폭력을 당하고도 맞서 싸우지 못하고 작은 구슬 속에 숨는 것은 그 트라우마가 얼마나 크고 깊은 것인지를 잘 보여준다.

그런데 이 이야기는 이와 같은 관계 구도에 하나의 놀라운 반어를 제기한다. 상식을 따르자면 부모의 사랑과 보호를 받은 딸이 잘되고, 부모로부터 차별받고 소외된 딸은 못되어야 하는데, 실제 결과는 반대였다. 콩쥐가 선비나 원님으로 표현되는 훌륭한 남자와 만나서 행복한 삶을 이루는 데 비해, 팥쥐는 악귀 같은 삶을 살다가 처참하게 존재가 바스러지는 결말을 맞이하고 만다. 이에 대해서 불쌍한 콩쥐에 대한 사람들의 동정과 응원, 그리고 팥쥐 모녀에 대한 거부감과 증오가 만들어낸 환상적 전개로 볼 수도 있겠으나, 그렇게 보기에는 이 설화의 서사가 논리적으로 매우 정교하게 짜여 있고 깊은 상징적 함의를 지니고 있다. 그 엇갈린 행로는 부모가 품에 안고 보호한 자식과 관심 밖으로 내친 자식의 상반된 운명을 단적으로 보여준다고 할 만하다.

먼저 팥쥐의 행로를 보자면, 그는 엄마의 편애와 보호 속에서 쉽고 편안한 길을 걷는다. 쇠호미를 가지고 놀듯이 모래밭을 매고 오면 엄마의 환대와 따뜻한 밥이 기다린다. 부모가 준비해준 예쁜 옷을 입고 잔칫집에 가서 맛난 음식을 먹는 것도 당연한 권리가 된다. 좋은 것은 항상 자기가 갖는 것이 팥쥐의 방식이다. 콩쥐가 검은 소한테 얻은 귀한 음식을 자기 것인 양 빼앗아 먹는 데서 이를 볼 수 있다. 몸에 밴 이러한 삶의 태도는 콩쥐가 잃어버린 신발이 자기 것인 양 나서서 선비를 차지하려는 몸짓으로 이어지고, 급기야는 콩쥐를 밀어서 죽이고 그의 남편을 빼앗는 행위로 이어진다. 늘 엄마의 보호 속에 있었던 팥쥐는 스스로 귀한 것을 찾아낼 줄은 모르면서 남이 가진 귀한 것을 빼앗아서 자기 것으로 삼는 데 골몰한다. 그러한 의존적이고 박탈적인 삶의 결과가 무엇인가 하면 처참한 죽음이었다. 제 삶을 살지 못한 데 따른 필연적 귀결이라 할 수 있다.

콩쥐의 행로는 팥쥐와 단적으로 대비된다. 그는 필요한 보호를 받지 못하고 소외와 억압 속에 험난한 길을 걷는다. 나무호미로 힘들게 돌밭을 매고 집에 와도 기다리는 것은 핀잔과 박대뿐이었다. 그러한 상황은 더없이 슬프고 억울한 일이었지만, 팥쥐와 달리 스스로 제 삶을 책임질 수 있도록 하는 동력이 되어주는 것이기도 했다. 고혜경(2006)에서 지적한 것처럼, 이야기 속의 콩쥐는 부모 품에서 벗어나 움직이는 존재였으며 필요한 것을 스스로 찾아내고 해결하는 존재였다. 험한 밭을 매고, 밑 빠진 독에 물을 채우며, 조 석 섬과 벼 석 섬을 찧는 일을 콩쥐는 다 해낸다. 한마디로 그녀는 노동하는 사람이었으며 생산하는 사람이었다. 소가 밭을 대신 갈아주고, 두꺼비나 구렁이가 독을 막아주었으며, 새들이 방아를 찧어줬다고는 하지만, 그들과 접속해서 움직이도록 한 것은 콩쥐 자신의 힘이었다. 그들이 전부 대신 해준 것도 아니었다. 물을 길어서 독을 채우고 솥에 쌀을 넣어서 밥을 한 것 등은 콩쥐 스스로 행한 일이었다. 어찌 보면 밑 빠진 독에 물을 채우거나 삽시간에 방아를 찧어낸 일 또한 콩쥐가 오랜 노동 과정을 통해 갖춘 경험적 노하우에 의한 것이라고 보아도 좋을 것이다. 어떻든 콩쥐는 스스로 문제를 감당하고 해결해간다. 그리고 그렇게 움직여가는 길에 '남자'를 만난다. 다른 사람이 찾아서 연결해준 남자가 아니라 스스로 발견한 남자였다. 남자가 콩쥐의 빛에 이끌려 와서 그녀의 손을 잡은 형국이다. 그 빛이란 소외와 고통을 감내하면서 분투한 삶에 주어진 보상이고 축복이었으니, 삶의 반어적 진실을 담은 절묘한 역설이라 할 수 있다.

콩쥐의 일련의 행로에서 특별히 주목할 한 가지 화소는 '검은 소'이다. 처음 밭을 맬 때부터 시작해서 지속적으로 콩쥐를 돕는 최고의 원조자가 바로 검은 소였다. 암소라고도 하고 황소라고도 하는데, 암소 쪽이 우세하며 더 잘 어울린다. 이 검은 소에 대해서는 '죽은 친엄마'의 환신이라고 보는 것이 거의 이견 없는 정설이었다. 화자들 스스로가 그 소가 죽은 엄마였다고 말한 자료들도 있다. 그런데 이 소를 친엄마로 확정할 경우 계모가 실제로는 친모를 표상한다고 하는 앞서의 관점과 충돌하게 되는 면이 있다. 콩쥐가 '죽은 엄마의 품'에 안기는 모양새가 되어서 퇴행적 면모로 치부될 수 있다는 점도 문제가 된다. '마음속에서 엄마를 불러내 힘을 낸 것'이라고 해석할 여지가 있으나, 어떻든 충분히 진취적인 면모로 여겨지지는 않는다.

이에 대하여 하늘에서 내려온 검은 소를 '대자연의 모성'으로 이해하는 것이 하나의 대안적 관점이 될 수 있다. 콩쥐가 자연적 생명과의 교감을 통해 어려운 과업들을 해결하면서 자기 삶을 세울 수 있었다고 하는 해석이다. 서사를 되짚어보면 콩쥐를 돕는 존재로는 검은 소 외에 두꺼비와 구렁이, 참새와 까치 등이 있는데, 이들 또한 자연에 속한 존재에 해당한다. 이들이 콩쥐를 돕는 것은 콩쥐가 '노동'이라는 신성한 과정을 통해 자연과 교감하고 접속하면서 그 힘을 자기 것으로 삼는 상황을 나타내는 것으로 볼 수 있다. 이는 단지 〈콩쥐팥쥐〉의 콩쥐에 해당하는 것만이 아니다. 〈신데렐라〉의 대표 유형인 독일 민담 〈재투성이 아셴푸텔〉에서 아셴

푸텔을 돕는 존재 또한 개암나무와 비둘기로 표상되는 자연이었다. 아셴 푸텔 또한 자연적 생명을 힘으로 삼고 빛으로 삼음으로써 존재의 실현을 이룬 인물이라고 할 수 있다. 이러한 상징성이야말로 이 민담의 원형적 면모라 할 수 있다.

이러한 해석과 관련해서 주목할 만한 내용이 콩쥐가 검은 소의 배에서 음식을 꺼내는 화소라 할 수 있다. 임석재가 1930년대에 평안도에서 조사해 보고한 자료에는 콩쥐(콩중이)가 몸을 깨끗이 씻은 뒤 두 마리 암소의 밑구멍에 손을 넣어 배 속에 든 음식을 꺼내는 내용이 들어 있다. 이때 암소 배 속의 음식은 대자연의 생명력 내지 생산성을 상징하는 것으로 보아 꼭 어울린다. 콩쥐가 그 암소를 만나고 먹을 것을 얻은 것이 밭일을 하는 과정에서였다는 사실도 심상하게 볼 일이 아니다. 콩쥐가 일련의 노동 과정을 통해 자연의 생산성을 자기 것으로 삼은 존재임을 잘 보여주는 내용이 된다.

이야기는 콩쥐가 암소 배 속에서 음식을 얻었다는 말을 들은 팥쥐(팥중이)가 저도 해보겠노라고 나선 사연을 전한다. 콩쥐를 모방해서 암소 배 속에 손을 넣었던 팥쥐는 한꺼번에 많은 음식을 움켜쥐는 바람에 손을 빼내지 못하고 소에게 끌려다니며 온몸이 피투성이가 되었다고 한다. 콩쥐가 자연으로부터 필요한 바를 적절히 얻어내는 이치를 따른 데 비하여 팥쥐는 평소에 그랬듯이 일방적이고 박탈적인 태도로 자연을 대한 결과로 큰 화(禍)를 입게 된 것이라고 볼 수 있다. 뒤에 팥쥐가 콩쥐의 남편을 빼앗으려고 나섰다가 존재의 말살이라는 큰 화를 입게 되는 것과 거의 정확하게 의미 맥락이 통하는 내용이 된다. 요컨대 팥쥐가 화를 입어 죽음을 당하는 것은 완전한 자업자득이라 할 수 있다. 권선징악 같은 교훈적 의미보다 더욱 본질적인 차원의 원형적 섭리에 해당한다.

이치가 그렇다고 하더라도 팥쥐의 몸을 반찬으로 만들어 그 어미한테 먹이는 일은 너무 잔인하고 엽기적이지 않은가 반문할 수 있다. 어떤 자료는 팥쥐를 젓갈로 만들어서 어미한테 보냈다고 하거니와, 엽기의 극치라 할 만하다. 실제의 일로 상상하면 끔찍하기 그지없다. 하지만 이 또한 상징의 코드로 읽는 것이 설화적 서사에 어울리는 일이라 할 수 있다. 구체적으로 어떤 상징인가 하면, 팥쥐의 삶이 곧 '젓갈'과 같이 썩은 냄새가 진동하는 곯은 삶이었다는 뜻이다. 엄마한테 안온하게 의지하는 가운데 남의 것이나 빼앗으려 드는 삶이니 죽기 전에 이미 젓갈 같은 존재였다고 할 만하다. 그 젓갈을 어미한테 먹이는 것은 '네가 자식을 어떻게 키웠는지 한번 보라'고 하는 일이 된다. 도망갈 수 없는 진실 앞에 그 어미 또한 울부짖으면서 쓰러지게 되는 것이다. 의타적이고 박탈적인 삶을 잉태하여 키워낸 '나쁜 부모'의 필연적 귀결이다.

—

콩쥐와 팥쥐, 한 존재의 두 모습

—

이야기 속의 계모가 친엄마의 다른 모습일 수 있다고 했다. 이는 막연한 상상이 아니라 구체적 현실이다. 세상에는 자식을 미워하고 괴롭히는 친부모들이 존재한다. 콩쥐와 팥쥐의 엄마처럼 자식을 차별하는 부모 또한 한둘이 아니다. 대놓고 차별하는 경우 외에 은근히 차별하는 경우까지 치면 그 수는 훨씬 더 늘어날 것이다. 마음속에 편애와 차별의 심리를 품고 있는 경우까지 포함한다면 대다수 부모가 이로부터 자유롭지 못할 것이다. 말하자면 세상의 부모들은 어떤 식으로든 마음속에 '팥쥐 엄마'를 품고 있는 셈이다.

그러한 편애와 차별이 제대로 절제되지 못하고 노출될 때, 자식들 모두에게 독이 된다. 차별을 당하는 자식의 마음에는 소외감과 상처가 자라나고 저항감과 복수심이 깃든다. 그 저항감은 차별하는 부모와 사랑받는 형제에게 동시적으로 향하게 된다. 콩쥐가 그랬던 것처럼 말이다. 한편 차별적으로 편애를 받는 자식은 마음속에 근거 없는 우월감과 함께 부모에 대한 의타심이 자리 잡게 되며 자기중심적인 생활 태도가 몸에 배게 된다. 노력 없이 남의 것을 탐하고 빼앗는 박탈적이고 파괴적인 존재가 될 가능성이 크다. 팥쥐가 그랬던 것처럼 말이다. 말하자면 팥쥐 엄마는 콩쥐와 팥쥐 모두에게 '계모' 노릇을 한 것이라 할 수 있다. 비교하자면 팥쥐에게 더더욱.

또 다르게 생각하면 콩쥐와 팥쥐는 한 존재의 두 모습이라고 볼 여지가 있다. 이야기 속의 콩쥐와 팥쥐가 같은 사람이라는 말은 아니다. 그런 방향으로 보는 시각도 있으나 해석상 무리가 따른다. 이에 대하여, 자식으로 살아가는 세상 수많은 아들딸의 내면에 콩쥐와 팥쥐의 두 모습이 함께 있다는 것은 아주 적절한 설명이 된다. 세상의 수많은 자녀들은 다른 형제와 자신을 비교하면서, 또는 다른 부모의 자식들과 자신을 비교하면서, 때로는 콩쥐 같은 존재가 되고 때로는 팥쥐 같은 존재가 된다. 두 경우가 다 문제가 된다고 할 수 있지만, 그 가운데 더 심각하고 무서운 쪽은 팥쥐의 서사이다. 콩쥐의 서사가 소외감과 상처를 감내하여 극복함으로써 자기실현의 길로 나아갈 수 있는 데 비해, 의타적이고 박탈적인 삶을 특징으로 하는 팥쥐의 서사는 폭력의 길이나 자멸의 길로 나아갈 가능성이 크다. 자기가 무엇을 하는지도 미처 모르는 채로.

콩쥐의 길과 팥쥐의 길 가운데 어느 길로 나아가는가 하는 것은, 또는 그와 또 다른 제3의 길로 나아갈 수 있는가 하는 것은 다른 누구한테 달려 있는 일이 아니다. 어느 정도는 부모의 몫이겠지만, 자기 자신의 몫이 더 크고 결정적이다. 팥쥐한테 어찌 의존과 박탈에 안주하는 길만이 있었겠는가. 길은 찾기 나름이다. 우리 마음속의 팥쥐에게 나무호미를 쥐게 하고 형제에게 따뜻하게 손 내밀도록 하는 결단이 필요하다. '남의 삶'로부터 '나의 삶'으로 돌아오는 결단이다. 이 설화가 전해주는 궁극의 메시지가 바로 여기에 있다고 할 수 있다.

— 신동흔

참고 문헌

임석재, 〈콩쥐팥쥐〉,《임석재 전집 1 - 한국구선설화 평안북도편 1》, 평민사, 1987.

고혜경,《선녀는 왜 나무꾼을 떠났을까?》, 한겨레출판, 2006.

김헌선·최자운, 〈신데렐라와 콩쥐팥쥐 이야기의 비교 연구〉,《인문논총》12, 경기대학교, 2004.

오윤선, 〈세계의 신데렐라 유형 이야기군 속에서의 콩쥐팥쥐 이야기 고찰〉,《동화와번역》11, 건국대학교 동화와번역연구소, 2006.

우진옥, 〈고전서사 속 '나쁜 엄마'의 유형과 자식의 대응에 대한 연구〉, 건국대학교 석사학위논문, 2015.

이혜정, 〈〈콩쥐팥쥐〉의 농경신화적 성격〉,《한국고전여성문학연구》23, 한국고전여성문학회, 2011.

二

처녀의 잘린 손은 어떻게 다시 생겨났나

자식을 내쫓는 부모

—

앞서 〈콩쥐팥쥐〉에 대해서 이야기하면서 설화에서 계모로 표상된 나쁜 엄마의 몇 가지 유형을 살폈다. 팥쥐 엄마처럼 자식을 편애하고 차별하는 엄마가 있는가 하면, 자식을 자기 소유물처럼 생각하면서 착취하는 엄마도 있다. '연이와 버들도령'이라는 이름으로 유명해진 〈겨울나물과 정도령〉 설화가 대표적인 사례이다. 그런가 하면 자식을 집에서 떼어내 버리려는 엄마도 있다. 우진옥(2015)에서 '분리와 축출' 유형으로 설정한 경우이다. 설화 속의 계모 가운데 이 유형에 해당하는 사례가 많은데, 그 중에도 인상적인 것으로 〈손 없는 각시〉를 꼽을 수 있다.

〈손 없는 각시〉는 〈콩쥐팥쥐〉 이상으로 파격적이고 불편한 화소를 담고 있는 이야기이다. 비록 계모의 음모에 의한 것으로 되어 있지만, 부모가 자식의 손을 자른다고 하는 설정이 무척이나 끔찍하다. 하지만 이 또한 실제가 아닌 상징으로 받아들이는 것이 합당하다. 실제 현실에서는 한 번 손이 잘리면 그만이겠지만, 옛날이야기 속에서는 그렇지 않다. 잘린 손이 다시 생겨나는 것 정도는 일도 아니다. 〈손 없는 각시〉에서 딸의 잘린손 또한 뒤에 다시 생겨나게 된다. 손이 잘리고 새롭게 생겨난다는 것은 어떤 일인지, 그 상징을 읽어내는 일은 이 설화를 이해하는 관건이 된다.

〈콩쥐팥쥐〉만큼은 아닐지 모르지만 〈손 없는 각시〉 또한 세계적 보편성을 지닌 민담이다. 이 이야기는 독일의 그림형제 민담집에 수록된 〈손이 없는 소녀(Das Mädchen ohne Hände)〉와 기본 화소 및 서사가 서로 통한다. 부모에 의해 손이 잘린 딸이 집을 떠나 고초를 겪다가 새로운 손을얻게 된다는 내용이 서로 일치한다. 차이가 있다면 〈손이 없는 소녀〉에는 계모가 등장하지 않는다는 점이다. 큰 차이라고 볼 수도 있지만, 설화속의 계모가 '나쁜 부모'의 표상이라고 하는 관점에서 본다면 그리 결정적인 것이 아니라고 볼 수도 있다.

과연 〈손 없는 각시〉의 부모는 왜 자식의 손을 잘라서 내쫓았던 것일까? 그 손은 어떤 우여곡절을 거쳐서 어떻게 다시 생겨났으며, 거기 담긴상징적 의미는 무엇일까? 이제 이야기의 *상상* 세계 속으로 들어가보자.

—

한 여성의 파란만장한 우여곡절

—

〈손 없는 각시〉는 학계에서 큰 관심의 대상이 되어서 거듭 거론된 설화이지만, 보고된 자료가 그렇게 많은 것은 아니다. 《한국구비문학대계》에 4편, 임석재 전집 《한국구전설화》에 1편이 실려 있는 정도이다. 다만 질적으로 우수한 자료들이어서 내용이 길고 복잡하며 서술이 자세한 편이다. 그 가운데 김옥련 화자가 구연한 〈계모에게 쫓겨난 손 없는 처녀〉를 바탕으로 내용을 소개하면 다음과 같다.

옛날에 한 정승이 재혼을 하는데, 아들만 있는 것처럼 과년한 딸을 숨겨놓고서 결혼을 했다. 계모는 의붓아들이 누나를 찾는 말을 듣고서 딸이 있다는 눈치를 채고는 아들을 앞세워서 의붓딸이 숨어 있는 곳을 찾아냈다. 계모는 의붓딸이 예쁘고 재주가 있는 것을 보고 그녀를 없애려고 했다. 돌메밀로 묵을 만들어 먹여 자리에 눕게 한 뒤 껍데기를 벗긴 큰 쥐를 이불 속에 넣어서 낙태를 한 것처럼 꾸몄다. 이를 본 정승이 기가 막혀서 집안 망신이라면서 딸의 두 손을 작두로 싹둑 자르고는 아들을 시켜 강물에 내다 버리라고 했다. 동생은 두 손을 물에 띄우고 누나를 풀어주었다.

손 없이 길을 떠난 처녀가 정처 없이 가다보니, 웬 좋은 집의 배나무에 배가 주렁주렁 열려 있었다. 처녀가 배가 고파서 배를 따 먹을 적에, 힘들게 나무에 올라 입으로 겨우 배를 베물어 먹었다. 그 집에 살던 도령이 나무에 손 없는 예쁜 처녀가 올라 있는 것을 보고 집으로 들어서 자기 방에 숨겨두었다. 도령이 평소보다 많이 먹는 걸 이상하게 여긴 하녀가 방 안을 엿보니 도령이 처녀에게 밥을 떠먹여주고 있었다. 그 사실을 전해 들은 안주인은 알고도 모른 척 밥을 계속 넣어주게 했다.

어느 날 과거를 보러 떠나게 된 도령은 어머니한테 처녀 이야기를 하면서 잘 보살펴달라고 했다. 도령이 떠난 뒤 어머니가 처녀를 챙길 적에 처녀의 배가 점점 불러오기 시작하더니 남자아이를 낳았다. 과거를 보러 간 아들이 돌아올 때가 되자, 그 집에서는 양반 가문에 여자를 그대로 둘

수 없다며 아이를 업혀서 집에서 내보냈다.

다시 정처 없이 떠도는 신세가 된 각시는 길을 가다가 목이 말라서 물을 마시려고 옹달샘에서 몸을 굽혔다. 그러자 등에 업고 있던 아이가 물로 미끄러져 떨어지고 말았다. 깜짝 놀란 각시가 아이를 잡으려고 팔을 뻗치자 잘렸던 두 손이 쑥 붙었다. 되찾은 손으로 아이를 건진 각시는 한 마을에 들어가서 베를 짜면서 아이를 키웠다.

세월이 흘러 아이가 여덟 살이 되었을 때, 손 없는 각시를 못 잊고 찾아다니던 도령이 그 마을에 이르렀다. 각시를 꼭 닮은 아이를 발견한 도령은 그 아이를 따라가서 각시를 발견하고서 아들과 함께 집으로 데리고 왔다. 아버지 밑에서 공부하며 열다섯 살이 된 아이는 어머니가 쫓겨난 사연을 전해 듣고는 외갓집을 찾아갔다. 사연을 들은 외조부가 옛날의 낙태물을 갈라보니 사람이 아닌 쥐였다. 각시의 계모는 관가에 불려가 첫값을 치르고, 부녀는 다시 인연을 이어서 잘 살았다.

〈손 없는 각시〉의 사연은 자료에 따라 일정한 차이가 있다. 아버지가 딸을 숨겨두었다는 내용은 위의 자료에만 있고 다른 각편들에는 없다. 죽은 쥐로 낙태를 꾸몄다는 것은 소설 〈장화홍련전〉에 나오는 내용인데, 위의 이야기를 포함해서 두 자료에 나온다. 다른 각편들은 계모가 그냥 남편을 부추겨 손을 자르게 했다고 한다. 어떤 자료는 계모가 직접 딸의 손을 잘랐다고도 한다. 딸의 잘린 손은 새가 물어가거나 하늘로 날아올랐다고 되어 있는 경우가 많다. 도령의 방에서 숨어 살던 각시는 그 집에서 쫓겨났다고도 하고 그냥 거기 머물러 살았다고도 한다. 중간에 계모가 다시 술책을 펴서 편지를 바꿔치기하면서 이간하는 내용이 끼어들기도 한다. 각시의 손이 아이를 키우는 과정에서 다시 생겨났다는 것은 모든 자료에 공통적으로 나오는 내용이다. 손은 물에 빠진 아이를 잡으려고 할 때 다시 생겨났다고 하는 것이 정형이다.

〈손 없는 각시〉는 인물 간 관계 구도가 꽤 복잡한 이야기이다. 주인공 각시는 아버지와 계모 사이에 위태하게 놓였다가 좌절을 경험하며, 집을 떠나서 만난 남자한테서 거둠을 입지만 그 부모한테 내침을 당한다. 결국은 한 아이의 엄마와 한 남자의 아내로서, 그리고 부모의 딸로서 자기 자신의 자리를 찾게 된다. 참으로 파란만장한 인생행로이거니와, 그것은 한 특별한 여인의 혼자만의 길이라고 생각할 바는 아니다. 그 서사에 여성의 일반적인 삶이 상징적으로 깃들어 있음을 놓치지 말아야 한다. 그것을 읽어내기 위해서는 서사의 이면을 들여다보는 통찰력이 필요하다.

—

잘린 손과 다시 생겨난 손에 얽힌 의미

—

이 설화의 핵심 요소는 '손'이라고 할 수 있다. 이 이야기의 서사는 한 처녀가 손이 잘리고, 손 없는 상태로 세상을 살아가고, 다시 손을 되찾아 제자리를 찾는 과정으로 압축할 수 있다. 손의 서사적 상징이 무엇인지를 이해하는 것이 이 설화의 의미 맥락을 이해하기 위한 관건이 된다.

이 설화 속의 손에 대한 유력한 해석은, 사람과 사람을 연결하는 끈으로 보는 것이다. 사람들은 손과 손을 잡음으로써 타인과의 정서적·생활적 연대가 가능하다. 이 설화에서 그 손잡음의 일차적 대상에 해당하는 존재는 아버지이다. 이야기는 아버지가 다 큰 딸을 안전한 곳에 숨겨두었다고 하거니와, 아버지가 딸의 보호자 역할을 하고 있는 상황이다. 서로 손과 손이 연결되어 있는 상태가 된다. 어려서부터 이어진 인연의 끈이다. 그 끈을 바탕으로 딸은 그간 해오던 대로 딸로서의 삶을 지속할 수 있었다.

하지만 그 끈은 불완전하고 위태로운 것이었다. 처녀의 존재는 아버지의 희망대로 가려지거나 감춰질 수 있는 것이 아니었다. 그리고 그것은 옳은 일이었다고 하기 어렵다. 나이가 들어서 '여자'가 되면 아버지로 표상되는 부모의 품을 벗어나 자기 자신의 삶으로 나아가야 하는 것이 딸의 길이다. 아버지의 보호막 안에 숨어 있는 상태는 겉보기에 안전하고 평화로울지 모르지만 실제로는 그 내면에 불안과 초조가 깃들 수밖에 없다. 언제까지나 그렇게 숨어서 살 수는 없는 것이고, 그런 식으로는 어엿한 사람 노릇을 할 수가 없기 때문이다.

이때 손을 걷어붙이고 나선 것이 누군가 하면, 계모로 표상된 엄마였다. 보호막 속에 숨어 있는 딸을 굳이 밖으로 끌어내니 '나쁜 엄마'이고 '무서운 엄마'이다. 이야기 속에서 엄마가 하는 일을 보면 무척이나 모질고 험악하다. 죽은 쥐를 이용해서 딸의 부정(不淨)을 드러내고 남편으로 하여금 자식의 손을 자르게 하는 일련의 행보가 잔인하기 이를 데 없다. 남편의 사랑하는 딸을 구렁텅이로 떨어뜨리는 저 여인의 모습에서는 자기보다 예쁘고 잘난 딸에 대한 모종의 '질투'까지도 읽어내게 된다. 결국 계모는 눈엣가시 같았던 딸을 집 밖으로 무참하게 쫓아내는 데 이르니, 그야말로 최악의 엄마라 할 만하다.

하지만 이는 표면적인 양상이라 할 수 있다. 오히려 저 엄마는 아버지라는 안온한 품속에 숨어 있던 딸을 밖으로 끌어내서 제 갈 길로 보내고 있는 중이라고 해석할 여지가 있다. 저 엄마는 쥐를 이용해서 딸이 아기를 잉태한 것으로 꾸미거니와, 이는 달리 말하면 저 딸이 성(性)에 눈뜰 때가 되었고 아이를 가질 때가 되었음을 확인시켜주는 과정이라고 볼 수 있다. 이제 이렇게 다 컸으니 집을 나가서 '여자'가 되고 '엄마'가 되어야 하는 것이 저 딸의 길이다. 딸이 집에서 내쳐진 다음에 한 일이 바로 남자를 만난 일이라는 사실은, 그리고 그와 동침해서 자식을 낳은 일이라는 사실은 그것이 저 딸의 운명적 행로였음을 단적으로 보여준다.

이야기는 그 경계점에 '손 자르기'라는 화소를 배치한다. 이때 손 자름의 의미는 앞서 말했던 사람 사이의 끈을 단절하는 일에 해당한다고 할 수 있다. 그 끈은 아버지로 상징되는 부모와의 끈이며, 좀 더 넓혀서 보면 그동안 이어왔던 가족·친지와의 끈이다. 딸은 더 이상 아버지의 손을 잡고서, 또는 어머니와 동생의 손을 잡고서 살아갈 수 없는 처지이다. 그 손을 놓고서 집을 떠나 시집을 가서 새로운 삶을 시작해야 하는 것이 그녀의 운명이다. 그것을 '손이 잘린 일'이라고 하고 또 '쫓겨난 일'이라고 하는 것은, 익숙했던 가족의 품을 떠나는 딸의 아득한 상실감과 상처를 대변하는 표현이라고 할 수 있다. 어머니가 '악독한 계모'가 되는 것은 그녀가 저 냉엄한 분리라고 하는 악역을 주도하고 있기 때문이다.

요컨대 이 설화에서 딸의 손 자르기와 그에 이은 내보내기는 처녀가 친가를 떠나서 새 삶을 시작하게 되는 과정에 얽힌, 여성의 성장과 결혼에 얽힌 통과의례를 이렇게 표현한 것이라 할 수 있다. 일종의 '성인식'에 해당하는 통과의례이다.* 손이 잘리는 아픔을 겪으면서, 그간 누려왔던 모든 것을 버리는 아픔을 겪으면서 앞으로 나아가야 하는 것이 '손 없는 각시'로 표상된 여성적 삶의 과정이라는 뜻이다.

그렇게 집에서 분리된 딸은 낯선 땅 낯선 집에 다다르며, 거기서 손 없이 살아간다. 저 딸이 첫 번째로 한 일은 나무에 올라가 배를 깎아먹은 일

---

* 이 설화를 성인식에 해당하는 통과의례로 해석하는 관점은 기존 연구를 통해 거듭 제기된 바 있다. 이인경(2001)과 신연우(2002), 최자운(2003) 등에서 이러한 해석을 제시하였다.

이었고, 그다음은 남자의 방에 숨은 채로 밥을 얻어먹은 일이었다. 이 지점에서 우리는 '손이 잘린 일'의 또 다른 상징과 만날 수 있다. 그것은 곧 '자기 힘으로 무엇 하나 제대로 할 수 없는 상태'의 상징이 된다. 아무것도 못하는 상황을 속수무책(束手無策), 곧 손이 묶인 상태로 표현하거니와, 손이 잘린 상태는 이를 극단화한 바에 해당한다. 왜 손이 없고 왜 아무것도 하지 못하는가 하면, 그동안 익숙해 있던 모든 것에서 갑자기 벗어나 아무런 준비도 없이 낯선 상황 속으로 던져졌기 때문이다. 본래 여성이 시집가서 생활하는 일이 그런 것이다. 무엇을 어떻게 해야 할지 아득한, 나름대로 무언가를 해보려 해도 어렵기만 하고 어긋나기만 하는 그런 상황이다. 그냥 어디론가 숨어들고 싶을 따름이다. 주인공이 남자의 방에 꽁꽁 숨어서 지내는 모습은 여성의 이와 같은 내면 심리를 투영한 형상이라 할 수 있다.

어떻게 보면 저 여인은 아버지의 보호막 속에서 남편의 보호막 속으로 옮겨온 것이라 할 수 있다. 손이 잘리는 아픈 통과의례를 거쳤지만 아직 새로운 주체로 거듭나지 못한 형국이다. 이런 상황은 자연스럽게 또 다른 위기로 이어진다. 자신의 보호막이 되어주었던 남편이 길을 떠난 상태에서 각시는 다시 광막한 황야에 던져지고 만다. 이야기에서는 각시가 집에서 쫓겨났다고 하는데, 정확히 말하면 남편이라는 울타리로부터 내쳐진 것이라 할 수 있다. 스스로 제 앞가림을 해야 할 형편이다. 하지만 그녀에게는 손이 없다.

제 한 몸도 못 챙길 처지에 아이까지 딸려 있으니 깜깜한 일이었다. 하지만 상황은 극적으로 역전된다. 감당 못할 짐일 줄로만 알았던 아이가 오히려 빛이 된다. 아이를 돌보는 과정에서, 물에 빠진 아이를 건지려다 각시는 자신의 손을 찾아내게 되는 것이다.

이래가 물도 묵고 젊고 이래서 한 군데 가다보이 참 웅덩새미가 하나 있
는데, 그 참 물을 좀 묵는다꼬 아를 업고, 물 묵는다꼬 업디리께네, 아이
참 아가 등더리서 마 쓱 빠졌뿄거던. 웅덩이. 그래가 이 아 건진다고 손을
쓱 여이께네 거짓말인지 참말인지 손이 떡 붙었뿄다 말이라.

(김옥련 구연, 〈계모에게 쫓겨난 손 없는 처녀〉,《한국구비문학대계》7-14)

이야기는 어느새 손이 붙어 있었다고 한다. 자료에 따라서는 물속에서
손이 올라와 붙었다고도 한다. 하늘로 올라갔던 손이 다시 내려온 것처럼
말하는 이야기도 있다. 어느 쪽이든 이 설화의 가장 극적인 장면이다.

각시는 어떻게 손을 되찾게 된 것일까? 이야기 화자들은 이에 대해 죽
은 엄마가 딸을 도와준 것이라고 말하곤 한다. 연구자들은 거룩한 모성애
의 힘에 주목해왔거니와, 앞서 말한 '손'의 상징과 연결해서 그 의미를 해
석해보자면 그것은 저 각시가 새로운 관계의 끈을 찾은 데 따른 힘이고,
스스로 무엇인가를 할 수 있게 된 데 따른 결과였다고 할 수 있다. 아버지
의 딸이었고 남자의 아내였던 그녀는 그사이에 한 아이의 '엄마'가 되어
있었다. 한 아이의 삶이, 하나의 고귀한 생명이 그녀의 손에 달려 있다. 그
녀는 아이한테 젖을 먹여 키우고, 아이를 등에 업고서 움직인다. 그리고
물에 빠지는 아이를 붙잡는다. 그녀가 자기한테 손이 달려 있음을 깨달은
것은 바로 그 순간이었다. 그녀는 어느새 자기 자신을 넘어서 다른 생명
을 지켜줄 수 있는 큰 존재가 되어 있었던 것이다. 바로 '부모'라고 하는.
아픈 통과의례를 거쳐서 도달한 새로운 삶이었다.

이후의 전개는 어찌 보면 후일담 같은 것이라 할 수 있다. 각시가 남편
을 만나고 또 부모를 만나는 것은 정해진 과정이다. 과거 상태로 돌아가
는 회귀의 만남이 아니다. 스스로 당당한 삶의 주체가 되어서 맞잡는 손

이다. 이제 그녀의 손은 더 이상 잘릴 이유가 없다. 설사 계모가 수십 명이라 하더라도. 아니, 본래부터 '계모'는 없었던 것이라 할 수 있다. 집을 떠날 날을 앞두고 불안에 휩싸였던 사춘기 처녀가 있었을 따름이다.

　이야기는 결말 부분에 계모를 징치하는 내용을 배치한다. 처음에 계모가 나서서 딸을 몰아붙였으니 이렇게 마무리되는 것이 맞을 것이다. 흥미로운 것은 이 설화의 자료들에서 계모 징치라는 화소가 〈콩쥐팥쥐〉에서처럼 강조되지 않는다는 사실이다. 모호하게 어물쩍 넘어간 경우도 있다. 이는 그것이 이 설화에서 서사의 핵심 요소가 아니기 때문일 것이다. 이 설화와 마찬가지로 한 여성의 통과의례적 성장 과정을 서사화한 독일 민담 〈손이 없는 소녀〉에서 따로 계모가 등장하지 않는 것도 어쩌면 이런 맥락에서 이해할 수 있을 것이다. 그렇다. 이 이야기는 부모 세대를 향한 저주라기보다 자녀 세대를 향한 갸륵한 축복이라고 할 수 있다.

—

우리 안쪽 깊은 곳에 숨겨진 힘

—

'손 없는 각시'의 파란만장한 행로 속에 여성적 삶의 역정이 투영되어 있다고 했다. 다시 생각해보면, 이는 단지 여성만의 문제가 아니라고 할 수 있다. 어쩌면 그것은 이 세상 모든 자식들에 대한 서사일 수 있다. 특히 아버지나 어머니의 품에서, 또는 그 밖의 보호막 속에서 안온한 삶을 영위해온 아들딸들의 서사라 할 만하다.

　딸이든 아들이든 언젠가는 부모의 품에서 벗어나서, 가정이라는 울타리를 넘어 자기 길로 나서야 할 시점을 맞이하게 되어 있다. 아이에서 어른이 되는 순간이다. 그것은 마치 두 손이 싹둑 잘리는 것처럼 아픈 과정이 된다. 세상에 나 혼자인 듯 외롭고 아무 일도 할 수 없을 것처럼 무력하다. 하지만 그것은 세상의 주인공으로 우뚝 서기 위해 필연적으로 거쳐야 할 통과의례이다. 그 어른 되기의 과정을 제대로 거치지 못하면 온전한 자기 삶을 살 수 없다. 나이가 들어서도 부모의 보호막 속에 머물러 있는 마마보이나 마마걸, 이른바 '어른아이'가 그 정해진 행로가 된다.

어른이 된다는 것은 힘든 일이다. 외롭고 두려운 일이다. 하지만 우리 안쪽 깊은 곳에는 숨은 힘이 있다. 피하지 않고 대면하여 감당해나가다 보면, 숨어 있던 손이 어느새 생겨나서 절로 움직이게 된다. 그 손에 들린 것은 '아이'로 표상되는 새로운 생명, 또는 빛나는 보람이다. 그러니 믿고 나아가는 것이 답이다. 오랜 세월을 이어온 설화가 전하는 삶의 철학이다.

- 신동흔

참고 문헌

김옥련 구연, 〈계모에게 쫓겨난 손 없는 처녀〉, 《한국구비문학대계》 7-14.

임석재, 〈계모가 팔을 자르고 내쫓은 처녀〉, 《한국구전설화: 평안북도편 1》, 평민사, 1987.

신연우, 〈〈손 없는 색시〉 설화와 여성 의식의 성장〉, 《우리어문연구》 18, 우리어문학회, 2002.

우진옥, 〈고전서사 속 '나쁜 엄마'의 유형과 자식의 대응에 대한 연구〉, 건국대학교 석사 학위논문, 2015.

이유경, 〈민담 〈손 없는 색시〉를 통한 여성 심리의 이해〉, 《심성연구》 21-1, 한국분석심리 학회, 2006.

이인경, 〈설화의 신화적 성격과 심리학적 접근〉, 《구비문학연구》 13, 한국구비문학회, 2001.

최자운, 〈〈손 없는 색시〉 설화의 비교설화학적 연구〉, 《인문논총》 11, 경기대학교, 2003.

一二三四五六七八九十

시련을 넘어 청명한 천체가 되다

신화적 관심과 민담의 결합

〈해와 달이 된 오누이〉(이하 〈해달〉로 약칭함)는 한국인이라면 누구나 알 정
도로 널리 알려진 민담으로, 오누이가 해와 달의 기원이 되는 일월기원(日
月起源) 삽화와 부모 출타 시 아이들과 침입자가 대결하는 삽화는 전 세계
적으로 발견된다. 일월기원 삽화를 중심으로는 설화의 신화적 성격을, 아
이와 침입자 대결 삽화를 중심으로는 민담적 성격이 우세하게 독해된다.
천체(天體)의 기원에 대한 신화적 관심이 민담적으로 구성된 작품이다.
사건과 사건 사이의 개연성이 적은데도 서로 결합되어 한 작품이 되었다
는 뜻이다.

　유년의 아이들이 중심이 되어 사건을 전개해나가는 것이 특징인데, 힘
없고 연약한 유년의 아이들이 강하고 포악한 호랑이와 대결을 벌이는 점

이 흥미를 일으킨다.

이 민담은 '해와 달이 된 오누이'를 비롯하여 '수수깡이 빨간 이유', '수숫대가 빨간 유래', '일월 전설', '태양과 달', '하늘로 올라간 오누이', '해님과 달님이 된 유래', '해님 달님', '해숙이 달순이 별옥이', '해와 달이 된 남매' 등의 제목으로 한반도 전역에서 널리 구전되었다. 최초의 채록은 1911년에 경상남도에서 오화수가 구연한 〈해와 달〉로 알려져 있다. 현재 설화집들과 《한국구비문학대계》에 실려 있으며, 1920년대부터는 전래동화로 개작되었다. 특히 어린이용으로 소개되어 왔고, 교과서에 여러 차례 실렸으며, 다른 작품에 비해 자주 연극과 영화 같은 2차 공연물로 창작되었다.

일반적으로 연구자들은 이 민담의 선본(善本)을 손진태의 〈조선의 일월전설〉, 임석재의 《한국구전설화》에 실린 〈해와 달이 된 남매〉로 보고 있다. 초기에 채록되어 개작된 요소가 적고, 입말의 표현이 현장성을 전달하는 점이 특징적이다.

—

어려운 가정에 닥친 고난, 그 극복의 과정

—

〈해달〉의 줄거리는 한 가족과 호랑이의 갈등이 심화되다가 아이들의 꾀와 하늘의 도움으로 갈등이 해소되고, 두 아이가 하늘에 올라 천체가 되는 이야기로 이루어져 있다. 고독하고 빈곤하며 보잘것없는 존재가 영원하고 위대한 존재가 되는 존재론적 상승을 이룬다는 점에서 당시 사람들의 소망이 반영되어 있다고 할 수 있다. 시련과 고통의 대상자들은 영원한 천체의 빛으로 승화되었다.

이 작품의 기본 서사는 호랑이와 어머니의 갈등, 호랑이와 남매의 갈등,

오누이의 일월기원담으로 전개된다. 서사 전반부에서 고독하고 빈곤한 가정에 설상가상 호랑이가 생명을 위협한다. 이 무섭고 모진 동물은 삶의 기반인 생명마저 송두리째 빼앗으려고 갖은 위협을 가한다. 호랑이 앞에서 한없이 약할 수밖에 없던 어머니는 호랑이의 놀잇감처럼 희롱당한 후 잡아먹힌다. 전반부의 대목을 감상하면 다음과 같다.

하루는 산 너머 부잣집에 가서 방아품을 팔고 개떡을 얻어가지고 밤늦게 집으로 돌아오는데, 고개 하나를 넘으니까 범 한 마리가 길을 막고 앉아서 "그 떡을 주면 안 잡아먹지." 했다. 그래서 이 여자는 떡을 주었더니 범은 그 떡을 먹고 갔다. 이 여자가 고개를 또 하나 넘어가니까 아까 그 범이 길을 막고 앉아서 "저고리를 벗어 주면 안 잡아먹지." 했다. 여자는 할 수 없이 저고리를 벗어 주었더니 범은 그것을 가지고 갔다. 이 여자는 고개 하나를 또 넘어가니까 그 범이 길을 막고 앉아서 "치마를 벗어 주면 안 잡아먹지." 했다. 그래서 치마를 벗어 주었더니 범은 치마를 가지고 갔다. 고개를 또 넘으니까 그 범이 길을 막고 속곳을 벗어 주면 안 잡아먹겠다고 했다. 그래서 속곳을 벗어 주니까 그것을 가지고 갔다. 고개를 또 넘어가니까 그 범이 길을 막고 팔을 떼어 주면 안 잡아먹겠다고 해서 팔을 떼어 주었다. 그랬더니 범은 팔을 가지고 갔다. 고개를 또 넘어가니까 그 범이 길을 막고 앉아서 다리를 떼어 주면 안 잡아먹겠다고 했다. 다리를 떼어 주니까 가지고 갔다. 고개를 또 넘어가니까 그 범이 길을 막고 있다가 이 여자를 잡아먹었다.

(임석재, 〈해와 달이 된 남매〉,《한국구전설화: 함경남북도·강원도 편》)

민담 중반부에서 호랑이는 어머니를 잡아먹은 데 그치지 않고 아이들

까지 위협한다. 호랑이가 문을 두드릴 때부터 아이들은 뭔가 이상한 낌새를 느끼고 엄마인지 아닌지 의심한다. 호랑이는 갖가지 거짓말로 아이들의 의심을 잠재우고 집 안에 들어간다. 그러나 이어 아이들은 어머니로 위장한 호랑이가 젖먹이 동생을 잡아먹고 있음을 알게 된다. 목숨을 걸고 도망가야 할 상황에 처한 아이들은 꾀를 내어 방을 빠져나와 나무로 올라간다. 그 대목을 인용하면 다음과 같다.

> 아들이 이것을 보고 '저거는 어머니 아니고 범 같다.' 하고 도망할 생각으로 "엄마야, 나 똥 마려워." 했다. "거기서 누어라." 하니까 "구린내 나서 안 된다." 했다. "그럼 뜨락에서 누어라." "밟으면 어떻게 하겠나?" "그럼 재통에 가 누어라." 그래서 아이들은 밖으로 나와서 멀리 뛰어서 우물 옆에 있던 나무에 올라가 있었다.
>
> (임석재, 〈해와 달이 된 남매〉, 《한국구전설화: 평안북도 편 2》)

이어 호랑이가 아이들을 찾으러 나오고, 나무에 올라간 아이들에게 어떻게 올라갔느냐 묻는다. 죽을 위험에 있으면서도 아이 특유의 순진한 마음으로 호랑이의 질문에 답을 하면서 아이들은 위기에 처한다. 호랑이가 나무에 오르자 다른 방도가 없는 아이들은 하늘에 동아줄을 내려달라고 기도했다. 하늘에서 동아줄이 내려오자 아이들은 이를 타고 올라간다.

호랑이가 하늘에 오르려고 꾀를 쓰는 대목을 인용하면 다음과 같다.

> 호랑이는 제가 악한 줄 알고 하느님을 속이고자, "하느님 저를 살리려거든 썩은 줄을 내려주시고 죽이려거든 새 동아줄을 내려주시오." 했다. 호랑이가 소원한 대로 썩은 줄이 내려왔다. 호랑이는 그것을 붙들고 올라

가다가 줄이 끊어져 떨어져 수숫대에 항문을 찔려 죽었다. 그 피가 수숫
대에 튀어 묻었으므로 지금도 수숫대는 붉은 반점이 있다고 한다.

(손진태, 〈조선의 일월 전설〉, 《조선민족설화의 연구》)

호랑이는 하늘에서 내려온 썩은 동아줄을 새 동아줄로 여기고 붙잡고
하늘에 오르다가 수수밭에 떨어져 죽었다. 그 피가 여기저기 반점처럼 튀
었기에 수수밭이 붉어졌다는 설명이 붙었다.

서사의 후반부에서 하늘에 오른 아이들은 우주의 천체가 되어 영원히
빛나게 된다. 하느님이 오빠는 해, 누이는 달이 되어 일하라고 했다. 그러
나 누이는 밤이 무섭다며 해가 되겠다고 한다. 그래서 오빠는 달이 되었
고, 누이는 해가 되었다. 이 부분은 유형에 따라 오빠가 해, 동생이 달이
된 경우도 있고, 누이가 무섭다고 했으나 오빠가 한번 정해진 것을 바꿀
수가 없다고 하여 역할을 바꾸지 않은 유형도 있다.

—

때로는 야속한 어머니

—

설화는 한 작가에 의해서 이루어진 결과물이 아니고 여러 주체와 집단을
거치면서 제작과 전승이 이루어지기에 다양한 시선이 담기기 마련이다.
민담 〈해달〉도 전승되면서 전승 주체의 해석에 따라 서사적으로 강약이
생겼으며 이유형(異類型)이 생겼다. 유형에 따라 강조된 부분을 살펴보면
당시 사람들의 심리적 지향을 알 수 있다. 예를 들어, 어머니의 성격이 유
독 다른 유형이 있다.

1923년에 채록된 〈해와 달과 별〉에서 어머니는 호랑이한테 위협을 당

하자 "나를 먹는 것보다 우리 집에 가서 내 아이들 네 명을 먹는 게 더 좋지 않겠나?"라고 말하고 있다. 이는 다른 유형에서 보이는 어머니의 모습과는 사뭇 다르다. 여기서 어머니는 아이들의 보호자가 아니다. 이 발언은 일단 위기를 벗어나 생명을 구하고 다음을 도모하려는 꾀로 해석할 수도 있고, 현실의 맥락에서 위기가 닥쳤을 때 아이들을 희생하기도 했던 부모의 표상으로 해석될 수도 있다. 그러나 텍스트에 더 이상의 단서가 없어 해석에 무리가 따른다. 어머니의 말이 어떤 의미를 내포하든, 아이들은 가장 가까운 관계인 어머니로부터 버림을 받은 고독한 처지가 된다. 이에 아이들은 다른 사람의 도움 없이 자력으로 궁지를 벗어나야 하는 절실한 상황에 처한다. 아이들과 호랑이의 대결은 더욱 대조를 이루고 서사적 관심은 이 급박한 대결에 집중된다.

—

'해와 달의 기원'과 '호랑이와 남매 간의 갈등' 사건의 긴밀성

—

'해와 달의 기원'과 '호랑이와 남매 간의 갈등' 사건은 그 결합의 개연성과 긴밀성이 떨어지기에 연구자들의 관심을 끌었다. 연구자들은 주로 신화적 성격을 가졌는가, 민담적 성격을 가졌는가의 문제로 연결하여 논했다. 오누이가 해와 달이 된 유형은 천체의 기원을 설명한다는 점에서 창조신화의 영향 아래 있다고 해석한 연구는, 애초에 오누이의 일월기원을 밝히는 창조신화였던 것이 민담화되면서 변이가 생겼다고 보았다. 민담적 삽화로 호랑이의 어머니 살해, 호랑이와 오누이의 대결, 오누이의 승천과 호랑이 징치, 남매의 일월 자리 바꾸기 등을 거론하였다.

반면 창조신화보다 민담이 중심이라고 본 연구는 〈해달〉의 전승에서 일월의 기원을 설명하는 삽화가 없는 유형이 있는 사실에 착안하여, 창조신화보다는 아이들과 호랑이의 갈등과 호랑이의 패배가 기본이 된 민담이라고 보았다. 이와 같이 해석할 때는 일월기원 삽화를 어떻게 이해할 것인가 하는 문제가 남아 있다.

〈해달〉의 결말부에서 오누이 가운데 누가 해가 되고 누가 달이 될지 논하는 삽화는 신화적 의미보다는 민담적 의미가 우세하다. 그 이유는 이 논의에 신화의 신성성 담론보다는 당시의 성 역할 담론과 이에 따른 해석이 반영되어 있기 때문이다. 이렇게 〈해달〉은 여러 전승 주체의 시선이 겹치면서 복합적 성격을 갖게 되었다.

—

서사 인물로서 하늘, 어머니, 호랑이의 성격

—

등장인물을 두루 살펴보면서 각 인물의 서사적 기능을 생각해볼 수도 있다. 예를 들어, 하늘도 중요한 역할을 한다. 하늘이 없이 아이들은 구원되기 어려웠으며, 그것은 하늘에 구원의 힘이 있다는 신앙을 반영한다. 하늘이 구원을 했기에 아이들은 하늘에 올라갈 수 있었고, 인류에게 중요한 천체인 해와 달이 될 수 있었다. 또 하늘은 선악의 심판자로 이해되었기에 반대자 없이 자신의 원대로 치닫던 호랑이도 하늘 앞에서 망설이는 모습을 보였다.

또 호랑이에 투사된 당시 사람들의 관념, 어머니와 아이들의 관계 등을 생각해볼 수 있다. 호랑이는 어떤 관념을 대표하고 어떤 인물을 표상하는가? 어머니는 왜 더 이상 기념되지 않는가? 오누이 중 누가 해가 되고 누가 달이 될지 논하는 삽화는 신화적으로 어떤 의미일까?

호랑이는 어떤 특정 성격을 형상화한 것으로 해석할 수도 있다. 악한 성격의 인물은 어느 시대, 어느 사회나 있지 않은가. 호랑이는 자신의 악행에 대해 하늘이 죽음의 벌을 내릴 것을 예상하고 하늘을 속이려 하였다. 호랑이는 죽을 때까지도 반성보다는 자신의 계획과 생각을 긍정적으로 확신하여 '새 동아줄이 내려왔으리라'고 믿었다. 이렇게 자신의 생각을 의기양양하게 따르다가 상황이 어긋났음을 예상하지 못하고 죽음에 이르렀다. 호랑이의 악행은 하늘을 속이지 못했고, 결국에는 벌을 받았다.

어머니는 호랑이에게 죽임을 당하고 나서 서사에 더 이상 등장하지 않지만, 아이들이 그녀의 분신이므로 아이들과 동일시되어 해와 달로 빛나고 있다고 할 수 있다.

– 윤혜신

참고 문헌

염희경, 〈〈해와 달이 된 오누이〉에 나타난 호랑이상 – 설화와 전래동화 비교를 중심으로〉, 《동화와 번역》 5, 건국대학교 동화와번역연구소, 2003.

이지영, 〈〈해와 달이 된 오누이〉 설화의 동북아 지역 전승 양상과 그 특징〉, 《동아시아 고대학》 20, 동아시아고대학회, 2009.

조현설, 〈〈해와 달이 된 오누이〉형 민담의 창조신화적 성격 재론〉, 《비교민속학》 33, 비교민속학회, 2007.

한기호, 〈〈해와 달이 된 오누이〉 설화의 신화적 성격 연구〉, 창원대학교 박사학위논문, 2006.

실수로 잃은 남편을 찾아가는 탐색 여행

실수로 잃은 소중한 것에 대한 탐색

〈뱀 신랑〉은 아내가 실수나 주변인의 방해로 남편을 잃었다가 탐색을 거쳐 재결합하는 민담으로, 한반도 전역에서 전승되고 있다. 아내의 남편 탐색 여행 모티프는 세계적으로 발견되며, 이 민담은 큐피드와 사이키의 사랑을 다룬 설화와 비교되기도 했다. 민담의 내용에 변신과 금기 위반의 모티프가 있어 변신 설화나 금기 위반 설화 등으로 분류되기도 한다.

전국 각지에서 구전되던 이 설화가 《한국구비문학대계》와 《한국구전설화》에 채록되었고, 모두 55편에 이른다. '구렁덩덩 신선비', '구렁 선비', '구렁이 선비', '구렁덩덩 시선부', '뱀 서방', '뱀 신랑', '뱀 신랑과 열녀 부인', '뱀 신랑의 슬픈 운명', '뱀에게 시집간 딸', '천조씨와 은해정자' 등의 제목으로 전한다. 일반적으로는 〈구렁덩덩 신선비〉로 널리 알려져 있으며, 제목의 뜻은 '구렁이(가 탈각하여 된) 새선비', '구렁이 새신랑' 정도의 의미이다. '덩덩'은 반복적 음가를 이용하여 재미를 준 청각적 형태소이다.

구연자는 여성이 많아서 향유층이 주로 여성이었을 것으로 추정하고 있다. 민담의 주인공이 여성인 점과 여성의 고통과 시련, 남편과의 관계, 처첩 갈등과 같은 주제가 여성의 관심을 끌기에 충분했을 것이다. 또한 뱀의 상징적 의미와 여성의 심리가 이야기에 투사된 점도 흥미 요인이었을 것이다. 설화 채록 과정에서 일부 구연자는 어머니, 할머니로부터 전해 들었다고 하여 이러한 추정을 뒷받침한다.

—

혼인과 이별, 그리고 재회

—

서사적 사건은 '구렁이의 탄생 – 이웃집 딸 삼형제의 평가 – 구렁이와 셋째 딸의 혼인 – 구렁이의 변신과 허물 간수 요청 – 뱀 신랑의 출타 – 구렁이의 허물을 언니들이 불에 태움 – 뱀 신랑의 사라짐 – 신부의 탐색 여행 – 신부와 신선비의 재회 – 통과의례와 재결합'의 순으로 이루어지고 있다.

민담 〈뱀 신랑〉에서 전반부의 주요 사건은 구렁이의 탄생과 셋째 딸의 혼인이다. 가난한 집 할머니가 우연히 잉태하여 구렁이 아들이 태어난다. 이어 이웃집 딸 삼형제가 구렁이를 보러 오고, 셋째 딸이 구렁이의 비범함을 알아차린다. 구렁이 아들은 어머니를 졸라 청혼하게 하고, 여러 딸 가운데 셋째 딸이 이에 응하여 혼인한다. 이 중 구렁이의 탄생에 대한 삼형제의 평가 부분을 보면 다음과 같다.

그 늙은이가 아이를 낳았는데 구렁이를 낳았대. 구렁이를 낳았는데, 이

윗집 색시가 삼형제더래. 부잣집인데, 삼형제인데,

"할머니, 할머니, 애기 뭐 낳소?"

"미역국하고 흰밥하고 끓여다 주면 알려주지."

미역국하고 흰밥하고 끓여다 줬지. 먹고서는, "아랫목에 내려다봐라."

아! 큰 구렁이를 낳았어.

"아유, 할머니 구렁이 낳네." 그러고 가거든. 또 한 색시가 오더니,

"할머니, 할머니, 뭐 낳소?"

"미역국하고 흰밥하고 끓여다 주면 알려주지."

미역국하고 밥하고 끓여다 주고 아랫목에 가니까,

"아이고 할머니 구렁이 낳네." 그러고 가거든.

또 작은 색시가 와서, "할머니, 할머니, 뭐 나셨소?"

"미역국하고 흰밥하고 끓여다 주면 알려주지."

미역국하고 흰밥하고 끓여다 줬지. 먹었지.

"아랫목에 내려다봐라."

"아이고 할머니, 구렁덩덩 신선비님을 나셨네!" 그러구 가거든.

(권은순 구연, 〈구렁덩덩 신선비〉, 《한국구비문학대계》 1-9)

중반부의 주요 사건은 아내의 금기 파괴와 구렁이 신랑의 사라짐이다. 구렁이는 허물을 벗고 사람으로 변신하고, 아내에게 허물을 잘 간수하지 않으면 자신이 돌아올 수 없다고 말한다. 그런데 언니들이 와서 허물을 태워버리자 신랑은 돌아오지 않고 어디론가 사라진다. 다음은 구렁이의 변신과 허물 간수를 요청하는 부분이다.

이제 첫날 저녁을 치르고서는 아랫목에서 '부스럭 부스럭' 그러더래요.

이제 허물 벗느라고 그랬대요. 그래서 이제 색시는 웃목에 앉았고, 신랑은 아랫목에서 '부스럭 부스럭' 하며, 요거를 착착 접어서 채단(采緞) 저고리 요 안섶을 뜯고서 거기다 넣고서는 착착 꼬매 주며,

"이것을 누구에게도 보이지 마라." 그러더래요.

"보이지 마라. 이것을 누굴 보여서 안 개켜놓으면, 냄새가 나면 내가 안 들어오고, 냄새가 안 나면 내가 들어올 테니, 그렇게 처신을 하시오."

(오수영 구연, 〈구렁덩덩 신선비〉, 《한국구비문학대계》 1-9)

후반부의 주요 사건은 신부가 남편을 찾아나서는 탐색 여행과 부부의 재결합이다. 신부는 신선비가 돌아오지 않자 그를 찾아 여행을 떠난다. 아내가 남편을 찾아 여행을 떠나는 첫 대목은 다음과 같다.

색시가 찾아가는데, 한 군델 가니까 노인네가 빨래를 하지.

"아이 할머니, 할머니, 구렁덩덩 신선비 비루먹은 말 타고 가는 것 봤느냐?"니깐,

"이 빨래를, 검은 빨래를 희게 빨구, 흰 빨래를 검게 빨면 내가 알려준다." 그러거든. 그래 이놈의 빨래를 검은 빨래를 희게 빨고, 빛 빨래는 검게 빨아서 줬지.

"저기 까치한테 가 물어보라."고 그러더래요.

"응, 참 저기 저기 논 가는 사람한테 가 물어봐라."

(권은순 구연, 〈구렁덩덩 신선비〉)

신선비가 어디 있는지 모르고 방향도 모르지만 아내는 남편을 찾아 떠난다. 아내는 빨래를 해주고, 논을 갈아주고, 까치의 새끼를 길러준 후에

야 까치가 알려준 길로 가서 남편이 사는 곳에 이르게 된다. 이러한 탐색 여행을 떠나야만 남편을 만날 수 있다는 설정이다.

신선비가 전처를 그리워하는 노래를 부르고, 이를 들은 아내가 자신을 드러내면서 둘은 다시 만나게 된다. 그런데 신선비는 그곳에서 재혼을 한 처지라 누구를 아내로 삼아야 하는지가 문제였다. 신선비는 이를 해결하기 위해 전처와 후처에게 과업을 주고 경쟁을 하게 한다. 여러 차례의 경쟁을 통해 전처가 승리하고 부부는 재결합한다.

후반부에서 신선비가 신부에게 부여하는 통과의례는 각 이유형마다 조금씩 다르다. 그러나 대체로 '물 길어 와 붓기', '호랑이 눈썹 뽑기' 정도이다. 신선비가 두 부인에게 시험을 내는 대목을 보면 다음과 같다.

> "음, 나하고 살려거든 굽 높은 나막신을 들고 길 같은 독에다 물을 한 독들어다 부어라."
> 그러더래. 그래 길 같은 독에다 나막신을, 이런 나막신을 신구서는 물을 한 독 길어, 물 한 방울 안 엎지르고 길어. 첩년은 놋덩이를 줘서 신을 신고서 찍찍찍찍 물을 엎지르고, 찔금찔금 그래도 안 내쫓고 사는데,
> "음, 범에 눈썹을 셋만 얻어다가 망근(網巾) 관자(貫子)를 달아주면 데리고 산다." (권은순 구연, 〈구렁덩덩 신선비〉)

재결합을 보는 향유층의 시선과 유형

전승되고 있는 〈뱀 신랑〉 설화의 유형은 부부 재결합 유무에 따라 '재결합 유형'과 '이별 유형'으로 구분할 수 있다. 이 가운데 재결합 유형은 다

시 통과의례의 유무로 나눌 수 있다.

부부 재결합 유형은 '혼인 – 이별 – 통과의례 – 재결합' 유형으로 가장 많이 전승되고 있다. 구렁이와 혼인한 셋째 딸이 신선비가 사라지자 탐색의 통과의례를 거친 후 신선비와 재회한다. 이 유형에 간사한 후처 에피소드가 덧붙은 유형도 있다. '혼인 – 이별 – 재결합' 유형은 신선비를 찾아나선 신부가 조력자를 만나 신랑을 찾고 재결합한다. 이 유형에는 신부에 대한 통과의례가 없다. 부부 이별 유형은 '혼인 – 이별' 유형으로, 뱀 신랑이 사라지고 부부가 이별하는 유형이다.

기존 연구에서 구렁이의 성격을 논하면서, 보통 뱀이 아닌 신의 하강으로 보아 신(神)으로 이해한 바 있다. 후반부에서 두 아내에게 경쟁적으로 시합을 하도록 우월한 위치에서 명령을 내리는 구도는 신의 입장에서 인간에게 하달하는 구도와 같고, 아내와의 관계에서 우월한 주도권을 쥐고 있어 그렇게 볼 여지가 있다. 그러나 이 민담의 서사에서 뱀 신랑의 신적 성격은 온전하지 않다. 뱀 신랑은 자기 존재의 기본 바탕을 인간, 즉 아내에게 의존하고 있기에 고대 신화에 등장하는 신과 달리 신적 자율성이 결여되어 있다. 허물이 온전히 보전되어야만 원하던 혼인 생활이 지속될 수 있었으며, 관리자인 아내에게 그의 허물을 잘 간수해달라고 부탁해야 하는 상황은 그의 신적 위상이 대인 관계에 매여 있음을 보여준다. 이러한 설정은 온전하고 완벽한 인물이 없는 민담의 장르적 성격으로 보인다.

한편 아내에게 내려진 금기, 즉 허물을 잘 관리하라는 금기도 신화의 금기와는 달리 금기를 지키는 본인에게 효용이 미치지 않는다. 신화적 금기는 '단군 신화'의 웅녀처럼 지키는 사람이 그 효과를 얻는 것이었다. 그러나 이 설화에서 금기는 자기 존재에 근본적 변화가 일어나는 과정으로서의 금기가 아니라 그저 지켜야 하는 규칙이다. 이러한 면에서 아내가 지켜야 하는 금기의 성격은 신화적 금기와 다르다.

한편 몇몇 에피소드에는 신화적 구도의 잔영이 남아 있다. 구렁이는 결혼 후 탈각하여 미남자로 변모하는데, 여기서 혼인은 인물의 존재론적 변화를 가져왔다는 면에서 신화적이고 통과의례적 기능을 한다. 예를 들어, 웅녀·알영·유화 신화에는 인물이 원래의 모습에서 다른 존재로 변신하는 사건이 있는데, 이 변신과 구렁이의 탈각을 견주어보면 존재론적 변화를 일으켰다는 점에서 신화적이다.

이 작품에는 민담 특유의 문학적 설정이 적지 않아 민담적 사고방식과 표현을 추론할 수 있다. 예를 들어, 알을 먹고 잉태하게 되었다는 에피소드는 과학적으로는 이해할 수 없으며, 난처한 임신에 대한 심리적 상황과 신화적 관습이 문학적으로 표현된 것이다. 알쏭달쏭한 여성의 잉태 과정은 이미 비일상적이며, 출산한 자녀도 평범하지 않았다. 그러나 신화적 인물과 달리 구렁이 아들은 비범하되 신성성은 떨어진다.

어머니의 동의를 얻고자 구렁이 아들이 어머니를 위협한다. 그런데 위협의 내용을 보면 아들로서는 무례하기 짝이 없는 성적 위해(危害)를 가하고 있다. 실제로 이러한 일이 벌어지면 두 사람의 관계는 파국에 이를 수밖에 없는데, 이 파국이 문학적으로는 칼과 불을 들고 배 속으로 들어가는 것으로 표현되었다. 구렁이 아들의 위협은 현실 맥락에서 아들과 어머니의 성적 긴장 관계의 일면이 문학적으로 표현된 것이다.

어떤 작품에는 전처와 후처가 경쟁을 치른 후 남편과 셋이서 같이 사는 유형도 있는데, 이는 여성과 남성의 관계, 혼인 관념을 보여준다. 여기서 전처는 종이라도 되겠다고 하면서 자신을 낮추고 있는바, 혼인과 남편이 여성의 삶을 크게 장악하고 있음을 알 수 있다.

이 작품의 제목은 '뱀 신랑'을 중심으로 불리어 전승되어 왔으나 실상 그 중심은 남편을 탐색하는 아내의 모험담이라고 할 만하다. 남편과의 동거 여부가 여성에게 중요한 삶의 주제였던 시대의 작품이며, 구연자가 여성이면서 대부분 모계를 통해 들었다는 것은 이 설화에 대한 여성의 관심을 방증한다.

많은 민담에서 서사 사건은 현실적 개연성이 높은 사건에서 시작한다. 이 민담도 주변인의 시기, 남편 잃기, 처첩 간의 경쟁 같은 당시의 현실적 문제를 담고 있다. 여기서 주인공인 아내는 참으로 무기력하여 주변인의 방해에도 속수무책으로 처신한다. 그저 자신이 할 수 있는 것을, 그리고 우연을 따라갈 뿐이다. 이러한 점이 민담 향유층 정서의 한 측면을 드러낸다.

- 윤혜신

참고 문헌

임석재, 《한국구전설화: 전라북도 편 1》, 평민사, 1993.
노영근, 〈〈구렁덩덩 신선비〉형 민담고〉, 《국민어문연구》 8, 국민대학교 국어국문학연구회, 2000.
서대석, 〈〈구렁덩덩 신선비〉의 신화적 성격〉, 《고전문학연구》 3, 한국고전문학회, 1986.
이기대, 〈〈구렁덩덩 신선비〉의 심리적 고찰〉, 《우리어문연구》 16, 우리어문학회, 2001.
황인덕, 〈한국 〈구렁덩덩 신선비〉 설화의 유형적 고찰〉, 최인학 외, 《한·중·일 설화비교연구》, 민속원, 1999.

五

지하의 큰 적을 상대하고 동반자를 얻다

현실적 사건의 환상적 해결 방식

민담 〈지하국 대적 퇴치〉는 남성 주인공이 난폭한 질서 파괴자를 상대로 승리하여 자신의 능력을 입증하고, 과업의 보상으로 평생의 동반자인 여성을 반려(伴侶)로 얻는다는 내용이다. '남성의 대적 퇴치와 보상'이라는 구도는 우리나라만이 아니라 전 세계적으로 널리 발견되는 용이나 악마 퇴치 설화와 같은 맥락에 있다. 서사적 사건은 현실에서 일어날 만한 여성의 납치, 혹은 가까운 자의 배신 같은 문제를 다루고 있으나 그 전개 과정과 극복·해결은 환상적인 방식으로 이루어졌다.

이 설화는 '지하국 대적 퇴치'라는 제목 외에도 '원님 마누라 잡아가는 돼지', '최고운', '금돼지 자손', '괴적을 치다' 등 다양한 제목으로 전국 각지에서 전승되다가 《조선민족설화의 연구》에서 '지하국 대적 제치 설화

(地下國大賊除治說話)'라는 명칭으로 소개되었고, 이후《한국구비문학대계》와《한국구전설화》등에 채록되어 현재 71편이 보고되어 있다. 이후에는《조선전래동화집》과 같은 동화집에도 실렸다.

'대적 퇴치'는 후대 서사 장르인 고소설에 차용되어 소설 〈최치원전〉에 삽화로 쓰였으며, 고소설 〈금방울전〉, 〈김원전〉, 〈홍길동전〉 등 수편의 고소설에도 차용되었다. 특히 〈김원전〉에 지하국 대적 퇴치담의 구조가 전면적으로 사용되었다. 이러한 경향 때문에 설화의 소설화 현상에 대한 연구가 지속적으로 이루어져왔다.

주인공은 평민 남성으로, 민담에 따라 명칭은 '무사, 무신, 나그네, 한량' 등 다양하게 설정되어 있다. 여인도 '딸, 여자, 처녀, 공주, 부인, 정승의 딸, 왕비' 등으로 다양하지만 공통적으로 대적의 배우자로는 과분한 신분이며, 한 명 혹은 여러 명이기도 하다. 이들은 대적에게 잡혀와 억압적인 생활을 하고 있다. 대적은 평범한 사람이 제압하기 어려운 엄청난 난폭자로, 발이나 머리가 아홉인 괴물, 머리가 셋인 괴물이거나 돼지, 요괴 형상으로 나온다.

—

고통과 희망을 환상적으로 담아낸 서사

—

작품의 공통 서사 단락은 '대적의 여인 납치 – 무사와 여인의 만남 – 무사와 대적의 대립 – 무사의 여인 구출 – 무사와 여인의 혼인'이다. 각 단락의 주요 장면을 따라가면서 이해해보자.

괴물이 여인을 폭력적으로 납치하는 데서 서사적 사건이 시작된다. 어떤 큰 부자가 어떤 대적(大賊)에게 딸을 잃어버리거나 아귀 귀신이라는 큰 도적이 세상에 나와서 세상을 요란하게 하고 예쁜 여자를 납치해 간다.

엉겁결에 당한 납치 사건에 이어 무사가 대적을 잡으러 간다. 아래 '설화 1'과 같이 남주인공은 대체로 여인을 잃어버리고 원통해하는 부모가 내놓은 제안, 즉 여인을 찾아오면 여인과 재산을 주겠다는 보상에 기대를 걸고 모험을 떠난다. 아래 '설화 2'의 남주인공은 나라의 은혜에 보답하기 위해 여인 구출을 자청하였다.

설화 1

그는 어떤 큰 부자가 어떤 대적에게 딸을 잃어버리고 비탄하고 있다는 말을 들었다. 딸을 찾아오는 사람에게는 내 재산의 반과 딸을 주리라 하는 방(榜)을 팔도에 붙인 것이었다. 한량은 그 여자를 구하여 보리라고 결심하였다. (손진태, 대구 〈지하 대적 제치 설화〉,《조선민족설화의 연구》)

설화 2

그 중에 한 사람의 무신(武臣)이 나와 말하기를,

"상감님, 신의 집은 대대로 국록을 먹고 있습니다. 이러한 때에 신의 생명을 다하여 국은의 만일(萬一)이라도 갚고자 합니다. 모쪼록 신으로 하여금 그 귀신을 제치하게 하여 주시옵소서. 반드시 세 공주님을 구하여 오겠습니다." 하였다. 임금은 그것을 허락하였다.

(손진태, 춘천 〈지하 대적 제치 설화〉,《조선민족설화의 연구》)

이어 무사는 대적이 거처하는 지하계에서 여인을 만나고 서로 문답한다. 여인은 인간이 올 수 없는 곳인데 어떻게 왔느냐고 놀라면서, 그곳이 얼마나 무서운 곳인지 알려준다. 무사가 자신이 온 이유를 말하자 여인은 사나운 문지기가 있어서 들어가기가 어렵다거나 대적을 죽이기 어렵다고 전한다. 대적이 워낙 난폭해서 제압이 불가능하다고 토로한다.

그럼에도 무사는 주저하지 않자 여인은 충실한 조력자가 되어 무사를 돕는다. 여인이 돕는 방식은 여럿이었다. 무사의 힘이 얼마나 센지 테스트를 해본 후 힘이 더 세지도록 날마다 도적의 집에 있는 물[童蔘水(동삼수)]을 가져다주었고, 나중에 힘이 세지자 대적을 죽일 칼을 가져다주었다. 아주 강력한 난폭자이지만 약점이 있다는 사실에 착안하여 이를 찾아내었다. 약점을 알아내는 데는 여인이 적극적인 역할을 하였다.

이유형에 따라 대적은 양, 말가죽, 사슴 등의 일부라도 닿으면 죽게 되며, 옆구리 비늘을 떼면 죽는다는 내용도 있다. 또 자신의 혼인 미꾸라지 열 마리를 잡으면 죽는다고도 했다. 이처럼 강자에게도 약점이 있고 이를 이용한다는 설정은 평민층의 영리한 관찰력과 판단력을 돋보이게 한다.

힘이 세지고 약점을 알게 되자 여인과 무사는 서로 협력하여 도적을 죽인다. 무사가 대적의 목을 치는데, 목이 다시 붙어 살아나지 않도록 하기 위해 여인은 매운 재를 준비했다가 목의 절단부에 뿌리거나 무사에게 재를 준비해주어 뿌리게 한다. 이 대목을 보면 다음과 같다.

어떤 날 여자는 큰 칼을 가져와서 "이것은 대적이 쓰는 것입니다. 대적은 지금 잠자는 중입니다. 그놈은 한번 자기 시작하면 석 달 열흘씩 자고, 도적질을 시작하여도 석 달 열흘 동안 하며, 먹기도 석 달 열흘 동안씩 먹습니다. 지금은 자기 시작한 뒤로 꼭 열흘이 되었습니다. 이 칼로써 그놈의 목을 베시오." 한량은 좋아라고 여자를 따라 대적의 침실로 들어갔다.
대적은 무서운 눈을 뜬 채 자고 있었다. 한량은 도적의 목을 힘껏 쳤다. 도적의 목은 끊어진 채 뛰어서 천정에 붙었다가 도로 목에 붙고자 했다.

여자는 예비하여 두었던 매운 재를 끊어진 목의 절단부에 뿌렸다. 그러니까 목은 다시 붙지 못하고 대적은 필경 죽어버렸다.

(손진태, 대구 〈지하 대적 제치 설화〉,《조선민족설화의 연구》)

이후 무사와 여인은 대적의 창고를 검사하여 죽어가는 사람들을 살리고 금은보화, 쌀, 소, 말 등을 나누어 준다. 그러고 나서 자신들도 금은보화를 가지고 밖으로 나간다. 땅 위에서는 초립동이 한량들이 형 한량을 기다리고 있었고, 그들도 구출된 여인들과 결혼하고 재산도 받는다.

남주인공은 위험을 무릅쓰고 이계(異界)에 들어가 구속적인 생활을 하고 있는 여성을 구하였다. 남주인공의 이와 같은 대적 퇴치 과정은 자기 능력을 발휘하여 사회로부터 인정받고 한 여성의 남편이 되는 입사식(入社式)의 성격을 띤다. 남녀 주인공이 공통적으로 겪는 '격리 - 시련 - 귀환'의 구조도 입사식 문화 담론의 영향을 보여준다.

민담의 이유형에 따라서는 여성이 난폭자들에게 성(性)을 위협받는 현실적 문제가 구체적으로 포착되어 있다. 한 여성은 "도적놈에게 붙들려 가던 그날 밤부터 도적에게 몸을 바치라는 강요를 당했다."라고 말했다. 이 말에 따르면, 여성이 납치되어 성 문제에 대한 자기 결정권을 훼손당하곤 했던 사회적 정황을 유추할 수 있다. 동시에 여인은 자신이 정조를 애써 지켰음을 남편에게 알리고 그 증거로 자신의 허벅지 상처를 보여준다. 고통스럽고 힘들었지만 정조를 지킬 수 있었다는 사실은 무자비한 폭력에 훼손되지 않았다는 민담 향유층의 희망과 정서를 담고 있다.

민담 특유의 반복적 표현도 확인된다. 외형 중 특정 부위의 반복(예를 들어 발이나 머리가 여럿이라는 표현), 식습관, 잠자는 습관, 활동하는 습관 등은 민담 특유의 반복적 표현으로 흥미를 자아낸다.

이유형에 따라 다른 현실성과 환상성의 배합률

〈지하국 대적 퇴치〉는 평민 무사의 이상적 소망, 환상적 성취, 보상 획득의 사건이 서사의 전면에 배치된다. 하지만 사건의 발단이 되는 여성 납치, 납치 문제 해결 후 또 다른 문제의 시작인 배신 등은 현실적 문제이며 당시 생활의 사실적 국면을 반영한다. 당대인이 느낀 현실적 고통에서 서사적 사건이 시작되었던 것이다. 아내를 빼앗기는 고난, 난폭자의 폭력, 아내 혹은 부하 등의 배신과 같은 삶의 문제가 있었던 것으로 해석된다. 이 같은 현실적 문제에 초점을 맞춘 민담은 여러 이형 중에서도 사실적으로 전개되고 환상성이 덜한 편이다. 한 예로 아내가 구원자로 찾아온 남편을 배신하는 대목을 보면 다음과 같다.

날이 희미하게 새니까 한 여자가 나와서 샘에 와서 바가지에 물을 떠서 얼굴을 씻고 하늘을 쳐다보고,
"언제나 우리 집 서방님을 만나보겠나?"
하면서 축원하고 있었다. 그 여자를 자세히 보니 저 새각시의 몸종이라서 새신랑은 노송나무 잎을 따서 몽땅몽땅 아래로 떨어뜨려 보냈다. 그랬더니 몸종은 위를 쳐다보고,
"아이고 서방님 어찌 여기 오셨습니까?"
하면서 반가워했다. 새각시 찾으러 왔다 하니 몸종은 "어서 내려오세요."
하고 같이 새각시한테 가서 서방님이 아씨 찾으려고 여기까지 찾아왔다고 말했다. 새각시는 이 말을 듣고 새신랑 보고 반가워하지 않고 머리종 보고 뒷모퉁이 옥에 갖다 가두라 하였다. 새신랑은 이 말을 듣고 정신이

없어지고 어쩔 줄 모르고 그만 옥에 갇혀 있는데 머리종은 아무도 모르
게 구멍에 밥을 넣어주고 해서 이 밥을 먹고 지냈다.

(임석재, 경북 청도군 〈대도정벌〉, 《한국구전설화: 경상북도 편》)

위의 이야기에서 새신랑은 머리종의 도움으로 대적을 죽이고 이어 잘
못을 비는 아내도 죽인다. 이 이유형의 결말은 새신랑이 머리종을 데리고
집으로 돌아오는 것으로 끝맺는다. 한편 아내가 아니라 의형제, 부하 등이
구원자인 남주인공을 배반한 이유형도 있다. 인용하면 다음과 같다.

그런데 거기를 올라가려는데 사람 재주로는 올라올 수가 없어. 그런데
그 줄을 깐닥거리니까 위에서도 신호를 하더래요. 바깥에서. 그런데 두
사람이 못 올라가고 천상 하나만 올라가야는데, 한 사람씩 올리고 인자
두 번째로 올라가야는데, 그 여자를 먼저 올려 보내니, 아 이놈들이 여자
를 데리고 그냥 도망가버렸네.

(이홍권 구연, 〈재털벙거지와 결의형제〉, 《한국구비문학대계》 1-1)

의형제에게 배신당한 위의 남주인공도 ㅣ ㅏ중에는 지하계에서 탈출하여
배신자를 찾아가 복수하고 보상을 얻는다. 위에서 본 것처럼 대적 퇴치
민담은 구원자와 피구원자의 결합 여부에 따라 '결혼 해후형과 종자 배반
형, 아내 배반형' 등으로 나눌 수 있다. 적(敵)은 지하의 대적만이 아니라
배반하는 가까운 자이기도 했다. 아내나 부하와 같이 가까운 자의 배신이
현실적 맥락에서 제시되었다는 점에서 민담의 사실주의가 엿보인다. 그
러나 민담 〈지하국 대적 퇴치〉는 주술을 동원한 환상의 기법이 주요한 해
결책으로 제시되고 있어 문제 해결 방식에 낭만성이 우세하다.

—

독특한 공간 배경, 지하계

—

수직과 하강으로 열리는 지하 공간은 한국 문학작품의 배경으로는 드문
편이다. 지하에 인간계와 다른 또 하나의 너른 세계가 있다는 상상은, 물
을 따라가니 별천지가 있었다는 무릉도원 탐색담과 흡사하다. 작은 구멍
아래에 별천지가 있다는 상상이 자생적인 것인지 외부 문화권에서 전파
된 것인지, 그 형성 과정의 전모는 알기 어렵다. 일부 연구자는 〈지하국
대적 퇴치〉와 다른 민족의 설화와의 영향 관계를 검토하여 몽고, 시베리
아, 일본, 유럽 등 각지의 설화와 전승 관계의 가능성을 논했다. 다른 문화
권의 설화와 비교할 여지가 많은 민담이다.

– 윤혜신

참고 문헌

김열규, 《한국민속과 문학연구》, 일조각, 1971.
강은미, 〈지하국 대적 퇴치 설화의 연구〉, 한국교원대학교 석사학위논문, 1997.
권혁래, 〈일제강점기 설화·동화집 수록 '지하국 대적 퇴치담'의 환상성 연구 – 인물, 공간,
　　　해결 방식을 중심으로〉, 《온지논총》 38, 온지학회, 2014.
서혜은, 〈고전소설 속 '지하국 대적 퇴치담'의 용 양상과 그 의미〉, 《열상고전연구》 45, 열
　　　상고전연구회, 2015.

六
남몰래 도와주는 아내

우리 안의 로망, 우렁각시

회사 생활을 하는 아들이 일이 잘 된다며, 누군가 주위에서 자기를 도와주는 것처럼 일이 수월하다고 말한다. 이때 엄마가 아들에게 툭 던지는 말, "아들, 회사에 '우렁각시' 있나봐?" "우렁각시가 뭐야, 엄마?"

엄마는 알고 아들은 모르는 말, '우렁각시'가 뭘까? 우렁각시란 아무도 모르게 남에게 좋은 일을 해주는 사람을 비유적으로 이르는 말이다. 이 말은 〈우렁각시〉 설화에서, 우렁이에서 나온 처녀가 총각을 위해 몰래 밥을 해주고 갔다는 내용에서 비롯되었다. 〈우렁각시〉 설화는 예쁘고 착한 아내를 얻어 오순도순 행복하게 살아가기를 꿈꾸던 가난한 총각의 소망과 좌절이 담긴 오래된 이야기이다. 총각은 열심히 농사일을 하다가 우렁이가 변신한 예쁜 처녀와 결혼하여 행복하게 살게 되지만, 금기를 어겨 아내를 잃게 된다. 이 비극적 결말형이 아쉬웠기 때문인지 〈우렁각시〉는 행복한 결말형을 비롯하여 다양한 변이형이 발생하였다.

〈우렁각시〉 설화는 입에서 입으로 전하다가 임석재의 《한국구전설화》(1917년 채록)에 실린 〈우렁이에서 나온 각시〉, 정인섭의 《온돌야화》(1927)에 실린 〈조개 속에서 나온 여자〉, 손진태의 《조선민족설화의 연구》(1947)에 실린 〈나중미부설화(螺中美婦說話)〉(1921년 채록)와 같이 20세기 초에 문자로 기록되었다. 1970년대 이후에 채록된 자료들은 《한국구비문학대계》, 《영남구전자료집》 등에 전한다. 〈우렁각시〉 설화는 대략 60여 편이 넘게 전하고 있다. 〈우렁각시〉는 '우렁 속의 미녀', '논 고동', '우렁미인', '조개색시 민담', '우렁색시', '우렁이와 총각' 등 다른 제목의 작품도 많은데, '우렁각시'라는 대표 제목으로 부르기로 한다.

〈우렁각시〉는 한국에만 전하는 게 아니다. 중국을 비롯하여 아시아 다른 나라들에서도 이와 비슷한 유형의 이야기가 발견된다. 중국에서는 일찍이 당나라 때 문헌인 《집이기(集異記)》 중 〈등원좌(鄧元佐)〉라는 전기(傳奇)에 〈우렁각시(螺女形)〉라는 작품이 실렸다. 유증선은 중국의 〈우렁이 요정(田螺精)〉 설화가 한국 〈우렁각시〉 설화에 영향을 주고, 한국 〈우렁각시〉는 다시 일본의 〈조개 아내(蛤女房)〉의 근원이 되었다고 하였다. 최래옥은 〈우렁각시〉 설화를 관탈민녀형 설화라고 성격을 매겼다. 이처럼 〈우렁각시〉는 가난한 총각의 소박한 소망이 담긴 이야기로 해석하는가 하면, 관리들이 백성들을 괴롭힌 이야기로 보기도 한다. 또한 중국의 이야기가 한국으로, 일본으로 영향을 주어 전파된 경로에 관심을 두기도 하고, 이야기의 변형에 초점을 두어 의미를 해석하기도 한다. 한국에서는 설화를 재해석한 〈우렁각시〉(2002)라는 영화가 제작되었고, 설화를 모티프로 《셔터맨과 우렁각시》(2014), 《나는 영원한 우렁각시》(2015)와 같은 현대소설도 출판되었다.

가장 초기에 채록되고 가장 널리 전승된 '비극적 결말형'의 〈우렁이에서 나온 각시〉의 텍스트 전문을 소개하면 다음과 같다. 괄호 안에는 다른 유형에 있는 화소를 넣었다.

옛날 시골에 한 가난한 총각이 농사를 지으며 노모와 함께 살았다. 어느 날 총각이 밭을 일구다가, "이놈의 밭을 일궈서 누구랑 먹고살꼬?" 하니, "나랑 먹고살지, 누구랑 먹고살어?" 하는 소리가 들렸다. 사방을 둘러봤지만 근방에는 아무도 없었다. 그래서 다시 "이 농사를 지어서 누구랑 먹고살꼬?" 하니, 또 "나랑 먹고살지, 누구랑 먹고살어?" 하는 소리가 났다. 그래서 가보니 덤불이 우거진 밑에 커다란 우렁이가 있었다. 총각은 우렁이를 집으로 가지고 와서 비단 헝겊에 싸서 장롱(물독) 속에 넣어두었다. 우렁이를 집에 갖다놓은 후부터 총각이 일하고 집에 와보면 잘 차린 밥상이 놓여 있었다. 이상하게 생각한 총각이 숨어서 엿보았더니 장롱 속에서 예쁜 처녀가 나와서는 밥상을 차려놓고 다시 농 속으로 들어가려고 했다. 총각은 이를 보고 처녀의 치맛자락을 잡고 같이 살자고 했다. 처녀는 아직 때가 안 되었으니 조금만 참아달라고 했으니, 성미 급한 총각은 처녀를 졸라 그날부터 부부가 되어 같이 살았다.

신랑은 혹시 누가 색시를 데려갈까 두려워 절대로 바깥출입을 못 하도록 단속하였다. 하루는 색시가 들에서 일하는 신랑이 먹을 점심을 지었는데, 시어머니가 누룽지가 먹고 싶어서 며느리에게 밥을 이고 가게 시켰다. 신랑에게 가던 중 감사(사또/현관/임금) 행차를 만나 길을 피해 숲에 숨었는데, 감사가 보니 숲 속에 무언가 환한 빛이 보였다. 신기하게 여긴 감사가 하인을 보고 숲 속에 빛이 나는 곳을 찾아가서 꽃이면 꺾어 오고,

샘이면 물을 떠 오고, 사람이면 데리고 오라고 시켰다.

사령은 각시가 있는 데로 가서 감사의 말을 전하니, 각시는 은가락지를 벗어 주면서 이것밖에 없다고 여쭈라고 했다. 사령이 그대로 하니 감사는 아직도 서기(瑞氣)가 비치고 있다며 다시 가보라고 했다. 이런 식으로 사령이 다시 각시에게로 가기를 반복하니 각시는 은비녀, 신발, 저고리, 치마를 차례차례 벗어 주다가 마침내 사령을 따라 감사에게로 갔다.

감사는 각시를 가마에 태워서 데리고 갔다. 총각은 이를 알고 땅을 치며 애통해하다가 죽어서 죽은 혼이 새가 되었다.

하루는 새가 감사 집의 보리수나무에 올라 각시를 향해 뭐라고 지저귀자, 각시가 그 소리를 듣고 "내 탓이냐, 네 탓이냐? 네 어머니 탓이로다." 하고 노래를 불렀다. 감사가 무슨 소리냐고 각시에게 묻자 각시는 죽어서 새가 된 남편이 여기까지 날아와서 울고 있어서 새에게 화답한 것이라고 말했다. 감사는 이 말을 듣고 화가 나서 새가 죽으라고 담뱃대를 새에게 던졌는데, 담뱃대가 기둥을 맞고 튕겨나가 각시 머리에 맞았다. 이 때문에 각시 머리통에 구멍이 뽕 뚫어져서 그 구멍에서 파랑새가 한 마리 날아 나와 보리수나무에서 울고 있는 새와 함께 하늘 높이 날아가버렸다. (임석재,《한국구전설화: 전라북도 편 1》)

—

〈우렁각시〉 설화의 기본형과 변이형

—

〈우렁각시〉의 첫 부분은 대부분 "이 밭을 갈아 누구하고 먹을꼬?"라는 총각의 푸념과 "나하고 먹지 누구랑 먹어?"라는 우렁각시의 대답으로 시작된다. 총각과 우렁각시가 만나는 장소는 논밭이 일반적이며, 변이 형태로는 들, 웅덩이, 담배밭, 땅속, 큰 바위 등이 있다. 총각이 우렁각시를 가져와 보관하는 곳은 '물독'이 가장 많고, 방 안의 '농 속'이 그다음이다.

〈우렁각시〉는 기본형과 변이형이 있는데, 기본형은 다음과 같다.

① 총각이 (어머니와 함께) 가난하게 살았다.

② 총각이 일을 하다 한탄하자 어디선가 응답하는 소리가 들린다.

③ 소리가 나는 곳을 보니 우렁이가 있어 집으로 가져가 보관한다.

④ 총각이 일을 하고 돌아오면 집 안에 밥상이 차려져 있다.

⑤ 이상히 여긴 총각이 몰래 지켜본다.

⑥ 우렁이 있던 곳에서 예쁜 각시가 나오는 것을 총각이 발견하고 붙잡는다.

⑦ 총각은 각시에게 결혼해달라고 조르지만, 각시는 좀 더 기다려달라고 한다.

⑧ 시간을 기다려 총각은 우렁각시와 결혼하여 행복하게 산다.

이와 같은 〈우렁각시〉 기본형은 '행복한 결말형'이라 부른다. 일반적으로 기본형인 '행복한 결말형'에는 우렁가시의 '금기의 유무'나 주인공의 '금기 준수 여부'와 상관없이, 두 사람이 행복하게 잘 살았다고 끝을 맺는 모든 이야기가 포함된다. '행복한 결말형'의 변이형은 권력자가 등장하여 주인공들이 시련을 겪고 죽는 '비극적 결말형', 주인공들이 마침내 시련을 극복하고 재결합하는 '시련 극복형'이 있다.

'비극적 결말형'은 두 가지가 있는데, 먼저 '총각이 죽는 결말'이 있다. 내용은 다음과 같다.

①~⑦은 기본형과 같다.

⑧ 총각이 기다려달라는 우렁각시의 말을 듣지 않고, 바로 같이 산다.

⑨ 원님(혹은 임금)이 우렁각시를 발견한다.

⑩ 원님(혹은 임금)이 우렁각시를 납치한다.

⑪ 이별 후 총각은 슬퍼하다 죽어 새가 된다.

이 이야기에서 비극의 원인은 자신을 기다려달라는 우렁각시의 '시간 금기'를 총각이 지키지 않은 탓으로 설정되기도 하고, 시어머니가 각시에게 밭으로 밥을 가지고 가게 한 탓으로 설정되기도 한다. 밭에 간 각시를 원님(혹은 임금)이 발견해서 납치했기 때문이다.

이 이야기에서 총각은 죽지만 각시는 원님에게 납치되는 것으로 끝나거나, 총각이 죽고 각시는 원님과 잘 사는 것으로 끝나기도 한다. 또한 총각이 각시를 빼앗기고 새가 되어 죽자 각시가 묻어주는 것으로 끝나거나, 각시가 묻어주고 원님과 사는 것으로 끝나기도 한다.

두 번째 유형은 '각시도 죽는 결말'이다. 내용은 다음과 같다.

①~⑪의 내용은 '총각이 죽는 결말형'과 같다.

⑫ 각시도 슬퍼하다 죽는다.

이와 같이 '각시도 죽는 결말형'에서는 이별 후 총각이 죽어 새로 재생하여 각시에게 날아가 운다. 원님은 새가 총각의 재생임을 알고 새 머리를 때려 죽인다. 이 이야기는 각시가 죽은 새를 묻어주자 그곳에서 열두 꽃송이가 피는데, 다시 원님이 꽃을 뽑아버리는 것으로 변형되기도 한다. 이를 슬퍼한 각시도 결국 자살한다.

이 뒷부분이 변형되기도 하는데, 총각이 죽어 새가 되고 각시는 죽어 참 빗이나 참나무가 되는 것으로 끝나거나, 각시의 몸에서 새가 나와 총각이 죽어 된 새와 함께 날아가는 것 등으로 내용이 끝난다.

'시련 극복형'은 각시를 빼앗긴 총각이 힘을 길러 권력자와 대결하여 승리하고, 마침내 우렁각시와 재결합한다는 내용이다.

①~⑩의 내용은 '총각이 죽는 결말형'과 같다.

⑪ 우렁각시가 총각에게 과제를 주고 자기를 찾아오라고 당부한다.

⑫ 총각이 긴 시간 동안 재주를 익혀 각시가 말한 과제를 수행한다.

⑬ 총각이 권력자와 대결을 벌이고, 우렁각시가 총각을 돕는다.

⑭ 총각과 우렁각시가 재결합하여 행복하게 산다.

위 서사 단락에서 ⑪~⑭는 다른 유형에서는 발견되지 않는 독특한 내용이다. 우렁각시와 총각이 권력자에게 적극적으로 대항하여 승리한다는 스토리는 과제나 대결 방식에 다양한 변이가 나타난다.

—

〈우렁각시〉 변이형에 대한 이해

—

대부분의 이야기에서 총각은 조금만 참아달라는 우렁각시의 '시간 금기'를 어긴 대가로 권력자에게 우렁각시를 빼앗긴다. '금기'가 뭐기에 그걸 안 지켰다고 그토록 가혹한 대가를 치러야 하는 걸까? 대체로 금기란 이미 일어난 사건을 운명론적이고 결과론적으로 해석한 방식이다. 여기에는 어떤 비극적 사건에 대해 "그것만 어기지 않았더라면……", "그것만 지켰더라면 그렇게 되지 않았을 텐데.” 하는 강한 유감이나 체념과 같은 사고방식이 나타나 있다.

예전에 권력자가 마음만 먹으면 백성들의 아내를 멋대로 빼앗을 수 있던 시대가 있었던 모양이다.《삼국사기》〈열전〉 ‘도미’에는 백제 개루왕이 백성 도미에게서 아내를 빼앗으려다 도미 아내의 꾀 때문에 실패하자 도미의 눈을 빼버렸다는 이야기가 전한다. 설화에는 머리 셋 달린 괴물이 백성의 아내를 납치하자 그 남편이 납치된 아내를 찾기 위해 산과 바다로 찾아 헤매다 마침내 괴물을 발견하고 괴물과 싸워 죽이고 아내를 찾아오는 이야기도 있다.

권력자는 사또이기도 하고, 임금이기도 하고, 괴물이나 산적으로 묘사되기도 했다. 평민 남자가 권력자에게 아내를 빼앗긴다면 어찌할 수 있을까? 포기하거나 저항하다가 억울하게 죽는 것이 대부분이다. 이러한 현실을 운명론적으로 받아들이고 체념한 현실을 표현한 것이 ‘관탈민녀형’ 설화이고, 〈우렁각시〉의 비극적 결말형이다. 이 이야기에서 각시를 빼앗긴 총각은 죽어 새가 되며, 아내는 권력자와 그냥 살기도 하지만 때론 자신도 죽어 남편과 영혼을 같이한다.

한편 우렁각시는 모든 이야기에서 무기력하게 권력자에게 끌려가고 만다. 아무런 저항도 하지 않고 원님(임금님)에게 끌려가 그와 함께 사는 우렁각시, 그녀는 지조 없는 여인일까? 그런데 권력자에게 끌려가던 우렁각시가 총각에게 과제를 주고 자기를 찾아오라고 당부하는 변이가 여러 설화에 나타난다. 대개 다음과 같은 내용이다.

① 새 장삼을 입고 오라고 당부한다.
② 둥글기 3년, 뛰기 3년을 배워서 오라고 당부한다.

③ 활 3년, 글 3년, 뛰금 3년을 배워 서울 장안으로 찾아오라고 당부한다.

설화에는 과제를 수행하는 동안 총각이 누군가의 도움을 받는다는 내용이 전혀 나타나지 않는다. 총각은 오로지 혼자 힘으로 긴 시간 동안 그 과제들을 수행하며 견뎌야 했다. 우렁각시가 총각에게 주는 과제는 둥글기, 뛰기, 활쏘기, 글공부 등이다. 이 과제들은 모두 무능한 총각 자신을 강하게 만드는 일이다. 9년 동안 총각은 묵묵히 우렁각시가 내준 과제를 적극적으로 수행하고 우렁각시를 찾아간다.

9년 뒤 총각은 권력자를 찾아가 마침내 대결을 벌이는데, 총각은 자신의 힘이 아니라 우렁각시의 도움으로, 또는 용왕과 같은 절대자의 도움으로 권력자를 이기게 된다. 총각의 힘만으로는 권력자를 이길 수 없기 때문이다. 총각이 과제를 수행하며 얻은 것은 절대능력이 아닌, 우렁각시나 절대자의 마음을 움직인 '진심'과 '의지'이다. 이를 확인한 우렁각시는 평범한 인간이 아닌, 신과 같은 기이한 능력을 발휘한다. 우렁각시는 바다를 갈라지게 하는 기이한 능력을 발휘하고, 신비한 말을 통해 말타기 시합에서 총각이 이기도록 돕는다. 우렁각시는 평범한 여성이 아니라 구원자이고 초월적 인물이었던 것이다. 그래서 이 이야기는 가난한 총각의 환상과 좌절, 그리고 위로가 담긴 판타지라는 것을 알 수 있다.

—

총각과 우렁각시 캐릭터의 재해석

—

〈우렁각시〉 설화를 오늘날의 시각에서 생각해보고, 총각과 우렁각시의 캐릭터를 재해석해보자.

총각은 가난하지만 성실한 모습으로 농사일을 하는 미혼남이다. 그는 가난하고 결혼하지 못한 자신의 신세를 한탄하긴 하지만, 자신에게 주어진 일을 하고 있다. 이렇게 나약하지만 성실하고 근면한 총각에게 예쁘고 능력 있는 우렁각시는 환상이고, 문학이 주는 위로의 캐릭터이다.

〈우렁각시〉의 총각은 가난하고 무기력한 남자이다. 그의 본질은 몽상가이다. 예쁘고 소중한 아내를 빼앗기고 나서 되찾으려는 어떤 노력도 하지 않았던 걸 보면 그렇다. 그저 힘없이 아내를 빼앗긴 뒤 울부짖다가, 자신의 어미를 원망하다가 죽어버린다. 이게 몽상가이자 힘없는 민중의 현실이다.

하지만 시련 극복형에서 총각은 전혀 다른 모습을 보인다. 금기를 어긴 대가로 닥친 시련과 고난을 기꺼이 감수하고 이에 맞서 적극적으로 싸운다. 아내를 되찾겠다는 일념 하나로 9년 동안 수련한 총각은 나약한 몽상가에서 투쟁하는 남자로 변신한다.

총각이 수련을 통해 얻은 것은 권력자를 물리칠 수 있는 절대능력이 아니다. 그는 자신이 얼마나 부족하고 무능한지 깨닫고, 소중한 사람을 위해 목숨을 바칠 수 있는 사랑과 진심을 증명한다. 이것이 우렁각시의 마음을 움직여 마침내 자신이 원하던 행복을 되찾는다.

우렁은 농경사회에서 곡식이 잘 자라고 풍년이 되도록 도와주는, 풍요와 다산을 상징하는 동물이다. 그 신화적 캐릭터가 〈우렁각시〉에서는 남성에게 순응하고 나약한 남성을 도와주는 여성으로 그려졌는데, 자식을 낳고 키우지는 않았다. 그녀는 이 이야기의 주인공이 아니라, 총각의 조력자요 구원의 여신 캐릭터로 설정되었다. 그녀는 총각에게 밥을 해주고 집안일을 도맡아 했을 뿐 아니라, 결정적인 순간에 자신의 지혜와 능력으로 남편을 권력자와의 대결에서 이기게 이끌었다.

나는 몽상가인가? 나는 내 자신의 부족한 점을 어떻게 채울 수 있을까? 오늘날 우리에게 구원의 캐릭터는 누구인가? 그 캐릭터는 우리를 어떠한 삶으로 이끌어갈까? 〈우렁각시〉가 주는 질문이다.

- 권혁래

참고 문헌

한성옥, 《우렁각시》, 보림, 1998.

노제운, 〈〈나무꾼과 선녀〉, 〈우렁각시〉 설화의 정신분석적 의미 비교연구〉, 《어문논집》 57, 민족어문학회, 2008.

박경희, 〈한국 우렁각시 설화의 연구〉, 단국대학교 석사학위논문, 2000.

박명숙, 〈설화를 활용한 한국 문화 교육 – 〈우렁각시〉 설화를 중심으로〉, 충북대학교 석사학위논문, 2015.

최래옥, 〈한국 우렁각시 설화의 구조 분석〉, 최인학 외, 《한·중·일 설화비교연구》, 민속원, 1999.

七

나무꾼의 꿈, 선녀의 악몽

나무꾼의 꿈, 선녀 아내

〈나무꾼과 선녀〉는 〈해와 달이 된 오누이〉와 함께 한국인이 가장 좋아하는, 한국을 대표하는 민담이자 전래동화이다. 〈나무꾼과 선녀〉는 가난한 나무꾼이 사슴을 구해준 보답으로 선녀의 날개옷을 훔쳐 선녀를 아내로 맞이했지만, 아기를 넷 낳을 때까지 날개옷을 보여주지 말라는 금기를 어겨 선녀는 하늘로 올라가고, 땅에 남은 나무꾼은 수탉이 되어 하늘을 바라보고 운다는 내용의 설화이다.

〈나무꾼과 선녀〉는 가난한 나무꾼이더라도 착한 마음씨를 가지면 복을 받는다는 소박한 민중 의식이 담긴 민담이기도 하지만, 영원한 세계를 흠모하다가 금기를 어겨 수탉이 된 남자의 신화이기도 하다. 선녀가 하늘로 올라갔다는 결말은 후일담이 덧붙어 여러 변이형이 생겼다. 나무꾼은 금기를 어긴 대가로 벌을 받지만, 설화 향유자들은 나무꾼을 동정하여 다시 선녀와 만나게 함으로써 다양한 변이형을 만들어냈다.

〈나무꾼과 선녀〉 설화는 심의린의 《조선동화대집》(1926)에 〈사냥꾼의 소원〉, 손진태의 《조선민담집》(1930)에 〈수탉전설〉, 박영만의 《조선전래동화집》(1940)에 〈선녀의 옷과 수탉〉이라는 제목으로 실려 있으며, 임석재의 《한국구전설화》, 최상수의 《한국민간전설집》(1946), 《한국구비문학대계》 등에 100편이 넘는 작품이 채록되었다. 이 설화는 원래 몽골 등의 북방 민족 사이에서 이루어진 〈백조소녀 전설〉이 중국에서 도교의 영향을 받아 신선 세계와 관련을 맺으면서 조녀(鳥女)가 선녀로 변이되어 한국에 전파되었고, 뒤에 다시 일본으로 건너간 것으로 추정된다.

〈나무꾼과 선녀〉 설화 가운데 하나인 〈선녀의 옷과 수탉〉의 줄거리는 다음과 같다.

한 나무꾼이 산에서 나무를 하다가 사냥꾼에게 쫓기는 사슴을 불쌍히 여겨 숨겨주었다. 사슴은 은혜의 보답으로 선녀들이 목욕하고 있는 곳을 일러주며 선녀의 날개옷을 감추고 아이를 넷(셋) 낳을 때까지 보여주지 말라고 당부한다.

사슴이 일러준 대로 선녀의 날개옷을 감추었더니 목욕이 끝난 다른 선녀들은 모두 하늘로 날아 돌아갔으나 날개옷을 잃은 한 선녀만은 가지 못했다. 나무꾼은 선녀를 데려다 아내로 삼는다.

아이를 셋(둘)까지 낳고 살던 어느 날, 선녀의 간청에 나무꾼이 선녀에게 날개옷을 보이자 선녀는 입어보는 체하다가 그대로 아이들을 데리고 승천한다. 어느 날 사슴이 다시 나타나 나무꾼에게 하늘에서 두레박으로 물을 길어 올릴 터이니 그것을 타고 하늘로 올라가면 처자를 만날 수 있을 거라고 일러준다.

사슴이 일러준 대로 하늘에 올라간 나무꾼은 한동안 처자와 행복하게 살았으나 지상의 어머니가 그리워져서 아내의 주선으로 용마를 타고 내려온다. 그런데 이때 아내는 남편에게 절대로 용마에서 내리지 말라고 당부한다.

지상의 어머니가 아들이 좋아하는 호박죽(또는 팥죽)을 쑤어 먹이다가 뜨거운 죽을 말 등에 흘린다. 용마는 놀라 나무꾼을 땅에 떨어뜨린 채 그대로 승천한다. 지상에 떨어져 홀로 남은 나무꾼은 날마다 하늘을 쳐다보며 슬퍼하다가 죽어 수탉이 되었다. 수탉이 된 나무꾼은 지금도 지붕 위에 올라 하늘을 바라보며 울음을 운다.

이러한 결말과는 달리, 하늘로 올라가는 두레박줄을 나무꾼의 아내였던 선녀가 끊어버렸다는 이야기도 있고, 나무꾼이 천상에서의 자격시험을 거쳐 하늘에서 잘 살았다고 하는 이야기도 있고, 사슴 대신 노루가 등장하는 이야기도 있다.

—

〈나무꾼과 선녀〉의 이야기 유형

—

〈나무꾼과 선녀〉 설화는 선녀가 승천한 것에서 이야기가 끝나는 '선녀 승천형'이 기본형이다. 그러나 이후에 결말 방식이 변이되면서 다양한 이야기가 파생되었다. 오늘날 전하는 다양한 〈나무꾼과 선녀〉 이야기는 크게 '선녀 승천형', '나무꾼 승천형', '나무꾼 천상시련형', '나무꾼 지상회귀형'으로 분류된다.

'선녀 승천형'은 나무꾼이 금기를 어긴 대가로 선녀는 승천하고, 자신은 지상에 남아 처자를 그리워하다가 죽는다는 이야기이다. 이 유형은 〈나무꾼과 선녀〉 설화에서 가장 짧고 단순한 형태이다.

'나무꾼 승천형'은 선녀가 승천한 후 하늘에서 내려오는 두레박을 타고 나무꾼도 천상에 올라가서 처자와 행복하게 살았다는 내용이다. 하늘로 올라간 행위 자체가 중심이 된 유형이다. 나무꾼이 일평생 부모도 없이 남의집살이하는 처지에서 벗어나 행복하게 살기를 바라는 설화 향유층의 염원을 가장 잘 반영한 유형이라고도 한다.

'나무꾼 천상시련형'은 나무꾼이 두레박을 타고 하늘로 올라간 뒤 옥황상제의 사위가 되기 위해 일종의 '자격시험'을 치르고 시험에 합격하여 선녀와 행복하게 살게 된다는 내용이다. 나무꾼이 행복하게 잘 살기를 바라는 '나무꾼 승천형'에 여러 가지 흥미로운 에피소드가 삽입된 유형이다. 하늘에서 살기 위해서는 시련을 극복하는 과정이 필요했고, 이 유형은 그 과정을 실감나게 묘사하면서 이야기가 주는 재미를 전한다.

'나무꾼 지상회귀형'은 선녀가 승천한 뒤 나무꾼이 두레박을 타고 하늘로 올라가서 살지만, 땅에 있는 노모를 그리워하여 지상으로 내려왔다가 선녀가 말한 금기를 어겨 하늘로 올라가지 못하고 죽어 수탉이 되었다는 이야기이다. '수탉 유래담'이라고도 한다. 나무꾼은 말에서 내려오면 안 되는데, 자신을 반갑게 맞이하는 어머니를 보고 말 위에서 내리거나, 혹은 호박죽을 말 등에 흘려 땅에 떨어진다.

〈나무꾼과 선녀〉 설화에서 '금기 위반'은 사건 전개에 있어서 주요한 기능을 한다. 금기 설화는 신화에서는 '신성성'을 부각하는 데 기여하며, 전설에서는 '교훈성'을 나타내는 데 기여하고, 민담에서는 새로운 '서사'의 결말을 만드는 데 기여한다. 민담인 〈나무꾼과 선녀〉에서는 다시 사슴이 나타나 나무꾼에게 새로운 방향을 제시하는 역할을 한다.

　나무꾼이 금기를 위반하면서 두 사람의 결혼은 결국 파국을 맞이하게 되지만, 설화 향유층은 지상에 남겨진 나무꾼에 대해 궁금증과 동정심을 갖게 된다. 그러면서 나무꾼을 다시 하늘로 올려 보내는 '나무꾼 승천형'을 만들게 되는 것이다.

—

금기의 위반, '날개옷'과 '땅 밟기'의 상징성

—

〈나무꾼과 선녀〉 설화는 가난한 남자와 고귀한 여성 간의 혼인담으로 보는 것이 일반적이지만, '금기'의 문제에 초점을 두고 이야기에 담긴 신성성 및 상징성을 해석하면 좀 더 신화적인 의미가 부각된다.

　〈나무꾼과 선녀〉는 금기의 설정과 파기, 파기에 따른 결과가 제시된다. '나무꾼 지상회귀형'에서는 '금기 제시 → 금기 파기 → 파기에 따른 결과'가 두 번 나타난다.

　나무꾼에게 주어진 첫 번째 금기는, "아이 넷(셋)을 낳을 때까지 선녀에게 날개옷을 돌려주지 말라"는 것이었다. 첫 번째 금기는 천상의 존재인 선녀와 지상 세계에서 행복하게 살기 위한 조건이었다. 노제운(2008)에서는 나무꾼이 만난 선녀를 "물에서 나온 벌거벗은 여인"이라고 표현하였다. 선녀가 날개옷을 벗었다는 것은 '천(天)'의 의미를 상실하여 더 이상 선녀가 아니라는 것을 의미한다. 날개옷은 선녀를 선녀로서 살게 하는 '신성성'의 상징이다. 날개옷이 없고, 날개옷을 잊은 선녀는 지상의 여인이고 성적 대상일 뿐이다. 아내에게 날개옷을 돌려주지 않았더라면 나무꾼은 선녀 아내와 지상에서 행복하게 살았을 것이다. 하지만 나무꾼은 아내에 대한 인정 때문에 금기를 지키지 못했고, 날개옷을 입은 선녀는 하늘을 날아 자신의 세계로 복귀했다.

나무꾼은 사슴을 다시 만나 하늘과 땅을 이어주는 '하늘 두레박'의 존재를 알게 되고, 그것을 타고 하늘로 올라가 선녀와 재결합한다.

두 번째 금기는 선녀가 나무꾼에게 말한, "말 위에서 내리지 말라", "땅을 절대 밟지 말라"는 것이었다. 이는 이미 천상 세계의 일원이 된 나무꾼이 천상 세계에서 살기 위한 조처였다. 나무꾼이 늙은 어머니의 호박죽을 받아먹지 않았다면 되었을 것을, 그는 어머니에 대한 인정 때문에 이 금기도 지키지 못했다. 그 결과는 영원한 지상 존재로 남는 것이다. 수탉은 새이지만, 하늘을 날지 못하는 새이다. 날지 못하는 수탉이 하늘을 올려다보며 소리치는 것은 유한한 존재인 인간이 영원한 세계, 영원한 생명을 염원하는 것을 상징한다.

금기는 신이 인간에게 내건 신성 세계의 규칙이다. 이 규칙을 지키면 인간은 신이 예정한 세계에 머물 수 있다. 금기를 지키지 못한 인간의 말로는 신의 세계에서 추방당하는 것이다. 신화에서 인간이 금기를 파기하는 것은 비극이자 저주인 것처럼 여겨지지만, 이는 한편으로 인간의 역사가 시작됨을 의미한다. 아내를 사랑하기 때문에 마지못해 날개옷을 내준 것, 어머니를 사랑하기 때문에 뜨거운 호박죽을 받아먹은 것 모두 지극히 인간다운 행위이지 않은가. 그 대가로 나무꾼은 하늘과 분리된 삶을 살게된다. 금기를 파기했기 때문에 신에게서 벌을 받는 듯하지만, 그로 인해 인간 세상의 새로운 길이 시작되는 것이다. 나무꾼은 신의 세계로 옮아가고 싶었던 존재이지만, '너무나 인간다운' 속성 때문에 지상의 존재로 남아야 했던 인간의 자취를 보여주는 인물이다.

—

선녀의 악몽, 납치혼?

—

가난한 나무꾼이 선녀를 아내로 얻는다는 〈나무꾼과 선녀〉는 남자 측에서 보면 낭만적인 '혼인담'이기도 하지만, 위에서 본 것처럼 신화적 맥락을 지닌 '구원담'이기도 하다. 선녀는 가난한 남성이 선망하는 고귀한 여성상일 뿐 아니라, 구원자이자 여신이기도 하다. 그런데 오늘날 학교교육에서 〈나무꾼과 선녀〉는 전혀 다른 시각에서 읽히기도 한다. 선녀 입장, 아이들 입장, 선녀 부모님 입장에서 보면, 나무꾼은 '성폭행범이자 여성 납치범'이라는 것이다. 일부 초등학교에서는 "〈나무꾼과 선녀〉 설화는 여성을 억압하는 내용"이라며 비판적으로 재해석하는 성평등 교육을 하고 있다고도 한다.

다음은 근대 동화작가인 박영만이 지은 〈선녀의 옷과 수탉〉이라는 동화의 일부분이다.

이렇게 일곱 선녀가 옷 잃은 선녀더러 말을 하고 일곱 선녀는 그만 무지개다리를 타고 하늘로 너울너울 춤을 추면서 날아 올라갔습니다.

옷을 잃은 선녀의 아름다운 눈에는 구슬 같은 눈물이 자꾸자꾸 맺혔습니다. 총각은 소나무 뒤에서 나와서 하늘을 쳐다보면서 울고 서 있는 선녀의 손을 잡고, "아름다운 얼굴을 눈물로 적시지 마시고 저하고 같이 우리 집에 갑시다." 하고 선녀의 손목을 끌었습니다.

하늘로 올라가려고 해도 옷이 있어야겠는데, 옷이 어디 있습니까. 선녀는 머리를 숙이고 총각의 뒤를 따라 총각의 집으로 갔습니다.

날이 가고 달이 바뀌어 선녀는 아들을 하나 낳았습니다. 이렇게 아들까지 낳기는 하였으나 선녀는 하늘이 그립고 그리웠습니다. 그래 어떤 날 선녀는 남편더러, "이젠 저도 어린애까지 이렇게 낳았는데, 당신이 저더러 하늘로 올라가라고 하셔도 이 애를 팽개치고 어떻게 저 혼자 하늘로 올라가겠습니까. 그러니까 조금도 의심하지 마시고, 그 옷이 입고 싶으니 옷을 내어주세요." 하였습니다. 그러나 이 사람은 사슴의 말대로 내어주지 않았습니다.

선녀는 일 년 후에 아이를 또 하나 낳았습니다. 그러나 역시 선녀의 옷은 내어주질 않았습니다. 선녀가 아이를 셋 낳았을 때입니다. 역시 이 사람이 선녀의 옷을 내어주려는 빛이 없으니까, 하루는 선녀가 세 애를 데리고 남편 앞에 와서, "이제 벌써 애도 셋이나 되었습니다. 당신이 저더러 하늘로 그만 올라가라고 하셔도 이 애들을 그냥 두고 어떻게 올라가겠습니까. 저는 당신의 아내로서 남부럽지 않게 행복한 생활을 하고 있습니다. 저는 죽는 날까지 당신과 같이 이 세상 사람이 되겠습니다. 그러니까 잠깐만 옷을 내어주셔요. 그 옷을 입으면 얼마나 제가 아름다워 보이겠습니까?" 하고 말했습니다.

이 말을 들은 남편도, '애가 셋씩이나 되는데 설마 애들을 팽개치고까지 하늘로 올라가겠니.' 이렇게 생각하고 감추어두었던 옷을 그만 내어주었습니다. 선녀는 오래간만에 보는 선녀의 옷을 입고 기뻐서 어쩔 줄을 모르고 춤을 추었습니다. 춤추는 모양은 세상에서는 보지 못할 아름다운 모양이었습니다. 아내의 이 아름다운 춤추는 자태에 넋을 잃고 바라보고 있는데, 춤을 추던 선녀는 갑자기 한 아이는 등에 업고, 두 아이를 양팔 겨드랑 밑에다 끼고 하늘로 너울너울 날아 올라가 버렸습니다.

이 사람은 정신을 잃고 아내가 아이들을 데리고 하늘로 올라가는 양을 바라보다가, 사랑하던 아내와 아이들이 그만 높이 높이 뜬구름 속으로 들어가서 보이지 않게 되자, 슬피 슬피 울고 울고 또 울었습니다. 하지만 아무리 슬퍼도 하늘엔 올라갈 수가 없었습니다.

이 부분이 논란이 되는 장면이다. 잘 읽고 생각해보자. 정말 나무꾼은 성폭행범일까? 성폭행이란 폭행이나 협박으로 상대방을 저항할 수 없게 만든 뒤 강제로 간음을 할 때 성립되는 범죄이다. 그러나 이 이야기에선 나무꾼이 선녀를 강제했다는 부분은 나오지 않으니, 나무꾼을 성폭행범으로 모는 것은 과도하다. 나무꾼이 선녀를 속여 집으로 끌어들여 결혼한 행위는 이른바 '결혼을 위한 약취·유인죄'에 해당한다는 견해도 있다. 그러므로 나무꾼의 행위는 현행법 및 성평등 교육에 어긋난다는 것이다. 사실 오늘날의 시각에서 보면, 이 결혼은 납치혼이다. 선녀가 나무꾼에게 속아 납치되었다가 강제로 임신한 뒤 출산한 자식들까지 데리고 탈출하는 끔찍한 이야기인 것이다.

신화와 전설에서 비롯된 민담, 그리고 그것이 전래동화로 전승되고 있는 〈나무꾼과 선녀〉는 오늘날 이렇게도 평가되고 있다. 과연 신화적 맥락을 지닌 설화를 이런 방식으로 평가하고 교육하는 것이 타당한 것일까에 대해서는 한번 토론해볼 필요가 있다. 설화는 옛사람들의 세계 인식과 삶의 형태를 상징적이거나 낭만적인 방식으로 기록한 기억의 방식이기 때문이다. 옛이야기는 그 시대의 관점에서 바라볼 필요성이 있다. 이 이야기가 오랫동안 전해진 것도 당시 사람들과 오랫동안 많은 사람들에게 사랑받았기 때문이 아닐까.

– 권혁래

참고 문헌

박영만, 〈선녀의 옷과 수탉〉,《조선전래동화집》, 학예사, 1940.

손진태,《조선민족설화의 연구》, 을유문화사, 1954.

최상수, 〈백조처녀 전설〉,《한국민족전설의 연구》, 성문각, 1985.

노제운, 〈〈나무꾼과 선녀〉, 〈우렁각시〉 설화의 정신분석적 의미 비교연구〉,《어문논집》
　　57, 민족어문학회, 2008.

배원룡, 〈〈나무꾼과 선녀〉 설화의 연구〉, 성균관대학교 박사학위논문, 1991.

성기열, 〈민담 〈선녀와 나무꾼〉의 한일 비교〉,《인문과학연구소 논문집》8, 인하대 인문
　　과학연구소, 1982.

정미경, 〈〈나무꾼과 선녀〉 설화의 유형과 금기 연구〉, 단국대학교 석사학위논문, 2015.

〈나무꾼과 선녀〉,《한국민족문화대백과사전》, 한국학중앙연구원.

〈선녀 옷 훔친 뒤 자기 아내로… 전래동화 나무꾼은 성폭행범?〉,《조선일보》 2018. 7. 16.

八

한국의 전문 트릭스터들

트릭스터란 무엇인가?

—

'트릭스터(trickster)'는 설화적 인물 원형 가운데 하나이다. 트릭(trick), 즉 '속임수'라는 말을 뿌리로 하는 개념으로, 쉽게 풀이하면 '속임수를 부리는 자'라고 할 수 있다. 물론 인물 자체를 그렇게 간단하게 규정지을 수는 없겠지만, 인물 유형을 이해하는 데에 좋은 첫걸음이 된다.

이 개념어는 19세기 후반에 북미 원주민 설화에 나타난 역설적인 인물을 묘사하기 위해서 처음으로 사용되었다. '역설적인 인물'이란 신(神)이나 문화 영웅과 같이 고귀하고 위상이 높으면서도 행동은 천하고 속되기 짝이 없는 인물을 말한다. 이런 인물의 성격 가운데 가장 뚜렷한 특징이 남을 속이는 것이었기 때문에 서양 학자들이 이런 인물을 '트릭스터'라고 칭했다. 여기서 짚고 넘어가야 할 점은 '트릭스터'라는 명칭이 학자들이 사용한 말이라는 것이다. 설화를 구연하는 사람들은 각 인물을 그냥 그들의 이름으로 불렀을 뿐, 어떠한 명칭으로 통틀어서 부르거나 범주화하지 않았다. 다시 말하면, '트릭스터'라고 일컬어진 인물들은 다양하고 복잡하여 하나의 특징으로 이해할 수 없는 인물들이다. 트릭스터가 전 세계적으로 발견된다 하더라도 인물마다 성격이 다를 수도 있고, 문화마다 차이가 있을 수 있다. 한국의 김선달과 방학중, 정만서도 분명히 트릭스터의 화신이라고 할 수 있다. 그렇지만 그들이 서로 완전히 대체 가능한 인물은 아니다. 트릭스터 원형의 각기 다른 표현이라고 생각하면 좋을 것 같다.

북미 원주민들의 신화적 트릭스터와 달리 이 세 인물은 실제로 존재한 역사적인 인물들이다. 그들은 모두 대략 19세기에 살았던 인물인데, 각각 출신과 활약한 지역이 다르다. 김선달은 평양 출신이었으며, 방학중과 정만서는 경상북도 출신이다. 구체적으로 방학중은 그의 묘가 경북 영덕군에 있고 그 지역에 아직 후손들이 살고 있다는 것을 미루어 볼 때, 이 지역에 살았던 것으로 추정된다. 정만서는 묘가 경북 월성군에 있으며 후손들이 대구에 살고 있으나 원래 경주에 살았다고 알려져 있다. 물론 이 셋 모두 역사적인 인물이라고는 하나 설화로 전해지는 그들의 활약이 모두 실제 있었던 이야기라고 보기는 어렵다. 같은 이야기지만 지역마다 다른 인물이 등장하는 경우도 많으며, 다른 설화나 이전의 기록문학에서도 비슷한 이야기를 발견할 수 있다는 점을 감안하면, 원래 역사적이었던 인물이 허구의 설화적인 인물이 되었다고 보는 것이 바람직하다.

출신 지역 외에도 각 인물의 성격, 그리고 한국적인 트릭스터의 모습이 어떠한지 알아보기 위해서는 인물마다 인기가 있는 설화를 살펴보는 것이 효과적일 것이다. 따라서 김선달, 방학중, 정만서 설화를 보면서 그들의 진정한 모습을 찾고자 한다.

—

김선달의 설화

—

김선달 이야기 중에서 가장 유명한 것은 〈대동강 물 팔아먹은 김선달〉이다. 김선달이 외지 사람에게 대동강 물을 팔아 돈을 벌기 위해 계략을 짠다. 매일 대동강에 물을 길러 오는 사람들에게 미리 돈을 나눠주면서 다음에 물을 퍼갈 때 그 돈을 돌려달라고 한 후, 물을 길러 온 사람들에게 돈을 받는다. 이를 본 외지 사람이 김선달에게 왜 돈을 받느냐고 물으면 김선달이 대동강 물을 팔 수 있는 권리가 있어서 돈을 받는다고 하여, 그 외지 사람에게 큰돈을 받고 대동강 물을 판다는 이야기이다.

여기서 외지 사람이 어떤 사람인지에 주목할 필요가 있다. 많은 각편에는 그 동네 사정을 잘 모르는 외부인이며, 많은 돈을 투자할 수 있는 부자라는 기본 조건만 갖추어져 있다. 그러나 어떤 각편에는 서울에서 온 부자나 중국 상인으로 구체화되기도 하는데, 이런 각편에서는 서울이나 중국이라는 지역에 대한 구연자의 경계심 혹은 적대감을 읽을 수 있다. 반면에 김선달은 치밀한 계획을 세우고, 상황을 보이는 대로 믿어버리는 외지 사람의 순진함을 이용하여 이득을 취하는 인물로 그려져 있다.

김선달이 여관에서 다른 사람으로 행세하여 공짜로 음식을 먹는 이야기도 많다. 같은 여관에 묵고 있는 중이나 상중에 있는 상제(喪制)가 자고 있는 틈을 타 의복을 훔쳐 입고 술이나 음식을 먹고 나서 음식 값은 다음 날 치르겠다고 한다. 그저 음식을 먹고 싶어서 그렇게 하는 경우도 있지만, 각편에 따라 그전에 자신이 그들에게 무시를 당했다고 생각해서 앙갚음을 하기 위해 일을 벌이는 경우도 있다. 다음 날 중이나 상제가 그 사실을 모르고 돈을 내지 않았다가 망신을 당하고 돈도 내게 된다.

이 역시 사람들이 눈에 보이는 대로 판단하는 경향을 이용하여 이익을 챙기는 이야기이다. 여관 주인은 많은 손님을 잠시 동안만 대하기 때문에 일일이 기억할 수 없는 법이다. 그러나 중이나 상제의 의복은 쉽게 기억된다. 보편적인 원리로 추론하자면 인간에게는 남을 정확히 파악하기보다 특징적인 겉모습으로 판단하는 경향이 있다고 할 수 있다. 김선달은 이런 사실을 이용하고 있는 것이다. 김선달이 먼저 무시를 당했다는 이야기는 구연자에 따라 김선달의 행동을 정당화할 필요가 있는지 없는지에 대한 문제인데, 타당한 이유를 제공하는 구연자는 트릭스터의 근본적 성격에 대하여 어느 정도 거부감을 느끼기 때문일 수도 있다.

마지막으로 김선달이 쉰 팥죽을 팔아치우는 이야기를 소개한다. 동지에 쑤어놓은 팥죽이 며칠 후 쉬어서 먹을 수 없게 되어 김선달의 마누라가 걱정을 하자 김선달이 쉰 팥죽을 팔기 위해 꾀를 낸다. 김선달은 팥죽을 가지고 시장에 나가 식초를 친 팥죽을 먹어보라고 하면서 그냥 팥죽보다 더 비싸게 값을 부른다. 사람들이 그냥 팥죽을 달라고 하면, 시골 사람들이라 초 친 팥죽을 먹어본 적이 없을 거라며 무시한다. 그리하여 사람들이 초 친 팥죽을 더 좋은 것으로 생각해 사 먹도록 부추겨 쉰 팥죽을 모두 팔아치운다.

앞의 이야기와 달리 이번에는 사람들의 호기심과 열등감을 이용하고 있다. 즉 새로운 것에 대한 호기심과 무식하게 여겨지기를 싫어하는 열등감이 인간의 일반적인 태도라는 것을 김선달은 알고 있다. 그가 이용하는 약점은 이야기마다 조금씩 다르지만, 김선달은 인간이라는 존재에 대한 뛰어난 통찰력으로 계획적이든 즉흥적이든 사람들을 속일 수 있는 인물이라고 할 수 있다.

—

방학중의 설화

—

방학중은 가난하고 미천한 인물이며 양반을 모시는 하인으로 자주 등장하는데, 특히 〈꾀쟁이 하인〉 유형 설화의 주인공으로 방학중이 등장하는 경우가 많다. 이 유형은 전국적으로 널리 분포하는 이야기로, 방학중 외에 여러 다른 인물이 주인공으로 등장하므로 방학중만의 이야기로 볼 수는 없으나 방학중 설화의 많은 부분을 차지하므로 여기에서 소개한다.

방학중이 과거를 보기 위해 서울로 가는 주인을 따라가는데 도중에 주인이 술(혹은 죽)을 사오라고 시킨다. 방학중은 술을 사가지고 와서는 술에 콧물이 떨어졌다고 하여 주인 대신 술을 마신다. 서울에 도착하여 주인이 볼일을 보러 가기 위해 방학중에게 말을 맡기면서, 서울 사람들은 생눈도 빼 먹으니 조심하라고 신신당부를 한다. 방학중은 주인이 없는 틈을 타서 말을 팔아 돈을 챙긴 후 돌아와 말을 묶었던 고삐를 잡고 눈을 감은 채 주인을 기다린다. 주인이 와서 말의 행방을 물으니 서울 사람들이 눈을 빼 갈까봐 무서워서 눈을 감고 있었기 때문에 말이 없어진 줄 몰랐다고 대답한다. 화가 난 주인이 방학중의 등 뒤에 '이놈을 죽이라'고 편지를 써서 시골집으로 돌려보내자 방학중이 다른 이에게 부탁하여 편지의 내용을 '막내딸과 결혼시켜라'라고 고쳐서 주인의 딸과 결혼하게 된다. 후에 주인이 집에 돌아가 방학중이 자신의 막내딸과 결혼했음을 알고 다른 종들에게 방학중을 포대에 넣어 강물에 빠뜨려 죽이라고 명령하지만 방학중이 도중에 꾀를 내어 행인과 자리를 바꿔서 죽음을 면한다. 마지막으로 주인집으로 돌아와 용궁에 다녀왔다고 속여서 막내딸을 제외한 주인 식구들을 모두 강에 빠져 죽게 하고 주인의 재산을 다 차지한다.

위와 같은 설화에서 등장하는 방학중은 하인으로서 양반을 속이기 때문에 전형적인 민중의 영웅처럼 보일 수도 있다. 하지만 포대 속에서 죽음의 위기에 처할 때에 신분이 높은 양반이 아니라 사회적 약자를 속이고 대신 죽게 한다. 각편에 따라 그 행인의 정체가 다르지만, 절름발이나 장님으로 등장하는 경우가 많다. 양반을 속이는 하인인 방학중과 상당히 다른 모습인 것 같지만 사실은 같은 트릭스터인 것이다. 즉 빈부귀천과 같은 사회적 구조를 인정하지 않는 인물이다.

다음 이야기는 위에서 논한 〈꾀쟁이 하인〉 설화의 중간(주인이 등에 편지를 쓰고 집에 가라고 한 후)에 삽입되기도 하고 단독적인 이야기로 구연되기도 한다. 방학중이 길을 가다가 아기를 업고 디딜방아로 떡보리를 찧고 있는 여자를 보고는 자신이 아기를 대신 업어주겠다고 한다. 아기를 받아 업고 여자를 도와주다가 떡보리가 완성되면 방아확에서 떡보리를 꺼내고 그 자리에 여자가 업고 있던 아기를 넣고 달아난다. 아기가 죽을까봐 여자가 방아를 내려놓지 못하므로 유유히 도망갈 수 있다. 방학중은 떡보리를 가지고 가다가 꿀 장수를 만나게 되어 떡을 더 맛있게 먹을 꾀를 낸다. 꿀 장수에게 꿀을 사겠다고 하면서 떡을 그릇처럼 만들어 꿀을 그 안에 붓게 한다. 꿀 장수가 값을 이야기하자 꿀이 너무 비싸 살 수 없다며 도로 꿀을 꿀 장수에게 부어준다. 그렇게 하여 돈을 내지 않고 떡에 꿀을 묻혀 맛있게 먹는다.

첫 번째 설화보다 방학중이 사회적 지위가 낮은 사람도 아무렇지 않게 잘 속인다는 것을 보다 뚜렷하게 보여주는 이야기이다. 떡보리를 찧으면서 아기를 업고 있어야 한다면 상층 여자가 아님이 분명하다. 마찬가지로 돌아다니면서 꿀을 파는 사람도 돈이나 권력을 가진 사람이 아닐 것이다. 그런 사람들을 속이는 것은 물론 소중한 생명인 아기를 떡보리 대신에 방아확에 넣어 위험에 빠뜨리는 행위는 일반 사람의 가치판단을 전혀 따르지 않는다는 것을 보여준다.

위와 같은 이야기 두 편은 방학중 외에도 다른 인물이 주인공으로 등장하는 경우가 있지만, '하던 방석'과 관련된 이야기는 방학중의 이야기로 인식되고 있다. 방학중이 일행과 함께 길을 가다가 멀찍한 곳에서 바느질을 하고 있는 여자를 보고 그 여자와 동침하는 것을 두고 내기를 한다. 방학중은 여자에게 다가가 자신을 '내씨'라고 소개한 후 가위를 가리키며 뭐냐고 물어본다. 여자가 '가위'라고 대답하면 자신의 고향에서는 '썹시개'라고 한다고 알려준다. 그러고는 여자가 깔고 앉아 있는 방석을 가리키며 뭐냐고 물은 후 여자가 '방석'이라고 대답하면 자신의 고향에서는 '하던 방석'이라고 부른다고 알려준다. 그러고는 여자 옆에 잠시 누웠다가 몰래 가위를 방석 밑에 숨겨놓고 일행에게 돌아온다. 바느질하던 여자가 가위를 쓰려고 찾다가 없으니 방학중을 향해 "내 서방, 썹시개가 어디에 있소?" 하고 물으면 방학중이 "하던 방석 밑에 있다"고 대답하여 일행들이 방학중과 그 여자가 동침했다고 믿게 한다.

이번에는 속임수의 방식이 조금 다르다. 트릭스터로서의 방학중이 언어를 자유자재로 휘두르며 말장난 실력을 보여주고 있다. 또한 특히 영리한 점은 바느질하는 여자와 방학중 일행이 서로 다른 생각을 하고 있는데 그 사실을 끝까지 모르게 한다는 것이다. 방학중이 그 사이에서 양쪽의 인식을 적절히 조절하면서 자신에게 유리한 쪽으로 상대방들이 생각하게 만든다. 여자를 희롱하여 창피를 당하게 만들지만 여자는 이 사실을 모르고, 일행 역시 돈을 내게 하면서 자신들이 속아 넘어갔다는 사실을 알아차리지 못하게 하는 것이다.

정만서의 설화

정만서 이야기는 정만서가 건달로 돌아다니며 짓궂은 장난을 치는 이야기가 많다. 정만서는 항시 주막에 가서 외상으로 술을 마셨는데, 주모가 더 이상 외상으로 술을 줄 수 없다고 한다. 그래서 주모를 골탕 먹이려고 주모가 잠시 주막을 비운 사이에 술을 만들려고 준비해둔 고두밥을 돼지에게 먹인다. 주모가 돌아와서 돼지가 고두밥을 먹고 있는 것을 보고 정만서에게 돼지가 고두밥을 먹고 있는데 보고만 있느냐고 야단을 치니, 정만서는 돼지가 맞돈을 내고 고두밥을 먹고 있는 줄 알았다고 대답한다.

여태까지 본 설화와 달리 이 이야기에서는 속임수(장난)로 인해 정만서 자신에게 돌아올 이득이 전혀 없다. 그렇지만 자신을 무시한 주모에게 짓궂은 장난으로 앙갚음을 하는 것이다. 어떤 이득이 없어도 가만히 당하고만 있지 않고 꼭 복수를 하겠다는 의지를 보여주는 것 또한 트릭스터다운 행동이라고 할 수 있다. 또한 이 이야기에는 엄밀히 말해 속임수 같은 것이 없는데, 이는 트릭스터가 반드시 '트릭'을 사용하는 인물이 아니라는 것을 알게 해준다.

위와 같이 돌아다니면서 건달처럼 구는 이야기가 있는 한편, 자기 동네에서 활약하는 이야기도 있다. 그런 설화 가운데 김선달 설화나 방학중 설화와 중복되지 않고 정만서 설화에만 보이는 이야기 유형으로, 죽은 척하여 부조(扶助)로 돈을 얻는 이야기가 있다. 정만서가 갑자기 큰돈이 필요하게 되자 부인에게 자신이 죽은 척을 할 테니 초상을 치르라고 한 후 친지들이 문상을 하러 와 부조금을 준 것으로 돈을 마련한다는 이야기이다. 각편에 따라 정만서가 부인에게 죽은 척하라고 하는 경우도 있다.

트릭스터가 외지에 돌아다니면서 활약하는 이유 가운데 하나는, 사람들이 자신의 정체를 몰라야 속이기 더 쉽기 때문이다. 그러나 이 이야기에서는 모르는 사람을 속이는 것이 아니라 잘 알고 지내는 사람을 속인다. 친지들은 평소 정만서를 믿음직스럽지 못하게 여긴 데다 멀쩡하던 사람이 갑자기 죽었다고 하니 당연히 수상하게 여긴다. 하지만 사회적 관습 때문에 부조금을 줄 수밖에 없다. 정만서는 물론 사회적 관습에 아무런 관심이 없는 인물이지만 다른 사람들이 이 관습을 중요하게 생각한다는 사실을 잘 알고 이용해먹는 것이다.

마지막으로 볼 이야기는 정만서의 가사와 관련된 설화이다. 정만서는 가정을 돌보지 않고 여기저기 방랑하며 돌아다니는 건달이므로 집의 형편이 매우 어려웠다. 하루는 비가 오는데 초가지붕에서 비가 마구 새자 방 안에 있는 가족들이 각자 비가 덜 새는 쪽으로 피한다. 한쪽 모퉁이에 앉아 있는 정만서에게 반대편 모퉁이에 앉아 있는 부인이 지붕을 손보지 않았다고 바가지를 긁으니까 "나룻배만 있으면 강을 건너가서 혼내주겠다"고 대꾸한다. 비가 새서 방 안에 빗물이 흥건히 고인 상황을 빗대어 말장난을 하는 것이다.

역시 속임수라고 하기가 어려운 말장난일 뿐이다. 게다가 돼지의 맞돈과 달리 상대방에게 복수를 하는 것도 아니다. 오히려 상대방과 상관없는 이야기라고 할 수 있을 것 같다. 정확히 말하면 정만서가 자신의 비참한 현실을 골계적으로 표현하는 것이다. 언어란 인간의 인식 체계를 표현하는 수단이라고 볼 때, 이런 말장난은 세상을 인식하는 데에 있어서 트릭스터와 일반인들과의 차이에 대한 실마리를 제공해준다고 할 수 있다. 이런 현실 가운데서도 가벼운 말장난을 한다는 것은, 그 비참한 현실에 굴복하지 않겠다는 의지를 표현하는 것이라고 볼 수도 있다.

한국 트릭스터의 모습

김선달, 방학중, 정만서 설화를 보면 인물 간에 차이가 있음을 알 수가 있다. 김선달은 지위가 낮은 인물로 보이지는 않는다. 대동강의 물을 팔기 위해 세운 계획이 투자할 자본을 전제로 하는 것을 보아 다소간 경제적 기반이 있는 인물이라고 추측할 수 있다. 그리고 다른 설화를 보아도 대체로 치밀한 계획을 세우고 있다는 점에서 어느 정도 교육을 받은 인물로 추정된다. 반면에 방학중은 하인으로 등장하는 것으로 보아 신분이 미천한 인물이라고 할 수 있다. 치밀한 계획을 세우기보다는 위기나 기회에 즉흥적으로 반응한다는 점에서, 교육을 받지는 못했으나 꾀가 상당한 인물로 보인다. 마지막으로 정만서는 하인으로 등장하지 않지만 가난한 하층민임이 분명하다. 돈을 마련하기 위해 거짓 죽음을 꾸민다든가 자신의 비참한 현실을 골계적으로 인식하는 이야기에서 그의 형편을 엿볼 수 있다.

각 인물의 출생 지역이나 활약 지역도 그렇고 설화에서 보이는 모습이 각기 다르다는 것은 의심의 여지가 없는 사실이다. 그럼에도 불구하고 차이점보다 공통점이 많다. 표면적으로 보이는 모습이 다르더라도 그들의 사고나 행동 원리는 결국 같은 것이다. 즉 그들은 권력을 쥐고 있는 사회 구조의 중심에 속하지도 않고, 권력구조에서 밀려나 변두리에 존재하는 것도 아니다. 김선달과 방학중, 정만서가 존재하는 곳은 바로 그 사이에 있는 경계이다. 이렇게 경계선에 있기 때문에 양쪽의 구조나 범주에 얽매이지 않고 자유롭게 넘나들 수 있는 능력을 지니고 있다.

구체적으로 말하면, 이런 능력이 세 트릭스터의 인식이나 사고방식에서 보인다. 정만서가 자신의 처지를 골계적으로 인식하는 것에서 보여주듯이 보통 사람과 다른 사고방식을 지니고 있다. 그러면서도 인간의 심리를 너무나 잘 간파하고 있다. 그래서 대동강 물을 팔아먹을 수 있고, 상한 음식을 좋은 음식으로 생각하며 사 먹게 할 수 있는 것이다. 또한 보통 사람과 같이 아기를 귀하게 여기지는 않지만 아기에 대한 사랑을 이해하기 때문에 떡보리와 맞바꿈으로써 먹을 것을 공짜로 얻어낼 수도 있다.

경계에 있는 인물은 사회적 관습이나 범주를 초월할 수 있다. '꾀쟁이 하인'으로서의 방학중이 보여주듯이 상대방이 누구든 상관없이 속임수의 대상이 될 수 있는 것이다. 트릭스터가 경계가 아닌 주변에 속해 있었다면 주변에 있는 사람들을 동맹자로 여기고 중심에 있는 자들의 횡포로부터 보호하고 옹호하겠지만 그렇게 하지 않는다. 대신에 모든 사람을 똑같이 속이면서 상하·빈부·귀천으로 사람을 나누는 체제 자체에 대해 저항 혹은 비판을 하고 있다고 할 수 있다. 또한 트릭스터 자신도 자기 이익을 챙기기에 바쁘면서도 주막의 주모와 같이 자익을 앞세우는 사람을 만나면 골탕을 먹이는데, 이는 지극히 이기적이고 위선적인 행동이라고 할 수 있다. 그러나 이는 경계에 있는 인물에게 일관된 행동이다. 결국 공정성이나 공평성이란 사회구조에 의한 개념이 아닌가.

또한 이 세 인물이 비유적으로만 경계에 존재하는 것은 아니다. 앞에서 언급했듯이 트릭스터는 자신을 잘 모르고 속임수에 넘어갈 가능성이 높은 사람을 찾기 위해서 고향을 떠나 돌아다닌다. 그런데 그런 실질적인 이유가 아니더라도 트릭스터는 떠돌이 신세이다. 어떤 문화권이든 길이란 일종의 경계적인 공간으로 존재한다. 출발지도 아니고 목적지도 아닌 중간 영역이다. 그래서 트릭스터가 길에 자주 오른다는 것은 말 그대로 그의 경계성을 보여준다고 할 수 있다. 트릭스터가 사용하는 언어도 마찬가지이다. 정만서의 말장난도 그렇지만 방학중의 언어 사용도 그렇다. 눈

알을 빼 먹는다는 말은 누가 봐도 강조를 위한 과장이지만 방학중은 이를 말 그대로 해석하여 상황을 자신에게 유리한 쪽으로 돌린다. 또한 말이 지역마다 다를 수도 있다는 사실을 이용하여 여자도 속이고 일행도 속인다. 여기서 트릭스터가 캐낸 진실은 언어란 자의적이고 우리가 의미를 부여할 때에만 의미를 지닌다는 것이다. 인간의 인식의 경계에 있는 인물만이 그렇게 보여줄 수 있다.

결국 김선달·방학중·정만서는 트릭스터라는 원형의 세 가지 표현이라고 할 수 있다. 이 유형은 전 세계적으로 모든 문화에 존재하고 있는데, 한국에서는 세 인물이 이 종목의 국가대표라고 할 수 있다. 그러므로 한국 구비문학이 세계 구비문학이라는 문맥 속에서 어떤 위치를 차지하고 어떤 역할을 하고 있는지를 밝혀내는 데에 이들이 한몫을 할 수 있다고 생각된다. 그리고 조선 후기라는 역사적 시대를 엿볼 수 있는 기회를 제공하기도 한다. 또한 오늘날까지 그들의 활약에 대한 이야기가 전해진다는 점에서 현대사회에 대한 비평적인 목소리도 될 수 있다.

– 나수호

참고 문헌

《한국민속문학사전 - 설화》1·2, 국립민속박물관, 2012.
조동일, 《인물 전설의 의미와 기능》, 영남대학교 민족문화연구소, 1979.
나수호, 〈방학중 - 기막힌 꾀로 무장한 진정한 트릭스터〉, 《우리 고전 캐릭터의 모든 것 1》, 휴머니스트, 2008.
나수호, 〈한국설화에 나타난 트릭스터 연구〉, 서울대학교 박사학위논문, 2011.

九

웃음과 재치가 넘치는 이야기의 향연

웃음과 재치를 담은 이야기

—

인간은 문자를 사용하기 이전에 먼저 말을 통해 언어생활을 시작했다. 말의 기본적인 기능은 화자가 청자에게 정확한 정보를 전달하는 것이지만, 기능이 이에 그친다면 인간의 언어생활은 무미건조해질 것이다. 그런 의미에서 화자와 청자 사이의 긴장감을 이완시켜주는 재미있는 말과, 더 나아가 재미있는 이야기들은 인간의 언어생활을 보다 윤택하고 풍요롭게 만들어준다. 이러한 재미있는 이야기나 말 중에 '웃음'에 초점을 두고 있는 것이 소화(笑話)이고, '재치'에 초점을 두고 있는 것이 재담(才談)이다.

　재담은 설화의 하위범주이기도 하고, 굿·판소리·민속극·인형극 등의 전통적인 연희 과정에서 전문 예능인이 청중의 흥미를 돋우기 위해 구연하는 재치 있는 말을 지칭하기도 한다. 설화의 하위범주로서의 재담은 흔히 소화와 비교되곤 하는데, 위에서 말한 미적 특질 외에 언어단위에서도 소화와 재담은 차이를 보인다. 소화는 동물담, 일반담, 형식담, 신이담 등과 함께 설화의 하위범주로서 서사적 요건을 갖춘 이야기이다. 여기서 '서사적 요건'이란 주체가 움직여서 의미를 드러내는 언어단위를 뜻한다. 다시 말해, 비록 설화의 다른 하위범주에 비해 그 길이는 대체적으로 짧지만 등장인물들의 행위를 통해 웃음을 유발하여 재미를 추구하는 이야기가 소화인 것이다.

이에 비해 재담은 서사성이 강조되지 않으면서 재치 있는 수사적 비유나 대구, 반복, 곁말 등으로 이루어진 구절이나 문장 단위까지도 포함한다. 그러므로 재담은 재담절(才談節)이나 재담구(才談句)까지 포함하면서 소화와 비교했을 때 언어단위의 범주가 작아진다. 소화가 한 편의 완결된 이야기를 최소의 단위로 하는 것과는 대조적이다. 간혹 서사적 요건을 갖춘 재담도 있지만, 이는 어디까지나 재치 있는 언어적 표현들을 강조하기 위한 수단이지 등장인물들이 언행을 통해 만들어내는 사건의 흐름이라 할 수 있는 서사 자체가 재미의 핵심은 아니다.

소화와 재담의 하위범주들을 설정하는 문제도 오랫동안 여러 학자에 의해 시도되었다. 이 중에 재담의 경우는 언어유희적인 요소가 강조되기 때문에 이를 기준으로 어느 정도 독립된 이야기군을 설정할 수가 있다. 문제는 소화의 분류인데, 그간 학자들마다 나름의 분류 기준을 정해 하위범주들을 설정해왔다. 기존의 선행 연구들의 분류를 종합적으로 검토해 최근에 새로운 분류안이 제시되었다. 크게 두 가지 기준에 의해 분류를 시도했는데, 첫 번째 기준은 소화에서 웃음을 유발하는 핵심 요소가 무엇이냐에 따른 것이다. 두 번째는 흥미를 불러일으키는 핵심 요소가 무엇인지를 기준으로 삼았다. 그리하여 소화는 주인공의 행위에 흥미의 초점이 있으면서 주인공의 어리석은 행위를 보일 경우를 우행담(愚行譚), 주인공의 성벽이 특이한 경우를 기벽담(奇癖譚), 주인공의 행위를 풍자하는 것에 흥미의 초점이 있는 경우를 풍자담(諷刺譚), 주인공의 지혜가 국면 타개의 초점이 되어 흥미를 유발하는 경우를 지략담(智略譚), 주인공의 말이나 글에 흥미의 초점을 둔 재담만을 지칭하는 범주인 어희담(語戲譚)의 다섯 가지 범주로 설정될 수 있다.

　소화와 재담은 오랜 기간 민간에서 구전의 형태로 전승되기도 했고, 우리나라 최초의 순수 소화집이라 할 수 있는 서거정의 《태평한화골계전》에서부터 일제강점기에 간행된 다수의 재담집에 이르기까지 문자로 현재까지 기록되어 전해지고 있다.

—
'웃음'의 세계와 '재치'의 세계
—

미적 특질을 기준으로 봤을 때 소화는 '웃음'에, 재담은 '재치'에 초점을 두고 있다고 했다. 여기에서는 극명하게 대조되는 두 사위의 이야기를 만나볼 것이다. 하나는 우행담의 대표적인 유형이라 할 수 있는 〈바보 사위〉 이야기이고, 다른 하나는 소화의 하위 범주에 속하기는 하지만 텍스트 곳곳에 재담적인 요소들이 포진해 있는 〈거짓말 세 마디〉 이야기이다. 두 이야기를 선정한 이유는 전통사회에서 결혼, 그중에서도 새로운 가족으로서 사위를 받아들이는 일이 어떤 의미를 지니고 있는지 살펴볼 수 있고, 어리석음과 재치를 대조해 사위라는 존재에 대한 당시 민중들의 인식을 엿볼 수 있기 때문이다.

　〈바보 사위〉는 주인공의 어리석은 행위에 초점을 맞춰 이야기하면서 부분적으로 음담(淫談)의 요소도 일부 포함하고 있는데, 줄거리는 다음과 같다.

옛날에 어떤 총각이 장가를 갔는데, 처갓집 김칫국 맛이 어찌나 좋은지 홀딱 반했다. 그래서 첫날밤에 부인에게 김치 단지가 있는 곳을 물어본 후 벌거벗은 채로 나갔다. 신부가 가르쳐준 대로 부엌에 조그만 단지가 있어 두 손을 넣어 한 주먹 꽉 쥐고서 손을 빼려고 했는데 도무지 빠지질 않았다. 미련한 신랑은 한 손씩 뺄 줄은 모르고 단지를 껴안은 채 발버둥을 치다가 그만 단지를 깨고 말았다. 잠자던 장모는 쥐가 그릇을 깬 줄 알고 쫓아 나왔다. 그 소리를 듣고 사위는 엉겁결에 뒤뜰 감나무 위에 올라갔다. 방에서 나온 장모가 부엌으로 갔는데 아무도 없었다. 장모는 사위가 시장할까 싶어 홍시라도 몇 개 따 주려는 생각에 작대기를 들고 감나무 아래로 갔다. 감나무 밑에서 올려다보니 으스름한 달빛 아래 축 늘어진 홍시가 보였다. 그런데 장모가 작대기로 아무리 그 홍시를 따려고 해도 떨어지질 않았다. 사위는 너무 아픈 나머지 그만 생똥을 싸고 말았다. 장모는 그것도 모르고 "이쿠! 그만 터지고 말았구나." 하고는 방으로 들어갔다.

바보가 주인공으로 등장하는 우행담의 웃음은 대개 바보의 말과 행동에서 무엇이 잘못되었는지를 파악하고 이 과정에서 청자나 독자가 자신의 우월감을 인식하면서 웃음이 유발된다. 주인공만 자신의 어리석음을 모르고 있고, 이야기 속의 다른 등장인물이나 이야기 밖의 화자와 청자 모두 그가 바보라는 사실을 공유한다. 〈바보 사위〉 이야기는 위의 소화 외에도 다양한 변이형이 존재한다. 산골에서만 살았던 사위가 바닷가에 있는 처가에 장가를 갔는데 조개를 어떻게 먹는지 몰라 실수를 하는 이야기, 건망증이 심한 사위가 처가를 가게 되었는데 처가 동네 이름을 외우며 가다가 도랑을 건너면서 잊어버리고는 도랑에서 동네 이름을 찾는다는 이야기, 바보 사위가 인사법이나 예절을 몰라서 처의 도움을 받게 되지만 상황에 맞지 않은 인사를 해서 망신당하는 이야기, 사위의 글 솜씨나 노래 솜씨를 보겠다고 모인 처가의 친지들과 동네 사람들 앞에서 엉뚱한 글과 노래로 주위를 웃음바다로 만드는 이야기 등이 대표적이다.

〈거짓말 세 마디〉는 이야기 전체로 보면 명확히 소화에 속하지만, 사위가 장자(長者, 큰 부자)에게 하는 거짓말의 내용은 언어유희적인 요소가 강해서 재담적인 색채도 띠고 있다. 아래는 이 이야기의 대표적인 유형이다.

옛날에 김 장자가 아들은 없고 딸만 하나 두었다. 김 장자는 거짓말 이야기를 잘하는 사람이면 재주도 많을 것 같아서 거짓말 세 마디를 잘하는 사람을 사위로 삼겠다는 방을 대문에다 붙였다. 그랬더니 과거 보러 가는 선비며 장안의 호걸들이 모여들어 거짓말 이야기를 했다. 그런데 김 장자는 두 번째 이야기까지는 거짓말이라고 했지만 세 번째 이야기는 참말이라고 해서 모두 퇴짜를 놓았다. 청주에 사는 막일하는 총각 한 명이 소문을 듣고 장자 집을 찾아 거짓말 이야기를 시작했다. "우리 청주 지방에서는 겨울에 춥지 않고 여름에 덥지 않게 지냅니다. 어째서 그러냐 하면 가을에 대나무와 싸리나무를 산더미처럼 베어다가 곤륜산보다 큰 채롱을 두 개 만들어 하나에는 동지섣달에 설한풍을 담아두고, 다른 하나에는 오뉴월 삼복에 더운 남풍을 담아둡니다. 그랬다가 겨울이 되면 남풍이 든 채롱을 열어 더운 바람을 나오게 하고, 여름에는 설한풍이 든 채롱을 열어 찬바람이 나오게 하여 추위와 더위를 모르고 지냅니다." 그러자 김 장자와 청중들이 거짓말이라며 방이 떠나가게 웃었다. 총각은 이야기를 계속했다. "우리 고장에서는 노인들 잡숫기에 아주 좋은 반찬이 있습니다. 동지섣달에 고드름을 많이 따다가 장아찌를 박아둡니다. 그리고 오뉴월이 되어 고드름장아찌를 꺼내 국도 끓여 먹고 불에 구워도 먹으면 뼈도 없고 가시도 없어서 노인들 반찬으로는 천하일품입니다." 이야기를 들은 김 장자와 다른 사람들 모두가 그런 거짓말이 어디 있느냐고 크게 웃었다. 총각은 이번에는 거짓말이 아닌 참말을 하겠다며 주머니에서 문서 하나를 꺼내면서 말했다. "옛날에 우리는 잘살고 장자님은 가난했습니다. 우리가 잘살 적에 장자님께 우리 아버지가 구천만 냥을 꾸어드린 일이 있습니다. 이것이 그때 쓴 문서입니다. 그 빚을 받으려고 그간 찾아다니다가 오늘에야 장자님을 찾게 되었으니 지금 그 돈을 갚으셔야 하겠습니다." 김 장자와 좌중 사람들은 이 말을 듣고 아무 말도 않고 잠잠히 있었다. 한동안 아무 말도 하지 않고 있더니 장자는 "그것은 거짓말이다!"라고 말했다. 그러자 그 총각이 말했다. "그럼 저는 거짓말 세 마디 했습니다." 사위 채택을 그렇게 까다롭게 하던 김 장자는 이 총각에게 딸을 줘서 사위로 삼았다.

〈거짓말 세 마디〉는 〈바보 사위〉에 비해 이야기 자체의 큰 틀은 변화가 적다. 즉 '거짓말 세 마디를 잘하는 사위 시험 공고 - 능력 있는 지원자들의 도전 실패 - 볼품없는 총각의 거짓말 세 마디 - 장자의 딜레마 - 총각을 사위로 삼기'가 핵심적인 서사인데, 대부분의 변이는 총각의 거짓말 세 마디, 그중에서도 첫 번째와 두 번째 거짓말의 종류에서 발생한다. 그리고 이 변이가 발생하는 부분이 청중의 입장에서는 가장 흥미로운 부분이며, 재담적인 요소가 강력하게 반영되어 있는 곳이기도 하다.

새로운 세계로의 편입과 거짓말의 딜레마

〈바보 사위〉의 텍스트를 이해하기 위해서는 전통사회에서의 결혼 풍습에 대한 배경지식이 필요하다. 이 소화는 전통적인 혼인 풍속, 즉 사위가 일정 기간 처가에 머무는 '서류부가혼(婿留婦家婚)'을 배경으로 하여 새로 영입되는 신입자(新入者)로서의 사위를 희화화하는 이야기로 보기도 한다. 전통사회에서는 신랑이 신부의 집에 가서 혼례를 올리고 첫날밤을 보낸다. 그러니 이야기 속에 등장하는 바보 신랑은 처갓집의 구조에 대해 제대로 숙지하지 못했을 것이다. 더군다나 사건이 진행되고 있는 시간이 깜깜한 밤이다 보니 장모와 사위 간에 웃지 못할 해프닝이 발생할 개연성도 충분하다. 그런데 문제는, 우행담에 등장하는 주인공들의 공통된 특징이기도 하지만, 사위가 분별력 없이 행동을 한다는 데 있다.

신랑의 어리석은 행동들은 이야기를 듣는 이에게 절로 웃음이 나게 하는데, 이 이야기가 웃음을 미적 특질로 하는 소화임을 재차 환기시켜주는 대목이다. 우선, 비록 첫날밤이긴 하지만 처가 식구들과 마주칠 수 있다는 생각은 하지 않고 음식 욕심에 벌거벗은 채로 방을 나온 것부터 분별없는 행동이다. 아무리 김칫국이 맛있어도 그렇지, 옷을 입지 않은 채 나온다는 게 선뜻 납득이 되지 않는다. 이 유형의 다른 각편을 보면 바보 신랑이 체면을 차리느라 낮에 맛있는 음식을 충분히 먹지 못해 배가 고파서 그랬다는 언급이 있다. 다른 사람의 시선을 의식해 낮에는 음식을 마음껏 먹지 못하다가 그런 시선을 신경 쓸 필요가 없는 밤이 되자 벌거벗은 채로 방을 나선 것이다. 한편 이러한 유형에서 신랑의 충족되지 않는 허기와 욕망은 그 자체로 무절제한 우행으로 보이지만, 이를 혼인의 제의적인 성격으로 본다면 그 열망은 오히려 성스러운 것이면서 새로운 창조와 연관될 수 있다는 해석도 있다. 다음 장면에서 신랑은 김칫국을 빨리 많이 먹고 싶은 마음에 작은 단지에 두 손을 넣었다가 빠지지 않자, 한 손씩 뺄 생각은 하지 않고 단지를 껴안고 발버둥질하다가 단지를 깨트리는 지경에 이른다. 이러한 행동들은 주인공이 본능적인 욕구인 식욕을 참지 못해서 비롯된 것으로, 그가 얼마나 본능에 충실한 사람인지를 여실히 보여주면서 그의 어리석음을 부각시킨다.

쥐가 그릇을 깬 줄 알고 장모가 밖으로 나오면서 신랑은 더 큰 위기를 맞는다. 장모가 나오는 소리에 놀라 신랑은 방이 아닌 감나무 위로 올라가는 선택을 한다. 하필이면 장모가 향하는 곳이 바로 감나무이다. 이 이야기에서는 사위가 시장할까봐 홍시를 대접하려고 장모가 감나무 밭으로 갔다고 되어 있다. 그런데 장모가 갑자기 사위의 배가 고프리라고 생각했다는 것은 다소 뜬금없는 전개이다. 다른 각편을 보면 장모는 낮에 음식을 먹지 못했던 사위 모습이 생각나서 홍시를 따러 갔다는 내용이 있어 장모의 행동을 비로소 납득할 수 있다. 지금까지의 상황은 아무도 보는 사람이 없었기 때문에 그나마 다행이었는데 장모의 등장은 그 무엇보다 체면을 중시하는 신랑에게 들이닥친 최대의 위기이다. 사위의 고환을 홍시인 줄 알고 따다가 사위의 생똥을 홍시가 터진 것으로 착각하는 장모의 발언에 이르면 청중의 웃음은 절정에 달한다.

그런데 어떤 각편에서는 사위의 생똥이 장모의 머리 위로 떨어지는데 장모는 그것도 모르고 홍시가 쉬었다고 말해 바보 사위와 함께 웃음거리가 되기도 한다. 이 부분은 특히 〈바보 사위〉 유형의 이야기에서 주목할 부분인데, 분별없는 짓은 모두 사위가 하는데 그의 바보짓 때문에 피해를 보거나 웃음거리가 되는 인물은 대부분 장인이나 장모라는 것이다. 이에 대해서는 바보사위담에는 어린 신랑에 대한 여성의 비판 의식뿐 아니라 처가 식구에 대한 사위들의 거부감도 일부 내재하기 때문으로 보기도 한다. 〈바보 사위〉 유형의 이야기에서 사위들의 어리석은 행동들을 보면, 아무리 지적 능력이 떨어진다고 해도 너무 과한 상황 설정이라는 의문이 들 수밖에 없다. 이는 이 이야기가 '어린 신랑'으로 대표되는 전통사회의 조혼(早婚) 풍습의 반영이라는 것이다. 철부지 어린 신랑이 조혼 풍습으로 인해 처가라는 낯선 환경에 강제로 편입되었을 때 최대 피해자는 신부일 수밖에 없다. 이러한 악습 때문에 맞이해야 할 어린 신랑을 부정하고 싶어 하는 처가 식구들의 저항 의식을 대변하는 해학적 담론이라는 해석이다. 동시에 처가라는 새로운 세계에 편입한 사위들의 처가 식구에 대한 거부감이 장인과 장모를 함께 웃음거리로 만들어버리는 심리로 작용한 것이 바로 〈바보 사위〉 이야기를 탄생시켰다는 것이다.

한편 다른 관점에서는 이 소화를 사위나 신랑에 대한 여성들의 지나친 기대감에서 비롯된 이야기로 보기도 한다. 새로 맞이한 사위나 신랑이 처가 식구의 기대치를 충족시켜주지 못할 때 이러한 이야기가 생겨났다는 것이다. 특히 이러한 해석은 바보 사위가 인사법이나 예절을 몰라 망신을 당하거나, 글 솜씨나 노래 솜씨를 처가에서 시험하는 유형과 관련이 깊다고 볼 수 있다.

〈거짓말 세 마디〉는 이야기의 도입부부터 물음표를 던지게 된다. 무남독녀를 둔 장자가 사위를 고르는데 하필이면 거짓말 세 마디를 잘하는 것이 사위의 유일한 자격 조건이다. 모두가 그런 것은 아니지만 현대사회에서 배우자를 고를 때 직업이나 경제력을 중요한 요건 중의 하나로 보는 것과는 사뭇 다른 관점이다. 그런데 장자의 생각을 따라가다 보면 일견 수긍이 간다. 거짓말 이야기를 잘하는 사람이라면 재주도 많을 것이라는 추론에 기인한 것이다. 하지만 다시 의문이 고개를 든다. 거짓말 이야기를 잘하는 것과 재주가 많은 것이 무슨 상관관계가 있다는 말인가? 여기서 거짓말 세 마디를 성공하라는 조건 속에 무엇인지는 모르겠지만 장자가 교묘한 장치를 숨겨두었다는 것을 짐작할 수 있다.

　수많은 사람들이 부자의 사위가 되고 싶어 지원을 하지만 모두 실패한다. 장자가 사위의 조건으로 내건 거짓말 세 마디를 잘하는 게 처음에 생각한 것처럼 단순한 조건이 아니라는 것이 확인되는 대목이다. 사위 지원자 입장에서는 최선을 다해 거짓말을 하더라도 장자가 거짓말이 아니라고 하면 무조건 실패하는 게임인 것이다. 처음부터 거짓말 한 마디를 잘하는 사람을 뽑는다고 했다면 이 이야기는 성립이 될 수가 없다. 거짓말을 들은 장자가 모두 거짓말이 아니라고 하면 되기 때문이다. 그래서 애초에 거짓말 '세 마디'가 조건이었던 것이다. 앞의 두 편의 거짓말에 대해서는 여유롭게 거짓말이 맞다고 한 후, 마지막 세 번째 거짓말에서만 거짓말이 아니라고 말해버리는 전략을 세운 것이다.

　이때 청주에서 온 막일하는 총각이 등장한다. 과거 보러 가던 선비도 장안의 호걸들도 모두 실패한 난제를 그들과 비교하기에도 민망한 막노동꾼이 해결하겠다고 나선 것이다. 민담에서 흔히 볼 수 있는 대립의 형식을 통해 양 인물군을 극명하게 대조하여 총각에 대한 청중의 기대치를 낮추기 위한 기법인 셈이다. 어쨌든 총각은 바람을 담은 채롱 이야기와 고드름장아찌 이야기로 장자와 청중들에게 큰 웃음을 주면서 장자로부터 거짓말이라는 확답을 연속으로 받아낸다. 〈거짓말 세 마디〉에서 첫 번째와 두 번째 거짓말은 각편마다 다양하며 순서가 정해져 있지도 않다. 어차피 장자가 거짓말이라고 선언할 것이기에 과장과 허구를 이야기에서 적절하게 배합한 것이면 가능하기 때문이다. 그런데 허구성과 과장성이 거짓말의 주요한 특징인 것을 감안해보면, 마지막 거짓말보다 오히려 첫 번째와 두 번째 거짓말이 거짓말의 특징을 가장 잘 드러내주고 있으며, 청중들의 웃음도 여기서 극에 달한다.

〈거짓말 세 마디〉에서 세 번째 거짓말은 장자든 사위 지원자든 앞의 두 거짓말보다 더 중요할 수밖에 없다. 지원자의 입장에서는 어떻게든 장자로부터 거짓말 판정을 받아내야 하고, 장자의 입장에서는 앞의 거짓말들과 달리 참말이라는 판정을 내려야 하기 때문이다. "그것은 거짓말이 아니다!"라는 장자의 답은 이미 정해져 있었기에 앞서 지원했던 사람들은 모두 고배를 마신 것이다. 이는 처음부터 주도권 자체가 장자에게 있는 불공정한 규칙인 것이다. 그렇다면 총각은 어떻게 대처했을까? 불공정한 게임의 규칙을 바꿔버렸다. 장자에게 대결의 주도권을 주지 않고 본인이 주도권을 가져오는 전략을 선택한다. 총각은 선친이 장자에게 구천만 냥을 빌려줬다는 문서를 보이며 빚을 갚으라고 요구한다. 늘 마지막 거짓말에서 참말이라고 외치면 되었던 장자가 처음으로 딜레마에 빠지는 순간이다. 총각의 말이 참말이라고 하면 엄청난 돈을 갚아야 하고, 거짓말이라고 하면 거짓말 세 마디가 완성되니 총각을 사위로 맞이해야 하는 상황을 맞이한 것이다. 청중들이 느끼는 재미와 흥미의 측면에서도 세 번째 거짓말과 앞의 거짓말들은 차이가 있다. 과장과 허구가 최대치인 앞의 두 거짓말에서 청중이 느끼는 미적 특질이 웃음이라면, 마지막 거짓말에서는 웃음보다는 사위의 기발한 재치에 따른 감탄이라 할 수 있다.

한편 이 소화를 일종의 메타설화(meta-folktale)로 보기도 한다. 메타설화는 〈이야기 주머니〉처럼 이야기에 대한 이야기라 할 수 있다. 설화는 일정한 구조를 가진 꾸며낸 이야기로 정의된다. 여기서 꾸며냈다는 것은 설화가 사실이 아닌 허구에 기초하고 있다는 점을 강조하고 있는 것이다.

총각이 장자에게 들려주는 거짓말 세 마디는 이런 의미에서 '설화'를 구연하고 있는 이야기판인 셈이다. 〈거짓말 세 마디〉는 그런 의미에서 이야기의 허구성은 어떻게 이해해야 하며, 이것이 어떻게 새로운 이야기를 만들어내는지에 대한 사유의 틀을 마련해주고 있다는 것이다.

—

소화와 재담, 어떻게 구별할 것인가?

—

글의 처음 부분에서 소화와 재담을 정의하면서 둘의 차이에 대해 살펴보았다. 그런데 막상 구체적인 이야기들을 접했을 때 명확하게 둘을 구분하기가 쉽지 않다. 여기에서는 구체적인 예를 통해 소화와 재담의 차이에 대해 좀 더 깊이 생각해보자.

언어단위에서 한 편의 이야기를 최소 단위로 하는 소화와 달리 재담의 경우는 구(句)의 단위까지 가능하다고 했다. 그렇다면 재담구라는 것은 어떻게 성립할까? 일제강점기 재담집인 《앙천대소(仰天大笑)》에 실려 있는 "오동 열민[棟實棟實(동실동실)] 보리 쑉리[麥根麥根(맥근맥근)]"라는 표현은 대구와 반복을 이용한 대표적인 재담구의 예이다. 두 인물의 재담 중에 오동나무 열매가 통실통실하다고 하니, 보리 뿌리가 매끈매끈하다고 대구한 것인데, 이미 '동실(棟實)'에 오동나무 열매라는 의미가, '맥근(麥根)'에 보리 뿌리라는 의미가 포함되어 있다. 한자의 음과 한글의 뜻을 절묘하게 결합하여 만든 재치 있는 재담이다.

그런데 문제는 이러한 재담이 위의 예처럼 독립적으로만 존재하는 것이 아니라는 점이다. 〈거짓말 세 마디〉에서 총각이 장자에게 하는 세 가지 거짓말은 모두 재담적인 특징을 지니고 있다. 대나무와 싸리나무로 만든 바람 채롱이나 고드름장아찌는 터무니없는 말장난에 지나지 않는다. 그리고 마지막 거짓말은 총각이 딜레마를 이용함으로써 장자를 진퇴양난에 빠지게 만드는 재치가 돋보인다. 이러한 거짓말들은 모두 언어유희적인 효과에 기대고 있는 재담이라 할 수 있다.

하나 더 예를 들자면, 구전되는 소화 중에 〈백 서방과 이천 원(元)〉이란 이야기가 있다. 가난한 숯장사여서 마을 사람들로부터 천대를 받던 백 서방이 부인의 말장난 덕에 원님의 매제 대우를 받게 되면서 발생하는 일들을 다루면서 청중의 웃음을 자아내는 소화이다. 이 이야기의 도입부는 다음과 같이 전개된다.

예전에 이천 원이 행차를 해서 강을 건너게 되었다. 배 안에서 천하절색의 부인에게 말을 거는데 그들이 주고받는 대화는 이렇다.

"부인은 남편의 성이 뭐요?"

"예, 백 서방 올시다."

"어떻게 한 여자가 백 서방을 데리고 사는고?"

"이천 군수 마나님은 어째 이천 군수를 데리고 삽니까?"

이천 원이 배에서 내린 다음 가려는데 이번에는 부인이 말을 건넨다.

"아이고, 오라버니! 제 얘기 좀 들어보오."

"아, 어째 내가 오라버니냐?"

"아, 한 배 속에서 나왔으니까 오라버니가 아니오."

그리하여 둘은 의남매를 맺게 되고, 이후 서사가 전개된다. 이처럼 백 서방의 부인과 이천 원님의 대화는 두 인물 간의 재치 있는 입담에 초점을 두고 있는 재담이라 할 수 있다. 그러나 이 이야기 전체를 놓고 보면 재담이라기보다는 소화라고 보는 것이 더 적절하다.

- 이홍우

참고 문헌

서대석, 《이야기의 의미와 해석》, 세창출판사, 2011.

서대석, 《한국 구비문학에 수용된 재담 연구》, 서울대학교 출판부, 2004.

서대석, 《한·중 소화의 비교》, 서울대학교출판부, 2007.

임석재, 《한국구전설화: 충청남북도 편》, 평민사, 1990.

조희웅, 《설화의 유형》, 일조각, 1996.

강성숙, 〈〈바보 사위〉 설화 연구〉, 《한국고전여성문학연구》 13, 한국고전여성문학회,
        2006.

김용의, 〈바보 신랑 이야기의 생성과 한국의 혼인 풍속〉, 《호남문화연구》 49, 전남대학교
        호남학연구원, 2011.

심우장, 〈거짓말 딜레마와 이야기의 역설 – 설화 〈거짓말 세 마디로 장가든 사람〉의 이해〉,
        《구비문학연구》 28, 한국구비문학회, 2009.

이홍우, 〈일제강점기 재담집 연구〉, 서울대학교 석사학위논문, 2006.

문헌설화

一 二 三 四 五 六 七 八 九 十

신화와 전설이 공존하던 시대의 편린들

신라 위주의 문헌설화

—

삼국시대는 설화의 전성기였다. 이 시기에 설화는 역사와 사상을 담보하
며 전해지고 기록되었다. 삼국시대의 설화를 담고 있는 문헌으로는《수
이전》과《삼국유사》를 내표로 하여《삼국사기》와《법화경십험기》,《해동
고승전》,《법화영험전》 등이 있다. 이 중에서《수이전》은 온전한 책으로
전하는 것이 아니라《삼국유사》와 1589년 권문해가 편찬한《대동운부군
옥》, 조선 성종 때 성임(1421~1484)이 편찬한《태평통재》 등에 인용되어
부분적으로 전한다.《수이전》일문(逸文)과《삼국유사》에 전하는 '고기(古
記)' 등의 옛 기록을 제외하고는 삼국시대 자체 문헌은 존재하지 않는 셈
이다. 신라 신문왕·효소왕·성덕왕 대에 걸쳐 생존했던 김대문의 저작으
로《계림잡전》을 비롯하여《화랑세기》와《고승전》·《한산기》·《악본》 등

의 문헌이 김부식(1075~1151)이《삼국사기》를 편찬할 당시에도 남아 있었다고 하는데, 지금은 전하지 않는다.《법화경집험기》는 7세기에 활동한 신라 승려 의적이《법화경》과 관련된 영험한 이야기를 모은 것으로 현세 구복적인 관음 신앙을 보여주는데, 고려 말기에 승려 요원이 편찬한《법화영험전》과 마찬가지로 설화적 요소를 담고 있다.《해동고승전》은 1215년 고려의 승려 각훈이 고승들의 전기를 모아 편찬한 역사서인데, 역시 설화적 요소를 담고 있다.

《수이전》은 일문(逸文)으로 몇 편이 전할 뿐이고, 현재 가장 많은 이야기를 전하는 문헌이《삼국유사》인데, 여기에 실린 설화들은 삼국 가운데 신라의 것이 대부분이다. 고구려의 경우《삼국유사》권1 〈기이〉 '고구려' 이외에, 권3 〈흥법〉 '보장봉로 보덕이암(寶藏奉老普德移庵)'에 승려 보덕(고구려 보장왕 때 승려)이 백제 땅 고대산으로 옮겨 살았다는 이야기 등이 실려 있다. 백제의 경우는《삼국유사》권1 〈기이〉 '변한 · 백제' 이외에, 권2 〈기이〉 '무왕(武王)'과 '후백제 견훤' 등이 보일 뿐이다.《삼국사기》의 경우 고구려 기록에서 설화로 볼 만한 부분이 더러 포함되어 있는데, 예를 들면《삼국사기》권14(〈고구려본기〉권2)에 실린 '대무신왕(大武神王) 15년의 기록'이 그러하다.

4년 겨울 12월에 왕이 출병하여 부여를 칠 때, 비류수(沸流水) 위에 이르러 물가를 바라보니, 어떤 여인이 솥을 들고 희롱하고 있기에, 가서 보니 단지 솥만 있었다. 그래서 불을 때게 했는데, 불 없이도 저절로 더워지므로 밥을 지어 군사들을 포식하게 했다. 문득 어떤 장부가 나타나 말하기를, "이 솥은 우리 집 물건인데 누이가 잃어버렸더니 지금 왕이 얻으셨으니, 청컨대 짊어지고 따라가겠습니다." 하기에, 성(姓)을 내려 부정(負鼎)

씨라 했다.

이 이야기는 '부정씨의 유래'를 담은 전설이면서, 대무신왕 입장에서 보면 뜻하지 않은 행운을 얻은 민담에 속한다. 이 외에 《삼국사기》 권16(〈고구려본기〉 권4)에 있는 산상왕(山上王) 원년의 산상왕 즉위담과 산상왕 12년의 산상왕과 시골 여자의 이야기, 그리고 권45(〈열전〉 권5) 〈온달전〉 등에서 고구려 설화를 살펴볼 수 있다.

—

역사를 담은 설화

—

역사성이 없는 이야기는 없을 테지만, 특히 역사적으로 큰 영향을 남긴 인물과 사건을 다룬 설화들이 있다. 《수이전》과 《삼국유사》 〈기이〉에 수록된 '선덕왕지기삼사(善德王知幾三事)'는 선덕왕의 권위를 강화하는 목적이 있고, 《삼국유사》 〈기이〉의 '천사옥대(天賜玉帶)'와 《삼국유사》 〈기이〉와 《삼국사기》 〈악지〉에 실려 있는 '만파식적(萬波息笛)' 설화는 왕권의 정당성과 호국 정신을 기리는 의미가 있다. 《삼국유사》 〈기이〉에 기록된 이야기들은 대개 역사적 성격이 짙은 설화에 속한다.

삼국시대 많은 위인들을 다룬 《삼국사기》 〈열전〉에서 상·중·하로 3권을 차지하여 가장 많은 분량으로 기록된 것이 〈김유신전〉인데, 여기에 설화적 요소가 꽤 포함되어 있다. 《삼국사기》 외에 김유신의 행적에 관한 단편적인 일화들은 《삼국유사》 〈기이〉 '김유신'과 유득공(1748~1807)이 편찬한 《동경잡지》 등에도 보인다. 그리고 구전설화는 김유신이 활약했던 경상북도 경주·월성 일대와 백제 지역이었던 전라북도 지방에 전하고 있다. 《삼국사기》〈김유신전〉이 다른 기록보다 신빙성이 있지만 모두 사실로 보기는 어렵다. 설화적 요소 외에도 김유신이 백전백승했다는 기록은, 패전은 숨기고 승전은 과장해서 기록한 허위일 가능성이 많다. 당시 전투를 벌인 백제는 성충·윤충·계백·의직 같은 현명한 재상과 명장이 많았기 때문이다.

《삼국사기》〈김유신전〉의 구성을 보면, 신화적 틀을 수용하면서도 사실에 입각한 전(傳) 양식에 충실하고자 하여, 귀족적 영웅의 면모를 부각시키면서 완전한 일대기 형식을 갖추었다. 일대기 형식이란 '① 가계·출생, ② 시련, ③ 수련, ④ 입공(立功), ⑤ 죽음' 등으로 이루어지는데, 〈김유신전〉의 경우 '시련' 부분이 이웃 나라에서 신라 국경을 침범했다는 간단한 서술로 되어 있다. 이러한 일대기 형식은 조선시대 영웅소설 작품들에 나타나며, 이 〈김유신전〉을 바탕으로 〈각간실기(角干實記)〉라는 소설이 조선시대에 나왔다.

《삼국사기》〈김유신전〉에는 설화적 색채가 농후한 부분이 많다. 김유신이 17세 때 삼국통일의 결의를 다지고 하늘에 맹세하며 기도하자 난승(難勝)이라는 노인이 나타나 방술(方術) 비법을 전해주었고, 천관(天官)이 그의 보검에 영기(靈氣)를 내려주었다고 한다. 천관 이야기는 다음과 같이 서술된다.

건복(建福) 29년(612)에 이웃 나라 적군들이 점점 더 압박해왔다. 공은 더욱 씩씩한 마음이 격동되어서 홀로 보검을 차고 인박산(咽薄山) 깊은 골짜기로 들어가서는, 향을 피우고 하늘에 고하며 기도하기를 중악(中嶽)에서 맹세했던 것처럼 하였다. 그렇게 기도하자, 천관(天官)이 빛을 비추어 보검에 영기를 내려주었다. 3일째 밤에 허수(虛宿)와 각수(角宿) 두 별

자리의 빛이 환하게 내려비추니, 보검이 요동치는 듯했다.

    김유신이 나라를 위해 기도를 하니 하늘이 감동하여 도와주었다는 내용으로, 신화적인 색채를 띠고 있다. 이런 신화적 면모는 〈김유신전〉에서 여러 차례 반복된다. 중반부에 김유신이 백제를 공격하느라 북쪽 변경을 비운 사이 고구려와 말갈이 침입하여 위기를 맞는데, 이때 갑자기 큰별이 적진에 떨어지고 비와 번개가 내리치는 변괴가 일어나 적들이 혼비백산하여 물러났다. 또한 결말부에서 삼국통일의 위업을 달성하고 난 뒤 673년 봄에 요성(妖星)이 나타나고 지진이 일어나는 변고가 일어나기도 했다. 그해 여름, 갑옷을 입고 병장기를 든 병사 수십 명이 김유신의 집에서 울면서 나와서는 사라지는 것을 본 사람이 있었다. 이 소식을 들은 김유신은 자신을 보호하던 신병(神兵)들이 자기 운명이 다한 줄 알고 떠난 것으로 이해한다.

    한편《삼국유사》〈기이〉의 '김유신'은 다른 김유신 이야기와 달리, 그가 고구려 첩자로부터 모해를 당할 위기에서 벗어나는 사건을 다루고 있다. 《삼국사기》〈김유신전〉에도 고구려 첩자가 등장하는데, 거기서는 첩자를 알아본 김유신이 그를 감화시켜 돌려보낸다. 그런데《삼국유사》의 '김유신'에서는 그렇지 않다. 고구려의 첩자 백석(白石)이 김유신을 꾀어 동행하는데 여인 셋이 연달아 나타나서는 본인들이 호국신(護國神)임을 밝히고 백석의 정체를 알려준다. 그렇게 백석의 정체를 파악한 김유신이 백석을 붙잡았는데, 백석은 김유신과 관련하여 한 편의 기이한 이야기를 토로한다. 김유신은 전생에 고구려의 점술사였던 추남(楸南)이었는데 억울하게 죽임을 당했고 그래서 신라 장군으로 환생하여 고구려에 복수하려는 것이라서 백석이 해치려 했다는 것이다.

김유신과 관련한 이런 기이한 이야기들은《수이전》에도 보인다.《수이전》일문으로 남아 있는〈죽통미녀(竹筒美女)〉와〈노옹화구(老翁化狗)〉에 김유신이 등장한다. 두 이야기에 등장하는 중심적 인물은 기이한 인물, 즉 서해 용과 어느 노옹(老翁)이다. 이들은 기이한 행적을 일으키는 주체들인데, 이 기이한 행적을 목격하는 인물이 바로 김유신이다. 김유신을 그러한 인물로 설정한 이유는, 김유신이 위의 이야기들에서 보이듯 출생 자체도 그렇거니와 기이한 일을 많이 경험한 인물이기 때문일 것이다. 그리고 유명한 실존 인물을 등장시킴으로써 기이한 이야기의 개연성을 얻고자 한 것으로 보인다.

《삼국유사》〈기이〉의 '미추왕(未鄒王)·죽엽군(竹葉軍)'에는 어떤 인물이 김유신 무덤에서 나와 신병(神兵) 40여 인을 거느리고 미추왕의 능인 죽현릉(竹現陵)으로 들어가 울면서, 자신의 자손이 무고하게 벌을 받았으니 이는 자신의 공훈을 염두에 두지 않은 것이라며 이제 다시는 힘든 일을 하지 않겠다고 하소연하는 장면이 나온다. 그리고 신문왕 때 나타난 만파식적은 용이 된 문무왕과 천신이 된 김유신이 뜻을 합쳐 만들어낸 호국의 상징으로 이해된다. 김유신이 사후에도 여전히 설화적 존재로서 현실에 영향을 미쳤던 것이다.

—

전래 신격(神格)과 불교

—

《삼국유사》에는 불교가 신라에 전파되고 자리 잡기까지의 모습이 다양하게 기록되어 있다. 주로〈흥법(興法)〉의 기록들이 그러한데, 아도가 신라 불교의 기틀을 놓았다는 '아도기라(阿道基羅)'에서는 아도가 신라에 불교를 전파하기 위해 왕녀(王女)의 병을 고쳐서 미추왕의 승인을 받아 사찰을 짓고 불교를 전파하려 하지만 민간에서는 이전에 보지 못하던 것이라 아도를 살해하려고 해서 숨어 지냈다고 한다. 이 이야기는《수이전》을 인용한《해동고승전》에도 있는데, 여기서는 아도에게 출가를 권유하고 신라에서 불교가 성행할 것을 예언하며 절터를 일러주는 역할을 하는 아도의 모친 고도령(高道寧)이 이야기의 큰 비중을 차지한다.

신라 13대 미추왕이 죽은 후 후대 왕들이 불교를 존중하지 않았고, 23대 법흥왕에 이르러서야 불교를 일으켰다고《해동고승전》에 기록되어 있다. 하지만 사실상 법흥왕은 불교를 공인한 것이고 그 이전에도 불교는 점차 자리를 잡아나갔다. 21대 비처왕(소지왕)의 이야기인 〈기이〉 '사금갑(射琴匣)'에서 그러한 면을 엿볼 수 있다. 488년에 비처왕이 천천정(天泉亭)에 행차했는데 이때 까마귀와 쥐가 나타나서는 말을 하여, 까마귀 가는 곳을 찾아가라고 했다. 그래서 말 탄 병사에게 까마귀를 쫓아가게 했더니 돼지 두 마리가 싸우는 것을 보다가 까마귀를 놓치고 만다. 그때 연못 속에서 노인이 나와 편지를 주었는데 겉봉에 '편지를 열어 보면 두 사람이 죽고, 열어 보지 않으면 한 사람이 죽을 것이다.'라고 쓰여 있었다. 일관(日官)은 이에 대해 한 사람은 왕을 가리킨다고 해석해주었고, 그래서 안을 보니, '사금갑(射琴匣, 거문고 집을 쏘라)'이라고 쓰여 있었다. 왕은 궁으로 들어가서 거문고 집을 활로 쏘았다. 그 속에는 내전(內殿)에서 향을 피우며 도를 닦던 승려가 궁주(宮主)와 간통하고서 숨어 있었던 것이다.

이 사건은 정월대보름을 오기일(烏忌日)이라 하여 찰밥으로 제사 지내는 풍속의 기원이 된다. 궁중에 승려가 있었고 그 승려가 궁주와 간통했다는 것은, 승려가 궁중에 머문 지 오래되었고 세력을 형성했음을 짐작하게 한다. 오기일을 속어로 '달도(怛忉)'라고 하니, 슬퍼하고 근심스러워서 모든 일을 금하고 꺼린다는 뜻이다. 조선시대 김종직(1431~1492)이 악부시 〈달도가〉를 지으며 설명을 붙였는데,《삼국유사》의 기록과는 조금 다르다. 궁주 대신에 왕비라고 했고, 말 탄 병사가 까마귀를 쫓다가 용을 만났다고 했다. 왕비와 결탁했다면 그야말로 왕을 위협할 만한 세력이 될 것이다. 그와 대척점에 있는 인물은 왕을 포함하여 까마귀와 쥐, 그리고 노인과 일관(日官)이다. 노인으로 대표되는 존재들은 전래 신격의 의미를 지니며, 일관은 전래 신격의 지시를 해석해주는 존재이다. '천천정(天泉亭)'이라는 정자 이름도 전래 신앙과 관계 있는 장소로 보인다. 천천정이 아니라 '흥륜사'에 예불하러 가는 길이었다고 설정되는 경우도 있다고 일연이 협주(夾註)를 붙여놓았는데, '흥륜사' 역시 전래 신앙과 깊은 관련을 지닌 사찰이다.

'사금갑' 설화가 불교와 전래 신앙 간의 충돌을 보여준다면, 이와 달리 불교와 전래 신앙 간의 호혜적인 관계 또는 불교가 전래 신앙을 포용하는 모습을 보여주는 설화도 있다.《수이전》 출전으로 되어 있는《삼국유사》〈의해〉 '원광서학(圓光西學)'에 있는 원광과 여우신의 설화가 그러하다. 원광이 산에서 수도한 지 4년, 어떤 비구가 근처에 자리 잡은 지 2년이 되었는데 문득 신(神)의 소리가 들려 원광을 칭찬하고 주술을 닦는 이웃의 비구를 책망했다. 원광이 그 내용을 비구에게 전하지만 법사는 어찌 '여우 귀신〔狐鬼(호귀)〕'의 말을 걱정하느냐며 아랑곳하지 않았다. 그러자 밤에 천둥 치는 소리가 나더니 산이 무너져 비구 암자를 덮쳐버렸다. 이후 원광은 이타행(利他行)이 없다는 신의 지적과 도움을 받아 중국에 가서 공부를 하고 돌아온다. 돌아온 후 신과 나눈 대화는, '원광서학'에는 생략된 부분이 있어서《해동고승전》의 기록을 제시하면 다음과 같다.

신이 또한 보호를 그치지 않았다. 하루는 신이 다음과 같이 알렸다. "나의 수명이 얼마 남지 않았으니, 보살계(菩薩戒)를 받아 저승길에 보탬이 되기를 바라노라." 법사가 이에 보살계를 주고 인하여 세세(世世)토록 서로 구제할 약속을 맺었다. 그리고 신에게 말했다. "신의 모습을 가히 볼 수 있겠습니까?" 신이 좋다고 했다. 법사가 날이 밝기를 기다려 동쪽을 바라보니, 큰 팔뚝이 구름을 뚫고 하늘에 닿아 있었다. 신이 말했다. "법사는 내 팔을 보았는가? 비록 이와 같은 몸이 있으나 무상(無常)함을 면할 수는 없다. 아무 날 아무 곳에서 죽을 것이니 청컨대 와서 전별하라." 법사가 그날에 가서 보니 털 빠진 검은 이리가 호흡을 가쁘게 쉬더니 죽어버렸다. 바로 그 신이었다.

원광에게 나타난 '신'의 정체에 대해 비구는 '여우 귀신'이라고 하지만 원광은 계속해서 '신'으로 칭한다. 원광의 수도를 인정하고 도와준다는 면에서 원광에게는 신이 되고, 주술을 닦는다고 비난을 받은 비구에게는 귀신으로 인식된다. '신'은 산을 무너뜨리고 중국을 왕래할 수 있도록 도와주었으며 자기 팔뚝을 하늘에 닿을 만큼 커다랗게 보여줄 수 있는 능력을 가지고 있는 존재이다. 그렇게 승려인 원광을 돕지만 그 신에게는 죽음을 피할 수 없다는 한계가 있고, 그 문제에 대해 불교에 의지하고자 한 것이다. '신'으로 불리는 전래 신격이 현실에 미치는 영향은 무시할 수 없는 것이지만, 삼생(三生)에 걸친 이치를 다루는 불교에 비해 제한적일 수밖에 없다는 것을 보여준다.

《삼국유사》〈흥법〉 '원종흥법 염촉멸신(原宗興法厭髑滅身)'에는 사찰을 세우려 하는 원종(原宗, 법흥왕의 이름)의 뜻에 신하들이 반대하자 염촉(厭髑, 이차돈)이 원종의 뜻을 받들어 죽음으로써 이적을 행하고 이에 흥륜사를 세우게 되었다는 설화가 기록되어 있다. 이로부터 집집마다 부처를 받들게 되었다고 하는데, 흥륜사를 세운 곳은 천경림(天鏡林)으로 앞서 아도의 모친 고도령이 절터로 지명한 일곱 곳에 속한다. 이 일곱 군데 절터는 고대 신앙의 신성 지역, 즉 '소도(蘇塗)'로 불리던 지역들이라고 한다. 천경림(天鏡林)이 〈도리사 아도화상 사적비〉(1639)에는 '천경림(天敬林)'으로 기재되어 있어서, 이곳이 하늘을 숭상하는 신앙과 깊은 관련이 있음을 보여준다. 원종이 천경림에 사찰을 세우려 했다는 것은 전래 신앙을 불교로 대신하려는 상징적 의미가 있고, 그렇기 때문에 전래 신앙을 대변하는 신하들의 반대에 부딪혔던 것이다.

법흥왕이 세운 흥륜사는 남문을 길달문(吉達門)이라고 칭하였으니, 귀신 무리의 일원인 길달이 문을 세우고 그 문 위에서 잠을 자곤 했기 때문에 그런 이름으로 불렸던 것이다. 진평왕 때 귀신을 이끌던 비형랑(鼻荊郎)이 길달을 왕에게 추천하여 각간(角干)의 아들이 되었지만 길달은 결국 여우로 변신하여 떠났다고 하니, 기존 질서에 편입되기를 거부한 것이다. 길달이 귀신의 일원이라거나 여우로 변신했다는 것은 전래 신앙과 관련되어 있음을 암시한다. 이 이야기는 《삼국유사》 〈기이〉 '도화녀·비형랑'에 기록되어 있다.

흥륜사는 또한 《삼국유사》 〈감통〉 '김현감호(金現感虎)'에서 김현과 호랑이 여자가 만나는 곳으로 등장하기도 한다. 흥륜사에서는 매년 2월 8일에서 15일까지 전탑(殿塔)을 도는 복회(福會)가 시행되었는데, 이때 둘이 만나게 된다. '복회'는 탑돌이의 원형으로 언급되곤 하는데, 명칭으로 보아 '복을 비는 모임'이라 하겠다. 호랑이 여자, 즉 호랑이가 여자로 변했다는 것은 귀신의 무리 길달이 여우로 변한 것과 유사하므로, 사회질서에 편입되지 않은 세력으로 이해된다. 그들이 흥륜사 복회에 참여했다는 것은 복회의 성격이 길달문의 성격처럼 기존 신격을 포용한 모임이었을 가능성을 보여준다.

—

숭고와 비속

—

《삼국유사》에는 관음보살이 나오는 설화가 다수 존재한다. 〈기이〉 '문무왕 법민(法敏)'에 있는 인용사(仁容寺) 관음도량 영험 설화, 〈탑상〉 '백률사(栢栗寺)'의 대비상(大悲像) 영험 설화, 〈탑상〉 '민장사(敏藏寺)'의 관음보살 영험 설화, 〈탑상〉 '백월산이성(白月山二聖)'의 성불(成佛) 설화, 〈탑상〉 '분황사천수대비(芬皇寺千手大悲)·맹아득안(盲兒得眼)'의 득안(得眼) 설화, 〈탑상〉 '낙산이대성 관음·정취·조신(洛山二大聖觀音正趣調信)'의 낙산사 연기 설화와 관음송(觀音松) 설화·조신몽(調信夢) 설화, 〈탑상〉 '대산월정사오류성중(臺山月精寺五類聖衆)'의 신효거사(信孝居士) 설화, 〈의해〉 '자장정률(慈藏定律)'의 자장 출생 설화, 〈감통〉 '광덕(廣德)·엄장(嚴壯)'의 성불 설화, 〈감통〉 '경흥우성(憬興遇聖)'의 치병(治病) 설화, 〈감통〉 '욱면비염불서승(郁面婢念佛西昇)', 〈피은〉의 '혜현구정(惠現求靜)' 등이 그에 해당한다.

이 가운데 관음이 여성으로 직접 등장하는 설화가 5편이다. 의상에게는 벼 베는 흰옷 입은 여인으로, 원효에게는 개짐을 빠는 여인으로 나타났다. 노힐부득과 달달박박 앞에는 임신한 여인으로, 광덕과 엄장에게는 분황사의 노비로, 신문왕 대의 대덕 경흥에게는 비구니의 모습으로 나타났다. 관음은 본래 남성적 모습이었는데, 중생의 고난을 구제해주는 역할에 따라 여성의 이미지로 구현되고 있는 것이다.

겉으로 보아서는 미천하고 무능하기만 한 위인이 사실은 부처나 보살이고 고승이어서 이인의 능력을 숨기고 있다는 유형이《삼국유사》설화의 특색으로 언급되는데, 비속한 겉모습 때문에 대개는 숭고한 진실을 알아보지 못한다. 보살이 비속하게 나타나는 모습은 불법을 지나치게 높고 아득한 데서만 구하는 태도를 비판한 것이다. 이에 해당하는 설화가 위에 언급한 '경흥우성'이고, 이 외에〈감통〉'진신수공(眞身受共)'과〈피은〉'연회도명문수점(緣會逃名文殊帖)'도 그러하다. 고승의 비속한 행동을 보여주는 설화도 있으니,〈의해〉에 있는 '이혜동진(二惠同塵)'과 '원효불기(元曉不羈)', '사복불언(虵福不言)'이 해당한다. 반대로 비속한 이의 숭고함을 보여주는 설화는〈감통〉에 있는 '욱면비염불서승'과 '광덕·엄장',〈피은〉'낭지승운(朗智乘雲)'과〈효선〉'진정사효선쌍미(眞定師孝善雙美)' 등이 해당한다.

위 설화들 가운데 '낙산이대성 관음·정취·조신'은 의상과 원효와 범일 세 인물의 행위를 대비하여 숭고와 비속의 관계를 이야기한다. 의상은 관음보살의 진신(眞身)을 만나기 위해 여러 날 재계(齋戒)했다. 그래서 수정염주와 여의주를 얻고 쌍죽(雙竹)이 피었다 사라지는 광경을 목격하고 그 자리가 진신이 머무는 자리임을 알게 된다. 의상은 숭고한 방식으로 숭고한 것을 추구했다면 원효는 비속한 방법으로 추구한다. 원효는 관음보살을 뵈러 가는 길에 만나는 여인들과 희롱을 한다. 개짐을 빨고 있는 여인에게 가서 물을 달라고 하니 여인이 그 더러운 물을 떠서 주었고, 원효는 더럽다며 그 물을 버리는데 나중에야 그 여인이 관음보살임을 알게 된다. 숭고한 것과 비속한 것은 둘이 아니다. 그런데 원효는 개짐을 빨던 더러운 물을 더럽다고 버렸으니, 비속한 것을 피하고자 하는 생각이 아직 남아 있었던 것이다. 원효가 낙산사에 가서 다시 진용을 보고자 했으나 풍랑이 일어나 들어가 보지 못했다고 했는데, 그렇다면 의상은 진신을 보고 원효는 보지 못한 것인가? 여기에 대해서는 여러 해석이 가능한데, "다시 진용을 보고자 했다(更覩眞容(갱도진용))"는 표현에서 '다시'라는 말을 중시한다면 앞서 여인들을 만난 것을 진용을 본 것으로 여겼음을 짐작할 수 있다.

의상과 원효가 관음보살을 보려 한 것에 비해, 범일은 정취보살(正趣菩薩)과 관련된다. 범일이 당나라에서 공부할 때 왼쪽 귀 없는 승려가 범일에게 고향에 돌아가면 자기 집을 지어달라고 해서 그렇게 하겠다고 약속한다. 그런데 고향으로 돌아온 범일이 그 일을 잊어버리고 있자 꿈에 다시 그 승려가 나타나 약속을 지키지 않는다고 책망한다. 그래서 승려가 일러준 낙산 아래 마을에 가니, 덕기(德耆)라는 여자에게 여덟 살짜리 아들이 있는데 그 아이와 같이 노는 아이들 중에 금빛 나는 아이가 있다는 말을 듣는다. 그래서 아이가 놀던 자리에 가보니 정취보살 석상이 있었다고 한다. 범일 이야기에서 정취보살은 귀 한 쪽이 없는 볼품없는 승려로 나타나는가 하면, 다리 밑에서 아이들과 같이 노는 아이의 모습으로 현현하고 있다.

숭고와 비속의 관계를 신발 한 짝으로 연결하는 설화도 있다. 〈탑상〉 '낙산이대성 관음·정취·조신'에서는 신발 한 짝은 진세(塵世)에 눈 채 나머지 신발 한 짝을 끌고 사찰이라는 정토(淨土)에 좌정하는 서사를 통해 관음이 진세와 정토에 걸쳐 있는 존재임을 드러낸다. 〈의해〉 '이혜동진'에서는 신발 한 짝은 동쪽 언덕에 남긴 채 다른 한 짝은 서방으로 가는 모습을 그려서 화광동진(和光同塵)의 의미를 구현한다. 그리고 〈감통〉 '욱면비염불서승'은 신발을 떨구고 육신마저 떨어낸 후 완벽한 해탈을 이루는 서사로 귀결되었다. 신발이 한 짝만으로는 제 기능을 할 수 없는 것처럼, 성(聖)과 속(俗), 깨닫지 못함과 깨달음, 윤회와 해탈의 통합을 갈구하면서 양자 사이의 불균등을 해소하여 평등한 상태로 돌아가려는 지향을 담은 이야기로 해석된다.

– 이대형

참고 문헌

이재호, 《삼국유사》, 솔, 2008.

이대형, 《수이전》, 소명출판, 2013.

조동일, 《삼국시대 설화의 뜻풀이》, 집문당, 1989.

강은해, 〈〈사금갑〉 설화 연구〉, 《어문학》 58, 한국어문학회, 1996.

이강엽, 〈성과 속의 경계, 《삼국유사》의 '신발 한 짝'〉, 《고전문학연구》 43, 한국고전문학회, 2013.

정환국, 〈불교 영험서사와 지괴(志怪)〉, 《민족문학사연구》 53, 민족문학사연구소, 2013.

불교와 역사의식에 따른 기록들

삼국시대 설화의 정리와 고려 설화

―

고려시대 설화문학을 개관하자면, 전대의 설화를 수집·정리·발전시켜 후대로 넘겨준 역할이라고 할 수 있다. 그 대표적인 문헌이《삼국유사》이고,《해동고승전》과《삼국사기》등도 그러한 역할을 했다. 그러나 고려 자체의 설화로 볼 만한 것은 그리 많이 남아 있지 않다.

《삼국사기》는 고려 인종 23년(1145)에 왕명으로 김부식(1075~1151)이 71세 노년에 편찬한 책이다. 고려 초에 편찬되었던《구삼국사》등을 참조하여 유교 사관으로 엮은 기전체 정사(正史)이다. 서기 200년부터 900년까지의 역사를 다룬《삼국사기》는 왕족과 귀족 계급의 풍습과 제도에 비중을 두고, 일반 서민의 민속이나 풍속에는 거의 관심을 두지 않았다. 그러므로 설화를 담고 있기는 하나 부득이해서 그런 것이고, 설화 자체의 의의는 인정하지 않았다.

13세기 문헌인《해동전홍록》은 진정국사 천책(天頙)의 저술인데, 현재 책자로 전하지는 않고 고려 말 승려 요원이 편찬한《법화영험전》에 출전으로 활용되었다. 현재 파악되는 내용은 신라시대 배경의 기록이 1편, 고려시대 배경이 9편이다. 이 9편은 결사(結社)가 성행했던 측면과 함께, 복을 기원하고 재앙을 물리치고자 하는 경향이 강한 고려 불교의 성격을 반영하고 있다.

《해동고승전》은 승려 각훈이 왕명을 받아 1215년(고종 2)에 삼국시대부터 각훈 당대까지의 고승들의 전기를 정리하여 편찬한 역사서이다. 중국《고승전》이 10편으로 구성되어 있는 것으로 보아 이 책도 10편으로 분류하여 엮었을 것으로 추측되는데, 현재는 〈유통(流通)〉 편의 일부만 남아 있다. 중국《고승전》은 모두 '역경 편(譯經篇)'이 있지만, 해동에서는 경전을 번역한 일이 없기 때문에 '역경 편'이 없고 대신 '유통 편'을 두게 되었다.《법화영험전》권하 〈현비구니신(顯比丘尼身)〉 말미에 "《해동고승전》제5에 나옴"이라고 출전이 표기되어 있으므로《해동고승전》이 적어도 5권 이상은 되었음을 알 수 있다. 현존 〈유통〉 편은 삼국시대까지의 고승 기록으로 끝나지만, 최자가 "승사(僧史)에 누락된 부분을 보충한다"며 '묵행자(黙行者)'에 대해《보한집》에 기록한 것으로 보아《해동고승전》이 고려시대까지 포괄했음을 추측하게 한다.《해동고승전》에는 불교사에서 주목되는 귀중한 기록들이 적지 않다. 그러나 일연이《삼국유사》에서 이 고승전의 오류를 지적했듯이, 여러 오류가 발견되므로 주의해야 한다. 이는 역사적 사실과 허구를 명확하게 구별하지 않고 보고 들은 그대로 수록했기 때문인데, 그렇기 때문에 설화적 요소가 기재될 수 있었다.《해동고승전》의 설화는 고승의 행적을 설명하는 자료로 이용되었으니, 설화를 불교적 신이를 입증하는 자료로 삼았다고 할 수 있다.

앞선 언급한《법화영험전》은《묘법연화경》을 받아 지니거나 읽고 옮겨 쓰고 해설한 덕택으로 얻게 되는 갖가지 영험에 관한 이야기들을 모아 편집한 책이다. 중국의 설화가 대다수를 차지하지만, 한국의 설화 19편과 중국 문헌에 나타난 신라 설화 3편이 포함되어 있다.

《삼국유사》는 1281년(충렬왕 7)경에 고려 후기의 승려 일연(1206~1289)이 편찬한 사서(史書)이다. 그러나 적어도 일연 생전에는 완성되지 않은 것으로 보인다. 권5의 서두에 찬자인 일연의 이름과 직위가 쓰여 있으므로 일연에 의해서 생전에 권5를 중심으로 해서 일차적인 찬술이 이뤄졌으며, 적어도 권5의 집필은 완성되었다고 추측된다. 이후 권3〈탑상〉편의 '전후소장사리(前後所將舍利)'와 권4〈의해〉편의 '진표전간(眞表傳簡)' 아래에 부기한 '관동풍악발연수석기(關東楓岳鉢淵藪石記)' 등에 "무극이 기록한다"는 기록이 있으므로 일연의 제자 무극혼구(1251~1322)를 중심으로 보완이 이루어졌음을 알 수 있다.

《삼국유사》는 5권 2책으로 되어 있다. 권1〈왕력(王曆)〉에는 삼국 및 가락·후삼국의 왕대(王代)와 연표가 있다. 다음〈기이(紀異)〉에는 고조선부터 삼한·부여·고구려·백제·신라 등에 대한 내용이 실려 있다. 권2는 편목(篇目)이 따로 있지 않고 권1에 이어 신라 문무왕 이후의 통일신라와 후백제 및《가락국기》에 대한 내용이 이어진다.〈왕력〉과〈기이〉를 수록한 권1과 권2는 역사 관련 기록이고, 이후는 불교 관련 기록이다. 권3〈흥법(興法)〉은 신라의 불법 전래에 대한 내용을 중심으로 서술되어 있다.〈탑상(塔像)〉은 불교적인 조형물에 대한 신앙이 영험을 나타냈다는 사실을 알리고 그렇게 함으로써 불교 신앙의 힘을 일반인이 깨닫게 하고자 한 것이다. 권4는〈의해(義解)〉로, 신라시대의 학승(學僧) 및 율사(律師)의 전기를 모았다. 권5 〈신주(神呪)〉는 밀교(密敎)의 신이한 승려들 사적을 다루었고, 〈감통(感通)〉은 영험한 감응에 대해 다루었다. 〈피은(避隱)〉은 행적을 감춘 고승(高僧)에 대한 글이며, 〈효선(孝善)〉은 효행과 불교적 선행에 대해 수록했다.

《삼국유사》의 체재는 정사(正史)인 《삼국사기》와 다를 뿐 아니라 불교 역사서인 《해동고승전》과도 다르다. 책의 체재를 10편으로 분류한 점에서 중국 《고승전》과 비슷한 듯하지만, 〈왕력〉과 〈기이〉·〈효선〉 편 등은 중국 《고승전》에 없는 것이다. 《삼국유사》는 삼국의 역사 전반을 다룬 역사서가 아니고 또한 삼국의 불교사 전반을 포괄하지도 않는다. 저자의 관심을 끈 자료들을 선택적으로 수집하고 분류한 자유로운 형식의 역사서이다. 이 책에는 역사·불교·설화 등에 관한 서적과 문집류, 고기(古記)·사지(寺誌)·비갈(碑喝) 등 많은 문헌이 인용되었다. 특히 지금은 전하지 않는 문헌이 많이 인용되었기에 더 중요한 의미를 가진다. 서사문학사적으로는 신화와 설화의 보고라는 점에서 주목된다.

일연은 역사로서의 설화, 역사의 폭을 넓히는 사상적인 의미를 갖는 설화를 모아 《삼국유사》를 엮었다. 승려만 다루는 게 아니라 승려이든 속인이든 불교 수행을 하면 높은 경지에 이를 수 있다고 하면서, 그런 사람들의 행적을 다수 수록했다. 실천적·현실적 성격을 띤 관음 신앙이나 밀교의 다라니 신앙에 바탕을 둔 이 시기 일연의 사상적 편향은 현실 인식의 산물이며, 이는 궁극적으로 《삼국유사》 찬술의 사상적 배경이라고 할 것이다. 《삼국유사》에 이인은 있고 바보는 없으며, 지략과 악이 등장하지 않는 것도 사상적 특징이다.

《삼국유사》에는 고려시대 설화가 몇 편 기록되어 있다. 〈탑상〉 '낙산이대성 관음·정취·조신'에 있는 아행(阿行)과 걸승(乞升) 이야기가 고려시대 이야기에 속한다. 아행은 고려 고종 때의 낙산사 주지인데, 1253년(고종 40) 몽고의 침입이 있자 낙산사에 있던 보주(寶珠)와 수정 염주를 은합(銀盒)에 넣어 도피하려 했다. 그런데 사노(寺奴) 걸승이 빼앗아 땅에 묻으면서 맹세하기를 "내가 죽으면 두 보주는 다시 인간 세상에 나타나지 못할 것이고, 내가 죽지 않으면 두 보주를 나라에 바치겠노라."라고 했다. 1254년 10월 22일 양주성이 함락되어 아행은 죽었으나 걸승은 죽음을 면하여 적병이 물러간 뒤 두 보주를 파내어 명주도(溟州道) 감창사에게 바쳤다는 이야기이다.

여기서 '빼앗았다'는 행위는 타당하다고 보기 어려운데, 위 이야기에서는 거기에 주목하지는 않는다. '낙산이대성 관음·정취·조신'의 맥락에서 볼 때 숭고와 비속에 대한 차별을 넘어서야 한다는 의식이 관통하고 있고, 그런 관점에서 아행과 걸승의 행위가 대비된다. 아행은 보주와 염주를 은합에 넣었으니 숭고한 것을 숭고하게 다루었다 하겠고, 걸승은 보주와 염주를 땅에 묻었으니 비속하게 다루었다 하겠다. 이 두 방식은 둘 다 가능한 것이지만, 위 이야기에서는 숭고를 비속하게 다룬 것이 승리했다. 아행의 행위가 귀중한 물건을 다루는 일반적 태도라면, 걸승은 보주와 염주의 영험함에 대한 믿음이 돋보인다. 그 차이가 생사의 차이로 귀결되었다는 게 일연이 위 이야기를 기록한 이유일 것이다.

최승로는 고려 초기 유학을 대표하는 인물인데,《삼국유사》〈탑상〉에 실린 '삼소관음중생사(三所觀音衆生寺)'에 관련된 설화가 있다. 최승로는 신라에서 태어났지만 이후 고려에서 활동한 인물이었던 만큼, 그의 존재는 신라 불교에서 나타난 관음의 영험이 고려에까지 이어지고 있음을 보여준다.

신라 말 천성(天成) 연간에 정보(正甫) 최은함이 오래도록 아들이 없어 중생사의 대자(大慈, 관음상) 앞에 와서 기도했더니 임신이 되어 아들을 낳았다. 석 달이 못 되어 백제 견훤이 서울을 침입하여 성안이 크게 무너졌다. 최은함이 아이를 안고 와서 고하기를, "이웃 군사가 갑자기 쳐들어와 일이 급합니다. 어린 자식이 누가 되어 둘 다 면하지 못할 듯하오니 진실로 대성(大聖, 관음)께서 주신 바라면 대자(大慈)의 힘으로 양육하여, 우리 부자로 하여금 다시 만나보게 해주소서." 하고 울며 슬퍼하되 세 번 울고 세 번 고하고서, 기저귀에 아이를 싸서 사자좌 밑에 감추어두고 안타까워하며 떠나갔다. 반달이 지나 적병이 물러간 뒤에 와서 찾아보니 살결이 새로 목욕한 듯하고 얼굴과 몸체도 좋아지고 젖내가 입에 남아 있었다. 아이를 안고 돌아와 기르니, 장성하자 총명함이 뛰어났다. 이 사람이 즉 최승로(崔承魯)니 지위가 정광(正匡)에 이르렀다.

'삼소관음중생사'에서 삼소(三所)는 중생사를 비롯하여 백률사와 민장사를 이른다. 이곳들은 모두 중국에서 온 화공이 관음상을 세웠다고 하는데, 관음 신앙이 고려시대에도 이어지고 있다는 이야기들을 담고 있다. 고려 성종 11년(992) 3월에 중생사의 주지인 성태가 시주가 없어 절을 유지하기 곤란해졌는데 관음보살 꿈을 꾼 이후에 시주가 들어와 위기를 극복했다고 한다. 그리고 고려 명종 3년(1173) 당시의 중생사 주지는 점숭이었는데, 주지의 자리를 탐내는 한 중이 점숭은 글도 모른다고 비난했다. 이에 나라의 사신이 확인하려 하자, 점숭이 중생사 관음보살의 영험으로 하루아침에 글을 읽게 되었다고 한다.

최승로의 손자 최제안에 대한 설화도 〈탑상〉 '천룡사(天龍寺)'에 있으니, 최제안이 천룡사를 중수했다는 이야기이다. 최승로 관련 설화는 일연에게 있어 현세 중심적인 문제를 불교적으로 해결할 수 있다는 가능성과 염원을 드러내는 데 적합한 이야기였다고 할 수 있다.

〈탑상〉 '고려 영탑사(高麗靈塔寺)' 역시 고려시대 설화에 속하는데, 승려 보덕이 대보산에서 참선하는데 신인이 나타나 석탑의 위치를 알려주어서 그곳에 영탑사를 세웠다는 사찰 기원담이다.

—

서사시와 설화 인식

—

〈동명왕편〉은 이규보가 26세 되던 해인 명종 23년(1193)에 고구려 건국 신화를 중심 소재로 하여 5언 282구 총 1410자로 짓고 2200여 자의 주석을 붙인 서사시이다. 이규보의 문집 《동국이상국집》에 실려 있다. 이규보는 〈동명왕편〉에서 《구삼국사》 〈동명왕본기〉의 내용을 주석으로 부기했다. 동명왕 탄생 이전의 계보를 밝힌 서장(序章), 출생에서 건국에 이르는 본장(本章), 그리고 후계자인 유리왕의 경력과 작가의 느낌을 붙인 종장 (終章)으로 구성되어 있다. 〈동명왕편〉 서문은 신화에 대한 당시의 견해를 보여주는데, 민족적 자긍심을 고취하고 있다.

지난 계축년(1193) 4월에 《구삼국사》를 얻어 〈동명왕본기〉를 보니 그 신이한 사적이 세상에서 얘기하는 것보다 더했다. 처음에는 믿지 못하고 귀(鬼)나 환(幻)으로 생각했는데, 세 번 반복하여 읽어서 점점 그 근원에 들어가니, 환이 아니고 성(聖)이며, 귀가 아니고 신(神)이었다. 하물며 국사(國史)는 사실 그대로 쓴 글이니 어찌 허탄한 것을 전했으랴. 김부식이 국사를 다시 찬술할 때에 자못 그 일을 매우 간략하게 다루었다. (중략)

동명왕의 일은 변화의 신이한 것으로 여러 사람의 눈을 현혹한 것이 아니고 실로 나라를 창시한 신비한 사적이니 이것을 기술하지 않으면 후인들이 장차 무엇을 보고 알 것인가? 그러므로 시를 지어 기록하여 우리나라가 본래 성인의 나라임을 천하에 알리고자 할 따름이다.

위 서문을 보면《삼국사기》에서 동명왕, 즉 주몽의 신화를 간략하게 다룬 것을 비판하고 있다. 이 글을 쓴 시기는 이규보가 벼슬하기 이전 개성 천마산에 은거하던 때이다. 몽골이 침입한 때는 1219년과 1231년이고, 이 서사시는 그 이전에 지어졌으므로 몽골 침입과는 관련이 없다. 〈동명왕편〉을 비롯한 그의 영사시(詠史詩) 여러 편은 당대의 현실에 대한 비판을 담고 있다고 평가된다.

〈동명왕편〉이 고구려 신화를 대상으로 하고 있다면, 이승휴의《제왕운기》는 민족의 시조로서 단군을 설정하고 이후의 역대 각 나라의 신화를 기술하고 있어서 그 폭이 넓다. 이규보나 이승휴가 보여준 민족의 영웅들에 대한 관심은 고려시대 후기 신흥 지식인들의 작품에도 자주 보이는데, 이는 당시 내우외환에 시달린 역사적 환경에서 그것을 극복할 수 있는 영웅의 출현을 바랐던 시대적 의식의 반영이라 하겠다.

《제왕운기》는 몽골의 침입으로 혼란했던 시기에 신진 유학자로서 정치에 입문한 이승휴(1224~1300)가 충렬왕의 실정과 원나라 추종 세력을 비판한 상소를 올려서 파직당한 뒤 1287년(충렬왕 13) 삼척 두타산에 은거하며 찬술한 서사시이다. 설화적인 관점에서 주목되는 부분은《제왕운기》에 서술된 단군신화 내용이 비슷한 시기에 찬술된《삼국유사》와는 조금 다르다는 점이다. 먼저 단군을 표현함에 있어《삼국유사》에서는 '제단 단(壇)' 자로 단군을 기록하고 있고,《제왕운기》에서는 '박달나무 단(檀)' 자를 사용하였다. 일반적으로 학계에서는 후자를 사용한다. 둘째, 쑥과 마늘을 먹고 사람이 되는 곰이 등장하지 않고 단웅천왕(檀雄天王)이 손녀에게 약을 먹여 사람이 되게 한다는 점이다. 그리고《삼국유사》는 부여와 고구려만을 단군의 후예로 들고 있으나,《제왕운기》에서는 고구려와 신라, 남옥저·북옥저, 동부여·북부여, 예맥, 비류국 모두를 꼽고 있어서《제왕운기》가《삼국유사》에 비해 단군이 민족의 시조라는 측면을 크게 부각시켰다고 평가된다.

—

고려 말의 시화집과 설화적 요소

—

고려 말 이인로(1152~1220)의《파한집》을 비롯하여 이규보(1168~1241)의《백운소설》, 최자(1188~1260)의《보한집》은 시에 관련한 이야기, 즉 시화(詩話)를 모은 시화집이다. 이제현(1287~1367)이 편찬한《역옹패설》은 시화 이외에 다른 내용을 포함하여 복합적 성격을 지닌다. 이 문헌들은 조선시대《필원잡기》와《태평한화골계전》,《동인시화》,《용재총화》,《지봉유설》등이 고려 말의《파한집》과《보한집》,《역옹패설》을 계승한다고 표방할 정도로 영향을 끼쳤다. 이 중에《보한집》과《역옹패설》에는 설화도 몇 편 수록되어 있다.

《보한집》은《파한집》의 미흡함을 보충하기 위해 고려의 우수한 시를 대폭 확충한 시집으로서의 성격을 지니는데, 시화와 함께 설화를 포함하고 있다. 이 중에 시화가 압도적 비중을 차지하고 있는데, 대부분이 시작(詩作) 과정에서 벌어진 일을 담은 일화이면서 시평과 시론으로 발전한 부분이 많다.《보한집》은 자작시가 적다는 점에서《파한집》·《백운소설》

과 다르고, 시화가 아닌 일화와 만록이 거의 없다는 점은《역옹패설》과 다르다.

《보한집》의 설화는 18건으로 볼 수 있는데, 대개 유가적 교훈성이 지배적이며 시화류와 혼합되었다. 인귀 교환 설화와 호승(虎僧) 설화 두 가지만이 본격적인 설화이다. 호승 설화는《삼국유사》와《수이전》에 있는 '김현과 호랑이 여자 이야기'와 비교된다. 18건 중에는 지괴류 설화가 9건, 일화류 설화가 9건이다. 위에서 든 두 설화와 함께 '강감찬 탄생 설화'나 '거녕현 의구(義狗) 전설' 등이 지괴류 설화에 속하고, '윤언이의 좌선입적(坐禪入寂) 설화', '우둔한 승려 자림의 소화' 등이 일화류에 속한다.

최자는《보한집》에서 "책 끝에 괴이한 일을 기록하여 마음을 풀어놓게 하는 바이며, 또한 이 몇 글자 중에 감계의 내용이 들어 있으니 독자는 자세히 알아야 한다."라고 했다. 설화를 유가적 합리주의와 윤리주의에 비추어 교훈적으로 읽으라는 방향을 제시한 것이다. 이 같은 유가적 의식에 따라《보한집》의 설화들은 수정되고 삭감되어 단편적인 모습으로만 남아 있는 것이다.

《역옹패설》의 전집(前集)은 수필집의 성격이 강하고, 후집(後集)은 비평집의 성격이 강하다. 그 내용은 야승(野乘), 일화, 소화, 시화와 문담(文談) 등으로 나뉜다.《역옹패설》후집의 서문에 따르면,《역옹패설》의 전집은 왕실의 세계(世系)와 고위 관료의 언행, 골계담이고, 후집은 경사(經史)에 대한 논의와 시문(詩文)에 관한 것으로 이루어져 있다. 골계담은 수필이나 소화(笑話)에 해당한다. 여기 골계담은 언어 의미의 변화, 강자의 부도덕함, 여유와 호방, 겁 많거나 편협한 성격 등의 유형으로 나눠지는데, 전체적으로 도덕적 골계라 할 수 있다. 이는《보한집》이 여자 귀신과의 관계를 다룬 음괴담(淫怪談)만을 기록했던 것과는 사뭇 다르다. 조선 초기의 문헌《필원잡기》서문에서 표연말이《역옹패설》을 가리켜 "《귀전록(歸田錄)》을 본받았다"고 언급한 것처럼,《역옹패설》은《국사보(國史補)》형식에 골계담이 추가된《귀전록》형태라 할 수 있다. 선인들은《역옹패설》과《필원잡기》의 규모가 대략 부합한다 했고,《태평한화골계전》은《역옹패설》과 함께 만 년 뒤까지 유전될 것이라고도 했다.《역옹패설》은《보한집》을 계승했으나《보한집》의 일차 목표였던 시집 부분이 사라지고 경전과 역사 부분을 추가했다. 그리고《보한집》의 주요 성격인 시문론을《역옹패설》에서는 수식의 문제로 격하하여 맨 뒤에 배치했다는 차이가 있다.

《역옹패설》전집 말미에 있는 봉익대부(奉翊大夫) 홍순과 상서(尙書) 이순의 내기 바둑 이야기는 매우 해학적이고 인상적이다. 이순이 바둑에 지는 바람에 골동품과 서화(書畵)를 내주고 마지막으로 가보로 전하는 현학금(玄鶴琴)을 내기로 걸었다가 그마저도 내주게 되었다. 그러자 이순은 홍순에게 현학금을 내어주며 농담으로, "이 현학금은 오래되어 신(神)이 붙어 있다"고 했다. 이후 추운 날 밤에 거문고 줄이 얼어서 끊어지며 소리를 내니, 홍순은 이순의 말이 생각나서 신을 쫓아내려고 봉숭아나무 가지로 거문고를 두들겼고, 이에 거문고에서는 더욱 소리가 났다. 그래서 홍순은 다음 날 사람을 시켜 이순에게 현학금을 보냈는데, 이순은 거문고 상태를 보고 사태를 짐작하고는 거절하며 받지 않았다. 홍순은 안절부절못하며 내기 바둑에서 딴 골동품과 서화를 죄다 곁들여서 현학금에 딸려 보내니 이순이 어쩔 수 없다는 듯이 받았다. 홍순은 이를 깨닫지 못하고 거문고를 돌려준 것만을 다행으로 여겼다고 한다.

《역옹패설》에는 사냥꾼에 쫓기는 사슴을 구해준 나무꾼 설화와 유사한 이야기도 기록되어 있다.

국초(國初, 고려 초)에 서신일이 들에 살고 있었는데 한번은 사슴이 몸에 화살이 꽂힌 채 뛰어 들어왔다. 서신일이 그 화살을 뽑아버리고 숨겨주었더니, 사냥꾼이 와서 사슴을 보지 못하고 돌아갔다. 꿈에 한 신인(神人)이 감사하며, "사슴은 나의 아들이다. 그대 덕택에 죽지 않았으니 마땅히 그대 자손이 대대로 재상이 되게 하겠다."라고 했다.

서신일은 신라 효공왕 때 높은 벼슬을 지냈으나 신라의 국운이 다했음을 알고는 이천 효양산 기슭에 은거하여, 이천 서씨의 시조가 되었다. 그의 아들 서필과 손자 서희, 증손자 서눌은 고려의 재상을 지냈다. 위 설화는 효양산에 거처하던 때에 벌어진 일인데, 이때 이미 80이 넘은 나이였다고 한다.

- 이대형

참고 문헌

이화형, 《보한집》, 지만지, 2010.

박성규, 《역주 역옹패설》, 보고사, 2012.

심호택, 〈《역옹패설》의 패설적 성격과 구조〉, 《한문교육연구》 15, 한국한문교육학회, 2000.

정환국, 〈《삼국유사》의 인용 자료와 이야기의 중층성 - 초기 서사의 구축 형태에 주목하여〉, 《동양한문학연구》 23, 동양한문학회, 2006.

허영미, 〈《보한집》의 문학적 성격〉, 《동방한문학》 1, 동방한문학회, 1982.

문명 전환에 따른 사대부 사회의 이야기판

조선 전기와 문헌설화, 그리고 《용재총화》

—

1392년 조선이 건국되었다. 조선의 건국은 고려라는 이름을 지우고 '새로운' 왕조를 세운 대사건이었다. 조선이 굳이 고려를 멸망시켜야 했던 것은 당시 시식인들 사이에 팽배해 있던 문명 전환의 기운이 구체적으로 발현된 결과였다. 고려 말 지식인들이 지니고 있던 문명 의식은 이전과 전혀 다른 새로움에 대한 갈망으로 이어졌고, 그것이 마침내 조선 건국이라는 실체로 드러난 것이다. 고려 말에서 조선 초에 문헌설화가 등장하여 성행한 것도 이런 사회적·문화적 현상과 연관된다.

고려 말 이인로(1152~1220)의 《파한집》, 최자(1188~1260)의 《보한집》, 이규보(1168~1241)의 《백운소설》은 문명 전환의 새로운 흐름을 포착한 첫 시도라 할 만한다. 여기에 쓰인 글쓰기 방식도 이전과 달라졌다. 이전의 문헌설화는《수이전》이나《삼국유사》등에서 보았듯이 비일상적인 것에 초점이 맞추어졌다. 그에 반해 이들 잡록은 당대 일상에 주목했다. 문명 전환의 기운이 새로운 글쓰기로 이어진 셈이다. 그리고 이들이 보여준 글쓰기 틀은 고려 말 이제현(1287~1367)이 편찬한《역옹패설》로 이어졌다.

이제현은《역옹패설》의 체제를 셋으로 구획했다. '조종 세계(祖宗世系)의 오래된 것, 골계의 말, 문구의 조탁'이 그러하다. 이 중 '골계의 말'이 문헌설화에 해당된다. 문헌설화는《역옹패설》에 실린 총 117편 중 12편뿐이다. 그 수가 많지 않다. 그러나 실린 작품 수가 적다는 것은 중요하지 않다. 정작 중요한 점은《역옹패설》의 체제가 조선 초 잡록 편찬의 기준이 되었다는 데에 있다. 실제 조선 초 서거정(1420~1488)은《역옹패설》에서 제시한 체제에 맞춘 세 종의 책을 편찬했다.《필원잡기》,《태평한화골계전》,《동인시화》가 그렇다. 이들은《역옹패설》에서 제시한 체제에 해당하는 내용을 각각의 책으로 펴낸 셈이다.

서거정이 편찬한 세 종의 책은 모두 조선 초기 문헌설화의 보고이다. 그 중에서도《필원잡기》와《태평한화골계전》은 문헌설화와 관련하여 더욱 주목할 만하다.《필원잡기》가 당시 사대부 사회의 담론을 위주로 한 것이라면,《태평한화골계전》은 제목 그대로 골계미를 갖춘 이야기들만 모아 놓았다. 당시 사대부들 간에 향유되던 설화의 맛과 흥취를 고스란히 담은 것이다. 서거정이 편찬한 이 책은 사대부 집단에서 널리 향유되었다. 향유는 단지 읽는 것으로 그치지 않았다. 서거정과 동시대 혹은 그보다 조금 후대에 살았던 사대부들은 저마다 이와 유사한 잡록을 편찬하기도 했다. 실제 당시에 편찬된 잡록은 퍽 많고 다양하다. 예컨대 강희맹(1424~1483)의《촌담해이》는《태평한화골계전》처럼 골계미를 위주로 한 작품들을 실었고, 남효온(1454~1492)의《추강냉화》나 어숙권의《패관잡기》는《필원잡기》처럼 사대부 집단의 일화를 중심에 두었다. 이들 잡록에는 다양한 설화도 수용되었다. 그 많은 책 중에서도 성현(1439~1504)의《용재총화》는 특별히 주목할 필요가 있다.

《용재총화》는 '총화(叢話)'라는 제목에 걸맞게 다양한 내용과 정보가 담겼다. 여기에 실린 작품의 절대다수는 다른 잡록들처럼 사대부 사회의 여유로움을 드러낸 것이다. 하지만 다른 잡록들에 비해 민간의 이야기도 상대적으로 많다. 수록된 설화도 마찬가지이다.《용재총화》에 실린 설화들 중에는 〈한양 밖으로 호랑이를 내보낸 강감찬〉, 〈황금을 보기를 돌같이 하라는 부친의 가르침을 평생 지킨 최영〉, 〈도량이 넓은 황희〉, 〈바보 사위〉, 〈사승을 속인 상좌승〉 등과 같이 당시에 입에서 입으로 향유되었음 직한 설화들도 제법 만날 수 있다. 그와 달리 비극적 미감을 담아낸 〈안생 이야기〉처럼 전기소설에 가까운 설화도 만날 수 있다. 이 점에서《용재총화》는 조선 초기 문헌설화의 집체라 할 만하다.《용재총화》를 조선 초기 문헌설화의 중심에 두는 이유도 여기에 있다.

—
사대부 사회의 여유로움
—

《용재총화》는 총 10권으로 구성되었다. 여기에 수록된 이야기만 해도 320편이 넘는다.《용재총화》 발문을 쓴 황필(1464~1526)은 이 책에 실린 내용을 다음과 같이 정리해놓았다.

이 책에는 무릇 ① 시대에 따른 문장의 높고 낮음, ② 도읍·산천·풍속의 좋고 나쁨, ③ 음악·점복(占卜)·서화의 각종 기예, ④ 조정과 민간의 희로애락 중에 담소거리와 심신을 즐겁게 할 만한 자료들로, 우리나라 역사서에는 실리지 못한 것들이다.

①, ②, ③, ④는 각각 문장, 풍속, 기예, 설화로 요약할 만하다. 이들은 모두 우리나라 역사서에는 실리지 않았지만, 그래도 이런 기록들이 후대 사람들에게는 필요한 정보로 작동한다는 의미를 부여했다. 이 중 문헌설화와 관련된 내용은 ④이다. 문헌설화는 사대부 사회의 이야기와 민간의 이야기를 통해 몸과 마음을 즐겁게 하는 오락적인 도구로 활용하겠다는 의미이다. 사대부 사회의 이야기와 민간의 이야기를 모두 고려했음을 밝혔다. 다른 잡록이 사대부 사회의 이야기에만 집중한 데 비해《용재총화》는 민간의 이야기도 고려했다는 점이 흥미롭다.

④에 속하는 이야기는 320편 가운데 90편 남짓이다. 90편도 대부분은 사대부 사이의 여유로운 환경에서 만들어진 생활상을 반영한 것들이다. 예컨대 다음과 같은 경우도 그렇다.

익성군 황희는 도량이 넓어서 자잘한 일에 구애되지 않았으며, 나이가 많고 지위가 높아질수록 더욱 스스로 겸손했다. 나이 90여 세가 되어서도 방에 앉아 종일 말없이 두 눈을 번갈아 뜨면서 책을 읽을 뿐이었다. 방 밖에 늦복숭아가 잘 익으니 이웃집 아이들이 다투어 와서 복숭아를 땄다. 공이 나지막한 소리로 "다 따가지는 말거라. 나도 먹어보고 싶으니까."라고 했다.

황희의 인품을 말한 내용이다. 주인공의 삶을 그대로 보여줌으로써 인품이 드러나도록 한 것이다. 그리고 일화 마지막에는 "개국 이후 재상의

공적을 논하는 사람들은 모두 공을 최고의 재상이라고 했다."라고 하여
황희에 대한 당시 사대부들의 평가도 덧붙였다.《용재총화》에 수록된 문
헌설화는 이런 유형의 이야기가 대부분을 차지한다. 당대 사대부 사회의
여유로움이 느껴진다. 이런 글쓰기 방식은《용재총화》만의 것이 아니다.
같은 시기의 다양한 잡록도 마찬가지이다. 한 예로, 황희처럼 청백리로 이
름을 날린 유관(1346~1433)의 일화도 그러하다. 여러 잡록 가운데《필원
잡기》와《용재총화》의 글쓰기 방식을 대비적으로 보자.

《필원잡기》

문정공 유관은 성품이 공정하고 청렴하며 정직했다. 비록 지위가 정승에
이르렀으나 초가집 한 칸에 삼베옷을 입고 짚신을 신어 매우 검소했다.
공청(公廳)에서 물러나온 뒤에는 후생들을 열심히 가르치기를 게을리하
지 않으니, 옷자락을 잡고 와서 배우는 자가 모여들었다.

《용재총화》

정승 유관은 청렴과 검소의 미덕을 몸소 지켰다. 단 몇 간밖에 안 되는 초
가에 살면서도 편안하게 여겼고, 신하로서 가장 높은 지위에 오르고서도
보통 사람처럼 처신했다. 사람이 찾아오면 한겨울에도 맨발로 짚신을 끌
고 나가서 만났다. 수시로 호미를 가지고 채소밭을 매면서도 수고롭게
여기지 않았다.

서로 다른 시각으로 유관을 보았지만, 그들이 지향한 바는 다르지 않다.
사대부 사회의 여유로운 풍모를 담아내겠다는 의도이다.《필원잡기》에는
이 이야기 뒤에 한 편의 일화를 덧붙였다. 교과서에도 실린 일화이다. 장

맛비가 내리는 날. 유관의 집은 허술한지라 비가 줄줄 샌다. 방 안에서 우산을 펴고 앉은 유관. 그는 부인을 보고 "우산이 없는 집에서는 어떻게 지내려나?" 하고 묻는다. 이 말을 들은 부인은 "우산이 없는 자들은 미리 대비해 두었겠죠."라고 대답했다는 일화이다. 이 일화는 실재한 일이다.《중종실록》에도 이 일화가 실려 전할 만큼, 당시 사대부 사회에서는 청렴함을 대표하는 이야기로 인지되기도 했다. 실제 이 일화는 이 외에도 이륙(1438~1498)이 편찬한《청파극담》에도 실려 전할 만큼 널리 향유되었다. 사대부들 사이에서 유관 이야기를 나누며 그들만의 여유로운 일상을 이야기하던 풍경을 온전히 엿보게끔 한다.

특정한 누군가를 조롱한 것처럼 보이는 작품도 그 미의식은 크게 다르지 않다. 상대에 대한 공격보다 집단의 어울림이 조선 초기 문헌설화의 특징임을 확인케 한다.

《태평한화골계전》

재인 한봉련은 호랑이를 잘 잡아 천하에 짝이 없었다. 보이기만 하면 반드시 죽인 후에 그쳤는데, 백에 하나도 실수가 없었다. 당시 사람들은 그를 '풍부(馮婦)'라 불렀다. 일찍이 설날 나례에 우인들이 가짜 호랑이를 만들어 놀이를 했는데, 봉련도 장난으로 호랑이를 쏘는 형상을 하였다. 그러다 홀연 땅에 떨어져 팔이 부러지고 말았다. 사람들이 크게 웃으며 말했다. "봉련은 깊은 산 큰 못가에서도 홀로 맹호를 쏘았으니 그 얼마나 장한가! 가짜 호랑이 때문에 팔이 부러졌으니, 그 얼마나 맥 빠지는가!"

《용재총화》

한봉련은 본래 사냥꾼으로, 활을 잘 쏘아서 세조에게 인정을 받았다. 그가 쏘는 활의 힘은 매우 약했으나 호랑이를 보면 반드시 가까이 가서 활시위를 힘껏 당겨 쏘아서 맞혔다. 화살 하나면 반드시 호랑이를 죽였으니 그가 평생 사냥으로 잡은 호랑이의 수는 이루 다 헤아릴 수가 없다. 한번은 궁궐의 내정에서 나례희를 하는데 광대들에게 호랑이 가죽을 뒤집어쓰고 앞으로 달리게 하고 한봉련에게는 호랑이를 활로 쏘는 시늉을 하게 했다. 한봉련이 작은 활과 쑥대로 만든 화살을 가지고 뛰어올라 나가다가 실수로 발을 삐끗해 계단에서 떨어지면서 팔이 부러졌다. 사람들이 모두 "진짜 호랑이에게는 용감한데 가짜 호랑이에게는 겁을 먹었네."라고 하였다.

두 내용은 다르지 않다. 둘 다 재인 한봉련을 놀리기 위한 것처럼 보인다. 하지만 실상은 그렇지 않다. 한봉련의 행위 자체를 조롱하기 위한 것이 아니라 그를 통해 사대부 사회 집단이 한바탕 웃자는 데에 목적이 있다. 한봉련의 등장은 사대부 사회의 여유로움을 돋보이게 하는 장치였다. 《용재총화》를 비롯한 조선 전기 문헌설화 대부분이 이처럼 사대부 사이의 여유로운 환경에서 만들어진 생활을 그대로 담아냈다. 이는 조선 전기 문헌설화를 이해하는 선제이기도 하다.

그런데 한봉련 이야기는 황희나 유관 이야기와 일정한 차이가 있다. 황희나 유관은 그들의 인품을 돋보이게 하는 주체인 반면, 한봉련은 주변 사람들에게 웃음을 주는 객체로 존재한다. 왜 그렇게 설정했을까? 답은 간단하다. 한봉련이 하층민이기 때문이다. 하층민은 이야기판을 주동적으로 이끄는 존재가 아닌, 물화된 객체로만 존재하는 경우가 많다. 조선 전기 문헌설화의 이야기판은 사대부 사회의 여유로움을 돋보이게 하는 장이기 때문이다. 적어도 문헌에 기록된 사대부들의 이야기판은 그랬다.

그럼에도《용재총화》에는 당시 민중들이 민간에서 구연했음 직한 이야기를 전면에 드러낸 경우도 더러 있다. 그 역시 사대부들의 담소를 위한 것이다. 그렇다 해도 이런 사례는 다른 잡록에서는 좀처럼 만날 수 없다. 조선 전기 문헌설화를 논의하면서《용재총화》에 주목하는 것도 이 때문이다. 비록 적은 양이지만《용재총화》에 수록된 민간의 이야기에 주목하는 까닭도 여기에 있다.

—

민간의 삶과 생활

—

《용재총화》에 수록된 문헌설화들 대부분은 사대부 사회의 여유로움을 드러내었다. 그 중에는 한바탕 껄껄 웃게 만드는 소화도 있다. 한 재상이 파리가 자주 달라붙자 신경질을 낸다. 그러자 아내가 한갓 미물 때문에 화를 내냐고 하자, 재상은 파리가 당신 서방이냐며 따졌다는 이야기도 그러하다. 한바탕 웃고 나면 그만이다. 그러나 이 이야기 역시 재상을 풍자하려는 의도는 아니다. 단지 사대부 사회의 여유로움을 드러내기 위한 한때의 담소거리일 뿐이다. 그럼에도 이 작품은 다소 공격적 성향을 보인다. 단순한 해학을 넘어서서 풍자로 나아갔다고 볼 만하다. 그래서인지《용재총화》에서는 그의 실명을 밝히지 않았다. 단지 재상일 뿐이다. 그래도 동류 집단에 속한 인물을 어리석음의 대상으로 만들어놓음으로써 웃음을 유발하는 내용에는 다소 부담이 되었을 법하다.

이런 이유로《용재총화》에서 어리석은 존재들은 대부분 민중으로 제시되는 경향이 강하다. 사대부 집단 이야기에 비해 민간 이야기는 매우 적은데도, 어리석은 사람들을 대상으로 한 작품 대부분은 민중의 몫이다. 예컨대 〈세 사람이 말을 산 이야기〉나 〈어리석은 형 이야기〉도 그렇다.

예전에 세 사람이 함께 말 한 마리를 샀다. 청주인은 천성이 민첩해 먼저 말 허리를 사고, 죽림호는 머리를, 동경귀는 꼬리를 샀다. 청주인이 "말의 허리를 산 사람이 마땅히 말을 타야 한다"고 하고, 말을 타고 자기가 가고 싶은 대로 갔다. 그러자 죽림호는 말에게 먹일 풀을 가지고 말의 머리를 끌고, 동경귀는 조개로 된 그릇을 들고 말똥을 쓸면서 뒤를 따랐다.

예전에 한 형제가 있었는데, 형은 모자라고 동생은 똑똑했다. 아버지 기일을 맞아 제사를 지내려 했지만, 집이 가난한 탓에 어쩔 수 없이 이웃집에 도둑질을 하러 갔다. 마침 집주인이 나오자 형제는 숨을 죽이고 섬돌 밑에 엎드렸다. 그때 주인이 섬돌에다 오줌을 누자, 형이 동생에게 "따뜻한 비가 내 등을 적시니 이 무슨 일인가?"라고 했다가 주인에게 잡혔다.

두 작품 모두 지금까지 널리 향유되는 이야기이다. 이런 유형의 이야기가 이미 조선 초기부터 전승되어 왔음을 확인할 수 있다. 인용한 두 이야기는 교활한 사람과 어리석은 사람을 대상으로 했다. 그러나 두 사람을 비판하려는 데에 목적을 두지 않았다. 단지 민간에 향유되던 이야기를 통해 한바탕 웃음의 재료로 삼고자 했을 뿐이다. 이런 도정에서 우리는 뜻하지 않게 그 시대를 살았던 민중의 삶도 어느 정도 엿보게 된 것이다. 편찬자의 의도와 무관하게 그 행간에서 건강하며 활달한 민중을 만나게 되는 셈이다.

조선 전기 문헌설화는 모두 한문으로 기록되었다. 의도와 무관하게 민중의 삶에 맞추어진 이야기의 미감은 입으로 전승되는 구비설화와는 다른 맛을 드러낼 수밖에 없다. 문헌설화와 구비설화 간의 문체와 미의식이 다른 까닭이다. 조선 초기 문헌설화는 민중의 삶에 대한 본질적인 질문을 담기보다 오로지 그것을 사대부 집단의 쾌락을 위한 수단으로만 스케치했다. 조선 후기 문헌설화가 구비설화와 친연성을 보이는 반면, 조선 초기 문헌설화는 그 긴밀도가 떨어지는 이유도 여기에서 찾을 수 있다.

의도가 어떻든 간에 《용재총화》에서 민중의 생활상을 드러냈다는 점은 주목할 만하다. 성현이 《용재총화》에서 민간의 생활에 주목할 수 있었던 동인은 어디에 있을까? 그것은 성현이 살았던 시대적 분위기에서 찾을 수 있다. 성현이 살았던 시기는 아직까지 성리학에 기초한 강력한 윤리적 권위와 체계가 온전하게 서지 못한 때였다. 조선 후기에 비해 비교적 자유롭고 역동적이었다. 성현을 비롯한 낙관적 세계관을 가진 당시 사대부들은 항상 엄격한 도덕적 기준에 따라 행동하지 않았다. 오히려 한때의 일탈을 통해 내부의 결속력을 다졌다. 민중의 삶에 대한 관심도 사대부 집단에서 벌어진 일탈의 범위가 확장된 결과라 할 만하다. 실제 《용재총화》에는 제자에게 조롱당하는 상좌 승려나 여성들의 성욕에 대한 이야기가 많이 나온다. 하층민에 의해 상층민이, 여성에 의해 남성이 골탕을 먹는 상황도 여러 번 연출된다. 상황의 역전을 그렸다. 다음과 같은 작품도 그러하다.

① 상좌승이 사승을 속이고 놀리는 일은 예부터 흔한 일.
② 상좌승이 사승에게 "까치가 은젓가락을 물고 나무에 앉아 있다"고 함. 사승이 그 말을 듣고 나무에 오르자 상좌가 "스승이 까치를 잡아 구워 먹으려 한다"고 외침. 사승이 놀라서 급히 내려오다가 가시에 찔려 상처를 입음.

③ 한밤중에 상좌는 스승이 드나드는 문 위에 솥을 매달아놓고 "불이야"를 외침. 스승이 급히 나오다 솥에 부딪혀 다침. 상좌는 먼 산에 불이 나서 알렸다고 함.

④ 이웃집 과부에게 마음을 빼앗긴 스승에게 상좌가 다가가 과부 핑계를 대고 감과 떡을 빼앗아 먹음. 과부와의 만남을 요구하자 상좌는 과부에게서 신발 한 짝을 얻음. 스승이 과부를 기다리며 혼잣말로 음탕한 말을 하자 상좌가 급히 들어서며 과부가 왔다가 스승의 하는 말을 듣고 급히 달아났다고 함. 증거로 과부의 신발을 제시하자 스승은 그 신발로 자신의 입을 침.

⑤ 마침내 스승이 과부와 만나게 되자 상좌는 스승에게 생콩이 양기에 좋다고 함. 스승이 생콩을 많이 먹었다가 신방에서 설사만 한 채 쫓겨남.

⑥ 밤길에 흰 길을 보고 시냇물인 줄 알고 바지를 걷고 지났는데, 그것은 보리밭이어서 상처를 입음. 다시 흰 길을 보자 이번에는 그냥 건넜는데, 그게 시냇물이어서 옷이 모두 젖음.

⑦ 젖은 옷을 입고 다리를 건너다가 '시큼하다'며 중얼거렸는데, 마침 곁에 있던 여인이 술을 빚으려던 쌀이 쉬었다고 흉보는 줄 알고 스승을 구타함.

⑧ 배가 고픈 스승이 마를 캐 먹다가 원님 행차를 보고 마를 바치려고 급히 달려감. 말이 놀라 날뛰는 바람에 원님이 땅에 떨어짐. 스승은 관원들에게 몽둥이질을 당함.

⑨ 스승이 다리 옆에 누워 있는데, 순찰관이 보고 몽둥이질 연습을 한다며 사정없이 침. 그리고 중의 양물(陽物)은 약으로 쓴다며 자르려 하자 스승이 급히 달아남.

⑩ 마침내 절로 돌아온 스승이 상좌에게 문을 열라고 하지만 상좌는 스

승이 과부에게 갔다며 문을 열지 않음. 사승이 개구멍으로 들어가자 상
좌가 개라고 꾸짖으며 매질함.

⑪ 이후 낭패만 당하는 사람을 '물 건너는 중(도수승)'이라 함.

상좌와 사승, 중과 과부의 관계를 다룬 여러 편의 삽화를 상호 긴밀하
게 연결시켰다. 제자인 상좌승에게 무참하게 짓밟히는 스승을 완전히 역
전시켜 놓았다. 불교에 대한 비판적 시각이 얼마간 담겨 있는지라, 이 작
품에는 중의 행태에 대한 풍자적인 면도 일부 보인다. 그러나 그보다 사
대부 집단을 위해 한바탕 웃음거리로 제공했다고 보는 것이 더 타당하다.
상좌와 사승과 과부에 대한 시선이 아주 부정적이지 않은 것도 이 때문이
다. 이런 현상은 성리학적 교조주의가 완전하게 정립되고 가부장적 질서
가 완고하게 뿌리내린 조선 후기 상황과 다른 현상이다.

물론《용재총화》가 그들 집단만의 웃음을 위해 하층민을 웃음의 소재
로 등장시켰다는 비판에서 자유로울 수는 없다. 민중의 건강하고 재기 발
랄한 면모가 강하지 않다는 지적도 타당하다. 그러나 당시 시대적 상황
은 이런 요인들까지 모두 포섭할 수 있지 않았다. 단지 사대부 집단의 여
유로움을 위한 도구로 민중의 생활을 포착했을 뿐이다. 그렇다 해도 이런
요인을 통해서라도 당시 민중의 생활상을 조금이나마 엿보게 되었다는
점은 기억할 일이다.

―

조선 전기 문헌설화와 역사

―

조선 전기 문인들이 잡록을 편찬하고, 그 안에 문헌설화를 삽입한 것은

허구적 인식에서 비롯된 것이 아니다. 문학 텍스트에 대한 허구적 인식은 현대를 사는 오늘날 우리의 사유일 뿐이다. 당시 사람들의 시각은 지금 우리와는 달랐다. 그들에게 문헌설화는 다른 어떤 기록들과 마찬가지로 역사 기술의 차원에서 접근되었다. 거기에는 공적 기록과 사적 기록의 차이가 없었다. 공적이든 사적이든 모두가 역사 기술이었다. 잡록에서 역대의 다양한 연원을 밝히고, 제도와 관습에 대한 다양한 정보를 제공한 것도 기록 자체를 역사의 일부로 여겼기 때문이다. 그리고 그 뒤를 이어서 나오는 그들 집단의 다양한 일화와 문헌설화, 그것 역시 그들은 역사적 차원에서 접근했다. 자기가 속한 집단의 여유로움과 조화로움을 돋보이게 하는 그들만의 이야기판은 문명 전환에 따른 새로움의 실현을 증명하는 결과이기도 했다. 조선 전기 잡록에서 사대부 사회의 이야기판이 중심에 놓이는 이유도 이 때문이다.

　사대부의 이야기판의 소재가 될 수 있는 것은 규범에서 일탈된 것이다. 그러나 일탈은 한순간의 일이어야지 그것이 장기화되어서는 안 된다. 일탈의 시간이 길면 길수록 파국으로 치달을 수밖에 없기 때문이다. 조선 전기 잡록에 보이는 일탈 상황이 지극히 짧은 이유도 여기에 있다. 일탈 상황이 짧은 형태는 주로 웃음을 전제로 하는 경우가 많다. 일회적인 행동이나 말재주에 한정되니, 한순간 흐트러져도 곧바로 일상으로 회귀한다. 그것은 이야기를 통해 얻고자 한 기대 효과가 자기들의 세계에 대한 공고한 내부 결속에 있었기 때문이다. 일상에서의 일탈과 다시 일상으로의 복귀. 이를 반복하면서 구성원들 간의 내부 결속력은 더욱 강화되어 갔던 것이다. 그들만의 결속을 위한 기록인지라 거기에는 하층민을 비롯한 다른 계층의 인물은 배제되었다. 설령 하층민이 개입된다 해도 그들은 이야기판을 주동적으로 이끄는 존재가 아니었다. 그저 물화된 객체로만 존재했다. 그들은 자기 집단의 여유로움을 돋보이게 만들기 위한 수단이 었다. 이런 도정에서 문헌설화도 수용되었다. 그러나 그 미의식은 현전하는 구비문학과 여러 차이를 보인다. 그것은 기록성과 구비성이 지닌 차이지만, 그 이면에는 특정 집단이 폐쇄적으로 바라보는 민중의 시선과 실제 민중의 삶의 괴리를 그대로 드러낸 차이이기도 하다. 문명의 전환과 글쓰기의 변화를 통해 글이 지닌 권력성까지 엿볼 수 있는 것이다.

– 김준형

참고 문헌

김남이 외,《용재총화》, 휴머니스트, 2016.

김찬순,《폭포는 돼지가 다 먹었지요》, 보리, 2006.

성백효,《사가명저선》, 이회, 2000.

이강옥,《말이 없으면 닭을 타고 가지》, 학고재, 1999.

홍기문·김찬순,《거문고에 귀신이 붙었다고 야단》, 보리, 2006.

박창규,〈《용재총화》의 창작 배경과 작품세계 연구〉, 부산대학교 석사학위논문, 2014.

四

패러다임의 변환,
인간과 삶에 대한 본질적인 물음

임진왜란과 병자호란, 패러다임의 변환과 문헌설화

—

임진왜란과 병자호란, 두 전쟁은 우리 역사의 패러다임을 전환케 한 분수령이었다. 두 전쟁 전후로 정치·경제·사회·문화 등 제 분야에서 일대 변환이 일어났다. 문학도 예외가 아니다. 두 전쟁 이후 우리 문학은 이전과 확연히 달라진다. 그 중에서도 소설의 성행은 가장 주목할 만하다. 소설은 자본과 연계를 맺을 수밖에 없는 장르인데, 두 전쟁 이후 서울이 소박하게나마 자본주의 체계로 바뀌면서 소설도 유행할 수 있었던 것이다. 이런 현상은 당시에 존재하던 다양한 서사문학이 소설로 경사되는 현상으로 이어지기도 했다. 이전까지 문학은 사실에 기초한 것이어야 한다는 사유가 지배적이었다. 그런데 이 무렵부터는 실재한 사실 그 자체를 기록해야 한다는 의식보다 그 사실이 얼마만큼 문학적 진실성을 갖추었는가에 더 큰 관심이 놓였다. '그럴듯한 허구(fiction)'에 대한 인식이 광범위하게 번진 것이다. 두 전쟁이 문학에 대한 패러다임을 바꾸어놓은 셈이다. 문헌설화도 마찬가지이다.

조선 후기 문헌설화는 이전에 비해 훨씬 풍부해진다. 풍부하다는 것은 단지 수적 증가만을 의미하지 않는다. 이전에 볼 수 없던 새로운 형식과 다채로운 내용을 갖춘 문헌설화가 등장했음을 뜻한다. 이야기가 지향하는 바도 바뀌었다. 조선 전기 문헌설화가 주로 사대부 사회의 여유로움을 돕는 수단적 기능으로 작동했다면, 조선 후기 문헌설화는 설화 자체가 목적이 되었다. 설화로 즐거움을 나누는 동시에, 설화를 통해 인간의 삶에 대한 본질적인 물음을 던졌다. 조선 후기를 살았던 사람들의 삶과 행동을 문학적 진실성을 갖춘 설화로 재구성함으로써, 설화 그 자체가 인간을 이해하는 텍스트가 된 것이다.

조선 후기 문헌설화가 지닌 의미가 복잡해진 때문일까, 조선 후기 문헌설화를 두고 학계에서 부르는 용어가 참으로 다양하다. '만록', '필기', '패설', '야담', '한문단편', '문헌설화' 등 20여 종의 용어가 혼용되지만, 아직까지 통일을 이루지는 못했다. 어떤 용어를 쓰느냐에 따라 의미도 달라지는 경우가 많은지라, 앞으로도 좀처럼 통일된 용어를 마련하기란 쉽지 않다. 그럼에도 '문헌설화'는 이들을 모두 포괄하는 넓은 의미로 쓰인다고 보면 될 듯하다.

조선 후기 문헌설화는 크게 둘로 나눌 수 있다. 하나는 당대의 일상에 주목함으로써 '지금, 여기, 나'에 대한 근원적인 물음을 던지는 양식이고, 다른 하나는 당대 인간의 행동을 모방함으로써 일회적 웃음을 유발하는 양식이다. 전자는 흔히 '야담' 혹은 '한문단편'이라는 용어로 불린다. 후자는 '소화' 혹은 '패설'이라 말한다. 두 양식은 조선 후기 문헌설화를 이해하는 큰 축이라 할 만하다.

—

야담 혹은 한문단편

—

조선 후기 문헌설화는 당대 일상을 배경으로 하는 경우가 많다. 이런 설화들을 특별히 야담 혹은 한문단편이라 부른다. 1621~1622년에 편찬된 유몽인(1559~1623)의 《어우야담》을 비롯하여, 17세기 말에서 18세기 초의 임방(1640~1724)의 《천예록》, 신돈복(1692~1779)의 《학산한언》, 그리고 19세기 이희평(1772~1839)의 《계서잡록》, 이현기(1796~1846)의 《기리총화》, 편자 미상의 《청구야담》, 이원명(1807~1887)의 《동야휘집》, 서유영(1801~1874)의 《금계필담》 등으로 이어진 문헌설화집은 20세기 초기에 편찬된 《양은천미》 등으로 이어지는 등 조선 후기 내내 활발하게 편찬되고 향유되었다. 이 외에 이들 야담집을 발췌한 야담집이나 이들을 토대로 재편집한 야담집들까지 포함하면 그 수는 100종을 넘는다. 그 중에서도 특별히 《계서잡록(계서야담)》, 《청구야담》, 《동야휘집》은 조선 후기 3대 야담집으로 부르기도 한다.

조선 후기 야담집에 수록된 작품을 일괄적으로 정의할 수는 없다. 하지만 조선 후기 야담은 '생활 경험에서 우러난 것으로서, 현실에 대한 대응 방식이 서사적 언어로 전화(轉化)된 것'으로, 조선 후기를 살았던 사람들의 삶과 그 대처 방안을 서사적인 언어로 표현해놓았다. 어느 시대든 인간의 삶은 획일적일 수 없고 다양한 방식이 존재한다. 어떤 특정 행위에 대한 판단도 사람들마다 다를 수밖에 없다. 사람들마다 가치관이 다르기 때문이다. 한 야담집에 열녀와 탕녀, 충신과 간신, 효자와 불효자 등 상반된 가치를 가진 사람이 모두 등장하는 것도 이런 배경에 기초한다. 다양한 가치를 가진 사람들을 보며 '지금 여기에 사는 나'를 반추함으로써 스스로 삶의 방향성을 찾도록 한다. 야담 한 작품을 두고서 평가가 엇갈리는 경우도 있다. 그것은 사람들이 저마다의 가치에 따라 야담을 이해하기 때문이다. 예컨대 '황인검 이야기'도 그러하다.

황인검은 송사 판결에 지극히 공정했던 인물로, 정조도 칭찬했던 인물이다. 그런데 그가 판결한 한 사건이 여러 야담집에 전해진다.《계서잡록》을 비롯하여《기문총화》,《청구야담》,《동야휘집》등 대표적인 야담집에 모두 실려 전할 만큼 향유의 폭이 넓었다. 그만큼 논란도 많았고, 평가도 가지각색이다. 이 작품의 줄거리를 따라가보자.

황인검이 절에서 공부할 때였다. 당시 어떤 중이 그를 정성껏 돕는다. 황인검은 그의 정성에 깊이 감동한다. 이후 과거에 급제한 황인검은 중을 수소문하지만 끝내 찾지 못한다. 그러다가 공무로 지방을 순시하다가 우연히 중을 만난다. 황인검은 기뻐 속세의 화려함으로 중에게 보답하고자 한다. 그러나 중은 모든 호의를 거부한다. 중에게는 무슨 사연이 있는 것일까? 황인검이 여러 번 그 이유를 묻자 중은 마침내 긴 한숨을 내쉬고 사연을 털어놓는다.

중이 속인일 때였다. 그는 산골에서 소복을 입고 나물 캐는 여인을 본다. 문득 성욕을 느낀 중은 여인을 겁간하고 무심히 떠난다. 뒷날, 주막에 들리는 소문. 그 여인이 자결했다! 사실을 확인한 중은 몹시 슬퍼하며 자신이 저지른 일에 대해 가슴을 치며 후회하고 또 후회한다. 그러나 지나간 시간은 되돌릴 수 없는 법. 중은 결국 스스로 속세를 떠나기로 결심한다. 가장 밑바닥으로 내려가 고행의 길을 간다. 중의 비밀이 밝혀졌다. 중은 흉악범이었다. 중의 말을 들은 황인검은 "나와 너는 비록 절친한 사이지만, 나라의 법을 폐할 수는 없구나."라고 말한 후 마침내 중을 사형에 처한다. 그리고 중의 장례식을 성대하게 치러준다.

그런데 야담은 여기서 조심히 묻는다. 중에게 법리를 적용하는 것이 과연 옳았는가? 중은 자기 행위에 대해 스스로 가혹한 징벌을 내렸다. 그는 수십 년 동안 단 하루도 편하지 않았다. 옷 한번 갈아입지 않고, 아주 작은 삶의 즐거움조차 거부한 채 고행의 길만 걸었다. 생면부지인 황인검에게 지극정성을 다한 것도 고행의 방편이었다. 자신을 낮춰 다른 사람에게 봉사하는 삶. 그의 삶 하나하나가 자기 때문에 죽은 여인에 대한 속죄 행위였다. 원죄, 그리고 그것에 대한 속죄로 이루어진 수십 년간의 고행. 중은 한시도 여인에게 용서를 구하지 않은 때가 없었다. 그런데 황인검은 그를 처형했다. 처형은 중의 고행을 끝내게 하는 판결일 수도 있을 터다. 야담은 이에 대해 묻는다. 사형이 옳았는가?

이 물음은 퍽 난해하다. 오늘날의 시각으로 보면 황인검에 대한 판결은 정당하다. 실체법에 따라 판결하면 그만이다. 그러나 중세에서는 이 문제에 대한 해답이 간단치 않았다. 이데올로기와 법철학 사이에서 제법 고민스러운 문제이기 때문이다. 더구나 여기에 보은에 대한 문제까지 더해졌으니 더 말할 것도 없다. 공자가 말한 "사적인 감정이 없는 공평함으로써 원수에 답하고, 덕으로써 덕에 답한다."라는 논리와도 교묘하게 얽혀 있기 때문이다. 이에 대해 야담의 편찬자들도 의견을 달리했다.《계서잡록》과《기문총화》에서는 객관적인 내용만 기술하고 논평은 하지 않았다.《동야휘집》에서는 "복선화음이라. 천도가 밝게 비치니 보복의 이치는 거짓이 아니도다. (중략) 황 판서가 법으로 중을 처치하는 데에 사적인 일로 말미암아 공적인 일을 가리지 않았으니 참으로 떳떳하도다."라는 논평을 붙였다. 황인검의 행위를 적극 옹호한 것이다. 반면《청구야담》에서는 "당시 의론 중에 어떤 사람은 어려운 일을 했다고 하고, 어떤 사람은 박정하다고도 했다."라는 말을 덧붙여놓았다. 황인검의 행위에 대해 다소 부정적인 입장도 보인다. 야담집 편찬자들끼리도 의견이 나뉘었다. 이에 대한 답은 없다. 판단은 오로지 작품을 읽는 독자의 몫이다. 독자는 작품을 통해 황인검의 판단과 '지금 여기 나'의 삶을 연관 지어 판단할 뿐이다.

조선 후기 야담이 이러했다. 조선 전기 문헌설화와는 다른 양상이다. 전기 문헌설화가 사대부 집단의 여유로운 삶을 돕는 역할을 했다면, 조선 후기 야담은 삶에 대한 본질적인 물음을 던진다. 사회적 현상에 대한 것도 마찬가지이다. 그런 내용을 담은 작품에서도 '지금 여기 나'를 돌아보게 한다. 교과서에도 수록된 《청구야담》 소재 〈연상녀재상촉궁변〉도 그러하다. '과부가 된 딸을 불쌍히 여긴 재상이 가난한 무변(武弁)에게 딸을 맡기다'라는 제목의 작품이다.

공무를 마치고 돌아온 재상이 우연히 들른 딸의 방. 거기서 그는, 바라보던 거울을 내동댕이치고 하염없이 우는 딸을 본다. 딸은 결혼하자마자 과부가 된 채 친정에 와 있었다. 재상이 방으로 돌아와 있는데 마침 한 무사가 방문한다. 재상은 무사에게 딸을 부탁하고는 그날 밤에 둘을 멀리 내보낸다. 그리고 재상은 딸이 죽었다며 장례를 치른다. 딸의 시댁에도 그녀가 자결했음을 알린다. 모든 일은 정리되었다. 그로부터 한참 후, 재상의 아들이 공무로 북쪽 지역을 지나다가 우연히 한 집에 들른다. 그 집은 바로 죽은 누이동생의 집이었다. 둘은 서로 이야기를 나누고 헤어진다. 집으로 돌아온 아들은 재상에게 사연을 알리려고 했지만, 아버지는 평소에 볼 수 없었던 엄한 표정을 짓는다. 아들은 마침내 누이동생을 만났다는 말도 못 하고 조용히 물러난다.

이 이야기 역시 독자에게 묻는다. 인간의 욕망과 정치 이데올로기. 타협

점이 없이 서로 대립적으로 존재하는 극한 상황에서 벗어날 수 있는 방법은 무엇인가? 그 방법은 죽음뿐이었다. 재상은 딸을 죽였다. 물론 그 죽음은 육체적 살해가 아닌 사회적 매장이다. 그렇다 해도 딸의 존재를 완전히 지워야만 비로소 살아날 수 있다는 기막힌 역설. 야담은 이런 양상에 대해 묻는다. 인간의 욕망과 그 욕망을 누르는 이데올로기. 그중에 어떤 것이 옳은가? 혹은 그 둘이 공존할 수 있는 방법은 없는가?

물론 조선 후기 야담이 모두 이렇게 심각한 논지로 일관하지는 않는다. 그러나 많은 이야기에서 이런 경향이 보인다는 점은 주목할 만하다. 그것은 조선 후기 문헌설화가 지니고 있는 하나의 특징임이 분명하기 때문이다. 야담은 당대 사회가 내포한 이데올로기를 반영한다. 반영하되 그것을 원형 그대로 재현하는 것이 아니라, 그 안에 당시 사람들이 지니고 있던 기대지평을 투사시킴으로써 당대의 문제의식을 담아낸다. 야담에서 이데올로기적인 요소가 짙게 드러난다는 논의가 있는 것도 이 때문이다.

—

패설 혹은 소화

—

조선 후기 문헌설화의 또 한 축은 소화 혹은 패설로 불리는 유형이다. 패설(혹은 소화)은 '인간의 행동을 모방하여 그려내되 그 미의식을 골계미에 둔 유형'이라 할 만하다. 이들은 1958년에 민속학자료간행위원회에서 등사본으로 간행한 《고금소총》에 대부분 실려 있다. 《고금소총》에는 총 11종이 수록되었다. 그 가운데 4종, 즉 서거정의 《태평한화골계전》, 강희맹의 《촌담해이》, 송세림의 《어면순》, 성여학의 《속어면순》은 조선 전기의 것이다. 그 나머지 7종, 즉 홍만종의 《명엽지해》, 부묵자의 《파수록》, 《진

담론〉, 장한종의 《어수신화》, 《성수패설》, 《기문》, 《교수잡사》는 조선 후기 패설이다. 이 외에 홍만종의 《고금소총》, 《파수추》, 《이야기책》, 《소낭》, 《각수록》, 《파적록》, 《거면록》, 《부담》 등 다수의 소화집(혹은 패설집)이 최근에 발굴되면서 이 시기 문헌설화의 중심에 패설(소화)이 있었음을 방증한다.

패설(소화)은 기본적으로 인간의 삶보다 행동을 모방한다. 미의식은 골계미에 둔다. 그렇기 때문에 이야기의 지향점 역시 삶에 대한 본질적 물음보다 인간의 일회적 행동에 초점을 맞춘다. 삶의 가치를 엿보게 하는 시공간적 배경은 중요하지 않다. 그저 '옛날에' '아무 곳에 사는' '어떤 사람'이라고 제시하면 그만이다. 옛날 아무 곳에 사는 어떤 사람이 '무슨 행동'을 했다가 웃음거리가 되었다는 점이 중요할 뿐이다. '무슨 행동'은 당시 가치관에 반하거나, 가치관을 비판 없이 맹목적으로 추숭하는 행동인 경우가 대부분이다. 이 점에서 조선 후기 패설(소화)은 현대의 구비문학과 퍽 가깝다. 구전성과 현장성을 그대로 살린 점에서 유사성을 보이기 때문이다. 그러나 조선 후기 패설(소화)은 기록자에 의해 어느 정도 창의성이 가미되었다는 점에서 일정한 차이가 있다. 특히 기존의 가치관과 새로운 가치관이 충돌하는 세태에서 빚어진 양상은 독특한 문헌설화를 창출했다. 새로운 패러다임의 등장에 따른 고민을 웃음이라는 형식으로 고발했기 때문이다. 이는 크게 세 가지 특징으로 요약할 수 있다. 조선 전기 양식의 계승과 변화, 새로운 형식과 내용의 등장, 성 담론의 강화가 그러하다.

먼저 조선 후기 패설(소화)은 조선 전기 문헌설화의 양식을 계승하면서도 일정한 변화를 꾀한다. 예컨대 《어수신화》에 실린 〈부두유이(負豆有異)〉도 마찬가지이다. '콩을 짊어지는 데 달라진 것'이라는 뜻이다. 젊은 시절 장사였던 무인에게 재상이 지금도 힘이 센가를 묻자, 무인은 전과 비교하면 같은 점도 있고 다른 점도 있다고 답한다. 재상이 구체적으로 묻자, 무인은 전날처럼 콩 두 섬을 바위에 묶고 드는 것은 같으나, 달라진 것은 그것을 들고 일어서지 못한다고 답한다는 내용이다. 전대(前代)의 멋스러움은 다소 떨어지지만, 그래도 집단의 여유로움을 그려내고 있는 점은 동일하다. 문헌설화가 전대의 방식을 계승하면서 부분적인 변용이 일어난 한 예라 할 만하다. 그러나 조선 후기 문헌설화의 맛을 볼 수 있는 요인은 둘째와 셋째의 특징에서 두드러진다.

패설(소화)이 주로 편찬된 때는 19세기이다. 이 시기에 빚어진 각종 모순은 패설(소화)로도 반영된다. 이 시기에 만들어진 패설(소화)은 비윤리를 넘어서서 반윤리적인 형태를 띠기도 한다. 아버지가 물에 빠져 죽어가는데도 돈을 두고 흥정하는 아들, 장례비를 아끼려고 아버지의 시신을 고아 시장에 내다 팔겠다는 아들 이야기 등도 패설(소화)의 소재가 된다. 문헌설화를 통해 자본이 어떻게 인간에 대한 예의까지 앗아가고 있는가에 대해 고발하고 있는 것이다. 자본이 어떻게 인간을 피폐화시키는가에 대한 비판은 강상의 문제로 그치지 않는다. 공정한 정치를 해야 하는 관료들에 대한 비판으로 이어진다. 자신의 집을 짓는데 재물이 부족하다며 공공연하게 첩지를 요구하는 재상, 신임 사또에게 뇌물을 받고 나서야 친근하게 대하는 재상 등을 그리기도 한다. 자본의 힘은 반칙이 횡행하는 정치판을 만들었고, 문헌설화를 통해 이런 현상을 고발했다. 고발로 그치지 않고 패설(소화)은 마침내 그들이 꿈꾸던 이상적인 정치인을 제시하기도 했다.

예전에 한 재상이 집을 보수하려는데, 마침 한 사람이 기와를 싣고 와서 사라고 요청했다. 재상이 사려고 하니, 기와 장수는 한 장에 4푼을 달라고 한다. 그러자 재상은 3푼으로 하라고 하며 직접 가격 흥정에 나섰다. 그렇게 한참이 지났다. 그때 문객이 지나다가 그것을 보고 조용히 재상에게 나아와 말했다. "기와 가격 한 푼을 더 주어도 대단하게 손해 볼 것은 없습니다. 그렇지만 몸소 가격 흥정에 나서니 대감님 체면에 손상을 입지 않을까 걱정이 됩니다. 장사치의 말대로 줘서 보내버리는 것이 어떨까요?" 그러자 재상이 웃으며 말했다. "자네는 하나는 알고 둘은 모르는군. 내 어찌 한 푼이 아까워서 그러고 있겠는가? 내가 만약 4푼을 주고 그것을 사면, 저놈들은 반드시 나도 이 가격으로 샀다고 하며 가격 담합을 할 것이니 그 해악이 막대할 것이네. 여항에서 벌어진 이 일이 비록 작지만, 그 피해를 고려하면 큰 일이 아니겠느냐?"

'폐단을 생각해서 가격을 흥정하다'라는 제목의 〈염폐쟁가(念弊爭價)〉에서 찬자는 이상적인 관료의 모습을 제시했다. 고작 돈 한 푼 때문에 시정에서 장사치와 싸우는 재상. 다른 사람들은 그 모습을 보고 인색하고 옹졸한 인물로 볼 수도 있지만, 재상은 다른 사람들의 눈에 비치는 모습보다 진정으로 백성의 편에 서서 싸우고 있었던 것이다. 찬자는 이런 인물을 그리면서 이상적인 관료의 면모를 상상했다. 그리고 그런 상층 지배계층에 있는 인물들이 직접 나서서 검약함을 실천하는 길이야말로 백성을 위하는 길임을 분명히 했다.

새로운 형식도 등장했다. 《진담론》이나 《파수추》에서는 해설과 감상 부분, 교훈 부분을 이원화하여 제시한다. 다음과 같은 예가 그러하다.

① 양선도적(良善盜賊, 선량한 도적)
② 도둑놈들이 은밀한 곳에서 그들이 훔쳐온 물건들을 펼쳐놓고 나누어

가지려고 할 때였다. 훔쳐온 물건 중에 하나가 보이지 않는 것이었다. 여러 도둑이 의아해하며 말했다. "우리 가운데 어찌 마음씨가 나쁜 사람이 있겠는가?"

③ 다른 사람이 개입하지 않고 단지 우리 동지들만 있는데 어찌 심술이 나쁜 사람이 있겠는가, 하는 뜻으로 말한 것이다.

④ ○ 이러고도 선량하다면 누가 선량하지 않겠는가. 도둑놈 심보란 이를 두고 하는 말이다.

《진담론》은 ① 제목을 붙이고(제목), ② 본이야기를 말한 다음(본이야기), ③ 본이야기를 설명·풀이하고(해설), ④ 마지막으로 '○'를 붙여 논평을 하는(논평) 일관된 형식을 갖추고 있다. 형식의 통일성을 꾀하고자 했던 한 흐름을 엿보게 한다. 이런 방식은 중국 문학과 교류하는 과정에서 일부 수용되었을 가능성도 배제할 수 없다.

조선 후기 패설의 마지막 특징으로, 성 담론이 강화되었다는 점도 주목해야 한다. 풍자는 그래도 세상을 바라보고 비판할 만한 힘이 남아 있었던 데서 비롯된다. 현실과 이상이 이율배반적으로 존재하는 모순된 사회를 보면서 어느 정도나마 이성적으로 ⏋ 사회를 비판할 수 있다면 사회에 대한 냉철한 풍자의 이야기를 담을 수 있다. 그러나 그 상태를 넘어선 사람은 결코 이성적인 내용을 담지 못한다. 합리적인 방법으로 사회질서에 이의를 제기할 수 없을 때에는 감성에 따라 사회질서에 접근하는 경향이 강해진다. 감성의 표출로 이어지는 것이다. 그렇지만 지나친 감성의 노출은 곧 이성의 한계를 넘어선 분노와 좌절에 다름 아니다. 실제로 《각수록》의 찬자가 그려낸 실로 다양한 반인륜적 이야기들은 웃음을 넘어선 찬자의 울음이었던 셈이다. 조선 후기 문헌설화에 빈번하게 등장하는 성 담론은 윤리의 전복을 그려냄으로써 '도덕을 넘어선 도덕'을 독자들에게 요구한 것이라 하겠다.

실제 《각수록》을 비롯하여 《기문》, 《교수잡사》 등 조선 후기 패설집(소화집)에는 성을 소재로 한 작품이 다수 등장한다. 《각수록》은 비정상적인 성 이야기만을 대상으로 했다. 그것은 단순히 말초적 자극을 주기 위한 것이 아니다. 윤리는 공동체를 위한 것이다. 공동체를 위한다는 것은 달리 말하면 현재의 상황이 미래까지 지속되기를 바라는 것이기도 하다. 하지만 절망의 상태에 놓여 있는 사람들은 그러한 상황이 오랫동안 지속되기를 바라지 않는다. 때문에 금지된 영역을 보여줌으로써, 금지된 것에 대한 위반을 함으로써 자신의 울분을 드러내고 있는 것이다. 일그러진 성을 이야기하면서 자신은 이 세상에서 격리되어 있지 않다고 역설하는 것이다. 조선 후기 성 담론은 일그러진 성을 그려냄으로써 이 점을 이야기하고 있었다. 사회의 어느 한 틈에도 설 수 없었던 자신을 돌아보면서, 사회를 조롱하고 사회를 지배하는 이데올로기를 비꼬면서 그래도 자신은 살아 있음을 역설적으로 드러내 보이고자 했던 것이다.

애초 소화(패설)에 대한 접근 시각은 대체적으로 웃음을 통한 해학에 초점을 맞춘 것이었다. 하지만 최근에는 웃음 이면에 담긴 당대 민중의 삶을 찾는 데로 연구 시각이 일부 전환되었다. 이에 따라 소화(패설)를 고전소설의 근원설화로 이해하던 기존 연구와 달리 패설을 독자적인 장르(양식)로 이해함으로써 기존 연구에 비해 진일보된 양상을 보인다.

조선 후기는 '나'에 대한 물음이 사회문화 전방위적으로 확산되었다. 이에 따라 다양한 문화적 변화도 있었다. 예컨대 소품문이나 자찬묘비명의 유행, 조선인의 삶을 포착한 풍속화, 백자로 대표되는 도예, 조선풍의 가곡 등 조선의 제 문화는 '그때, 거기, 그 사람'이 아닌 '지금, 여기, 나'에게로 회귀된 결과였다. 조선 후기 문헌설화도 이런 문화적 흐름을 좇았다고 할 만하다. 골계미를 토대로 하면서 그 이면에는 당대의 현실을 그대로 담아냄으로써 현재의 나를 반추하게 했다. 근대문학의 특성이 당대 일상의 반영이라고 한다면, 이런 점에서 조선 후기 문헌설화는 적어도 근대를 지향한 장르라고 할 만하다.

- 김준형

참고 문헌

김준형, 《조선 후기 성 소화 선집》, 문학동네, 2010.
이우성·임형택, 《이조한문단편집》 1~4, 창비, 2018.
임형택, 《한문서사의 영토》 1·2, 창비, 2015.
김준형, 《한국 패설문학 연구》, 보고사, 2004.
이강옥, 《한국 야담 연구》, 돌베개, 2006.
정명기, 《한국 야담문학 연구》, 보고사, 1996.
정명기, 《야담문학 연구의 현단계》 1~3, 보고사, 2001.

실화

一二三四五六七八九十

허구보다 더 놀라운 사실들,
그 속의 페이소스

허구의 담화와 사실의 담화

구비문학의 여러 영역 가운데 늘 첫손에 꼽히는 것은 설화이다. '설화'는
가장 일상적이고도 보편적인 문학 형태로서, 특히 구술 현장에서 폭넓게
향유되어 왔다. 설화의 갈래는 흔히 신화와 전설, 민담의 세 가지로 말해
지는데, 어느 경우든 '서사성'을 기본 특징으로 삼는다. 앞뒤 맥락이 맞는
잘 짜인 스토리를 갖추고 있어야 설화가 된다. 그 스토리는 기본적으로
상상의 소산이자 허구의 결과물이라 할 수 있다.

주목할 바는 구술 현장에서 소통되는 이야기가 설화로 대표되는 허구
의 담화로 한정되지 않는다는 사실이다. '사실의 담화'가 그와 더불어 다
른 한 축을 이룬다. 이런 이야기는 문학이 아닐 거라고 생각하면 오산이
다. 사실을 전하는 담화들도 특유의 흥미와 긴장을 갖춘 채 정서적·미적

감응을 불러일으킬 수 있다. 기록문학에서 수필이나 수기, 전기 등이 문학적 기능을 하는 것과 마찬가지이다.

사실의 담화 가운데 바탕이자 핵심은 경험담이다. 사람들은 살아가면서 잊지 못할 특별한 경험들을 하거니와, 이를 갈무리해서 구연하면 유력한 이야기 종목이 된다. 실제로 이야기판에서 경험담의 위상은 설화에 못지않다. 보통 설화를 잘 구연하는 사람은 따로 정해져 있지만, 경험담은 누구나 주체가 되어서 구연과 소통에 참여할 수 있다. 설화의 전승이 약화된 현대의 이야기판에서는 경험담의 비중이 훨씬 커진 상태이다.

경험담은 개인적인 이야기라서 설화만큼의 보편성을 갖지는 못한다. 이야기 짜임새도 느슨한 경우가 많다. 하지만 '실제로 겪은 일'이라고 하는 속성은 이들 담화에 특별한 의의를 부여한다. 그것은 실제의 삶을 있는 그대로 반영해서 의미화하는 기능을 한다. 경험담의 무게감은 때로 엄청난 것이 되기도 한다. 삶의 밑바닥에서 길어 올린 시집살이 체험담이나 전쟁 체험담 등은 듣는 이를 몰입시키고 감탄과 눈물을 자아내게 한다.

경험은 꿈과 더불어 문학적 형상의 기본 원천을 이룬다. 구비문학에서 설화와 경험담의 공존은 자연스러우며 또 필요하다. 문학 갈래로 치면 서사적 담화와 교술적 담화의 공존이라 할 수 있다. 그것은 서로 다른 방식으로 인간과 삶을 담아내는 가운데 특유의 문학적 의의를 발현한다. 설화와 경험담이 함께 잘 살아날 때 이야기 문화가 본연의 힘을 낼 수 있다.

—

경험담의 다양한 양상과 묘미

—

경험담의 소재와 원천은 무궁무진하다. 세상 모든 사람의 무수한 경험이 두루 이야기로 수렴될 수 있다. 나날의 삶 속에서 경험하는 일들을 그때그때 이야기로 옮길 수 있으며, 과거의 살아온 사연들을 반추해서 이야기로 풀어낼 수도 있다.

경험담은 그 내용을 기준으로 하여, 일상 속에서 누구라도 겪을 만한 일반적 경험을 전하는 '일상 경험담'과 좀처럼 사실로 믿기 힘든 기이한 내용을 전하는 '신이 체험담'으로 구분할 수 있다. 더 기초적이고 보편적인 것은 일상 경험담이지만 특별한 관심과 흥미를 일으키는 쪽은 신이 체험담이다. 귀신이나 도깨비를 본 이야기, 죽었다 살아난 이야기 같은 것이 그 사례가 된다.

경험담은 본래 사적이고 개인적인 것이지만, 사람들이 함께 겪은 사회적·역사적 경험을 전하는 경우도 있다. 이런 이야기를 '역사 경험담'이라 할 수 있다. 한국전쟁 체험이나 민주화운동 체험 등을 전하는 이야기를 그 예로 들 수 있다. 이런 경험담은 사람들의 넓은 관심 속에 소통되며 사료로서도 일정한 가치를 지닌다. 최근 구술사 분야에서 이에 대한 관심이 커지고 있다.

경험담은 한두 가지 특별한 사건을 에피소드 형태로 전할 수도 있지만, 일련의 살아온 사연을 쭉 이어서 구연할 수도 있다. 삶을 전반적으로 반추하여 전하는 성격을 지니는 이런 경험담을 보통 '생애담'이라고 일컫는다. 기록문학으로 치면 '회고록' 성격을 지니는 이야기가 된다.

경험담은 누가 겪은 일인가에 따라서도 종류를 나눌 수 있다. 직접 겪은 일을 전하는 것이 경험담의 본령이지만, 다른 사람이 겪은 일을 전하는 이야기도 가능하다. 이를 각기 직접 체험담과 간접 체험담, 또는 1차적 경험담과 2차적 경험담으로 명명할 수 있다. 2차적 경험담은 사실에 대한 충실성이 약한 편이지만, 보편적 흥미 요소를 갖춘 경우가 많다.

여러 경험담 가운데 대전에서 만난 한 할머니의 이야기를 먼저 소개한다. 민담을 포함한 많은 이야기를 전해준 분인데, 성함이 '신씨'이다. 전쟁통에 호구조사를 할 때 올케가 자기 이름을 기억 못하고 '신씨'라고 알려주는 바람에 그게 호적에 올라가서 진짜 이름이 되어버렸다고 한다. 이름 바뀐 사연 자체가 하나의 특별한 경험담이 된 상황이다. 이 화자는 도깨비와 귀신, 호랑이에 얽힌 이야기를 많이 구연했는데, 직접 만난 적도 있다고 한다. 산에 들어가 기도할 때 호랑이가 자기를 지켜줬으며, 도깨비 터에 이사해서 살면서 다양한 도깨비장난을 경험했다고 한다. 그리고 어느 날 밤에 '꺼먹살이 귀신'을 만났다고 한다.

할머니 나이 마흔 남짓 때의 일이었다. 어느 날 저녁에 산 너머 동네에 있는 방앗간에서 방아를 찧어서 보리쌀 서 말을 이고 오게 되었는데, 때가 늦어서 자정이 넘은 뒤였다고 한다. 집에 오려면 논두렁과 밭을 지나 산모롱이를 지나야 했다. 문제의 물체가 나타난 것은 그때였다.

딱 건너서서 산모롱이를 거잡는데, 수풀이 요롷게 있는데 수풀에서 메새카먼 게 강아지 겉은 게 쏙 나와. 어, 달두 읎구 캄캄허죠. 그냥 별만 초랑초랑. 쏙 나오드니 가지두 않구 오지두 않구 거기 서가지구 옆으루 왔다갔다 왔다갔다 왔다갔다 허구 있어.

이제 왔어. 저기만차 걸어오셔.

"뭐야? 물러서! 뭐야? 이거 뭐야?"

"나는 꺼먹살이다, 나는 꺼먹살이다, 나는 꺼먹살이다."

꺼먹살이래. (조사자: 꺼먹살이요?) 어, 꺼먹살이가 뭔가.

"나는 꺼먹살이다, 나는 꺼먹살이다." 요래.

저리두 이리두 안 오구 옆으로 요롷게 요롷게 요롷게 요롷게.

"나는 꺼먹살이다, 나는 꺼먹살이다."

요리 갔다, 요리 갔다, 요리 갔다. 길을 막구 그래요. 길은 좁은데. 거 가야 허는데. (신씨 구연, 〈꺼먹살이 귀신〉, 신동흔 외,《도시전승 설화자료 집성 7》)

이렇게 나타난 꺼먹살이 귀신은 할머니가 소리를 치면서 쫓아내는데도 사라지지 않고 계속 따라왔다고 한다. 할머니가 징검다리로 냇물을 건너고 나서야 더 이상 따라오지 못하고 떨어졌다고 한다.

여기서 꺼먹살이는 '어둑서니'에 해당하는 존재로 여겨진다. 밤에 아무것도 없는데 뭐가 있는 것처럼 보이는 헛것을 어둑서니라고 한다. 하지만 '헛것'이라는 건 겪지 않은 사람의 말일 따름이다. 위 화자는 그 모습을 똑똑하게 기억해서 생생하게 묘사하고 있다. 이야기 끝에 덧붙인 내용에 따르면, 꺼먹살이는 키가 세 살 먹은 아이만 한데, 똥그란 게 손도 발도 다 있고 서서 걸어 다녔다고 한다. 그렇게 움직이면서 "나는 꺼먹살이다, 꺼먹살이다." 하고 말했다니 신기한 일이다. 선뜻 믿기 어렵지만 워낙 내용이 생생해서 믿지 않기도 어렵다. 이야기를 듣다보면 '정말 저런 귀신이 세상에 있는 걸까?' 하는 의문을 갖게 된다. 이처럼 일상화된 인식에 하나의 파문을 던지는 것이 이런 이야기가 갖는 중요한 미적 효과라 할 수 있다. 신이하고 특별한 경험담을 많이 들으면 그만큼 인식이 유연해지고 넓어진다고 할 수 있다.

다음으로 볼 이야기는 시집살이 체험담이다. 생애담 성격을 지니는 이야기로, 전남 담양의 서경님 할머니가 들려준 사연이다.

시집을 와서 보니 여섯 살과 세 살 먹은 시동생이 있었다. 남편이 스무 날 만에 군대를 가는 바람에 머슴처럼 일하며 살았다. 세 살배기 시동생 똥을 치우며 업어서 키웠다. 베를 짜서 옷을 해 입혀서 키우고 학교를 보내고 장가를 보냈다. 아기를 낳아서 직접 수발하고 피 빨래까지 다 한 일을 생각하면 징그럽다. 영감이 군인 가고 없을 때 부뚜막에서 혼자 밥을 긁어먹던 일을 생각하면 지금도 눈물이 난다.

영감이 6년 만에 제대한 뒤 첫 딸을 낳았는데, 그 아이가 지금은 보배다. 그 아이가 태어났을 때 기저귀에 피가 보이더니 젖을 먹으면 자지러지게 울었다. 살펴보니까 가슴에 멍울이 있었다. 점쟁이한테 물어보니 임신 중에 시아버지가 두더지 잡을 적에 호미를 가져다준 데 따른 동티라 했다. 정성을 다해 빌어서 아이를 겨우 살려냈다.

남편이 군인 간 사이에 머슴처럼 일을 했다. 시아버지가 엄해서 아기 젖을 주는 것마저도 그냥 놔두지 않고 호통을 쳤다. 거처하는 방 윗목에 나락을 쌓아놓았었는데, 아이를 혼자 놔두고 일하는 사이에 아이가 가마니 틈새에 끼어서 발이 다 벗겨져 울고 있었다.

집에 양식이 있었는데도 장리(長利)를 주어 불리느라 먹지 못하고 배를 곯고 살았다. 하루는 조기를 구워 먹는데 자기들끼리 다 먹고서 남은 대가리를 혹시라도 먹을세라 덮어놓는 처사에 너무나 서러웠다. 하도 힘이 들어서 아이 데리고 친정에도 가고, 물에 빠져 죽으려고 새벽에 저수지에 올라가기도 했는데 들어가지는 못했다.

시어머니가 겉으로는 조신했지만 실제로는 무척이나 까다로웠다. 차멸미가 심해서 집에서만 지내다 아흔셋에 세상을 떠났다. 그 시어머니를 51년 동안 모셨다. 시어머니는 평생 머리를 감지 못했다. 쪽진 채로 마른 빗질만 했다. 머리를 감는 상상만 해도 헛구역질을 해서 약을 먹어야 했다.

화자는 시집와서 겪은 사연들을 위와 같이 풀어냈다. 기억에 맺혀 있는

일들을 생각나는 대로 구술한 것인데, 서러운 사연들이 주종을 이룬다. 머슴처럼 죽도록 일한 것이나 시아버지 서슬에 아이를 제대로 돌보지 못한 것, 음식 차별을 받은 것 등이 가슴 아픈 기억으로 남아 있다. 화자는 이야기를 구연하면서 사이사이 눈물을 보였거니와, 듣는 사람도 숙연해질 수밖에 없었다. 여성의 삶이 얼마나 고되고 한스러운 것인지를 실감하게 되는 장면이었다.

이야기 사연 가운데는 놀랍고 특이한 내용도 포함되어 있다. 두더지를 잡을 때 호미를 내준 탓에 아기가 가슴에 멍울을 가지고 태어났다는 것은 꽤나 경이롭다. 시어머니가 머리 감는 일을 상상만 해도 멀미를 했다는 것은 아주 독특해서 흥미를 일으킨다. 수십 년 동안 머리를 안 감고 빗질만 하며 살았다니 〈세상에 이런 일이〉에 나올 만한 일이다. 인생사가 참 다양하기도 하다는 사실을 새삼 되새기게 된다. 경험담은 이렇게 우리로 하여금 자연스럽게 인간과 삶에 대한 인식을 확장시켜준다.

위 이야기는 설화와 달리 앞뒤가 꼭 들어맞는 스토리 구조를 갖추고 있지 않다. 여러 사연이 두서없이 연결된 듯한 느낌이다. 이러한 구성상의 느슨함은 생애담의 일반적 특성이 된다. 하지만 이런 이야기에도 일정한 구성상의 원리 내지 질서가 있음을 유의할 필요가 있다. 시련의 반복을 통해 삶을 의미화하는 것(김정경, 2008)이나 핵심적인 사연을 축으로 삼는 가운데 보조적 사연들이 배치되는 것(김예선, 2009) 등이 그것이다. 위 화자의 경우 '먹는 데서 차별당한 서러움'을 핵심 기억으로 삼는 가운데 과거를 되살려내고 의미 맥락을 잡아나가는 경우였다. 그 대목을 구체적으로 보면 다음과 같다.

옛날에는 불 때서 밥해 먹고, 여 헛, 부수막이고 그려, 지금 같은 세상이 아니고. 근디, 밥 딱 담아서 내가 다 밥혀서 상 놔서 반찬해서 딱 놔두면, 나와서 밥 채리갖고 담아서 깟고 들어가불고 나만, 그그다 하나 놔두면 고놈 부수막 앞에서 고놈 조렇게 긁어 묵고. (중략)

그 조구 대그박(머리)을, 그 조구 대그박을 나 빨아 먹을, 빨아 무라 허면 얼매나 좋겠는가. 그 잡아 죽일 놈의 대그, 대그박을 시방은, 시방은 아무도 안 묵건디 다. 요놈의 대그박을 사랑에를 갖고 가서 여그다 덮을라나 여그다 덮을라나, (중략) 고것을 며느리나 빨아 묵어부러라 그러제 고것을 기양 여다 덮을까 여그다 덮을까 고리고 댕겨. (서경님 구연, 〈돌아보면 눈물 나는 머슴처럼 산 세월〉, 신동흔 외,《시집살이 이야기 집성 4》)

시댁 식구 밥상을 차려서 방 안에 들여놓고는 혼자 부뚜막에서 남은 밥을 긁어 먹는 서러움이 평생 못 잊을 아픔으로 남았다. 조기를 먹고 남은 머리조차 며느리한테 주지 않고 따로 챙겨두는 그 매정함이 원망스러워서 몇십 년 지난 뒤까지 눈물을 자아내고 있다. 어찌 보면 사소한 일일지 모르지만, 상대편은 벌써 까맣게 잊어버렸겠지만, 이런 장면들이 기억에 뚜렷이 각인되어 지나온 삶의 색깔을 결정짓기 마련이다. 그것은 삶의 경험이 기억되고 의미화되는 두드러진 방식이 된다. 성공과 행복의 경험, 좌절과 설움의 경험 가운데 어느 쪽이 부각되는가에 따라 경험담의 성격이 완연히 달라지게 된다.

삶의 희로애락과 우여곡절 가운데 특별히 어떤 부분을 마음에 담아두며 그것을 어떻게 풀어내는가는 저마다 초점과 방향에 차이가 있다. 중요한 사실은 그렇게 삶을 기억해서 구성하고 표현하는 과정 자체가 스스로의 삶을 의미화하는 주체적이고 적극적인 과정이라는 점이다. 이렇게 기억하고 또 이야기함으로써 삶은 비로소 삶이 되는 것이라 할 수 있다.

기구한 전쟁 체험담이 전하는 인생사 애환

앞서 사회적·역사적 체험을 풀어낸 역사 경험담이 경험담의 한 축을 이룬다고 했다. 한국 근현대사에서 역사 경험담을 산출해온 주요 사건으로는 일제 말 대동아전쟁과 종군위안부, 제주 4·3사건, 6·25전쟁, 월남전쟁, 5·18민주화운동 등을 들 수 있다. 이 가운데 광범위하고 강렬한 기억을 남긴 사건으로 6·25전쟁을 꼽을 만하다. 전 국토를 휩쓴 그 참혹한 전쟁에서 자유로울 수 있는 사람은 거의 없었다. 당시 한반도에 있었던 모든 사람이 당사자로서 전쟁에 얽힌 기억을 간직하고 있다. 그 체험담 속에는 극한 상황에서 드러난 인간의 밑바탕 모습이 생생하게 담겨 있다.

여기 6·25전쟁에 얽힌 하나의 기구한 사연이 있다. 일부러 지으려 해도 안 될 것 같은, 꾸민 이야기보다 더 기막힌 사연이다. 청주의 이야기꾼인 박철규 화자가 2차적 경험담 형태로 구연한 이야기이다.

전쟁 때의 일이다. 청원군 강내면에 사는 사람 하나가 군대에 갔는데 집에 실종 통지서가 왔다. 당시 실종 통지서는 사실상 사망 통지서와 같았다. 집에 있던 어머니와 아내로서는 날벼락 같은 소식이었다. 그때 아내는 시집와서 아기도 없던 새파란 청춘이었다. 그 자신 과부로 힘든 세월을 살아온 시어머니는 며느리를 불쌍히 여겨 이웃 동네에 사는 홀아비한테 재가시키기로 마음먹었다. 며느리한테 뜻을 비쳤더니, 며느리는 울면서 시집을 안 가겠다고 했다. 하지만 시어머니는 그렇게 수절해봐야 자기 꼴 난다며 재가를 설득했다. 며느리는 거듭 안 하겠다고 했지만, 시어머니가 거듭 설득하고 주변에서도 부추기자 결국 마음이 돌아섰다. 며느리를 시집보내고 나니 시어머니는 할 일을 한 것 같아서 속이 시원했다.

그렇게 여자가 재가해서 살고 있는데 뜻밖의 상황이 벌어졌다. 어느 날 죽은 줄 알았던 사내가 멀쩡히 살아서 휴가라고 집을 찾아온 것이었다. 포로가 되었다가 도망쳐 다른 부대로 들어갔는데 그 사실이 집에 알려지지 않았던 것이었다. 아들을 다시 만난 어머니는 눈물의 재회를 했지만, 그 아내를 재가시킨 것이 큰일이었다. 아들이 아내를 만나러 처가에 가겠다고 하자 어머니는 그사이에 벌어진 일을 털어놓았다. 아내가 재가했다는 그 남자는 자기도 아는 사람이었다. 정말로 기가 막힌 일이었다. 누워 있어도 잠이 오지 않았다.

그때 사내한테는 휴가 중에 가지고 나온 소총이 있었다. 사내는 밤중에 총을 멘 채로 집에서 나와 아내가 시집갔다는 그 집을 찾아갔다. 그 집에 도착해보니 온 집에 불이 환하게 켜 있고 시끌벅적했다. 사내가 마당의 짚동가리에 숨어서 무슨 일인가 살펴보니 점쟁이를 불러서 독경을 하는 중이었다. 여자의 새남편이 병이 들어서 굿을 했는데, 점괘가 나오길 군대에서 죽은 전남편의 혼이 붙어서라고 했다. 지금 막 그 귀신을 어떻게 다스려야 할지 판정하는 중이었다.

문을 열어놓고 경을 읽는데 그날 저녁이 귀신 잡는 판결이 나는 겨. 판결이 나는데 점쟁이 신장을 잡는데 그 귀신을 달래서 보내느냐, 이걸 잡아가주 이 혼두 안 남게 잡아 가두느냐, 이 판결을 하는 겨. 그래 이렇게 인제 대신장(신장대)을 잡는디, 근데 자기 마누라지 그게. 그 그때는 그 사람 마누라지. 그 마누라가 그 앞에 앉아서 무릎을 꿇고 우는 거여. 왜? 죽은 자기 냄편을 말이여, 잡어 가두지는 말라 이기여.

"좋은 데루, 천당으루 보내, 극락세계루 보내주라"고 여자는 그라는 거.

"제발 우리 남편, 죽은 남편, 죽은 것도 불쌍한데 왜 잡어 가두느냐?" 이

기여.

"그렇게 좋은 데로 보내주라"고 애원을 하는 겨. (박철규 구연, 〈재가한 아내
와 전쟁에서 살아 온 남편〉, 신동흔, 《국어시간에 설화읽기 2》)

숨어 있는 남편이 생각하니 가슴이 미어지는 일이었다. 하지만 아내의
애원과 상관없이 굿에서 난 판정은 남편의 혼을 잡아 묶어야 한다는 쪽이
었다. 신장 잡는 사람이 혼을 잡으려고 마당으로 나오더니, 하필이면 본남
편이 숨어 있는 쪽으로 다가왔다.

아 이 신장 잡는 놈이 이걸 잡으러 간다고 쫓아 나오더니, 그거 이상한 거
지. 아, 이놈으 신장을 가지구서는 그 사람 섰는 짚동가릴 푹 찔르는 겨. 그
기가 맥힌 일 아녀? 아, 그라니께 이놈이 총을 세우고 있다 방아쇠를 땡겨
부렸네. '빵' 하드니 막 총이 터지니께 신장 가지고 와 때린 놈이 뒤로 벌
렁 자빠져 기함을 하지. 그 누구든지 자빠져요. (청자: 그럼, 자빠지고말고.)
그래 이 사람이 탁 튀어나가니깐…… 그땐 튀어나갈 거 아냐? 아무래도
사람이니께? 안에 들어와 인제 경 읽던 놈이고 어떤 놈이고 다 새파랗게
죽었어. 아, 그눔이 총을 들고 오는데 어떤 놈이 살어? 그 마누라도 옆에
가 앉았는데 쳐다보드니 그냥 새파래져 죽어. 인젠 죽었어. 아픈 사람두
말이여, 그 아픈 게 어드루 삼십육계 달아나버렸어.

이어지는 상황. 엉겁결에 총을 쏜 사내는 자기가 귀신이 아니라며 사람
들을 진정시키고는 방 안으로 들어간다. 그리고 새남편, 아내와 함께 마주
앉는다. 그리고 사내는 말한다. 이것은 아내의 잘못도 아니고 누구의 잘
못도 아니라고. 죽은 줄 알았던 자기가 살아 온 게 잘못이라고. 그러자 새

남편이 말한다. 자기가 죄인이라고. 여자를 다시 데리고 가달라고. 그러자 본남편이 말한다. 이렇게 된 일을 어쩌겠느냐고. 그냥 둘이서 그대로 살라고. 그때 여자가 나서서 이렇게 말한다.

이 여자가, "오늘 저녁에 당신이 만약에 나 안 데려가면 나는 이 세상에 오늘 저녁에 끝이다." 이거여.
"내가 죄는 죽을죄를 졌지만은 인저 나는 죽어두 당신 집에 죽는다." 이거여. 옷자락을 붙들고 안 놓는 겨.
"나 데려가라"구, "안 데리구 갈라면 죽이구 가라." 이거여.

그러자 동네 사람들이 다 나서서 본남편한테 말한다. 여자를 데려가는 게 맞는 일이라고. 내일모레 따질 것 없이 그냥 지금 데리고 가라고. 결국 그 사내는 아내를 데리고 집으로 돌아온다.

그 데리구 와서 자기 어머니한테 와서 자기 어머니, 자기 부인, 자기, 셋이 끌어안구 실컷 울었어.

이야기는 이렇게 끝이 난다. "그게 우리 대한민국 국민의 큰 비극"이라는 화자의 논평과 함께. 그야말로 한 편의 드라마 같은 사연이다. 일부러 꾸미려고 해도 꾸밀 수 없는 기막힌 사연이다. 실제로 벌어진 일이라 하니 놀라울 따름이다. 하기야, 그 전쟁의 와중에 어떤 일인들 없었을까.

이 소설 같은 기구한 사연에서 우리의 눈길을 잡아끄는 것은 사람들의 마음씀씀이다. 혼자된 며느리를 불쌍히 여겨서 재가시키려는 시어머니와 시집을 안 가겠다고 버티는 며느리, 여자를 본남편한테 보내려는 사내와 그냥 그 집에 살라고 말하는 사내까지, 그야말로 '사람'의 냄새가 짙게 묻어나는 풍경이다. 자기를 데려가지 않으면 죽어버리겠다며 매달리는 아내의 모습에서는 콧날이 시큰해지게 된다.

이것이 경험담이 전하는 인간과 삶의 모습이다. 전쟁이라는 상황 속에서도 인간적인 도리를 지키려는 모습은 슬프면서도 감동적이다. 인간이라는 존재가 전하는 페이소스가 그 속에 생생히 살아 있다. 그렇다. 거대한 세계의 힘 앞에 인간은 나약한 존재이지만, 그 벽에 부딪쳐서 그것을 허물어뜨릴 수 있는 존재이기도 하다. 인간의 심연을 담은 이러한 경험담이 갖는 문학적 가치는 지대한 것이라 할 수 있다.

—

경험을 갈무리하라, 그리고 이야기하라

—

세상에는 두 종류의 사람이 있다. 살아가면서 겪는 일들을 그냥 지나치는 사람과 적극적으로 이야기하는 사람. 이야기를 많이 하는 사람은 수다쟁이로 치부되기도 하고, 뭔가 부담스럽다는 반응에 맞닥뜨리기도 한다. 하지만 경험하고 상상하는 수많은 일들은 이야기로 풀어내는 것이 답이라 할 수 있다. 우리의 경험이나 생각은 이야기로 구성하여 표출될 때 생명력과 의미를 갖게 된다. 이야기로 말해지지 않은 경험이란 그 자체가 불투명하며 어찌 보면 무의미한 것이라고까지 말할 수 있다.

관건은 경험을 제대로 잘 갈무리해서 말하는 일이다. 경험 가운데 특별하고 빛나는 요소를 잘 짚어내서 재미있고 생생하게 전할 때 그 경험은 자기 자신과 상대방에게 가치 있는 것으로 살아나게 된다. 경험적 사실에 충실하면서도 스토리적인 맥락을 잘 갖추어 풀어내면 그 문학적 가치가 더 잘 살아난다고 할 수 있다. 앞에 제시한 박철규 화자의 이야기는 그 좋은 사례가 된다. 자기 경험을, 나아가 타인의 경험을 이렇게 빛나게 전하는 이들은 세상을 주인공으로 살아가는 사람이라 할 수 있다.

한 가지 유의할 바는 경험을 이야기로 옮김에 있어 자의식의 절제가 필요하다는 점이다. 사람들은 자기 이야기를 할 때 은연중 인정욕구가 발동해서 내용을 미화하거나 과장하는 경향이 있다. 그것은 자칫 '왜곡'이 될 수 있다. 자서전이나 회고록이 빠지기 쉬운 함정이기도 하다. 일정한 대상적 거리를 두면서 경험을 반추하고 서사화할 때 그 경험은 신뢰와 존중 속에 공유할 만한 것이 된다. 이야기하자, 상상과 경험을. 이야기답게!

– 신동흔

참고 문헌

김예선, 〈'살아온 이야기'의 담화 전략 – 삶의 구조화를 중심으로〉, 《한국고전연구》 19, 한국고전연구학회, 2009.

김정경, 〈여성 생애담의 서사 구조와 의미화 방식 연구〉, 《고전여성문학연구》 17, 한국고전여성문학회, 2008.

김종군, 〈전쟁 체험의 재구성 방식과 구술 치유 문제〉, 《통일인문학》 56, 건국대학교 인문과학연구소, 2013.

신동흔, 〈경험담의 문학적 성격에 대한 고찰 – 현지조사 자료를 중심으로〉, 《구비문학연구》 4, 한국구비문학회, 1997.

신동흔, 〈시집살이담의 담화적 특성과 의의 – '가슴 저린 기억'에서 만나는 문학과 역사〉, 《구비문학연구》 32, 한국구비문학회, 2011.

신동흔, 〈역사 경험담의 존재 양상과 문학적 특성 – 6·25 체험담을 중심으로〉, 《국문학연구》 23, 국문학회, 2011.

신동흔, 《국어시간에 설화읽기 2》, 휴머니스트, 2016.

一二三四五六七八九十
입시 지옥인 학교, 괴담을 만들다

괴담의 장소, 왜 학교인가?

—

한국의 전통적인 무서운 이야기는 소의 간을 빼어 먹으며 가족과 한 마을을 몰살시키는 여우누이나 소복을 입은 채 검은 머리를 풀어헤친 손각시, 장가들 나이에 장가도 못 가고 한이 맺혀 죽은 몽달귀신 등이 늘 주인공이었다. 영상시대로 접어들어 한국 공포영화의 포문을 열었던 〈월하의 공동묘지〉(1967)나 시청자들을 이불 속으로 몰아넣었던 텔레비전 호러물인 〈전설의 고향〉(1977~1989)에서도 이러한 양상은 크게 변하지 않았다. 구미호나 저승사자처럼 공포감을 불러일으키는 캐릭터뿐만 아니라 공동묘지, 깊은 산속의 폐가처럼 공포감을 조장하는 장소들도 전통적인 공포 서사에서 크게 벗어나지 않았다. 적어도 〈여고괴담〉(1998)이라는 영화가 등장하기 전까지는 말이다.

영화의 모티프들이 일본 쪽의 괴기문화를 수용해서 만들어졌다는 지적도 있지만, 이 영화와 후속 시리즈들은 두 가지 측면에서 중요한 의의를 지닌다. 첫째, 이 영화는 등장인물이나 장소, 주제 의식 등에서 기존의 무서운 이야기의 전통에서 벗어나 학교 공동체를 새롭게 공포의 무대로 끌어들였다. 둘째, 학생들 사이에서 면면이 전승되고 있던 학교를 배경으로 한 괴기스러운 이야기, 즉 '학교괴담'이라는 이야기군을 영화라는 대중적인 매체를 통해 일반 대중에게 강렬하게 각인시켰다. 이를 통해 학창 시절로 명명되면서 수많은 미담을 만들어냈던 추억의 장소인 학교가 본격적으로 괴담을 양산해내는 장소로 탈바꿈했다.

그런데 괴담이 만들어지는 장소가 왜 학교일까? 일본 괴담인 〈입 찢어진 여자〉의 변이형으로 볼 수 있는 한국의 괴담인 〈빨간 마스크〉의 경우 초등학생들 사이에서 상당히 유행했다. 입이 찢어져 그 피에 물든 빨간 마스크를 쓴 여자가 학교 밖에서 학생들에게 질문을 던져서 제대로 답하지 못할 경우 입을 찢는다는 엽기적인 내용의 이야기이다. 이 이야기는 주로 초등학교 밖을 공간적 배경으로 하지만, 대부분의 학교괴담들은 초등학생부터 대학생에 이르기까지 학교를 주요 무대로 하고 있다. 서양으로부터 근대식 교육제도를 도입하면서부터 건립되기 시작한 학교라는 공간은 규모에서부터 교육체계에 이르기까지 전통사회의 서당과는 판이하게 달랐다. 특히 고등학교는 친구들과의 학업성취도가 비교되고 대학입시를 위한 경쟁이 심화되면서 학생들이 자아실현을 위해 학습하거나 친구들과 우정을 쌓을 수 있는 공간이 될 수 없었다. 친구를 이기지 않으면 내가 뒤처지게 되는 혹독한 현실 속에서 학생들의 욕구 분출 방식의 하나로서 학교괴담은 활용되고 있는 것이다.

학교괴담의 전승 양상

학교괴담은 초등학생, 중·고등학생, 대학생에 따라 다른 양상을 띠는데, 이는 향유층의 나이대별로 또래집단이 느끼는 괴담에 대한 공감대가 다르기 때문이다. 초등학생들 사이에서 유행하는 괴담은 비교적 이야기의 길이가 짧고 공포감을 고조시키기 위한 장치 또한 단순하다. 화장실에서 여러 색깔의 종이를 내미는 귀신 이야기나 움직이는 동상에 대한 이야기 등이 대표적이며, 구체적인 서사구조를 갖추지 않은 채 현재 학교의 부지가 원래는 공동묘지였다는 단편적인 언급만으로도 괴담의 자격을 획득하기도 한다.

　대학생들은 이미 성인이 되었고 대학입시에 대한 중압감에서도 어느 정도 자유로운 위치에 있기 때문에 중·고등학생들이 향유하는 이야기와는 다른 형태의 괴담들을 만들어낸다. 일부 예비역 복학생들이 주축이 되어 전파하는 군대 괴담이나 학교 근처의 여학생 자취방에 몰래 기숙하는 노숙자와 관련된 괴담 등을 제외하면 대학생들의 괴담들 또한 공간적으로 학교라는 울타리를 크게 벗어나지 않는다. 그러나 괴담들의 구체적인 양상을 살펴보면 초등학생이나 고등학생의 그것과는 달리 주로 경험담에 기초하여 과장하거나 허구를 가미한 이야기가 많으며, 특정한 사건을 중심으로 괴담이 만들어지는 특징을 보여준다. 실험실의 의문사, 강의실에 나타나는 귀신, 호수에 빠져 죽은 귀신, 기숙사 소동, 동아리방의 이상한 일 등이 대표적이다.

　그런데 요즘에는 이러한 학교괴담들이 실제 이야기판에서 구연되기보다는 온라인을 통해 전파되는 경향이 짙다. 이는 비단 대학생들 사이의 학교괴담뿐만 아니라 다른 연령대의 학교괴담도 동일한 현상이다. 게다가 '괴담'이라는 용어가 '메르스 괴담', '세월호 괴담' 등에서 볼 수 있듯이 학교보다는 사회적 이슈와 결부되어 온라인을 통해 급속히 전파되는 양상을 보이고 있다.

지금까지 초등학생과 대학생들 사이에 유행하는 괴담의 양상을 살펴봤는데, 한국의 학교괴담의 진수는 역시 고등학생들이 만들어내는 괴담이 아닐까 싶다. 야간 자율학습까지 포함하면 하루 중 대부분의 시간을 친구들과 학교에서 생활하기 때문에 학교라는 공간은 다른 어떤 연령대보다 이들에게 특수성을 지닌다. 이들의 문화는 교육 경쟁구조에 큰 영향을 받고 있고, 특히 또래집단 문화를 그 특징으로 하며, 이들의 문화 또한 대중매체의 영향 아래 대중문화적 성격을 강하게 띠고 있으며, 기성세대나 사회구조에서 벗어나려는 저항의 성격을 띠고 있다고 한다. 그렇기 때문에 이들이 만들어내는 괴담은 학교 공동체의 성격을 강하게 반영할 수밖에 없고, 다른 연령대의 괴담과 달리 성적이나 대학입시의 문제에 집중하는 경향성을 띤다. 그리고 고등학생들이 이야기하는 괴담의 내용은 대학생들의 그것과 달리 경험담이나 사실에 근거를 두기보다는 허구성이 더 강조되고 있다.

—

성적과 우정 사이, 불안한 미래에 대한 주술

—

고등학생들을 중심으로 전해지는 괴담은 꽤 다양하다. 해당 수업 시간 외에 학생들이 잘 가지 않는 음악실, 미술실, 체육관 등의 공간과 밤이라는 시간대를 이야기 속에 함께 녹여 공포감을 극대화하는 괴담들이 한 부류를 이룬다. 특정한 시간대가 되면 음악실에서 피아노 소리가 들린다거나 미술실의 석고 조각상의 눈동자가 움직이고, 성적을 비관해 체육관에서 자살한 선배 귀신의 울음소리가 들린다는 식이다. 이러한 괴담들은 유사한 서사구조 위에 각 학교의 개별적 특수성을 더해 다양한 이야기를 만들어내는데, 동일한 공간에서 계속 생활해야만 하는 학생들에게는 일상적인 공포심을 갖게 한다. 이 외에도 특히 여학교를 중심으로 현재도 전국적으로 광범위하게 전승되고 있는, 일명 '바바리맨'으로 불리는 노출증 환자에 관한 괴담들도 존재한다. 이 중에 여기에서는 전국적으로 가장 강력한 전승력을 보여주고 있는, 설화로 말하자면 광포설화(廣布說話)에 해당되는 대표적인 두 괴담을 집중적으로 살펴보자.

〈콩콩귀신〉은 '통통귀신', '콩콩콩귀신' 등으로 불리는데, 여기서는 전승자들이 가장 많이 부르기도 하고 실제 이야기 속에서 표현되는 의성어를 따라 '콩콩귀신'으로 명하기로 한다. 〈콩콩귀신〉은 학교괴담 중에 가장 유명한 이야기로 손꼽히는데, 이야기는 항상 전교 2등만 하는 학생의 내적갈등에서 시작된다. 어느 학교에 전교 1, 2등을 다투는 학생 둘이 있었다. 매번 2등만 하는 학생은 온갖 노력을 해도 1등을 못하자 좌절감에 빠진다. 그러던 어느 날 1등을 하는 학생이 옥상에서 혼자 쉬고 있는 것을 보고, 2등을 하는 학생이 저 아이만 없으면 1등을 할 수 있겠다는 생각에 1등 학생을 옥상에서 밀어버린다. 1등을 하던 학생은 머리가 땅에 부딪쳐 죽고 만다. 그 후 2등을 했던 학생은 당연히 늘 시험에서 1등을 하게 된다. 그러던 어느 날 밤늦게까지 학교에 남아 공부를 하고 있던 그 학생에게 복도 끝의 교실에서부터 드르륵 문 여는 소리와 함께 "콩콩콩, 어? 없네!", "콩콩콩, 어? 없네!" 하는 소리가 들려왔다. 그 소리는 점점 자신이 있는 교실에 가까워졌다. 갑자기 무서운 생각이 든 학생은 책상 밑으로 숨었다.

얼마 후 교실 문이 열리더니 "콩콩콩, 여기 있네!" 하며 거꾸로 머리를 땅에 찧으면서 죽은 그 친구가 달려들었다.

〈콩콩귀신〉은 입시 지옥이라고 불리는 고등학교 생활 속에서 성적 지향주의에 내몰린 학생이 성적에 대한 스트레스를 살인이라는 극단적인 방식으로 해소하고 있는 이야기이다. 죽임을 당한 친구가 옥상에서 떨어질 때의 그 형상으로 머리를 찧으면서 자신을 죽인 친구를 찾는다거나 문여는 소리와 함께 '콩콩콩'이라는 의성어가 멀리서 점점 가까워진다는 설정은, 죄를 지은 주인공의 입장에서 보면 엄청난 공포감을 느낄 수밖에 없는 것이다.

그런데 죽은 친구의 이러한 행동이 복수심에 기인한 것이 아니라 우정을 확인하기 위한 것이라는 해석이 있어 흥미롭다. 이 유형의 다른 이야기 중에, 죽은 학생이 나타나 '우리의 우정은 변함이 없다'는 것을 확인하는 결말의 각편이 있다는 것이다. 게다가 학교괴담들은 주로 중위권 성적의 학생들에 의해 향유되는데, 상위권 집단의 경우는 성적을 중시하기 때문에 우정을 설명할 필요가 없지만, 중위권 집단의 경우에는 성적과 우정에 대한 고민을 간단히 설명하기 어렵다는 것이다. 결국 이 괴담이 해원(解寃)을 추구하는 해결 방식보다는 학생들 사이의 우정을 강조하고 있는 의도는, 문제의식이 단순하게 성적 지향에서 발생한 것이 아님을 알려주는 것이라는 해석이다.

또한 이 이야기에서 죽은 학생이 머리를 땅에 찧으며 거꾸로 움직이는 것을 통해, 그 죽음이 사회적인 반항 의식과 맞닿아 있다는 것을 보여주는 것이라는 해석도 있다. 즉 죽은 학생이 자신을 왜 죽였는지 추궁하는 것이 아니라, 자신들의 우정을 확인하러 나타났다는 것이다. 과연 그럴까? 이 문제에 대해서는 다음 장에서 자세히 다루기로 한다.

〈분신사바〉는 한때 고등학생들 사이에 선풍적인 인기를 끌었던 귀신을 불러 자신의 미래를 예언하는 놀이다. 점을 치기 위해 죽은 이의 영혼을 불러오는 주술적 행위인 강령술(降靈術)의 일종인 셈이다. 이 〈분신사바〉의 모티프도 영화화되어 상당한 이슈가 된 만큼, 고등학생들 사이에 상당한 인지도를 지닌 학교괴담이라 할 수 있다. 〈분신사바〉의 놀이 방법은 간단하다. 친구끼리 마주 앉은 다음 빈 종이를 둘 사이에 놓는다. 그리고 두 사람이 손을 맞잡고 그 사이에 볼펜을 끼운 상태에서 특정 주문을 외우면 귀신을 불러오게 되는데, 그 귀신은 볼펜을 맞잡은 사람의 질문에 대해 볼펜을 움직여 답을 준다는 것이다.

언뜻 보면 〈분신사바〉는 주술적 행위를 바탕으로 한 단순한 놀이인데, 과연 괴담이라고 할 수 있을지 의문이 든다. 그러나 중요한 것은 학생들 사이에서 주술의 결과에 대해 반신반의하면서도 과장되거나 왜곡되어 끊임없이 재생산된다는 점이다. 그리고 전승되는 괴담을 수용하는 학생들도 호기심에서 이 놀이를 직접 수행한다. 그 과정에서 〈분신사바〉는 단순한 주술적인 놀이에 그치지 않고 다양한 스토리를 만들어낸다. 〈콩콩귀신〉이 어느 정도 전형성을 지니고 부분적으로 변이를 보이는 반면, 〈분신사바〉의 경우는 놀이에 참여하는 사람의 관심사와 욕망에 따라 훨씬 다채로운 각편들을 창조해낸다. 즉 전자가 고정된 서사의 전승이라면, 후자는 생동감 넘치는 다양한 경험의 전승이라 할 수 있다.

〈분신사바〉의 질문은 단계적이다. 처음에 귀신이 들어왔는지 물어보고, 왔다면 남성인지 여성인지 혹은 한국인인지 외국인인지, 외국인이라면 어느 시대 어떤 나라의 사람인지 등을 순차적으로 묻는다. 귀신이 볼펜에 깃들었다는 확신이 들면 그다음부터 본격적으로 자신이 궁금한 것들을 묻게 된다. 미래의 배우자에 대해 질문하거나 신변잡기적인 궁금증을 해결하기 위한 질문도 하지만, 궁극적으로 관심을 갖는 것은 역시 자신의 성적과 입시 결과에 대한 귀신의 답이다.

〈분신사바〉는 원래 우리나라에서 만들어진 놀이가 아니라고 한다. 이것은 일본에서 건너온 귀신을 부르는 주술 행위의 일종인데, 그 출발은 원래 유럽에서 발생한 것이 1900년대 일본으로 건너와 '곳쿠리 상'으로 변형된 것이라고 한다. 그런데 학생들은 왜 〈분신사바〉에 빠져들었을까? 이에 대해서는 고등학생들의 가장 큰 관심사인 대학 입학 당락의 문제와 어느 대학에 진학할 수 있을 것인지에 대한 미래 예측을 쉽게 할 수 있다는 점, 귀신을 부르는 행위에 대한 호기심 때문이라는 분석이 있다. 즉 귀신을 불러들인다는 호기심과 입시에 대한 불안감을 스스로 해결할 수 있는 장치로 〈분신사바〉가 이용되었다는 것이다.

—

입시 지옥이 아닌 진정한 학교를 꿈꾸며

—

다시 〈콩콩귀신〉 이야기로 돌아가보자. 죽은 학생은 정말 자신을 죽인 친구에게 우정을 확인하기 위해서 찾아온 것일까? 이 괴담의 묘미는 이야기의 마지막 부분이다. 한창 이야기를 구연하던 화자가, 죽은 친구와 책상 밑에 숨은 친구의 눈이 서로 마주치는 그 순간을 강조하며 "콩콩콩, 여기 있네!"라고 외치며 이야기를 듣고 있는 청자에게 갑자기 다가가며 놀라게 한다는 설정의 결말이 다수 존재한다. 그러면서 하는 말이 "그 학생도 죽은 친구와 눈이 마주치며 놀라서 죽었다."라는 것이다. 이러한 괴담은 특히 구연 현장의 분위기가 중요한데, 화자와 청자가 어느 정도 친밀감이 있어야 하며, 화자는 애초부터 이야기의 서사 전달보다는 다른 데 관심을 두고 있다. 〈전설의 고향〉에서 가장 인기 있었던 에피소드 중의 하나인 〈내 다리 내놔〉 유형의 이야기처럼 무서운 분위기를 점차적으로 조성하여 긴장감을 최고조에 이르게 한 다음, 전혀 예상하지 못하고 있는 청자를 놀라게 하는 데 그 목적이 있는 것이다.

그러므로 〈콩콩귀신〉은 성적과 우정 사이에서 고민하는 집단에 대한 문제로 볼 수도 있겠지만, 이야기의 향유층이 학생들이고 더군다나 친한 친구 사이에 주로 구연된다는 점을 감안할 때 구연의 주된 목적을 간과해서는 안 될 것이다. 그리고 이 괴담이 야간 자율학습 때의 쉬는 시간이나 수련회나 수학여행 때의 야간 자유시간 등을 이용해서 구연되었다는 점도 주목할 필요가 있다. 학업에 대한 긴장감을 다소나마 이완시킬 수 있는 상황들인 것이다. 이 괴담은 고된 학업에서 오는 스트레스를 푸는 수단임과 동시에, 학업 성적도 중요하지만 또래집단인 그들에게 더욱 중요한 것이 무엇인지, 이야기를 공유하는 모두에게 환기시켜주는 기능을 하고 있다.

죽은 학생이 머리로 쿵쿵 하면서 움직이는 방식은 앞서 분석한 것처럼 자신의 죽음이 사회적인 반항 의식과 맞닿아 있음을 보여주기 위한 것일 수도 있다. 나아가 '쿵쿵쿵'이라는 의성어는 어쩌면 답답한 입시 교육의 현실을 탈출하고 싶은 학생들의 절규를 표현한 것일지도 모른다. 그런데 어떤 각편에서는 이 이야기를 마치면서 구연자가 다음과 같은 말을 툭 던지기도 한다. "그러니까 책상 위로 올라갔으면 살았지!" 이 괴담을 처음 접했을 때 드는 의문이 하나 있었다. 그 학생은 왜 책상 밑으로 숨었을까? 이 유형의 대다수의 이야기에서 죽은 아이가 다가오는 소리는 전교 2등을 하던 그 학생에게만 들린다. 다른 친구들은 몰라도 그 학생은 친구가 어떻게 죽었는지 알고 있다. 그러니 머리를 바닥에 찧는 소리와 목소리를 통해 의문의 정체가 실은 죽은 친구라는 것을 그는 어렴풋이 짐작하고 있었을 것이다. 그런데 왜 그는 책상 위가 아니라 밑으로 숨었을까? 위기 상황에서 책상 밑으로 숨어 몸을 보호하는 것은 어쩌면 인간의 본능적인 행동이다. 그렇지만 이 상황은 정확히 반대로 작용한다. 그런데도 그가 책상 밑을 택한 것은 무서워서라기보다 죽은 친구를 만나 속죄하고 싶은 마음에서 한 행동으로 볼 수는 없을까? '쿵쿵쿵' 하는 소리가 실은 친구를 저버린 자신의 양심의 소리였던 것은 아닐까? 죽은 친구가 그에게 다가와 둘의 우정이 변함이 없는지에 대해 묻는 결말이 있는 만큼 약간은 비약적일지라도 이런 해석도 해볼 수 있을 것 같다.

이처럼 〈콩콩귀신〉은 결말 부분의 변이 양상에 따라 크게 두 유형으로 나눠진다. 하나는 자신을 죽인 친구를 죽게 만들면서 원한을 푸는 것이고, 또 다른 하나는 자신을 죽인 친구를 용서하며 극적으로 화해하는 것이다. 이러한 결말 방식은 이 이야기를 전승하는 학생들의 양가적인 감정을 반영한 것이라 생각된다. 학교라는 공동체 안에서 우정보다는 성적을 택해 공동체의 가치를 파괴하려는 존재에 대해서는 징치해야 한다는 심리가 작동하기도 하고, 피해자의 극적인 용서를 통해 구성원 간의 우정의 중요성을 재확인하면서 공동체의 가치를 함께 수호해나가고자 하는 심리도 역으로 작동하고 있는 것이다.

〈콩콩귀신〉과 〈분신사바〉는 전혀 다른 유형의 이야기이지만 성적과 입시에 대한 스트레스를 받고 있는 현재 한국 고등학생들의 불안한 심리를 반영하고 있다는 점에서 한편으로는 서로 맞닿아 있는 괴담이라 할 수 있다. 이러한 괴담을 구연하고 전승하면서 학생들은 자신들이 처한 불합리하고 부조리한 상황에 대해 이야기의 형식으로 기성세대에게 메시지를 보내고 있다. 이 메시지를 단순한 흥밋거리인 기괴한 이야기로 치부하면서 도외시할 것인지, 아니면 괴담이 아니라 학생들의 외침으로 느끼면서 진정성을 갖고 받아들일지는 우리 모두의 몫이다.

– 이홍우

참고 문헌

김종대, 《한국의 학교괴담》, 다른 세상, 2002.

김종대, 〈한국과 일본의 학교괴담 비교연구〉, 《비교연구를 통한 한국 민속과 동아시아》, 민속원, 2004.

김종대, 《도시, 학교, 괴담》, 민속원, 2008.

김종대, 〈학교 공동체에서 만들어진 이야기, 학교괴담〉, 《구비문학연구》 20, 한국구비문학회, 2005.

구수경, 〈청소년 저항문화에 관한 연구〉, 한국교원대학교 대학원 석사학위논문, 1997.

오희진, 〈〈여고괴담〉의 학교를 통해서 본 교육의 의미에 관한 일 연구〉, 한국교원대학교 대학원 석사학위논문, 1999.

이소윤, 〈한국 공포영화 장르 관습의 혼합과 변화〉, 이화여자대학교 대학원 석사학위논문, 2005.

제2장

민요

● 　인류 역사 이래 가장 오래된 문학의 형태는 '이야기'와 '노래'이다. 이 가운데 '노래'는 인간이 신과 소통하던 먼 옛날부터 특별한 힘을 지닌 '무엇'으로 인식되었다. 그것은 슬픔을 위로하고 기쁨을 배가하며 감정을 분출하고 타인과 교감하는 중요한 매개 가운데 하나였다. 노래는 신과의 관계에서 인간의 위치를, 타인과의 관계에서 나의 위치를 인식하고 드러내는 방식인 동시에 공동체를 형성하고 이를 하나로 묶어세우는 도구였다.

노래의 원형은 민요에 있다. 뭇 사람이 박자를 맞춰가며 한목소리로 부르는 노래는 세상을 대변하고 삶을 바꾼다.《삼국유사》에는 "뭇 사람의 노래가 쇠도 녹일 수 있다"는 구절이 있다. 노래는 사람을 움직이게 만들고 이 움직이는 사람들을 통해 변화를 만든다. 그래서 과거 정치인들은 민심을 살피기 위해 민요를 수집하고 이를 통해 정치의 잘잘못을 판단하기도 했다.

민요의 원형적 기능이 노래의 주술적 효과에서 비롯되었다는 점을 고려할 때 모든 민요의 출발점에는 의식요가 있다. '의식요'는 의례에 결부된 민요나 주술적 효과가 강조된 민요를 가리킨다. '유희요'는 주술적 힘에서 가장 멀어진 노래이지만 세시풍속에 결부된 노래로 전승되는 민요가 있다. 유희요에는 어른이나 아이들이 놀이하며 부르는 민요도 포함된다. '주술'과 '놀이'는 인간 문화의 계승과 발달을 지탱해온 두 축이라고 할 수 있다.

민요의 리듬이 삶의 리듬이라 할 때 이 리듬의 핵심에는 '노동'이 있다. 일노래의 전통을 보여주는 '노동요'는 일의 성격과 노래의 기능에 따라 다양하게 분화되지만 지역(local)에 따른 차이도 명확하게 드러낸다. 어떤 이들은 한국 민요의 본령이 '여성들이 부르는 민요', 곧 '부요(婦謠)'에 있다고 말하기도 한다. 여성들이 부르는 민요에는 인간 삶의 보편적 가치와 삶의 다양한 국면들, 그리고 '여성'이라는 젠더 위치에서만 느낄 수 있는 감각과 정서가 고스란히 담겨 있다.

민요는 언제나 시대상을 반영해왔다. '참요'라고도 불린 예언의 노래들은 사회의 정치적 변화에 민감하게 응수해온 민중의 감각을 재발견하게 만든다. '정치요'는 삼국시대 〈서동요〉를 지나 오늘날에 이르기까지 그 명맥을 이어오고 있다. 같은 맥락에서 '신민요' 역시 특정 시기의 민요가 아니라 '민요'를 혁신적으로 계승하고 실천하는 폭넓은 시도의 하나로 의미화할 수 있다. 이처럼 민요는 과거의 노래가 아니라 민중의 삶이 존재하는 한 언제 어느 곳에서든 불리는 '백성의 노래'요, '뭇 사람의 노래'이다. ◐

고단한 생활 현장 속 여성의 목소리

가부장제 사회 속 '여성'의 애환과 노래

—

'여성요'의 주요 담당층은 서민 여성들이다. 이들은 하층 서민, 그중에서
도 여성이라는 계층적 특성을 지닌다. 이들은 엄격한 신분제와 남성 중심
가부장제라는 두 가지 지배 질서의 구속을 동시에 받았다. 여성요를 살펴
볼 때에는 해당 작품들이 하층 민중의 노래인 '민요'이자 '여성'의 노래이
기도 하다는 사실을 유념할 필요가 있다.

　대부분의 민요가 그렇듯 여성들이 실제로 처하여 삶을 이어가는 생활
현장 자체가 곧 노랫거리였다. 전근대 가부장제 사회에서 여성들이 감내
할 수밖에 없었던 대표적 고난 가운데 하나인 시집살이를 비롯하여 가내
노동, 육아, 그리고 여성으로서의 삶 그 자체가 노래의 주요 소재가 되었
다. 조선 후기에 민생이 더욱 피폐해지면서 서민 여성들의 경우 남편 대

신 생계까지 책임지는 경우가 부지기수였다는 것을 고려하면, 적지 않은 여성들이 현모양처와 실질적인 가장이라는 두 가지 기대와 의무에 시달렸으리라는 것을 짐작할 수 있다. 여성요에 대해 살펴볼 때에는 이러한 서민 여성들의 삶을 염두에 두어야 한다.

　여성들이 처했던 삶의 조건을 생각해본다면 역시 시집살이노래를 여성요의 대표적 유형으로 거론할 수 있겠다. 결혼 후 친정과의 왕래가 자유롭지 못한 상태에서 '시집 귀신'으로 살아가야 했던 여성들에게 시집살이의 애환은 가장 노래하기 좋고, 노래로 풀어내고 싶은 소재였을 것이다. 편의상 대표적 유형 몇 가지를 살펴본다면 〈사촌 형님〉, 〈그릇 깬 며느리〉, 〈진주난봉가〉 등을 거론할 수 있다. 〈사촌 형님〉은 크게 '시집살이가 어떠하냐'는 사촌 동생의 물음과 그에 대한 사촌 형님(언니)의 대답이라는 문답 구조를 갖는다. 사촌 형님의 대답 부분에서 시집살이의 핍진한 고통이 잘 드러나며, 전국적으로 전승되었다. 〈그릇 깬 며느리〉는 며느리가 시집의 그릇을 깨뜨리자 시집 식구들이 질책하고, 그에 며느리가 항의하는 내용의 노래이다. 호남 지역을 중심으로 영남 서부 지역까지 전승 분포를 보인다. 경상남도 진주의 지역 명칭을 딴 〈진주난봉가〉는 〈진주낭군〉으로도 불리는데, 제목과는 달리 전국적인 분포를 보인다. 다른 시집살이노래와 달리 〈진주난봉가〉는 남편의 외도를 주요 소재로 삼아 남편, 그의 첩, 아내의 갈등을 부각시킨다는 점이 주목된다.

　시집살이뿐만 아니라 생활 속의 노동 그 자체도 여성들의 익숙한 노랫거리가 되었다. 여성요이자 노동요이기도 한 〈베틀노래〉를 비롯해, 가내노동을 하면서 잠을 쫓으려고 부른 〈잠노래〉 또한 경상도와 전라도 여러 지역에서 채록된 전국적인 광포형 여성요이다. 많은 자식을 낳아 기르는 것이 또한 여성의 부덕(婦德)으로 강조되었기에 출산과 육아는 여성의 삶 그 자체와도 마찬가지였다. 따라서 육아 현장에서 부른 〈자장가〉 역시 동요이자 여성요의 일종으로 볼 수 있다.

여성요 자료들은 다른 민요와 마찬가지로 《한국구비문학대계》, 《한국민요대전》 등에 망라되어 수록되어 있으며, 그 밖에 지역별 민요 자료집 (《강원의 민요》, 《영남구전민요자료집》, 《호남구전자료집》, 《경기도의 향토민요》 등)에서 더 자세한 지역별 전승 자료를 확인할 수 있다. 여기서는 〈사촌 형님〉, 〈그릇 깬 며느리〉, 그리고 〈진주난봉가〉의 주요 내용과 주제 등을 살펴본다.

—

결혼 생활의 애환과 노래로의 풀이

—

지역마다 다소 차이가 있으나 〈사촌 형님〉 노래는 대부분 "형님 형님 사촌 형님" 하고 동생 쪽에서 형님(언니)을 부르는 말로 시작된다. 가장 널리 분포되어 있는 '한탄형'의 경우, 사촌 형님을 부른 동생이 '시집살이가 어떠하냐'고 묻고, 이에 형님이 '수저 놓고 밥 담기도 어렵고 시동생 대하기도 어렵다', '삼단 같은 내 머리가 시집살이 삼 년에 돼지 꼬리가 되었다', '못난 시댁 식구들과 사는 것이 고생스러우니 고추장 단지가 맵다 한들 시집살이보다 더 매우랴' 등의 한탄을 쏟아낸다.

힝아 힝아 사촌 힝아 시집살이 어떻더노
어라 야야 그 말 마라 시집살이 말도 마라
쪼그매는 도리판에 수저 놓기 어렵더라
쪼끄만한 수박 식기 밥 담기도 어렵더라

중우* 벗은 시동상은 말하기도 어렵더라

(김한준(여, 71세) 구연, 합천 〈시집살이노래〉, 《한국민요대전》)

한편 '접대형'은 친정 사촌 형님을 동생이 대접하면서 시집살이에 대한 문답을 주고받는 내용이다. '한탄형'과 결합되어, 동생이 대접을 하면서 사촌 형님의 시집살이에 대한 한탄이 표현되는 경우가 많다. 이때 동생이 대접하는 음식은 부잣집의 진수성찬이 아니라 넉넉하지 못한 살림에서 차린 잡곡밥, 나물, 생선 등이다. 서로가 넉넉하지 않은 처지임에도 사촌 동기간의 우정과 배려를 돈독히 하며 연대하는 모습이 주목된다. 시집살이노래 가운데 여성들의 연대와 공감을 가장 효과적으로 드러내는 유형이라 할 수 있겠다.

〈그릇 깬 며느리〉는 며느리가 그릇을 깨자 시집 식구들이 물어내라고 요구하고, 이에 며느리가 항의하거나 집을 나가버리거나 혹은 죽음을 택하는 등의 다양한 반응을 보이는 내용으로 되어 있다. 이를 '항의형', '출가형', '죽음형' 등으로 나누기도 한다. '항의형'은 호남 지역과 영남 서부 지역을 중심으로 전승되며, '항의형'에 '출가형'이 결합된 '항의형+출가형'과 '죽음형'은 영남 서부 지역에 주로 전승된다.

시집가는 삼 일 만에 들깨 서 말 참깨 서 말
양동가매* 볶으라길래
장작불 모아 볶으다가 양동가매를 깨었고나

• **중우** 중의(中衣, 남자의 여름 홑바지).

• **양동가매** 양동(洋銅)으로 만든 솥.

시금시금 시아바니

아가 아가 엇그저께 오는 새 메늘아가

느거 집에 어서 가서 양동가매를 물오내라

시금시금 시어마니

아가 아가 엇그저께 오는 새 메늘아가

어서 느그 집에 돌아가서 양동가매를 물오내라

(김필순(여, 50세) 구연, 곡성 〈그릇 깬 며느리〉,《시집살이노래 연구》)

며느리의 항의가 받아들여지는 경우는 여성들의 소망이 반영된 결말이라고 볼 수 있는 반면, 시집 식구들이 모두 죽고 시집이 폐가가 되었다는 경우는 시집살이에 대한 여성들의 분노와 슬픔이 가장 직접적으로 표현된 결말이라 볼 수 있다. '가출한 며느리' 화소는 평생 '시집 귀신'으로 살아야 했던 며느리의 반항과 가출을 다룬다는 점에서 파격적이기도 하지만, 가출에 따른 결말에서 발견되는 여성들의 분노와 슬픔을 표현하는 효과적인 수단이라는 점에 주목할 수 있다.

〈진주난봉가〉에는 시집살이뿐만 아니라 여성의 결혼 생활 자체의 고난이 공간의 전환과 며느리의 극단적 행위로 압축되어 더욱 극적으로 제시되어 있다.

울도 담도 없는 집에 시집 삼 년을 살고 나니

시어머님 하시는 말씀 아가 아가 메느리 아가

진주 낭군을 볼라거든 진주 남강에 빨래를 가게

진주 남강에 빨래를 가니 물도나 좋고 돌도나 좋고

이리야 철석 저리야 철석 어절철석 씻고나 나니

하날 겉은 갓을 씨고 구름 같은 말을 타고 못 본 체로 지내가네

껌둥 빨래 껌께나 씻고 흰 빨래는 희게나 씨여

집에라고 돌아오니 시어머님 하시 말씀

아가 아가 메느리 아가 진주 낭군을 볼라그덩

건너방에 건너나 가서 사랑문을 열고나 바라

건너방에 건너가 가서 사랑문을 열고나 보니

오색 가지 안주를 놓고 기생첩을 옆에나 끼고 희희낙락하는구나

건너방에 건너나 와서 석 자 시 치 멩지 수건 목을 매여서내 죽었네

진주 낭군 버선발로 뛰어나와

첩으야 정은 삼 년이고 본처야 정은 백 년이라

아이고 답답 웬일이고 (임동권,《한국민요집 4》)

울도 담도 없는 시집살이를 삼 년 살고 나니 시어머니는 며느리에게 빨래를 시킨다. 진주 남강에 빨래하러 가니 '하늘 같은 갓을 쓰고 구름 같은 말을 탄 낭군(남편)'은 자신을 본체만체하고 지나간다. 집에 돌아오니 시어머니 왈, 남편을 보고 싶거든 사랑방에 가보라고 한다. 사랑방에서는 남편이 기생첩과 희희낙락하고 있었고, 며느리는 건넌방에 가서 목을 맨다. 그제야 남편은 '첩의 정은 삼 년이고 본처 정은 백 년이라'며 왜 죽었느냐고 탄식한다.

앞선 〈사촌 형님〉, 〈그릇 깬 며느리〉 노래가 시집살이의 고난 혹은 시댁 식구들과의 갈등을 주요 소재로 했다면, 〈진주난봉가〉에는 남편의 외도가 가장 큰 문제로 부각되어 있다. 다른 노래에는 고난과 애환에 대한 며느리의 반응이 그의 '말'을 통해 직접적으로 나타나 있는 데 반해, 〈진주난봉가〉에는 시어머니가 빨래를 시키는 상황, 남편이 자신을 모른 척하

고 지나가는 상황, 남편이 기생첩과 놀아나는 상황에 대한 며느리의 반응이 거의 나타나 있지 않다. 모든 상황을 감내하던 며느리는 마지막에 가서 아무 말 없이 건넌방에 가서 목을 맴으로써 가장 강력한 의사 표시를 한다. 다른 시집살이 노래에서는 서술자(화자)와 주인공 며느리가 비교적 일치하는 데 반해, 〈진주난봉가〉의 서술자는 주인공과 다소 거리를 둔 3인칭 같은 시점을 취한다고 볼 수 있다.

〈사촌 형님〉, 〈그릇 깬 며느리〉 등의 시집살이노래에서는 화자가 직접 시댁 식구들을 못생긴 동물에 비유하거나 희화화하며 그들을 비판하고 있다. 반면 〈진주난봉가〉에는 시어머니와 남편의 언행을 통해 그들의 어리석음과 부정적 면모가 간접적으로 드러난다. 화자는 어떠한 평가를 내리는 대신, 남편의 외도를 방치하는 시어머니와 뒤늦게 후회하는 어리석은 남편의 모습이 그려진다. 화자의 직접적 목소리 대신 빨래하는 장면, 남편의 외도 장면, 며느리의 자살 장면 등이 강렬하게 제시된다.

—

여성적 고난에 대한 표현과 인식

—

고통의 표현 방식

〈사촌 형님〉, 〈그릇 깬 며느리〉, 〈진주난봉가〉 모두 여성에게 불합리한 전근대 결혼 제도 하에서 여성이 겪는 고통과 고난을 소재로 한다. 그러나 '시집살이', '시어머니의 구박과 남편의 무관심' 등 비슷한 내용을 소재로 삼을지언정 노래들이 고통을 형상화하는 방식은 사뭇 다르다.

〈사촌 형님〉은 주로 비슷한 처지의 여성들이 모여 부른 노래이다. 사촌 동기간의 문답으로 된 가사에서 볼 수 있듯이, 동기간이라 할 만한 또래

여성들이 같이 불렀음을 쉽게 짐작할 수 있다. 사촌 형님에게 동생이 음식을 대접하는 부분이 삽입된 '접대형'이 있지만, 보편적인 유형은 사촌 형님이 자신의 시집살이를 한탄하는 '한탄형'이다. 한탄하는 부분에서 시집살이에 대한 비판이 구체적이고 상세하게 드러난다.

〈그릇 깬 며느리〉는 〈사촌 형님〉보다 좀 더 서사적으로 구성되어 있으면서 여러 가지 결말을 통해 시집살이의 모순을 비판하는 노래라고 할 수 있다. 며느리의 항의가 받아들여지는 '항의형', 항의가 받아들여지지 않자 가출해버리는 '가출형' 등의 내용은 현실적으로 생각해보았을 때 쉽사리 가능할 것 같지 않다. 그러나 비록 불가능한 소망일지언정 여성 화자들의 욕망이 노래를 통해서 표출되었다는 점에 주목할 필요가 있다. 항의가 받아들여지지 않는 '가출형'에 더해 며느리와 시집 식구들이 모두 죽어버리는 '죽음형'은 차라리 죽음을 택하여 시집살이의 고난으로부터 완전히 벗어나고자 하는 여성들의 절박한 욕망이 더 극단적으로 표현된 경우라고 하겠다.

앞의 두 노래보다 〈진주난봉가〉는 더 간접적인 목소리를 취한다. 얼핏 보면 〈진주난봉가〉의 며느리는 무척 수동적인 인물 같다. 시어머니가 빨래하러 보내면 얌전히 빨래를 하고 오고, 건넌방에 가서 아무 말 없이 기생첩과 놀고 있는 남편을 본다. 이는 모두 시어머니가 그리하라고 한 것이다. 이러한 〈진주난봉가〉의 표현 방식을 두고 며느리에 '동조'하는 화자(서술자)가 주변 정황을 객관적으로 이야기하면서 오히려 시집살이를 고발하게 된다고 본 연구도 있다. 화자는 주인공 며느리와 거리를 유지하면서 남강 빨래로 대표되는 시집살이, 기생첩과 남편으로 대표되는 고달픈 결혼 생활을 시간 순서를 두어 서사적으로 제시한다. 즉 며느리의 목소리는 거의 드러나지 않는 대신 화자가 며느리의 처지에 동조하고 며느리가 아닌 자신의 목소리로 모든 상황을 묘사한다는 점이 〈진주난봉가〉의 중요한 특징이다.

기대의 한계와 노래를 통한 해소

표현 방법의 차이는 곧 시집살이, 결혼 제도의 모순에 대한 인식과 연결된다. 시집살이의 고난을 직접적으로 이야기하기보다 거리를 두고 객관적으로 이야기하는 노래가 더욱 현실을 냉정하고 비관적으로 인식하고 있다고 볼 수 있다. 문제를 해결하지 못한 며느리는 결국 죽음을 택한다. 노래가 길어지고 더욱 서사적인 구성을 갖추면 '문제 해소의 시도 - 좌절'이 여러 번 나타난다. 이는 시집간 여자, 즉 며느리의 현실적인 모습을 반영하기도 한다. 시집살이의 문제가 해결될 것이라고 기대만 하기에는 자신과 상반되는 시댁 식구, 남편, 친정 식구들의 입장, 그리고 가부장제 사회의 규범 등이 너무나 강력하다. 〈사촌 형님〉에서 사촌 동기간의 만남은 일시적일 수밖에 없으며, 〈그릇 깬 며느리〉에서 며느리는 결국 시집으로 돌아오는 경우가 많고, 〈진주난봉가〉에서 주인공은 시집 식구나 남편을 가해하지 못하고 혼자만 목숨을 끊는다. 시집살이노래에는 시집살이의 고통이 일부 해결될 것이라는 향유자들의 기대도 나타나 있시만, 동시에 현실에 의한 좌절과 체념적 수용도 반영되어 있다.

이때 시집살이노래들의 실제 구연 상황을 생각한다면, 일부 노래들의 비관적 결말 자체보다 노래하는 행위가 갖는 '해소'의 기능에 눈을 돌리지 않을 수 없다. 비록 동기간의 만남은 일시적이고, 집 나간 며느리는 다시 돌아오지만, '이렇게 우리가 힘들다'는 말을 밖으로 내는 것 자체가 여성들에게 위로가 되었을 수 있기 때문이다. 개인보다는 비슷한 사연과 고통을 공유하는 여성 집단에서 시집살이노래가 향유되었던 것을 생각하면, '노래 부르기'는 그 자체로도 고통의 표현 또는 고발이면서 동시에 여성들 사이의 감정적 유대를 강화시키는 치유와 연대의 매개체가 되었다고 볼 수 있다.

—

더 생각해볼 거리

—

다양한 상대방과의 노래

여성요 가운데 시집살이노래가 가장 널리 알려진 유형이긴 하지만, 오빠에 대한 여동생의 이야기나 부모님에 대한 딸의 이야기 등 다른 가족관계를 바탕으로 한 여성의 노래에도 주목할 필요가 있다. 결혼하기 전 여성이 부르는 노래와 결혼한 후 여성이 부르는 노래의 공통점과 차이점을 살펴보면서, 여성이 부르는 노래 '여성요'에 대한 더 깊은 이해가 가능할 것이다.

시집살이노래의 서사성과 서정성

시집살이노래를 '서사민요'로 볼 것인가, 혹은 노래로서의 '서정성'을 강조할 것인가? 노래를 통해 시집살이의 모순이 제시되고 그것이 해결되어가는 과정 혹은 해결이 좌절되는 과정에 주목하여 서사민요적 특성을 강조하는 시각이 있는가 하면, 인물의 행동이나 사건은 있지만 행동이 서사적으로 전개되지는 않는다고 보아 '서정성'을 강조하는 시각도 있다. 시집살이노래의 서사성과 서정성은 유형에 따라 다양하게 생각해볼 수 있을 것이다.

함께 읽어볼 노래와 이야기들

〈그릇 깬 며느리〉와 〈중이 된 며느리〉를 시집살이노래의 인접 유형으로 참조해볼 수 있다. 〈중이 된 며느리〉는 밭을 조금 맸다거나 일을 제대로 하지 못했다는 등의 구박을 견디지 못한 며느리가 가출하여 중이 되는 내용이다. 출가한 후 구걸하던 며느리가 친정에 구걸하러 갔다가 시집으로 돌아온다는 부가적 내용이 삽입된 경우도 있는데, 친정에서도 받아들여 주지 않는 며느리의 처지가 한층 부각된다. 그러나 〈중이 된 며느리〉이든 〈그릇 깬 며느리〉이든 며느리의 항의가 받아들여지는 일부 경우를 제외하면, 며느리 역시 시집 식구들을 따라 죽음을 맞이하고 만다. 두 노래는 시집살이에 대한 반항과 실패, 체념 등을 드러낸다는 점에서 좀 더 서사성이 강하고, 시집살이에 대한 인식을 한층 심각하게 표현하고 있다고 할 수 있다.

한편 〈진주난봉가〉는 현대에도 계속 대중가요로 리메이크 되고 있다. 전통적인 〈진주난봉가〉는 남편의 외도를 한탄하고 시어머니를 원망하는 여성의 노래였지만, 남성 가수가 부른 새로운 버전의 〈진주난봉가〉는 또 다른 관점에서 바라볼 수 있다. 또 〈진주난봉가〉만의 애처로운 선율이 퓨전 국악곡으로 새롭게 편곡되어 줄시되기도 하였다(타래, 〈신주난봉가〉, 빈티지 프로젝트, 2014). 이러한 〈진주난봉가〉의 '현대적 변용'이 낳는 효과에 대해서도 생각해볼 필요가 있다.

마지막으로 시집살이노래는 시집살이 '이야기'와도 비교하여 읽을 만하다. 시집살이 이야기는 경험담과 전승담으로 나눌 수 있다. 경험담은 이야기 속 주요 인물이 바로 서술자(화자) 자신이며, '시집살이를 묵묵히 잘 견뎌냈다'는 의식 아래 구술된다. 전승담은 허구의 내용을 전제로 하며 서술자와 주요 인물이 일치하지는 않는다. 이에 서술 의식 또한 '시집살이에서 벗어날 수 없다' 혹은 '견디면 복을 받는다, 며느리 하기 나름이다' 등으로 나뉜다. 반면 시집살이노래는 서술자와 주요 인물이 불일치하지만 시점은 '1인칭의 나'인 것이 독특하며, 시집살이를 벗어나고 싶다는 의식이 강하게 반영되어 있다.

- 김준희

참고 문헌

강진옥, 〈서사민요에 나타나는 여성 인물의 현실 대응 양상과 그 의미〉, 한국구비문학회,
    《구비문학과 여성》, 박이정, 2000.
규장각한국학연구원, 《조선 여성의 일생》, 글항아리, 2010.
서영숙, 《시집살이노래 연구》, 박이정, 1996.
서영숙, 《한국 서사민요의 날실과 씨실 – 우리 어머니들의 노래》, 역락, 2009.
서영숙, 〈시집살이 이야기와 시집살이 노래의 비교〉, 신동흔 외, 《시집살이 이야기 연구》,
    박이정, 2012.
이정아, 《시집살이노래의 말하기와 욕망》, 혜안, 2010.
조동일, 《서사민요 연구》, 계명대학교 출판부, 1970.
김학성, 〈시집살이 노래의 서술 구조와 장르적 본질 – 동아시아 미학에 기초하여〉, 《한국
    시가연구》 14, 한국시가학회, 2003.

민중의 희로애락을 담은 노래

민중의 삶과 직결된 노래

'노동요'는 말 그대로 노동을 하면서 부르는 노래이다. 이때 노동요에서 이야기하는 노동이란 논을 갈고 밭을 갈고 모를 심고 꼴을 베는 등의 육체적인 노동을 말한다. 경제의 중심이 더 이상 1차 산업이 아닌 2·3차 산업으로 옮아가고 인터넷 기술의 혁신으로 네트워크 기반의 업무 환경이 구축된 오늘날, 육체적인 노동이란 손가락으로 키보드를 두드리는 것이 고작인 세상에서, 노동의 호흡에 맞춘 구호로 노랫말이 이루어진 노동요는 우리의 일상에서 멀리 떨어져 있는 것처럼 보인다. 그러나 여전히 근무시간에 음악을 듣는 것과 업무 생산성의 관계를 논하는 연구논문들이 속속 발표되고 있고, 실제로 업무를 보면서 노래를 듣는 사람들이 적지 않다. 그렇다면 노동환경에서 노래가 가지는 의미가 과연 어떠한 것인지를 생각해볼 수 있을 것이다.

　중요한 점은 가혹한 육체노동이 민중의 삶에서 주된 영역이었던 시절이 존재했다는 것이다. 밭갈이, 모내기, 밭매기, 논매기, 보리타작에서부터 고기 후리기, 그물 당기기, 땅 다지기, 말뚝 박기, 달구질하기, 베 짜기 등의 노동이 생계를 유지하기 위한 민중의 일상 그 자체였던 것이다. 그리고 그러한 일상에서 느끼는 개인적인 소회나 감정들은 모두 노래가 되었다. 민중은 고된 노동을 하면서 한과 슬픔을 노래함으로써 신산한 삶에 대한 울분을 해소하려고도 하고, 되레 흥과 신명을 노래함으로써 노동에서 오는 고단함을 잊으려고도 했다. 노동요가 담고 있는 것이 무엇이든, 그 한과 슬픔 혹은 흥과 신명은 모두 민중의 삶에서 기인하는 것이다. 노동요를 단순히 동작의 통일과 호흡의 일치를 위한 구호가 주가 되는 노래들로만 규정할 수는 없다는 점은 자명해진다. 실로 노동요의 편폭은 매우 광범위해지는 것이다.

　그러므로 반드시 노동을 소재로 한 것만 노동요가 되지는 않는다. 이를테면 시집살이의 어려움을 담고 있는 〈성님 성님 사촌 성님〉은 내용상 노동과는 아무런 관련이 없지만 부녀자들이 삼을 삼으면서 부른 노래이기에 노동요라 할 수 있다. 한편 〈빨래소리〉는 빨래하는 과정을 구체적으로 담고 있지만 실제로 빨래를 하면서 부른 노래는 아니기에 노동요라 할 수 없다. 노동요는 대개 어떠한 노동 현장에서 불렸는가를 기준으로 '농업노동요, 어업노동요, 운반노동요, 토목노동요, 채취노동요, 길쌈노동요, 제분노동요, 수공업노동요, 가내노동요' 등으로 분류된다. 이때 노동의 성격에 따라 남성이 주가 되는 노동 현장과 여성이 주가 되는 노동 현장이 나뉘었을 것이며, 각각의 노동 현장에서 불린 노동요 역시 창자의 성격에 따라 특정 계층을 대변했을 가능성을 짐작해볼 수 있다. 여기서는 남성이 부른 노동요와 여성이 부른 노동요를 살펴보고, 그 뒤에 특이하게 남성과 여성이 함께 구연한 노동요를 살펴보기로 한다.

—

울기, 울기 대신 웃기

—

남성의 노동요는 대체로 격렬한 소리로 짧은 시간 동안 부른다는 특징이 있다. 이는 남성이 하는 노동의 특성과 관계가 깊은 것으로 생각되는데, 남성이 하는 노동은 대개 단시간에 집약적인 힘을 필요로 하며 노동의 강도가 비교적 강하기 때문이다. 따라서 남성노동요는 노동의 내용이나 노동하는 사람의 감정, 사회적 처지에 대한 의식을 단편적으로 노래한 것이 많다.

영남 지방에서 전승되는 〈초부가(樵夫歌)〉는 나무꾼들이 나무를 하며 부르는 노래이다. 특히 나무꾼의 신세 한탄이 잘 드러난다. 다음에 인용된 강원도 〈초부가〉는 복도 없이 태어나 평생을 힘들게 살아가야만 하는 자신의 운명과 처량한 신세를 한탄하고 있다.

> 남 날 적에 나도 나고 나 날 적에 남도 나고
> 세상 인간 같지 않아 이놈 팔자 무슨 일로
> 지게 목발 못 면하고 어떤 사람 팔자 좋아
> 고대광실 높은 집에 사모에 병반 달고
> 만석록을 누리건만 이런 팔자 어이하리

위 〈초부가〉는 유식한 문구를 사용하여 양반 문화에 대한 추종을 보이는 듯하지만, 사실은 하층민의 고생을 모르는 양반에 대한 비판적 인식을 보여준다. 낮은 신분으로 태어나 평생 지게 목발 신세를 못 면하는 자신의 처지와 높은 신분으로 태어나 고대광실 높은 집에서 만석록을 누리며 살아가는 양반의 처지를 대비하며, 상대적으로 불우한 자신의 팔자에 대해 한탄하는 것이다. 신분과 빈부의 차이에서 느끼는 초라한 자신의 신세 한탄이 이 노래의 주제이다. 이렇듯 〈초부가〉는 초부의 신세 탄식이 주제가 된다.

자신의 신세를 토로한 작품 이외에도 임이 없는 신세를 토로한 작품, 부모가 없는 신세를 토로한 작품, 인생무상을 토로한 작품들이 있다. 한 가지의 신세를 중점적으로 토로한 작품도 있고, 두 가지 이상의 신세를 복합적으로 표출한 작품도 있다. 중심은 일만 하는 신세와 임이 없는 신세이다. 일에 대한 극심한 압박감이 존재할 때 가장 먼저 포기하는 것이 사랑인 것은 지금이나 예나 똑같다. 〈초부가〉는 대부분 남과 나의 신세에 대한 대조를 통해 자신의 초라한 처지를 극대화하는 방향으로 시상이 전개되고 있다.

여성노동요는 격렬한 소리로 짧은 시간에 부르는 것과 완만한 소리로 오랫동안 부르는 것으로 나뉜다. 여성은 남성과 마찬가지로 단시간에 집약적인 힘을 필요로 하는 노동 이외에도 장시간 지속되면서 노동의 강도는 비교적 약한 노동 또한 담당하였다. 즉 이중의 노동 형태를 부담했던 것인데, 후자의 경우에는 완만한 소리로 오랫동안 노동요를 불렀다. 따라서 여성노동요는 노동하는 사람의 감정을 단편적으로 보여주는 데 그치지 않고 생활에 대한 깊고 지속적인 투시를 보여준다는 점에서 주목된다. 〈잠노래〉는 여성이 바느질을 하며 부른 비교적 긴 호흡의 노래인데, '잠'을 작중 청자로 설정하여 밤새워 바느질을 할 때 쏟아지는 잠에 대한 원망을 익살스럽고 해학적인 태도로 드러내고 있다.

> 잠아 잠아 짙은 잠아 이내 눈에 쌓인 잠아
> 염치 불고 이내 잠아 검치두덕* 이내 잠아
> 어제 간밤 오던 잠이 오늘 아침 다시 오네
> 잠아 잠아 무삼 잠고 가라 가라 멀리 가라
> 시상 사람 무수한데 구테 너난 간 데 없어
> 원치 않는 이내 눈에 이렇다시 자심하뇨

세상 사람이 무수한데 구태여 갈 데가 없어 원치 않는 이내 눈에 찾아왔느냐며 잠에게 볼멘소리를 하는 대목은 웃음을 자아낸다. 이후 낮에 못한 남은 일을 밤에 끝내려고 부단히 애쓰던 시적 화자가 또다시 찾아온 잠 때문에 좌절하는 대목은, 낮에 이어 밤에도 쉴 수 없는 한 여성의 지난한 삶에 대해 생각하게 한다. 또 노동하지 않아도 되는 다른 사람과 노동을 해야만 하는 자신의 처지를 대비하는데, 이는 비극성을 더욱 심화시키는 대목이다. 두드러지는 의인화 기법으로 슬픔을 웃음으로 승화시키고 있지만, 실상은 밤새워 바느질하는 삶의 고달픔에 대해 노래하고 있다. 〈잠노래〉는 늦은 밤까지 잠을 쫓아가면서 남은 일을 하던 여인들의 노래인 것이다.

강원도 통천 지방에서 전승되는 〈베틀노래〉는 비교적 밝고 경쾌한 분위기의 노래이다. 뽕을 따러 가고, 삼간 방에서 누에를 친 다음, 실을 뽑고

---

* **검치두덕** '검치'는 '욕심'을 뜻하는 방언이며, '두덕'은 '언덕'이다. 욕심 언덕, 즉 잠을 자고 싶은 욕심이 언덕처럼 쌓였다는 말이다.

베를 짜서 혈육을 위한 옷을 짓는 5단계의 구성으로 시상이 전개된다. 그러나 작품 속 여인에게 옷을 짓기까지의 노동은 전혀 고생스러운 것이 아니다. 오히려 가족에 대한 사랑이라는 굳건한 목적이 있기 때문에 노동이 즐거운 일상으로 나타난다.

> 기심 매러 갈 적에는 갈뽕을 따가지고
> 기심 매고 올 적에는 울뽕을 따가지고
> 삼간 방에 누어놓고 청실홍실 뽑아내서
> 강릉 가서 날아다가 서울 가서 매어다가
> 하늘에다 베틀 놓고 구름 속에 이매* 걸어
> 함경나무 바디집에 오리나무 북 게다가
> 짜궁짜궁 짜아내어 가지잎과 뭅거워라
> 배꽃같이 바래워서 참외같이 올 짓고
> 외씨 같은 보선 지어 오빠님께 드리고
> 겹옷 짓고 솜옷 지어 우리 부모 드리겠네

흥미로운 점은 작품 속 여인이 손수 지은 외씨 같은 보선과 겹옷, 솜옷을 바치는 존재가 남편과 자식이 아닌 부모와 형제라는 것이다. 물론 부모에 대한 효심과 형제에 대한 우애를 드러내는 것은 유교적 가치관의 실현으로 볼 수 있는 여지가 있다. 그런데 여인은 효 등의 유교적 덕목을 실천하기 위해 극단적 희생을 감내하는 이념의 화신으로서의 여성 형상은 아니다. 오히려 가부장제에 포섭되지 않은 여성으로서, 누군가의 아내 혹

• **이매** 일애('잉아'의 방언). 베틀에서 베를 짤 때 쓰는 실의 한 종류.

은 누군가의 어미가 되기 이전 자신의 혈연관계에 기초한 본래 가족에 대한 따뜻한 사랑을 드러내고 있다. 따라서 독자는 고통과 한스러움으로 얼룩진 여인을 마주하게 되는 것이 아니라 가족을 위하는 마음으로 즐겁고 건강한 노동을 하는 여인을 마주하게 된다. 실제 부녀자들이 어떠한 처지에서 이 노래를 구연했을지는 알 수 없지만 적어도 이 노래가 따뜻한 가족애에 대한 염원을 담고 있다는 사실은 부정할 수 없다.

—

노동요의 기능

—

현재의 고통스러운 처지를 직설적으로 토로하는 노동요, 고통스러운 밤샘 노동의 경험을 해학적으로 풀이한 노동요, 가족에 대한 지극한 정성과 사랑을 담은 노동요……. 이렇게 노동요는 민중의 다양한 삶의 국면을 담아내고 있다. 그렇다면 이쯤에서 한 가지 의문이 솟아난다. 왜 노동 현장에서 이러한 노동요를 부르는 것인가?

〈켕마쿵쿵 노세〉와 같이 선창과 후창으로 이루어지고 동일한 후렴구를 반복하는 노동요는 확실히 행농을 봉일삼 있게 만드는 데 유리하다. 특정한 신호를 굳이 부여하지 않아도 노동하는 사람들이 일제히 '켕마쿵쿵 노세'라는 노래의 후렴구에 맞추어 질서 있는 동작을 해낼 수 있기 때문이다. 그러므로 이런 류의 노동요는 분명 노동을 보다 효과적으로 하기 위한 목적에서 불리는 것으로 판단된다. 그러나 〈초부가〉, 〈잠노래〉, 〈베틀노래〉는 딱히 그런 것같이 보이지 않는다. 앞서 이야기했듯이 현재의 시름을 잊게 하거나 이겨내는 등 정서적 기능이 주요한 것처럼 보이는 것이다. 바로 이 점을 유념한다면 노동요는 노동을 보다 효과적으로 하기 위한 기능 외에도 노동을 보다 즐겁게 하기 위한 기능도 더불어 지니고 있다고 이야기할 수 있다. 노동요의 기능은 그럼 이 두 가지뿐인가. 이 외에 다른 기능은 없는 것인가.

최초의 노래는 구석기시대에 사냥이 잘되기를 기원하는 주술적 심리에 의해 탄생했을 것으로 생각된다. 노동요 역시 이러한 주술적 기능을 가진다고 주장하는 견해들이 있는데, 이때 이야기되는 것이 〈모심는 소리〉이다. 〈모심는 소리〉는 모를 심으면서 부르는 노래이다. 따라서 〈모심는 소리〉를 알아보려면 우선 한국의 논농사, 곧 벼농사에 대해 알아볼 필요가 있다. 한국에서 벼농사가 시작된 것은 삼한시대부터였을 것으로 여겨지는데, 〈모심는 소리〉와 직접적으로 관련을 가지는 이앙법이 시작된 것은 고려 말이었을 것으로 생각된다. 고려 말 14세기 전후 영남 지역에 먼저 보급되기 시작한 이앙법은 이 시기 시문들에서 적지 않게 발견된다. 이는 당대 지식인들 또한 선진 농법인 이앙법의 출현에 지대한 관심을 기울였다는 사실을 방증한다. 특히 박효수의 시에 "들바람은 때로 삽앙가(揷秧歌)를 보낸다"는 구절이 나타나는데, 이를 통해 〈모심는 소리〉의 존재를 확인할 수 있다.

그럼에도 이앙법이 전면적으로 시행된 것은 그로부터 무려 300여 년이 지난 조선 후기에 이르러서이다. 이앙법은 노동력은 적게 들고 수확량은 두 배가 되는 장점 대신 가뭄에 취약하다는 단점이 있었다. 비가 오지 않게 되면 일 년 농사를 모두 망칠 위험이 있었던 것이다. 이러한 위험성 때문에 조선 전기에는 이앙법을 금지했다. 하지만 이앙법은 노동력이 적게 들고 수확량이 많다는 장점 외에도 농지를 사용하는 기간을 단축시켜 보리와 벼의 이모작을 가능하게 해준다. 이는 농민의 입장에서는 결코 포기할 수 없는 장점들이다. 조정의 금지에도 불구하고 이앙법은 농민들에 의

해서 차츰 전국적으로 보급되기 시작했고, 조정에서도 더 이상 이앙법을 부정하기 어려워졌다. 그 결과 〈모심는 소리〉는 전국적으로 불리는 노동요가 된 것이다.

흥미로운 것은 〈모심는 소리〉의 대부분이 연가(戀歌)라는 점이다. 이 때문에 흔히들 〈모심는 소리〉에는 풍요와 다산을 기원하는 주술적 의도가 담겨 있다고 말한다. 다음에 인용된 〈모심는 소리〉는 경북 상주군 사벌면에서 채록된 것으로, 일명 〈상주 모노래〉라고 불린다.

상주 함창 공갈못에
연밥 따는 저 처녀야
연밥 줄밥 내 따 주게
요내 품에 잠들어라
잠들기는 어렵잖으나
연밥 따기 난감하요

상주 지역에서 전승되는 〈모심는 소리〉는 대개 인용된 것처럼 '상주 함창 공갈못에'라는 고정적인 관용구로 시작된다. 관용구 뒤에는 연밥 따는 처녀에게 총각이 적극적으로 구애하는 내용이 뒤따른다. 사설 속에 등장하는 함창이란 지명은 지금의 상주군 함창읍을 일컫는 것으로, 실제 존재하는 구체적 공간이다. 공갈못의 존재는 아직 밝혀지지 않았지만 '상주 함창 공갈못에'로 시작되는 위 사설은 실제 상주 농민들의 삶에 매우 밀착되어 있는 사설임이 틀림없다.

〈상주 모노래〉는 총각과 처녀의 말이 번갈아 등장하는 대화체 형식으로 되어 있다. 이에 따라 창자들은 선창과 후창의 두 패로 나뉘어 각각 총각의 말과 처녀의 말을 주고받는 방식으로 가창한다. 연밥을 따줄 테니 대신 자신의 품에 잠들라며 총각이 말을 건네자, 처녀는 잠드는 것은 어렵지 않지만 연밥 따는 것이 난감하다고 대답한다. 그런데 처녀의 말은 여러 가지로 해석이 된다는 점에서 주목된다.

첫째는 총각의 제안에 대한 거절을 에둘러 표현하는 것이다. 둘째는 총각의 제안에 대해서는 승낙하나 연밥 따기의 어려움에 대해 걱정스러움을 표현하는 것이다. 여기서 걱정스러움은 오늘 하루 채워야 하는 수확량에 대한 걱정일 수도 있고, 자신 대신 수고로움을 감당해야 하는 총각에 대한 걱정일 수도 있다. 무엇에 대한 걱정스러움이든 총각과 처녀의 대화는 그 자체로 젊은 남녀의 성에 대한 관심을 직접적으로 드러낸다는 점에서 노골적이다.

모심기의 목적은 다름 아닌 풍성한 수확이다. 모를 심을 때 부르는 〈모심는 소리〉 역시 한 땀 한 땀 흘려가며 정성 들여 심은 모가 잘 자라 많은 결실을 맺길 기대하는 심리에서 부른다고 할 수 있다. 따라서 사설에 나타나는 성적 관심과 욕구, 남녀의 만남 등의 내용을 들어 〈모심는 소리〉에 '유감 주술(類感呪術, homeopathic magic)'의 성격이 나타난다고 주장하는 것도 무리는 아니다. 그런데 이때 놓치지 말아야 할 지점이 바로 실제 〈모심는 소리〉를 구연하는 노동 현장이다. 논농사의 특성상 모심기는 주로 남성과 여성이 함께 어울려서 한다. 유난히 〈모심는 소리〉에 이성과 관련된 사설이 많이 등장하는 것도 남녀 여럿이 모인 자리에서 공동의 관심과 재미를 유도하기에는 이성과 관련된 사설이 가장 적합했기 때문인 것으로 볼 수 있다. 〈모심는 소리〉가 일종의 주술적 기능을 담당하였을 가능성도 배제할 수는 없으나, 어쩌면 순수하게 노동 현장의 필요성 아래 유희적 기능을 담당하기 위해 〈모심는 소리〉가 탄생했을 가능성도 배제할 수 없다.

21세기 노동요

노동요는 실로 다양한 기능을 가지고 있지만 어디까지나 20세기에 채록
된 노동요에 국한되는 이야기이다. 이는 〈모심는 소리〉가 불리던 농촌의
오늘날 현실만 봐도 단적으로 알 수 있다. 어느덧 벼농사의 기계화율은
95퍼센트를 거뜬히 넘어 100퍼센트를 바라보고 있는 실정이고, 벼농사
에 비해 아직 50퍼센트 대에 지나지 않는 밭농사의 기계화율을 높이기 위
한 각종 기계화 모델의 시범·적용이 거국적 차원에서 이루어지고 있다.
인간의 땀을 기계의 부속품이 대신한 지 오래된 21세기에, 앞에서 거론한
노동요의 기능들은 각각의 노동요가 채록되던 그때 그 시절의 화석으로
남았다고 해도 과언이 아니다. 그러나 여전히 키보드를 두드리며 음악을
듣는 것처럼, 노동이 조금이라도 남아 있는 현장에서는 지금도 노래가 들
리고 노래가 불린다. 다만 그 노래가 '상주 함창 공갈못에 연밥 따는 저 처
녀야'로 시작하는 예의 그 노동요가 아닐 뿐이다. 그보다는 "○○세에 지
세상에서 날 데리러 오거든"으로 시작하는 대중가요가 〈상주 모노래〉의
자리를 대신한다. 이러한 상황 속에서 노동요는 여전히 유효하다고 말할
수 있는가.

　앞서 노동을 소재로 한 것만이 노동요가 되지 않는다는 것을 강조한 바
있다. 그런데 거기서 더 나아가 아예 노동요가 아닌 노래를 필요에 따라
노동 현장에 가져다 부르는 경우가 예전부터 존재했다. 예컨대 호남 지역
의 대표적 유희요인 〈육자배기〉를 전남 담양에서는 나무를 할 때 곧잘 부

른다. 이는 강원도 정선에서 밭을 맬 때 〈아라리〉를 부르거나, 경남 고성에서 논을 맬 때 〈칭칭이〉를 부르는 것과 유사하다. 즉 민중이 노동의 현장에서 부르는 노동요는 본래 일을 할 때 부르던 순수한 노동요와 애초에 일과 무관하던 노래를 가져다 부르는, 즉 차용한 노동요 이 두 가지의 종류가 있는 것이다. 이러한 관점에서 보면 오늘날 노동 현장에서 불리는 대중가요는 후자의 경우, 곧 차용한 노동요에 해당한다고 볼 수 있다.

물론 대중가요와 노동요의 더 큰 범주에 해당하는 민요는 아예 그 발생 원리부터가 다르다. 대중가요는 기본적으로 경제 논리에 의해 생산되고 유통된다. 자본주의 시스템 속에서 우리는 노래의 생산자가 아닌 소비자로서만 존재할 수 있다. 게다가 대중가요가 담고 있는 주제는 지극히 편향적이고도 통속적인 정서에 매몰되어 있다. 담고 있는 그 나름의 문제의식이 전혀 없는 것은 아니지만, 삶에 대한 깊이 있는 문제의식은 결여되어 있다고 할 수 있다. 그에 반해 민요는 대중가요처럼 자본주의와 같은 지배적인 논리에 의해 생산되고 유통되는 것이 아니다. 그보다는 민중의 필요에 의해 자연 발생적으로 생겨난 것이라고 보아야 옳다. 따라서 우리는 민요의 생산자이자 소비자로서 존재한다. 민요는 스스로 지어 부를 뿐만 아니라 전해진 것도 다르게 바꾸어 부를 수 있기 때문이다. 그러므로 창자에 따라 원래의 사설이 개인적인 문제의식의 투영으로 또는 사회적인 문제의식의 투사로 전환되기도 한다.

실제로 노동요 가운데에서도 불합리한 현실을 문제 삼거나 풍자한 것들이 적지 않다. 여기서는 그러한 노동요의 실례를 소개함으로써 대중가요가 노동 현장을 잠식해버린 오늘날의 상황에서도 여전히 노동요의 의의가 굳건함을 방증하도록 한다. 〈모심는 소리〉는 전국에서 불리는 만큼 사설이 가장 풍부하다. 사설 중에는 동일한 내용의 사설이 각편에 따라 큰 변화 폭을 보이는 경우가 적지 않은데, '주인네 사설'이 여기에 해당한다. 가장 기본적인 사설은 다음과 같다.

여기 꼽고 저게 꼽고
쥔네 마누라 거기 꼽고
꼽기사 꼽았건만
엉산이 져서 아니 컸다
이 물기 저 물기 헝헐어놓고
쥔네 양반은 어데 갔노
문에야 대전복 손에 들고오
첩으 집에 놀로 갔다

1행은 모를 심는 동작과 남성의 성적 행위를 연결시키고 있다. 주목되는 것은 그러한 성적 행위의 대상이 주인네 마누라라는 것이다. 게다가 꼽기야 꼽았지만 응달이 져서 안 되겠다는 언술은 주인네 마누라를 낮추어 희롱하고 있음을 보여준다. 그 당시 역사적 상황을 떠올려보면, 주인네 사설의 의미를 보다 깊이 있게 이해할 수 있다. 이앙법, 곧 모심기는 농민층의 분해와 경영형 부농의 등장을 가져오는데, 이때 지주와 소작인의 관계는 신분적 차이가 아닌 경제적 차이에 구속되는 부농과 빈농의 관계로 재정립된다. 이 점은 피지배계급에게 더욱더 좌절감을 안겨주는 것일 수 있다. 왜냐하면 신분은 생득적(生得的)인 것이기에 현실에 대해 일찌감치 체념할 수 있는 반면, 자본은 후천적인 것이기에 자신의 노력으로 현실이 쉽사리 극복되지 않았을 때는 더욱더 쓴맛을 볼 수 있기 때문이다. 따라서 경제적 차이만 존재할 뿐인 지배계급은 피지배계급에 의해 쉽게 조롱

의 대상으로 전락한다. 그 점을 주인네 마누라에 대한 성적 희롱에서 엿
볼 수 있다. 이는 주인네 양반도 마찬가지인데, 이 물기 저 물기를 모두 헐
어놓아 모심기의 고통을 가중시키고는 첩의 집에 문어와 전복을 들고 놀
러 가는 주인네 양반의 작태는 조롱을 넘어선 분노를 불러일으킨다. 심지
어 그러한 주인네 양반의 행태 때문에 주인네 마누라는 간혹 소작인들의
간식을 챙기는 것도 잊어버리는 것인데, 그러한 정황이 다른 각편에서 나
타난다. 첩에 푹 빠진 주인네 양반 때문에 정신이 나가버려 중참을 챙기
지 못하는 주인네 마누라가 웃음거리의 대상이 되는 것이다.

그러나 여성 창자들에게 이는 쉽게 웃어버릴 수 없는 대목이다. 지배계
급과 피지배계급을 막론하고 여성들에게 처첩으로 인한 갈등은 공통의
문제였기 때문이다. 그에 따라 주인네 사설은 단순히 지배계급에 대한 조
롱에 머물지 않고 처첩 간의 갈등에 대한 풍자로 그 사설의 내용을 확장
시킨다.

물끼야 허정청 / 헐어놓고 / 쿤네 양반은 / 어데로 갔노 / (중략) / 이 물끼
저 물끼 / 다 헐어줘도 / 첩으야 방에로 / 제일인데 / 첩으야 방으는 / 꽃
밭이고 / 본처 방으는 / 연못이네 / 첩으야 방에는 / 꽃 한철이요 / 연못
에 붕어는 / 사시장철

확장된 사설에서는 첩과 본처에 대한 다양한 비유가 나타난다. 비유는
먼저 주인네 양반이 시작하는데, 주인네 양반은 첩의 방이 제일이라며 첩
의 방은 꽃밭이고 본처의 방은 연못이라 비유한다. 이때 첩의 방이 꽃밭
이라는 것은 첩의 화려함을 뜻하는 것이며, 본처의 방이 연못이라는 것은
본처의 소박함을 뜻하는 것이다. 그러자 주인네 마누라는 주인네 양반과

같은 비유를 사용하여 전혀 다른 의미의 해석을 이끌어낸다.

여보시오 / 그 말 마오 / 첩으야 방으는 / 한철이라 / 본처 방으는 / 사시
절이 / 어이 그리도 / 두텁던고

즉 꽃밭의 꽃은 한철이나 연못의 붕어는 사시사철인 것처럼, 첩의 방은 한철이나 본처의 방은 사시사철 두텁다는 것이다. 이러한 토로는 주인네 마누라를 단순히 주인네 마누라로 자리매김하게 하지 않고 첩을 둔 모든 본처의 대변인으로 자리매김하게 만든다. 이에 따라 '주인네 사설'을 바탕으로 '큰어머니(본처를 이르는 말) 사설'이 만들어지기도 한다.

앞집에 / 동세들아 / 뒷집에 / 동세들아 / 잡으러 가자 / 잡으러 가자 / 첩
의 년을 / 잡으러 가자 / 큰 칼 갈아 / 품에 품고 / 어채갈랑 / 바른손에 들
고 / 잡으러 가자 / 잡으러 가자

실제로 이 사설을 창자가 구연하자 그 자리에 있던 청중은 이 사설이 '옛날 소리'리고 하면서 이것이 바로 '모심기 노래'도 되고 '큰어머니 노래' 도 된다고 하였다. 이는 곧 주인네 마누라가 처첩 갈등을 기반으로 더 이상 주인네 마누라가 아닌 첩을 둔 본처의 대변인, 즉 큰어머니로 거듭났다는 점을 보여준다. 주인네 마누라는 앞집의 동서와 뒷집의 동서를 호명하고 큰 칼과 어채를 든 뒤 첩을 잡으러 가자고 말한다. 이 사설이 불릴 때 모를 심으면서 함께 이 사설을 가창했던 여성들은 모두 주인네 마누라 혹은 앞집 동서와 뒷집 동서에 감정이입이 되었을 것이다. 그리고 첩을 잡기 위해 큰 칼과 어채를 챙기는 대목에서 크나큰 통쾌함과 짜릿함을 느꼈

을 것이다. 그러한 신명에 취하여 고통은 잠시 잊고 더욱 신나게 모를 심었을지도 모른다.

지배계급을 조롱하기 위해 존재했던 '주인네 사설'은 첩이라는 단서에 주목하고 그것을 기반으로 사설의 내용을 확장하면서 어느덧 처첩 갈등으로 인해 고통 받는 여성들과 그러한 이웃에 동정하는 여성들을 하나로 묶어주는 기능을 하게 된다. 〈모심는 소리〉의 '주인네 사설'이 담고 있는 지배계급에 대한 조롱과 처첩 갈등에 대한 풍자, 그리고 그 사설을 가창하는 이들을 하나로 결속시키는 기능은 그 어떤 대중가요에서도 찾아볼 수 없는 지점이다. 오늘날에도 여전히 노동요가 유효하다는 사실을 〈모심는 소리〉의 '주인네 사설'이 잘 보여준다.

– 이소윤

참고 문헌

《한국구비문학대계》, 한국학중앙연구원, 1980~1989.

《한국민요대전》, 문화방송, 1991~1996.

강등학 외, 《한국 구비문학의 이해》, 월인, 2000.

장덕순·조동일, 《구비문학개설》, 일조각, 1999.

김용기, 〈문학교과서 속 민요의 여성상과 교수·학습의 문제〉, 《구비문학연구》 40, 한국구비문학회, 2015.

임재해, 〈〈상주 모노래〉의 '공갈못' 상징과 '연정요'로서 기능〉, 김기현 외, 《농경문화를 꽃피운 상주민요》, 민속원, 2013.

정한기, 〈영남 지역 〈나무꾼 노래〉에 나타난 신세 탄식의 양상과 의미〉, 《한국민요학》 29, 한국민요학회, 2010.

一二三四五六七八九十
어른들도 아이들도 흥겹게 부르는 노래

유희요의 개념과 종류

전통사회에서 민요는 일의 능률을 높여주고 흥을 돋우는 데 큰 기여를 했다. 그런데 요즘은 명절 씨름판과 같은 축제 마당이나 공연장 또는 음반 등을 통해서만 민요를 들을 수 있다. 농사를 지을 때, 노동을 할 때, 의식적인 행사를 치를 때 불렀던 민요가 더 이상 불리지 않기 때문이다. 이러한 변화에 따라 민요를 직접 부르고 들을 일은 적어졌지만, 여전히 민요는 우리 생활 속에 어떤 형태로든 남아 있다. 민요의 기능이 일과 직결되는 일이 적어지면서 오히려 민요의 유희적 성격이 더 강화되는 경향성이 짙어졌다. 민요의 기능과 함께 그 내용을 알아보도록 하겠다.

민요는 기능, 가창 방식, 창곡, 율격, 장르, 창자, 시대, 지역에 따라 분류가 가능하다. 기능에 따라 노동요, 의식요, 유희요로 나뉘는데, 유희요는 놀이의 박자를 정확하게 유지하며 놀이를 원활하게 진행하고 놀이의 흥을 돋우기 위해서 부른다. 놀이는 어른뿐만 아니라 어린이들도 참여하기 때문에 특별히 유희요에는 동요가 포함된다. 민요를 기능이냐 아니냐에 따라 나누면서, 노래 자체만 즐기는 비기능요는 사실상 민요의 분류 작업에서 제외되었다. 그러나 현대에는 기능요의 존속이 불가능한 관계로 민요를 기능과 비기능으로 나누는 것에 대한 재검토가 필요하다. 오히려 민요의 기능적 요소가 상실되면서 비기능요인 유희요의 비중이 커져가고 있다고 할 수 있기 때문이다.

유희요를 나누는 기준은 매우 다양하다. 그 가운데 우선 놀이가 언제 이루어지는가에 따라, 세시풍속과 관련하여 주기적으로 성립되는 '세시유희요'와 일상적으로 형성되는 '일상유희요'로 크게 나뉜다. 그리고 일상유희요는 놀이의 방식과 그 목적에 따라서 '경기유희요, 조형유희요, 풍소유희요, 언어유희요, 가창유희요'의 다섯 가지로 나뉜다. 세시유희요는 도구유희요로 〈그네 뛰는 소리〉, 〈널뛰는 소리〉, 〈윷놀이하는 소리〉, 〈줄다리기하는 소리〉, 〈고싸움 하는 노래〉 등이 있고, 가무유희요로 〈쾌지나칭칭나네〉, 〈강강술래소리〉, 〈월월이청청소리〉, 〈놋다리밟기소리〉, 〈대문노래〉, 〈돈돌날이〉 등이 있으며, 축제유희요로 〈화전놀이노래〉, 〈호미씻이노래〉, 〈서우젯소리〉 등이 있다. 이들 노래의 내용이 소집단으로 이루어질 경우에는 겨루기와 재미를 위주로 하지만, 마을 단위 대집단인 경우에는 세시 명절의 기능처럼 복합적으로 이루어진다.

경기유희요는 일상 유희 중 경합 과정, 곧 이기고 지거나 잘하고 못하는 등의 다툼이나 경쟁의식이 개입되는 유희에서 불리는 노래이다. 경기유희요에는 놀이에 필요한 기구를 사용하여 승부를 가리는 것과 행위나 동작만으로 승부를 가리는 것이 있다. 기구를 이용한 도구유희요로는 〈장

기노래〉, 〈화투노래〉, 〈투전노래〉, 〈사시랭이노래〉, 〈곱새치기노래〉 등이
있고, 곡예유희요로 〈줄타기노래〉, 〈줄넘기노래〉, 〈공놀이노래〉 등이 있
으며, 행위나 동작으로 이루어지는 동작유희요에는 〈손뼉치기노래〉, 〈군
사놀이노래〉, 〈술래잡기하는 소리〉, 〈숨바꼭질하는 소리〉, 〈다리세기노
래〉 등이 있다. 이들 노래의 내용은 놀이 방식에 따라 향유층의 기술 겨루
기와 몸동작의 솜씨 역량 다투기, 전통적 지혜 뽐내기 등을 두루 표현하
고 있다.

　조형유희요는 어떤 것을 조작하여 변형시켜 이를 이용하여 놀거나 새로
운 형상을 그리면서 부르는 노래이다. 조작유희요로는 〈흙장난노래〉, 〈두
꺼비집 짓는 소리〉, 〈소꿉장난하는 소리〉, 〈풀각시 만드는 소리〉, 〈피리만
들기노래〉 등이 있고, 그림유희요로는 〈얼굴 그리는 노래〉, 〈사물 그리는
노래〉 등이 있다. 이들 노래의 내용은 대체로 동심의 발상으로 대상을 데
리고 놀거나 새로운 모습을 만들면서 느끼는 세계를 나타낸다.

　풍소유희요는 어떤 대상을 놀리거나 풍자하기 위한 놀이에서 부르는
노래이다. 노래의 내용은 자연스레 놀이의 대상을 우스꽝스럽거나 특이
하게 묘사하는 것으로 이루어진다. 풍소유희요는 '인물유희요, 신체유희
요, 버릇유희요, 동물유희요, 곤충유희요, 자연유희요'로 나누어신다. 그
리고 이에 해당하는 민요에는 〈처녀총각노래〉, 〈중노래〉, 〈꼬부랑노래〉,
〈봉사노래〉, 〈방귀노래〉, 〈우는아이노래〉, 〈꿩노래〉, 〈뻐꾸기노래〉, 〈잠
자리노래〉, 〈해노래〉 등이 있다. 이들 노래는 주술적 원초 사유와 장난삼
아 놀리는 풍자적 세계를 담고 있다.

　언어유희요는 노래의 사설을 유희의 직접적인 방법으로 삼아 진행되는
노래이다. 따라서 노래의 사설은 평범한 구성보다는 파격적인 구성을 이
루는 것이 보통이고, 평범한 구성으로 이루어졌다 하더라도 단숨에 불러

야 하는 등의 조건이 따르기 마련이다. 언어유희요는 주로 아이들의 노래 인 동요에서 불리는데, 유희의 방법이 문자 풀이 위주인가, 말대답·말 잇기·소리 흉내 등 말과 소리의 해학적 처리 위주인가에 따라 '문자유희요, 말소리유희요'로 나눌 수 있다. 문자유희요에는 〈한글풀이노래〉, 〈숫자풀이노래〉 등이 있고, 말소리유희요에는 〈말대답노래〉, 〈말잇기노래〉 등이 있다. 〈둔사(遁辭)〉·〈문답〉 등의 어희요(語戲謠)나 〈다리세기〉·〈이거리 저거리 각거리〉 등의 수희요(數戲謠)도 넓게 보면 언어유희요의 범주에 포함된다. 이들 노래의 내용은 대체로 말놀이, 언어놀이의 파격성과 연상성을 통해 향유층의 놀이 몰입과 웃음 자아내기로 나타난다.

—

유희요로 남아 있는 동요들

—

민요 가운데 유희요는 유일하게 어린이의 생활과 밀접한 관계를 맺으면서 형성되어왔다. 어린이의 놀이는 현재에도 지속적으로 이루어지고 있고, 학교교육과 어린이들의 놀이 문화를 통해서 전승되고 있다. 유희요로 남아 있는 동요들은 주로 학교 교과서에 수록된 작품으로, 어린이의 놀이와 직접적인 관련성이 있는 것들이다.

남생아 놀아라 촐래촐래가 잘 논다
남생아 놀아라 촐래촐래가 잘 논다

위의 노래는 초등학교 교과서에 실려 있는 부분으로, 이 내용을 반복하여 부르는 것이 보통이나 진도의 경우에는 내용이 더 길다.

남생아 놀아라 촐래촐래가 잘 논다

어화색이 저색이 곡우남생 놀아라

익사 적사 소사리가 내론다

청주 뜨자 아랑주뜨자

철나무 초야 내 젓가락 나무접시 구갱캥

가사를 덧대어 노래하고 바로 이어 개고리타령을 부른다. 지역에 따라
'촐래촐래' 대신 '발랭이 발랭이', '출랑이 촐랑이'와 같이 부르기도 한다.
지역에 따라서 노래를 부르는 내용이 달라지는 셈이다. 〈남생아 놀아라〉
는 협의의 강강술래에는 포함되지 않은 광의의 강강술래이다. 받는 소리
를 '강강술래'가 아닌 놀이의 내용에 어울리는 가사로 부르기도 한다. 〈남
생아 놀아라〉는 잦은 강강술래에서 흥이 고조되어 몸이 지칠 때쯤에 느
린 자진모리나 중중모리 빠르기로 '남생아 놀아라'를 부르면 두세 명이
원 안으로 들어가 '촐래촐래가 잘 논다'를 받아 부르며 남생이 모양을 흉
내 내면서 곱사춤 등을 춘다.

이거리 저거리 각거리

만두 만두 두만두

짝발로 새양강

모기밭에 독수리

칠팔월에 무서리

도름에 중에 장두칼

이거리 저거리 각거리

동새 망새 도망근

진땡이 열두 냥

까막까치 빵구라

이거리 저거리 각거리

산도 맹근 도맨도

조리 짐치 장두칼

콩 하나 팥 하나

이양 지양 가매 꼭지

넘어가자 묵게 동

〈이거리 저거리 각거리〉는 다리빼기 놀이에서 활용되는데, 어린이들이
많이 하는 놀이로 지역에 따라 가사 내용이 다르다. 서로 마주 보고 앉아
서 다리를 쭉 펴고 교대로 다리를 하나씩 끼운다. 노래에 맞춰 다리를 하
나씩 짚어가며 왔다 갔다 하다가 노래가 끝날 때 짚인 다리를 뺀다. 마지
막까지 다리가 남는 사람이 이기게 된다. 〈이거리 저거리 각거리〉가 전통
적인 노래라면 어린이들이 새로운 가사로 이 놀이를 즐기기도 한다.

코카콜라 맛있다 맛있으면 또 먹지

또 먹으면 배탈 나

도레미파솔라시도

어린이들은 전통 동요가 가지고 있는 어휘의 어려움 때문에 쉽게 공감
하지 못하는 경우가 많다. 그래서 다리빼기 놀이를 할 때, 외우기 쉽고 이

해할 수 있고 재미를 느낄 수 있는 내용으로 바꾸어 부르기도 했다. 코카 콜라라는 제품을 노래에 대입했다는 점이 흥미롭다.

두껍아 두껍아 헌집 줄게 새집 다오
두껍아 두껍아 물 길어 오너라 너희 집 지어줄게
두껍아 두껍아 너희 집에 불났다 쇠스랑 가지고 뚤레뚤레 오너라

〈두껍아 두껍아〉는 모래놀이를 하면서 어린이들이 자주 부른다. 지역에 따라서는 두꺼비 대신에 까치나 까마귀, 황새 등이 나오기도 하지만, 많은 지역에서 두꺼비로 부르는 경우가 많다. 전통적으로 두꺼비는 구렁이, 족제비와 함께 한 집안의 살림을 보호하고 늘게 하는 동물을 뜻하는 업 또는 재물신으로 모셔졌다. 두꺼비를 통해서 헌집을 주고 새집을 얻고 싶은 욕망을 놀이로 재미있게 풀어내고 있다.

문지기 문지기 문 열어라 열쇠 없어 못 열겠네
어떤 대문에 들어갈까 동대문을 들어가
문지기 문지기 문 열어라 열쇠 없어 못 열겠네
어떤 대문에 들어갈까 서대문을 들어가
문지기 문지기 문 열어라 열쇠 없어 못 열겠네
어떤 대문에 들어갈까 남대문을 들어가
문지기 문지기 문 열어라 열쇠 없어 못 열겠네
어떤 대문에 들어갈까 북대문을 들어가
문지기 문지기 문 열어라 덜커덩 떵 열렸다

〈문 열어라〉는 두 사람이 마주 보면서 양팔을 잡아 문을 만들고, 놀이꾼들은 그 밑을 일렬로 허리를 잡고 통과하는 놀이이다. 처음에는 선창자가 '문지기 문지기 문 열어라'를 메기면서 대형을 유도하지만 일단 문이 만들어지면 놀이꾼들이 '문지기 문지기 문 열어라'를 메기고 문지기가 된 사람들이 '열쇠 없어 못 열겠네'로 받는다.

전승되는 민요가 요즘 어린이의 놀이판에서 통용되고 있다는 것은 이 노래들이 지닌 전승력이 놀이와 연결되어 지속적인 힘을 발휘하고 있다는 것을 의미한다. 어린이들은 놀이를 할 때, 노래를 부르면서 그 놀이의 즐거움을 더하기 때문이다.

1980~1990년대 동요 노래 문화의 중요한 특징 가운데 하나가 개사동요의 양적 팽창이다. 개사동요는 전승동요가 세대 간의 연결고리가 끊기고 아동의 노래 문화 공간에서 급격히 밀려나면서 그 대안으로 자생한 동요의 한 종류이다. 어린이들은 기존의 동요만으로는 그들의 욕구를 충족할 수가 없게 되어서 자신에게 익숙한 노래 곡에 자신만의 세계를 담을 수 있는 가사를 대신 넣은 개사동요를 만들어냈다. 비록 이것이 민요의 개사는 아니지만 어린이들이 직접 바꾸어 부르는 유희적 성격을 지닌 노래라는 점에서 현대 유희요의 하나로 살펴볼 필요가 있다.

다음 노래는 〈아빠와 크레파스〉를 개사한 것이다.

어젯밤에 우리 아빠가 화가 나신 모습으로
한 손에는 쇠몽둥이를 사가지고 오셨어요 음흠
한 대 맞고 참았어요 두 대 맞고 울었어요
세 대 맞고 뻗었어요 네 대 맞고 날개 달았죠 음흠
밤새 꿈나라에 아기 코끼리가 뱅뱅 돌았고

크레파스 병정들도 날개 달고 날아다녔죠 음흠

크레파스를 사가지고 온 다정한 아빠가 아닌, 쇠몽둥이를 사가지고 온
아빠에게 맞은 아이는 폭력으로 쓰러진 자신의 모습을 희화화하고 있다.
꿈속에서 나래를 펴는 아이가 아닌, 아빠에게 맞고 정신을 잃은 아이가
꿈속을 헤매고 있는 셈이다.

종이 울리네 문이 열리네 선생님께서 들어오시네
한 손에는 시험지 뭉텡이 내 가슴 설레게 하네
보나마나 빵점 맞을 걸 사랑하는 내 짝꿍아
집에 갈 때 호떡 사줄게 시험지 좀 베끼자

원곡은 〈서울 찬가〉이다. 아이가 종이 울리면서 시작되는 시험에 대한
공포를 담고 있다. 시험 성적이 좋지 않을 것을 염려하고 친구에게 호떡
을 사주고 시험지를 베끼려고 하는 나쁜 의도를 드러내기보다는 시험에
대한 불안감을 우스꽝스럽게 표현하고 있다고 볼 수 있다.

아침에 일어나서 똥물에 세수하고 학교에 가서 공부는 안 하고
미끄럼 뿌수고 그네도 뿌숫고 엄마 아빠랑 경찰서에 가고
우는 동생 고치 잡아댕기고 우리들도 바쁘게 살아요
영프레이 모빌은 내 원수 내 원수 프레이 모빌
아아아아 아빠 영프레이 모빌 싫어요
영프레이 모빌 영프레이 모빌

영플레이 모빌은 한때 유행했던 장난감 브랜드이다. 이 노래는 광고에 나오는 노래로, 장난감보다 더 인기를 끌었다. 원래 가사는 다음과 같다.

아침에 일어나서 예쁘게 옷을 입고 학교에 가서 공부를 하고
미끄럼 타고 그네도 타고 엄마 아빠랑 동물원에 가고
우는 동생 돌봐주고 우리들도 바쁘게 살아요
플레이 모빌은 내 친구 내 친구 플레이 모빌
아아아아 아빠 플레이 모빌 좋아요
영플레이 모빌 영플레이 모빌

원래 가사와는 다르게 개사한 노래는 어린아이의 비틀어진 일상을 그대로 보여준다. 예쁘게 옷을 입고 학교에 가고 놀이를 즐기고 동생을 돌봐주는 어린아이의 생활이 정반대의 형상으로 그려지고 있다. 어린아이들은 이러한 일탈의 노래를 통해서 일시적 즐거움을 느끼는 것이다.

민요를 기능에 주안점을 두어 나누었던 전통사회와 달리, 현대사회에서는 일의 능률이나 의식적인 행위에 따라 불릴 만한 민요를 찾기가 어려워졌다. 전통사회에서 불렸던 민요를 알고 감상하는 것도 즐거운 일이지만, 사회가 급변하면서 민요가 기능보다는 유희로써 불린다는 점에 주목을 하면 우리 주변에서 민요를 즐길 수 있는 방법이 많아질 수 있다. 현재는 교과서에 실려 있는 화석화된 민요를 보고 있지만, 세시풍속이나 어린이의 놀이판 현장에 살아 있는 유희요는 우리의 삶 속에 여전히 공존하면서 새롭게 재탄생되고 있다.

- 김경희

참고 문헌

강등학 외, 《한국 구비문학의 이해》, 월인, 2000.

서대석, 《구비문학》, 해냄, 1997.

이창식, 《한국의 유희민요》, 집문당, 1999.

임동권, 《한국민요집》, 동국문화사, 1961.

권오경, 〈개사 동요와 아동의 의식 세계〉, 한국민요학회, 《유희요 연구 1》, 민속원, 2006.

권영민, 《한국 현대문학 대사전》, 서울대학교 출판부, 2004.

김헌선, 《한국 구전민요의 세계》, 지식산업사, 1996.

박경수, 《한국 민요의 유형과 성격》, 국학자료원, 1998.

열상고전연구회, 《열상고전연구 2》, 태학사, 1989.

이웅백·김원경·김선풍, 《국어국문학 자료사전》, 한국사전연구사, 1998.

장덕순 외, 《구비문학 개설》, 일조각, 1971.

국립국악원 http://www.gugak.go.kr

四

민심과 천심이 담긴 노래

정치요의 개념과 성격

—

국가의 주권자가 영토나 백성을 통치하는 것을 정치라 하고, 백성이 부르는 노래를 민요라 한다. '정치요'는 정치와 민요의 합성어로, 위정자들의 정치적 형편에 대한 백성들의 노래이며 정치적 기능을 가진 민요이다.

처음 정치요를 민요의 한 갈래로 분류하고 이에 대한 설명을 한 사람은 고정옥이다. 그는 민요의 기능을 '노동적 기능, 정치적 기능, 종교적 기능, 자웅도태적 기능'으로 나누었다. 그 후 김무헌이 한국 민요의 기능적 특성을 살펴 '노동 민요, 유희 민요, 종교 민요, 정치 민요'로 구분했고, 최철이 이들의 연구 성과를 바탕으로 다시 민요의 기능을 '노동적 기능, 의식적 기능, 유희적 기능, 정치적 기능'으로 나누었다.

20세기 이전에 정치요는 신라의 〈서동요〉에서 보여주는 것처럼 '동요

(童謠)'라고 불렸다. 동요는 "천상의 형혹성(熒惑星)이 지상에 내려와 동자 (童子)로 변성하여 노래 지어 부르는 것이다."라고 믿을 만큼 신기한 것으로 여겨졌는데, 아이들이 부르는 노래가 앞날의 조짐을 예언하는 참요적 성격을 지니고 있는 까닭에 사람들은 동요를 민심뿐만 아니라 천심까지 대변한다고 인식했다. 그리하여 동요를 '참요(讖謠)'라 부르기도 했다. 참요는 동요와는 달리 그 쓰임의 역사가 짧다. 현대 어린아이들의 놀이동요와 시대상을 반영하고 앞일을 예언하는 고대동요를 구분하여 이름 지은 것으로, 일제 시기 김태준이 처음으로 사용하였다.

정치요는 왕실이나 나라의 흥망성쇠에 관련된 것이 주류를 이루는데, 주로 사회가 불안할 때 나타나는 특징을 가지고 있다. 역사상으로 보더라도 새 왕조가 생기기 전후, 반란이나 전란(외세의 침입)이 있을 때 정치요가 두드러지게 나타나는 것을 알 수 있다. 정치요는 삼국시대부터 생명력을 잃지 않고 꾸준히 창작되고 불리었는데, 그 수가 수십 편에 달한다. 삼국시대의 정치요는 《삼국사기》, 《삼국유사》, 《고려사》 등에서, 고려시대의 정치요는 《고려사》, 《동국통감》, 《증보문헌비고》, 《용천담적기》, 《동사강목》 등에서 확인할 수 있다. 그중에서도 삼국시대의 〈서동요〉, 고려시대의 〈목자요〉, 조선시대의 〈파랑새요〉는 각 시대의 대표적인 성치요로 잘 알려진 작품들이다. 조선시대 이후에도 정치요는 더욱 다양해지는데, 이에 대해서도 함께 살펴보도록 하겠다.

—

삼국시대의 정치요 - 〈서동요〉

—

삼국시대는 한문이 전래된 지 얼마 되지 않았고, 고유문자 또한 정착되지 못했던 시기였다. 따라서 그 당시의 민요 전파 상황이나 정치요로 규정할 수 있는 작품들을 파악하는 것이 쉽지 않다.

삼국시대의 시가는 시대적·문화적 배경상 정치요로서의 완전한 모습을 갖추기는 무리였다. 하지만 그런대로 고대인을 매료시켰던 비사(秘詞)나 비결(秘訣)과 같은 예언적·암시적 참(讖)사상이 노래에 영향을 끼쳤기 때문에 협의의 시각으로서의 정치요로 정치적 색채가 짙은 미래의 사건을 예언하는 작품들을 찾아볼 수 있다. 그중에서도 신라시대의 〈서동요〉는 원가(原歌)가 전해진 최초의 민요로, 초창기의 정치요를 대표할 수 있는 아주 중요한 작품이다. 〈서동요〉는 4구체 노래로, 《삼국유사》 권2의 '무왕' 조에 실려 있다. 내용은 다음과 같다.

善花公主主隱	선화공주님은
他密只嫁良置古	남 몰래 사귀어 정을 통해 두고
薯童房乙	맛동(서동) 도련님을
夜矣夘乙抱遺去如	(밤에) (몰래) 안고 가다

향찰로 표기된 〈서동요〉는 노랫말의 판독에 있어서 몇몇 자구에 대한 이견이 여전히 좁혀지지 않고 있다. 하지만 작품 전반에 대한 이해에 있어서는 '선화공주가 밤마다 남몰래 서동을 찾아가 정을 통한다'는 것으로 통용되고 있다.

이와 관련된 서사 기록은 설화로도 남아 있다. 그 내용을 보면, 백제의 무왕이 어린 시절 진평왕의 셋째 딸인 선화공주의 미모가 뛰어나다는 소문을 듣고 사모하던 끝에 중처럼 분장하고 신라의 서울로 가서 마(薯)로 어린아이들을 꾀어 〈서동요〉를 부르게 했다고 한다. 노래는 나라 전체에

퍼져 진평왕과 대신들의 귀에까지 들어가게 되었고, 서동은 결국 궁궐에서 쫓겨난 선화공주를 취하는 데 성공한다. 즉 동요로 전해지던 서동과 선화공주의 사랑 이야기가 현실로 이루어진 것이다.

이는 〈서동요〉가 예지 능력을 가진 참요적인 동요임을 말해준다. 그러나 여기에서의 참(讖, 예언)은 자연 발생적인 것이 아니다. 서동이 선화공주를 취하려는 목적을 가지고 아이들의 입을 통해 의도적으로 노래를 유포시킨 것으로, 표면적으로는 예언의 형태이지만 이면적으로는 말의 힘을 이용해 사람의 마음을 움직이는 형태를 띠고 있다. 서동은 동요가 아이들의 순진한 노래이고 인위성이 배제된 노래임을 잘 알고 있으며, 그런 성질을 자신의 목적에 이용한 것이다. 결과적으로 신라 조정은 서동이 퍼뜨린 동요에 놀아났고, 선화공주 또한 서동과 혼인을 하고 동요의 영험을 믿게 된다. 서동이 동요의 위력에 기대어 자신의 목적을 달성한 것이다.

하지만 〈서동요〉의 역할은 여기서 끝나지 않는다. 선화공주와의 결혼으로 신분 상승의 기회가 가까워졌기 때문이다. 서사 기록을 보면, 서동은 선화공주와의 사랑을 기반으로 일국의 왕으로까지 등극한다. 이는 〈서동요〉의 뒤에 서동이 왕이 되고자 하는 꿈이 내포되어 있음을 말해준다. 가난한 소년이 정치적인 꿈을 지녔으니, 그 꿈을 이루기 위해서는 그에 상응하는 능력이 따라야 할 것이다. 〈서동요〉는 바로 서동의 그런 신이한 능력 또는 남다른 능력을 보여주는 장치가 되는 셈이다. 백제의 기층민인 서동이 동요만으로 적국 신라의 공주뿐 아니라 조정 및 백성들의 마음을 움직였으니, 그가 왕자로서의 능력을 검증받았다고 할 수 있겠다.

그렇기 때문에 〈서동요〉는 서동의 정치적인 꿈을 실현하기 위한 하나의 통과의례로, 표면적으로는 서동과 선화공주의 사랑 행각을 예언하고 있지만, 그 이면에는 국가 정세 흐름 가운데 가장 민감한 부분인 왕위 계승을 숨기려는 이중성이 내재되어 있다고 볼 수 있다.

고려시대의 정치요 - 〈목자요〉

고려시대의 정치요는 무신란, 외국의 침략, 조선의 건국 등 내부적·외부적 난리에 관한 것이 많다. 말하자면 문신 중심의 사회에서 빚어진 무신의 봉기, 강대한 힘을 가진 몽고의 침입, 이성계의 역성혁명 같은 난리 속에서 민요가 불려진 것이다. 이 시기의 정치요는《고려사》,《동국통감》,《증보문헌비고》,《용천담적기》등에 주로 '동요(童謠)'라는 이름으로 수록되어 있다. 비록 전대(前代)의 동요관에서 크게 벗어나지는 못하고 있지만, 참(讖)이 다양하게 이루어졌고 정치요도 비교적 성행했다.

고려시대는 정치적으로 큰 사건이 있을 때마다 그와 관련 있는 정치요가 출현하였다. 노랫말은 흔히 국가의 흥망과 관련이 있는데, 민중들은 정치요를 부르는 것으로 국가의 미래를 예언하거나 예견된 조짐을 표현했다. 특히 고려 말기에는 고려의 멸망을 예언하는 정치요가 나타나 나라 전체에 퍼졌는데, 그것이 바로 〈목자요(木子謠)〉이다. 〈목자요〉는《고려사절요》,《동국통감》,《연려실기술》,《증보문헌비고》등에 수록되어 있다.

木子得國 목자가 나라를 얻는다 《증보문헌비고》권12

〈목자요〉는 노랫말이 짧고 간결하다. 하지만 그 속에는 어마어마한 내용이 은폐되어 있는데, 지금까지 알려진 바로는 두 가지 해석이 존재한다. 하나는 파자법(破字法)으로, '木+子＝李'가 되어서 이성계가 장차 왕이 된다는 설이다. 다른 하나는 '木子'의 음차로, '남의 아들 나라 얻는다'라는 설이다. '木子'가 '李氏'를 가리키는 것이 아니라 '나무 아들', 즉 '남의 아들'이라는 의미라고 보았다. 당시 문제의 인물인 신돈이 시녀 반야를 왕에게 드려 아들이 없던 공민왕이 아들을 얻었는데, 그 아들이 우왕이며 우왕이 신돈의 아들이라고 생각하는 사람들이 많았다.

이처럼 짧은 한 줄의 노랫말이지만 정치적인 의미가 담긴 은유로 읽을 수 있다. 은유는 동일한 대상을 어떤 입장에서 바라보느냐에 따라 해석이 달라질 수 있지만, 〈목자요〉의 경우 노래가 불리고 결국 고려가 멸망했기 때문에 위의 해석이 타당성을 띠게 된다. 이 노래는 신흥 지배층(이성계 일파)이 새 나라를 건국하기 위한 수단으로 이용되었다.

> 태조가 백마를 타고 동궁(彤弓)과 백우전(白羽箭)을 메고 강 언덕에 서서 군사가 다 건너가기를 기다리고 있었다. 군중에서 바라보고 서로 말하기를, "예부터 내려오면 이와 같은 사람이 있지 않았고, 지금 이후로도 어찌 다시 이런 사람이 있겠는가?" 하였다. 이때에 장마가 며칠이 되어도 물이 불지 않는데 군사가 강을 건너자 큰물이 갑자기 닥쳐 섬 전체가 가라앉으니, 사람들이 모두 신이하게 여겼다. 이때 농요에 "목자득국(木子得國, 목자가 나라를 얻는다.)"이라는 말이 있어 군사들과 백성들이 노소를 막론하고 모두 노래하였다.

이성계는 무인 출신으로 고려 말의 혼란기에 역성혁명을 일으켜 왕위에 오른 인물이다. 그 당시 상황을 살펴보면, 우왕 40년에 최영이 군사를 일으켜 팔도도통사가 되어 왕과 함께 평양에 옮겨 앉아 이성계로 하여금 군대를 거느리고 압록강을 건너 요동을 치게 했다. 그러나 부패한 정권과 추락하고 있는 정세를 재빠르게 간파한 이성계는 위화도에서 장마 때문에 강을 건널 수 없다는 이유를 들어 회군(回軍)을 감행하게 된다. 결국 이성계는 최영을 고봉으로 귀양 보내고, 우왕을 강화도로 내쫓은 뒤 조선을 건국하게 된다. 노랫말대로 '목자득국'이 현실에서 이루어진 것이다.

> 西京城外火色　서경성 밖은 불빛이요
> 安州城外煙光　안주성 밖은 연기로다
> 往來其間李元帥　그 사이 오가는 이 원수여
> 願言救濟黔蒼　우리 백성 구하소서

이는 당시 〈목자요〉와 더불어 불린 〈이원수요〉이다. 노랫말을 보면, 이성계의 거사를 적극적으로 옹호하고 정당화하고 있음을 알 수 있다. 이성계는 고려 무인 출신으로 당시 그의 역성혁명이 정당성을 획득하기 위해서는 대내외적인 명분이 뒤따라야 했다. 하지만 왕족이 아닌 무신의 신분으로 유혈혁명을 계획한 그로서는 정당성을 얻기가 쉽지 않았다. 그리하여 민심을 회유하기 위한 방편으로 이 노래들을 이용했다. 〈목자요〉로는 예언을 조성하여 이성계가 왕이 되는 것이 천명이라는 명분을 획득했고, 〈이원수요〉로는 여론을 형성하여 백성이 기다리는 왕이 '이 원수'임을 선전하여 거사의 정당성을 역설했다.

하지만 아무리 정치적 목적을 가지고 의도적으로 유포된 노래라 하더라도 민심과 맞닿아 있지 않다면 그 노래를 백성들이 부르지 않았을 것이다. 당시 남녀노소를 막론하고 전국 각지에서 불리었다는 것은 사람들이 이미 의식적이든 무의식적이든 이들과 동조하고 있었음을 말해준다. 당연히 노래를 유포한 자들도 시국을 바라보는 과정 속에서 노래가 전파될 가능성이 높다고 생각되는 때를 기다렸을 것이다. 결국 사회적 갈등의 깊이가 노래를 받아들일 만하다고 판단될 때 노래를 유포하여 민심을 얻었을 뿐만 아니라 새 나라 건국의 정당성까지도 획득했다. 시기적절한 노래의 유포가 계획의 성공 가능성을 높여준 것이다.

이처럼 신흥 지배층은 적당한 시기를 살펴 〈목자요〉와 〈이원수요〉를 유포함으로써 새 나라의 건국이 천의이자 민의라는 점을 강조하여 건국의 당위성을 널리 선전했다. 말하자면 이 두 노래를 자신들의 정치적 야욕을 정당화하고 민심을 회유하기 위한 수단이자 정권 획득의 발판으로 이용했던 것이다. 따라서 이 두 노래는 정치적 목적과 의도가 확연히 드러나는 정치요라 할 수 있겠다.

—

조선시대의 정치요 - 〈파랑새요〉

—

조선시대는 500년이라는 장구한 역사를 지닌 만큼 파란곡절이 많았기 때문에 정치요들이 대거 출현했다. 조선시대의 정치요는 삼국시대나 고려시대보다 훨씬 다양한 주제와 고도의 상징적 기법을 사용하고 있는데, 과거의 소극(笑劇)적 풍자와 비판에서 탈피하여 상징, 비유 등의 표현 기교를 통해 비판·선전 및 민중의 소박한 염원을 적극 토로하고 있다.

조선 전기는 민요의 수집과 민요에 대한 인식에서 고려 후기에 비해 특별히 진전된 것이 없었다. 조선 후기에 가서야 비로소 많은 정치요가 출현하게 되는데, 무엇보다도 한글로 표기된 자료가 많아 민요의 원래 모습을 알아보는 데 도움이 된다. 이 시기의 민요를 수록하고 있는 문헌으로 《증보문헌비고》, 《용천담적기》, 《패관잡기》, 《왕조실록》, 《한거만록》, 《혼

정록》,《동계만록》,《지봉유설》,《오산설림초고》 등이 있으며, 구전으로는
《한국민요집》,《한국구비문학대계》 등이 있다.

　조선시대의 정치요는 나라가 안정되지 않고 폭정에 시달리거나, 궁궐
내부 갈등 및 전란 등이 일어났을 때 발생 빈도가 높았다. 그 내용을 보면
왕권의 계승, 지배층의 비리와 갈등, 민중의 의지 등을 노래하는 것이 대
부분이다. 특히 민중의 의지를 노래하는 내용이 많은데, 이는 국가의 흥망
에 주된 관심을 보이는 앞 시대와 차이를 보이는 부분이기도 하다. 대표
적인 것으로 조선 말기(1894)에 일어난 동학혁명을 전후하여 민중 사이에
널리 퍼진 민요들을 들 수 있다. 최승범은 이를 통칭하여 '동학민요'라 불
렀다. 동학민요는 〈파랑새요〉, 〈녹두새요〉, 〈가보세요〉, 〈개남(아)요〉, 〈봉
준(아)요〉 등으로 나누어볼 수 있는데, 그중에서도 가장 대중적이고 보편
적인 노래로 〈파랑새요〉를 들 수 있다.

　　새야 새야 파랑새야
　　녹두밭에 앉지 마라
　　녹두 꽃이 떨어지면
　　청포장수 울고 간다

　〈파랑새요〉는 민요의 기본 형식인 4·4조, 4구 2절로 되어 있어서 부르
거나 기억하기 쉬운 장점이 있다. 하지만 표현 기법(문학적 기법)에 있어
서 고도의 은유, 상징 등을 사용하고 있기 때문에 행간의 숨은 뜻을 찾기
가 쉽지 않다. 지금까지 해석 가운데 가장 일반적인 것은, '녹두'를 전봉준
의 아명(兒名)이라 하여 전봉준으로, '파랑새'를 '전(全)'의 파자(八王새)라
하여 역시 전봉준으로, '새'를 민중, 즉 조선 백성으로 보아 동학혁명의 실

패를 예언한 노래라는 설이다. 그러나 최승범은 '파랑새'를 '청병(淸兵)'으로, '녹두'를 전봉준으로, 청포장수를 '민중'으로 하여 또 다른 해석의 가능성을 열어두었다. 말하자면 동학군을 진압하러 온 청병이 전봉준의 군대를 진압하면 동학혁명이 실패로 돌아가므로 청병이 진압하지 않고 그냥 돌아가기를 빌고 있다는 것이다. 이러한 해석 역시 나름대로 논리가 있어 타당성이 없지 않다.

하지만 지금으로서는 〈파랑새요〉가 전봉준이나 동학혁명과 실제로 얼마나 깊은 관계가 있는지를 객관적으로 검증하기 힘들다. 때문에 노래의 해석에 여전히 논란의 여지가 있다. 그러나 고도의 표현 기법 때문에 해석의 차이가 존재한다 하더라도 〈파랑새요〉가 동학혁명의 실패를 우려하며 불린 노래라는 것은 부정하기 힘들다.

근대의 정치요

근대는 일제강점기라는 암울한 현실과 신문물의 도입이 맞물리면서 혼란스럽고 고난스러운 민중의 삶이 지속되었다. 이 시기에는 새로운 문물에 대한 경이와 우려, 동시에 식민지 현실에서 오는 난관이 노래로 표출되었다.

담바고야 담바고야
동래 울산 물에 올라
이 나라에 건너온 담바고야
너는 어이 사시사철

따슨 땅을 버리고

이 나라에 왔느냐

돈을 뿌리러 왔느냐

돈을 훑으러 왔느냐

어이구 어이구이 담바고야

1618년(광해군 10)에 일본으로부터 담배가 들어온 뒤 담뱃값은 같은 무게의 은값과 같았다. 1900년대에는 일본이 양담배 원료를 수입하여 궐련으로 만들어 한국 시장을 잠식했는데, 이는 바로 일본 세력의 침투와 같았다. 조선에서는 금연 운동으로 저항했고, 〈담바고타령〉이 전국적으로 유행했다. 금연 동맹까지 일어나자 고종이 담배를 끊겠다며 금연 칙령을 내리기도 했다.

일 일본서

이 이등박문이가

삼 삼천리강산을 뺏으러 나왔다가

사 사지가 벌벌 떨려서

오 오대산을 넘다가

육 육철포에 마져

칠 칠요하다가

팔 팔이 썩어드러가

구 구데기가 나서

십 십일 만에 죽었다

조선 침략의 원흉인 왜적 이등박문(이토 히로부미)에 대한 적개심을 노래
한 것이다. 우리 민족 공동의 울분이 드러나 있는 노래로, 1부터 10까지의
숫자를 통해서 일본에 대한 감정을 표출했다.

말깨나 하는 놈 재판소 가고
일깨나 하는 놈 공동묘지 간다
아깨나 낳을 년 갈보질 가고
목도깨나 메는 놈 부역을 간다

식민지 시기에는 합리적으로 따질 줄 아는 애국적인 정의파는 전부 체
포당하고, 일 잘하는 사람, 여자, 힘쓰는 사람 등 제자리에서 사회의 구성
원으로 살아가야 할 사람들이 모두 핍박의 대상이 되었다. 이렇듯 민중이
조선을 지탱할 수 없는 현실을 노래한 것이다.

이슬비 내리는 이른 아침에
농군 셋이 나란히 걸어갑니다
농사해도 살길 없긴 매일반인데
좁다란 논둑길에 농군 세 사람
고픈 배를 끌어안고 걸어갑니다

창작동요인 〈이슬비〉를 개작한 신작 민요이다. 전통적 농경사회가 현
대 상업사회로 옮겨지면서 농촌이 황폐화되었다. 이로 인한 농민의 힘겨
운 삶을 솔직하게 노래하고 있다. 농업은 국가의 중요한 정책이면서 동시
에 삶을 유지시키는 근간이 되어야 하지만, 실제로는 농사를 통해서 경제

활동을 원활하게 할 수 없고, 굶주린 생활을 할 수밖에 없다는 고단한 현실을 그대로 보여주고 있다.

정치요는 당대의 시대 상황을 백성들의 눈과 입을 통해서 전해 들을 수 있는 일종의 소통 방식이었다. 은유적이고 상징적인 어법으로 표현되었지만, 이를 통해서 정치적으로 중요한 논쟁들이 암묵적으로 제시되었다. 현대사회는 문명화·복잡화가 이루어지면서 더 많은 정치적 쟁점들이 노래로 만들어지고 재생산되고 있다. 이 노래들에 담긴 은유적 내용들은 세상에 대한 민중들의 작은 외침임을 알아야 할 것이다.

- 전금화

참고 문헌

김태준, 《조선가요개설 - 동요편》, 조선일보, 1933.

고정옥, 《조선민요연구》, 수선사, 1949.

김무헌, 《한국민요문학론》, 집문당, 1987.

김영주, 〈조선시대 동요 연구〉, 《언론학연구》 15, 한국지역언론학회, 2011.

박연희, 〈정치민요의 현실 반영과 그 해석〉, 《한국민요론》, 집문당, 1992.

이은상, 〈참요고〉, 《노산문선》, 영창서관, 1954.

이은상, 〈한국참요고〉, 《노산문선》, 민중서관, 1933.

최승범, 〈동학민요의 시문학성〉, 《동학사상연구자료집 34》, 열린문화사, 2002.

최철, 《한국민요학》, 연세대학교 출판부, 1992.

최철, 〈한국 정치민요 연구〉, 《인문과학》 60, 연세대학교 인문과학연구소, 1988.

一二三四五六七八九十
언어의 주술적 힘을 믿다

의식요, 의식과 주술 노래의 느슨한 결합
—

언어를 인간 간의 의사소통 수단쯤으로 생각하는 사람들이 많다. 그러나 인류는 언어를 인간과 인간 간뿐만 아니라 인간과 비인간적 존재 간의 의사소통에도 사용해왔다. 신적 존재를 향한 종교의식에서 불리는 각종 찬송과 기원의 노래는 그 대표적 예라 할 수 있다. 또한 요즘에는 각 가정에서 애완동물을 많이 키우게 되면서 인간과 동물 간의 의사소통에도 인간의 언어가 사용되고 있다. 이처럼 인류는 인간을 중심에 놓고 인간의 주변에 있는 가시적·비가시적 존재들과 인간의 언어로써 끊임없이 소통했고 소통하고 있다. 그 중 주목을 요하는 것이 인간과 신적 존재 간의 의사소통이다. 이때 신적 존재는 비인간이지만 인간의 언어를 알아듣는다고 간주된다.

인류는 어떤 이유로 그런 일이 가능하다고 믿었을까? 그 비밀은 바로 언어의 주술적 힘에 있다. 소위 언령(言靈) 사상에 기초한 믿음인 것인데, 언령 사상이란 인간이 소리를 내서 말한 언어에 영적 힘이 있다고 믿는 것을 말한다. 주문(呪文)은 그런 언령 사상의 가장 대표적 형태라고 할 수 있다. 거기에 엄격한 의식(儀式)이 더해진다면 주문은 더 권위를 갖게 된다. 그런데 인류는 이런 의식에서 말로 하는 것보다는 노래로 하는 것에 더 영적 힘이 내재되어 있는 것으로 믿었다. 말로써도 신적 존재를 찬송하고 신적 존재에게 기원할 수 있지만, 노래라야 신적 존재와 진정한 의사소통이 가능하다고 보았던 것이다. 무당이 신을 향해 부르는 무가가 그 단적인 예다. 무가는 굿이라는 의식에서 부르는 의식요이자 주술요인 것이다.

민요 중에도 무가처럼 특정 의식에 수반하여 불리는 주술적 성격의 노래가 있다. 통상적으로 그런 민요를 '의식요'라고 칭한다. 그런데 무가는 무당이라는 전문가가 부르는 노래고, 민요 중의 의식요는 비전문가가 부르는 노래이다. 의식요뿐만 아니라 노동요, 유희요 등 모든 민요는 비전문가의 노래이다. 무가와 의식요는 전문가의 노래인가, 비전문가의 노래인가에 따라 구별되는 것이다. 따라서 의식요는 전문가인 무당이 주도하는 굿과는 달리 복잡한 격식을 갖추거나 노래에 내재된 주술성이 강력한 것으로 인식되지는 않는다. 무가보다는 덜 복잡한 격식과 약화된 주술성을 갖춘 것이 의식요인 것이다. 그런 의식요로는 '세시의식요, 장례의식요, 신앙의식요'가 있다.

세시의식요는 세시 의식을 치르면서 그 과정에 부르는 민요를 말하며, 대표적 예로는 〈고사소리〉, 〈동제 지내는 소리〉 등이 있다. 장례의식요는 장례 의식을 치르면서 그 과정에서 부르는 민요를 말하며, 대표적 예로는 〈장례놀이 하는 소리〉, 〈운상하는 소리〉, 〈가래질소리〉, 〈묘 다지는 소리〉 등이 있다. 신앙의식요는 불교적·무속적 신격 등에 대한 믿음과 정성에 기초하여 여러 신앙 행위를 하며 그 과정에서 부르는 민요를 말한다. 대표적 예로는 〈귀신 쫓는 소리〉, 〈질병 쫓는 소리〉, 〈액막이하는 소리〉, 〈기원하는 소리〉 등이 있다. 의식요를 비롯한 노동요, 유희요 등에 대한 전국적 조사와 채록은 1980년대의 '한국구비문학대계' 사업, 2008년부터 시작된 '한국구비문학대계' 개정·증보 사업, 1990년대의 '한국민요대전' 사업을 통해 이뤄졌다. 자료는 《한국구비문학대계》(한국학중앙연구원), 《한국민요대전》(문화방송) 등의 책과 한국학중앙연구원 장서각 디지털아카이브(http://yoksa.aks.ac.kr), MBC 한국민요대전 음반자료(http://urisori.co.kr/urisori-cd) 등의 사이트를 통해 활용할 수 있다.

의식요의 지향점, 축원과 축귀

의식요의 범주에는 세시의식요, 장례의식요, 신앙의식요가 포함된다. 세시의식요는 연초의 축원과 기복 의식에서, 장례의식요는 한 인간의 삶을 갈무리하는 장례 의식에서, 신앙의식요는 일상생활 중에 닥친 질병을 축귀하는 의식에서 불리는데, 이들 노래의 저변에는 공통된 지향점이 있다. 축원과 기복, 그리고 축귀이다. 축원과 기복은 신격에게 인간의 복된 삶과 안전을 바라는 것이고, 축귀는 인간의 복된 삶과 안전을 방해하는 질병이나 사귀(邪鬼)를 몰아내자는 것이다.

세시의식요는 크게 〈고사소리〉, 〈동제 지내는 소리〉로 나눠 살펴볼 수 있다. 〈고사소리〉의 범주에는 〈지신 밟는 소리(걸궁소리, 고사반소리)〉, 〈성

주풀이(성주굿 고사소리)〉, 〈굴 부르는 소리〉, 〈배고사 지내는 소리〉 등이 포함된다. 지신밟기 때 마을 농악대가 당산, 마을 공동 샘, 제장(祭長) 댁을 거쳐 가가호호를 돌며 태평안과(太平安過)를 축원하는, 또는 배고사 때 고사(告祀)를 주관하는 이가 바닷일을 하는 사람들이나 선주들에게 해상 사고가 없고 만선(滿船)이 되기를 기원하는 내용의 노래를 부른다. 이러한 〈고사소리〉는 대체로 액을 막자는 의식에서 축원 중심의 의식으로 변천해왔다고 보는 견해가 지배적이다.

〈동제 지내는 소리〉의 범주에는 〈기우제 지내는 소리〉, 〈산신제 지내는 소리〉 등이 포함된다. 동제는 마을 제사를 말한다. 지신밟기나 배고사가 각 가정의 태평과 풍요를 축원하는 데 초점이 놓여 있다면 〈동제 지내는 소리〉는 마을의 태평, 풍요, 무병, 무탈 등을 축원하는 데 초점이 있다. 이때 동제에서의 축원 대상은 산신이나 서낭 등이다. 한국의 동제로서 국제적으로 그 무형문화재로서의 가치를 인정받은 '강릉단오제'가 있는데, 여기서 불리는 민요 〈영산홍〉은 〈동제 지내는 소리〉의 대표적 예다. 사월 보름날을 맞이하여 꽃이 한창 핀 시절에 대관령 국사당신을 모시고 제의 장소로 빨리 가자는 내용으로 되어 있다.

장례의식요는 장례 의식의 절차와 과정에 따라 〈장례놀이 하는 소리〉, 〈운상하는 소리〉, 〈가래질소리〉, 〈묘 다지는 소리〉로 나눠 살펴볼 수 있다. 〈장례놀이 하는 소리〉의 범주에는 〈대돋음소리〉, 〈밤달애소리〉, 〈말맥이소리〉 등이 포함된다. 여기서 대돋음, 밤달애, 말맥이 등은 각 지역에서 장례놀이를 달리 부르는 명칭이다. 이 외에 '조상맞이, 대울림, 대맞이, 대어름, 잿떨이, 장맞이, 개돋움, 상여 돋움, 상여 어른다, 다시래기' 등으로 부르기도 한다. 신안의 밤달애, 진도의 다시래기를 제외하면 상여놀이 방법이나 노래는 대동소이하다. 장례놀이는 출상하기 전날 빈 상여를 매고서 상두꾼들끼리 발을 맞춰보면서 노래를 부르는 식으로 진행되는데, 이때 불리는 노래는 슬픔에 잠긴 상주를 위로하는 내용이 주를 이룬다. 호상(好喪)일 때 상주가 원해서 하는 경우가 일반적이다.

〈운상하는 소리〉의 범주에는 〈초 아뢰는 소리〉, 〈운구소리〉, 〈상엿소리(만가)〉 등이 포함된다. 운상, 운구는 망자가 들어 있는 관을 옮긴다는 뜻이고, '초 아뢴다'는 뜻은 망자에게 장례 전날부터 시작하여 관을 상여로 옮길 때까지의 시간 흐름을 아뢴다는 뜻이다. 망자에게 이승을 떠날 채비를 고하는 것이다. 출상 전날 저녁 식사 후(초초), 자정(이초), 관을 상여에 싣기 바로 전(삼초), 이렇게 세 번 초를 아뢴다. 〈운구소리〉는 관을 상여에 옮길 때, 〈상엿소리〉는 상여에 실은 관을 장지로 옮길 때 부르는데, 이승을 떠나기 싫어하는 망자의 혼령을 위무하는 한편 축복하는 내용이 주를 이룬다. 〈가래질소리〉는 여러 사람이 묘 터나 봉분을 만들 때 가래로 흙을 파거나 고르면서 부르는 노래로, 제주도에서는 〈진토굿소리〉라고도 한다. 노래는 가래질하는 사람들의 행동 통일을 지시하는 노랫말, 망자의 혼령을 위로하고 축복하는 노랫말, 인생무상을 슬퍼하는 노랫말 등으로 짜여 있다.

〈묘 다지는 소리〉의 범주에는 〈달구소리〉, 〈회다지소리〉, 〈지경 다시는 소리〉, 〈상사소리〉, 〈우야소리〉, 〈방아소리〉 등이 포함된다. '달구소리, 회다지소리, 지경 다진다' 등은 지역에 따라 〈묘 다지는 소리〉를 달리 부르는 명칭이다. 봉분이 완성되면 봉분이 허물어지지 않도록 여러 사람이 발로 밟거나 달굿대를 사용해 단단하게 다지는 작업을 한다. 이때 부르는 노래의 내용은 풍수지리와 관련한 명당 치레, 발복(發福) 치레가 주를 이룬다. 장례 의식이 망자의 영혼을 위무하고 축복하는 것이면서 그것이 곧 살아 있는 가족들의 복으로 연결되었으면 하는 염원이기도 하다는 것을 알 수 있다.

신앙의식요는 〈귀신 쫓는 소리〉, 〈질병 쫓는 소리〉, 〈액막이하는 소리〉, 〈기원하는 소리〉로 나눠 살펴볼 수 있다. 〈귀신 쫓는 소리〉는 재앙이나 불운으로 간주될 수 있는 일이 발생했을 때 그 재액(災厄)을 제거하기 위해 부르는 노래이다. 민간신앙에 의하면 재액의 발생 원인을 사귀의 침입에서 찾는다. 이유 없이 머리가 아프거나, 난산을 하거나, 산모의 젖이 돌지 않는 것은 모두 사귀의 침입과 연관이 있다고 보고, 노래를 불러 재액을 제거하고자 한 것이다. 〈질병 쫓는 소리〉의 범주에는 〈학질 떼는 소리〉, 〈살 내리는 소리〉, 〈주당 물리는 소리〉, 〈객귀 물리는 소리〉, 〈배 쓸어주는 소리〉 등이 포함된다. 이런 노래들은 주술이나 속신의 치료 방법과 결부되어 불렸는데, '하루걸이, 초학'이라고도 하는 학질의 경우 환자를 소스라치게 놀라게 하거나, 상문살이나 목살 등 각종 살이 몸에 침탈한 경우 각성바지들이 환자를 앉혀두고 도교 계통의 경(經)을 반복해서 읽는 것 등이 치료 방법이었다. 전문적 의료 기술이 발달하지 않은 시절에 비전문가인 일반인들에 의해 민간 의료 행위의 하나로 전승되어온 것이며, 사귀와의 타협 또는 사귀에 대한 위협을 그 치료 원리로 하였다.

〈액막이하는 소리〉는 모질고 사나운 운수를 주는 액이나 동토를 미리 막거나 물리치기 위해 불리며, 〈액풀이요〉, 〈액풀이타령〉, 〈동토 잡는 소리〉 등이 이 범주에 드는 노래이다. 액은 개인, 가정, 마을에 닥치는 질병이나 불행을, 동토(또는 동티)는 금기시되는 행위, 예컨대 베지 말아야 할 나무를 벴다든지 옮기지 말아야 할 흙이나 물건을 옮겼을 때 그 행위 주체가 갑자기 아프고 발작을 일으키는 것을 말한다. 초자연적 힘에 주술적 노래로써 맞서는 일반인들의 문화적 의지가 반영된 노래들이다. 〈기원하는 소리〉의 범주에는 〈비손하는 소리〉, 〈염불소리〉, 〈탑돌이소리〉, 〈나물 불리는 소리〉, 〈비 부르는 소리〉, 〈새 쫓는 소리〉 등이 포함된다. 초자연적 존재에게 기원하여 재액을 물리치고, 집안과 마을의 안녕, 풍농, 풍어 등을 보장받고자 한 노래들이다.

—

세시의식요, 이상적 삶에 대한 노래

—

노동을 함으로써 생겨나는 고통은 놀이를 통해 해소할 수 있다 하더라도, 일상적 삶 가운데에 불가항력적으로 밀어닥치는 불행은 막을 수 있는 것이 아니다. 그래서 그런 불행을 미리 연초에 막아 한 해의 행복한 삶을 보장받으려는 주술적 의도 하에 세시풍속의 일환으로 〈지신밟기노래〉와 같은 의식요가 불렸다. 또 집을 짓기 위해 터를 다진다든지 할 때, 땅의 기운과 사람의 기운이 조화되어 행복한 삶을 살아갈 수 있기를 바라는 주술적 의미에서도 의식요를 불렀다. 어떤 목적을 염두에 두고 의식요를 불렀건 간에 그 노랫말은 기본적으로 축원의 내용으로 되어 있다. 걱정·근심·우환·질병을 없애달라는 것, 농사의 풍요, 귀한 아기의 점지를 바라는 것 등이 그것이다.

> 이 집터가 어떤 터냐 좌우로다가 살펴보자 (후렴) 에헤 에헤헤야 어거리
> 넘차 달고●
> 좌청룡 우백호에 곤좌좌향이 분명쿠나 #
> 이 집을 진 지 삼 년 만에 부귀공명은 물론이구 #

● '후렴'은 첫 구에만 표시하고 이후부터는 '#'으로 대체함.

아들을 나면 효자를 낳고 딸을 나면 열녀를 낳고 #

개를 기르면 사자가 되고 닭을 기르면 봉닭이 되고 #

말을 기르면 용마가 되고 소를 기르면 우황이 든다 #

(화성 〈달구소리〉, 《한국민요대전: 경기도민요해설집》)

건구곤명에 모씨 댁에

농사 한철을 지어보자 / 농사 한철을 지어보자

앞뜰에다 논을 풀고 / 뒤뜰에다 밭을 풀어

오곡잡곡 씨를 놓아

풍옥 다마금하고 남산십사호* / 여기저기나 심어놓고

두태 농사를 섬겨보자 / 올콩돌콩 방정맞다 주년이콩

이팔청춘에 푸르대콩 / 요소남자나 선비콩

옥소각망에 홀애비콩 / 호도독호도독 쟁기찰

여기저기나 심어노니 / 에라 슬슬 걷어들이실 제 (중략)

앞에 갈라고 앞노적 / 뒤에 갈라고 뒷노적

난데없는 봉황새 / 훨훨히 상상봉으로 날러 앉아

한 날개를 툭탁 치니 / 이리 천 석이 쏟아지고

또 한 날개를 툭탁 치니 / 이리 수만 석이 쏟아지니

거룩하신 건구곤명에 배씨 댁에

앞뜰에도 노적이요 / 뒤뜰에도 노적이라 (중략)

집안간에는 우애동이 / 나랏님께는 충성동이를 / 점지하시소사

(안성 〈고사소리〉, 《한국민요대전: 경기도민요해설집》)

• 풍옥, 다마금, 남산십사호는 모두 벼의 품종을 이르는 말이다.

의식요는 남성들만의 노래지만, 일반적인 남성들보다는 대체적으로 전문 창자의 참여에 의한 가창이 일반적이다. 특히 〈고사소리〉 같은 경우는 의식(儀式)을 전문적으로 맡아서 하는 남성들에 의해 불리는 노래인 것이다. 이러한 의식요는 축복의 궁극적 대상이 가정으로 한정되고, 그것을 남성들이 도맡아 했다는 것은 가정 신앙의 주신(主神)이 남신(男神)인 성조신(成造神)이라는 것과 비교될 수 있다는 점에서, 또한 자연과의 조화를 중시하는 생태적 관념을 읽을 수 있을 뿐만 아니라 민중들이 소망하는 삶의 지향점이 무엇인지를 알 수 있다는 점에서 주목된다. 후자의 경우 걱정·근심·우환·질병은 정신적·육체적으로 건강한 삶을 영위하고자 하는 욕구, 농사의 풍요는 물질적으로 풍족한 삶을 살아가고자 하는 욕구, 귀한 아기의 점지를 바라는 것은 신분 상승의 욕구를 노래했다 할 수 있겠다. 이러한 육체적 건강, 부의 축적, 출세를 통한 명예의 획득은 민중들이 생각하는 이상적 삶의 구체적 지향점들인 것이다.

—

장례의식요, 삶을 되돌아보게 하는 노래

—

유년기, 청년기, 장년기의 삶을 무사히 살아왔다고 가정한다면, 그다음의 삶, 즉 노년기의 삶과 관련하여 특별히 지적될 수 있는 민요가 장례의식요이다. 죽기 전까지는 노동이나 유희, 세시풍속의 의식과 관련된 삶을 살다가 노년기의 삶을 마치고 마침내 죽게 되면 장례 의식에 따라 저승으로 보내지게 되기 때문이다. 사람이 나서 처음 듣는 노래가 〈자장가〉라 한다면 죽어서 듣게 되는 노래가 장례의식요인 셈이어서, 말 그대로 노래에 살다가 노래에 죽는 것이 우리의 인생임을 말해준다.

인간이 나서 죽기까지의 과정 중에 치르는 의식을 통과의례라고 하는데, 그와 관련하여 유일하게 노래가 불리는 의례가 장례 의식이다. 그런 점에서 장례 의식은 우리의 삶에서 중요한 비중을 차지하고, 그와 관련하여 불리는 노래 역시 중요한 의미를 갖는다. 장례의식요에는 봉분을 만들면서 부르는 〈달구소리〉, 운구 과정에서 부르는 〈상엿소리〉가 포함되며, 노랫말의 대체적인 내용은 망자에 대한 축복 및 인생무상으로 구성된다. 특히 인생무상과 관련된 노랫말은 〈상엿소리〉 선소리꾼의 가창 능력, 운구 노정의 상황 등에 따라 결정되기도 하지만, 대체로는 망자의 심정과 남아 있는 가족들의 심정을 고려한 노랫말을 비고정적으로 제시하는 것이 일반적이다. 이를 통해 망자와 남아 있는 가족들 간의 정서적 대화가 가능해진다.

금강산에 높은 봉이 (후렴) 에헤리 달공 / 평지가 되면은 오시나요 #
동해바다에 깊은 물이 # / 육지가 되면은 오시나요 #
살공 안에 삶은 팥이 # / 싹시 트면 오시나요 #
가마솥에 삶은 개가 # / 꺼겅컹 짖으면 오시나요 #
평풍 안에 그린 닭이 # / 두 홰를 꽝꽝 치며 # / 꼬꼬교 하면은 오시나요 #

(철원 〈회다지소리〉,《한국민요대전: 강원도민요해설집》)

명사십리 해당화야 꽃이 진다고 설워 마라 (후렴) 허허허유하 어넘차 어유하
명년 삼월 돌아나 오면 너는 다시 피련마는 #
한 번 가는 우리나 인생 꽃이 피나 잎이 피나 #
원통허구 절통허구나 가는 인생이 서룬지고 #

이왕지사 가시는 길이면 곡락세계로 가옵소서

(김포 〈상여소리〉, 《한국민요대전: 경기도민요해설집》)

어머님전에 살을빌고 에이넘차 에에호 (후렴) 오호호 오호호 에이넘차 에
에호
이내인생이 탄생하니 에이넘차 오호호 #
한두살에 철을몰라 에이넘차 에에넘차 #
부모은공을 어에아노 에이넘차 에에호 #
이생시를 당하여도 에이넘차 에에호 #
부모은공도 못다갚네 에이넘차 에에호 #
천하일색 양구비라도 에이넘차 에에호 #
가네간다 나는간다 에이넘차 오호호 #
대궐아같으나 요내집을 에이넘차 에에호 #
원앙같이도 비워놓고 에이넘차 에에호 #
만고유애 어린자식 에이넘차 에에호 #
북망에산천을 내가남아 에이넘차 오호호 #
억억히도 질실아라 에이넘자 에에호 #
북망에 산천이 얼마나좋아 에이넘차 에에호 #
천지인간을 다내두고 에이넘차 에에호 # (〈상여소리〉, 《경북민요》)

불가능한 상황을 들어 망자와의 재회를 바라는 것은 다분히 역설적이
다. 이는 망자가 결코 살아 돌아올 수 없다는 인식의 결과이고, 그래서 슬
픔의 강도는 그만큼 클 수밖에 없다는 것을 말해준다. 또한 자연과의 대
조를 통해서 드러나는 순환·반복되지 않는 인간의 삶을 무상감의 정서로

노래하기도 한다. 남아 있는 가족의 입장에서 표출된 이러한 정감들은 망자의 입장에서 표출되는 그것과 별반 차이가 없다. 부모 은공도 갚지 못하고 북망산천을 가야 하는 신세가 처량하다고 말함으로써 삶에 대한 미련을 강하게 드러내고 있는바, 이는 인간의 삶이 영원불변한 것이 아니라는 인식, 곧 인생무상이라는 인식에서 비롯한 것이라 할 수 있다. 그렇지만 장례 의식은 인간의 삶이 마무리되는 데서 오는 경건함과 인간 존재에 대한 분명한 인식을 확인하는 의식이라는 점에서, 또 살아서 죽음을 경험할 수 있는 의식이라는 점에서, 거기에서 불리는 노래의 의미가 인생무상만을 드러내는 것에 그치는 것은 아닐 것이다.

—

신앙의식요, 타협과 위협의 노래

—

전통사회에서 인간의 길흉화복(吉凶禍福)은 신격에 의해 좌우된다고 보았다. 이때 길과 복에 해당하는 것은 그것을 관장하는 신격에게 빌어서 성취하고자 했고, 흉과 화에 해당하는 것은 사귀나 객귀 등이 침입하고 방해하여 그와 같은 일이 발생한다고 보아 사귀나 객귀 등을 어르고 달래거나 위협하여 물리침으로써 본래의 안녕과 건강을 회복하고자 했다. 새를 쫓아내주거나 비를 내려달라고 빌거나 할 때 부르는 노래는 전자에 해당하고, 귀신을 쫓거나 질병을 쫓거나 액막이를 할 때에 부르는 노래는 후자에 해당한다. 이 중 후자가 신앙의식요의 대부분을 차지한다. 길과 복을 추구하는 일보다는 흉과 화의 근원인 재액을 물리치는 일이 더 긴요한 것이었음을 알려준다.

우여 우여

아랫녘새 웃녘새

천지고불 녹두새야

우리 논에 들지 말고

저 건네 장재집 논에 가 들어라

우여! 우여! 우이! 우이!

(양양 〈새 쫓는 소리〉, 《한국민요대전: 강원도민요해설집》)

〈새 쫓는 소리〉는 노랫말만 보면 기원하는 노래처럼 생각되지 않는다. 그러나 "풍년이 들라는 뜻으로 음력 1월 14일 까치보름날 밤에 솔방울을 주워다 놓고 던지면서 부른다"는 설명을 참조해볼 때, 이 노래는 주술적 행위와 연계되어 있음이 분명하다. 즉 초자연적 존재에게 자신의 논에는 녹두새가 들지 말게 하고, '저 건너 장자집'의 논에 들어가게 해달라고 주술적 행위와 노래로써 기원하고 있다. 그런데 이러한 기원은 자신의 논에서 새를 쫓아내게 해달라는 것 이상의 주술적 의미를 담고 있다. '장자집'은 부잣집을 달리 일컫는 말이다. 그러므로 자신의 논에 드는 녹두새를 장자집의 논에 들어가게 해달라는 것은 새를 쫓아내달라는 표면적 의미 이외에, 가난하게 사는 자신을 더 가난해지게 하지 말라는 간절한 염원을 대조적 설정을 통해 담아낸 것이라고 할 수 있다. 녹두새가 장자집 논에서 벼를 좀 축내더라도 장자집이 망할 리는 없다. 그러나 가난하게 사는 화자의 사정은 그렇지 않다는 점을 노래하고 있는 것이다.

이렇게 볼 때 〈새 쫓는 소리〉에는 초자연적 존재에게 자신의 논에서 새를 쫓아내달라는 기원과 함께 초자연적 존재에 의지하여 풍요를 보장받고자 하는 이중적 심리가 내재되어 있다. 기원하는 노래라고 해서 단순하게 기원만 담고 있지 않다는 것을 알 수 있다. 녹두새로 형상화된 화와 흉을 물리치는 것이 전제되지 않는 상태에서의 길과 복이란 있을 수 없다는 비극적 인식을 드러내고 있는 것이다. 이런 인식은 〈기원하는 소리〉가 〈객귀 물리는 소리〉나 〈주당 물리는 소리〉 등의 노래와 연결 짓게 만드는 것이기도 하다. 다만 〈객귀 물리는 소리〉나 〈주당 물리는 소리〉는 그 비극적 인식을 해결하고자 하는 주술적 의지를 훨씬 강력하게 드러내고 있다.

엇쒜이
이노무 귀신아 듣거라 봐라 에
이노무 귀신아 오늘 착실이 맘만 주께
썩 받아 돌아서라 안 돌아서믄
없는 발에 쉰질 청수에 당대 고천에
몬 얻어먹께 제를 푹 빼앗아줄께
눈깔에 걸을 빼앗아버릴께이
이놈의 귀신아 / 꽁지 넓은 광애에다 아가리 큰 대구에다
착실이 만만이 준다이 / 니 이름도 알고 성도 안다
안녕 박가 이금 최가 삼십육성 바지에 / 썩 받아 돌아서라
안 돌아서면 칼로 배지를 이리저리 기리께
그저 다 남개 너찐 몽다리 귀신
물에 빠져 죽은 수살이 귀신
썩 받아 돌아서라 / 엉 안 돌어서믄
칼로 배지를 이리 기리고 저리 기리고
다 기리 삼십육방으로 썩 돌아서야 되지

안 돌서면 너는 귀신아 소리 평생

몬 듣고 썩 물러가거라

엇쉐이   (경주 〈객귀 물리는 소리〉,《한국민요대전: 경상북도민요해설집》)

아이구 아이구 아이구 애구 애구 애구

이 가중 은에는 이미 떠나니라 하옵니다

어서 살려주고 살려주야제 / 음석주장 객지장●

들주장 산신주장 술주장 / 맞어였다 하옵니다

안 살려주면 / 엎어놓고 데쳐놓고 두집어놓고

귀신발문도 못하여게 맨들 터니 / 어서 떠나 인내 가홉니다 (중략)

살려주고 살려주야제 / 안 살려주면 엎어놓고 제쳐놓고 / 헤에라 방애호

어머니 어머니 / 우리 어머니 살아났네 / 헤에라 방애호

어서 빨리 들어가옵소서 / 끔적 끔적 끔적거리네 / 헤에라 방애호

헤라 헤라 다디오 다디오 다디오 / 헤에라 방애호

(금산 〈주장막이소리〉,《한국민요대전: 충청남도민요해설집》)

위의 〈객귀 물리는 소리〉나 〈주장막이소리〉(주당 물리는 소리)에서 노래
의 화자는 객귀나 주당을 향해 물러가라고 말한다. 초자연적 존재의 힘에
의존해 객귀나 주당을 물리치는 것이 아니라, 특정의 주술적 의식과 노래
에 의존해 직접 객귀나 주당을 대면한다.

객귀는 잡귀의 일종으로, 객사했기 때문에 저승에 들어가지 못하고 이
승을 떠도는 사령(死靈)을 말한다. 이승을 떠도는 사령은 제사상을 받지

● 음석주장(음식지장)은 음식을 먹다 들린 귀신, 객지장은 객지에서 들린 귀신을 뜻한다.

못해서 늘 굶주려 있다. 그래서 혼례나 장례 등 경조사가 있는 집안에 나타나 해코지를 한다고 믿어진다. 경조사에 참여한 사람 중에 갑자기 몸이 아프거나 오한이 들게 만드는 것이다. 그런데 객귀를 물리기 위해서는 우선 객귀가 썬 것인지의 여부를 판단해야 한다. 쌀을 담은 바가지를 가져다가 주문을 외면서 숟가락을 쌀 위에 꽂아 판별한다. 숟가락이 잘 서 있으면 객귀가 썬 것이고, 숟가락이 쓰러지면 객귀가 썬 것이 아니라는 식이다. 만약 객귀가 썬 것으로 판단되면, 바가지에 된장국밥을 풀고 환자의 머리카락을 식칼로 세 번 뜯어 바가지에 넣은 뒤 주문을 왼다. 주문을 다 외고 나면 대문 밖에 된장국밥을 뿌리고 식칼을 던진다. 이때 칼끝이 밖을 향하면 객귀가 나간 것으로 여긴다.

주당은 악귀(惡鬼)나 살기(殺氣)를 말한다. 경조사, 측간, 들이나 산에 갔다가 갑자기 원인 모를 병에 들면 '주당살을 맞았다'고 여기게 되는데, 주당 중에서도 상갓집에서 맞는 주당을 '상문(喪門)주당'이라고 하여 특별히 두려워했다. 〈주장막이소리〉의 경우, 주당을 물리치기 위해 환자를 멍석말이하고 절구대나 작대기를 든 남자들이 환자의 주위를 둥글게 돌면서 절구대나 막대기를 땅에 찧는 의식과 더불어 불렸다. 이렇게 주장방아(주당방아)를 찧고 나면 환자의 병이 신기하게도 잘 낫는다고 한다.

그런데 객귀보다는 주당이 훨씬 무서운 존재로 여겨졌기 때문에, 주당 물림 의식은 때로 무당이나 법사와 같은 전문 사제가 주재하는 강도 높은 축귀 의례가 요구되었다. 〈객귀 물리는 소리〉에서는 '착실이 맘만 주께(착실하게 많이 줄게)'라고 하여 한편으로는 객귀를 달래면서, 다른 한편으로는 '안 돌아서면 칼로 배지를 이리저리 기리께(안 돌아서면 칼로 배를 이리저리 가를게)'라고 위협하는 데 반해, 〈주당 물리는 소리〉에서는 '안 살려주면 / 엎어놓고 데쳐놓고 두집어놓고 / 귀신발문도 못하여게 맨들 터니(안 살려주면 엎어놓고 데쳐놓고 뒤집어놓고 귀신이 들어오지도 못하게 만들 터이니)'라며 위협조로 일관하는 것은 그러한 이유 때문이다. 물리쳐야 할 대상이 객귀인지, 또는 악귀나 살기인지에 따라 대처하는 노랫말과 의식이 달랐던 것이다.

—

주술적 의식과 주술적 놀이의 경계

—

의식요의 범주에 드는 세시의식요, 장례의식요, 신앙의식요, 그리고 이것들 각각에 속하는 노래들까지를 감안하면, 의식요는 대단히 넓은 범주의 개념이다. 따라서 그 상위범주와 하위범주를 어떻게 명확하게 설정할 것인지는 여전히 논란이 될 수 있다. 특히 세시의식요의 〈기우제 지내는 소리〉와 신앙의식요의 〈비 부르는 소리〉는 그 노래의 목적이 같다. 다만 의식의 양상이 다를 뿐이다. 이는 의식요의 범주를 설정할 때 의식을 우선순위에 둘 것인가, 노래를 우선순위에 둘 것인가의 문제를 야기한다. 현재의 의식요 분류는 세시 의식, 장례 의식, 신앙 의식 등 그 의식을 우선순위에 두는 방식이다. 그런데 전문 사제가 수관하는 의식요인가 아닌가에 따라 의식요라는 개념을 전문 사제가 주관하지 않는 민요에만 한정하여 사용하고 있다. 그러므로 현재의 의식요 분류 방식은 단순하게 의식을 우선순위에 두고 설정된 것이 아니라, '비전문 사제가 주관하는 의식'을 전제하고 마련된 것임을 알 수 있다.

의식요는 의식과 노래에 깃들어 있는 주술적 힘에 의존하여 전승되어 왔다. 그런데 의식은 인간의 삶의 변화에 따라 변화될 여지가 많다. 특히 의술의 발전은 질병의 원인과 치료에 대한 합리적 인식을 높였다. 그에 따라 〈질병 쫓는 소리〉, 〈액막이하는 소리〉 등은 더 이상 불릴 기회가 없어져버렸다. 장례문화의 변천과 장례의식요의 관계도 마찬가지이다. 상여를 이용한 장례보다는 장례식장에서 지정한 운구차를 이용해 장례를 치른다든지, 매장을 하지 않고 화장(火葬)을 하게 된다든지 등의 장례문화의 변천은 더 이상 장례의식요가 불릴 기회를 요구하지 않는다. 이처럼 의식요의 전승은 노동요나 유희요와는 달리 인간 사회의 변화를 민감하게 적용받는다. 그럼에도 주술적 의식이 아니라 주술적 놀이나 비의적 놀이의 형태로 그와 관련된 노래가 전승되고 있다는 점을 주목할 필요가 있다. 주술적 의식이 완전하게 사라져버리는 것이 아니라, 그것이 주술적 놀이나 비의적 놀이의 형태로 전환되어 전승될 수 있는 가능성을 시사해주기 때문이다.

동요 가운데 기후 변화를 바라며 부르는 노래, 예컨대 비나 눈이 오라고, 바람이 불라고, 햇빛이 나라고, 더위나 추위가 물러가라고 부르는 노래 등이 그러한 예가 될 수 있다. 부녀자들이 부르는 〈꼬댁각시〉, 〈액운애기노래〉도 마찬가지이다. 〈꼬댁각시〉는 어려서 부모를 잃은 꼬댁각시가 구박을 받으며 삼촌 집에서 자라 시집을 갔지만 시가에서의 시집살이를 견디지 못하고 자살을 한다는 내용의 서사민요인데, 부녀자들이 노동의 과정 중에도 부르지만 정초나 추석에 운수나 궁금한 점 등을 알아보기 위해 점을 치면서도 불렀다는 점에서 주술적·비의적 놀이와 연관성을 갖는다. 〈액운애기노래〉는 액운애기가 남다른 재주로써 시부모를 봉양하며 살았지만 저승사자가 갑자기 찾아와 잡아가게 됨으로써 나이와 상관없이 젊은 사람의 죽음도 시작되었다는 내용의 서사민요이다. 주술적·비의적 놀이는 수반되지 않지만, 노래 자체가 경남 밀양(동북부 지역)의 여성들 사이에서만 비의적으로 전승되어왔다는 점에서 〈꼬댁각시〉와의 관련성이 없지 않다. 주술적 의식이 주술적·비의적 놀이로 전환되면서 노래 역시 전승되고, 주술적·비의적 놀이가 사라져도 노래만 비의적으로 전승된다면, 그때의 노래가 갖는 기능은 무엇일까? 이들 노래는 이러한 질문을 가능케 하는 자료라는 점에서 문화적 의의를 갖는다.

- 최원오

참고 문헌

《임석재 채록 한국구연민요》(CD), YBM서울음반, 1995.
《임석재 채록 한국구연민요: 자료편》, 집문당, 1997.
《한국민속문학사전: 민요》, 국립민속박물관, 2013.
김태곤, 《한국 민간신앙 연구》, 집문당, 1983.
류종목, 《한국 민간의식요 연구》, 집문당, 1990.
조동일, 《경북민요》, 형설출판사, 1976.

六

근대민요와 유행가 사이, 확장된 민요

민요와 유행가, 그 사이에 선 신민요

—

신민요는 근대 이후 등장한 민요의 변형 내지 변종으로, 대체로 '전문 작사가와 작곡가가 조선 민요에서 선율이나 형식을 취해 서양식 화성과 결합해 개작하거나 창작한 민요'로 그 의미를 정리할 수 있다. 좁게는 일제 강점기 대중가요의 하위 장르로 정착되어 해방 이후까지 지속되었던 대중가요풍의 창작민요를, 넓게는 근대 이후 새롭게 창작·개작된 민요 일반을 가리킨다. 《한국민족문화대백과사전》에서는 신민요를 "조선 후기 이후에 새로 생긴 민요 및 민요풍의 창작가요"라 하여 신민요의 등장 시기와 범주를 더욱 확장하여 설명하기도 한다.

신민요는 말 그대로 '새로운' 민요이다. 그리고 그 명칭은 종래의 토착민요(혹은 향토민요)와의 대비를 거쳐 확정된 것인 만큼, 그 내용과 성격 역시 토착민요와의 관계를 통해 드러난다고 할 수 있다. 따라서 신민요의 실체에 접근하려면 '신(新)'의 사회문화적 함의를 파악하고, 이것이 기존에 전승되어왔던 토착민요의 범주와 전승 기반을 어떻게 바꾸어왔는지 살피는 과정이 필요하다.

먼저 신민요가 '근대'라는 배경으로 형성된 민요라는 점을 주시할 필요가 있다. 근대의 후폭풍은 민요, 나아가 민요의 전파 방식이나 과정에도 예외 없이 닥쳤고, 그에 따라 민요의 성격이나 전승 기반 역시 달라졌기 때문이다. 신민요가 이렇듯 민요의 생산과 전승 기반을 둘러싼 안팎의 근대적 변화에 대응해 생긴 장르임을 상기한다면, 이 역시 넓은 의미의 '근대민요'라 할 수 있다. 그런데 기존 학계에서는 민중의 입장에서 사회를 비판하고 제국주의 침략에 항거하는 내용을 담은 민요를 근대민요의 중심으로 놓고, 이를 문화산업에 포섭되어 향락적 성격이 강하게 드러나는 신민요와는 구분하고 있다. 물론 근대민요를 이렇게 명명하고 정의한 배경에는 '근대'를 반외세·반봉건이라는 가치 개념으로 접근한 근대 우위의 태도가 개입되어 있다.

이렇듯 동일하게 근대라는 시대를 토양으로 형성된 신민요와 근대민요를 배타적으로 분리한 이면을 들여다보면, 근대민요는 토착민요의 민중적 성격을 계승한 민요의 정통으로, 신민요는 민요를 통속화·상업화한 민요의 왜곡 내지 변형으로 분리하여 보려는 의도가 개입되었다고 할 수 있다. 신민요가 1930년대 유성기 등 음반산업의 성장과 함께 의도적으로 널리 유포된 명명인 반면, 근대민요는 시대정신과 민중성에 초점을 맞추어 1980년대 이후 학계에서 민요의 하위 갈래로 명명했다는 점 역시 양자의 거리를 더 멀어지게 한 요소라 할 수 있다. 따라서 신민요의 성격을 규정하기 위해서는, 신민요와 근대민요의 이러한 구분법이 과연 근대 이후

민요의 실상을 파악하는 데 타당한 방식인지 짚어보는 과정이 필요하다고 할 수 있다.

앞에서 언급했다시피 신민요는 전문가에 의해 창작되어 전국적으로 보급된 민요로, 생활 현장에서 비전문가에 의해 자연스럽게 생겨나 지역 단위로 전해지던 향토민요나 전래민요와는 구분되는 생산·전승 기반을 가진 민요 혹은 민요의 변형이다. 즉 지역공동체를 중심으로 전승되어왔던 향토민요가 문자적 기반이나 매체를 수반하지 않은 1차적 구술문화에 속한다면, 신민요는 매체를 동반한 쓰기에 의존하는 2차적 구술문화에 해당된다고 볼 수 있다.* 특정인에 의한 창작은 '자연 발생, 집단에 의한 전승, 공동체의 노래, 비전문가의 구술문화'라는 민요의 기반을 전유한 것이다. 또한 신민요는 생활 속에서 자족적으로 불리는 향토민요와는 달리 전문적인 작사가, 작곡가, 직업 가수들이 개입하여 만들어졌고, 유성기 음반혹은 신문, 잡지나 활판 가집과 같은 매체를 통해 광범위한 청중에게 보급되었다. 이처럼 상당수의 신민요는 문화산업의 일부로 편입되어 상업적 이익이라는 목표를 향해 만들어지고 기획된 노래이다. 말하자면 신민요는 근대 이후 달라진 매체 환경과 생활 환경에 부응하면서 시대적 징후를 담아내었다고 할 수 있다.

신민요의 성격을 거론할 때 전통적 선율과 서양식 화성 혹은 편곡이 섞여, 전통과 외래의 양식이 이종교배된 혼종 장르라는 것을 빼놓고 얘기할수 없다. 말하자면 신민요는 외래음악의 도입 이래 지속된 전통음악과 외래음악과의 다양한 혼종적 시도 속에서 부상한 장르라 할 수 있다. 일찌

---

* 1차적 구술문화와 2차적 구술문화에 대한 내용은 월터 J. 옹(Walter J. Ong)의 《구술문화와 문자문화》(이기우 옮김, 문예출판사) 참조

갖이 신민요의 가능성을 간파한 레코드 업계에서도 신민요의 정체를 '조선의 민요에다 양악 반주를 맞춘 그러한 중간층의 비빔밥식 노래' 혹은 '유행가보다는 조선의 내음새가 들어 있는 노래' 혹은 '유행가보다 우리의 마음에 반향을 일으킬 만한 노래이면서 역시 서양곡에 맞춰 불러 넣은 노래'로 보았다. 한마디로 신민요는 민요의 원자료를 활용하되, 그 결과물은 민요도 유행가도 아닌 그러면서 양자의 요소가 절묘하게 섞인 비빔밥식 노래라는 것이다.

여기에서 보듯 신민요는 '근대 이후 형성된 새로운 민요'와 '민요를 기반으로 창작된 유행가'의 중간에 위치하고 있다고 할 수 있다. 따라서 논자에 따라 누군가는 신민요를 민요의 기반과 나아가 전통음악의 원형을 훼손한 이종의 변종으로, 누군가는 자생적 대중가요의 효시로 보기도 한다. 뿐만 아니라 토착민요와의 관계에서도 전통의 일방적 단절과 외래 양식의 이입에 따른 새로운 양식의 출현, 또는 토착민요의 계승이라는 상반된 시각이 공존하고 있다. 그리고 이러한 시각 차이는 '신민요는 민요인가, 아닌가?'의 문제를 거쳐 궁극적으로는 '민요란 무엇인가?'의 문제, 즉 민요관의 문제로 이어진다.

이 글에서는 민요가 현장이나 매체 변화에 따라 그 개념과 범주를 달리 할 수 있는 유동적이고 역동적인 실체라는 점에 동의하는 입장에서 신민요의 실체에 접근하고자 한다. 따라서 신민요를 특정 시기, 특정한 장르에 국한하여 설명하기보다는 토착민요의 통속화, 근대화, 외래음악과의 혼성화 과정 속에서 형성되어, 그에 수반되는 다양한 실천의 결과물이자 '확장된 민요'라는 점에 주목하고자 한다. 요컨대 신민요는 근대 이후 달라진 매체 환경과 생활 환경에서 끊임없이 자기 변신을 시도했던 민요의 여러 형태를 광범위하게 이르는 말이라는 점을 밝혀두고자 한다.

신민요의 형성과 그 맥락

앞에서 살펴본 바와 같이 신민요 형성에서 중요한 요소는 '창작, 매체에 의한 전승, 전통과 외래적 요소의 혼종'으로 정리해볼 수 있다. 이러한 신민요가 널리 명명된 배경에는 1930년대 문화산업의 성장, 그에 따른 유행가의 성행을 꼽을 수 있다. 민요 시인이자 작사가로 알려진 을파소 김종한(1916~1944)은 1937년 조선일보에 기고한 글인 〈신민요의 정신과 형태〉에서 신민요를 "토착민요가 종언을 고한 자리에 출아할 민요 형식"이라 하고 신민요의 특징을 세 가지로 정리했다. 신민요는 ① 작사가·작곡가에 의해 제작된 것, ② 시대성의 담보, ③ 매체에 의해 전승되는 노래라는 것이다. 일제강점기 민요 연구자였던 김사엽(1912~1992)은 신민요에 대해 "신민요라는 것은 고래(古來)로 전승되어오던 민요에 대하여 새로이 창작된 민요를 말함이니 대체로 민요는 재래(在來)의 것이든"(조선일보, 1935년 12월 11일자)이라 하여 신민요를 결정짓는 핵심적 요소가 '창작'임을 밝히고 있다.

신민요의 귀결은 창작이지만 그 시작은 민요를 위시한 전통음악과 외래음악의 혼성, 즉 잡종화 전략이었다. 전통음악과 외래음악의 혼성화는 1920년대부터 부분적으로 시도되었다. 그러나 이는 〈양산도〉와 같이 잘 알려진 통속민요에 양악 반주를 붙이거나, 〈이 풍진 세상〉과 같은 번안가요를 기생들이 토종의 창법으로 부르는 정도였다.

전통음악과 외래음악의 본격적 혼성화 양상은 신민요가 1930년대 대중가요의 주요 양식으로 자리 잡으면서 본격화되었다. 신민요의 제작과 보급을 담당한 일선 레코드 업계에서는 신민요의 대중성을 '조선적인 느낌'과 '비빔밥', 이 두 가지로 정리하고 있다.

> 다시 말하면 조선의 민요에다 양악 반주를 맞춘 그러한 중간층의 비빔밥
> 식 노래가 많이들 유행하게 되었다. (중략) 다음에는 신민요라는 새로운
> 형식의 노래가 많이 유행하게 되었다. 이 신민요는 두말할 것도 없이, 유
> 행가보다는 조선의 내음새가 들어 있고 우리의 마음에 반향할 만한 노래
> 이면서 역시 서양곡에 맞춰 불러 넣은 것이다. 《삼천리》 1936년 2월호)

한 레코드사의 문예부장이었던 이기세는 1935년 최고의 인기를 누렸
던 신민요의 성공 원인으로 '조선적인 냄새'를 꼽았다. 신민요는 선율이
나 화성이 민요에 기반을 두고 있었을 뿐 아니라, 주로 기생이 불렀기 때
문에 전통적인 시가에 익숙한 대중에게도 쉽게 전달될 수 있었다. 조선적
인 색채가 짙은 노래가 대중적이라는 주장은 또 다른 레코드사의 문예부
장이었던 김능인도 제기하였다. 대중들의 수요를 예측하고 음반의 제작
방향을 결정하는 유력 음반사 문예부장들이 이러한 진단을 내린 것을 보
면, 조선의 대중은 여전히 익숙한 조선적인 선율과 정조를 선호하고 있었
고, 그 움직임을 포착한 문화산업계에서 민요조의 곡을 대중가요의 영역
으로 기민하게 끌어들였다는 것을 짐작할 수 있는 대목이다.

신민요의 음계와 박자는 통속민요 중에서도 경기민요의 영향을 많이
받았다. 그런데 1930년대 들어 본격화된 대량생산 체제에 부응하려면 신
곡의 보급과 표준화한 연주 방식이 필요했다. 전문적 창작자에 의해 보급
되는 신민요는 신작에 대한 필요성을 충족해주었고, 양악기로 편곡을 함
으로써 악보에 의한 연주가 가능해졌다. 이로 보아 신민요는 잡가와 통속
민요 등 전통시가가 새로운 매체 환경에 맞추어 변용을 꾀하는 과정에 등

장했다고 할 수 있다.

신민요의 등장과 관련하여 의미심장한 부분은, 신민요의 창작과 전승에 지식인이 적극 가담했다는 점이다. 당시 지식인들은 민요를 포함한 전통시가를 풍기를 문란하게 하는 주범으로 여겨 배척하는 태도를 보였다. 그런데 전통시가의 저속성에 대해 개탄하던 지식층들이 1920년대 말에서 1930년대 초반을 기점으로 민요, 판소리, 잡가, 고소설 등 전통문화 양식의 파급력에 대해 일제히 관심을 기울이기 시작했다. 1920년대 말 카프(KAPF) 진영에서 벌어진 '대중화 논쟁'의 중심에는 〈흥타령〉과 같은 잡가와 〈춘향전〉, 〈심청전〉 등의 고소설이 있었다. 전통문화의 가치를 인정하지는 않으나, 대중적 파급력만은 그 위세를 인정하지 않을 수 없을 정도로 대단했기 때문이다.

1929년 2월에 결성된 조선가요협회의 활동에서도 대중문화에 대한 지식인들의 관심을 살필 수 있다. '건전한 조선 가요의 민중화'를 내걸었던 조선가요협회의 동인(同人)은 이광수, 김억, 김동환 등 주로 우파 진영의 문화적 민족주의자들이었다. '건전한 조선 가요의 민중화'라는 테제 속에는 조선적인 정조, 조선 민요의 발굴과 재해석이라는 내용도 포함되어 있다. 전통문화의 대중적 파급력을 인정하는 정도의 선에서 그쳤던 카프 진영과 달리 조선가요협회 동인들은 작사, 작곡은 물론 가요 담론의 생성에까지 관여했다.

비슷한 시기 좌우익을 대표하는 지식인들이 대중적 양식에 대해 관심을 기울였던 사실에서도, 오랫동안 지녀왔던 취향을 고수하려는 대중의 의지가 강했다는 것을 알 수 있다. 이들은 민족적 각성을 최고의 가치로 삼는 계몽 지식인의 이념, 외래 양식의 이입을 주도한 지식층들이 유포하는 엘리티즘 그 어디에도 포섭되지 않았다. 이는 이념이나 명분에 포섭되지 않고 자신들의 문화적 기호나 취향을 유지하려는 수용층이 엄연히 존재하고 있었다는 의미로 해석할 수 있다.

신민요는 이렇듯 대중의 기호, 신민요의 상업적 가능성을 간파한 레코드 업계의 기민한 대응, 전통적 양식을 근대화하려는 지식인의 의도가 교차하는 영역이라 할 수 있다. 지식인의 움직임은 조선가요협회 동인들 사이에서 특히 두드러지게 나타났다. 이들은 유행가의 무국적성과 향락성, 잡가와 통속민요의 저열함을 모두 배격하면서, 건전하고 진취적인 조선 노래를 만들고 부르자고 주장했다. 새로운 가요를 찾아내려는 이들의 의도는 자연스럽게 민요에 대한 관심으로 이어졌다. 이들은 변화하는 시대의 미감에 맞춰 민요를 개작하고 재창작할 것을 촉구했고, 실제 신민요를 창작하기도 했다.

엘리트 작가 집단의 민요 창작은 익명의 비전문가 집단에 의한 창작이라는 민요의 존재 기반을 전유한 것이다. 이들은 민요를 창작하고 변개함으로써 궁극적으로 민요를 근대화하고 조선적인 미감을 창조하려 했다. 그러나 신민요의 창작을 주도하고 민요의 발굴을 위해 애썼던 문화 엘리트들은 '조선다운 정조를 찾기 위해, 조선의 전통문화를 열렬히 배격했던' 딜레마를 애초에 지니고 있었다. '조선의 것을 추구하고, 조선의 것을 배격하는' 이중성은 식민지 시기 지식인이 지녔던 정체성의 불안과 조응하는 것이라 할 수 있다. 이들은 서구 음악과 일본 음악을 표준화된 형태로 생각하고, 우리의 전통시가를 풍속을 위해 개량할 대상으로 보았지만, 민요로 대표되는 전통문화를 배태한 조선 문화에 대한 강렬한 지향성은 지니고 있었다. 신민요는 이렇듯 매체와 생활양식의 변화, 외래음악의 유입으로 인한 전통음악의 주변화에 맞서는 문화적 실천이자, 조선적인 정조를 상업화하려는 문화산업계의 움직임이 결합된 '기획'의 결과물이었다고 할 수 있다. 신민요는 이렇듯 태생부터 민요와 유행가 그 사이에 존재하고 있었던 것이다.

—

대표적 신민요, 〈아리랑〉

—

매체에 따른 민요의 자기 혁신, 전통과 외래 양식의 결합이라는 신민요의 특성이 가장 극적으로 드러난 부분은 바로 〈아리랑〉의 전국적 전승과 보급 과정이라 할 수 있다. 한민족을 표상하는 노래 〈아리랑〉은 20세기 초 한반도에서 출발하여 지금 이 순간까지도 전 세계를 횡단하며 한인 디아스포라에게는 '모국'과 '귀향'을 상징하는 노래로, 외부인들에게는 '한국인의 마음'을 담은 노래로 알려지고 있다. 따라서 〈아리랑〉을 자연스럽게 한국의 대표적 민요로, 나아가 다양한 지역 문화권에서 변이형을 양산한 지역 민요로 인식하고 있다. 그렇지만 〈아리랑〉이야말로 토착민요를 개작하고 서양식 화성·편곡과 결합하여 구전뿐 아니라 다양한 매체로 전승한 대표적 신민요라고 할 수 있다.

〈아리랑〉은 그 편폭만큼이나 오랜 세월에 걸쳐 다양한 문화권을 거치며 그 의미를 확장해왔다. 강원도 지역의 토속민요에서 출발한 〈아리랑〉은 한말을 지나오면서 전국적으로 확산되었다. 〈아리랑〉이 생활 현장을 넘어 전문적 소리꾼들에 의해 널리 성창되기 시작하던 한말, 계몽주의자들은 '풍속을 해치는 망국의 소리', '황탄한 소리'라는 이유로 〈아리랑〉에 대해 대대적 비판을 가했다. 이들이 비판한 〈아리랑〉은 서울 지역을 중심으로 널리 불리던 〈경기 자진아리랑〉과 같은 〈긴아리랑〉으로 보인다. 비판의 원인은 대체로 노래가 담고 있는 유락적 분위기와 이것이 전승되는 방식에서 비롯된다고 할 수 있다. 〈경기 자진아리랑〉에는 "아리랑 아리랑 아라리요 아리랑 아리랑 배 띄워라"라든가 "아리랑 아리랑 아라리요 아리랑 띄여라 노다 가세"와 같은 후렴이 붙어, 찰나적 쾌락의 정조와 유희적 효과를 극대화한다. 이러한 노래가 유흥의 장에서 불리게 되면서, 삶의 현장을 지키며 민중의 애환을 담았던 발생기 〈아리랑〉의 면모는 점차 탈각되었다고 할 수 있다. 그런데 〈아리랑〉을 풍속을 해치는 노래라 하여 비판을 가했던 계몽 지식인들도 노래가 가진 파급력을 부인하지는 못하였다.

〈아리랑〉은 1926년 나운규의 영화 〈아리랑〉의 주제가로 쓰이며 현재의 〈본조아리랑〉으로 정착되었다. 동명의 영화 주제가를 위해 나운규가 영화 주제가로 채택한 〈아리랑〉의 원텍스트는 당시 널리 유행했던 〈경기 자진아리랑〉이었던 것으로 보인다. 영화 주제가 〈아리랑〉은 세마치장단의 원곡을 따라 부르기 쉽고 재현에 용이한 사분의삼박자로 편곡하고 가사도 부분적으로 개작한 것이다. 여기에 바이올린을 주선율로 하는 오케스트라 반주를 동원하여 새로운 〈아리랑〉 텍스트를 만든 것이다. 말하자면 〈본조아리랑〉은 민요의 선율과 서양식 화성을 조합하여 혼성·재창작한 신민요였던 것이다. 이렇게 만들어진 〈아리랑〉은 순박한 농촌의 서정과 도회적 풍조가 조화를 이루지 못했다고 하여 비판을 받기도 했지만, 평단의 비판과는 상관없이 영화 〈아리랑〉을 통해 전파된 〈본조아리랑〉의 파급력은 대단했던 것으로 보인다.

당시 기사를 살펴보면, 〈아리랑〉이 영화 상영 이후 신드롬을 형성할 정도로 대중적으로 인기를 끌며 널리 확산되었다는 사실을 확인할 수 있다. 영화 〈아리랑〉이 상영되던 극장 안은 〈아리랑〉이 갖는 확장성을 대표적으로 보여주는 공간이었다. 극장의 관객은 관현악 반주에 맞추어 영화 속

〈아리랑〉을 따라 부르며, 영화 속의 〈아리랑〉은 스크린을 넘어 극장 전체로 확산된다. 요컨대 〈아리랑〉이라는 노래를 둘러싼 저마다의 기억과 경험이 내러티브에 개입하고, 스크린 속 〈아리랑〉을 극장 안의 관객이 따라 부르면서 노래와 이야기, 현실과 허구의 경계는 허물어진다. 이것이 가능했던 것은 무성영화의 상영 방식 때문이다. 필름이라는 새로운 매체와 청중 사이에 선 변사는 '구전'을 통해 영화 속 이야기로 관객을 인도한다. 구전은 기본적으로 동조와 감정이입에 용이한 전승 방식이다. 이야기를 자연스럽게 공유하던 관객은 클라이맥스에 배치된 〈아리랑〉을 극장 내 악단의 반주를 따라 부르면서 영화 속 장면을 현현하는 강렬한 감정을 경험하게 된다. 영화 〈아리랑〉은 지역과 성별과 계층과 노소를 막론하고, 〈아리랑〉을 누구나 부르는 노래로 만드는 계기가 되었다. '향토적 정서와 도회적 풍조의 부조화'라는 평단의 비판도, '괴랄한 유행'이라는 매체의 폄하도 〈아리랑〉의 확장을 막지는 못했다.

매체와 구전 간의 상호작용이 거듭되면서 〈아리랑〉은 극장 밖을 넘어 전역에 확산되었다. 따라서 한정된 문화권에서 저마다의 방식으로 향유하던 〈아리랑〉은 점차 민족 전체의 공통 경험과 기억으로 자리 잡게 되었다. 〈아리랑〉을 둘러싼 가장 의미심장한 변화는 바로 노래가 가지는 의미의 전환이다. 〈경기 자진아리랑〉의 통속적 미감은 영화 〈아리랑〉의 내러티브와 만나며 '민족사의 수난을 넘은 대장정'이라는 의미가 더해지게 되었다. 이렇듯 〈아리랑〉은 한민족이 거주하는 다양한 지역과 문화권에서 다양한 변조를 파생시키며 민족의 수난, 애환, 환희의 순간순간마다 함께해왔다.

〈아리랑〉은 한민족의 노래라는 상징성을 넘어 실제로 문화산업에서도 각광을 받는 '문화상품'이기도 했다. 영화 〈아리랑〉의 성공은 민요와 대중매체와의 본격적 대면을 의미하는 것이었고, 이는 〈아리랑〉이 음반산업의 주요 곡목으로 자리 잡은 계기가 되었다. 〈아리랑〉의 대중적 확산은 식민지 조선에 머물지 않고, 일본으로, 해방 후로 끊임없이 그 영역이 확장되어왔다.

—

더 생각해볼 문제 – 민요의 근대화, 대중화와 신민요

—

신민요는 민요의 근대화, 대중화, 표준화라는 과제를 수행하면서 장르적 위상을 형성해왔다. 신민요를 민요풍 대중가요로 규정하는 논자들은 대개 1980년대 이후 신민요의 시대가 막을 내린 것으로 보고 있다. 이 글에서는 신민요를 일제강점기라는 시기, 대중가요의 한 장르라는 개념에 국한하여 이해하기보다는 민요(혹은 전통음악)의 혁신과 그 실천이라는 관점에서 바라보고자 했다. 이렇게 본다면 신민요는 1980년대 이후로 종언한 것이 아니라 지금 이 순간에도 지속적으로 형태를 달리하며 존재하고 있다. 이는 크로스오버 혹은 퓨전처럼 장르를 횡단하거나 전통음악과 외래음악의 이질적 요소를 혼성하는 음악적 실천으로 나타나기도 하고, '민요 부르기'와 같은 생활·문화 운동 차원으로 전개되기도 한다.

지금 이곳의 생활·문화 현장에서 신민요가 존재하는 방식은 크게 세 가지로 나눠 살펴볼 수 있다. 먼저 학교교육 현장에서 '민요 부르기'를 음악 교과과정의 일환으로 행하고 있다. 이때 주로 불리는 민요는 표준화된 그리고 언제든 오선보로 재현 가능한 민요, 즉 신민요이다. 혼성 합창으로 자주 불리고, 중등 음악 교과과정에서 다루어지는 〈울산아가씨〉는 경상도 민요로 알려져 있지만 실은 이면상(1908~1989)이 작곡한 창작민요, 즉 신민요이다.

두 번째 방식은 국악의 대중화와 세계화를 기치로 한국음악계와 대중음악계에서 벌어지는 다양한 장르 혼성적 시도이다. 민요를 밴드음악과 결합한 '씽씽(Ssing Ssing)'은 경기민요와 전위적인 밴드음악이라는 이질적 요소를 결합한 '민요의 밴드음악화'를 보여주는 한 사례라 할 수 있다. 그들의 활동은 장르를 넘어서는 음악적 실험일 뿐 아니라 민요가 전 세계적으로 소통되는 방식을 보여주는 것이기도 하다. 말하자면 민요가 대중과 소통하고 한반도라는 장소를 넘어 세계와 소통하는 혼성적 실천이 지속되고 있으며, 이것이 신민요가 존재할 수 있는 기반이라 할 수 있다.

마지막으로 문화 운동 차원에서 전개된 '생활민요 부르기'와 같은 문화적 실천 방식을 주목해볼 수 있다. 1980년대 건전한 삶의 노래를 모색하고 실천하려는 노래 운동의 일환으로 시작된 민요연구회의 활동과 그 결과물인 생활민요 모음집《노래야 나오너라》는 '생활민요 운동'의 시작과 방향성을 보여준다고 할 수 있다. 여기에서 명명하는 민요란 외래문화의 찌꺼기를 떨어내고 우리의 삶과 역사를 담은 노래이자, 자기의 생각과 기분에 맞춰 부를 수 있는 노래이다. 그리고 그 결과물에는 전통시대로부터 전승된 토착민요뿐 아니라 창작민요, 원작자의 존재를 망각한 채 구전된 대중가요 등도 포함되어 있다. 이러한 움직임은 민요를 생활과 시대상의 변화에 맞게 부단히 재정의하려는 움직임인 동시에, 민요를 지금 이곳의 노래로 발굴·계승하려는 운동적 차원의 모색이기도 하다.

이렇듯 민요는 시대에 따라, 생활과 매체의 변화에 따라 변형되거나 새로이 만들어지면서 시대상을 반영하고 그 심상을 구현해내고 있다. 신민요는 이처럼 민요가 다양한 현장과 결합하면서 역동적 생활상을 반영하고 구현하는 과정 속에서 자기 정체성을 확보하고 있다고 할 수 있다. 말하자면 신민요는 특정 시기에 존재했던 특정한 장르라기보다는 민요가 끊임없이 동시대와 소통하고 시대정신을 담아낼 수 있는 음악적·문화적 실천의 한 방식이고 그 결과물인 것이다.

– 박애경

참고 문헌

김시업 외, 《근대의 노래와 아리랑》, 소명출판, 2009.

박애경, 〈아리랑과 K-pop〉, 조동일 외, 《한국문화와 그 너머의 아리랑》, 한국학중앙연구원 출판부, 2013.

유선영, 〈식민지 대중가요의 잡종화 – 민족주의 기획의 탈식민성과 식민성〉, 《언론과사회》 10-4, 성곡언론문화재단, 2002.

이보형, 〈대한제국시대 통속민요 생성에 대한 연구〉, 《한국음악사학보》 45, 한국음악사학회, 2010.

이보형, 〈아리랑 소리의 근원과 그 변천에 관한 음악적 연구〉, 《한국민요학》 26, 한국민요학회, 1997.

이소영, 〈일제강점기 신민요의 혼종성 연구〉, 한국학중앙연구원 한국학대학원 박사학위논문, 2007.

이화진, 〈식민지 조선의 극장과 '소리'의 문화정치〉, 연세대학교 박사학위논문, 2010.

장유정, 〈1930년대 신민요에 대한 당대의 인식과 수용〉, 《한국민요학》 12, 한국민요학회, 2003.

정우택, 〈아리랑 노래의 정전과 과정 연구〉, 《대동문화연구》 57, 성균관대학교 동아시아학술원, 2007.

제3장

무가

신화는 흔히 먼 과거의 이야기로 인식되곤 한다. 그러나 신화를 신을 향한 주술적 행위에 연동된 이야기로 이해할 때 신화는 결코 과거의 이야기로 간주될 수 없다. 신을 향한 인간의 염원과 갈망은 인간이 벗어날 수 없는 존재론적 운명에 결부된 일이기 때문이다. 불완전하고 죽을 수밖에 없는 인간의 운명은 과학 기술 문명이 발달한 오늘날에도 각종 종교적 관념과 주술적 행위, 그리고 의례적 요소들을 삶의 곳곳으로 끌어들인다. 신을 경배하고 인간의 한계를 성찰하는 모든 순간에 신화가 존재하는 것이다. 그래서 신화는 언제든지 살아 있는 이야기로 불린다.

신화를 연행하는 가장 오랜 형태는 춤과 노래였을 것이다. 많은 신화는 이제 연행 현장을 벗어나 기록 속에 스며들었지만 한국에는 여전히 현장에서 연행되는 신화가 존재한다. 그것은 한국에서 단골무당들에 의해 '굿판'에서 불리는 '서사무가'이다. 굿은 신의 기원과 내력, 권능 등을 춤을 추거나 연극적 행위를 통해 재현하는데 '서사무가'는 굿판에서 이와 같은 내용을 이야기로 엮어 노래로 부르는 신화이다.

한국의 신(神)은 다양하고 신이 다양한 만큼 굿도 제각각이다. 그리고 굿판에서 불린 노래도 무수히 많았을 것이다. 그러나 굿의 전승은 이미 백 년 전부터 소멸의 길을 걸어왔고 굿판에서 불린 노래도 점차 자취를 감추었다. 지금 한국의 굿에서 불리는 서사무가는 뭍에서 불린 몇 편과 제주에서 불린 몇 편이 남아 있을 뿐이다. 〈바리데기〉와 〈당금애기〉가 뭍에서 전승되는 대표적인 서사무가이고, 〈세경본풀이〉나 〈세화본향당본풀이〉, 〈양이목사본〉이 제주도의 서사무가이다.

〈당금애기〉는 굿에서 모시는 신격 가운데 최상위 존재인 제석의 내력을 읊는 노래면서 생산의 풍요와 다산을 기원하는 노래이다. 〈바리데기〉는 죽은 자를 좋은 곳으로 천도하면서 산 자들의 상실을 위로하고 애도하는 '오구굿(망자천도굿)'에서 불리는데, 무조신이자 죽은 자를 사자(死者)의 세계로 인도하는 '바리데기'의 내력을 풀어낸 노래이다. 제주도에서는 신의 근본을 풀어낸다 하여 서사무가를 '본풀이'라 부른다. 〈세경본풀이〉는 농사일을 관장하는 신의 내력을 풀어낸 '일반신본풀이'고, 〈세화본향당본풀이〉는 마을마다 제각기 모시는 당신(堂神)의 내력을 읊는 '당신본풀이'다. 〈양이목사본〉은 조상신의 내력을 풀어낸 '조상신본풀이'다. ◐

一二三四五六七八九十

잉태와 출산을 통해 신성을 획득하다

생산신화와 무가

—

〈당금애기〉는 무속 의례, 즉 굿에서 무당이 노래로 부르는 '서사무가'의
하나이다. 굿에서 모시는 제석신(帝釋神)의 유래를 담고 있어서 '무속신
화'로 지칭되기도 한다. 서사무가니 무속신화니 하는 명칭들은 '누가 부르
는가, 어떤 환경 속에서 불리는가'에 초점을 둔 것이며, 구비 전승되어온
과정에 초점을 두는 입장에서는 '구전신화'로도 지칭한다. 또한 당금애기
의 다산적(多産的) 잉태와 출산이 중심 내용을 이루고 있고, 그로 인해 당
금애기가 신성시되고 있다. 아울러 한국의 민속신앙에서 제석단지(또는
시준단지)가 농경생산신의 기능을 한다는 점에 주목하면, 제석신 역시 풍
요를 보장해주는 신성 신격임을 알 수 있다. 〈당금애기〉의 주인공인 당금
애기와 제석신은 다산과 풍요의 기원(祈願) 및 염원을 담고 있는 신들인

것이다. 그런 점에서 〈당금애기〉는 '생산신신화' 또는 '생산신화'로도 지칭된다.

한국에서 구비 전승되고 있는 신화 중 〈당금애기〉는 성주굿에서 불리는 〈성주무가〉, 오구굿에서 불리는 〈바리공주〉와 더불어 가장 널리 전승되고 있는데, 분포 지역으로만 보자면 단연 〈당금애기〉의 분포권이 가장 넓다. 그 점에서 〈당금애기〉는 한국을 대표하는 신화라고 할 수 있다. 그런데 그 전승 지역이 넓다보니 각 지역에서 불리는 명칭 또한 다양하다. '성인노리푸넘(평안북도), 삼태자풀이(평안남도), 셍굿(함경남도), 제석풀이 또는 제석굿(충청도와 호남), 시준풀이 또는 시준굿(강원도, 영남), 초공본풀이(제주도), 제석본풀이 또는 당금애기(서울, 경기도 등 중부 지역)' 등이 그것이다. 국문학계에서는 '제석본풀이' 또는 '당금애기'라는 명칭으로 지칭되고 있는 것이 일반적이다.

전승 지역이 넓은 만큼 지금까지 조사 채록된 편수만 하더라도 60편이 넘는다. 한국의 단일 신화 작품으로는 가장 많은 편수를 자랑한다. 그 중 이른 시기에 조사 채록된 것은 아카마쓰 지조〔赤松智城〕와 아키바 다카시〔秋葉隆〕가 제주도 심방 박봉춘으로부터 조사 채록한 〈초공본푸리〉, 경기도 무당 이종만으로부터 조사 채록한 〈데석(帝釋)〉(이상은 《朝鮮巫俗の硏究》(조선인쇄주식회사, 1937)에 수록됨), 손진태가 평안북도 강계 무당 전명수로부터 채록하여 《문장》(1940년 9월호)에 소개한 〈성인노리푸넘〉 등이다. 이처럼 〈당금애기〉는 1930년대부터 조사 채록되기 시작했지만, 서대석이 1968년에 경기도 양평 무당 김용식으로부터 조사 채록한 〈제석본풀이〉가 가장 선본으로 인정받고 있다. 한편 이제까지 조사 채록된 〈당금애기〉를 모아놓은 자료집으로 《서사무가 당금애기전집 1, 2》가 있다.

잉태와 출산, 신성의 획득 방식

한반도 및 제주도에서 전승되고 있는 〈당금애기〉는 대체적으로 다음과 같은 줄거리를 공유한다.

여주인공의 부모와 남자 형제가 모두 집을 비우게 되는 사건이 발생하고, 여주인공만 혼자 집에 남게 된다. 산에서 내려온 중이 여주인공의 집에 찾아와 시주를 빙자하여 여주인공과 신체적으로 접촉하거나 하룻밤을 자고 사라진다. 그 일이 있은 이후 여주인공은 잉태를 한다. 귀가한 가족들은 여주인공이 잉태한 사실을 알고 여주인공을 토굴 속에 가두거나 집에서 쫓아낸다. 이후 여주인공은 잉태를 한 채로, 또는 아들 세쌍둥이를 출산한 후 중과 재회한다.

이상의 줄거리는 크게 ① 여주인공과 남주인공인 중이 성적 결합을 하고 헤어지는 과정, ② 여주인공이 잉태를 하고 나서 가족들로부터 핍박을 받고 수난을 당하는 과정, ③ 여주인공이 중을 찾아가 재회하는 과정으로 나눠볼 수 있다. 그런데 이 세 부분을 중심으로 각 지역에서 전승되고 있는 〈당금애기〉를 보면 그 특수한 내용들도 확인된다. 이런 내용들은 지역적 특성을 보여주기 때문에 신화적 의미가 있다고 하겠다. 그러나 넓은 지역에서 전승되고 있는 만큼 그 내용이 다기(多岐)한 것은 아니어서, 대체적으로 동북부 지역(이북, 강원도, 경상도), 서남부 지역(경기도, 충청도, 전라도), 제주도 지역으로 나눠 살필 수 있다.

먼저 ①은, 동북부 지역에서는 시주를 받으러 온 중이 여주인공의 방에서 자고 가기를 요청하고, 여주인공은 잠자는 도중 잉태를 암시하는 꿈을 꾸게 되며, 중은 해몽을 통해 여주인공에게 아들 삼태(세쌍둥이)를 예언한다. 이에 비해 서남부 지역과 제주도 지역에서는 남녀 주인공의 성적 결합이 상징적으로 처리된다. 예컨대 중이 쌀 세 알을 집어 주면서 여주인공에게 받아먹으라고 하거나, 재미(齋米, 스님에게 보시하는 쌀)를 받으면서 여주인공의 손목을 잡거나, 한 손으로는 재미를 받으면서 다른 한 손으로는 여주인공의 머리를 세 번 쓰는 등의 행위를 하는 것으로 되어 있다. 이후 여주인공은 여지없이 잉태를 한다는 점에서 중의 이런 행위들은 성적 결합을 상징적으로 나타내준다.

②를 보면, 동북부 지역에서는 여주인공이 토굴 속이나 어두운 곳에 감금된다. 이에 비해 서남부 지역과 제주도 지역에서는 여주인공이 집에서 추방된다. 다만 제주도 지역에서는 여주인공의 추방 및 추방 이후의 과정이 좀 더 구체적으로 묘사된다. 부모가 여주인공의 임신 사실을 알고는 죽이고자 했으나 차마 죽일 수 없어 검은 암소에 행장을 싣고 계집종을 딸려서 집 밖으로 내쫓는다. 여주인공은 계집종과 함께 수많은 산을 넘고 다리와 큰물을 건너 남주인공인 중이 있는 황금산 도단땅에 도착한다.

③과 관련해서 동북부 지역과 경기도 양평 지역, 제주도 지역에서는 여주인공의 아들 삼형제가 서당을 다니며 글공부를 하다가 동료로부터 '애비 없는 자식', '중의 자식'이라는 조롱을 듣는다. 동료들로부터 조롱을 들은 삼형제는 어머니인 여주인공에게 자신들의 아버지가 누구이며, 어디에 있는가를 묻는다. 여주인공은 처음엔 부끄러워서 아들 삼형제에게 소나무, 밤나무, 향나무 등이 아버지라고 하거나 나랏일을 하러 갔다거나 하는 등 여러 가지 핑계를 댄다. 그러나 삼형제가 어머니인 여주인공을 위협하자 그제야 사실대로 말한다. 이후 삼형제는 어머니인 여주인공과 함

께 아버지인 중을 찾아가 만나 친자 확인 시험을 받는다. 모래밭에 발자국이 없이 나갔다가 들어오기, 짚으로 북과 닭을 만들어 북소리가 나게 하고 닭이 울게 하기, 강에서 목욕해도 몸에 물이 묻지 않게 하기, 거미줄을 타고 다녀도 거미줄이 온전하기 등이 그것이다. 이들 지역에서는 여주인공이 남주인공과 재회하게 되는 계기가 아들 삼형제의 아버지 찾기에서 비롯되고 있는 것이다. 이에 비해 서남부 지역에서는 집에서 추방된 여주인공이 곧바로 남주인공인 중을 찾아 나서며, 남주인공 중은 자신을 찾아온 여주인공을 만나자 중노릇을 집어치우고 세속 살림을 차릴 준비를 한다. 그래서 서남부 지역에서는 여주인공의 아들들이 아버지를 찾는 내용뿐만 아니라 아들들이 아버지인 남주인공으로부터 친자 확인 시험을 받는다는 내용도 없다.

다만 제주도 지역은 동북부 지역과 서남부 지역의 내용을 공유하는 특징을 보여줄 뿐만 아니라, 제주도 지역만의 고유한 특징도 아울러 보여준다. 즉 여주인공이 집에서 쫓겨나 남주인공을 찾아간다는 내용은 서남부 지역과 유사하며, 서당에 다니던 아들들이 동료들로부터 '애비 없는 자식'이라는 조롱을 당한 후 여주인공인 어머니에게 아버지가 누군지를 묻는 내용은 동북부 지역과 유사하다. 그런데 이 외에도 남주인공을 찾아간 여주인공이 남주인공과 함께 살지 않고 불도땅이라는 곳에서 아들 삼형제를 낳아 기른다든지, 아들 삼형제가 과거 시험 문제로 서당 동료들과 심각한 갈등을 겪는다든지 하는 내용은 제주도 지역에서만 확인된다. 그 중에서도 후자의 내용은 제주도 지역의 고유한 특성을 잘 나타내준다.

여주인공의 아들들인 잿부기삼형제는 서당 동료들의 조롱과 방해를 견디내며 과거 시험에 응시하여 합격한다. 그러나 잿부기삼형제는 서당 동료들의 계교로 중의 아들임이 드러나 과거 시험에 낙방한다. 잿부기삼형제가 땅을 치고 손목을 비틀어가며 대성통곡하자 시험관은 누구든지 활을 쏘아 연추문을 맞추는 자가 있으면 과거 시험에 합격시키겠다고 말한다. 서당 동료들은 모두 실패하고 잿부기삼형제만 성공한다. 과거 시험에 낙방한 서당 동료들은 여주인공 집의 여종을 꾀어 잿부기삼형제가 과거 급제를 못하도록 해주면 종 문서를 돌려주겠다고 유혹한다. 여종은 잿부기삼형제에게 가서 어머니가 죽었다고 거짓말을 한다. 잿부기삼형제는 어머니가 죽었는데 과거 급제가 무슨 소용이냐며 삼만관속 육방하인들을 모두 돌려보낸다. 그러나 어머니를 묻은 봉분이 가짜라는 것을 알게 된 잿부기삼형제는 어머니를 구출하기 위해 외할아버지를 찾아가고, 외할아버지는 아버지가 있는 곳을 가르쳐주며 문제를 해결토록 한다. 잿부기삼형제가 아버지인 남주인공을 찾아가자, 아버지는 전생 팔자를 그르쳐야 어머니를 구할 수 있을 것이라며, 잿부기삼형제에게 무구(巫具)를 만들어주고 굿법을 마련해준 후 삼천천제석궁에 가서 열나흘 동안 굿을 해야 어머니를 구출할 수 있을 것이라고 말한다. 잿부기삼형제는 아버지가 알려준 대로 해서 어머니를 구출해내고, 양반들에게는 원수를 갚기 위해 유 정승의 딸을 신병(神病)을 앓게 해서 강신무(降神巫)가 되게 한다.

이처럼 제주도 지역에서는 여주인공의 아들들이 동료들로부터 '애비 없는 자식'이라는 말을 들은 후 곧장 아버지를 찾아가지 않는다. '아버지 찾아가기' 서사 이전에 과거 시험 및 급제와 관련한 서당 동료들과의 갈등, 어머니의 유폐 등과 같은 중대한 서사가 개입되어 있는 것이다. 그중 잿부기삼형제가 아버지를 찾게 되는 직접적 계기로 작동하고 있는 '알 수 없는 곳에 유폐되어 있는 어머니 구출하기' 서사는 제주도 지역의 특징을 더 잘 보여준다. 한반도의 자료, 특히 동북부 지역의 자료에서 여주인공의 아들들이 제석신이 되는 것과는 달리, 제주도 지역의 자료에서는 무조신

(巫祖神)이 되고 있기 때문이다. 팔자를 그르쳐야 무당이 된다고 하듯이, 잿부기삼형제는 어머니를 구출하기 위해 양반의 길이 아닌 무당의 길을 택함으로써 스스로 자신들의 팔자를 그르치고 있다.

서남부 지역을 제외한 동북부 지역, 제주도 지역에서는 여주인공의 아들 삼형제가 아버지로부터 신직(神職)을 받는다. 울진, 영덕, 청주 등 극히 일부 지역에서는 아들 삼형제가 아니라 여주인공만 삼신(産神)이 되기도 한다. 신직을 부여하는 내용이 아예 없거나 있어도 여주인공 또는 아들 삼형제만 신직을 부여받는 등 다양하게 설정되어 있는 것이다. 그렇지만 그 밑바탕에 여주인공의 잉태와 출산이 모두 전제되어 있다는 점만은 공통적이다. 이는 〈당금애기〉 신화의 핵심이 여주인공의 잉태와 출산 그 자체, 또는 새로운 신의 잉태와 출산의 신성화에 있음을 잘 말해준다.

한국 생산신화와 주제 읽기

〈당금애기〉를 생산신화의 하나로 이해하기 위해서는 우선 남녀 주인공의 성격을 제대로 파악할 필요가 있다.

먼저 남주인공부터 보면, 〈당금애기〉의 어느 각편에서건 중으로 나온다. 때문에 〈당금애기〉가 중과 당금애기를 주인공으로 한 신화인 것처럼 이해되는 측면이 없지 않다. 그러나 이 신화에서 남주인공은 전혀 중답지 않은 행위들을 한다. 시주를 빙자하여 당금애기에게 접근하여 잉태시키는 것이 그 대표적 예다. 그렇다면 〈당금애기〉는 파계승을 주인공으로 한 신화인가? 그렇지 않다. 남주인공인 중이 전지전능의 존재자로도 그려지고 있기 때문이다. 예컨대 풍운둔갑법을 터득하여 인간 세상의 사람들을 구제해주는 한편, 여주인공 집의 잠긴 대문과 광문을 여는 신통력을 발휘한다.

파계승으로서의 이미지와 전지전능한 존재자로서의 이미지는 대척적이다. 신화 상의 남주인공의 모습을 제시한 것이라고 보기에는 어울리지 않는 인물 설정 방식이다. 더 세부적으로 들어가면, 각편에 따라서는 남주인공인 중이 여주인공을 잉태시킨 죄로 삼신제왕이 되기도 한다. 죄의 대가를 치러야 할 중이 그 벌로 인간 세상의 잉태를 주관하는 삼신제왕이 되었다는 것이다. 이처럼 이 신화에는 남주인공의 신분과 관련하여 착종이라고 생각할 수밖에 없는 내용들이 확인된다. 때문에 이 신화에서의 남주인공의 신분이 정말 중이었을까에 대한 의문을 가져볼 필요가 있다. 이러한 의문을 풀기 위해 남주인공인 중이 거처하고 있는 곳으로 설정되어 있는 '황금산'을 주목할 필요가 있다.

> 성인님으 근본은가 황금산이 근본이요
> 황금산 주재문장 석다넬여 대부테
> 노론쇠 부테 흰쇠 부테 거먼쇠 부테
> 삼불상 성인님이올시다 (전명수본(강계), 〈성인노리푸넘〉)
> (성인님의 근본은 황금산이 근본이요 / 황금산 주재문장 석가여래 대부처 / 노란쇠
> 부처 흰쇠 부처 검은쇠 부처 / 삼불상 성인님이십니다)

'성인'은 무속에서 신을 지칭하는 용어이다. 그런데 그 신의 근본이 황금산이라고 했으므로, '황금산'에 주목해보면 남주인공인 중의 원래 신분은 한국의 고유 신격이었을 가능성이 높다. 왜 그런가 하면 '황금'은 '한곰', 즉 '대신(大神)'의 의미를 갖는 고어로 해석될 수 있고, 대신은 곧 한국

의 무속신을 지칭할 때 흔히 사용되는 용어이기 때문이다.

그렇다면 구체적으로는 어떤 신격일까? 남주인공이 종이 말을 타고 하늘로 올라갔다고 하거나 여주인공과 함께 하늘로 올라갔다고 하는 내용의 각편들을 참조해볼 때, 남주인공은 대신 중에서도 천신(天神)이었을 가능성이 높다. 따라서 〈당금애기〉 신화에서의 남주인공의 원래 신분은 천신이었는데, 고등 종교인 불교의 수용과 대중화에 따라 불교식으로 바뀌었다고 볼 수 있다.

다음으로 여주인공인 당금애기를 보면, 여주인공은 남주인공에 비해 그리 착종을 보이지는 않는다. 각편에 따라서는 '시준아기', '세존아기', '제석님네 따님아기' 등의 불교식 명칭이 보이지만 보편적인 것은 아니고, 당금애기(당고마기, 당구매기, 당금각씨 등으로 불리는 것도 포함)로 불리는 경우가 훨씬 더 보편적이다. 따라서 여주인공의 신적 성격을 파악하기 위해서는 '당금'의 의미를 살펴볼 필요가 있다. 그런데 이제까지의 연구에 의하면 '당금'은 고구려어에서 '마을'이나 '골짜기'를 의미하는 단어인 '당(또는 단)'에 '신'을 뜻하는 고어 '굼'이 덧붙어 만들어진 합성어로, '당금'은 마을신이나 골짜기의 신을 지칭한다고 보는 것이 일반적 견해이다. 그리고 수렵이나 농경을 하던 집단이 골짜기를 차지하고 공동체 생활을 꾸려갔다고 본다면, 당금애기는 그러한 지역을 지켜주는 신, 곧 지역수호신이자 마을신이라는 것을 알 수 있다. 또한 한국의 무속신화에서 신격으로 좌정하는 일반적 방식이 행위에 대한 결과와 밀접하게 연결되어 있기 때문에, 이 점에 주목하면 당금애기는 출산을 관장하는 생산신이었을 가능성이 높다. 신화에서 당금애기가 이룬 주요 업적이 세쌍둥이(삼불제석)의 출산이기 때문이다. 실제로 당금애기가 '삼신(産神)'이라는 신직을 부여받는 각편도 확인된다.

아이구 아버지요

우리 삼형제를 보다라도 그럴 리야 있소

어머니를 먹고 입게 마련해주시오

너그 어머니는 될 것 있다

각성바지 삼신할머니 마련하고

육성바지 삼신할머니 마련하자 (변연호본(울진), 〈당금애기〉)

그렇다면 〈당금애기〉는 남주인공인 천신과 여주인공인 지신(地神)의 결합을 근간으로 하는 신화라고 할 수 있다. 지역수호신, 마을신, 삼신 등은 지상의 신격이기 때문이다. 그런데 천신과 지신이 결합하는 구조는 고조선의 건국신화인 〈단군신화〉나 고구려의 건국신화인 〈주몽신화〉에서도 확인된다. 〈당금애기〉는 건국신화와 동일한 구조를 가지고 있는 신화인 것이다. 또한 남신보다는 여신이 수난을 받는다는 점에서 볼 때도 상당히 유사하다는 것을 확인할 수 있다. 특히 고구려의 〈주몽신화〉, 〈유리왕신화〉와 유사한 내용을 더 많이 갖고 있어 두 신화의 연관성이 주목된다. 그중 가장 주목할 만한 공통적 요소는 결연 후 남신이 사라지는 것, 햇빛을 받고 여신이 잉태하는 것, 후에 태어난 자식이 아버지를 찾아가는 것 등이다. 해모수가 유화와 결연 후 혼자서 하늘로 올라가는 것은 중이 당금애기를 잉태시키고서 사라지는 것과 유사하며, 유화가 햇빛을 쬔 후 잉태하는 것은 당금애기가 천상 선관으로부터 붉은 구슬 세 알을 받는 꿈을 꾸고서 잉태하는 것과 유사하다. 붉은 구슬은 태양의 정기를 암시하는 것으로 해석할 수 있기 때문이다. 그리고 유화의 아들 유리가 아버지 주몽을 찾아가는 것은 당금애기의 세쌍둥이가 아버지를 찾아가는 것과 유사하다.

이처럼 〈당금애기〉 신화의 세부 내용은 고구려의 두 신화와 약간의 차이가 있지만, 전체적 서사 구조는 상당히 유사하다. 이런 점은 고구려의 건국신화와 〈당금애기〉의 특별한 관계를 추정케 한다. 고구려의 건국신화는 기록된 형태로 계속해서 전해져왔기 때문에 내용의 변이가 크게 일어나지 않았지만, 〈당금애기〉 신화는 계속해서 구전 형태로 전해져왔기 때문에 서로 다른 신화인 것처럼 보인다. 그러나 고구려의 건국신화와 무속신화 〈당금애기〉는 동일한 기원을 갖는 신화일 가능성이 크다. 특히 고구려의 제천 행사인 '동맹(東盟)'은 주몽신과 유화신을 모시는 국가 행사였기 때문에 그러한 행사에서 국가 시조신에 대한 신화 구송은 필수적으로 요청되었다고 본다. 그리고 그때에 제천 행사를 주관하는 사제자는 무당이었으므로 당연히 이들에 의해 신화 구송이 이루어졌을 것이다. 그러나 점차 무당의 정치적 권위가 추락하게 되고 건국신화와 상관없이 구전으로만 신화 구송이 이뤄지면서 내용상의 변화가 수반되었다고 할 수 있다. 그것이 오늘날 우리가 보고 있는 〈당금애기〉이다.

　〈당금애기〉는 건국신화와의 관련성뿐만 아니라 농경신화와의 연관성도 아울러 가지고 있다. 각편에 따라서는 중이 준 쌀 낱알 세 개를 먹고 여주인공이 세쌍둥이를 잉태하는 것도 있는데, 이것은 여주인공을 지모신(地母神)에 해당하는 신격으로서 이해한 것이라고 할 수 있다. 땅에 곡식 종자를 뿌리면 싹이 돋아 새로운 곡물이 생산되는 것처럼, 여주인공이 쌀을 삼키자 세쌍둥이를 임신했다고 한 것은 여주인공을 농경 생산을 주관하는 지모신으로서 보았을 때라야 가능한 신화적 발상이다. 또한 여주인공이 토굴에 갇혔다가 그곳에서 세쌍둥이를 낳는 것도 땅에 뿌려진 곡식 종자가 지면을 뚫고 자라는 것과 마찬가지의 농경신화적 발상이다. 이러한 발상이 결국 출산을 관장하는 삼신의 주요한 기능, 즉 잉태와 생산이 농경 생산을 주관하는 기능으로까지 확대되고 있다. 그 점에서 〈당금애기〉는 인간의 잉태와 출산이 농경 생산과 상동 관계에 있음을 보여주는, 농경사회 사람들의 신화적 세계관을 보여주는 이야기로 해석된다.

—

생산신화의 외연

—

〈당금애기〉의 지역별 유형 구분과 특징, 남녀 주인공의 신적 성격, 고구려 건국신화와의 구조적 상동성을 근거로 한 동일기원설 등에 대해서는 대체로 학문적 견해가 일치하고 있다. 또한 다른 무속신화에 견주어 볼때 새롭게 해석될 만한 점도 많지 않다. 그렇지만 〈당금애기〉의 외연을 보면 몇 가지 생각거리를 떠올려볼 수 있다. 여주인공이 겪는 수난의 기원은 무엇에 있는가? 제주도 지역의 〈초공본풀이〉는 어떤 이유로 무조신화의 성격을 갖게 되었는가? 〈당금애기〉가 민요로도 불린 이유는 무엇일까? 이런 질문들은 〈당금애기〉를 이해하는 데 긍정적으로 기여할 수 있다고 본다. 그러나 쉽게 해결될 수 있는 질문들은 아니다.

이 중 마지막 질문에 대해서만 간략하게 검토해본다. 민요 가운데 〈중노래〉라는 것이 있다. 여염집 딸이 시주를 온 중과 비정상적인 성관계를 맺었다는 내용을 주로 묘사한다. "동냥 왔네 동냥 왔네 산골 중이 동냥 왔네 / 동냥은 있네마는 줄 이 없어 몬 주겠네 / 올 어매는 장에 가고 올 아부지 들에 가고 / 우리 올캐 친정 가고 우리 오빠 처가 가고"로 시작하는 것이 〈당금애기〉의 서사를 직접적으로 연상시킨다. 또한 이후의 내용에서는 성관계를 맺은 처자가 임신을 하게 될 것을 걱정하기도 하며, 자식을 낳게 되면 뭐라 이름 지을지에 대한 내용도 나온다.

그런데 〈중노래〉는 전라도와 경상도 지역에서 집중적으로 전승되어 왔음이 확인된다. 특히 〈당금애기〉의 내용이 가장 세속적으로 변개된 전라도 지역에서는 민요 〈중노래〉와 무속신화 〈당금애기〉의 내용상 일치도가 높게 나타난다. 무가는 신성한 제의의 현장에서 신을 대상으로 불리는 것이기에 민요화되기가 쉽지 않다. 무가가 신성한 노래라면 민요는 그야말로 세속적인 노래이기 때문이다. 더욱이 무속신화가 민요화된 예는 〈당금애기〉를 제외하면 거의 찾아보기가 힘들다. 이것을 어떻게 이해해야 할까? 이때 전라도 지역의 〈당금애기〉 내용이 타 지역에 비해 더 세속화되었다는 점은 간접적 근거는 되어도 직접적 근거는 될 수 없다. 그렇다면 직접적 근거는 무엇일까? 이 문제에 대해서는 현재 명쾌하게 해명하기가 어렵다. 제의를 바탕으로 한 신화적 세계와 현실을 바탕으로 한 민요적 세계의 교섭 관계를 폭넓게 탐구할 필요성이 제기된다.

- 최원오

참고 문헌

《한국민속문학사전 – 설화》1·2, 국립민속박물관, 2012.
김진영·김준기·홍태한, 《서사무가 당금애기전집》1·2, 민속원, 1999.
서대석, 《한국무가연구》, 문학사상사, 1980.
서대석·박경신, 《서사무가 Ⅰ》, 고려대학교 민족문화연구소, 1996.
임석재, 《임석재 채록 한국구연민요 – 자료편》, 집문당, 1997.
최원오, 《당금애기 바리데기》, 현암사, 2010.
현용준, 《제주도 무속자료사전》, 신구문화사, 1980.
현용준·현승환, 《제주도 무가》, 고려대학교 민족문화연구소, 1996.

二三四五六七八九十
버려진 딸이 죽은 부모를 살리다

망자천도굿과 〈바리데기〉

한국 무속에서는 사람이 죽으면 그 망자(亡者)를 저승으로 잘 보내야 한
다고 말한다. 망자를 저승으로 잘 보내기 위해 무속 의례, 우리가 흔히 말
하는 '굿'이 행해진다. 이런 일련의 의례를 '망자천도굿(亡者薦度굿)'이라
하는데, 그 명칭은 지역마다 조금씩 차이가 있다. 서울의 '새남굿', 전라도
의 '씻김굿', 함경도의 '망묵굿', 동해안의 '오구굿' 등이 대표적이다. 이 굿
에서 비중 있게 불리는 무가(巫歌)가 바로 〈바리데기〉이다.• 〈바리데기〉
이야기는 버려진 딸이 서천서역국에 가서 약수를 구해 와 자신을 버린 부
모를 살리는 내용으로 전개된다.

• 황해도, 제주도의 굿에서는 〈바리데기〉가 불리지 않는다.

〈바리데기〉에 대한 최초의 학문적 접근은 일본인 연구자에 의해 이루어졌다. 1937년 아카마쓰 지조(赤松智城)와 아키바 다카시(秋葉隆)는 당시 경성에 거주하던 무녀 배경재(裴敬載)의 무가를 채록하여 '무조전설〈바리공쥬〉'라는 이름으로 《조선 무속의 연구》에 소개했다. 당시 기록에 따르면, 이 신화는 "바리공주 또는 말미라고 하거나 지노귀라고 칭하는 망자공양(亡者供養)의 무제(巫祭) 때에 무녀가 방울을 흔들고 장고를 치면서 창(唱)하는 사설이다. 아마 조선조 초기에 이루어진 것으로, 여주인공 바리공주는 무녀의 시조일 것이다."라고 적고 있으며, 의례적 맥락과 함께 주인공의 성격이 언급되어 있다. 일본인 학자에 의해 채록된 후, 〈바리데기〉는 1960년대 이후부터 임석재, 김태곤, 서대석, 홍태한, 김헌선 등에 의해 본격적으로 채록되고 연구되면서 한국의 대표적인 무속신화로서 자리 잡았다.

　신화 연구자에게 한국의 대표적인 무속신화가 무엇이냐고 질문하면 세 손가락 안에 꼽히는 것이 〈바리데기〉이다. 연구자뿐만 아니라 동화작가(김승희, 〈바리공주〉), 만화가(방학기, 〈바리데기〉), 소설가(황석영, 〈바리데기〉), 시인(강은교, 〈바리데기의 여행 노래〉)에게도 주목을 받아왔다. 이렇게 볼 때 오늘날 〈바리데기〉는 굿판에서 무당의 입에 의해 전승되기도 하지만, 오히려 무당의 입을 떠나 다양한 입을 통해 전승되고 있다고 보는 편이 옳다. 이런 추세라면 게임에서도 〈바리데기〉를 만날 수 있을 듯싶다. 〈바리데기〉가 어떤 매력을 가지고 있기에 이와 같이 한국 신화를 대표하는 작품이 되었는지, 〈바리데기〉에 담긴 신화적 요소들을 한 꺼풀씩 벗겨가면서 그 이유를 살펴보자.

—

바리데기의 구약 여행

—

〈바리데기〉는 문헌에 기록되어 있지 않고 입에서 입으로 전해 내려온 무속신화이다. 전국 각지에서 널리 전승되는 〈바리데기〉는 20세기 이후부터 국문학 및 민속학 연구자들이 채록하여 다수의 이본이 전해지고 있다. 주인공의 명칭은 지역에 따라 '바리공주', '바리데기', '바리덕이' 등으로 달리 불리며, 그 내용 역시 지역별로 조금씩 차이가 있다. 이에 가장 먼저 채록되고 널리 알려진 서울 지역 〈바리데기〉를 중심으로 서술하되 다른 지역과 비교하면서 줄거리를 정리해본다.*

이야기는 아득한 옛날 오구대왕이 다스리는 불라국이라는 나라에서 전개된다. 오구대왕은 결혼하려고 문복(問卜)을 한다. 점쟁이는 '금년에 대왕께서 혼례를 하게 되면 공주만 일곱을 낳을 것이고, 내년에 혼례를 하면 왕자 셋을 낳을 것'이라고 예언, 즉 금기를 내린다. 그러나 오구대왕은 문복을 따르지 않고 길대부인과 바로 혼례를 치른다. 이후 길대부인은 내리 딸만 여섯을 낳는다. 아들만이 왕위를 이을 수 있다고 생각한 오구대왕은 일곱째도 딸이 태어나자 부인에게 크게 화를 내며 일곱째 딸을 옥함에 넣고 강물에 버리라고 명령한다. 딸만 일곱을 낳은 것이 부인 탓은 아니련만, 오구대왕은 그 죄를 온통 부인의 잘못으로 뒤집어씌운 것이었다. 가장의 분부를 거역하지 못하는 길대부인과 딸이라고 버려지는 바리데기의 모습에서 남성 중심 사회에서 여자를 거듭 낳거나 여자로 태어난다

---

* 〈바리데기〉의 지역별 분포는 대략 서울·중서부 지역본, 동해안 지역본, 전라도 지역본, 함경도 지역본 등으로 구획할 수 있다. 논의의 편의를 위하여 각각 〈서〉, 〈동〉, 〈전〉, 〈함〉이라 약칭한다.

는 것이 얼마나 서러운 일인가를 알 수 있다.

〈서〉에서는 위와 같이 궁궐을 배경으로 사건이 진행되는 데 비해, 〈동〉, 〈전〉, 〈함〉의 배경을 모두 궁궐로만 보기는 어렵다. 〈동〉이나 〈전〉은 궁궐을 배경으로 한 각편이 다수를 차지하지만 일부는 다르게 표현된다. 〈동〉의 하나인 안동에서 구연되는 〈바리데기〉는 부모가 왕이 아니라 양반(천별산 대장군(父), 검탈에 병오(母))으로 등장한다. 〈함〉 역시 부모가 양반(수차랑 선배(父), 덕주아 부인(母))으로 등장하는데, 이들은 천상에서 득죄(得罪)하여 지상으로 내려온 존재로, 이른바 '적강 모티프'를 발견할 수 있다. 그렇기에 주인공의 신분이 공주인 것은 〈서〉, 〈동〉, 〈전〉의 일부를 대상으로 한 것이다. 그 외의 바리데기는 양반집 딸인 셈이다. 주인공의 이름이 바리공주(〈서〉), 바리데기(〈동〉, 〈전〉), 바리덕이(〈함〉)로 차이가 나는 이유도 여기에 있다.

버려진 바리데기는 비리공덕 할멈 내외에게 구원을 받아 잘 자란다. 바리데기가 열다섯 살이 되었을 때 오구대왕은 불치병에 걸린다.* 아들이 없어 국가의 후사를 이을 수 없다는 걱정으로, 혹은 바리데기를 버린 죄로 인해 병에 걸린 것이다. 온갖 의원이 와도 소용이 없자 길대부인은 무당을 찾아간다. 그러자 오구대왕을 살리기 위해서는 바리데기가 서천서역국에 가서 약수를 구해 와야 한다는 점괘가 나온다. 이 소식을 들은 바리데기는 약수를 구하러 서천서역국으로 떠난다.

바리데기가 서천서역국으로 가는 노정(路程) 또한 각 지역마다 차이가 적지 않다. 〈서〉에서는 바리데기가 노정 중에 지나게 되는 지옥의 모습이

---

* 부모가 병에 걸리는 양상도 지역에 따라 다르게 나타난다. 대체로 〈서〉는 부모가, 〈함〉은 모친이, 〈동〉·〈전〉은 부친이 병에 걸린다.

나 그곳에서 고통 받는 영혼들을 좋은 곳으로 인도하는 내용이 비중 있게 다루어진다. 반면 〈동〉에서는 바리데기가 노정 중에 백발 할아버지와 천태산 마고할미를 만난다. 그들은 바리데기의 효심을 시험하기 위해 밭을 갈거나 빨래를 하는 과업을 주는데, 바리데기는 이를 모두 수행하고 길 안내를 받는다. 〈함〉에서도 바리데기는 노정 중에 다리 놓는 생원, 방아 찧는 할머니 등을 만난다. 바리데기가 이들에게 서천서역국에 가는 길을 묻자 이들은 '교환'을 제안한다. 자신들의 죄상을 알아 온다면 바리데기에게 길을 가르쳐주겠다는 것이다. 이에 바리데기는 죄상을 알아 오겠다고 약속하고 이들에게 길 안내를 받는다. 마지막으로 〈전〉은 노정기가 자세하지 않다.

서천서역국에 도착한 바리데기는 약수를 지키는 무장승(무장신선, 무상신선(無上神仙))을 만난다. 무장승은 약숫값으로 나무하기 3년, 물 길어주기 3년, 불 때기 3년의 일을 해달라고 요구한다. 바리데기가 9년간 고생하여 일을 마치자 무장승은 자신과 결혼하여 일곱 아들을 낳아달라고 또 요구한다. 이에 바리데기는 일곱 아들을 낳고서 마침내 약수를 얻어 가족들과 함께 불라국으로 돌아온다. 그때 오구대왕은 이미 죽어 상여가 나가는 길이었는데, 바리데기는 약수를 가지고 죽은 아버지를 살려낸다.

이후 결말의 양상도 지역마다 차이가 있다. 대체로 우리는 바리데기가 망자를 천도하는 무조신이 되는 것으로 알고 있는데 실상은 그렇지 않다. 〈서〉의 바리데기만이 불라국의 절반을 주겠다는 오구대왕의 말을 거부하고 '만신의 인위왕', 즉 무조신으로 좌정한다. 반면 〈동〉은 바리데기가 북두칠성으로 좌정한다. 〈전〉은 바리데기가 무엇이 되는지 뚜렷하지 않다. 심지어 〈함〉은 바리데기가 어머니의 살(煞)에 의해 죽기까지 한다.

이처럼 〈바리데기〉는 각 지역별로 서사가 유사하면서도 사뭇 다르게 진행된다. 그 이유는 〈바리데기〉가 입에서 입으로만 전해지던 '이야기 노래', 즉 구비서사시이기 때문이다. 이 글에서 〈서〉는 1937년에 채록된 배경재 구연본을 중심으로 정리했다. 배경재 구연본을 제외한 〈바리데기〉는 1960년 이후 학자들에 의해 채록된 것이다. 〈동〉은 1976년에 채록된 김석출 구연본, 〈전〉은 1965년에 채록된 김주 구연본을 중심으로 정리했다. 〈함〉은 해방 이후 월남한 무녀를 대상으로 채록되었다. 여기서는 1965년에 채록된 지금섬 구연본을 중심으로 정리했다. 이 각편들은 《조선 무속의 연구 (상)》(赤松智城·秋葉隆 저, 심우성 역, 동문선, 1991),《한국무가집 4》(김태곤, 집문당, 1980),《황천무가연구》(김태곤, 창우사, 1966),《관북지방무가》(임석재·장주근, 문교부, 1965) 등에 수록되어 있다. 홍태한이 대다수의 각편들을 정리하여 《서사무가 바리공주전집 1, 2》(김진영·홍태한, 민속원, 1997)로 출간한 바 있다.

—

새남굿과 〈바리공주〉

—

무당은 굿판에서 〈바리데기〉를 부른다. 그러나 무당은 〈바리데기〉를 부르기 위해 굿을 하지는 않는다. 무당은 망자를 극락으로 잘 보내기 위해 굿을 하고 그 일부로 〈바리데기〉를 구연한다. 그렇기에 〈바리데기〉를 온전히 이해하기 위해서는 〈바리데기〉가 구연되는 의례적 맥락에 대한 이해가 필요하다. 여기서는 우리에게 널리 알려진 〈서〉를 중심으로 그 의례적 맥락을 들여다보자.

서울·경기 지역에서는 망자천도굿을 새남굿이라 부른다. 새남굿은 굿의 규모에 따라 얼새남, 원새남, 천근새남, 쌍궤새남 등으로 구분된다. 얼새남은 하루에 걸쳐, 원새남·천근새남·쌍궤새남은 이틀에 걸쳐 굿이 진행된다. 일반적인 새남굿은 이틀에 걸쳐 진행되며, 원새남은 불교식 재(齋)를 드리지 않는 데 비해 천근새남·쌍궤새남은 불교식 재를 드린다. 나머지는 크게 차이가 없는데, 그 절차는 대체로 '새남부정 → 가망청배 → 중디밧산 → 사재삼성 → 말미 → 도령돌기 → 상식 → 뒷영실 → 베가르기 → 시왕군웅 → 뒷전'으로 이루어진다.

〈서〉는 '말미'에서 구연된다. 무당이 의자에 앉아서 한 손에 방울을 들고 다른 손으로는 장구를 세워 북편을 치면서 〈서〉를 구연한다. 이때 무당의 차림새가 자못 흥미롭다. 무당이 홍치마에 노란 몽두리를 걸치고, 손목에는 오색 한삼을 끼며, 머리는 큰머리에 가르마, 족두리, 용잠(龍簪), 댕기로 장식한다. 마치 공주처럼 화려한 복장을 하고 〈서〉를 구연하는 셈이다. 다른 지역에서도 무당이 〈바리데기〉를 구연할 때 고유의 방식대로 복색을 갖추지만 서울과 같이 화려한 차림새는 아니다. 〈서〉의 주인공이 바리데기가 아닌 '바리공주'로 불리는 것도 이와 무관하지 않다.

실제 말미를 살펴보면, 말미는 〈서〉의 구연으로만 이루어지지 않는다. 무당은 〈서〉를 구연하기 전에는 말미상을 준비하고, 〈서〉를 구연한 이후에는 망자의 저승길을 축원한다. 축원 이후 무당은 말미쌀 위에 세발심지를 태워서 쌀 위에 타고 남은 흔적을 보고 망자의 넋이 무엇으로 환생했는가를 점치기도 한다. 아울러 〈서〉를 구연하는 도중에는 〈서〉의 내용과 무관하게 망자가 죽은 사정을 말하거나 상주와 함께 곡을 하기도 한다. 요컨대 의례적 맥락에서 〈서〉는 망자천도굿의 한 제차인 말미에서 그 일부로 구연되는 것이다.

그렇다면 무당이 망자천도굿에서 〈서〉를 구연하는 이유는 무엇일까? 말미에 이어 연행되는 '도령돌기'를 살펴보면 그 이유가 분명해진다. 도령돌기는 망자가 극락으로 가는 여정을 보여주는 제차(祭次)로, 도령돌기의 주체가 바리공주이기 때문이다.* 바리공주 복장을 한 무당은 넋청배 노랫가락을 해서 망자의 넋을 청하고 도령을 돈다. 이때 망자의 가족들도 영정, 위패, 돗자리 등을 들고서 바리공주를 뒤따라 도령을 돈다. 돗자리에는 망자의 옷과 넋전, 무명 등이 있는데 여기에 망자의 넋이 있다고 본다. 바리공주(무당)와 그 뒤를 따르는 망자의 가족들은 밖도령을 돌고 일종의 저승문인 큰문을 통과한 다음, 안도령을 도는 의례적 행위를 한다. 이 의례를 온전히 마치면 망자는 바리공주의 인도 아래 저승으로 온전히 간 것으로 본다.

새남굿을 하는 목적은 망자의 저승 천도이다. 새남굿의 모든 제차는 각각 나름의 중요한 의미가 있다. 그러나 새남굿의 핵심 제차는 말미와 도령돌기라고 생각한다. 무당은 망자의 저승 천도를 말미에서는 무속신화의 방식으로, 도령돌기에서는 연희의 방식으로 표현하기 때문이다. 즉 말미의 〈서〉는 도령돌기에서 망자를 저승으로 천도하는 주체가 어떤 인물인지를 설명하는 신화인 셈이다. 이처럼 의례와 그 서사가 긴밀히 맞아떨어지는 것이 새남굿의 〈바리공주〉, 즉 〈서〉이다.

〈서〉가 학계의 주목을 받을 수 있었던 이유는 〈서〉의 보편적이면서도 독특한 이야기 때문이었다. 바리공주는 공주라는 고귀한 혈통으로 태어났으나 여자라는 이유로 곧바로 버려진다. 버려진 바리공주는 비리공덕 할아범, 할멈에게 구출되어 양육된다. 이후 바리공주는 서천서역국에 가서 약수를 구하고 죽은 부친을 살려내는 공을 세워 무조신이 된다. 이러한 서사 전개는 고구려 건국신화인 〈주몽신화〉에서 주몽의 일생으로 요

---

* 의례적 맥락과 관련하여 〈서〉를 설명할 때는 그 주인공을 '바리공주'라 하겠다.

약되는 영웅의 일대기 구조와 공통된 서사 유형에 속한다.

〈서〉가 우리에게 감동을 주는 것은 그 이야기가 비단 영웅의 서사이기 때문만은 아니다. 〈서〉는 보편적인 딸의 이야기이다. 실상 굿판에는 여성의 참여가 주를 이룬다. 여성들은 바리공주의 이야기를 자기네 사정과 비교하며 들었을 것으로 짐작된다.

> "대왕마마가 금년에 십칠 세요, 중전마마는 십육 세라. 금년은 반기간이오, 내년은 참기년이구나. 금년에 길례(吉禮)를 하면 칠공주를 보실 것이오, 내년에 길례를 하면 삼나라를 잘 다스려갈 세자 대군을 보시리라."
> 상궁은 돌아와 그대로 아뢰었다. 상궁의 말을 들은 대왕은 웃으면서 말했다.
> "문복이 용하다고 한들 제 어찌 알소냐. 일각이 여삼추요 하루가 열흘 같은데 어떻게 기다리겠느냐."
> 오구대왕은 예조에게 택일(擇日)할 것을 명했다.

오구대왕이 길대부인과 혼삿날을 정하고자 문복을 한다. 문복에 따르면 내년에 하면 아들을 낳고 올해 하면 딸을 낳는다고 한다. 이 문복은 오구대왕에게 내려진 일종의 금기이다. 금기가 위반되어야 이야기가 진행되듯 오구대왕은 성급한 마음에 길대부인과 바로 혼례를 치른다. 그 결과 오구대왕은 연이어 딸을 낳고 자신도 병에 걸린다. 이 징벌은 바리공주의 구약 여행을 통해 해결된다. 즉 〈서〉는 '금기의 선언 → 금기의 위반 → 위반에 대한 징벌 → 징벌로부터의 탈출'로 서사가 진행되는 셈이다. 이러한 서사 구조를 지닌 〈서〉는 가부장제 사회와 관련하여 해석되어왔다. 금기의 이면에는 결혼을 하면 반드시 아들을 낳아야 한다는 가부장제 사회의 가치관이 반영되어 있으며, 금기의 위반은 이러한 사회에 의해 억압된 사회적 심리의 분출이라고 본 것이다. 요컨대 〈서〉에서 금기의 선언과 위반에는 가부장제 가치관에 대한 강요와 그에 대한 반감이 담겨 있다.

이 점과 관련하여 〈서〉에서 징벌, 즉 문제 상황이 해결되는 방식을 주목해보자. 문제는 오구대왕으로 인해 비롯된 것이런만, 문제 해결의 주체는 오구대왕이 아니다. 딸이라는 이유로 버려졌던 바리공주가 그 해결의 주체이다. 바리공주는 약을 구하기 위해 가사(家事)와 아기 낳기 등의 과업을 수행한다. 이 과업은 당대 여성들에게 주어진 과업과 다를 바 없다. 당대 여성들이 자신에게 주어진 과업을 견디고 이겨내듯이 바리공주 또한 자신에게 주어진 고난을 감내하며 약을 구한다. 이러한 문제 해결 방식은 다른 문학작품에서는 쉽게 볼 수 없는 〈서〉만의 독특한 모습이다. 전통적인 영웅 서사에서 주인공은 비범한 능력을 발휘하여 상대방을 제압하는 방식으로 문제 상황을 해결하지만, 〈서〉에서 바리공주는 상대방을 제압하지 않는다. 그녀는 자신에게 주어진 고난을 감내하는 방식으로 상대방을 자신의 편으로 만든다. 그 고난은 여성들의 노동과 출산이었다. 가부장제 사회에서 당연하게 여겼던 당대 여성들의 과업을, 〈서〉에서는 그것이 바로 영웅적인 행위라고 주장하는 것이다.

한편 〈서〉는 무당들의 이야기이다. 이 내용은 영웅이나 여성들의 이야기에서 볼 수 없는 〈서〉만이 갖는 유일한 특징이다. 부모를 살린 바리공주는 마지막 장면에서 다음과 같이 발언한다.

환궁하여 정좌한 후에 대왕마마는 바리공주에게 물었다.

"이 나라 반을 베어 너를 주랴?"

"나라도 싫소이다."

"그러면 사대문에 들어오는 재산 반을 나누어 너를 주랴?"

"그도 다 싫소이다. 그간 저는 죄를 지어 왔나이다."

"무슨 죄를 지어 왔는가?"

"부모 위해 약수 구하러 갔다가 무장승을 만나 일곱 아들을 낳아 왔나이다."

"그 죄가 네 죄가 아니라 우리 죄라." (중략)

무장승은 산신제 평토제를 받아먹고 살게 점지하고 비리공덕 할아비는 망자(亡者) 나올 적에 노제(路祭) 받아먹고 살게 점지하였으며, 비리공덕 할미는 진오기 새남굿을 할 때 영혼이 저승으로 들어가기 위해 거쳐 가는 가시문과 쇠문, 시왕문을 지켜 섰다가 별비(別費) 받아먹고 살게 점지하고, 바리공주의 일곱 아들은 저승의 십대왕이 되어 먹고살게 점지하였다. 그리고 바리공주는 인도국(印度國) 보살이 되어 절에 가면 만반 고양을 받고, 들로 내려오면 큰머리 단장에 은아몽두리 입고 언월도와 삼지창, 방울과 부채를 손에 든 무당이 되어 죽은 영혼을 저승으로 인도하도록 마련하였다.

바리공주는 오구대왕이 나라의 절반을 주겠다는 것을 마다한다. 그리고 그녀는 죽은 영혼을 저승으로 인도하는 무조신이 되기를 자청한다. 말하자면 다시 불라국을 떠나 이승과 저승 사이에서 망자를 천도한다는 것이다. 〈서〉가 망자를 천도하는 새남굿에서 구연되는 이유가 이 장면에서 잘 드러나고 있다.

그런데 어째서 바리공주는 무조신, 즉 무당의 조상신이 되는가? 이 문제를 해결하기 위해 무당이 누구인지 확인해볼 필요가 있다. 무당은 특별한 능력을 지닌 존재이다. 그 능력 중 하나가 병을 고치는 것이다. 바리공주가 약수로 오구대왕을 살렸으니, 바리공주의 힘은 무당의 능력과 다름이 없다. 동시에 무당은 사회에서 벗어나 자연(하늘)과 소통하는 존재이다. 이 점은 바리공주가 불라국을 떠나 이승과 저승 사이에서 망자를 천도하는 모습과 유사하다. 곧 바리공주는 무당과 다를 바 없다. 그렇기에 도령돌기에서 무당이 '바리공주'의 복색을 갖춘 채 망자를 천도하는 연행을 하는 것이다.

—

망묵굿과 〈바리데기〉

—

우리는 앞서 〈서〉를 살펴면서 바리데기가 망자를 천도하는 무조신이 되는 과정을 살펴보았다. 그런데 〈바리데기〉의 결말을 두루 검토하면, 모든 지역에서 바리데기가 반드시 무조신이 되지는 않는다. 실제 바리데기가 무조신이 되는 것은 〈서〉만의 특징인데, 지금까지 〈동〉이나 〈전〉도 반드시 무조신이 되는 것으로 오해해왔다. 심지어 충격적인 결말을 보여주는 〈바리데기〉도 있다. 결말에서 바리데기와 그녀의 모친이 모두 죽어버리는 〈함〉이 바로 그것이다.

〈서〉가 새남굿에서 구연된다면, 〈함〉은 망묵굿에서 구연된다. 함경도의 망자천도굿인 망묵굿은 '부정풀이 → 토세굿 → 성주굿 → 문열이천수 → 청배굿 → 앉인굿 → 타성풀이 → 왕당천수 → 신선굿 → 대감굿 → 화청 → 동갑접기 → 도랑축원 → 짐가제굿 → 오기풀이 → 산천굿 → 문굿 → 돈전풀이 → 상시관놀이 → 동이부침 → 천디굿 → 하직천수'로 절차가 이루어진다. 현재 이 굿의 전승은 끊겼다고 생각되지만, 과거에는 이 스물두 거리〔祭次(제차)〕를 3일 밤낮으로 연행했다고 전해진다.

〈함〉은 '오기풀이'에서 구연된다. 새남굿에서 〈서〉가 구연될 때 무당은 바리공주의 의상을 입고 그 앞의 넋종이 등을 장식하지만, 망묵굿에서 〈함〉이 구연될 때는 그런 의례적 행위가 보이지 않는다. 또한 망묵굿에서 무당은 〈바리데기〉를 구연한 후, 새남굿의 '도령돌기'와 같이 망자를 천도하는 의례적 행위를 하지 않는다. 그 이후 의례 행식(行式)을 살펴보아도 망묵굿은 새남굿과 전혀 다른 양상으로 무속 의례가 거행된다. 요컨대 망묵굿과 새남굿은 〈바리데기〉를 구연하는 것만 동일할 뿐 전혀 다른 양상으로 거행되는 의례이다.

그렇다면 망묵굿에서는 새남굿에서 표현되었던 망자천도 의례가 사라진 것일까? 망묵굿에서 망자를 천도하는 방식은 새남굿과 달리 표현된다. 그것은 〈함〉 전에 연행되는 타성풀이와 동갑접기라는 무속신화에서 찾을 수 있다. 타성풀이는 타성(他姓)의 망령들이 망자가 저승으로 가는 것을 도와주는 내용이고, 동갑접기는 동년갑(同年甲) 망령들이 망자가 저승으로 가는 것을 도와주는 내용이다. 즉 새남굿이 도령돌기라는 의례적 행위가 중심이 되어 망자를 천도한다면, 망묵굿은 타성과 동년갑이라는 망자들의 연대(連帶)가 담긴 무속신화를 구연함으로써 신화가 지닌 언어적 힘을 통해 망자를 천도한다.

실제 〈함〉이 구연되는 망묵굿은 한국 무속신화의 보물 창고이다. 새남굿에서는 〈바리공주〉 한 편의 무속신화만 구연된다. 하지만 망묵굿에서는 〈바리데기〉뿐만 아니라 〈도랑선비·청정각시〉, 〈짐가제굿〉, 〈돈전풀이〉, 〈산천굿〉 등 여러 편의 무속신화가 전승된다. 그렇다면 〈서〉를 도령돌기와 함께 이해했듯이, 〈함〉을 온전하게 이해하기 위해서는 그 주변의 무속신화를 함께 살필 필요가 있다.

〈함〉에서 바리데기는 죽는다. 바리데기만 죽는 것이 아니라 그녀의 모친도 함께 죽는다. 이들은 왜 죽을까? 이 죽음은 〈함〉에만 주목하면 낯설지만, 〈함〉 바로 앞에 구연되는 〈도랑선비·청정각시〉, 〈짐가제굿〉과 함께 살피면 해석의 빛이 보인다. 이 세 편의 무속신화 모두 주인공이 결말에서 죽음을 맞이하기 때문이다. 다시 말해, 망묵굿 초반부에 구연되는 세 편의 무속신화는 거듭 우리에게 '죽음'을 이야기하고 있는 셈이다.

망묵굿에서 죽음이 언급되는 것은 당연하다. 망묵굿은 사람이 죽었을 때 하는 굿이기 때문이다. 기주(祈主)는 망자를 저승으로 잘 보내기 위해 이 굿을 한다. 그런데 망자를 저승으로 천도하려면 그 전에 한 가지를 받아들여야 한다. 받아들이기 어렵겠지만, 망자의 죽음을 인정해야 하는 것이다. 세 편의 무속신화는 남편의 죽음(〈도랑선비·청정각시〉), 자식의 죽음(〈짐가제굿〉), 부모의 죽음(〈바리데기〉)을 문제 상황으로 제시한다. 이 무속신화의 주인공들은 죽은 자들과 이승에서 함께하기를 소망하지만 결국 이루지 못한다. 〈함〉은 버려진 딸이 죽은 부모를 살리는 이야기이다. 그러나 죽은 부모를 살리는 것은 운명을 거스르는 일이다. 죽음은 거부할 수 없는 것이었다. 우리네 삶이 어디 우리 마음대로 이루어지겠는가.

—

〈바리데기〉, 그 해석의 다양성

—

〈바리데기〉는 다양한 얼굴로 지금도 전승되고 있다. 다양한 모습만큼 여전히 풀리지 않은 신화학적 과제들이 있다. 왜 〈바리데기〉는 각 지역별로 다르게 전승되는가? 그렇다면 어느 지역의 〈바리데기〉가 본래의 것인가? 무슨 이유로 제주도와 황해도에서는 〈바리데기〉가 전승되지 않는가? 한편 바리데기의 구약 여행에서 그녀에게 길을 알려주는 인물들의 정체는 무엇인가? 아울러 서천서역국에서 약수를 지키는 무장승은 누구인가? 마지막으로 〈바리데기〉의 인물들은 어째서 무당을 만나 문복(問卜)을 행하는가? 이런 물음들이 여전히 숙제로 남아 있는 생각거리이다.

이런 물음들 가운데 우리가 앞서 살펴본 〈서〉와 〈함〉을 중심으로 〈바리데기〉를 관통하고 있는 신화적 세계관 문제를 살펴보자. 〈서〉의 바리데기는 망자를 천도하는 무조신이 된다. 이 양상은 〈서〉의 구연 이후 새남굿의 연행 맥락에서도 거듭 확인된다. 그런데 새남굿의 도령돌기를 관찰해보면 인상적인 장면이 발견된다. 바리공주의 복장을 한 무당이 망자를 천도하는 과정에서 지장보살을 뵙고 자비를 청하는 것이다. 무조신인 바리공주가 불교의 신격인 지장보살에게 자비를 구하는 모습은 쉽게 납득되지 않는다. 지장보살은 고려시대부터 인로보살(引路菩薩)로 그 역할을 보여주다가 점차 시왕신앙과 결합하여 명부의 주존(主尊)으로 자리 잡은 존재이다. 즉 지장보살은 바리공주와 같이 불교에서 망자를 천도하는 신격인 셈이다. 그렇다면 바리공주가 망자를 천도하는 모습은 본래의 모습이 아니라 지장보살의 영향을 받은 것이 아닐까? 특히 〈서〉의 몇몇 각편은 결말에서 바리공주가 무조신이 되는 것이 아니라 인로보살이 되기도 한다. 이렇게 볼 때 새남굿의 바리공주가 망자를 천도하는 모습은 불교의 영향을 조화롭게 수용한 것으로 이해된다.

반면 〈함〉에서는 불교에 대한 무속의 태도가 〈서〉와 상반된다. 〈함〉은 덕주아 부인이 죽는 것으로 이야기가 마무리된다. 덕주아 부인은 바리데기가 죽자 삼일제(三日祭)를 지내러 가는데, 도중에 서인대사를 만난다. 서인대사는 죽은 바리데기가 귀신이 되어 어머니를 잡아먹으려 한다고 거짓말을 하고 제사 음식을 가로챈다. 뿐만 아니라 무속 의례인 '제(祭)'를 대신해 불교 의례인 '재(齋)'를 구경하라고 꼬드긴다. 서인대사에게 속은 덕주아 부인은 '재'를 찾아다니다가 비명횡사한다. 무속을 버리고 불교를 믿으면 죽게 된다는 뜻이다.

〈서〉와 〈함〉을 함께 살펴보면 불교에 대한 무속의 두 태도가 확인된다. 무속이 불교의 영향을 받을 때, 하나는 불교를 적극적으로 조화롭게 수용하여 그 결말을 불교적으로 바꾸는 경우이고, 다른 하나는 무속의 고유성을 지키고자 불교에 반발하는 경우이다. 〈서〉가 불교를 조화롭게 수용했다면, 〈함〉은 불교에 대한 무속의 반발을 담은 셈이다. 이렇게 〈바리데기〉는 하나가 아닌 다양한 얼굴로 우리에게 전승되고 있다. 그 이유는 〈바리데기〉가 오랫동안 여러 사람의 입으로 전승되는 구비문학이기 때문이다.

- 윤준섭

참고 문헌

김남수 외, 〈바리데기와 오늘이〉, 《세계신화여행 – 아직 끝나지 않은 이야기》, 실천문학사, 2015.

김진영·홍태한, 《서사무가 바리공주 전집 1, 2》, 민속원, 1997.

김헌선, 《서울 진오기굿 – 바리공주 연구》, 민속원, 2011.

서대석, 《한국신화의 연구》, 집문당, 2001.

신동흔, 《살아있는 한국신화》, 한겨레출판, 2014(개정판).

홍태한, 《한국 서사무가의 유형별 존재양상과 연행원리》, 민속원, 2016.

윤준섭, 〈함흥본 〈바리데기〉 연구〉, 서울대학교 석사학위논문, 2012.

이경하, 〈〈바리공주〉에 나타난 여성의식의 특징에 관한 비교 고찰〉, 서울대학교 석사학위논문, 1997.

조현설, 〈세 신화 세 현실〉, 《겨레어문학》 33, 겨레어문학회, 2004.

三
자청하여 낳은 아이, 하늘 씨앗을 자청하다

농경 풍요의 신, 세경

제주도에서는 농경의 풍요를 가져다주는 신을 '세경'이라고 한다. 〈세경본풀이〉는 이 세경님의 내력을 노래하는 제주도 서사무가이다. 그런데 특이한 점은, 세경님이 단 한 명의 신을 가리키지는 않는다는 사실이다. 굿을 할 때에 '세경 하르방, 세경 할망, 세경 아방, 세경 어멍' 등이 세경님으로 불리는 것은 물론, 널리 알려지기로는 상(上)세경과 중(中)세경, 하(下)세경이 있다고들 한다. 이본에 따라 다르게 말하는 경우도 있지만, '상세경은 문 도령, 중세경은 자청비, 하세경은 정수남'이라는 인식이 일반적이다. 그렇다면 〈세경본풀이〉에서 문 도령과 자청비, 정수남은 각각 어떤 인물인가?

문 도령과 자청비는 〈세경본풀이〉 서사에서 중요한 부분을 차지하는 애정담의 남녀 주인공이다. 그래서 〈세경본풀이〉의 주인공인 문 도령과 자청비가 상세경과 중세경이 되는 것은 당연해 보이기도 할 것이다. 하지만 문제는 두 사람의 애정 행로에 있다. 자청비는 우여곡절 끝에 결혼으로 문 도령과의 애정을 완성하지만, 문 도령은 다른 여인에게 빠져 자청비를 잊고 만다. 바로 이 때문에 자청비는 인간 세상에 내려가 '세경'이 된다. 애정의 성공에 따른 결실이 아니라 애정의 파탄에 가까워 보이는 문제적 상황이 세경이 되는 계기라는 점이 예사롭지 않다. 더욱이 자청비와의 애정을 배신한 문 도령이 상세경으로 자리하는 것도 쉽사리 이해되지 않는다.

이해하기 어렵기로는 하세경의 자리를 차지하는 정수남도 만만치 않다. 정수남은 자청비의 하인인데, 자청비를 속여 겁탈하려다 자청비에게 죽임을 당하는 인물이다. 그런데도 정수남은 자청비에 의해 다시 살아나고, 결국에는 하세경이 된다. 징치되어 마땅할, 주인공을 방해하는 반동인물인 정수남이 재생하여 하세경이 되는 신화 서사는 도대체 어떤 의미를 지니는 것인가?

〈세경본풀이〉는 농경의 풍요를 바라는 인간들의 기원에 답하는 농경 풍요신 세경에 대한 본풀이다. 그러므로 이 본풀이에는 세경인 자청비와 문 도령, 정수남이 인간의 기원에 풍요로 답할 수밖에 없는 까닭이 해명되어 있다. 파탄으로 끝난 애정담으로 보이는 문 도령과 자청비 이야기, 이해하기 어려운 낯선 서사 자청비와 정수남 이야기는, '농경의 풍요는 어떻게 이루어지는가?'에 대한 신화적 답이며 동시에 풍요를 위해 어떤 노력이 필요한가를 보여주는 규범적 신화이다.

천상(天上) 며느리, 자청비

〈세경본풀이〉의 내용 가운데 일부는 함경남도 문굿에서 전해지는 〈양산백과 추양대〉 이야기와 유사하다. 여주인공 자청비는 남장을 하고 문 도령과 함께 지내다가 나중에야 자신이 여자임을 밝히고 문 도령과 남녀의 인연을 맺는다. 남장을 한 탓에 여자인 줄 모르고 글공부를 같이하는 동학으로 지내다가, 나중에야 사실을 알고 사랑하는 사이가 된다는 내용은 중국의 유명한 설화 〈양산백과 축영대〉에도 나온다. 한국의 고전소설 〈양산백전〉도 이 모티프를 공유한다. 이 때문에 〈세경본풀이〉는 기존의 다른 서사를 토대로 형성된 무가라고 주장되기도 한다. 하지만 〈세경본풀이〉는 남장 여자 모티프를 공유할 뿐 그 결말이 다른 이야기들과 같지 않고, 본풀이 서사에서 이 모티프가 차지하는 비중도 그다지 크다고 할 수 없다. 따라서 중국 설화인 〈양산백과 축영대〉를 근간으로 〈세경본풀이〉가 형성되었다기보다는 〈세경본풀이〉가 지금의 모습으로 형성되는 과정에서 다른 서사들에서도 발견되는 모티프를 공유하게 되었다고 보는 편이 타당해 보인다.

〈세경본풀이〉의 명실상부한 주인공인 자청비를 중심으로 그 내용을 간추려보자. '자청비'라는 이름은 '자청(自請)하여 낳은 아이'라는 뜻이다. 천하의 큰 부자로 남부러울 것 없이 살던 한 부부는 자식이 없는 것이 오직 슬픔이었다. 시주하러 온 스님의 말에, 재물을 준비하고 절에 가 기도를 올린 끝에 부부는 마침내 딸을 얻게 된다. '자청비'라는 이름은 그래서 붙었다.

별당에서 따로 하인을 두고 귀하게 자라난 자청비는 더 좋은 것, 더 나은 것을 가지고 싶어 하는 아이였다. 하인 정하님의 하얀 손을 부러워한 자청비는 빨래를 해서 손이 하얗다는 정하님의 말을 듣고는 온 집안의 빨래를 그러모아 주천강 연못가에 빨래를 하러 나간다. 때마침 하늘옥황의 아들문 도령이 공부를 하러 가다가 자청비가 빨래를 하던 연못을 지나게 된다. 문 도령은 목이 마르다며 자청비에게 물 한 잔을 청하는데, 자청비는 문도령이 물을 마시다 체할까 싶어 버들잎 몇 잎을 띄워 문 도령에게 건넨다. 이 화소는 다른 설화에서도 종종 등장하곤 하는데, 자청비와 문 도령의 인연이 시작됨을 보여주는 동시에 현명한 자청비의 캐릭터가 잘 드러나는 장면이다.

자청비는 문 도령이 탐이 나 그와 함께하고 싶어, 부모님께 글공부를 하러 떠나겠다고 말하고 허락을 받는다. 남장을 한 자청비는 문 도령에게 자신이 자청비의 남동생인 '자청 도령'이라 소개하고, 문 도령과 함께 동문수학한다. 그러던 중 문 도령은 장가를 들러 오라는 서신을 받고 집으로 돌아가게 된다. 자청 도령은 문 도령과 함께 집으로 돌아오다가, 둘이 처음 만났던 주천강 연못에서 자신이 자청비임을 밝힌다. 뒤늦게 사태를 파악한 문 도령은 몰래 하룻밤을 자청비의 방에서 지내지만, 후일을 기약한 채 홀로 하늘로 돌아간다.

문 도령의 소식이 끊긴 가운데, 하인 정수남은 나무하러 끌고 갔던 소한 마리를 모두 잡아먹은 핑계를 대느라 문 도령을 숲 속에서 보았노라거짓말을 한다. 문 도령을 간절히 기다리던 자청비는 그만 이 말에 속아정수남을 따라 깊은 숲 속에 이르게 된다. 뒤늦게 정수남의 거짓말과 자신을 탐하려는 의도를 알게 된 자청비는, 기지를 발휘하여 정수남을 죽이고 집으로 돌아온다.

문제는 부모의 예상 밖 반응이다. 자청비의 부모는 하인이 더 중요하다며 딸에게 화를 낸다.

"딸이야 남의 집에 시집가면 그만이지만, 그 종은 우리 두 늙은이를 봉양
할 것이다. 썩 가서 내 하인 살려 오너라!"

자청비는 다시 남장을 하고 집을 떠난다. 서천꽃밭 꽃감관의 사위가 된
후, 서천꽃밭 꽃을 몰래 훔쳐 정수남을 살려내고 집으로 돌아온다. 하지
만 이번에는 사람을 죽였다가 살리는 잘난 딸이라 하여 또 집에서 쫓겨
난다.

자청비는 길쌈하는 적선(謫仙) 할미의 수양딸이 되어 문 도령과 재회할
기회를 맞기도 하지만, 문 도령이 창호지 틈으로 내민 손가락을 바늘로
찔러 피를 내는 바람에 눈앞에서 다시 문 도령을 놓치고 만다. 자청비는
이번에는 하늘 선녀를 도와준 대가로 결국 직접 천상에 올라가 문 도령과
재회한다. 문 도령의 방에서 몰래 머물던 자청비는 시험을 거쳐 하늘옥황
의 며느리 자격이 있음을 인정받는다. 문 도령의 정혼녀였던 서수왕 따
님아기는 파혼을 당해 그만 스스로 목숨을 끊고, 드디어 자청비는 스스로
원했던 문 도령을 얻어 천상의 며느리로 자리하게 된다.

하지만 자청비의 애정에 다시 위기가 다가온다. 자청비는 서천꽃밭 꽃
을 얻기 위해 남장을 하고 결혼했던 서천꽃밭 딸아기에게 문 도령을 대신
보낸다. 한 달 가운데 보름은 자기와 살고 나머지 보름은 서천꽃밭 딸아
기의 남편으로 지내라는 거였다. 서천꽃밭에 간 문 도령은 서천꽃밭 딸아
기와 사느라 그만 자청비를 잊고 돌아올 줄을 모른다. 자청비는 이에 시
부모에게 홀로 따로 살 것을 선언한다.

자청비가 아버님 어머님에게 들어가,

"저는 인간 세상으로 내려가겠나이다."

"무슨 일로 그러느냐?"

"고대광실 높은 집이 저를 데리고 누우리까? 남전북답 너른 밭이 저를
데리고 누우리까?"

"설운 애기야! 땅 한 쪽을 갖겠느냐, 물 한 쪽을 갖겠느냐?"

"땅도 말고 물도 마오이다. 오곡 씨나 주소서."

"그럼 그리하거라. 창고에 가서 네가 가져가려무나."

이렇게 해서 자청비는 하늘의 씨앗을 가지고 인간 세상에 내려온다. 지
상에 내려온 자청비는 풍요로운 수확이 약속되는 천상의 씨앗, 즉 '열두
시만국(十二新萬穀)*' 씨앗을 뿌려주는 세경이 된다. 그리고 상전을 잃은
하인 정수남에게는 테우리(목동) 세경의 자리를 마련해준다.

여기까지가 〈세경본풀이〉의 대략적인 줄거리이다. 자청비가 인간 세
상에 내려와 세경으로 좌정하게 된 계기가 변란을 평정한 무공에 대한 보
답이라는 이본도 있으나 보편적이지는 않다. 또 자청비와 문 도령의 혼인
생활 중 주위 남자들의 시기로 문 도령이 죽음을 맞지만 이에 자청비가
서천꽃밭의 꽃을 가져다가 살려낸다고 하는 삽화가 포함된 이본도 있으
나, 이 역시 공통적인 것은 아니다. 따라서 자청비의 무공, 자청비에 의한
문 도령의 재생 삽화에 주목하여 〈세경본풀이〉의 신화적 의미를 찾아내
는 것은 무리가 따른다.

• **열두시만국** 오곡과 일곱 가지 잡곡을 이르는 말로, 가을에 거두어들이는 모든 곡식을 뜻한다.

—

〈세경본풀이〉의 풍농 원리

—

〈세경본풀이〉는 농경 기원 신화는 아니다. 자청비가 태어날 때 그 부모는 이미 농사짓는 너른 전답을 소유한 부자였고, 자청비가 하늘에서 인간 세상에 내려왔을 때에도 사람들은 이미 농사를 짓고 있었다. 세경 자청비는, 그 농사가 잘될 것을 보장하는 풍요의 신이다. 자청비는 어떻게 풍요의 신이 되었을까?

문 도령의 아내가 되었다가 천상 세계에서 다시 인간 세상에 내려온 자청비는 점심을 내어준 한 부부에게 그 보답으로 그들의 밭에 씨를 뿌리고 많은 소출을 약속한다.

"정수남아, 너는 소를 몰아 저 밭을 갈거라. 나는 씨를 뿌리마. 정수남아, 내가 씨를 뿌리면 너는 씨앗이 바람에 날아가지 않게 섬비질을 해서 흙으로 씨앗을 덮거라."

자청비는 열심히 씨앗을 뿌리며 말했다.

"강아지풀도 나게 말고, 쭉정이도 나게 말고, 말라 죽게도 하지 마소서."

자청비는 이렇게 갖은 기원을 하며 씨앗을 모두 뿌리고는 늙은 부부에게 물었다.

"할머님아, 할아버님아. 이 밭에 곡식이 얼마나 나면 좋겠습니까?"

할머니와 할아버지가 대답했다.

"그저 나는 대로 거둘 뿐입니다. 우리 집 검은 암소 등이 톡 오그라지도록 싣고, 또 우리 두 늙은이가 지고 갈 정도로만 나면 먹고살지요."

이 말에 자청비가 말했다.

"그러면 곡식이 적어 살 수가 있나요? 씨를 잘 뿌렸으니, 이 밭이 원래 닷 말 지기 밭이지만 다섯 바리 곡식이 날 것입니다."

자청비가 뿌린 씨앗은 원래 다섯 말의 소출이 있는 밭에 다섯 바리 곡식이 날 정도로 좋은 씨앗이다. 물론 이 씨앗은 자청비가 하늘 창고에서 가지고 온 것이다. 다시 말해, 자청비는 천상의 씨앗을 가져와 인간 세상에 뿌려줌으로써 풍요로운 수확을 약속했기에 풍요의 신 세경이 될 수 있었다. 〈세경본풀이〉에서 풍농에 대한 가장 핵심적인 사유는, 천상이라는 초월적 공간에서 비롯되는 풍요를 자청비가 씨앗의 형태로 인간 세상에 전해준다는 데 있다.

자청비는 귀하게 태어나 자라기는 했어도 그저 한 명의 인간일 뿐이었다. 그런 자청비가 어떻게 천상의 씨앗을 전해주는 세경이 될 수 있었는가? 바로 그 까닭을 설명해주는 것이 문 도령과 자청비의 애정담이다. 자청비는 문 도령을 처음 만난 순간부터 문 도령을 향해 적극적인 자세를 취하고 결국에는 문 도령과의 재회에 성공한다. 자청비는 여기에서 만족하지 않고, 시부모의 시험을 통과함으로써 정식으로 천상의 며느리라는 지위를 차지한다.

"내 며느리 자리로 들어오려거든 쉰 자 구덩이를 파서 숯 쉰 섬을 넣어 불을 피우고, 그 위에 칼로 다리를 놓아 건너가고 건너올 수 있어야 하느니라."

문 도령의 아버지는 하인들을 불러 모아 쉰 자 구덩이를 파고 숯 쉰 섬을 넣어 불을 피우고 그 위에 칼로 다리를 놓게 했다. 문 도령 방에서 불려 나온 자청비는 칼로 놓은 다리 위를 건넜다. 한 번 건너갔다가 다시 건너

오는데, 거의 다 왔을 때 문 도령의 어머니가 소리쳤다.

"아이고, 내 며느리가 확실하구나! 칼 다리는 더 아니 밟아도 되니 이제 그만 내려오너라!" (중략)

이리하여 자청비는 문 도령과 함께 살림을 살게 되었다.

하늘옥황의 며느리가 됨으로써 자청비는 드디어 초월적 공간과 관계되는 인물이 될 수 있었고, 천상의 씨앗을 가져올 수 있는 조건을 마련하게 된다. 문 도령에 대한 탐색과 결연의 애정담은 지상의 존재였던 자청비가 초월적 공간인 천상과 관계를 맺게 되는 과정이었던 것이다.

이런 상황에서 애정의 파탄, 즉 서천꽃밭 따님아기에게 빠진 남편 문 도령의 변심은 자청비가 지상으로 다시 내려오는 계기로 기능한다. 이제 자청비는 현명하고 능동적이기는 해도 그저 한 사람의 인간일 뿐이었던, 문 도령을 찾아 지상을 떠나던 때의 자청비가 아니다. 자청비는 하늘옥황의 며느리라는 자격을 지니되, 다만 애정 없는 남편과 한 집에서 살 수 없다며 당당히 별거를 선택하고 천상의 씨앗을 받아 지상에 내려온 인물이다. 지상에 사는 사람들에게 자청비는, 천상이라는 초월적 외부의 힘을 욕망하고 그것을 획득하여 이제 그것을 인간 세상에 가지고 들어온 인물이라는 의미를 지닌다. 지상의 존재이되 천상의 힘을 지상에 전달할 수 있는 신격, 이것이 바로 세경으로 모셔지는 자청비의 신적 위상이다.

자청비가 세경으로 모셔지는 데에는 천상의 초월적 힘에 대한 신뢰가 전제되는바, 문 도령으로 대표되는 천상 존재도 당연히 세경으로 모셔진다. 〈세경본풀이〉의 어떤 이본은 문 도령이 뒤늦게 자청비를 찾아 자청비가 가져가지 않은 곡물 씨앗을 더 가지고 지상으로 내려왔다고 하는데, 천상을 풍요의 근원으로 생각하는 신화적 사유가 여기에서도 엿보인다.

자청비와 문 도령의 애정담 이면에 천상의 초월적 힘이 어떻게 지상에 전해져 풍요가 이루어질 수 있었던가에 대한 신화적 답이 놓여 있다면, 자청비와 정수남의 이야기에는 또 다른 차원에서의 농경 풍요 원리가 내재되어 있다. 문 도령이 천상을 대변하는 인물이었다면 정수남은 '목축'이라는 생산 방식을 대표하는 인물이라고 할 수 있는데, 자청비와 정수남 이야기의 이면에는 바로 농경의 풍요를 위한 농경과 목축의 관계가 자리하고 있기 때문이다.

농경과 목축은 원래 상호 경쟁적인 생산 방식이다. 농경을 위해서는 작물을 키울 대지가 필요하고, 목축을 위해서도 가축을 풀어놓고 키울 대지가 필요하기 때문이다. 〈세경본풀이〉가 전승되는 제주도에서는 더욱 그러하였다. 마소들을 풀어놓아 키우자니 마소들이 농작물에 피해를 주었고, 농작물을 보호하자고 울타리를 치자니 마소들이 울타리에 부딪혀 죽는 부작용이 생겼다. 그렇다고 농경을 위해 목축을 포기할 수는 없었다. '정수남이 우리 두 늙은이를 봉양할 것'이라는 자청비 부모의 말대로, 목축은 제주도의 중요한 생산 양식이었기 때문이다. 목축은 농경의 풍요를 방해하지만, 동시에 농경과 공존해야 할 요소였다. 자청비를 탐하는 정수남은 자청비와 문 도령의 결합을 방해하는 장애 요소이지만, 결과적으로 자청비가 천상 존재인 문 도령을 찾아 나서게 되는 직접적 계기로도 작용한다. 제한된 토지를 목축과 나누어 써야 할 때, 농경의 풍요를 위해서는 제한된 토지의 생산력을 높이는 방법이 적극적으로 모색될 수밖에 없었던 것이다.

자청비는 초월적인 천상의 힘을 찾아 나서 그것을 획득하는 한편, 정수남에게 '세경 테우리'라는 자리를 마련해줌으로써 농경을 위한 목축의 자리를 마련한다. 이는 제주도의 실제 농업 생산 방식과 조응된다. 제주의 전통적 농경 방식은 밭을 갈거나 수확물을 운반할 때 가축을 사용하는 수준 이상으로 목축과 관련되기 때문이다. 제주도는 흙이 가볍고 바람이 많아서 파종 후 씨앗의 유실을 막기 위해서는 수십 필의 마소를 동원하여 땅바닥을 밟는 '밧블림'이라고 하는 생산기술이 필수적이었다. 또 제주도의 토양은 지력이 좋지 않아 정기적인 휴경이 필수적이었는데, 이 휴경지에 방목하던 마소를 몰아넣어 분변을 받음으로써 땅을 비옥하게 하는 '바령'이라는 생산기술도 사용되었다. '밧블림'이나 '바령'에는 마소를 돌보는 테우리, 즉 목동이 필수적이다. 〈세경본풀이〉에서 정수남은 말의 생리에 능통한 인물로서 테우리를 연상시키는데, 농경의 풍요를 초래할 자청비와 문 도령의 결합을 방해하다가 결국에는 죽음과 재생을 통해 세경 테우리가 된다. 자청비와 정수남의 서사는, 농경의 풍요를 방해하던 테우리(목축)가 농경의 풍요를 위한 테우리로 재조정되는 과정에 대한 신화적 표현이라 하겠다.

〈세경본풀이〉는 척박한 자연환경에서도 풍요를 소망했던 제주도의 농경사회를 기반으로 형성된 풍농의 기원 신화이다. 자청비와 문 도령의 애정담을 통해서 풍농의 원리를 밝히고, 풍농을 위해 목축이 농경에 동원되어야 하는 까닭을 말함으로써 풍농을 위한 전범을 제시한다. 초월적 힘을 탐색하여 천상의 씨앗을 전해주었고, 농경에 적대적인 목축을 농경을 위한 것으로 조정한 인물이 다름 아닌 '인간'이었던 자청비라는 점은 특히 주목할 만하다. 초월적 힘의 가호에만 의지하여 풍요를 바라는 것이 아니라 적극적이고 능동적으로 척박한 현실을 타개해나감으로써 풍요를 일구고자 했던 인간의 노력이 '자청비'라는 풍요의 신에 투영되어 있기 때문이다.

신화 속 젠더의 문제

농경의 풍성한 수확을 보장하는 신이 여성인 사례는 드물지 않다. 가깝게는 한반도의 당금애기를 들 수 있고, 잘 알려지기로는 그리스신화의 데메테르가 있다. 땅의 생산력을 여성 신체의 생산 능력에 빗대어, 흔히 여성 풍요신을 '지모신(地母神)'이라 일컫기도 한다. 그런데 〈세경본풀이〉의 자청비는 농경 풍요신임에도 불구하고 신화 속에서 생명을 낳는 '어머니'의 모습을 보이지 않는다.

이에 대한 해명으로, 자청비는 생명을 직접 낳지 않는 대신 생명을 되살리는 능력이 있고 그것이 곧 자청비가 보여주는 농경적 생명 원리라고 보는 시각이 있기도 하다. 농경의 풍요는 씨앗이 땅속에 들어갔다가 재생하여 이루어지는바, 꽃으로 죽은 생명을 살려낸 자청비의 모습에서 자청비가 죽은 것을 살려내는 재생의 힘이 있다고 볼 수 있다는 것이다. 하지만 〈세경본풀이〉에서 재생의 힘은 서천꽃밭의 꽃이 가지는 힘이지 자청비가 소유한 능력은 아니며, 자청비가 죽었다가 되살린 정수남 이야기는 재생을 통한 생명력의 확대라는 의미보다는 정수남으로 대표되는 목축의 재배치라는 의미를 지닌다.

그렇다면 〈세경본풀이〉에서 농경 풍요신인 자청비의 여성성은 어떻게 그려지고 있는가? 지모신의 모습을 보이는 여성 농경 풍요신들과는 어떻게 같고 다른가? 이에 대한 해명은 젠더의 시각에서 논의되는 신화사 연구에서 매우 중요한 역할을 하게 될 것이다.

한편 〈세경본풀이〉는 여러 형태의 혼인이 등장한다는 점도 흥미롭다. 자식 없는 혼인, 혼인 이후의 별거, 성별을 속이고 이루어지는 위장결혼,

정혼, 파혼, 축첩 등 혼인과 관련되는 다양한 모습이 등장하는 것은 〈세경본풀이〉가 종종 여성 화자에 의해 설화로 구연되곤 하는 여성 취향의 이야기라는 점과 무관하지만은 않으리라 짐작된다. 사회적 젠더의 시각에서 〈세경본풀이〉를 더 면밀히 살필 필요가 있을 것이다.

- 정진희

참고 문헌

장주근, 《제주도 무속과 서사무가》, 역락, 2001.

진성기, 《제주도 무가본풀이사전》, 민속원, 2002.

현용준, 《제주도 무속자료사전》, 각, 2007.

김화경, 〈〈세경본풀이〉의 신화학적 고찰〉, 《한국학보》 8-3, 일지사, 1982.

류정월, 〈〈세경본풀이〉와 제주도 농업관 - 신화의 특수성에 관한 시론〉, 《여성문학연구》 30, 한국여성문학학회, 2013.

정진희, 〈풍농의 원리 - 자청비 서사의 신화적 의미〉, 《국문학연구》 28, 국문학회, 2013.

四
신들의 갈등, 마을신앙의 역사

마을신앙의 중추, 제주도 본향당

마을의 풍요와 안녕을 기원하는 마을굿 의례는 전국 어디에나 있다. 이러한 마을굿으로 제주도에는 '본향당굿'이 있는데, 말 그대로 '본향당(本鄕堂)이라고 하는 당(堂)에서 지내는 굿'이다. 제주도에는 마을마다 당이 여럿 있지만, 그 가운데 하나만이 마을의 본향당이다. 본향당굿으로는 음력 정월의 신과세제, 2월 영등제, 7월 마불림제, 10월 시만국대제 등이 있고,* '생산, 물고(物故), 호적(戶籍), 장적(帳籍) 차지'라는 본향당본풀이 무가 관

---

* 신과세제(新過歲祭)는 마을의 본향당에서 매년 신년 인사를 드리는 의미로 벌이는 굿이며, 영등제는 음력 이월 초하룻날 영등신(비바람을 일으키는 신)을 대상으로 하는 굿이다. 마불림제는 제주도에서 백중 때 행하는 당굿으로, 장마 뒤에 습기로 생긴 곰팡이 등을 씻어내기 위한 굿이며, 시만국대제는 본향당에서 당신(堂神)을 위해 음력 9~10월에 벌이는 추수감사제 성격을 지닌 굿이다.

용구에서 알 수 있듯, 본향당의 당신은 마을 사람들의 삶과 관련되는 제반사를 관장한다.

본향당굿을 할 때 심방(무당)이 부르는 본풀이가 본향당본풀이다. 대부분의 본향당본풀이는 지역적 제한이 없는 굿에서 구연되는 소위 일반 본풀이들에 비해 서사성이 약한 편이나, 마을 사람들이 본향당신을 모시게 된 경위, 당과 관련한 역사, 신의 내력 등이 상세하게 서술되는 본향당본풀이도 드물지는 않다. 그 가운데 신의 내력이 상세한 본향당본풀이로 가장 잘 알려져 있는 것이 제주도 신당의 뿌리라고 하는 구좌읍 송당 본향당의 본풀이다. 이 본풀이의 주요 내용은 소천국이라는 남성 토착신과 백주라는 여성 입도신(入島神)이 부부로 지내다가 갈등 끝에 살림을 갈라 따로 좌정한다는 이야기인데, 이처럼 신들 사이의 갈등이 분산으로 이어지는 사례는 제주도 당본풀이에서 비교적 흔하게 볼 수 있다. 임신 때 부정(不淨)하고 비린 것을 먹는 바람에 남편 신에게 따로 살라고 축출당하는 일렛당신의 본풀이가 대표적이며, 부부였던 남신 바람웃도와 여신 고산국이 애정 갈등 끝에 따로 좌정하는 〈서귀포본향당본풀이〉도 그 예에 해당한다.

신들의 갈등이 분산으로 이어지는 다른 본풀이들에 견주어 볼 때, 구좌읍 세화 본향당의 본풀이인 〈세화본향당본풀이〉는 특이하고 예외적이다. '천자, 백주, 금상'이라는 세 신에 대한 본풀이가 각각 따로 존재하는 것도 예사롭지 않으며, 특히 '금상'에 대한 본풀이에서 깨끗한 음식을 먹는 백주와 부정한 음식을 먹는 금상의 갈등이 드러나면서도 그것이 분산으로 이어지지 않는다는 점이 주목된다. 금상에게 '돗제'라는 별도의 의례를 마련한 후 깨끗한 술로 정화시키는 과정을 두면서까지 백주와 금상을 함께 합좌시켜 제향하는 것이다. 백주의 본풀이에서 소천국이라는 남신이 백주와의 갈등 끝에 결연에 이르지도 못한 채 따로 좌정하는 것과도 대조적이다.

신들의 갈등이 분산으로 이어지는 대부분의 본풀이와는 달리, 갈등을 야기하는 원인적 요소가 드러남에도 불구하고 신들이 합좌하는 것으로 종결되는 〈세화본향당본풀이〉의 결말은 무엇을 의미하는 것일까? 본향당본풀이에 나타나는 신들의 갈등이 어떤 신화적 의미를 지니고 있는지와 더불어 살펴보아야 할 문제이다.

—

외래 입도신 백주와 금상, 토착신 천잣도와 소천국

—

〈세화본향당본풀이〉는 '천잣도본', '백줏도본', '금상본'으로 이루어져 있다. 이 가운데 천잣도는 한라산에서 솟아나 세화리에 좌정한 토착신이고, 백주와 금상은 제주섬 밖에서 태어나 입도한 외래신이다. 천잣도가 좌정한 이후, 외조부인 천잣도를 찾아 입도한 백주가 천잣도와 함께 좌정하고, 그 이후에 또 금상이 입도하여 세화 본향당의 두 신과 함께 제향을 받게 된다.

제주섬 밖에서 태어난 백주가 세화 본향당의 신으로 좌정한 내력을 보자. 백주는 원래 서울에서 태어났는데, 어렸을 때 부모님의 눈 밖에 나서 집에서 쫓겨난다. 백주는 용왕천자국에 가서 살다가, 일곱(또는 열두) 개의 요술 주머니를 받고 인간 세상으로 돌아온다. 인간 세상으로 돌아온 백주는 이제 예사 인물이 아니다. 요술 주머니를 가지게 된 백주는 자기를 무시하는 일천 선비를 혼내기도 하고, 자기를 대접해준 사람에게는 그 주머니 하나를 나누어주기도 한다.

백주는 할아버지(또는 외할아버지) 천잣도를 찾아가 벼룻돌을 가는 심부름이라도 하면서 신으로 대접받을 요량으로 제주도로 들어간다. 천잣도를 찾아가는 길에, 백주는 포수 차림을 한 명동소천국을 만난다. 천잣도가 있는 곳으로 안내하겠노라는 소천국을 따라간 백주는, 소천국이 이끄는 곳에 짐승의 뼈가 가득하고 누린내가 진동하자 속았다고 생각하고 홀로 길을 나선다. 이때 소천국이 백주의 손목을 잡는데, 백주는 자신의 손목을 잘라버리면서까지 단호하게 소천국을 뿌리친다. 백주를 맞은 천잣도는 백주의 좌정을 허락하는 한편, 천잣도가 보살피는 세화와 명동소천국이 있는 갯마리를 경계 짓고 상호 왕래를 금지한다.

"내 자손이 오시는데 겁탈하려 했으니 괘씸하다. 땅을 가르고 물을 갈라라. 세화리 땅 다니는 자손은 갯마리 땅에 다니지 말고, 갯마리 땅 다니는 자손은 세화리 땅에 오지 말아라."

여기까지가 백주의 좌정 내력이다. 세화 본향당의 또 다른 외래신인 금상의 내력은 어떠한가? 백주가 천잣도와 함께 좌정하게 된 후, 천잣도의 앞에 또 다른 외래 신격인 금상이 나타난다. 금상은 장수로 태어난 자신을 없애려는 임금을 피해 제주도로 들어온 참이었다. 입도한 백주의 동좌를 허락했던 천잣도는 금상의 동좌는 허락하지 않는다. 그 이유는 바로 금상의 식성 때문이었다. 무슨 음식을 먹느냐는 말에, 금상은 다음과 같이 대답한다.

"밥도 장군, 술도 장군, 안주도 장군, 돼지도 한 마리를 통째로 먹습니다."

천잣도는 이에 '더럽다'며 금상을 거부한다. 사람 손이나 칼을 대지 않고 실로 밀어 만든 정과, 하얀 떡, 맑은 술, 달걀을 먹는 천잣도에게 대식(大食)인 데다가 부정한 돼지까지 먹는 금상은 동좌할 수 없는 존재였던 것이다.

그러자 백주는 금상에게 그 식성을 바꾸어 배필을 맺어보자고 권유한다. 금상은 백주의 말대로 식성을 포기하고 천잣도의 허락을 받아 백주와 함께 살게 되었다. 하지만 먹던 것을 못 먹게 된 금상은 곧 피골이 상접하여 전과 같은 기백은 찾아볼 길이 없게 되었다. 이에 백주는 금상을 살리려고 사람들에게 금상을 위한 '돗제(돼지의 열두 부위를 모두 올리는 의례)'를 차리게 했다. 돼지를 먹는 금상은 '더러워서' 동좌할 수 없으므로, 금상은 돗제를 받고 나면 팥죽으로 목을 씻고 맑은 술로 몸을 씻는다. 이렇게 해서 금상은 돗제를 받으면서 식성이 다른 천잣도, 백주와 함께 세화 본향당에 좌정하게 되었다.

—

신들의 갈등과 좌정 양상이 의미하는 것

—

〈세화본향당본풀이〉에서 신들 사이의 갈등은 가장 먼저 백주와 소천국 사이에서 일어난다. 백주와 소천국은 〈송당본향당본풀이〉의 두 주인공 이름과 겹치는데, 〈송당본향당본풀이〉에서도 백주와 소천국의 갈등이 보인다. 부부였던 백주와 소천국은, 소천국이 농사짓던 소를 잡아먹었다는 이유로 별거하여 서로 다른 당에 좌정한다. 소를 잡아먹은 소천국은 수렵을, 농사를 권유한 백주는 농업을 대표한다고 보아 이를 수렵사회에서 농경사회로의 전이 내지는 수렵에 대한 농경의 우위를 보여주는 신화로 보기도 한다. 하지만 이러한 해석은 본풀이의 구체적인 내용과 잘 들어맞지 않는 부분이 있다. 소천국은 '총질, 사냥질'을 배웠고 또 백주와의 별거 이후 고기를 삶아먹고 살았다고 하기에 소천국이 수렵과 밀접하게 관련되는 신격인 것은 맞지만, 소천국이 백주에게 쫓겨난 것은 그가 수렵을 통해 육식을 했기 때문은 아니었다. 백주와 소천국의 갈등 장면에서 백주가 소천국을 따로 좌정하라고 내쫓은 것은 '아무리 배가 고프기로서니 남의 소를 잡아먹을 수 있느냐'라고 하는 윤리적인 이유 때문이다.

〈세화본향당본풀이〉에서도 소천국은 포수 형상을 하고 있다는 것이나 사는 곳의 짐승 뼈로 보아 수렵과 관련되는 신격인 듯한데, 그 수렵신적 성격 때문에 따로 좌정하게 되는 것은 아니다. 백주의 짝으로 세화 본향 당에 같이 좌정하지 못한 것은 본향당신인 천잣도의 자손을 함부로 겁탈하려 한 잘못에 대한 징벌 때문이다. 게다가 〈세화본향당본풀이〉에서의 백주는 농경의 신이라 하기도 어렵다. 〈송당본향당본풀이〉에서의 백주는 자식들을 키우기 위해 남편인 소천국에게 농사를 권유하여 미약하나마 농경신적 면모가 가능되기도 하지만, 〈세화본향당본풀이〉에서의 백주는 용궁에서 주술을 익히고 들어온 신격이기 때문이다. 따라서 백주와 소천국의 갈등과 분산이 수렵사회에서 농경사회로의 전이라는 역사적 전개를 뜻한다고 보는 것은 무리가 있다.

한편 백주와 소천국의 갈등과 분산은 마을의 역사적 경험이 신화적으로 투영된 것으로 보기도 한다. 송당마을은 '당내'라는 하천을 경계로 서쪽으로는 윗송당이 있고, 동쪽으로는 샛송당(가운데 송당)과 아랫송당이 있다. 현실적으로 윗송당은 아랫송당이나 샛송당에 비해 상대적 우위에 있다. 각성바지들이 살던 동쪽 마을에 비해 서쪽의 윗송당은 동족 집단이 대대로 거주해왔고, 생활에 가장 필요한 물도 봉천수에 의존하는 동쪽 마을과 달리 '돌오름물'이라는 샘에서 얻어왔기 때문이다. 이러한 관계는 윗송당 백주와 아랫송당 소천국 간의 위계와 일치한다. 백주를 모시는 집단과 소천국을 모시는 집단이 접촉하여 하나의 마을을 이루면서 형성된 위계가, 우월한 백주(윗송당의 신)와 백주에 의해 쫓겨난 소천국(아랫송당의 신) 이야기로 나타난다는 것이다.

〈세화본향당본풀이〉의 백주와 소천국 사이의 관계도 이런 맥락에서 볼수 있다. 소천국이 좌정한 갯마리는 바닷가의 각성바지 마을이고, 백주가 좌정한 세화는 농업을 위주로 하는 오씨와 고씨 집성촌이다. 제주도는 전통적으로 농업을 위주로 하는 마을에 비해 반농반어를 생업으로 하는 해안 마을이 경시되는 경향이 있었다. 세화리에서 갯마리를 어떤 위상으로 보았는지 가늠할 수 있는 지점이다. 세화리의 천잣도는 갯마리의 소천국을 '괘씸'하다고 꾸짖으며, 소천국이 보살피는 자손들이 세화리에 왕래하지 못하도록 명령할 정도로 소천국보다는 상위의 존재이다. 세화리 본향당의 당신과 갯마리 당신인 소천국 사이의 위계가 두 마을의 위계와 겹침을 알 수 있다.

갯마리는 원래 세화에 속한 마을이었다. 그런데 두 마을 사이에 실제로 갈등이 발생해서 서로 왕래하지 않게 되었고, 마을 간 경계비까지 세웠다고 한다. 이렇게 분리된 갯마리는 지금은 행정구역상으로도 가까운 세화리가 아니라 인접해 있기는 하나 세화리보다는 더 먼 평대리에 속하게 되었다고 한다. 마을 간의 갈등과 이로 인한 분리가, 소천국이 백주를 범하려다 오히려 천잣도의 징벌을 받아 마을 사람들이 서로 왕래하지 못하게 되었다는 본풀이의 신화적 사건에 투영되어 있다고 말할 수 있을 것이다.

신들 사이의 갈등과 분산을 설명하는 또 다른 견해는 이것을 신앙 체계의 재편 결과로 보는 것이다. 〈세화본향당본풀이〉에 따르면, 세화 본향당은 원래 천잣도가 좌정해 있던 당이었다. 〈세화본향당본풀이〉의 '천잣도 본'은 천잣도가 한라산에서 솟아난 신인데 세화리 마을에 와 좌정하여 마을 사람들을 자손으로 돌보아주는 신이 되었다고 말한다. 당신이 스스로 좌정할 곳을 찾아 인간 세상에 와서 여러 인간 자손들을 돌보는 마을의 신이 되었다는, 전형적 서사의 제주도 당본풀이다. '천잣도본'이 〈세화본 향당본풀이〉의 근간임을 여기에서 짐작할 수 있다. 외래 입도신인 백주 와 금상이 천잣도와 함께 좌정하게 된 내력을 밝히는 '백줏도본'과 '금상 본'은 백주와 금상이라는 신격이 기존의 본향당신인 천잣도와 어떻게 어 울려 세화 본향당의 당신으로 포용되었는가를 보여주는 신화라고 할 수 있다.

백주는 어떻게 세화 본향당의 당신으로 수용될 수 있었는가? 백주는 천 잣도의 손녀라고는 하지만 태어날 때부터 신이었던 것은 아니다. 백주의 신으로서의 능력은 용왕천자국, 즉 용궁에 가서 얻은 주머니에서 나온다. 다시 말해, 백주는 용궁의 신성성을 지닌 신격으로 제주도에 입도한 것이 다. 백주는 이러한 신성성으로 인해 세화 본향당에 수용될 수 있었다. 제 주도 당본풀이에서 용궁에서 입도한 여신은 종종 아이들의 병을 고쳐주 고 무탈하게 잘 자라게 하는 치병(治病)과 육아의 직능을 맡는다. 이러한 여신들은 본향당신의 아내로서 본향당신과 함께 좌정하거나, 본향당신인 남편에게 쫓겨나 일렛당신으로 따로 좌정한다. 본향당신과 치병의 여신 이 부부로 나타나는 것은, 치병의 직능이 본향당으로부터 분화된 것과 관 련이 있다고 생각되고 있다. 당 신앙의 기능 가운데 개인적 기복과 치병 의 기능이 강화되면서, 인간 제반사를 보살펴주는 본향당신 외에 치병을 맡아 하는 신격과 신당이 분화된 것으로 보는 것이다. 특히 용궁에서 입 도한 여신이 종종 이런 역할을 맡는 데에서, 해신(海神)이 산육신(産育神)

으로 그 기능이 변모했다고 보기도 한다. '백줏도본'에는 백주의 직능이 명확하게 나타나지 않지만, 천잣도가 좌정한 세화 본향당에 백주가 수용된 것은 이런 맥락에서 이해될 여지가 크다. 다만 〈세화본향당본풀이〉는 천잣도와 백주가 부부가 아니라 조손으로 설정되어 있다는 것이 특이할 따름이다.

그렇다면 금상은 어떤 신격일까? '금상본'에 보이는 금상은 송당 본향당신의 아들이라고 하는 당신들과 비슷한 면이 있다. 제주도 전역에는 송당 본향당신의 아들이라고 하는 당신이 많은 편인데, 그 본풀이의 내용이 서로 비슷하다. 제주시 용담동 내왓당의 〈천잣도마누라본풀이〉, 구좌읍 김녕리 궤내깃당의 〈궤내깃도본풀이〉를 대표적 사례로 들 수 있다. 송당 본향당의 아들은 부모의 눈 밖에 나서 무쇠 상자에 담겨 바다에 버려지는데, 이 상자가 용궁으로 흘러 들어간다. 송당 본향당의 아들은 용궁의 사위가 되지만, '술도 장군, 밥도 장군, 고기도 장군'으로 먹는 대식성(大食性) 때문에 용궁에서도 쫓겨난다. 이후 송당 본향당의 아들은 강남천자국에 들어가 장수(將帥)로서 무공을 발휘한 후 제주도로 귀환하여 당신이 된다. '버릇없음'으로 송당에서 쫓겨나고 '대식'으로 용궁에 수용되지 못했지만, '무공'의 업적을 쌓은 후 제주도로 돌아와 당신으로 좌정했다는 것이다. 장수로서의 무공으로 인해 이들은 제주도로 귀환 후 당신으로 좌정할 수 있었다.

그런데 같은 송당 본향당신의 아들이면서도 〈천잣도마누라본풀이〉의 천잣도와 〈궤내깃도본풀이〉의 궤내깃도는 당신으로서의 위상이 다르다. 천잣도는 본향당신이지만, 궤내깃도는 김녕마을에 있는 여러 신당 가운데 하나로 본향당의 하위 신당에 불과하다. 천잣도는 용궁에서 대식 때문에 쫓겨날 정도였지만 당신으로 좌정한 후에는 흰 쌀밥과 흰 떡, 맑은 술,

달걀이면 되었다. 하지만 궤내깃도는 당신으로 좌정한 이후 온전한 돼지 한 마리를 제향받는다. 이런 점에서 보면 금상의 신으로서의 성격은 궤내깃도에 가까워 보인다. 독자적인 지경을 차지한 본향당신으로 독립하지 못했고, 당신으로 좌정한 이후에도 대식성을 포기하지 못하여 결국에는 '돗제'를 받기 때문이다.

'대식'이라는 식성과 장수로서의 면모를 지닌다는 점이 금상과 송당 본향당신의 아들 사이의 공통점이다. 다만 금상은 식성을 버리고 본향당신으로 좌정하지도 못하며, 궤내깃도처럼 돗제를 받는 별도의 당신으로도 좌정하지 못한다. 금상은 돗제를 받으면서도 별도의 정화 과정을 거쳐 본향당신의 일부로 수용된다. '무공'을 업적으로 하는 장수신이 독립적인 신당에 좌정하지 못하고 본향당에 수용된 사례라 할 것이다. 천잣도라는 본향당신이 용궁 백주와 장수 금상을 본향당에 동좌시키는 과정은, 세화 본향당의 신앙민들이 본향당신, 즉 본향당에 좌정한 신앙의 대상을 확대시켜온 신앙 변화의 내력을 보여주는 본풀이라고 할 수 있다.

입도신의 외부성

금상은 송당 본향당신의 아들 신격과 많은 부분이 겹치지만, 결정적으로 송당 본향당신의 아들이 아니다. '금상본'은 금상이 송당 본향당신의 아들이 아니라 서울에서 솟아난 장수라고 한다.

금상은 서울 남산에서 솟아나되 하늘은 아버지고 땅은 어머니라. (중략) 무쇠 투구 갑옷, 언월도 비수금, 무쇠화 무쇠신 천하 명장이라.

이런 금상이 제주에 입도하게 된 것은 금상이 자신이 태어난 곳에서 수용되지 못하고 배척되었기 때문이다. 서울의 임금이 장수 금상을 역적이 될 수 있다고 하여 죽이려 하자, 금상은 이를 피해 제주도로 들어온다. 국가권력에 의해 배척되어 타자화된 국가권력의 외부자가 제주도 내부의 당신으로 좌정하게 되는 것이다. 한라산에서 솟아나거나 용궁에서 유래한 신들, 즉 신성한 초월적 타계(他界)에서 온 신들만이 당신이 되는 것이 아니라, 외부의 장수가 신이 된다는 점이 주목된다.

이러한 현상은 제주도의 역사적 현실과 밀접한 관련이 있다. 한반도의 왕조 권력이 제주도를 그 영향력 아래 둔 것은 삼국시대부터라고 하지만, 제주도가 행정적 편제의 대상이 되고 실효적 지배 아래 놓인 것은 고려 때부터로 알려져 있다. 더욱이 고려시대에는 고려왕조 권력에 도전했던 삼별초의 입도, 이를 평정하기 위한 고려왕조 군사의 입도, 원의 실질적 지배, 제주도 지배권을 둘러싼 원과 고려왕조의 쟁투 등이 이어졌다. 이때 본격화된 외부의 군사적 침입과 지배가 외부의 '장수'를 신으로 모시게 된 역사적 배경이 되었을 가능성이 크다.

송당 본향당신의 아들들이 용궁의 사위가 되고 장수로서의 위력을 증명한 다음 당신으로 좌정한 것도 이런 맥락에서 이해할 수 있다. 새로운 당의 설립에 필요한 당신의 위력과 권위가 송당 본향당신의 아들이라는 혈통만이 아니라 부모에게 없는 '장수'로서의 속성으로 증명된다는 점, 그 장수로서의 속성이 외부에서 실현되고 획득된다는 점은 외부 군사문화의 현실적 지배와 위력이 신앙적·신화적으로 수용된 결과라고 볼 수 있을 것이다.

또한 〈세화본향당본풀이〉는 외부에서 비롯한 권력 자체가 아니라 그 권력이 '역적'으로 배척한 타자인 금상을 장수신으로 수용하고 있다는 점이 주목된다. 제주는 외부 국가권력의 지배 아래에서 주변화되었으며, 이 과정에서 당 신앙을 비롯한 토착문화 역시 주변화되고 타자화되었다. 세화 본향당의 신앙민들과 금상이 공유하는 이러한 타자성이, 신앙민들이 금상을 당신으로 받아들일 수 있게 한 기반이 되었다고 가늠할 수 있다.

용궁에 가서 신성성을 획득한 〈세화본향당본풀이〉의 백주는 제주섬에 입도한 외래신이라는 점에서 금상과 공통적이지만, 그 외부의 성격은 같지 않다. 백주의 외부성은 '초월적' 타계에서 오는 것이기 때문이다. 한편 젠더의 시각에서 보면 〈세화본향당본풀이〉의 백주는 금상과 타자성을 공유하고 있다고 지적되기도 한다. 소천국을 내쫓았던 〈송당본향당본풀이〉의 백주에 비해, 소천국의 겁탈 시도를 당해야 했던 〈세화본향당본풀이〉의 백주는 남성이 지닌 권위와 폭력에 노출되어 있다. 이런 점에서 백주는 남성 중심의 가부장제 사회에서 타자화되고 주변화된 여성이었다고 말할 수 있다. 그런데 자신의 손목을 잘라가면서까지 소천국, 즉 가부장적 남성 권력을 거부하는 백주의 모습은 국가권력을 거부하는 금상의 모습과 겹친다. 가부장적 남성 권력에 의해 타자화된 백주는 국가권력에 의해 타자화된 금상과 그 타자성을 공유하고 있는 것이다. 이런 시각에서, 백주가 금상을 수용한 것 역시 타자성의 공유에서 비롯된 것이라고 말해지기도 한다.

〈세화본향당본풀이〉는 입도한 여신과 토착 남신이 부부가 아닌 조손 관계로 설정된다는 점, 장수로서의 면모를 보이는 남신이 외부에서 비혈통적 신성성을 획득하기는 하나 토착신의 혈통을 지닌 남신이 아니라 외부 혈통의 남신이라는 점, 부정하다고 여겨지는 대식(大食) 습성에도 불구하고 장수신이 배우자 여신에 의해 축출되지 않고 같은 당(堂)에 모셔진다는 점 등이 제주도 당본풀이의 일반적 모습에 비추어 볼 때 특이하다. 이와 같은 특이성은 앞으로 〈송당본향당본풀이〉나 〈궤내깃도본풀이〉 등을 포함한 제주도의 다른 당본풀이 및 당 신앙과의 관계 속에서 해명되어야 할 것이다.

- 정진희

참고 문헌

장주근,《제주도 무속과 서사무가》, 역락, 2001.

진성기,《제주도 무가본풀이사전》, 민속원, 2002.

현용준,《제주도 무속자료사전》, 각, 2007.

강정식, 〈제주도 당신본풀이의 전승과 변이 연구〉, 한국정신문화연구원 한국학대학원 박사학위논문, 2002.

고광민, 〈당본풀이에 나타난 갈등과 대립〉,《탐라문화》 2, 제주대학교 탐라문화연구소, 1983.

정진희, 〈당본풀이로 당본풀 읽기 – 제주 〈세화본향당본풀이〉의 사례〉,《고전문학연구》 53, 2018.

조현설, 〈제주 무속신화에 나타난 이중의 외부성과 젠더의 얽힘〉,《한국고전여성문학연구》 18, 한국고전여성문학회, 2009.

五

양씨 집안 수호신이 된 제주 목사

'조상(신)본풀이'라는 서사무가

일반적으로 '조상'이란 한 가문의 혈연적 선조를 일컫는 말이다. 그런데 제주도의 민간신앙에서 '조상'은 그 조상을 섬기는 특정한 집안사람들을 자손으로 여겨 돌보아주는 존재를 가리키기도 한다. 연구자들은 이를 신으로서의 성격을 지닌다고 보아 '조상신'이라고도 하며, 마을에서 섬기는 당(堂)의 신이나 소위 일반신이라고 하는 제주섬 어느 지역에서나 믿어지는 신들과 구분한다. 이러한 조상의 내력을 풀어내는 서사무가가 바로 '조상(신)본풀이'다.

〈양이목사본〉은 이러한 조상본풀이 가운데 하나로, 제주 양씨 명월파(明月派) 집안에서 수호신으로 모시는 '양이 목사'의 내력이 담긴 서사무가이다. 〈양이목사본〉은 현용준이 《제주도 무속자료사전》에서 소개한 것이 유일한 채록본이다. 《제주도 조상신본풀이 연구》에도 〈양이목ㅅ본풀이〉가 있지만, 주석만 다를 뿐 《제주도 무속자료사전》의 〈양이목사본〉과 같은 자료이다. 조상본풀이는 특정한 집안에서만 배타적으로 전승되기 때문에 다양한 이본을 얻기 어렵다.

단 한 편만이 전하는 〈양이목사본〉이 주목되어온 것은, 그 본풀이의 내용이 제주 민중의 역사 인식과 적지 않은 관련이 있다고 여겨졌기 때문이다. 양이 목사는 목사이면서도 임금의 명을 거역하다가 서울에서 파견한 금부도사에 의해 처형되는데, 본풀이에서 이는 국가권력의 부당한 처사로 그려진다. 제주섬 외부에서 도래한 국가권력에 의해 목숨을 잃은 이를 수호신으로 모시는 것은, 부당한 국가권력에 대한 민중의 저항적 태도를 뜻한다고 해석되어왔다.

제주는 삼국시대부터 한반도 왕조 국가와 관련을 맺어오다가 고려 때에는 원(元)의 지배를 받기도 했고, 조선시대에 이르러서야 실질적으로 왕조 권력이 다스리는 국가체제로 편입되었다. 이 과정에서 제주의 양대 토착 지배 세력인 고씨 일문과 양씨 일문의 정치적 위상도 큰 변동을 겪었다. 〈양이목사본〉이 다름 아닌 제주 양씨의 특정 집안에서만 배타적으로 전승되는 본풀이라는 점, 본풀이에 '고 사공'이라는 고씨 인물이 등장한다는 점, 부당한 국가권력이 등장한다는 점 등은 제주의 역사를 고려할 때 예사로 보아 넘길 수 있는 것이 아니다.

일차적으로 〈양이목사본〉은 집안을 수호하는 조상인 양이 목사에 대한 본풀이인만큼 무속적 조상신앙에서 비롯된 신화임이 틀림없다. 그러나 동시에 〈양이목사본〉은 제주 민중으로 일반화하기는 곤란한 제주 양씨 집안 고유의 저항 담론이기도 하다.

—

머리는 한양으로, 몸은 용왕국으로, 혼은 양씨 집안으로

—

먼저 〈양이목사본〉의 내용을 확인해보자. 주인공인 양이 목사는 양씨 집안에서 모셔지기는 하나 그 집안의 혈연 조상은 아닌 듯하다. 본풀이에서는 그의 출신을 분명하게 밝히지 않고 다만 "상서울 상시관의 명"을 받아 "제주 목사로 내려"왔다고 하니, 제주 출신이 아닌 외래 인물로 추측할 수는 있겠다. 양이 목사가 제주 목사로 부임한 시기는 제주에서 일 년에 한 번 백마 백 필을 진상하던 때였다. 세 번의 백마 백 필 진상이 끝나고, 네 번째 진상을 할 때에 양이 목사가 제주 목사로 부임했다고 한다.

양이 목사는 진상을 하려고 마장에 모아놓은 백마 백 필이 탐났다. 그래서 양이 목사는 백마 백 필을 진상하면 제주 백성들이 곤경에 빠진다고 서울에 진정을 올리고는 진상할 백마를 빼돌려 한양에 내다 팔고 그 돈으로 다른 물건을 사서 제주에 팔았다. 삼 년을 내리 진상마를 빼돌리니 서울에서도 양이 목사의 소행을 알게 되고, 양이 목사의 목을 베어 올리라고 금부도사와 자객을 내려보냈다.

이 상황을 눈치챈 양이 목사는 제주도 배 가운데 가장 빠르고 좋다는 고동지 영감의 배를 타고 유람을 핑계로 제주를 빠져나간다. 그러나 그만 울돌목 바다에서 자기를 잡으러 온 금부도사와 자객이 탄 배와 맞닥뜨리고 만다. 배에 탄 양이 목사의 정체가 드러나자 금부도사와 자객은 양이 목사가 탄 배에 올라 양이 목사에게 덤벼든다. 그러나 자객은 도리어 양이 목사에게 목이 베이고, 금부도사는 양이 목사 앞에 무릎을 꿇는다. 양이 목사는 호령을 하며 금부도사를 꾸짖는데, 그 말의 내용이 예사롭지 않다. 여기에서 양이 목사는 탐심을 내어 진상물을 횡령하던 이에서 제주 백성들을 도운 애휼의 목사로 그 모습이 바뀐다.

"…… 특히나 불쌍한 제주 백성, 일 년에 한 번 백마 백 필씩 진상을 올리라 하니, 임금의 배는 얼마나 큰 배이기에 일 년에 백마 백 필씩을 먹어 삼키느냐? 임금이 먹는 백마 백 필 진상 나도 한번 먹어보려고 먹었더니, 백마 백 필 다 삼키지도 못하고 제주 불쌍하고 굶은 백성 생각하니 산 짐 승이 목에 걸려 목 아래로 내려가질 않더라. 이내 몸은 하다하다 백마 백 필을 육지 모든 백성에게 나누어주고 우리 제주에서 귀중한 물품을 얻어 제주 백성을 도운 몸이다. 네가 내 목을 베려 한들 하느님인들 무심하겠 느냐? 자, 부디 이 말을 용상에 앉은 임금에게 잘 여쭈어 올려라."

하지만 사건은 이대로 끝나지 않는다. 다시 반전이다. 무릎을 꿇고 이 말을 듣던 금부도사는 틈을 보아 펄쩍 일어나 양이 목사의 상투를 잡아챈 다. 양이 목사의 머리를 돛대 줄로 묶은 금부도사는 고 사공에게 그 줄을 당기라고 한다. 고 사공의 떨리는 손에 돛대에 매달린 처지가 된 양이 목 사는 금부도사에게 어서 자기 목을 베라고 한다. 금부도사가 칼을 한 번 휘두르자 양이 목사의 몸은 바다로 떨어졌다. 신이한 일은 그 이후이다. 양이 목사의 몸이 용으로 변하더니 용왕국으로 들어가고, 머리만 남은 양 이 목사는 고 사공에게 마지막 소원을 전한다.

"고향에 돌아가거든 영평 팔 년 을축 열사흘 자시에 태어난 고의왕, 축시 에 태어난 양의왕, 인시에 태어난 부의왕 삼성(三姓) 가운데 토지관 탐라 양씨에게 이 말을 전해다오. 자손만대 대대손손 내 역사를 풀어내면, 우 리 자손들 만대유전 시켜주마."

고 사공과 이별한 양이 목사의 몸 없는 머리는 서울로 올라가 상시관에게 모든 사실을 고했고, 그 결과 제주는 백마 백 필 진상을 면하게 되었다. 〈양이목사본〉은 '양이 목사의 희생으로' 백마 백 필 진상을 면하게 되었다고 분명하게 언급한다. 한편 고 사공이 고향에 돌아간 후 토지관 양씨 집안에서는 양이 목사를 제향하게 되었다. 양이 목사는 토지관 양씨 집안 조상이 되어 자손을 번성하게 해주었다.

—

외부 국가권력에 대한 신화적 대응

—

〈양이목사본〉은 이렇게 제주 목사로 부임한 양이 목사라는 외래 인물이 탐라 양씨 집안의 조상으로 섬겨지게 된 경위를 서술하고 있다. 양이 목사는 어떻게 한 집안의 수호신이 될 수 있었던 것일까?

양이 목사는 애초에 진상하는 백마 백 필을 탐내던 평범한 사람에 불과했다. 그랬던 그가 제주 백성의 고통 앞에서는 차마 횡령한 진상품을 꿀꺽하지 못한다. 시작은 사적인 욕심 때문이었지만, 결과적으로 양이 목사는 제주 백성을 위하여 진상품을 빼돌린 것이다. 자신의 능력을 집단의 이익을 위하여 발휘하는 자가 영웅이라면, 양이 목사는 범부(凡夫)만도 못한 탐심이나 발하는 인물에서 백성을 애휼하는 영웅으로 성장한 인물인 셈이다.

양이 목사의 변화는 다른 면에서도 감지된다. 처음 목사로 부임한 양이 목사는 '서울'이라고 하는 중앙 권력의 대리자였다. 권력의 대리자로서 양이 목사의 임무는 백마 백 필의 진상을 제대로 완수하는 것이다. 하지만 양이 목사는 자신의 의무를 방기하고 말들을 사적으로 팔아치운다. 한 지방관의 개인적 일탈에 그칠 수 있었던 이 사건은, 양이 목사가 영웅으로 성장하면서 또 다른 중요한 의미를 지니게 된다. 양이 목사가 말을 진상하는 대신 제주 백성에게 필요한 물자와 교환하여 제주 백성을 돕게 되자, 제주 백성의 의무였던 진상은 '수탈'이었고 진상을 요구하는 '서울'은 '부당한 권력'임이 드러나게 되었기 때문이다. 이제 양이 목사는 중앙 권력의 대리자가 아니라 그 권력에 문제를 제기하고 '진상'이라는 제도 뒤에 놓인 권력관계를 교란하는 인물로 그 성격이 변모한다.

하지만 국가권력의 부당함을 드러내며 지배 질서를 어지럽히고 제주 백성을 도운 영웅 양이 목사는 비극적 최후를 맞이한다. 양이 목사를 징벌하기 위해 파견된 금부도사에게 목을 베이는 것이다. 금부도사와의 대결에서 패하여 돛대 줄에 매달린 채 처형당하는 양이 목사의 모습은, 권력 구도의 교란이나 파탄이 용인될 수 없는 것임을 보여준다. 권력의 절대성과 이에 저항하는 개인이 맞을 수밖에 없는 비극은 〈양이목사본〉에도 고스란히 담겨 있다.

그러나 바로 이 지점에서부터 〈양이목사본〉은 신화적 오라(aura)를 발산한다.

배 밑으로 떨어지는 양이 목사의 몸이 용왕국 물속에 빠지니, 어느새 청룡, 황룡, 백룡으로 변하여 깊은 물속 용왕국으로 들어가더이다. 양이 목사 머리를 안아 붉은 피를 닦고 흰 포를 덮은 다음 배 이물에 놓았더니, 양이 목사가 몸 없는 머리로 고 사공에게 마지막 소원을 말씀하고 …… 서울로 올라가더이다. …… 양이 목사 한 몸의 희생으로 백마 백 필 어려운 진상을 면하게 되었나이다.

바다에 떨어진 양이 목사의 몸은 용으로 변하여 용궁으로 들어간다. 몸을 잃은 양이 목사의 목은 서울로 올라가 저간의 사정을 고하고 결국 제주 백성들이 백마 백 필을 진상하지 않아도 되게 한다. 자신을 대대손손 받들어 모셔줄 것을 당부한 대로, 양이 목사는 제주 양씨 집안에서 위하는 조상이 되었다. 탐욕스러운 평범한 인물에서 제주 백성을 위한 영웅을 거쳐, 이제 양이 목사는 인간과는 존재의 차원을 달리하는 신적 존재, 즉 조상으로 변모한 것이다.

양이 목사가 조상이라는 신격으로 변신한 것은 그의 비극적 죽음에서 초래된 것이다. 양이 목사의 죽음은 권력 구도의 파탄이 용인될 수 없음을 보여주는 동시에, 권력으로 인해 발생한 문제가 그 죽음으로 해결될 수도 있었음을 보여준다. 양이 목사의 모습은 조선시대 제주민란의 우두머리였던 장두의 운명을 떠올리게 한다. 조선시대 제주민란은 진압당할 것을 알면서도 감내의 임계치에 다다른 고통의 실상을 폭로하고 그 해결을 촉구하기 위한 유일한 선택지였다. 민란은 장두의 목을 대가로 민심을 달래는 약간의 당근이 주어짐으로써 마무리되곤 했다. 자신의 죽음을 대가로 집단적 고통의 경감을 얻어내고자 했던 희생적 영웅 장두. 양이 목사의 희생은 바로 이 장두의 희생과 매우 유사하다.

자신을 모셔달라는 양이 목사의 요구를 제주 양씨 집안이 수용한 것은, 양이 목사가 그 죽음을 통해 진상을 면할 수 있게 해주는 영험한 존재로 다시 태어났기 때문이다. 백마 백 필 진상 문제를 해결한 양이 목사를 조상으로 모심으로써, 제주 양씨는 그 영험을 배타적으로 향유하는 특권적 집단으로 자리하게 된다. 양이 목사가 자신을 조상으로 모셔달라고 요구하고, 양씨 집안사람들이 그 요구를 수용한 것은 제주도의 당(堂)신화에서도 종종 발견되는 이야기 패턴이다. 신은 어떤 내력을 거쳐 자신이 자리하고자 하는 좌정처(坐定處)에 와서 그곳 사람들에게 '내가 너희를 돌보아주겠으니 나를 모셔다오.'라고 요구하고, 이에 인간은 단골이라는 신앙민이 되어 당신(堂神)에게 제향을 약속한다. 결국 〈양이목사본〉은 양이 목사가 어떤 내력을 지닌 신인가를, 또 그 영험한 존재와 제주 양씨 집안과의 신앙적 관계가 어떤 연유로 시작된 것인가를 말해주는 신화라고 할 수 있다. 외부의 국가권력 때문에 발생한 문제가 내부의 영웅으로 전환된 '목사'라는 외부 인물에 의해 해결된다는 점, 또 그 영웅이 집단 내부의 조상으로 수용된다는 점이 매우 흥미롭다.

〈양이목사본〉을 이해하기 위해 또 하나 주목해야 할 것은 양이 목사와 고 사공, 금부도사의 관계이다. 양이 목사가 국가권력의 대리자였지만 오히려 그 권력의 문제를 드러내고 질서를 교란하는 인물이라면, 금부도사는 제주를 지배한 외부 국가권력을 대표하는 인물이다. 그렇다면 고 사공은 어떤 인물인가? 양이 목사와 고 사공이 같은 편이 아니라는 점은 분명하다. 금부도사가 내려올 것을 눈치채고 제주섬을 빠져나갈 때, 양이 목사가 고 사공과 도피를 공모한 것은 아니었다. 고 사공은 양이 목사의 편이기는커녕, 도리어 몰래 도피하려던 양이 목사의 정체를 금부도사에게 누설하고 만다.

금부도사가 물었다.
"어디로 가는 배요?"
고 사공이 양이 목사보다 먼저 대답하되,
"제주 양이 목사가 유람 가는 배요."
그 말끝에 양이 목사의 얼굴에 방울땀이 흘러내렸다.
'아차, 일이 틀렸구나.'

게다가 고 사공은 양이 목사와 금부도사의 대결 장면에서 양이 목사에게 그 어떤 도움도 주지 않는다. 오히려 고 사공은 금부도사의 명을 따라 자신의 손으로 양이 목사를 돛대에 매단다.

금부도사가 펄쩍 뛰어올라 양이 목사의 상투를 잡았다. 금부도사는 감태 줄같이 흐트러진 양이 목사의 머리를 돛대 줄에 꽁꽁 매고는 고 사공에게 말했다.
"돛대 줄을 당겨라!"
고 사공은 떨리는 양손으로 돛대 줄을 잡았다. 양이 목사는 어느새 돛대에 매달린 몸이 되고 말았다.

고 사공은 그 의도야 어찌 되었든 결과적으로 양이 목사를 처벌하려는 외부 권력인 금부도사의 조력자 역할을 수행한다. 양이 목사의 죽음에는 양이 목사의 목을 벤 금부도사에게 직접적 책임이 있지만, 비록 소극적이고 수동적이나마 금부도사에게 조력한 고 사공도 책임을 피할 수 없다. 〈아기장수〉 설화에서 내부 인물이 아기장수의 죽음을 초래하는 것처럼, 〈양이목사본〉에서 고 사공도 그러하다.

'떨리는 손'이긴 하나 직접 양이 목사를 돛대에 매단 고 사공은 외부 권력의 명령에 저항하지 못하는 제주 내부의 인물이다. 고 사공의 성씨가 다름 아닌 '고씨'인 것도 주목할 만하다. 외부 국가권력이 제주를 지배하기 시작했을 때, 제주의 지배 세력인 고씨 일문이 그 지배에 적극적으로 협조했었다는 것은 잘 알려져 있다. 〈양이목사본〉은 진상마 백 필을 제주 백성을 위해 사용한 양이 목사의 죽음이 외부의 권력, 그리고 그 권력에 협조한 '고씨'로 대표되는 내부의 일부에 의한 것이었음을 폭로하고 있는 셈이다.

영웅적 죽음 이후 초월적 존재가 된 양이 목사는 고 사공의 집안이 아 닌 양씨 집안의 신이 되고자 한다. 양이 목사가 양씨 집안을 거론하면서, 땅에서 솟아나 탐라를 세웠다는 '삼을나* 신화'의 세 주인공인 고의왕, 양 의왕, 부의왕을 열거한 데에서, 〈양이목사본〉의 전승 집단인 양씨 집안이 자신들의 정체성을 어떻게 규정하는지 짐작할 수 있다. 서울의 과도한 진 상 요구, 제주 백성의 고통을 해결하려던 양이 목사의 처형, 그 죽음에 책 임이 있는 금부도사와 고 사공, 죽음 이후 진상 문제를 해결하고 신이 되 어 양씨 가문의 조상이 된 양이 목사로 이어지는 〈양이목사본〉은, 현재의 권력 구도를 인정하면서도 동시에 그 권력으로 인한 문제를 폭로하고, 문 제적 상황의 책임 소재를 묻는 한편, 그 문제를 해결할 초월적 존재를 탐 라 양씨 가문의 수호신으로 포섭하고 있다. 외부 권력 때문에 발생하는 문제를 내부의 힘으로 전유하여 해결하고자 하는 '신화적 조정'이 여기에 서 드러난다고 말할 수 있을 것이다.

갈래적으로 〈양이목사본〉은 집안의 내부에서만 은밀히 전승되는 조상 본풀이다. 하지만 여기에서의 현실 인식은 비밀스러운 의례의 공간을 벗 어나 전승 집단이 현재적 삶을 살아나가는 데 일정한 영향력을 발휘한다. 외부 국가권력에 의해 형성된 지배 구도 위에서 이러한 영향력은 지배권 력의 절대적 영향력이 미치지 못하는 빈 공간을 형성하게 한다. 〈양이목 사본〉의 저항성은 바로 이 지점에서 찾을 수 있다.

• 삼을나는 고을나·양을나·부을나 세 사람을 부르는 명칭으로, 이들은 각각 제주 고씨, 제주 양씨, 제주 부씨의 시조이기도 하다.

장사 '부대각'의 조상본풀이

제주도에는 힘이 센 장사였던 '부대각'이라는 인물에 대한 전설이 전해
진다. 부씨 집성촌이 있는 구좌와 성산 지역이 주요 전승지이다. 현용준
의 《제주도 전설》에는 〈평대(구좌읍 평대리) 부대각〉, 〈심돌(성산읍 시흥리)
부대각〉 이야기가 역사전설로 분류되어 수록되어 있다. 부씨 가문에서는
부대각 이야기가 〈양이목사본〉과 같은 조상본풀이로 구연된 경우도 있
다. 인물전설이 집안의 조상본풀이로 수용되는, 전설의 신화화 현상을 보
여주는 사례이다.

양창보 심방(무당)이 구연한 〈부대각본풀이〉를 보면, 부대각은 국마(國
馬)를 잡아주고 그 보상으로 삼천 군사와 서른세 척의 배를 받는다. 군사
를 이끌고 대국을 치러 가다가 눈이 멀게 된 부대각은 하늘에 청하여 얻
은 무쇠 방석을 바다 위에 띄우고 그 위에 올라앉아 스스로 죽음을 택한
다. 고·양·부 세 성씨 가운데 하나인 부씨 집안의 인물 이야기라는 점, 외
부의 중앙 권력이 등장한다는 점, 주인공 부대각이 바다에서 죽음을 맞는
다는 점 등은 〈양이목사본〉과 유사하다. 그러나 부대각이 스스로 죽음을
선택한다는 점, 중앙 권력이 아닌 또 다른 외부 권력인 '대국'이 부대각의
적대세력으로 등장한다는 점 등은 〈양이목사본〉과 변별된다.

하지만 〈부대각본풀이〉의 외부 국가권력에 대한 인식이 〈양이목사본〉
과 상반되는 것만은 아니다. 〈부대각본풀이〉에서 부대각은 중앙 권력이
행하지 못했던 대국 정벌을 시도함으로써 중앙 권력의 능력을 넘어서는
영웅으로 그려진다. 겉으로 드러난 중앙 권력과의 우호 관계 속에 감추어
진, 그 권력을 극복하려는 의지가 여기에서 읽힌다. 중앙 권력을 부정적

으로 인식하면서도 그것을 인정할 수밖에 없는 현실, 이러한 현실 속에서 그것을 극복하려는 의지가 조상본풀이라는 신화를 통해 드러난다는 점에서 〈부대각본풀이〉는 외부 중앙 권력에 대한 신화적 대응인 〈양이목사본〉과 같은 맥락에 놓인다고 말할 수 있을 것이다.

- 정진희

참고 문헌

현용준, 《제주도 무속자료사전》, 각, 2007.

허남춘 외, 《양창보 심방 본풀이》, 제주대학교 탐라문화연구소, 2010.

조동일, 《동아시아 구비서사시의 양상과 변천》, 문학과지성사, 1997.

조현설, 〈외부의 부당한 억압이 만들어낸 비극적 남성 영웅〉, 《우리 고전 캐릭터의 모든 것 3》, 휴머니스트, 2008.

김규래, 〈아기장수형 부대각 설화 연구〉, 서울대학교 석사학위논문, 2014.

정진희, 〈제주도 조상본풀이 〈양이목사본〉의 한 해석〉, 《제주도연구》 32, 2009.

제4장

판소리

판소리는 '판'의 소리이다. 이 '판'은 어디에나 펼쳐질 수 있으되, 언제나 사람들이 살아가는 현장 속에서만 존재할 수 있다. 그래서 '판소리'는 언제나 현장의 노래로 불린다. 문학의 가장 오랜 형태가 '이야기'와 '노래'라고 할 때 이 두 가지는 과거에 하나의 형태로 융합되어 연행되었는데 한국에서 전승되는 가장 정제된 형태의 이야기 노래가 '판소리'이다.

판소리는 오랜 기간 고도의 훈련을 받은 사람들만이 부를 수 있는 노래이다. 이런 이들을 '광대', '창자', '소리꾼'이라고 하고, 이들 가운데 특정 시기 이름을 널리 알렸던 이들을 '명창'이라 칭한다. 판소리는 시정의 문화가 형성되고 이 문화 속에서 대중이 즐기는 문화적 오락물이 번성하던 시기에 맞물려 형성되었고 이와 같은 문화 시장의 변화와 더불어 성장하고 쇠락하였다.

판소리는 지역과 문화적 바탕에 따라 서로 다른 전승 흐름을 이어온 것으로 알려져 있는데, 어떤 소리꾼의 계보를 잇느냐에 따라 사설과 창이 다르다. 이들 서로 다른 광대가 부른 서로 다른 소리가 대중에게 어떤 반응을 얻었느냐에 따라 '더늠'이 발달하고 '바디'가 만들어졌다.

판소리는 20세기에 접어들면서 레코드판으로 취입되기도 하고 라디오에서도 불렸다. 20세기 초까지만 해도 판소리는 대중의 폭발적인 관심과 사랑 속에 전통을 이어갔다. 〈춘향가〉나 〈수궁가〉, 〈흥보가〉나 〈심청가〉 등은 전문적인 소리꾼이 아니어도 몇 소절을 흥얼거릴 수 있을 정도로 대중들에게 널리 알려진 소리였다. 〈적벽가〉는 웅장한 소리와 애상한 어조로 지금까지 명맥을 이어오고 있으며 그밖에 곡조가 전해지지 않거나 사설이 전해지지 않는 판소리를 복원하는 움직임 또한 최근까지 활발하게 전개되고 있다.

판소리는 오늘날 창작판소리를 통해 실천적으로 계승되고 있다. 〈열사가〉나 〈똥바다〉 등의 창작판소리는 1970년대 후반 판소리 부흥 운동의 흐름을 타고 1980년대를 거쳐 1990년대에 이르기까지 한국 사회 변화를 추동하는 '광장'을 '판'으로 삼아 연행되던 소리였다. 최근 창작판소리는 시대상을 비판하거나 역사적 의미를 강조하는 데 한정되지 않고 서양의 고전을 판소리 형태로 변형하거나 일상생활의 자잘한 국면을 소리로 표현하는 양식에 이르기까지 다양하게 확장되고 있다.

一二三四五六七八九十

매력적인 여인 춘향의 신분을 초월한 사랑

〈춘향가〉의 주요 인물과 기본 서사

〈춘향가〉는 판소리 5바탕 중에서도 뛰어난 문학적·예술적 성취를 이룩한 작품이다. 춘향과 이 도령 사이의 애정을 중심으로 '만남 – 이별 – 수난 – 재회'라는 서사 구성을 보이며, 궁극에 이르러 행복한 축제적 결말로 끝맺는다는 점이 특징이다. '애정'은 〈춘향가〉의 중심 요소이지만, 춘향과 이 도령의 애정을 방해하는 역할을 하는 변학도라는 인물이 〈춘향가〉의 핵심적인 인물 중 한 명으로 등장하여 〈춘향가〉의 서사를 더욱 입체적으로 그려낸다.

춘향은 기생이면서도 기생이기를 거부하고 주체적으로 자신이 선택한 사랑을 지켜나가고자 한 인물이다. 이 도령은 양반의 자제이면서도 사랑과 신의로 춘향과의 인연을 이어나간다. 둘 사이의 사랑은 '신분'이라는 사회적 벽에 가로막혀 있고, 변학도라는 인물이 등장해서 그런 사회적 벽을 더욱 공고하게 만든다. 변학도는 권력의 힘을 이용하여 춘향에게 수청을 요구하는 지배계층의 전형적인 인물이기 때문이다.

〈춘향가〉에서 이 세 인물은 서사의 중심에 위치하며, 동시에 다수의 인물 군상을 서사 안으로 견인한다. 월매, 방자, 향단, 군로사령, 행수기생 등을 대표적인 예로 들 수 있다. 이들은 현실적 욕망에 충실한 생동감 넘치는 인물들로서, 춘향과 이 도령의 애정이 성취되는 가운데에서도 사회 비판적 시각을 여지없이 드러내는 역할을 한다. 애정을 중심으로 구축된 서사의 틀에 당대 사회를 반영하는 여러 가지 목소리가 개입되면서 〈춘향가〉는 다채로운 서사의 결을 보여줄 수 있었다. 이런 양상은 〈춘향가〉가 시대를 넘어 늘 새롭게 재해석되면서 다양한 갈래로 변용 혹은 재창조되어오는 원동력으로 작용하고 있다.

그렇다면 〈춘향가〉는 언제부터 등장해서 사람들의 사랑을 받았을까? 조선 후기에 판소리가 대중예술로 자리매김하면서 〈춘향가〉는 대표적인 레퍼토리로 신분의 고하를 막론하고 향유층을 매료시켜왔다. 그러나 처음부터 〈춘향가〉가 현재 살펴볼 수 있는 풍성한 이야기를 다 담고 있지는 않았을 것이다. 전승 과정에서 소리꾼들은 극적 효과를 위해 당대에 잘 알려진 삽입가요를 이야기의 곳곳에 배치했을 것이고, 춘향이를 고귀한 존재로 그리기 위해 다양한 서사적 장치들을 활용하여 이야기를 변모시켰을 것이다.

이 글에서는 〈춘향가〉에 대한 기본적인 이해를 도모하기 위해 〈춘향가〉의 성립과 전개 과정을 살펴볼 것이다. 우선 현전하는 가장 오래된 창본을 소개하고, 〈춘향가〉를 전승시켰던 대표적인 유파의 창본을 검토함으로써 그 전승 맥락을 파악할 것이다. 그리고 〈춘향가〉의 내용과 주제

의식을 분석함으로써 고전(古典)으로서 〈춘향가〉의 위치와 그 의의를 점검해보도록 하겠다.

〈춘향가〉의 주요 창본

〈춘향가〉는 '동편제, 서편제, 보성소리, 동초제' 등 다양한 유파의 소리로 전승되고 있다. 동편제와 서편제는 섬진강을 중심으로 동·서라는 지역적 차이에 의해 형성된 유파이며, 보성소리는 서편제에서 분화되어 독자적인 성격을 가지는 유파로 자리매김하고 있다. 동초제는 20세기 이후에 성립된 유파로서 현재까지 많은 영향력을 끼치고 있다.

현전 창본 가운데 비교적 오래된 대표적인 창본은 장자백 〈춘향가〉이다. 장자백은 19세기 후반에서 20세기 전반에 활동한 판소리 명창으로, 김세종* 의 직계 제자이다. 장자백 〈춘향가〉의 필사기에 을축년이라는 기록이 보이는데, 이는 1925년을 뜻하는 것으로 보인다. '사랑가' 대목이 '사후기약, 정자노래, 궁자노래, 만첩청산, 금옥사설, 강릉백청, 어붐질(업음질)노래, 탈 승(乘) 자 노래' 등으로 길게 확장된 것이 특징이며, '초분(草墳) 대목'은 현전 판소리 〈춘향가〉 창본 가운데 장자백 창본에만 유일하게 나타난다.

동편제 계열에 속하는 대표적인 바디로 '박봉술 창본'을 꼽을 수 있다. 이 바디는 '송흥록 – 송광록 – 송우룡 – 송만갑 – 박봉래 – 박봉술'로 전승

---

* 전북 순창 출생. 19세기에 활동한 판소리 명창으로, '전기 8명창'에 속하는 인물이다. 고창의 신재효(1812~1884) 문하에서 여러 해 동안 판소리 이론을 전수받았다.

되어온 것이다. 이 도령의 부름에 춘향이 직접 광한루로 건너가 대화를 나누는 것으로 첫 만남이 이루어진다. 이는 20세기 이후 대부분의 창본에서 춘향을 조신하고 점잖은 인물로 그리기 위해, 춘향이 이 도령에게 집으로 찾아오라는 언질만 주고 돌아가버리는 것으로 이 장면을 처리하는 것과 대비된다. '이 도령이 꾀배 앓는 목' 등 해학적인 고제(古制) 아니리가 많은 것도 박봉술 창본의 특징이다.

성우향의 〈춘향가〉는 보성소리에 속하는 바디로, '김세종 – 김찬업 – 정응민'으로 이어지는 전승 계보를 지니고 있기 때문에 이른바 '김세종제'라고도 한다. 골계적이고 비속한 사설을 축소 혹은 삭제하고, 이 도령과 춘향을 점잖고 조신한 인물로 그려낸 것이 성우향 창본의 특징이다. 이 도령과 춘향은 춘향 모친의 허락을 받은 후 첫날밤을 보내며, 이별 장면도 오리정으로까지 확장되지 않는다. 그리고 성우향 창본에 삽입되어 있는 '금옥사설, 쑥머리, 돈타령' 등은 보성소리 계보상의 소리가 아니라 다른 바디에 있는 대목을 개인적으로 배워서 넣은 것이다.

김연수의 〈춘향가〉는 다른 창본에 비해 사설의 분량이 매우 많다는 점이 특징이다. 김연수의 호가 '동초(東超)'이기 때문에 그의 소리를 '동초제'라고 한다. 다른 창본에서는 선택적으로 삽입하거나 제외시키는 대목들이 대부분 들어 있으며, 신재효가 개작한 〈춘향가〉 사설 및 활자본 소설 〈옥중화〉 등으로부터 새롭게 차용한 대목이 많이 있다.

최승희의 〈춘향가〉는 '정정렬 – 김여란'으로 전승되어온 서편제 바디이다. 최승희 창본에서는 춘향과 이 도령의 이별이 춘향 집과 오리정 두 곳에서 이루어지며, 춘향이 옥에 갇혔을 때 기생 난향이 찾아와 회유하는 대목이 삽입되어 있다. 대체로 춘향의 기생적인 면모가 잘 표현되어 있으며, 골계적인 재담은 많이 빠져 있는 편이다.

〈춘향가〉의 성립과 전개

〈춘향가〉의 성립 과정에 대해 명확하게 밝혀진 바는 없다. 그렇지만 근원 설화에 기반하여 판소리 〈춘향가〉가 성립되고, 판소리가 인기를 얻게 되자 독서물화 된 소설 〈춘향전〉이 출현하게 되었다고 보는 것이 통설이다. 〈춘향가〉의 근원설화로는 다음과 같은 것들이 거론되었다.

- 열녀 설화: 지리산녀 설화, 도미 설화 등 여인이 한 남자를 위해 정조를 지킨다는 내용
- 관탈민녀 설화: 관리가 권세를 이용해 민간의 여인을 강제로 취하려 한다는 내용
- 암행어사 설화: 노진 설화, 김우항 설화, 박문수 설화, 성이성 설화 등 암행어사가 탐관오리나 포악한 자들의 횡포를 징치한다는 내용
- 신원 설화: 박색 처녀 설화, 아랑 설화, 향랑 설화, 심수경 설화 등 원한을 품고 죽은 여인의 넋을 달래준다는 내용
- 신물 교환 설화: 명경 교환 설화, 옥지환 교환 설화 등 거울이나 반지를 신표로 나눠 가졌다가 훗날 그것을 맞추며 재회한다는 내용

설성경은 남원 지역에서 춘향제나 춘향굿을 행했다는 사실을 근거로 이를 발전시켜 '춘향굿 → 춘향소리굿 → 춘향소리'라는 전개 도식을 제시했다. 박색과 원사(寃死)를 핵심으로 하는 신원 설화를 기반으로 한 일회적인 위령제 혹은 기우제로서의 '춘향 해원굿'이 제의적 연창 단계에 해당하는 굿판의 '춘향소리굿'으로 이행하고, 이후 비제의적인 판소리 창

의 단계인 '춘향소리'로 정착했다고 본 것이다.

　이 외에 〈춘향가〉가 실제담에 근거한 작품이라고 보는 학설도 있다. 이 삼현의 《이관잡지》에 기록된 '벽오 이시발', 《계서행록》에 기록된 '성이 성', 《계서야담》에 기록된 '노진' 등이 그 주인공이다. 또 〈춘향가〉의 성립 과 관련해 조선 영조 때 남원 출신의 양주익이 〈춘향가〉를 지었다고 보는 이른바 '양 진사 창작설'도 제시된 바 있다. 무극(无極) 양주익이 과거에 급제한 뒤 남원에서 잔치를 벌였는데, 그때 불려온 광대들에게 보수 대 신 〈춘몽연〉이라는 노래를 지어 주었다고 한다. 〈무극선생행록〉에 의하 면, "〈춘몽연〉은 양주익이 35세에 쓴 것이다. 그 내용이 〈춘향가〉와 매우 흡사하다"고 하나, 〈춘몽연〉의 원본이 발견되지 않아 확실한 내용은 알 수 없다.

　〈춘향가〉의 성립에 영향을 미친 것은 설화만이 아니다. 〈춘향가〉의 각 장면에는 시조, 십이가사, 잡가, 다른 마당의 판소리, 가면극, 민요, 무가 등 등장인물들의 정서를 대변하는 삽입가요가 풍성하게 수용되어 있다. 예를 들어, 광한루에서 이 도령이 그네 뛰는 춘향의 모습에 반해 방자에 게 그 정체를 묻는 '금옥사설'에는 "금생여수(金生麗水)라 한들 물마다 금 이 나며 / 옥출곤강(玉出崑崗)이라 한들 뫼마다 옥이 날쏘냐 / 아무리 사 랑이 중(重)타 한들 임마다 좇으랴"라는 박팽년의 시조가 삽입되어 있다. 민요로는 전라도 지역의 〈농부가〉, 경상도 지역의 〈어이가리너 타령〉 등 이 들어가 있으며, 성주굿에서 불리는 무가 〈성조가〉의 영향이 춘향의 집, 정원, 세간 등을 묘사하는 소리 대목에서 확인된다. 신관 사또인 변학 도와 전라 어사로 제수된 이몽룡이 남원으로 내려오는 대목에서 각기 불 리는 '신관 노정기'와 '어사 노정기'도, 무가에서 신의 이동을 표현하는 장 면에 쓰이는 노정기 양식을 빌린 것이다.

〈춘향가〉와 관련해 현재로서 가장 이른 시기의 문헌은 만화(晩華) 유진한(1711~1791)이 호남 지방의 문물을 구경하고 돌아와 당시 들었던 〈춘향가〉의 가사를 한시로 옮긴 〈가사 춘향가 이백구〉(1754)이다.《만화집》에 실려 있어 '만화본 춘향가'라고도 한다. 유진한은 충청도 목천 출신으로, 문명(文名)은 높았지만 대과에 오르지 못해 벼슬길에 나아가지는 못했다. 한시의 형식을 빌려 서술된 것이기는 하나, 18세기 중엽 호남 지방에서 불렸던 초기 〈춘향가〉의 모습을 비교적 충실하게 보여주고 있다는 점에서 의미가 깊다. '서사 – 본사 – 결사'의 구조로 되어 있는데, 이 중 서사에 해당하는 1~6구에서는 이 도령과 춘향이 오작교에서 결연하는 장면과 어사출또 후 재회의 기쁨을 누리는 장면이 극적으로 제시된다. 결사에 해당하는 397~400구에서는 "기이한 이야기는 시로 읊을 만하고 / 색다른 행적은 책으로 지을 만해 / 시인이 타령사로 지어내었으니 / 좋은 일 시로 전해 천년 뒤에 이어지리"라고 하여 이 작품을 지은 뜻을 밝혔다.

〈춘향가〉는 적어도 17세기 후반 무렵에 판소리로 성립된 것으로 보이는데, 초기 〈춘향가〉는 재담의 비중이 상대적으로 높고 음악적·연극적으로도 세련되지 못한 소박한 형태였을 것으로 추정된다. 〈춘향가〉는 19세기로 접어들면서 일정 수준 이상의 문학적·예술적 성취를 이루었다.

19세기로 접어들면서 판소리는 송흥록, 모흥갑, 고수관, 염계달 등 이른바 '전기 8명창'의 활약으로 비약적인 발전을 이룩했다. 가왕(歌王)으로 불렸던 송흥록은 이른바 '귀곡성'을 음악적으로 완성했으며, 모흥갑은 "날 다려가오"로 시작되는 강산제 '이별가'를 더늠으로 남겼다. 고수관이 '추천목(그네 타는 대목)'을 사용해 부른 '자진 사랑가'는 지금까지 활발히 전승되고 있으며, 염계달은 경드름으로 '남원골 한량', '돈타령', '이별가' 등을 지어 불렀다. 박유전, 박만순, 김세종, 이날치 등 뒤이어 등장한 '후기

8명창'도 다채로운 더늠을 창작·전수함으로써 〈춘향가〉의 예술성을 더욱 심화시켰다.

신재효는 19세기 중반에 〈춘향가〉의 사설을 남창(男唱)과 동창(童唱)으로 분화 및 개작했다. 현재까지 남한에서는 신재효의 〈춘향가〉 개작 사설로 남창본과 동창본의 두 본만 확인되었는데, 가람본의 "동창은 여창이라고도 한다."라는 부기(附記)를 근거로 동창본과 여창본을 동일한 것으로 보기도 했다. 그러나 고정옥이 〈동리 신재효에 대하여〉(《고전작가론》, 조선작가동맹출판부, 1959)에서 동창본과 별도로 여창본을 언급한 바 있으므로, 여창본의 존재 가능성을 완전히 부정할 수는 없다. 남창 〈춘향가〉는 양반 사대부의 취향이 부각된 개작 사설로, 등장인물들도 다소 점잖고 성숙한 모습으로 형상화되어 있다. 동창 〈춘향가〉는 '오리정 이별' 대목까지만 정리되어 있는데, 이것을 미완성으로 보는 견해와 창자들의 가창 능력을 고려한 결과로 보는 견해가 서로 엇갈린다. 등장인물은 남창 〈춘향가〉에 비해 범속하거나 다소 방정맞게 묘사되어 있으며, 서민적인 취향이 부각된 개작본 혹은 기존에 불리던 사설을 옮긴 본으로 평가된다.

〈춘향가〉는 판소리의 전승 환경이 크게 변모한 20세기 이후에도 대표적인 판소리 작품으로 꾸준한 인기를 누렸으며, '근대 5명창'의 한 명인 정정렬이 새로 짠 이른바 신제(新制) 〈춘향가〉가 특히 유행했다. 소리의 음악성은 물론 작품의 극적 구성, 사설의 표현에 많은 공을 들인 정정렬 바디 〈춘향가〉가 소리판에서 공식적으로 인정받게 되었고, "정정렬 나고 춘향가 났다."라는 말이 생기게 되었다. 이후 김연수의 동초제 〈춘향가〉, 김소희의 만정제 〈춘향가〉 등 명창 자신이 배운 소리들을 바탕으로 윤색해 새롭게 구성한 〈춘향가〉, 김세종 – 김찬업 – 정응민 – 정권진·성우향·조상현·성창순으로 전승된 보성소리 〈춘향가〉가 현대 〈춘향가〉 전승사에서 주요한 위치를 점하고 있다.

〈춘향가〉는 1964년에 '중요무형문화재 제5호'로 지정되었으며, 당시 김연수, 박록주, 김소희, 김여란, 정광수, 박초월이 예능 보유자로 인정되었다. 〈춘향가〉가 판소리 5바탕 가운데 가장 먼저 중요무형문화재로 지정된 것인데, 이는 전통사회에서 현대에 이르기까지 가장 인기 있는 작품이 〈춘향가〉라는 사실을 고려한 것이다. 그런데 1964년 당시에는 여러 명창의 더늠을 모아 교합본을 만들고, 각 명창의 더늠을 중요무형문화재로 지정하는 방식을 취했다. 1964년에 〈춘향가〉 예능 보유자로 인정되었던 박록주, 정광수, 박초월은 이후 〈흥보가〉 또는 〈수궁가〉의 예능 보유자로 재인정되었고, 김여란, 김연수, 김소희는 〈춘향가〉 예능 보유자로 남았다. 이후 1991년에 오정숙, 2002년에 성우향, 2013년에 신영희가 예능 보유자로 인정되었다.

—

〈춘향가〉의 내용과 주제 의식

—

〈춘향가〉의 주제는 춘향의 정절에 대한 강조와 유교적인 열(烈) 이념의 찬양, 신분의 질곡을 넘어선 남녀의 숭고한 사랑, 불의한 지배계급에 대한 서민의 저항, 중세의 완고한 신분제도 및 윤리로부터의 인간 해방과 사랑의 성취 등으로 해석된 바 있다. 〈춘향가〉는 기본적으로 신분이 다른 두 남녀가 우여곡절을 겪은 끝에 다시 결합하게 된다는 사랑 이야기라 할 수 있다. 이러한 구조의 사랑 이야기는 시공간을 초월해 가장 빈번하게 등장하는 대중적인 제재이다. 〈춘향가〉는 만남과 이별, 시련과 재회라는 보편적인 공식을 충실하게 따른 사랑 이야기이다. 그러나 그보다 중요한 것은 춘향과 몽룡의 사랑이 당대의 구체적인 역사적 현실과 결부되어 있다는 점이다. 〈춘향가〉에서 춘향과 몽룡의 만남, 이별, 시련, 재회의 전 과정에는 조선 후기 봉건사회에 나타났던 신분제의 질곡, 지배층의 횡포에 의한 서민들의 피폐한 생활상, 부도덕하고 탐욕스러운 지배층에 맞서는 서민층의 저항 등과 같은 사회상이 직간접적으로 반영되어 있다. 〈춘향가〉는 기본적으로 '남녀 간의 사랑'을 다룬 작품이지만, '서민계급의 저항'이라는 의미를 담고 있다는 점에 주목할 필요가 있는 것이다.

〈춘향가〉에서 강조된 표면적인 주제는 '열'에 대한 강조라 할 수 있다. 정현석은 직접적으로 〈춘향가〉가 '열을 권장한' 작품이라고 밝히기도 했다. 춘향이 이 도령을 위해 수절하고 신관 사또에게 저항했던 행위 일체를 정절의 표상으로 보았던 것이다. 춘향의 열이 강조되면서, 〈춘향가〉를 통해 형상화되는 춘향의 인물상에도 변화가 생기게 되었다. '춘향=열녀의 화신'이라는 상징성을 강조하기 위해 춘향의 신분을 기생에서 여염집 처자로 격상시키고, 말투와 행동도 그에 걸맞게 고상한 것으로 바꾸는 등의 의도적인 변개를 감행했던 것이다. 이처럼 유교적 이념이 강하게 작용하던 시기에는 춘향의 정절이 〈춘향가〉의 주제로 부각되었지만, 이후 신분제 철폐와 인간 해방이 중요하게 된 개화기와 일제강점기에는 봉건사회의 질곡에 맞서는 춘향의 항거, 나아가 서민층의 항거가 〈춘향가〉의 새로운 주제로 강조되었다. 그리고 유교 이념과 신분제의 제약이 사라진 현대에 이르러서는 남녀 간의 진실한 사랑이 〈춘향가〉의 주제로 재조명되고 있다. 이 같은 관점에서는, 과거 〈춘향가〉의 주제로 강조했던 유교적 열의 개념 역시 춘향의 일방적인 수절이 아닌, 춘향과 몽룡 두 남녀의 사랑에서 자연스럽게 비롯된 것으로 본다.

〈춘향가〉의 주요 등장인물은 춘향, 이 도령, 방자, 변학도, 월매 등이다.

〈춘향가〉와 소설 〈춘향전〉의 주인공 '춘향(春香)'은 이름에서 알 수 있듯이 '봄의 향기'와 같이 빛나고 아름다운 여성이다. 퇴기 월매의 딸로 사월 초파일에 태어났으니, 부처님과 생일이 같다. 초기 〈춘향가〉에는 춘향의 아버지가 누구인지 소개되어 있지 않으나, 현전 판소리에는 '성 참판'으로 나와 있다. 참판은 종이품 관직으로 판서를 보좌하는 차관 격이니, 제법 높은 지위에 속하는 벼슬이다. 성 참판이 남원 부사로 재직할 때 월매를 어여삐 여겨 춘향을 낳게 되었다는 것인데, 이는 춘향의 혈통이 고귀한 가문에 속해 있다는 점을 말해주는 것이다. 그렇다 해도 엄마가 기생인 까닭에, 춘향은 종모법(從母法)에 따라 자연히 기생 신분에 속할 수밖에 없었다.

춘향의 신분이 기생인가 아닌가 하는 문제는 〈춘향가〉 향유층에게 늘 예민한 문제였다. 신분 문제가 얽히지 않았더라면 춘향과 변학도의 갈등은 애초에 성립할 수 없었을 터임에도 불구하고, 한편으로는 춘향과 같이 예의범절을 알고 열(烈)의 가치를 실현한 훌륭한 인물이 어찌 기생일 수 있겠는가 하는 인식이 있었기 때문이다. 춘향의 신분을 높이고 나아가 품위 있고 격조 있는 춘향의 행동 양태를 강조하는 방향으로 〈춘향가〉의 역사가 전개되어온 것도 이러한 인식과 밀접한 연관이 있다.

춘향의 신분을 어떻게 인식했는가에 따라 사설의 짜임이 다르게 나타나는 사례는 작품 곳곳에서 쉽게 확인할 수 있다. 광한루에 봄 구경 나갔던 이 도령이 그네 타는 춘향의 모습에 반하여 방자를 시켜 춘향을 불러오는 장면이 있다. 초기 〈춘향가〉의 면모를 잘 간직하고 있는 바디로 평가받고 있는 동편제 박봉술 창본에서는 춘향이 방자를 따라 마지못해 이 도령 있는 곳으로 오는 것으로 되어 있는 데 비해, 대부분의 창본에서는 춘향이 방자에게 '안수해(雁隨海) 접수화(蝶隨花) 해수혈(蟹隨穴)'이라는 글자를 주고 집으로 돌아가는 것으로 되어 있다. '기러기가 바다를 따르고, 나비가 꽃을 따르고, 게가 구멍을 따른다'는 뜻이니, 곧 이 도령에게 오라고 한 것이다. 체면 있는 춘향이 여성의 몸으로 어찌 외간 남자에게 갈 수 있겠는가 하는 생각에서이다. 이별 대목도 대부분의 창본에서는 춘향이 오리정에 가서 이 도령과 이별하는 것으로 되어 있으나, 격조 있고 양반 취향의 소리를 지향하는 보성소리에서는 "그때의 춘향이 오리정에 나가 이별하였단 말이 있으나 체면이 있고 염치 있는 춘향이가 대로변에 나가 그럴 리 있것느냐"라고 하면서 꼼짝달싹 아니 하고 춘향 집 담장 안에서 은근히 이별을 하는 것으로 사설이 짜여 있다. 그렇지만 춘향은 종모법에 따라 기본적으로 기생 신분에 속해 있다. 하인 방자가 춘향에게 높임말을 사용하지 않는 이유도 이 때문이다.

이 도령과 춘향이 처음 만났을 때 두 사람 나이는 열여섯 살이었으니, 오늘날 관점으로 보면 다소 조숙한 편이었다고 할 수 있겠다. 그렇지만 조선시대에는 남자 15세, 그리고 여자 14세만 되면 혼인을 할 수 있다고 했으니, 당시 기준으로 보면 두 사람의 만남은 자연스러운 일이었다. 다만 춘향이 이 도령의 요구를 받아들인 동기 혹은 이유가 무엇일까에 대해서는 짚고 넘어갈 필요가 있다. 이 도령과 춘향 사이에도 반상(班常)의 구별은 분명히 있었기 때문이다. 논란의 핵심은, 춘향이 사또 자제 이몽룡과의 결연을 통해 신분 상승 욕망을 충족하고자 한 것인가, 아니면 그야말로 순수한 사랑의 감정으로 가연을 맺게 된 것인가 하는 점에 있다. 사실 작품에 춘향의 내면 의식을 보여주는 내용이 담겨 있지 않기 때문에 이에 대해 확증하여 말하기 어려운 점이 있지만, 이 도령이 풍채 있고 잘생긴 청춘이었기 때문에 춘향의 마음이 움직이기 시작했음이 틀림없다.

동기야 어떠했든 두 사람의 사랑은 시간이 지날수록 단단해지고 깊어

갔다는 사실이 중요하다. '사랑가' 대목에는 두 사람의 사랑이 그야말로 흥미진진하게 묘사되어 있다. "만첩청산 늙은 범이 살진 암캐를 물어다 놓고"로 시작되는 진양장단의 '긴 사랑가'와 "사랑 사랑 내 사랑이야"로 시작되는 '자진 사랑가'를 비롯하여, '궁자타령', '정자타령' 등 여러 소리 대목이 이어져 불리면서 두 사람의 사랑을 에로틱하게 그려내고 있는 것이다. 어쩌면 정신과 육신, 그리고 세속적 욕망과 정신적 사랑이 합일되는 지점에 이르렀을 때 진정한 사랑이 완성되는 것은 아닌지 모르겠다.

홍진비래요 고진감래가 인생사의 이치이듯, 이 도령 부친이 동부승지로 승진하여 한양으로 올라가게 되면서 두 사람은 이별을 맞이하게 되고, 변학도가 신임 남원 부사로 부임하면서 춘향의 고난이 시작된다. 춘향과 이 도령, 그리고 변학도 사이에 벌어지는 삼각관계는 애정 갈등을 그리고 있는 서사문학의 기본 공식이기도 하다. 종모법에 따라 춘향의 신분은 기생이라고 했다. 변학도가 춘향에게 수청을 요구한 근거도 이에서 비롯된 것이다. 춘향은 "기안(妓案)에 탁명(託名)한 일이 없다"거나 "대비속신(代婢贖身)"했다고 하여 기생 신분에서 벗어났음을 주장하고 있다. 하지만 춘향을 대하는 방자의 태도나 기생 점고 대목에서 변학도가 호장에게 춘향이 불참한 이유를 따져 묻는 데서 볼 수 있듯이, 춘향을 기생으로 인식하는 것이 일반적인 시각이었다.

춘향이 훌륭한 이유는, 기생이지만 기생이기를 거부하고 주체적으로 자신이 선택한 사랑을 지켜나가고자 한 데 있다. 춘향은 변학도의 수청 요구를 온몸으로 거부한다. '십장가'는 춘향의 이러한 몸짓을 보여주는 백미이다.

현실 세계에서였다면 춘향은 옥에 갇혀 있다가 매를 맞아 죽게 될 가능성이 높았을 것이다. 아니면 목숨을 보전하기 위해 변학도의 수청 요구를 들어주어야 했을 테니 말이다. 그렇지만 죽음을 각오하면서까지 자신의 뜻을 지킨 의로운 춘향은 결국 암행어사가 되어 내려온 이몽룡에 의해 고난에서 벗어나며, 그토록 간절하게 원하던 사랑을 얻게 된다. 춘향이 지켜내고자 한 사랑은 단순히 남녀 간의 그것에 머무르지 않는다. 춘향의 성취는 주체성에 기초하여 자신의 자유의지를 관철한 끝에 얻어진 것으로, 궁극적으로 인간다운 삶의 가치가 얼마나 소중한가를 보여주는 데까지 의미가 확장되고 있다는 점에 주목할 필요가 있다. 이몽룡이 어사가 되어 남원에 내려올 때 농부들을 만나 남원의 실정을 넌지시 떠보는 장면이 있다. 이때 농부들은 "우리 고을 원님은 주망(酒妄)이요, 아전은 노망이요, 책실(冊室)은 도망이요, 백성은 원망이요, 이래서 사망(四妄)이 물밀듯 허지라우."라고 하면서, 옥에 갇힌 춘향의 고난에 공분을 표하고 있다. 전적으로 춘향을 지지하고 있는 농부들의 이러한 모습은, 춘향의 문제가 집단의 문제로 확대된 것임을 보여주는 것이다.

〈춘향가〉의 의의

〈춘향가〉는 양반 자제 이몽룡과 퇴기의 딸 성춘향이 신분상의 한계를 초월하여 사랑을 이룬다는 이야기로, 문학과 음악은 물론 연극적 짜임새의 측면에서도 현재까지 전해지는 판소리 다섯 마당 가운데 가장 예술성이 높은 작품으로 꼽힌다. 애정의 문제가 단순한 사랑 이야기에 그치지 않고, 신분 갈등이나 탐관오리의 부정 등을 포함한 시대적·사회적 문제와 결부되어 나타난다는 점, 주인공인 춘향과 이 도령은 물론 방자, 월매, 변학도, 향단 등 주변 인물들에 이르기까지 인물상 하나하나가 생동감 있는 형태

로 형상화되어 있다는 점에서 특징적이다. 다양한 설화적 단계의 이야기와 남원 지역의 해원굿, 그 외에 무가, 시조, 잡가, 가사 등 여러 가요의 영향으로 탄생한 판소리 〈춘향가〉는 역대 최고의 명창들이 창작한 더늠들과 함께 그 내용을 더욱 풍부하게 갖추어왔다.

그리고 〈춘향가〉는 판소리로서 큰 인기를 얻었던 것은 물론, 소설의 형태인 〈춘향전〉으로도 다양하게 개작·전승되며 널리 향유되었다. 20세기 이후에는 판소리를 기반으로 한 창극이나 여성 국극, 그리고 마당놀이, 연극, 드라마, 영화, 뮤지컬, 오페라, 현대시, 현대소설 등 여러 장르로 재구성되었으며, 북한에서도 민족 가극의 주요 레퍼토리로 인기를 얻었다. 조선 후기부터 현재에 이르기까지 향유·전승되는 동안 〈춘향가〉의 주제는 남녀 간의 사랑, 정절에 대한 강조, 신분제에 대한 비판, 지배계층의 부패에 대한 항거, 인간의 존엄성과 자유를 향한 염원 등으로 끊임없이 재해석되어왔다. 그리고 춘향, 이몽룡, 월매, 방자, 향단, 변학도와 같은 개성적인 등장인물들은 시대에 따라 맥락에 따라 다양하게 해석이 되어왔으며, 다른 장르 및 작품의 인물로 재창조되기도 했다.

특히 현대적 재창조 작업의 중심에는 주인공 '춘향'이 자리 잡고 있다. 연극·영화·오페라·창극·뮤지컬·무용·현대시·소설 등 다양한 갈래로 변주되며 춘향은 늘 새롭게 우리에게 다가왔던 것이다. 당대적 의의를 획득하는 데 그치지 않고 시대에 따라 늘 재해석되면서 새로운 작품으로 거듭날 때 진정한 고전(古典)이라 할 수 있다. 〈춘향가〉가 고전인 이유 또한 여기에 있다. 요조숙녀로서의 춘향과 에로틱한 춘향, 기생 춘향과 기생이기를 거부한 춘향, 자유연애주의자로서의 춘향과 정숙한 춘향, 애교 넘치는 춘향과 야무지고 당찬 춘향……. 이처럼 춘향은 다양한 얼굴을 지닌 매력쟁이로, 그동안 그래 왔던 것처럼 앞으로도 시대와 호흡하며 새로운

인물로 거듭날 것이다. 특정한 시공간에 국한되지 않고 시대를 초월하여
끊임없이 새로운 작품으로 변주되며 새로운 주제 의식을 구현하는 창조
의 보고라는 점에서 〈춘향가〉는 영원한 고전이라 할 수 있다.

— 김기형

참고 문헌

정노식, 《조선창극사》, 조선일보 출판부, 1940.

정병욱, 《한국의 판소리》, 집문당, 1981.

김동욱, 《한국가요의 연구》, 을유문화사, 1961.

김동욱, 《증보 춘향전 연구》, 연세대학교 출판부, 1976.

서종문, 《판소리와 신재효 연구》, 제이앤씨, 2008.

조동일·김흥규, 《판소리의 이해》, 창작과비평사, 1978.

판소리학회, 《판소리의 세계》, 문학과지성사, 2000.

二三四五六七八九十

토끼와 자라가 이루는 대칭의 구도와 우의성

토끼와 자라, 누구 편을 들 것인가

—

19세기 중·후반에 이르러 〈수궁가〉를 장기로 삼거나 새로운 소리 대목을 개발하는 명창이 많아졌다. 〈수궁가〉를 즐겨 찾는 향유층이 점점 늘어나면서 작품도 예술성을 점차 강화하는 방향으로 변모한 것이다. 이 시기 〈수궁가〉에 대한 관심을 보여주는 한 자료가 있다.

東海波臣玄介使 동해의 파신(波臣) 자라가 사신이 되어
一心爲主訪靈丹 임금 위한 한뜻으로 영약을 찾아나섰네
生憎缺口偏饒舌 얄미운 토끼는 말재간으로
愚弄龍王出納肝 간을 넣었다 뺐다 할 수 있다고 용왕을 우롱하네

송만재가 〈수궁가〉에 대한 감상을 바탕으로 《관우희》에 남긴 관극시(觀劇詩)이다. 여기서는 일편단심으로 용왕에 충성하는 자라를 편들면서, 토끼는 용왕을 우롱한 밉살맞은 존재로 비하한다. 비슷한 시기 〈수궁가〉를 감상한 이유원이 《관극팔령》에 남긴 관극시 〈중산군(中山君)〉이 보여주는 관점은 전혀 다르다.

龍伯求仙遣主簿　　용왕이 선약을 구하고자 별주부를 보내려고
水晶宮闢朝鱗部　　수정궁에 물고기들 모여 회의하네
月中搗藥兎神靈　　달에서 약 찧는 신령스러운 토끼를
底事凌波窺旱土　　어찌하여 업신여겨 육지 엿봤나

그는 달에서 약 찧는 신령스러운 토끼를 편든다. 그렇게 수정궁 용왕과 별주부, 물고기들은 신령스러운 토끼를 감히 업신여긴 어리석은 무리가 되어버리고 만다.

판소리 〈수궁가〉를 포함해 〈토끼전〉, 〈별주부전〉, 〈토별가〉 등 다양한 제명의 소설로 향유되었던 토끼-자라 또는 자라-토끼 이야기를 살펴보면, 작품에 따라 두 인물을 바라보는 시각이 긍정과 부정 어느 한쪽으로 초점화되는 경향이 드러난다. 물론 그 시각이 작품 전편에 걸쳐 일관되게 나타나는 것만은 아니어서 초점이 이리저리 이동하는 때도 있다. 위의 두 관극시를 보면, 송만재는 자라 편, 이유원은 토끼 편이다. 어떤 바디의 작품을 접했느냐에 따른 차이일 수도 있겠지만, 〈수궁가〉의 서사구조가 비교적 단순하다는 점을 고려할 때, 둘 중 누구를 지지할 것인가 하는 문제는 감상자 개인의 취향 또는 현실적 처지와 관련될 것이다.

그런데 〈수궁가〉에는 서로 대척점에 있는 자라와 토끼 두 인물이 데칼

코마니처럼 닮은꼴로 나타나는 소리 대목이 있다.

(중중모리) 어헝 으르르르 허고 달려드니 자래가 깜짝 놀래, "아이고, 나 자라 새끼 아니요!" "그러면 네가 무엇이냐?" "내가 두꺼비요!" "두꺼비 같으면 더욱 좋다. 너를 산 채 불에 살러 술에 타 먹고 보면 만병회춘 명약이로다. 이리 오너라. 먹자." "아이고, 두꺼비도 아니요." "그래면 네가 무엇이냐?" "나 남생이요!" "남생이 같으면 더욱 좋다. 습기에는 당자(當者)니라 그저 생킬란다." "아이고, 나 남생이도 아니요!" "그러면 네가 무엇이냐?" "먹고 죽는 비상덩어리요!" "비상이라도 생킬란다." "아이고, 저런 육시를 헐 놈이 어디서 동의보감을 통달을 했는지 모르는 약이 없네그려." (박봉술 창 〈수궁가〉)

육지로 올라와 호랑이를 만난 자라가 꼼짝없이 잡아먹힐 위기에 처했다. 자라는 임기응변을 발휘해 '내가 ○○요!' 하고 둘러대지만, 호랑이는 '○○ 같으면 더욱 좋다'며 바득바득 달려든다.

(자진모리) "이놈, 네가 토끼냐?" 토끼 기가 맥혀 벌렁벌렁 떨며, "나, 토끼 아니요." "그러면 네가 무엇이냐?" "개요." "개 같으면 더욱 좋다, 삼복달음에 너를 잡어 약개장도 좋거니와, 네 간을 내어 오계탕 달여 먹고, 네 껍질 벗겨내야 잘량 모아서 깔고 자면 어혈, 내종, 혈담에는 만병회춘 명약이라. 이 강아지를 말어가자." "아이고, 내가 개도 아니란 말이요." "그러면 네가 무엇이냐?" "송아지요." "소 같으면 더욱 좋다. 도탄에 너를 잡아 두피족 살찐 다리, 양, 회간, 천엽, 콩팥, 후박 없이 노놔 먹고, 네 껍질은 벗겨내야 북도 매고, 신도 짓고, 네 뿔 베여 활도 묶고, 네 속에 든 우

황값 중한 약이 되고, 똥오줌은 거름 허니 버릴 것 없나니라. 이 송아지를 팔어가자." (박봉술 창 〈수궁가〉)

수궁에 당도하자마자 나졸들을 만난 토끼 역시 꼼짝없이 끌려갈 판이다. 수궁의 계획대로라면 토끼는 이제 끌려가서 생간을 내어놓고 죽어야 한다. 사태를 파악한 토끼 역시 자신을 개, 소 등으로 둘러대나, 나졸들은 '○○ 같으면 더욱 좋다'며 무작정 토끼를 몰아가기에 바쁘다.

사설의 구성이 같고 장단의 빠르기도 크게 차이나지 않는다. 뒤의 장면에서 위기를 기지로 극복해내는 방식도 동일하다. 토끼와 자라, 둘 중 누구 편을 들어줄 수 있을까? 둘을 대척점에 선 인물로 볼 수 있을까?

—

토끼와 자라, 그들의 서사와 인물 형상이 만들어내는 대칭 구도

—

두 인물 중 〈수궁가〉에 먼저 등장하는 이는 자라이다. 자라가 주체가 되는 그의 개별 서사를 먼저 따라가보자. 여기서는 정광수 창 〈수궁가〉를 기준으로 한다.

첫 단락은 '자라의 등장 및 공간 이동의 계기 부여'이다. 주육(酒肉)에 잠겨 이삼 일 즐기다가 졸연 득병한 용왕의 병을 낫게 할 것은 머나먼 육지에 사는 토끼의 간뿐이다. 누가 간을 구하러 갈 것인가를 두고 시끄럽게 논의하는 중에 홀연히 들어와 자원하는 상소를 올린 이가 있었으니 그가 바로 자라이다.

다음 단락은 '방해자와의 만남'이다. 토끼의 화상을 받아들고 본댁으로 돌아온 자라에게, 모친은 가지 말라며 통곡한다. 모친을 겨우 진정시키니

이번에는 '노기 등등, 살기충천, 눈살 꼿꼿' 성이 잔뜩 난 마누라가 나와 만류한다. 자라는 그저 자기 없는 동안 남생이를 조심하라는 당부만 남기고 총총 떠난다.

이제 '공간의 이동'이다. 자라의 서사이므로 수궁에서 육지로 이동이 이루어진다. 이 단락에서 눈대목 '고고천변'이 불린다. 처음 육지에 나왔을 때, 그의 눈앞에 펼쳐진 아름다운 경관을 묘사하는 중중모리장단의 소리 대목이다.

다음은 '육지 인물과의 만남 및 대결'이다. 자라는 호랑이와 만나 대결하며 '위기-극복'의 과정을 거친다. 자라가 '내가 ○○요!'라고 둘러대던 중중모리 대목의 그 부분이다. 죽을 위기에 처한 자라는 자신이 "호랑이 쓸개가 좋다기로 우리 수궁 도리랑 귀신 잡어 타고 호랑이 사냥을 나"온 별나리라고 겁을 주며 호랑이 '밑주머니'를 꽉 물어 백두산 상상봉까지 쫓아버린다.

그리고 '공간 이동의 목적 달성'이다. 자라는 토끼를 만나 그와 장황한 언변 대결을 벌인다. 이러저러한 자랑이 오가지만 핵심은 자진모리장단으로 불리는 '토끼 팔난(八難)' 대목과 진양조장단으로 불리는 '수궁 경개 자랑(우리 수궁 별천지라)' 대목에 있다. 자라는 온갖 위험이 도사리고 있는 육지보다 별천지 수궁이 훨씬 살기 좋은 곳이라는 달콤한 말로 토끼를 유혹한다. 시작은 토끼의 육지 경개 자랑이었지만, 이내 자라는 '토끼 팔난'을 들어 그것을 부정하고 '수궁 경개 자랑'으로 수궁행을 권유한다. 자라는 토끼를 속여 그가 수궁행을 결심하게 하는 데 성공했으므로 목적을 달성한 것이다.

다시 '공간의 이동'이다. 이번에는 육지에서 수궁으로 간다.

마지막은 '수궁으로의 복귀'이다. 그런데 자라는 수궁계로 돌아온 후 서사 주체로서의 힘을 점차 잃어간다. 자라는 토끼의 거짓말에 속은 용왕에게 당장 배를 따보라고 울면서 간언한다. 이 대목은 그 정서에 따라 울분 서린 계면조의 곡조로 불린다. 그러나 토끼가 오히려 자기 배를 가르라며 큰소리치자 용왕은 "토선생을 해치는 자 있으면 정배축출(定配逐出)을 할 것이다. 토공을 모시고 세상에를 나가 간을 빨리 가져오도록 해라."라고 엄포를 놓는다. 간 꺼낼 목적으로 잡아온 토끼는 '토공, 토선생'이 되고, 고생 끝에 토끼를 수궁으로 데려온 충신 자라는 정배축출 협박받는 신세가 된 것이다. 자라의 서사는 이렇게 종결된다.

이제 토끼의 서사를 살펴볼 차례이다. 첫 단락은 '토끼의 등장 및 공간 이동의 계기 부여'이다. 토끼는 동물들이 모여 상좌 다툼하는 '모족회의' 대목에 처음 모습을 보인다. 토끼는 능변으로 상좌를 차지하지만 이내 호랑이에게 자리를 빼앗기고 벌벌 떤다. 잠시 뒤, 토끼는 자라와 만나 육지를 뜰 결심을 한다. '토끼 팔난'은 토끼가 육지를 결핍의 공간으로 인식하게 하였고, 자라의 '수궁 경개 자랑'은 그 결핍이 수궁에서 해소될 수 있다는 가능성을 제시했다.

다음 단락은 '방해자와의 만남'이다. 방해자는 여우이다. 토끼는 수궁이라 하는 데는 한 번 가면 다시 못 오는 위험한 곳이라는 여우의 설득에 수궁행을 보류하기로 한다. 그러나 토끼는 자라의 교묘한 설득과 꼬임에 다시 물 가까이 갔고, 그 틈을 타 토끼 뒷다리를 꽉 물고 물로 들어선 자라를 따라갈 수밖에 없었다.

그리고 '공간의 이동'이다. 토끼는 자라 등에 업혀 육지에서 수궁으로 건너간다. 이 단락에서 진양조장단의 '범피중류'가 불린다. 이 대목은 남경 선인들에게 인당수 제수(祭需)로 팔린 심청이 바다로 나가는 장면에서 불리던 〈심청가〉의 '범피중류' 대목을 가져온 것이다.

다음은 '수궁 인물과의 만남 및 대결'이다. 토끼는 용왕 앞으로 끌려가 간을 바치라는 요구를 받는다. 이에 몸에 난 세 개의 구멍을 보여주며, 저는 간을 들이고 내는데 안타깝게도 간을 육지에 두고 왔다는, 그야말로 새빨간 거짓말을 한다. 한술 더 떠 자기에게 미리 귀띔해주지 않은 자라를 나무라기까지 한다. 토끼와 용왕의 대결은 토끼의 승리로 귀결된다. 이 단락에서는 눈대목 '토끼 배 가르는 대목'이 불린다. 정노식의 《조선창극사》에 따르면, 19세기 전반의 명창 송흥록이 이 대목을 불렀을 때 소리판이 눈물바다가 되었다고 하는데, 현전하는 〈수궁가〉의 이 대목은 그런 분위기를 풍기지는 않는다. 세월이 지나오는 동안 사설과 음악의 변화가 있었던 것으로 보인다.

이제 '공간 이동의 목적 달성'이다. 토끼의 공간 이동 목적은 육지의 '팔난'을 벗어나 수궁에서 멋지게 살아보는 것이었다. 육지에서는 배가 고파 먹을 것을 찾아 나서면 곳곳에 올가미와 덫이 있고, 매사냥꾼과 사냥개가 그를 찾아 돌아다녔다. 산 중턱으로 도망하면 총을 든 포수가 있고, 들로 도망하면 초동목수 아이들이 몽둥이를 들고 있었다. 토끼는 그런 육지를 떠나 수궁의 절대 권력자 용왕과 서로 '용겸이', '토겸이' 하며 화려한 안주에 향기로운 술, 뜻밖의 풍류까지 즐기는 중이다. 이만하면 목적을 달성했다고 할 만하다.

다음은 '공간의 이동'이다. 수궁에서의 삶도 즐겁지만, 그것이 언제까지나 지속되리라는 보장은 없었다. 신나게 춤추는 토끼를 따라다니던 금군장 병치가 '촐랑' 소리를 듣고 "토끼 배 속에 간 들었다."라고 외쳤다. "야 이놈아. 배 속에 똥뗑이 떠 촐랑거리는 소리다."라고 둘러대기는 했지만, 수궁 어족들은 끊임없이 의문을 제기할 것이다. 이에 토끼는 다시 육지로 이동한다.

마지막 단락은 '육지로의 복귀'이다. 육지에 내린 토끼는 자라에게 담뿍 욕을 쏟아놓고, 똥 한 덩이를 누어 칡잎에 싸서 준다. 토끼는 산골로 들어서자마자 그물에 걸리고, 독수리에게 잡히는 등의 위기를 겪지만 꾀를 내어 무사히 죽을 고비를 넘긴다. 토끼가 준 똥을 달여 먹은 용왕은 쾌차했고, 토끼는 산중에서 늙은 후 월궁으로 갔다고 한다. 사실상 작품의 결말에 해당하는 이 단락은 창본과 소설본, 그리고 그 안에서도 이본에 따라 내용이 달리 나타난다. 결말부가 다양하다는 것은 이 이야기를 창작 및 향유한 당대인들의 인식이 일치하지 않았음을 의미한다.

〈수궁가〉는 이렇게 자라의 서사인 동시에 토끼의 서사이다. 두 서사 주체가 이룩하는 개별 서사의 기능은 동일하며 구성의 순서까지 같다. 이에 따라 토끼가 자라일 수 있고 자라가 토끼일 수 있다는, 아주 흥미로운 인물 구도가 성립된다. 이는 두 인물이 서로 속고 속이는 관계에 있는 데 기인한다. 서로 속고 속이는 관계에 있다 보니 공동의 주인공이 되는 것이고, 그 가운데 지략, 어리숙함, 욕망, 허위의식이라는 성격도 공유하게 된다. 주로 토끼만의 것으로 치부되어온 이러한 성격은 실은 자라의 것이기도 했다.

—

〈수궁가〉의 우의성 재검토

—

토끼와 자라의 개별 서사가 '인물의 등장 및 공간 이동의 계기 부여 → 방해자와의 만남 → 공간의 이동 → 타계 인물과의 만남 → 공간 이동의 목적 달성 → 공간의 이동 → 해당 공간으로의 복귀'라는 반전과 반복의 단락을 공유하며 서로 대칭적인 구조를 형성하고 있음을 확인했다.

토끼와 자라, 육지와 수궁은 각각 무질서와 질서를 상징하는 인물 및 공간이다. 위험을 무릅쓰고서라도 수궁의 결핍을 해소하여 질서를 지키려는 자라의 서사와, 잠시 질서의 세계로 편입하려 했으나 다시 무질서의 세계를 긍정하는 토끼의 서사가 대칭적 서사구조를 통해 드러나는 것이다. '해당 공간으로의 복귀' 단락을 보면, 질서의 세계인 수궁으로 돌아온 자라는 정배축출 협박받는 신세가 되지만, 무질서의 세계인 육지로 돌아온 토끼는 이러저러한 고난 속에서도 나름대로 길을 찾아 헤쳐나가는 의지적인 존재로 그려진다. 토끼가 수궁행을 결심했을 때, 서로 속고 속이는 관계이다 보니 그 속내는 달랐지만 자라와 토끼 모두에게 육지는 부정적인 공간, 수궁은 긍정적인 공간이었다. '토끼 팔난' 대목과 '수궁 경개 자랑' 대목이 그것을 보여준다. 그러나 자라는 수궁에서 좌절했고, 토끼는 육지로 돌아왔다. 이렇게 되고 보니, 결국 마지막에 긍정적인 공간으로 인식되는 곳은 위계질서와 집단의식을 상징하는 수궁 공간이 아니라, 무질서와 개인의식을 상징하는 육지 공간이다. 따라서 〈수궁가〉는 무질서에 의한 질서 체제의 전복 또는 질서 세계에 대한 저항을 주제로 하는 작품이라 할 수 있다.

그러나 전승된 모든 바디의 〈수궁가〉를 그와 같은 주제로 동일하게 이해할 수는 없다. 잘 알려진 바와 같이 판소리, 소설 등으로 향유된 토끼-자라 또는 자라-토끼의 이 이야기는 그 결말부가 굉장히 다양하다. 무질서에 의한 질서 체제의 전복 또는 질서 세계에 대한 저항이 〈수궁가〉의 구조를 통해 발현되는 기본적인 주제 의식이라면, 다양한 양상의 결말부에는 당시 미처 합의에 이르지 못한 당대인들의 복잡다단한 인식이 담겨있다. 이것이 〈수궁가〉의 전체 주제를 구현하는 두 축으로 기능한다. 다만 판소리 〈수궁가〉의 경우, 대체로는 수궁과 육지를 모두 긍정하는 방향으로 가는 결말이 많은 편이다. 용왕의 병이 완쾌되고, 자라는 그 공을 인정받으며, 토끼는 갖가지 위기의 상황에서도 용케 살아남는다.

(엇모리) 독수리 그제야 돌린 줄을 알고 훨훨 날아가고, 별주부는 토분(兎糞)을 지고 가서 용왕 환후 즉차하고, 토끼는 완연히 그 산중에서 늙다가 신선 따러 월궁에 가서 도약허고 지낸다니 그 뒤야 뉘가 알리오. 언재무궁이나 고수 팔도 아플 것이요. 김연수 목도 아플 지경이니 어질더질.

(김연수 창 〈수궁가〉)

용왕을 살려냄으로써 부정했던 수궁을 다시 긍정하는 것은 모순된 질서 체계를 바로잡으려는 의도일 수도 있고, 저항의 대상으로 인식하기에 위험성이 높은 질서 체제와의 직접적 저항을 피하려는 뜻일 수도 있다. 토끼로 하여금 위기 상황이 끝날 때마다 호기롭게 자기 재주를 자랑하게 하고 이후 월궁의 인물로 만드는 것은 어떤 위기도 극복할 수 있다는 낙관적인 의지의 표출이다.

이쯤 되면, 그동안 당연하게 생각해온 〈수궁가〉 속 상징적 의미들에 물음표가 붙게 된다. 대체로 용왕은 부당한 권력을 행사하는 상층 지배계급, 토끼는 핍박 속에서도 지혜를 발휘하는 피지배계급 또는 서민으로 보아왔다. 자라는 둘 사이의 중간에 놓이는데, 관점에 따라 용왕 쪽으로 또는 토끼 쪽으로 좀 더 기우는 인물이었다. 이러한 인물 구도는 공간 구도의 해석에도 영향을 미쳐, '수궁=지배계급의 세계', '육지=피지배계급의 세계'로 보는 데 이르기도 했다. 그런데 살펴보았듯 용왕-토끼, 자라-토끼 간에는 지배-피지배 관계가 작동할 수 없다. 수궁과 육지는 '공간의 이동'이 요구되는 별개의 세계이기 때문이다. 물론 수궁 안에서 용왕-자라 간,

육지 안에서 호랑이-토끼 간 지배-피지배 관계의 작동은 자연스럽다. 그러나 공간의 경계를 넘어서는 용왕-토끼 간 지배-피지배 관계는 성립 자체가 가능할지 의문이다.

〈수궁가〉가 지배층의 무능과 사회적 모순을 인식했던 피지배층의 시각을 담지하고 있다는 점, 피지배층이 지배층에 대해 가졌던 비판 의식을 바탕으로 작품이 형성되었다는 점은 분명하다. 시대 의식과 풍자에 기반을 둔 작품이라는 것은 〈수궁가〉의 가장 큰 특색이기도 하다.

그러나 〈수궁가〉는 시대 의식과 풍자성을 드러내는 데만 지나치게 열중한 작품은 아니다. 만일 우의가 온통 풍자적 목적만을 지향한다면, 그 작품은 자칫 진정한 문학적 중심을 잃게 될 우려가 있다. 문학성이란 쉽게 눈에 띄지 않는 은근한 표현과 의미의 다중성, 그리고 의미의 중심축을 자유분방하게 이동시키는 역동적인 내부 구조 등을 통해 담지되는 것이지, 작품 내부와 외부의 요소들이 일대일로 비유적 대응을 이루고 그것이 작품 끝까지 지속되는, 어떤 고민이나 이론(異論)의 여지 없이 누구나 명명백백하게 예상하고 추론할 수 있는, 꽉 짜인 틀과 같은 형식으로 보장되는 것은 아니기 때문이다.

그러므로 〈수궁가〉에서 풍자적 우의를 지나치게 강조할 경우, 〈수궁가〉는 한 편의 문학작품이 아니라 사회사적 기록 문서에 불과하게 된다. 〈수궁가〉는 풍자적 우의만을 추구한 소박한 작품이 아니라, 다층적인 의미의 혼재로 다양한 해석의 여지를 남기는 복합적인 작품이라 할 수 있다. 그리고 그 다층적인 의미, 다양한 해석의 여지 가운데는 교훈적인 충고 또는 도의적인 권고를 목적으로 사용되는 교훈적 우의도 포함되어 있다. 이른바 '질서'의 가치를 지향하는, 충·효 등 유교 사회에 있어 전통적인 윤리 규범으로 인식되었던 내용들이 자라에 의해 정당화되는 대목들이 작품 곳곳에 존재한다.

〈수궁가〉의 우의성은 독특하다. 풍자적 우의가 주류를 이루나 교훈적 우의도 부분적으로 공존한다. 풍자적 우의를 혁신적 이념을 현시하는 알레고리로, 교훈적 우의를 보수적 이념을 현시하는 알레고리로 이해할 수도 있겠다. 〈수궁가〉는 무질서에 의한 질서 체제의 전복 또는 질서 세계에 대한 저항을 지향하면서도, 질서 체제의 완전 전복보다는 기존 질서 체계의 모순을 바로잡는 데서 길을 찾거나, 질서 세계와 '맞짱 뜨는' 직접적인 저항을 은근히 회피하고자 하는 뜻을 함께 보여준다. 때로는 중심인물인 자라의 입을 빌려 질서 세계를 긍정적인 입장에서 대변하기도 한다.

송만재와 이유원은 비슷한 시기에 〈수궁가〉에 대한 관극시를 남겼는데, 송만재는 자라 편을, 이유원은 토끼 편을 들었다. 하지만 이는 작품이 내놓은 답이라기보다는 감상자로서 그들의 선택이었다. 작품은 어느 한쪽만을 편들지도, 어느 한쪽만을 부정하지도 않았기에 감상자들의 입장에서는 오히려 다양한 선택지가 열려 있었다. 이는 판소리라는 예술의 속성과도 무관하지 않다.

판소리는 현장 연행 예술이기 때문에 청중을 고려한 사설·음악의 변모가 가능했다. 게다가 판소리의 경우 위로는 왕으로부터 아래로는 서민에 이르기까지 전 계층이 향유에 참여한 예술이었으며, 정작 소리하는 소리꾼과 북 치는 고수는 신분상 천민에 속했다. 그들이 모두 모이는 소리판이기에, 〈수궁가〉는 한 목소리만 고수할 수는 없었을 것이다. 질서와 무질서, 보수와 혁신, 지배층과 피지배층, 양반과 서민…… 때로는 둘 중 어느 한쪽 편에 서기도 하고, 때로는 그 사이를 오가기도 하고, 때로는 어느 중간 즈음에 머물기도 했다. 그리고 이것은 〈수궁가〉가 전승 판소리

다섯 바탕 중 하나로 조선 후기부터 오늘날까지 그 생명을 유지해올 수 있도록 한 동력이 되었다.

'바싹 마른' 소리, 〈수궁가〉의 미학

19세기 전반, '가왕(歌王)' 칭호를 받은 이가 있었다. 바로 송흥록 명창이다. 송흥록과 기생 맹렬의 사랑 이야기는 소리판에서 매우 유명한 일화로 전한다. 송흥록이 소리를 하러 떠났다가 늦게 돌아오자 그가 다른 기생과 정을 통한 것으로 오해한 맹렬은 진주 병사 이경하의 수청 기생이 되었다. 송흥록은 이 소식을 듣자마자 진주로 달려갔고, 맹렬은 이경하로 하여금 송흥록을 데려다 소리를 시켜보게 했다. 대신 조건이 있었다. 이경하를 한 번 웃게 하고 한 번 울게 하면 상을 후히 내리겠지만 그렇지 못할 경우 목숨을 바쳐야 하며, 소리는 '바싹 마른' 〈수궁가〉여야 했다. 소리가 바싹 말랐다는 것은 청중들이 울음을 울 만한 대목, 깔깔대며 뒤로 넘어가게 웃을 만한 대목이 거의 없음을 의미한다. 송흥록은 이 위기를 넘기고 맹렬을 데려갈 수 있었지만, 결국 이경하를 웃긴 것은 〈수궁가〉의 사설이나 음악이 아니라 "아저씨, 왜 아니 웃으시오? 나를 죽이고 싶어서?" 하는 농담이었다. 그 말에 어이가 없어 픽 하고 웃었을 뿐이다. 이경하를 울린 것은 '토끼 배 가르는 대목'이었다. 애원성으로 어찌나 슬프게 하였던지 만좌가 눈물바다를 이루었다고 하는데, 현전 〈수궁가〉의 이 대목은 슬픈 소리가 아니어서 비교가 어렵다.

　〈수궁가〉는 '바싹 마른' 소리이다. 거꾸로 생각해보자. 왜 〈수궁가〉는 '바싹 마른' 소리로 가는 길을 택했을까? 여기에 어떤 전략이 숨겨져 있는 것은 아닐까? 판소리의 대표적인 미학은 비장과 골계이다. 〈수궁가〉의 경우, 전반적으로는 골계에 가깝지만 비장도 만만치 않다. 골계가 우세하면서 비장이 그 한 끝을 절대 놓고 있지 않은 형국이다. 〈수궁가〉에 내재한 미학적 특질로서의 비장-골계 구도는 작품의 주제적 측면과 관련되는 질서-무질서, 보수-혁신, 지배층-피지배층, 양반-서민의 겨루기 구도와 통하는 것이 아닐까. 판소리의 본질적 속성을 유지하기 위한 얼마간의 울음기와 웃음기만을 남겨둔 채, 진지한 겨루기에 적합한 '바싹 마른' 소리가 되는 길을 택한 것은 아닐지.

– 송미경

참고 문헌

남해성 소리, 김청만 북, 《남해성 수궁가》(2CD), 웅진뮤직, 2000.
최동현·최혜진, 《교주본 수궁가》, 민속원, 2005.
최동현·김기형, 《수궁가 연구》, 민속원, 2001.
김동건, 《수궁가·토끼전의 연변 양상 연구》, 보고사, 2007.
민찬, 〈수궁가〉, 판소리학회, 《판소리의 세계》, 문학과지성사, 2000.
신호림, 〈〈토끼전〉의 구조적 특징과 주제 구현 양상〉, 고려대학교 석사학위논문, 2011.

시대와 가치관에 따라 변주되는 주제 의식

〈흥보가〉 이해의 바탕

—

〈흥보가〉는 물질적 가치와 심성의 문제를 다룬 작품이다. 흥보와 놀보는 형제로 그려지지만, 작품 안에서 대립적 자질을 보여준다. 모방담과 같은 설화의 구조를 바탕으로 그 안에 대조되는 경제관념을 투영시키고, 윤리적 층위로까지 문제의식을 확장해나간다. 〈흥보가〉가 이룩한 문학적 성취는 물질적 가치에 대한 문제와 심성의 문제를 단순히 병렬적으로 배치한 것에서 머물지 않고 이를 인과적 논리로 엮어내는 서사 전략과 관계된다. 〈흥보가〉가 향유층에게 큰 호응을 얻은 이유는 이와 무관하지 않을 것이다.

흥보는 착하지만 생활력이 부족하며, 놀보는 인색하면서 부자이다. 일반적인 윤리적 선악의 관념에 비추어 봤을 때, 〈흥보가〉가 보여주는 인물 설정은 모순적이다. 착한 흥보는 경제적 궁핍에 시달리고, 동생에게마저 인색한 모습을 보여주는 놀보는 풍족한 생활을 영위해나간다. 이런 관계를 역전시키는 것이 바로 '제비 박'이다. 현실과 이계(異界)를 넘나드는 제비와 그 제비를 대하는 흥보와 놀보의 태도는 현실을 살아가는 사람들의 두 가지 태도를 여실히 드러낸다.

착한 흥보는 가난에 찌든 생활을 하다가 착한 심성 덕분에 제비의 보은 박씨를 얻어 단번에 부자가 된다. 보은박에서 나온 것은 세 가지이다. 인간이 삶을 영위해나가는 데 꼭 필요한 '의식주'가 그것이다. 첫 번째 박에서는 돈과 쌀이 나오고, 두 번째 박에서는 온갖 비단이 나오며, 세 번째 박에서는 집이 나온다. 흥보가 보여주는 착한 심성이 현실에서는 궁핍함으로 연결되지만, 제비의 보은박을 통해 상황을 역전시킨다. 시혜와 보은의 논리를 통해 현실에서 유리되어 있는 심성의 문제를 전면에 내세우는 과정이라고 할 수 있다.

이어지는 놀보의 이야기는 이런 문제의식을 더욱 강조한다. 흥보가 부자가 되었다는 소식을 들은 놀보는 자신이 제비 다리를 분지른 다음 고쳐주는 자작극을 펼치다가 결국 패망하게 된다. 이미 풍족한 삶을 살아감에도 더 많은 부(富)를 획득하려는 놀보의 욕망은 제비에게 인위적인 선행을 베풀게 된다. 놀보의 선행에는 행위만 있고 그 안에 녹아 있는 심성은 없다. 오로지 욕망만이 존재하는 것이다. 놀보의 패망은 결국 경제적인 이익만을 추구하는 사회상에 비판적 시각을 드러내는 역할을 하며, 흥보와의 대조를 통해 심성의 문제가 중요하다는 점을 강조한다.

물론 〈흥보가〉는 단선적으로 해석되지 않는다. 한때, 착하지만 무능한 흥보보다 인색하지만 부자인 놀보를 예찬하는 시각이 사회적으로 대두된 적도 있었다. 흥보도 심성이 착한 것으로 그려지다가 자신의 아내 앞에서는 가부장적인 태도로 일관하며 무책임한 모습을 보여주기 때문에 비판의 대상이 되기도 했다. 〈흥보가〉를 바라보는 시각은 시대마다 달랐으며, 그때마다 〈흥보가〉는 새롭게 해석되곤 했다.

더욱이 조선 후기부터 판소리가 대중예술로 자리매김하면서 〈흥보가〉는 때로는 소리꾼의 취향에 따라, 때로는 청중들의 요구에 따라 다채롭게 그 모습을 바꾸어왔다. 재담을 강조하면서 아니리가 적극적으로 활용되기도 하고, '박타는 대목'과 같은 소리 대목이 전승 환경에 따라 확장되거나 축소되는 양상을 보여주기도 했다.

이 글에서는 〈흥보가〉에 대한 기본적인 이해를 위해 〈흥보가〉의 성립과 전개 과정을 살펴볼 것이다. 우선 〈흥보가〉를 전승시켰던 대표적인 유파의 창본을 소개함으로써 그 전승 맥락을 파악하고, 다음으로 〈흥보가〉의 내용과 특징을 검토할 것이다. 그리고 이를 통해 〈흥보가〉가 오늘날까지 전승되면서 우리에게 어떤 문제의식을 던져왔는지 되돌아보면서 고전으로서 〈흥보가〉의 의의를 점검해보도록 하겠다.

—

〈흥보가〉의 주요 창본

—

이해조의 〈연의 각〉은 판소리 명창 심정순 창본을 저본으로 한 것으로, 매일신보에 1912년 4월 29일부터 6월 7일까지 연재된 바 있다. 창과 아니리가 구분되고 장단도 명기되어 있으나, '놀보 박타는 대목'부터는 장단 표시가 없다. 이후 신구서림, 세창서관 등에서 간행한 연재본은 창과 아니리의 구분이 없는 소설본 형태로 되어 있다. 심정순 창본 〈연의 각〉에 기입된 장단 명칭은 대부분 현재의 판소리 장단 명칭과 유사하다.

박록주 〈흥보가〉는 동편제 바디에 속하는 창본이다. 박록주는 중요무형문화재 판소리 〈흥보가〉 예능 보유자로 인정되었던 판소리 여성 명창이다. 김창환에게 〈흥보가〉 중 '제비 노정기'를 익혔으며, 김정문에게 〈흥보가〉 전편을 배웠다. 박록주는 '놀보 박타는 대목'이 재담소리의 성격이 강하다는 이유로 이 대목을 제자들에게 가르치지 않았다.

박봉술의 〈흥보가〉는 '송흥록 – 송광록 – 송우룡 – 송만갑 – 박봉래'로 이어지는 동편제 바디이다. '놀보 박타는 대목'까지 부르는데, '흥보 제비 노정기'를 서편제인 김창환제로, '놀보 제비 노정기'는 동편제인 장판개제로 부르고 있다.

김연수 〈흥보가〉는 동편제의 명창 송만갑에게 배운 것으로, 사설을 재구성하며 신재효의 개작 사설을 상당 부분 참조했다. 김연수 창본에는 오랜 기간 창극 활동에 참여했던 그의 경험이 일정하게 반영되어 있다. 흥보가 스물아홉 명의 자식을 줄줄이 낳는 대목, 흥보가 놀보 집으로 곡식을 얻으러 갔다가 매만 맞고 쫓겨나는 광경을 지켜본 놀보네 하인 마당쇠가 청귀경(請鬼經, 귀신을 부르는 주문)을 읽는 대목 등이 특징적이며, 흥보의 '박타령' 가운데 집 치레와 관련한 사설이 다른 창본들에 비해 장황한 편이다.

—

〈흥보가〉의 성립과 전개

—

〈흥보가〉의 근원설화로 몽고의 '박타는 처녀 설화', 인도의 '파각도인(跛脚道人) 설화', 중국의 '황작보은(黃雀報恩) 설화' · '호(瓠) 설화', 우리나라의 '방이 설화' 등이 거론된 바 있다. 〈흥보가〉를 구성하고 있는 주요 설화

유형은 '선악형제담, 풍수담, 모방담'이다. 이러한 성격적 측면을 고려해 '단 방귀장수, 말하는 염소, 선구악구(善求惡求) 설화, 혹 떼러 갔다 혹 붙인 영감 이야기, 소금장수, 부자 방망이 이야기, 금도끼 은도끼 이야기' 등도 광의의 〈흥보가〉 근원설화로 분류할 수 있으나, 직접적인 영향 관계를 찾아보기는 어렵다. 그동안 〈흥보가〉의 근원설화로 주로 논의되어온 것은 몽고의 '박타는 처녀 설화'이다. 그 내용을 살펴보면 다음과 같다.

옛날 한 처녀가 바느질을 하다가 무슨 소리가 들려 나가보니, 처마 기슭에 집을 짓던 제비 한 마리가 땅에 떨어져 있었다. 처녀는 제비의 깃이 부러진 것을 보고 불쌍한 마음이 들어 바느질하던 오색실로 그 부분을 동여매 주었다. 얼마 지나 그 제비가 다시 날아왔는데, 마치 고맙다는 인사를 하는 듯했다. 이상하게 여긴 처녀가 제비가 다녀간 자리를 살펴보니 씨앗 하나가 떨어져 있었다. 씨앗을 뜰 앞에 심자 점점 자라나 커다란 박이 열렸다. 처녀가 신기해하며 조심스럽게 박을 타니, 그 속에서 금은보화가 쏟아져 나왔고, 처녀는 그 재물로 큰 부자가 되었다.
그런데 이웃에 살던 심보 고약한 색시가 이 이야기를 듣게 되었다. 색시는 자기 집 처마 기슭에 집을 짓고 사는 제비를 일부러 땅에 떨어뜨려 깃을 부러뜨렸다. 그러고는 이웃 처녀가 한 것처럼 오색실로 제비의 부러진 깃을 동여맨 뒤 날려 보냈다. 얼마 지나 제비는 박씨 하나를 가져왔고, 색시는 기뻐하면서 뜰에 심었다. 큰 박이 열려 타보니, 그 안에서 독사가 나왔고 색시는 결국 독사에 물려 죽었다.

제비의 다리를 고쳐주고 그 은덕으로 박씨를 얻어, 박 속에서 나온 재물로 갑자기 부자가 된다는 서사의 골격은 현재 전승되는 〈흥보가〉의 그것과 일치한다. 다만 주인공이 형제가 아니라 이웃에 사는 두 여인이라는 점에서 〈흥보가〉의 인물 설정과 차이가 있으며, 한 인물이 죽음에 이른다는 결말도 훨씬 파격적이다. 중국 문헌인《유양잡조속집》등에 신라의 이야기로 소개된 '방이 설화'도 〈흥보가〉의 근원설화로 주목되어왔다. 형이 선한 인물, 아우가 악한 인물로 설정되어 있다는 점에서 현전 〈흥보가〉의 내용과는 대치된다. 이 설화의 줄거리는 다음과 같다.

> 신라에 한 형제가 있었는데, 형인 김방이는 가난하고 아우는 매우 부유했다. 하루는 방이가 아우에게 누에와 곡식 종자를 얻으러 갔는데, 심술 많은 아우가 형이 그것을 쓰지 못하게 하려고 모두 삶아서 주었다. 이 사실을 몰랐던 방이는 열심히 누에를 치고 씨앗을 뿌렸다. 얼마 후 누에 한 마리가 생겨나 황소만 한 크기로 자라났지만, 이 소문을 듣고 샘이 난 아우가 와서 그것을 죽여버렸다. 밭에서는 이삭 하나가 패어 크게 자랐는데, 새 한 마리가 그 이삭을 물고 산속으로 날아갔다. 새를 쫓아 숲으로 들어간 방이는 붉은 옷을 입은 아이들을 만났고, 무엇이든 원하는 대로 나오게 하는 방망이를 훔쳐와 그것으로 큰 부자가 되었다. 이 이야기를 들은 아우는 자신도 방망이를 얻기 위해 그 아이들을 찾아 산으로 갔다. 그러나 아이들에게 요술 방망이를 훔쳐간 도둑으로 몰려 코만 뽑힌 채 돌아오게 되었다.

형제의 심성이나 갑자기 부자가 되는 방법은 현전 〈흥보가〉와 완전히 다르지만, 형제 중 한 사람은 착하고 한 사람은 악하다는 설정이나 동물의 도움으로 많은 재물을 얻어 갑자기 부자가 된다는 기본 구도는 〈흥보가〉와 비슷하다.

한편 성조(成造=성주, 가정에서 모시는 신 가운데 가장 높은 신)신앙과 〈성조가〉가 〈흥보가〉의 성립에 연관되어 있다고 보는 시각도 있다. '박타는 처녀 설화'나 '방이 설화'와 같은 설화적 단계의 이야기가 판소리 〈흥보가〉로 질적 전환을 이루는 데 성조신앙과 〈성조가〉가 중요한 역할을 했다는 것이다. 이러한 관점에 따르면 〈흥보가〉에서 제비는 성조신, 즉 가신적(家神的) 존재라 할 수 있다. 본래 성조는 상량에 신체(神體)를 모시는데, 제비 역시 처마 끝이나 집 내부 높은 곳에 보금자리를 마련한다. 안동 지역에는 제비가 성조신의 면모를 지닌 목수의 화신으로 그려지는 유래담이 전하기도 한다. '청배(請陪) - 재목의 생성 - 재목의 운송 - 집터 잡기 - 건축 과정 - 고사 - 부벽 치장 - 방(세간) 치장 - 비단 및 피륙 치장 - 마루 치장 - 부엌 및 장독 치장 - 사랑방 치장 - 화초 치장'으로 구성되는 〈성조가〉 가운데 특히 건축 과정 이후의 부분은 〈흥보가〉의 '박타령'과 연관되는 것으로 볼 수 있다. 〈성조가〉의 건축 과정과 목수의 등장, 세간 사설, 비단 사설 등이 '박타령'에도 유사한 형태로 나타나기 때문이다.

〈흥보가〉가 언급된 비교적 이른 시기의 문헌은 송만재가 1843년에 남긴 《관우희(觀優戲)》이다. 50수의 관극시를 담았는데, 〈흥보가〉에 대해 "제비가 박씨를 물고 와서 원한과 은혜를 갚으니 / 어진 아우와 어리석은 형을 분명히 했네 / 박 속에서 괴이하게도 형형색색의 것들이 쏟아져 나오는데 / 톱질 한 번 할 때 요란한 일이 벌어지네"라고 표현했다. 이로 볼 때 송만재가 〈흥보가〉 가운데서도 '박타령' 장면을 집중적으로 포착했으며, 인과응보와 권선징악이라는 다소 도식적이고 평면적인 교훈을 작품의 주제로 강조했다는 점을 알 수 있다. 송만재가 남긴 〈흥보가〉 관극시의 승구에는 '어진 아우와 어리석은 형'이라고 되어 있어, 형과 동생의 선악 구도가 현재 전승되는 〈흥보가〉의 내용과 일치한다.

그런데 1865년에 정현석이 쓴《교방가요》에는 "박타령은 형은 어질고 동생은 욕심 많은 이야기이니, 이는 우애를 권장하는 내용이다."라고 되어 있다. 형제의 선악 구도가 오히려 앞서 살핀 '방이 설화'의 형태와 같은 것이다. 정현석은 신재효에게 보낸〈증동리신군서〉에서 권선징악을 다룬〈춘향가〉,〈심청가〉,〈흥보가〉를 제외한 나머지 소리는 들을 만한 것이 못 된다는 언급을 남기기도 했는데, 이로부터 그가〈흥보가〉의 교화적인 기능에 주목했음을 알 수 있다. 그는〈흥보가〉의 주제로 권선징악과 우애에 주목했던 것이다.

이유원은〈관극팔령〉에 '연자포(燕子麭)'라는 제목으로 "사일(社日)에 강남에서 제비 날아와 / 항아리 닮은 박은 만물의 근원 / 한 번 부유 한 번 가난 본디 그런 것 / 형이니 아우니 시기치 말라"라는 관극시를 남겼다. 형제의 선악 구도를 표면적으로 드러내지 않았다는 사실도 주목할 만하지만, '제비 보은박'을 언급하면서 그로부터 나온 빈부의 결과를 생득적인 것 혹은 운명적인 것으로 설명했다는 점에서 송만재나 정현석과 변별되는 인식을 보여주고 있다고 하겠다.

〈흥보가〉는 판소리사 초기부터 불린 작품으로 보인다. 권삼득, 염계달 등이 활동한 18세기 말에서 19세기 초에 송만재가 남긴〈흥보가〉관극시는 그 서사의 골격이나 내용적인 측면에서 현재 전승되는〈흥보가〉와 이미 유사하다. 19세기 초에 활동했던 비가비* 명창 권삼득이〈흥보가〉에 능했을 뿐만 아니라〈흥보가〉의 한 대목인 '제비가', 즉 '놀보 제비 후리러 나가는 대목'을 더늠으로 남겼다는 점은〈흥보가〉가 오랜 내력을 지니고

---

* 조선 후기 판소리 창자의 한 무리를 일컫는 명칭으로, 일명 '비갑(非甲)이·비갭이·양반 광대'라고도 했다. 한량(閑良)으로 판소리에 능하여 광대로 행세하는 자를 양민 광대들과 구분하기 위한 명칭으로 쓰였다. 최선달, 권삼득, 정춘풍 등이 대표적이다.

있는 작품임을 말해주고 있다.

〈흥보가〉는 일찍부터 널리 불리기는 했지만, 많은 소리꾼이 계속 장기로 삼으면서 다양한 더늠을 창출시킨 소리는 아니었다. 《조선창극사》의 기록이나 원로 명창들의 구술 및 여타 문헌 자료들에 의거해 볼 때, 〈흥보가〉의 더늠은 상대적으로 많은 편이 아니다. 권삼득의 '놀보 제비 후리러 나가는 대목', 문석준의 '박타령', 최상순의 '흥보 매 맞는 대목', 김봉문의 '비단타령', 김창환과 장판개의 '제비 노정기' 정도를 들 수 있을 뿐이다. 또 90여 명에 이르는 《조선창극사》의 창자 가운데 〈흥보가〉를 장기로 삼았던 이들은 권삼득, 염계달, 정창업, 정흥순, 김도선, 김봉학, 송만갑, 전도성, 강소춘 등 십여 명에 불과하다.

〈흥보가〉의 전승이 이처럼 약화된 요인은 19세기 중반부터 양반층이 판소리 향유에 적극적으로 참여했던 판소리사적 배경에서 찾을 수 있다. 〈흥보가〉는 양반층의 취향에 부합할 만한 소리는 아니었다. 그들은 웅장한 전쟁 장면이 묘사되고 실제 영웅들이 등장하는 〈적벽가〉를 오히려 높이 평가했다. 20세기 이후, 정응민 등 보성소리를 계승하는 일부 소리꾼들 사이에서는 〈흥보가〉를 이른바 '재담소리'라 하여 폄하하는 시각이 생겨났다.

〈흥보가〉는 다수의 소리꾼이 음악적 세련화의 과정을 거듭해 만들어 낸 소리라기보다, 이야기에 능한 자들이 다양한 재담을 부연하면서 익살과 해학을 강화시킨 소리에 가깝다. 이에 어떤 창자들은 의식적으로 〈흥보가〉를 부르지 않게 되었고, 재담의 구사가 쉽지 않은 여성 창자들 사이에서 이러한 경향은 더욱 두드러졌다. 지금도 보성소리에서는 〈흥보가〉를 부르지 않으며, 그 밖의 바디에서 〈흥보가〉를 전승하는 경우에도 재담 위주의 '놀보 박타는 대목'은 아예 부르지 않는 소리꾼이 많다.

그렇지만 최근에 이르러서는 재담적 성격이 너무 강하다는 이유로 잘 부르지 않았던 '놀보 박타는 대목'을 되살려 부르는 소리꾼이 많아지고 있다. 이는 동시대 청중들 가운데 재담적 요소를 좋아하는 부류가 많아지고 있기 때문으로 보인다.

—

〈흥보가〉의 내용적 특징

—

일찍이 〈흥보가〉의 주제는 형제간의 우애를 권장하는 권선징악적인 측면에서 주로 논의되었다. 송만재, 정현석, 이유원 등이 남긴 기록에서도 이러한 주제 의식을 엿볼 수 있다. 이것은 선한 흥보는 복을 받아 부자가 되고, 악한 흥보는 벌을 받아 가난하게 된다는 〈흥보가〉의 표면적인 서사 구도를 반영한 가장 일반적인 해석이라 할 수 있다. 이후 〈흥보가〉에 대한 연구가 심화되면서 작품의 주제를 바라보는 시각에도 변화가 있게 되었다. 조선 후기 당대의 사회적·경제적 상황을 염두에 둔 역사주의적 관점에 따라 새로운 주제들이 도출되기 시작한 것이다. 현실 비판에 근거한 민중적 염원, 의식주를 위한 투쟁, 선악의 갈등과 대립, 기존 관념에 대한 갈등과 민중적 현실주의 세계관의 등장, 조선 후기 현실 모순과 신분 변동 현상의 반영, 대동(大同, 공존공영)의 세계관 등 다양한 주제가 논의되었다.

올바로 살아가는 인물이 굶주림을 면치 못하고, 돈벌이에 수단과 방법을 가리지 않는 구두쇠는 부유하게 살아가는 현실의 모순을 드러냈다는 점에서 〈흥보가〉는 조선 후기의 사회상을 담고 있는 현실 비판적인 작품으로 볼 수도 있다. 이러한 시각은 흥보와 놀보 사이의 대립을 계층 간의 갈등 양상으로 파악하는 데서 비롯된 것이다. 흥보가 실생활에서는 빈민으로 전락했으면서도 신분이나 유교적 도덕에 얽매이는 몰락 양반 또는 사회 변동 속에서도 전통적인 도덕을 중시하는 인간형을 상징한다면, 놀보는 조선 후기에 출현한 현실주의적인 서민 부자 또는 세속적 이익만을 추구하는 새로운 인간형이라 할 수 있다. 이러한 시각에서 본다면, 흥보와 놀보의 성격에 대한 구체적인 묘사는 당시 사회의 핵심적인 갈등을 극명하게 그려내는 효과적인 방법이었다고 할 수 있다.

〈흥보가〉에서 흥보는 분명히 양반으로 설정되어 있으며, '놀보 박타는 대목'에서 알 수 있듯 놀보는 도망 노비이다. 그럼에도 불구하고 두 사람을 형제로 설정한 것은, 사실적인 인간관계를 반영한 것이 아니라 동시대를 살아간 두 문제적 인물을 유형화하여 형상화한 것으로 이해하는 편이 온당할 것이다. 몰락 양반 계층을 대표하는 흥보는 비록 가진 것은 없으나 윤리적인 태도를 끝까지 지키고자 한다. 신흥 부민 계층을 대표하는 놀보는 이미 상당한 부를 축적했음에도 항상 경제적 가치만을 우선시한다. 흥보가 전래적인 의미에서의 윤리적 인간형이라면, 놀보는 새롭게 출현한 경제적 인간형이라 할 수 있다. 흥보와 놀보라는 두 인물은 조선 후기에 나타난 가장 전형적이고 특징적인 인간형이다. 그러므로 〈흥보가〉의 작품적 가치는 당대의 전형적·특징적인 인물을 생동감 있게 그려냈다는 데서도 찾을 수 있다. 〈흥보가〉에서는 새롭게 떠오르는 놀보적 인간형이 아닌, 보수적이고 전통적인 유교 윤리를 옹호하는 흥보적 인간형을 옹호한다.

극한의 가난에 허덕이던 흥보네 가족이 선한 품성 덕에 제비로부터 보은표 박씨를 얻어 심고, 그 속에서 나온 돈, 쌀, 비단, 집 등으로 부자가 된다는 설정은 상당히 비현실적이다. 수단과 방법을 가리지 않고 상당한 부를 축적한 놀보가 원수 갚을 박씨로 인해 갑자기 패가망신한다는 설정 역시 현실성이 떨어진다. 이러한 결말은 현실의 문제를 해결할 수 있는 방법을 제시하지 못하고, 문제를 단지 드러내는 데 그쳤다는 점에서 한계로 지적되기도 한다. 그렇다고 해서 이러한 동화적이고 비현실적인 결말을 작품의 한계로만 치부할 일은 아니다. 기본적으로 문학예술은 현실의 세계를 있는 그대로 보여주기보다는 때에 따라서는 있어야 할 당위의 세계를 보여주는 데서 더 빛나기 때문이다. 결국 〈흥보가〉의 결말은 당대 서민들의 꿈과 욕망을 낭만적으로 구현하여 보여주었다는 데서 그 문학예술적 의의를 찾을 수 있을 것이다.

〈흥보가〉는 물질적 가치와 심성의 문제를 다루고 있는 문제적인 작품으로, 물질적 가치에 대한 관심이 증폭되어가는 조선 후기의 시대적 상황을 반영하고 있다. 이에 한때는 윤리적이지만 경제적으로 무능한 흥보보다 윤리적으로는 흠이 있지만 적극적이고 부지런한 태도로 부를 축적한 놀보를 옹호해야 한다는 주장이 지지를 받기도 했다. 그러나 흥보의 가난이 전적으로 개인의 무능함에 기인한다고만 볼 수는 없다. 오히려 그가 겪은 가난은 사회적 가난의 성격이 강하며, 흥보가 나름대로 가난을 벗어나기 위해 각고의 노력을 했다는 사실도 '매품팔이 대목'을 통해 간접적으로나마 드러난다.

〈흥보가〉의 대표적인 눈대목으로는 '가난타령', '중타령', '제비 노정기', '박타령', '놀보 제비 후리러 나가는 대목' 등이 있다. '가난타령'은 흥보 혹은 흥보의 처가 자신의 가난한 처지에 대해 설움을 토로하는 진양조장단 혹은 중모리장단의 소리 대목이다. 사설과 선율의 구성이 매우 애절한 느낌을 자아내며, 이 소리 대목에 드러나는 흥보 부부의 처절한 가난상은 훗날 박을 타서 큰 부자가 되는 후반부의 클라이맥스를 더욱 극대화시키는 기능을 한다. '가난타령'이 삽입되는 장면은 유파에 따라 차이가 있는

데, 동편제 〈흥보가〉에서는 팔월 추석에 먹을 것이 없어 슬퍼하는 장면에서 이 대목이 불리고, 바로 '박타령'이 이어진다. 서편제 〈흥보가〉에서는 흥보가 매품을 파는 데 실패하고 집으로 돌아온 후에 '가난타령'이 불린다.

'중타령'은 흥보에게 집터를 잡아주는 도승이 등장하는 장면에서 불리는 엇모리장단의 소리 대목이다. 엇모리장단은 판소리에서 자주 사용되는 장단이 아니다. 도승과 같이 신이하고 비범한 인물이 처음 등장하는 대목에 종종 쓰이는 특이한 장단인 만큼 확실히 이목을 집중시키는 역할을 한다. '중타령'은 신재효가 개작한 〈흥보가〉 사설에 삽입되어 있는 것으로 보아, 비교적 이른 시기부터 불렸을 가능성이 크다. 그리고 《조선창극사》에 정창업의 더늠으로 〈심청가〉의 '중타령'이 소개되어 있는데, 이는 그가 완전히 새롭게 짠 소리라기보다 이미 〈흥보가〉에서 부르고 있던 '중타령'을 〈심청가〉의 문맥에 맞게 다듬어 넣은 소리이다. '중타령'은 서사 전개상으로도 극적인 전환을 가져오는 대목으로, 도승이 발복하는 집터를 잡아주면서부터 흥보 집안의 가세는 점차 피기 시작한다. 물론 제비의 부러진 다리를 고쳐주고 보은표 박씨를 얻게 되는 것도 도승이 집터를 잡아준 이후의 일이다.

도승이 집터를 잡아주는 대목이 동편제 계열의 〈흥보가〉에서는 "박흥보가 좋아라고 도사 뒤를 따라간다"로 시작되며, 정광수 창본을 포함한 서편제 계열의 〈흥보가〉에서는 "감계룡(坎癸龍) 간좌곤향(艮坐坤向) 탐랑득거문파(貪狼得巨門破)"*로 시작된다. 또 흥보의 집으로 제비가 날아드는 대목 초두가 동편제 〈흥보가〉에서는 "겨울 '동' 자, 갈 '거' 자"로 시작

---

* 집터가 동북쪽에 앉고 서남쪽을 향하고 있으며, 우주의 중심을 나타내는 북두칠성의 정기를 받는 방위에 있다는 뜻.

되고, 서편제 〈흥보가〉에서는 "정월 이월 해동하니"로 시작된다. '제비 노정기'는 제비가 박씨를 물고 강남에서 중국과 평양, 서울을 거쳐 흥보의 집까지 날아오는 여정을 구체적으로 묘사한 중중모리장단 또는 자진모리장단의 소리 대목이다. 이 곡은 가야금 병창곡으로도 널리 불린다.

'노정기'란 출발지에서 목적지까지의 구체적인 노정을 제시하는 노래이며, 〈춘향가〉의 '어사 노정기', 〈심청가〉의 '범피중류(泛彼中流, 심청이 인당수에 빠져 가라앉지 않고 떠내려갈 때 주위 경치를 읊은 대목)', 〈수궁가〉의 '고고천변(皐皐天邊, 별주부가 토끼 간을 구하러 세상에 나왔다가 아름다운 경치를 보고 감탄하여 부르는 대목)', '범피중류(별주부가 토끼를 등에 업고 용궁으로 들어가는 장면에서 부르는 대목)', '가자 가자 어서 가' 등이 같은 류이다. '제비 노정기' 더늠으로는 서편제 명창으로 유명한 김창환이 만든 서편제 '제비 노정기'와 송만갑의 수제자이자 명고수로 이름을 날린 장판개가 만든 동편제 '제비 노정기'의 두 종이 전한다. 김창환의 '제비 노정기'는 흥보 제비가 강남에서 출발해 중국의 명승지를 구경하는 '중국 노정기', 요동 칠백 리를 지난 후 압록강을 건너 한양으로 오는 '북방 노정기', 한양에서 전라도의 흥보 집까지 찾아가는 '남방 노정기'로 구성되어 있으며, '엇붙임, 잉아걸이, 완자걸이, 교대죽' 등 다양한 붙임새로 전개되는 등 음악성도 뛰어나다. 이에 현재는 동편제 〈흥보가〉를 전수하는 창자들도 '제비 노정기'만큼은 김창환의 더늠을 차용해 부른다. 김창환의 아들인 김봉학도 아버지의 더늠을 이어받아 이 대목을 장기로 삼았다고 한다.

한편 '흥보 제비 노정기'는 김창환제, '놀보 제비 노정기'는 장판개제로 구성하는 경우도 있는데, 박봉술 창본이 이에 해당한다. 김창환과 장판개 모두 고종 대의 명창이라는 점에서, '제비 노정기'는 기존에 존재하던 노정기류의 영향을 받아 비교적 후대에 만든 대목이라 할 수 있다. '박타령'

은 흥보가 박을 따 톱으로 박을 타면서 부르는 소리 대목으로, 〈흥보가〉
의 가장 핵심적인 서사에 해당한다. 간행 시기가 1860년 무렵으로 추정
되는 경판본 〈흥보전〉의 '박타령'은 청의동자와 약이 나오는 첫째 박, 방
세간 치레·사랑 치레·부엌 치레가 나오는 둘째 박, 집 치레·정원 치레·
곳간 치레·비단 치레·종과 노적 치레가 나오는 셋째 박, 양귀비가 나오
는 넷째 박의 순으로 짜여 있는데, 무가 〈성조가〉에 연원을 둔 각종 치레
들이 집중적으로 등장하는 것이 특징이다. 신재효가 개작한 〈흥보가〉의
'박타령'은 청의동자·약·쌀괘·돈괘가 나오는 첫째 박, 비단·보패(寶貝)·
쇠·방세간·사랑세간·부엌세간·헛간 기물·농사 연장·길쌈 기계가 나오
는 둘째 박, 양귀비·목수·집 치레가 나오는 셋째 박으로 구성된다. 그리
고 현재 가장 널리 불리고 있는 동편제 〈흥보가〉의 '박타령'은 쌀궤·돈궤
가 나오는 첫째 박, 비단이 나오는 둘째 박, 목수·집 치레·사랑 치레가 나
오는 셋째 박으로 이루어진다.

　이러한 '박타령'의 구성에 대해, 초기에는 〈성조가〉의 영향이 두드러졌
으나 후대로 오면서 세 개의 박이 각각 식(食)·의(衣)·주(住)에 질서 정연
하게 대응되는 방식으로 정립되었다고 보기도 한다. 철종·고종 대의 명
창인 문석준은 '박타령' 중에서도 이른바 돈과 쌀을 정신없이 피 나르는
대목을 빠른 휘모리장단으로 잘 불렀다.《조선창극사》에서 김봉문의 장
기로 언급한 '박물가(博物歌)'를 '박타령'으로 볼 수 있으며, 배설향과 장
판개도 '박타령'을 특기로 삼았다. 흥보가 박을 타는 장면의 '박타령'이 부
의 획득과 선에 대한 보상의 의미를 담고 있다면, 놀보가 박을 타는 장면
의 '박타령'은 그와 대조적으로 부의 상실과 악에 대한 징벌의 의미를 내
포한다고 할 수 있다. '흥보 박타는 대목'에 등장해 집을 지어주는 목수와
'놀보 박타는 대목'에 등장해 놀보의 집이 명당 터이니 그 집을 헐어버리

고 묏자리로 쓰겠다고 우기는 상여는 주(住)의 문제와 연관되며, '흥보 박타는 대목'의 청의동자와 '놀보 박타는 대목'의 상전 노인은 흥보와 놀보를 각각 고귀한 인물과 천한 인물로 전환시키는 역할을 한다는 점에서 대비된다.

'흥보 박타는 대목'과 '놀보 박타는 대목' 사이에 이 같은 긴밀한 대응 관계가 발견되기도 하지만, 서술 분량으로 보면 '놀보 박타는 대목'이 '흥보 박타는 대목'을 압도한다. '놀보 박타는 대목'은 당대 하층민들의 현실에 익숙했던 대상들을 소재로 삼아 사설의 흥미를 극대화하는 방향으로 형성·확장시킨 대목이다. 따라서 '흥보 박타는 대목'의 경우 박의 순서와 구성 측면에서 창본들 간에 어느 정도 통일성이 보이는 반면, '놀보 박타는 대목'은 창자의 판짜기 능력을 시험하는 장이라 할 만큼 창본들 간의 차이가 크다. 박의 개수도 박록주 창본의 경우 3개, 박봉술 창본과 정광수 창본의 경우 5개, 박동진 창본의 경우 6개, 이선유 창본과 김연수 창본의 경우 7개 등으로 다르게 나타나며, 상전 노인, 사당패·각설이패·풍각쟁이·초라니패·검무쟁이 등의 연희패, 상여, 장비, 은금보화, 걸인들이 선택적으로 삽입된다.

그러나 '흥보 박타는 대목'이 〈흥보가〉의 핵심적인 눈대목으로 자리 잡은 데 반해, '놀보 박타는 대목'은 전승이 약화되어 20세기에 들어와 거의 불리지 않는 소리가 되고 말았다. 그 이유로 우선 여성 창자들이 재담적 성격이 짙은 '놀보 박타는 대목'의 연행을 기피했을 가능성을 생각해볼 수 있다. 20세기 이후 소리판에서 여성 창자들의 수는 점차 늘어나게 되었고, 이러한 배경으로 '놀보 박타는 대목' 역시 활발한 전승이 어렵게 되었던 것이다. 또 남성 창자인 강도근도 '놀보 박타는 대목'을 부르지 않았다는 점을 고려하면, 〈흥보가〉 중에서도 비속한 세계가 특히 강렬하게 형상화된 '놀보 박타는 대목'에 대해 창자들이 연행 자체를 꺼리는 분위기가 형성되었을 수 있다. 그 외에 요호부민 계층에 대한 긍정적인 시각이 대두되면서 그와 유사한 인물형으로 볼 수 있는 놀보의 징벌과 몰락을 담은 '놀보 박타는 대목'이 관중들로부터 큰 호응을 받지 못했을 가능성도 생각해볼 수 있다.

놀보가 지니는 악질 지주로서의 형상 이면에는 요호부민으로서의 면모도 존재한다. 요호부민이 판소리의 후원자로서 중요한 위상을 차지하게 되는 19세기 말에서 20세기 초의 판소리사에서 놀보의 형상에 대한 재평가가 이루어졌을 수 있다. 이 시기 요호부민에 대해 긍정적인 시각이 실재했음은 〈최병도타령〉의 주인공 최병도에 대한 지지를 통해서도 확인할 수 있다. '놀보 제비 후리러 나가는 대목'은 '제비가'라고도 하는데, 제비가 날아들기만을 마냥 기다리던 놀보가 제비를 잡기 위해 직접 나서는 장면에 삽입되는 중중모리장단의 소리 대목이다. 권삼득의 더늠인 이 대목은 덜렁제로 불려 경쾌하고 씩씩하면서도 호탕한 느낌을 준다. 전술한 바와 같이 오늘날 '놀보 박타는 대목'을 부르지 않고 '놀보 제비 후리러 나가는 대목'에서 끝맺는 경우가 많다. 이는 '놀보 박타는 대목'이 재담소리의 성격이 강하다는 사실과 밀접한 연관이 있다.

〈흥보가〉의 의의

〈흥보가〉는 흔히 '재담소리'라고 일컬어진다. 이 표현에는 재담 위주의 소리를 폄하하는 의식이 어느 정도 내재되어 있다. 재담을 평가절하고 성음을 중시하는 관점에서 볼 때 특히 그러하다. 보성소리의 명창인 정응민

이 〈흥보가〉를 '재담소리' 또는 '타령'이라 하여 스스로 부르지도 않고 제
자들에게 가르치지도 않았던 것은 이러한 의식의 소산이다.

그러나 판소리에서 재담이 차지하는 비중은 결코 작지 않으며, 그 묘미
또한 각별한 데가 있다. 〈흥보가〉에는 '흥보 집 사설', '흥보 자식 기르는
사설', '흥보 자식 음식 타령', '흥보 행장 준비', '흥보 자식 선물 타령', '보
리 사설', '박달몽둥이 사설', '박씨 정체 확인 사설', '밥 사설', '밥 먹다 배
아파하는 사설', '장비와 놀보의 유희' 등 10여 개의 재담 사설이 포함되
어 있다. 〈흥보가〉가 유발하는 대부분의 웃음은 바로 이러한 익살맞고 해
학적인 재담에서 나오는 것이다. 따라서 다채로운 재담을 얼마나 잘 살려
내느냐 하는 것이 〈흥보가〉 연행의 수준을 가늠하는 잣대가 된다고 할 수
있다.

한편 〈흥보가〉의 주인공인 흥보와 놀보에 대해서는 시대 및 가치관의
변화에 따라 그 인물형을 해석하는 관점이 변모되어왔다. 흥보는 부모와
형제에 대한 윤리를 중시하고, 제비와 같은 동물에 대해서도 은혜를 베풀
줄 아는 착한 마음씨를 지녔다는 점에서 보통 긍정적인 평가를 받는 인물
이지만, 아내에 대해 강압적인 가부장제적 태도를 보이고 경제적으로 무
능하다는 점에서 부정적인 인물로 이해되기도 했다. 유교 윤리의 가치를
낡은 것으로 여기고, 물질적·경제적 가치를 중시하는 입장에서는 흥보가
부정적인 인물로 인식될 수도 있다. 이러한 관점에서는 오히려 놀보가 새
로운 인간형으로서 긍정적으로 평가받을 수 있는 것이다.

흥보와 놀보의 형상은 이본에 따라 조금씩 차이를 보이는데, 이는 결국
작품이 추구하는 지향의 차이에서 비롯된 현상이다. 〈흥보가〉는 '선악형
제담, 풍수담, 모방담'과 같은 유형의 설화와 유사한 구조를 가지고 있지
만, 선악이라는 윤리적 가치만을 강조하지 않고 물질적 가치와 관련해서

시대의 흐름에 따라 재평가되는 인물들을 생동감 있게 그려냈기 때문에 현재까지 전승될 수 있었다. 어느 특정 시대에 고착화된 이야기가 아니라 시대의 경계를 넘나들며 윤리적·경제적 가치의 문제를 제기하고 있는 〈흥보가〉는 하나의 쟁점을 형성하면서 오늘날까지 사람들의 입에서 회자되고 있다.

고전으로서 〈흥보가〉가 자리매김할 수 있었던 기반이 바로 여기에 있다. 앞으로는 어떤 흥보와 놀보가 등장할 것인가? 〈흥보가〉의 향유층은 두 인물형 가운데 누구의 가치를 선호할 것인가? 앞으로 새롭게 변주되며 지금까지와는 다른 주제 의식을 구현하는 〈흥보가〉의 등장을 기다려본다.

– 김기형

참고 문헌

정노식, 《조선창극사》, 조선일보 출판부, 1940.

정병욱, 《한국의 판소리》, 집문당, 1981.

김동욱, 《한국가요의 연구》, 을유문화사, 1961.

서종문, 《판소리와 신재효 연구》, 제이앤씨, 2008.

인권환, 《흥부전 연구》, 집문당, 1991.

조동일·김흥규, 《판소리의 이해》, 창작과비평사, 1978.

판소리학회, 《판소리의 세계》, 문학과지성사, 2000.

四
울음과 공감, 치유의 소리

듣는 사람도, 귀신도, 소리꾼도 울게 하는 소리
—

19세기 한양, 기쁘거나 노한 기색을 얼굴에 절대 드러내지 않는 늙은 재상이 있었다. 어떤 이가 그에게 사람을 능히 울리고 웃기는 재주를 가졌다는 이날치 명창에 대해 말했다. 재상은 이날치를 불러다 만일 자신이 그의 소리에 눈물을 흘리면 금 천 냥을 상으로 내릴 것이나, 어떤 감동도 느끼지 못하면 그의 목을 베겠다고 엄포를 놓았다. 목숨이 걸린 소리판에서, 이날치는 〈심청가〉를 택했다. 공양미 삼백 석에 몸을 판 심청이 심 봉사와 이별하는 대목, 동네 사람들에게 불쌍한 아버지를 부탁하는 대목, 눈물을 흘리며 인당수에 몸을 던지는 대목을 어찌나 절절하게 불렀던지, 이일을 기록한 《조선창극사》에 따르면 "듣는 사람은 물론이고 귀신도 따라서 울음을 발"할 만했다. 돌아앉아 눈물을 닦은 재상은 그를 칭찬하며 약속한 상금을 내렸다.

〈심청가〉는 소리꾼도 울게 하는 공감의 소리였다. 19세기 후반 〈심청가〉로 유명했던 김창록 명창은 50세 이후 〈심청가〉를 부르지 않았다. 듣는 사람들이 흘리는 눈물에 그 역시 상심하는 때가 많았기 때문이다. 일제강점기 '국창(國唱)' 칭호를 받으며 활동했던 송만갑 명창도 중년에 상처(喪妻)한 후로 〈심청가〉 부르기를 그만두었다. 아내 잃은 심 봉사가 어린 심청을 안고 젖동냥 다니는 대목이 마치 자기 이야기 같아 목이 메어 소리가 나오지 않았기 때문이다.

슬픈 대목이 유별나게 많은 것은 분명 다른 판소리 네 바탕과 비교되는 〈심청가〉만의 특색이다. 그러면 〈심청전〉을 "처량 교과서"라 평했던 이해조의 말처럼, 이와 기본 서사를 공유하는 〈심청가〉도 사람들을 내내 울리기만 하는 소리일까? 〈심청가〉의 울음은 슬픔으로 시작해 슬픔으로만 귀결되는 것일까?

—

여러 결의 울음이 깃든 〈심청가〉의 눈대목

—

판소리에는 서양 오페라의 아리아(aria)와 견주어지는 '눈대목'이 있다. 판소리의 여러 소리 대목 가운데 서사 전개상 중요한 대목 또는 음악적으로 예술성이 뛰어난 대목을 일컫는 말로, 줄여서 '눈'이라고도 한다. 〈심청가〉의 눈대목으로는 '곽씨 부인 유언 대목', '곽씨 부인 출상 대목', '시비 따라(심청이 시비 따라가는 대목)', '중타령(중 내려오는 대목)', '범피중류(심청이 배 타고 인당수 가는 대목)', '심청이 인당수에 빠지는 대목', '타루비(심 봉사 타루비 찾아가 우는 대목)', '추월만정(심 황후가 부친 생각하는 대목)', '방아타령(심 봉사 방아 찧는 대목)', '심 봉사 눈 뜨는 대목' 등이 주로 꼽힌다. 이 가운데 '시비 따라', '범피중류'를 제외하면 모두 계면조로 된 소리이다. 〈심청가〉의 울음은 여러 결이지만, 그 울음들을 담아내기에는 역시 서글프고 구성진 계면조가 제격이었다. 판소리는 이렇게 음악과 사설이 긴밀히 조응하는 예술이다.

'곽씨 부인 유언 대목'은 심청을 낳고 미처 몸조리도 못 하고 무리하다 산후별증으로 죽음의 문턱에 이른 곽씨 부인이 심 봉사에게 유언을 남기는 내용의 대목이다. 앞 못 보는 가장과 젖 한번 제대로 물려보지 못한 어린 자식을 두고 가야 하는 어미의 말 한마디 한마디가 절절하다. 판소리 장단 가운데 가장 느린 진양조장단, 그다음으로 느린 중모리장단에 계면조 중에서도 가장 슬픈 진계면으로 부른다. 이어지는 '곽씨 부인 출상 대목'은 마을 사람들이 곽씨 부인의 상여를 지고 나가며 상엿소리를 부르는 내용의 대목이다. 민요로 불렸던 〈상엿소리〉가 판소리에 삽입가요 형태로 들어와 정착하는 과정에서 〈심청가〉의 맥락에 맞게 심 봉사의 울음 섞인 절규가 보태어졌다.

'시비 따라'는 심청의 소문을 들은 장 승상 부인의 부름에 심청이 그의 집으로 건너가 함께 이야기를 나누는 내용의 대목이다. 장 승상 댁의 경치를 묘사하는 부분, 심청과 장 승상 부인이 대화를 주고받는 장면을 우아하고 기품 있는 사설과 음악으로 그려낸 것이 특색이나, 울음도 빠지지 않는다. 전반부는 진양조장단에 화창한 느낌의 평조나 웅장하고 화평한 느낌의 우조로 불리지만, 심청이 부친 이야기를 하며 눈물 흘리는 대목은 담담한 중모리장단에 슬픈 계면조로 부른다. 한편 장 승상 부인이 등장하는 소리 대목의 첨가·확대와 관련해서는, 양반 향유층의 요구를 반영해 심청의 신분을 격상시키고자 하는 의도 또는 심청의 효성을 극대화하고 사회적으로 공인하기 위한 목적이 있었다고 보는 것이 일반적이다. 그러나 장 승상 부인 관련 대목의 첨가·확대가 적어도 세 단계를 거쳐 형성되었기에 그 의도나 목적이 단일할 수 없는바, 이 문제를 바라보는 시각 자체를 개별 대목에 국한하기보다는 〈심청가〉 전체 서사의 확충 및 서사 내 역할을 중심으로 확장할 필요가 있다.

'중타령'은 개천에 빠져 죽을 위기에 처한 심 봉사를 지나가던 몽은사 화주승이 발견해 구출하는 내용의 대목이다. 엇모리장단에 계면조로 불리는데, 엇모리장단은 판소리에서 중, 도사, 호랑이와 같이 신이하고 비범한 인물이 등장하는 대목에 한정적으로 사용되어 이질적인 분위기를 표출하는 장단이다.

> 중 올라간다. 중 하나 올라간다. 다른 중은 내려오는데, 이 중은 올라간다. 저 중이 어딧 중인고. 몽은사 화주승이라. (중략) 한 곳을 살펴보니 어떠한 울음소리 귀에 얼른 들린다. 저 중이 깜짝 놀래, 이 울음이 웬 울음, 이 울음이 웬 울음. 마외역 저문 날에 하소대로 울고 가는 양태진의 울음이냐. 이 울음이 웬 울음. 여우가 변하여 날 홀리려는 울음인가. 이 울음이 웬 울음. (성창순 창 〈심청가〉)

〈흥보가〉에서 중이 동냥하러 흥보의 집으로 가는 장면을 노래한 '중타령'과 사설이나 음악이 거의 비슷하다. 〈흥보가〉의 '중타령'이 보통 "중 내려온다. 중 하나 내려온다."라는 사설로 시작되는 점을 고려할 때, 위 사설에서 '다른 중'은 〈흥보가〉의 중일 듯싶다. 〈흥보가〉의 '중타령'을 조금 바꾸어 〈심청가〉의 맥락에 맞게 넣은 것인데, 판소리에서는 이처럼 하나의 소리 대목이 여러 작품의 유사한 장면에 공통으로 쓰이는 예가 종종 발견된다. 또 하나 놓치지 말아야 할 것은, 중의 귀에 들려온 울음소리이다. 꼼짝없이 죽게 된 심 봉사가 너무 두려워 살려달라고 울부짖는 절박한 울음이다.

'범피중류'는 심청이 배를 타고 인당수로 가는 여정을 유유하게 그린 대목이다. 진양조장단에 화평하고 웅장한 우조로 부르는데, 창자에 따라 계면조를 함께 쓰기도 한다. 〈심청가〉의 '범피중류'는 별주부가 토끼를 업고 수궁으로 가는 장면에 삽입된 〈수궁가〉의 '범피중류'와 유사한데, 역시 그 사설이 서로 조금씩 달라 각 작품의 맥락에 자연스럽게 부합한다. '범피중류'에는 울음의 장면이 들어 있지 않으나, 이 대목 바로 뒤에 이어지는 중모리장단의 계면조 대목에서는 한을 품고 죽은 이비, 오자서, 굴원과 같은 인물들이 나와 울음으로 하소연한다. 이 대목 역시 〈수궁가〉에 함께 수용되었다.

다음은 '심청이 인당수에 빠지는 대목'이다. 어린 심청은 두려움에 눈을 꼭 감고 치맛자락을 뒤집어쓴 채 휘청거리는 배 안에서 몸조차 제대로 가누지 못하고 비틀거린다. 그러다 결국 제 몸을 인당수에 '풍' 던지고마는 이 처절하고 급박한 장면은 판소리 장단 가운데 가장 빠른 휘모리장단에 슬픈 계면조로 불린다. 판소리에서 비장미를 이야기할 때 대표적으로 꼽는 대목이기도 하다. 비장미란 영웅적 인물 혹은 적어도 그에 버금가는 비중을 지닌 인물이 자신에게 닥친 외적 현실에 저항하거나, 자신에게 닥친 운명의 무게를 스스로 감당하려 할 때 유발되는 미의식을 말한다. 그러나 심청이를 비롯해 판소리 속 등장인물 대부분은 평범한 삶을 살아가는 이들이고, 그들 앞에 놓인 문제 상황도 인간으로서의 기본적인 삶과 관련된 고난에 가깝다. 그렇기 때문에 이를 '범인적(凡人的) 비장'이라는 말로 설명하기도 한다.

'추월만정'은 황후가 된 심청이 가을 달밤에 부친을 그리워하는 내용의 서정적이고 슬픈 소리 대목으로, 진양조장단에 계면조로 되어 있다. 줄거리상으로는 삭제해도 크게 문제 될 것 없는 부분이지만, 음악적 예술성이 워낙 뛰어나 눈대목으로 꼽는다. 일제강점기에 널리 유행해 많은 여성 명창들이 음반 녹음으로 남겼다.

　'타루비'는 심청의 사후, 심 봉사가 "모진 목숨이 죽지도 않고 근근부지 지내"다가 딸의 효행을 기린 비석을 찾아가 통곡하는 내용의 대목이다. 앞의 '추월만정'이 딸이 아비를 그리는 소리라면, 뒤의 '타루비'는 아비가 딸을 그리는 소리이다. 이렇게 비극적 정조로 흘러가던 〈심청가〉의 분위기는 '타루비'를 기점으로 전환된다. 바로 이 뒤에 등장하는 인물, 그 이름도 유명한 뺑덕이네 덕분이다.

　'방아타령'은 황성 맹인잔치 참석을 위해 홀로 길을 가던 심 봉사가 동네 여인들과 방아를 찧으며 소리하는 내용의 대목으로, 흥겨운 중중모리장단과 역동적인 자진모리장단에 구성진 계면조로 짜여 있다. 일부 바디에서는 심 봉사가 여인들과 능글맞게 성적인 이야기를 주고받기도 해, 이 대목만 떼어놓고 보면 심 봉사의 행동이 쉽게 이해되지 않을 수 있다. 그러나 서사적 맥락을 살펴보면, 이 대목은 다른 봉사와 야반도주한 뺑파로부터 버림받은 심 봉사가 개천에서 목욕하다 의관까지 도둑맞고 지나가던 태수에게 겨우 옷가지를 구걸하여 입은 직후에 위치한다. '타루비' 뒤에 '뺑덕이네 행실 대목'이 오는 구도와 비슷하다. 판소리에서는 비극적 상황이 바닥을 칠 즈음 이렇게 분위기를 전환하는 방식으로 사람들을 울리고 웃긴다. 한편 '방아타령'은 유행가처럼 부르던 통속민요 〈방아타령〉을 판소리화한 삽입가요로, 민요 또는 민요의 곡조를 수용한 악곡의 활용이 많은 것도 〈심청가〉의 특징이다.

마지막으로 '심 봉사 눈 뜨는 대목'은 심 황후가 베푼 맹인잔치에서 심 봉사가 기적처럼 눈을 뜨는 내용의 소리 대목이다. 이 장면은 '(아니리) – 진양조장단 – (아니리) – 중중모리장단 – 자진모리장단 – (아니리) – 자진 모리장단'으로 구성되는데, 장단의 배열이 점차 느린 데서 빠른 데로 가는 것을 볼 수 있다. 장단이 빨라질수록 극적 효과도 점점 배가됨을 노린 구성이다. 심 봉사는 물론 모든 맹인과 비금주수(飛禽走獸)까지 일시에 눈을 떠서 광명천지가 되는 장면은 그야말로 신명나는 축제적 결말을 제대로 보여준다. 웃음만이 가득할 것 같지만, 소리판의 청중들은 기쁨의 눈물을 흘리며 듣는 대목이었다.

1930년대 잡지《삼천리》의 기자가 송만갑에게 물었다. "심청가의 어느 대목에 이르러 듣는 사람들이 옷고름을 적셔가며 눈물을 흘리게 됩니까?" 대부분〈심청가〉의 전반부를 떠올리겠지만, 그가 내놓은 답은 다소 의외이다. 심청과 심 봉사가 기쁨에 넘쳐나는 눈물을 흘리는 '맹인잔치 대목'이란다. 사람은 슬플 때만 우는 것이 아니라 기쁠 때도, 화날 때도, 감동할 때도, 억울할 때도, 여러 감정이 한데 뒤엉켜버릴 때도 운다. '맹인잔치 대목'의 울음은 극한의 비극을 딛고 나온 기쁨의 울음이다. 옷고름 적셔가며 눈물 흘리던 청중들은 아마도 감격과 환희의 카타르시스를 맛보았을 것이다.

슬퍼서 우는 울음, 서러워서 우는 울음, 두려워서 우는 울음, 그리워서 우는 울음, 기뻐서 우는 울음 등 계면조 선율을 타고 우는 그 울음들을 따라 청중들은 자신이 곽씨 부인이 되고, 심 봉사가 되고, 심청이 되어 이야기에 깊이 공감했을 것이다.

울음을 통한, 울음을 달래는 치유의 이야기

행선(行船) 하루 전날, 심청은 아버지를 위해 옷가지를 내어놓고 어머니 묘에 찾아가 통곡한다. 집으로 돌아와서는 진지를 차려 올리고 잠든 아버지 옆에서 숨죽여 흐느낀다. 아마도 이 대목에서 운 사람은 〈심청가〉속 심청만이 아닐 것이다. 김창록이나 송만갑의 예를 떠올려보면 이 대목을 부르는 소리꾼들의 소리에도 울음이 배어 있었을 것이고, 고수의 북 가락에도 울음이 서렸을 것이며, 소리판에 모인 청중들도 함께 울었을 것이다. 표정 없기로 유명한 늙은 재상을 울렸던 대목이기도 하다. 사람들은 울면서 심청의 처지에 더욱 공감하는 것은 물론, 유사한 자기 경험을 떠올리며 울음으로 마음속의 응어리를 풀어내기도 했을 것이다. 판소리 〈심청가〉속 울음을 통한 공감과 치유의 장면이다.

평소 〈심청가〉를 즐겨 들었다는 화가 천경자도 이 대목에 이르면 저절로 눈물이 난다고 했다. 그리고 덧붙였다. "실컷 눈물을 쏟아버리고 나면 오장육부가 다 시원해지고 맑은 정신이 되어 그림을 그리고 싶어진다."라고. 울음을 통한 공감과 치유에서 나아가 비극을 통한 카타르시스의 경험을 한의 예술로 승화시키는 이도 있었다.

다시 심청의 이야기로 돌아가보자. 한참 울음을 쏟아낸 심청의 정신을 붙들어준 것은 새벽닭 소리였다. 뒤에 이어지는 아니리에서 심 봉사는 심청에게 자신의 꿈 이야기를 늘어놓는다. 딸이 큰 수레를 타고 한없이 가더라며, 장 승상 댁에서 가마 태워 데려갈 꿈이라고 풀이까지 한다. 자기죽을 꿈인 줄 짐작하는 심청을 보고 울어야 할지, 꿈 이야기에 신이 나 제 손수 해몽까지 늘어놓는 심 봉사를 보고 웃어야 할지 알 수 없게 되는 순간이다. 어찌 되었든 울음은 잠시 휴지(休止)를 맞는다. 이어지는 대목에서 심청은 아버지에게 자신이 인당수 제수로 몸을 판 사실을 알리고, 소리판은 다시 진한 울음길로 빠져들어 한참을 간다.

〈심청가〉는 울음이 많은 소리이다. 그러나 인물들이 울다 지쳐 죽게 내버려두지는 않는다. 고난과 결핍의 서사가 극복과 성취의 서사로 맺어지기까지는 갈 길이 멀다. 그래서 새벽닭을 울게 하거나 물정 모르고 떠드는 철없는 인물을 등장시켜 그 울음을 잠시 쉬게 한다.

조금 더 적극적으로 울음을 달래기도 한다. 울음에서 웃음으로의 급전환을 통해 '울리고 웃기기'의 진수를 선보이는 대목도 있다. 흔히 비장과 골계의 조화로 이 특징을 설명한다. 〈심청가〉는 현재 전승되고 있는 판소리 중에 〈춘향가〉 다음으로 그 예술성을 높이 평가받는 작품이다. 〈심청가〉가 높은 예술성을 인정받았던 데는 여러 가지 이유가 있겠으나, 비장과 골계의 균형, 그 미적 조화도 주요하게 작용했을 것이다. 미적 조화는 그 소리가 소리판에서 살아남느냐 사라지느냐의 문제와도 연관되는 요건이다. 〈배비장타령〉, 〈강릉매화타령〉 등 사설만 남고 창이 전하지 않거나 사설마저 자취를 감춰버린 실전(失傳) 판소리 작품들을 보면 공통되게 골계미 일변도이다. 비장과 골계가 조화를 이루는 소리, 사람들을 울리고 웃길 수 있는 소리라야 소리판에서 살아남을 수 있었다. 우리네 삶도 그러하다. 웃음으로만 끝나는 것도 아니고 울음으로만 끝나는 것도 아니며, 웃음이나 울음 어느 하나로 표현하기 어려운 복잡한 정서를 만나는 순간도 있다.

밥 잘 먹고, 술 잘 먹고, 떡 잘 먹고, 고기 잘 먹고, 양식 주고 술 사 먹고,
쌀 퍼 주고 고기 사 먹고, 이웃집에 밥 부치기, 통인 잡고 욕 잘하고, 초군

들과 싸움하기, 잠자며 이 갈기와 배 끓고 발목 떨고, 한밤중 울음 울고, 오고 가는 행인 들여 담배 달라 신란하기, 힐끗하면 핼끗하고, 핼끗하면 힐끗하고, 뺏죽하면 뺏죽하고, 뺏죽하면 뺏죽하고, 술 잘 먹고, 정자 밑에 낮잠 자기, 남의 혼인 허량으로 단단히 믿었는데 해담을 잘 하기와, 신부 신랑 잠자는 데 가만 가만 가만 문 앞에 들어서며 봉창에 입을 대고 "불이야". 이년의 행실이 이리하여도, 심 봉사는 아무런 줄을 모르고

(성창순 창 〈심청가〉)

심 봉사의 울음이 소리판을 울리는 '타루비', 그 바로 뒤에 오는 웃음 넘치는 대목이다. 뺑파의 행실도 웃음을 자아내지만, 그런 뺑파에게 홀려 "나무칼로 귀를 싹 베어가도 모르게 되"어버린 심 봉사도 웃음의 대상이된다. 전형적인 '비장-골계'의 구조이다. 그러나 심 봉사의 비속하고 우스운 말이나 행위에 대한 형상화의 목적이 그의 인간적 결점을 들추어내 비판하거나 조롱하는 데만 있지 않다. 비극의 극단에 희극적 상황이 연출되는 구도는 비극과 희극의 조화를 뜻한다. 숨 막히게 몰아치던 비극의 극단에 이르러 그 고통을 누그러뜨리는 숨구멍을 열어줌으로써 그 비극이 파멸로 종결되지 않도록 하는 것이다. 울다 지쳐 죽게 두어버리면 이야기는 거기에서 끝나고 만다. 그래서 비장과 골계는 개별적으로, 대립적으로, 분절적으로 각기 존재하는 것이 아니라, 이렇게 상호 보완의 관계로 어울린다. 딸이 아비의 눈을 띄우겠다고 차가운 인당수에 몸을 던졌으니, 아버지 심 봉사의 하루하루도 정상일 리 없다. 그가 보여주는 '터무니없음'은 울음이 빚어놓은 비극의 극단에 겨우 열린 숨구멍 역할을 하고 있는 것인지도 모른다.

〈심청가〉 속 울음을 달래주는 웃음은 우리 삶의 반영이고 판소리의 본

질이다. 영화 〈도리화가〉에서는 막 어미를 잃은 어린 채선이 소리판에서 〈심청가〉를 듣고 목 놓아 운다. 그때 훗날 그의 스승이 되는 신재효가 다가와 말한다. "마음껏 울어라. 울다 보면 웃게 된다. 그게 판소리라는 것이다."

—

〈심청가〉가 전하는 또 다른 메시지, '부모화된 아이'들을 위하여

—

발달심리학에서는 어린 자녀가 부모의 역할을 하게 되는 것을 '부모화'라고 한다. 가족 구성원의 질병이나 사망, 부모의 별거나 이혼 또는 재혼을 경험한 자녀에게서 많이 발견되며, 부모화의 정도는 자녀가 부모에 느끼는 효심 및 책임감의 정도와 비례한다. 열다섯 어린 나이에 오로지 아버지를 위해 인당수에 몸을 던진 심청의 이야기와 너무 닮아 있지 않은가. 우리는 이처럼 극단적인 선택을 할 수밖에 없었던 심청의 내면에, 심리에 주목해볼 필요가 있다.

부모의 역할을 대신하면서 심 봉사를 강박적으로 봉양하는 모습은 부모화된 아이와 심청에게서 공통으로 나타난다. 그러나 심청에게는 부모화된 아이와 구별되는 특성이 있었다. 장 승상 댁 부인의 제안을 거절하는 모습, 선인들을 따라가며 친구들의 처지를 부러워하는 모습에서 자신의 욕구를 인식하고 솔직하게 감정을 표현하는 심청이 보인다. 심청은 아버지 심 봉사의 현실을 자신의 현실로 떠안음과 동시에 그 현실을 타파하고 좀 더 나은 새로운 현실을 향해 나아가고자 했다. 장 승상 댁 부인의 제안을 받아들여 그가 내어주는 공양미를 받고, 살아서 아버지께 효도를 다할 수 있었음에도 죽음을 택한 것은, 심청이가 부모화된 자신의 경향성을 억제하고 자신의 욕구를 인식하기 시작했기 때문이다. 만일 부인의 제안을 받아들였다면? 여전히 심 봉사는 눈을 뜨지 못했을 것이고, 심청 또한 전과 같은 생활을 지속했을 것이다.

그렇다면 심청이 인당수에 몸을 던진 사건은 어떻게 해석해야 할까? 이것은 심청이 그간의 삶의 방식, 즉 '아버지에 대한 무한 책임'이라는 짐을 벗고, 자기만의 새로운 삶을 찾아 떠나는 길이었다. 심청에게 인당수는 세상과 분리된 공간이면서 재생과 성장의 공간이었다. 따라서 심청이 인당수에 몸을 던져 다시 태어난 사건은 아버지로부터의 독립을 의미하는 한편, 심청이 자율과 독립성을 확보한 성인이 되었음을 상징한다. 정광수 명창의 〈심청가〉에서, 황후가 된 심청은 바로 심 봉사를 찾고 싶어 하면서도 자신이 난처한 상황에 빠질 것을 염려한다. 자신을 돌보지 않고 강박적으로 아버지를 봉양하던 심청과 사뭇 다른 모습이다. 심청은 궁리 끝에 맹인잔치를 열어 아버지를 만난다. 심청은 타인만을 강박적으로 배려하던 데서 벗어나 자신과 타인을 함께 배려하는 상호보완적 관계를 형성할 수 있게 되었다.

심청의 부모화는 아버지 심 봉사의 삶과도 관련된다. 심청이 부모화된 아이의 모습일 때 심 봉사는 의존적이고 무능한 아버지의 모습을, 심청이 부모화된 아이와 구별되는 모습일 때 심 봉사는 자신의 삶을 스스로 책임질 수 있는 강인하고 능동적인 아버지의 모습을 보여준다. 불편한 몸을 이끌고 젖동냥으로 홀로 딸을 키워낸 심 봉사였지만, 몇 년 동안 가만히 방 안에 들어앉아 심청의 봉양을 받다 보니 집 밖을 나서자마자 개천에 빠지는 신세가 되었다. 그러나 황성 가는 길에 뺑덕어미에게 버림받고 개울에서 옷까지 도둑맞는, 그야말로 철저하게 홀로 남겨진 상황에 이르러 심 봉사는 이전의 모습을 되찾는다. 태수에게 의복에 담뱃대까지 얻어내고는 마을로 들어가 신나게 방아를 찧어주고 밥을 얻어먹는다.

지금도 심청과 같은 환경에서 부모화의 문제를 안고 살아가는 이들이 많다. 우선 그들은 심청의 서사에 함께 울고 공감하며 아픈 마음을 풀어낼 것이다. 부모화의 문제를 가진 아동의 치유를 위해서는, 자기 욕구를 알아차리고 자신의 감정을 다각적으로 표현하는 능력을 향상하는 것이 중요하다고 한다. 자신의 욕망을 억누른 채 남을 배려하는 강박적 책임감은 의미 없는 희생일 뿐이다. 〈심청가〉는 그것이 얼마나 힘든 역경인지를 울음으로 보여주는 동시에 부모-자녀 간 건강한 관계의 형성이 어느 한쪽의 희생이 아니라 자기 발견 및 자기 욕망과의 조화 속에서 이루어진다는 치유의 메시지를 전한다.

- 송미경

참고 문헌

성창순 소리, 김득수·김동준 북, 《인간문화재 성창순 판소리 대전집 심청가》(CD), 성음, 1994.

정하영, 〈심청가〉, 판소리학회, 《판소리의 세계》, 문학과지성사, 2000.

최동현·유영대, 《심청전 연구》, 태학사, 1999.

최동현·최혜진, 《교주본 심청가》, 민속원, 2005.

김석배·서종문·장석규, 〈〈심청가〉 더늠의 통시적 연구〉, 《판소리연구》 9, 판소리학회, 1998.

이동희, 〈'부모화된 아이'를 위한 〈심청가〉의 문학치료적 의의〉, 《구비문학연구》 30, 한국구비문학회, 2010.

五

영웅과 간웅, 이름 없는 군사들의 이야기

〈적벽가〉와 《삼국지연의》
—

〈적벽가〉는 중국 소설 《삼국지연의》를 재구성해서 판소리화한 작품으로, 안정적인 삶에 대한 욕망과 올바른 위정자상(爲政者像)을 제시한 작품이다. 저본이 존재한다는 것은 〈적벽가〉가 두 가지 지향을 가지고 전승되었음을 의미한다. 하나는 저본의 내용을 충실히 반영하고자 하는 지향이고, 다른 하나는 저본에서는 찾아볼 수 없는 자국적 변용에 대한 지향이라고 할 수 있다. 이 두 가지 지향은 서로 얽히면서 〈적벽가〉가 판소리 5바탕 중 하나로 지금까지 이어질 수 있었던 전승력을 형성했다. 특히 〈적벽가〉에서 발견되는 자국적 변용 양상은 '재창조'의 영역으로까지 나아감으로써 〈적벽가〉가 《삼국지연의》와는 다른 독자적인 작품으로 자리매김할 수 있었다.

〈적벽가〉에도 《삼국지연의》의 주요 인물들이 등장한다. 그러나 〈적벽가〉가 그려내는 인물들은 유비, 관우, 제갈공명, 조자룡, 조조 등과 같은 역사적 인물에 국한되지 않는다. 《삼국지연의》에서 목소리가 소거되어 있던 이름 모를 병사들이 〈적벽가〉에서는 당당하게 이야기의 전면에 나서는데, 이는 〈적벽가〉의 큰 특징 중 하나라고 할 수 있다.

군사들은 사랑하는 부모와 가족을 두고 전쟁터에 끌려나온 자신들의 처지를 안타까워하며 '신세타령'을 부른다. '신세타령' 속에 등장하는 병사들은 현실에서 흔히 찾을 수 있는 우리네 삶 속에 존재하는 인물들이다. 시대의 영웅에 가려서 역사의 이면에서만 존재하던 군사들은 〈적벽가〉라는 판소리의 한 레퍼토리를 통해 당당히 자신들의 이야기를 쏟아내며 공감대를 형성해나간다.

이런 공감의 폭은 〈적벽가〉에 등장하는 주요 인물들에 대한 평가로 이어지면서 더욱 확장된다. 예를 들어, 적벽대전에서는 무고한 조조의 군사들 상당수가 죽음을 당한다. 위정자를 잘못 만난 탓에 아무 잘못도 없는 군사들이 불행을 당하게 된 것이다. 군사들의 목소리를 통해서, 조조는 개인의 탐욕스러운 욕망을 실현시키기 위해 아무 잘못도 없는 군사들을 전쟁의 구렁텅이로 몰아넣은 지배층의 전형으로 그려진다.

이와는 반대급부로 조조의 반대편에 서 있는 인물들, 즉 제갈공명과 관우 등은 백성들의 편에 선 긍정적인 영웅으로 인식된다. 특히 〈적벽가〉가 마무리되는 화용도에서는 관우가 조조를 살려 보내면서 두 인물 사이의 대조적인 모습이 극명하게 나타난다. 관우의 의로움이 강조됨으로써 조조가 가지고 있는 부정적인 위정자상이 더욱 두드러지는 것이다.

〈적벽가〉는 화용도 대목에서 끝을 맺기 때문에 '화용도' 또는 '화용도 타령' 등으로 불리기도 한다. 《삼국지연의》의 익숙했던 이야기를 판소리의 문법으로 변용해서 재창조한 〈적벽가〉는 때로는 양반층의 애호를 많이 받으며 활발하게 전승되었으며, 때로는 여성 판소리꾼이 대거 등장하면서 그 전승력이 약해지기도 했다. 시대마다 〈적벽가〉를 향유하는 정도는 다르게 나타났지만, 여전히 〈적벽가〉는 현재까지 전승되면서 우리에게 시사하는 바가 큰 작품이다. 이 글에서는 〈적벽가〉에 대한 기본적인 이해를 위해 〈적벽가〉의 주요 창본, 그 성립과 전개 과정을 살펴볼 것이다. 그리고 〈적벽가〉의 내용과 특징을 검토함으로써 〈적벽가〉가 오늘날 고전으로서 우리에게 제기하고 있는 문제의식을 살펴보도록 하겠다.

—

주요 창본의 특징

—

〈적벽가〉는 크게 '〈민적벽가〉 계열'과 '〈적벽가〉 계열'로 구분할 수 있다. 작품 앞부분에 '삼고초려 대목'이 없는 창본을 〈민적벽가〉라고 하는데, 현전하는 창본 가운데 임방울 창본이 이에 해당한다. 동편제 계열의 〈적벽가〉를 전승한 정광수나 박봉술 〈적벽가〉도 본래 〈민적벽가〉였으며, 뒤에 삼고초려를 수용했다는 사실에 비추어 볼 때, 〈민적벽가〉는 〈적벽가〉의 전승사에서 예외적이고 돌출적인 것이 아니라 오히려 가장 고형(古形)에 해당하는 내력 있는 소리라 할 수 있다.

—

〈적벽가〉의 성립과 전개

—

〈적벽가〉는 중국 소설인 《삼국지연의》를 저본으로 하여 성립되었다는 점에서, 그 형성 과정이 분명한 작품이라고 할 수 있다. 《삼국지연의》는 삼국(위·촉·오)의 정사(正史)를 기록한 《삼국지》에 기초하되 문학적 상상력이 더해진 연의소설이다.

《삼국지연의》는 선조 대에 조선에 유입되었으며, 임진왜란 이후 17세기 무렵에 이르러서는 한글로 번역되어 독자층이 확대되었다. 《삼국지연의》에는 조조를 간웅(奸雄)이라는 부정적인 인물로, 유비·제갈공명·관우·장비·조자룡 등을 어질고 용맹스러운 긍정적인 인물로 인식하는 작가의 시각이 드러난다. 판소리 〈적벽가〉에서도 양편 인물들 간의 대립을 강조하며, 특히 그 대립이 가장 뚜렷하게 드러나는 '적벽대전'을 중심 내용으로 선택했다. 정현석도 《교방가요》에 "화용도, 이것은 지혜로운 장수를 칭송하고 간웅을 징계한 것이다."라는 기록을 남겼다.

〈적벽가〉는 판소리의 연행 원리가 어느 정도 확립된 이후에 성립된 작품일 가능성이 크다. 판소리라는 장르 자체가 정형화되지 않은 상황에서 외국 소설이 판소리화되어 불렸다고 보기는 어렵기 때문이다. 따라서 〈춘향가〉와 같은 판소리가 형성된 17세기에서 18세기의 어느 시점에 〈적벽가〉의 초기적인 형태가 발생했다고 보는 것이 적절하다.

성립 당시의 〈적벽가〉는 《삼국지연의》의 내용에 기반한 '조조 패주 대목'이 중심이 되는 소리였을 것으로 보인다. 이는 〈적벽가〉와 관련해 비교적 이른 시기의 기록인 송만재의 〈관우희〉(1843)를 통해서 확인할 수 있다. 송만재는 〈적벽가〉에 대한 감상을 바탕으로, "궂은비에 화용도로 도망친 조조 / 관운장은 칼을 쥐고 말에서 보는데 / 군졸 앞서 비는 꼴 정녕 여우 같으니 / 우습구나, 간웅의 몰골이 오싹"이라는 관극시를 남겼다. 조조가 적벽대전에서 대패한 후 화용도로 도망가는 장면을 묘사한 시인데, 송만재가 이 부분을 택한 것은 당시의 〈적벽가〉 가운데 이 부분을 가장 중요하게 인식했기 때문이다. 또한 이유원은 〈관극팔령〉에 '삼절일(三絶一)'이라는 제목으로 〈적벽가〉의 관극시를 남겼는데, 그가 선택한 장면 역시 화용도 대목이었다. "타고난 성정이 모진 얄미운 조조 / 화용도에 밤비 내리니 갑옷이 차갑네 / 원수를 갚고 은혜를 갚는 것이 한가지니 / 장군의 높은 절의에 후인들이 탄식하네"라는 내용을 통해서 이를 확인할 수 있다.

양반 및 중인 계층이 주요한 판소리 향유층으로 등장하는 19세기에 이르러 〈적벽가〉는 가장 인기 있는 작품으로 널리 불리게 되었다. 특히 양반층의 애호를 많이 받았으며, 가객이나 중인층의 연희 공간에서도 〈적벽가〉의 인기가 높았다. 천하를 다투는 남성 영웅들의 이야기라는 점에서 그들의 관심사와 부합했으며, 남성적이고 장중한 소리 대목이 비교적 많다는 점에서 특히 그러했던 것으로 보인다. 〈적벽가〉의 인기가 높았던만큼, 19세기 전반에 이름을 날렸던 송흥록, 모흥갑, 방만춘, 주덕기 등 다수의 명창이 〈적벽가〉에 능했다.

그런데 《조선창극사》에 〈적벽가〉를 장기로 삼았다고 소개된 명창들의 면면을 살펴보면 동편제 내지는 중고제에 속한 이들이 대부분이다. 동편제는 씩씩한 창법과 웅장한 우조(羽調)를 위주로 하되 별다른 기교 없이 대마디대장단으로 소리를 하는 것이 특징이다. 이러한 음악적 특성이 〈적벽가〉의 가창에 어울렸기 때문에 동편제에 속하는 명창들이 〈적벽가〉를 특히 즐겨 불렀던 것으로 보인다. 19세기 이후 〈적벽가〉에는 긍정적 영웅들의 형상이 강화되고 조조가 골계적인 인물로 격하되는 변모가 나타났으며, '새타령', '군사 설움 대목' 등 음악적으로 수준 높은 소리 대목들이 더늠으로 첨가되었다.

20세기로 접어들면서 〈적벽가〉의 전승은 다소 위축되기 시작했다. 조선 사회에서는 〈적벽가〉가 양반 식자층으로부터 많은 인기를 얻을 수 있었지만, 신분제가 해체되면서 주요 판소리 향유층의 구성이나 취향에도 변화가 생겨난 것이다. 여성 판소리 창자들 다수가 이 시기에 등장한 것도 〈적벽가〉의 전승에 영향을 미쳤다. 〈적벽가〉는 여성 인물이 등장하지 않으며, 어지간한 공력 없이는 제대로 소화하기 힘든 이른바 '센 소리'라고 할 수 있다. 그렇기 때문에 충분한 공력이 뒷받침되지 않으면 여성 소리꾼이 〈적벽가〉를 온전히 소화해서 부르기가 쉽지 않았다. 20세기에 들어 웅장하고 호탕하면서도 고졸한 동편제의 창법보다 애련하고 슬픈 계면조를 위주로 한 창법이 대중적인 인기를 얻게 된 상황도 〈적벽가〉 전승의 위축을 가져온 요인으로 작용했다. 오늘날 〈적벽가〉는 '전승 5가(판소리 다섯 마당)' 가운데 전승력이 가장 약한 편에 속한다고 해도 과언이 아니다. 그렇지만 〈적벽가〉가 지니고 있는 음악적 짜임의 우수성과 수준 높은 예술성에 매력을 느낀 소리꾼들도 적은 편은 아니어서, 일정한 전승력은 확보하고 있는 셈이라 할 수 있다.

—

〈적벽가〉의 내용적 특징

—

판소리 〈적벽가〉는 중국 소설 《삼국지연의》를 근간으로 하고 있으면서도 이와는 구별되는 독자적인 작품 세계를 보여주고 있다. 《삼국지연의》에서는 존재감을 드러내지 못하는 군사들이 등장하여 자신의 목소리를 들려준다는 점, 제갈공명·유비·관우 등 긍정적인 인물을 전범적인 인물형으로 부각시켜 형상화하고 있다는 점, 조조를 악인의 전형으로 형상화하고 있다는 점에서 그러하다.

본래 《삼국지연의》는 군사 개개인의 존재가 거의 드러나지 않는 소설이다. 그러나 〈적벽가〉에는 이들이 조선 후기 사회의 평민층을 대변하는 존재로 형상화된다. 군사들의 소망은 지배층의 개인적 욕망을 충족하기 위한 전쟁으로부터 벗어나 일상의 행복을 누릴 수 있는 안정적인 삶의 공간으로 돌아가는 것이었다. 따라서 자신의 야욕을 위해 평민층의 삶을 곤궁하게 만든 지배자 조조는 군사들에 의해 원망과 조롱의 표적이 된다. 따라서 조조를 왜소한 인물로 만들어 그의 권위를 철저히 부정하고 비꼬는 의식은 '군사들, 원조(怨鳥, 원통하게 죽은 사람의 귀신이 변하여 된 새), 장승의 목소리'를 통해 표출되는 평민층의 울분과 동질적인 것이다. 이로부터 초기 〈적벽가〉의 주제를 '개인적 욕망을 성취하기 위해 힘없는 군사들을 전쟁터로 몰아넣은 조조에 대한 부정과 비판', '안정적인 삶의 공간으로 돌아가고자 하는 서민들의 소망'으로 정리할 수 있다. 여기에는 〈적벽가〉의 형성과 전승을 주도했던 천민 계급의 판소리 창자들이 실제 자신의 삶에서 겪었던 체험들도 녹아 있다.

19세기 이후에는 '삼고초려', '공명 동남풍 비는 대목', '조자룡 활 쏘는 대목' 등 긍정적 영웅상과 관련된 〈적벽가〉 사설이 정형화되거나 확장되기 시작했다. 이와 함께 〈적벽가〉의 주제도 전범적 인물을 통한 질서의 회복을 강조하는 방향으로 변모되어갔다. 여기서 '전범적 인물'이란 패악스럽지 않고 인후한 품성의 소유자로, 불의한 지배층을 징치함으로써 하층의 소망을 실현시켜주는 '구원적 인물'과는 다소 차이가 있다. 징치보다는 화해의 의미가 강조되었다는 점에서 '전범적 인물'은 평민층은 물론 양반층 향유자들에게도 비교적 긍정적으로 인식되었다. 현재 전승되는 판소리 다섯 마당과 창이 실전된 판소리 일곱 마당은 미의식의 측면에서 큰 차이를 보인다. 전자가 미의식의 균형을 추구한 작품들이라면, 후자는 미의식이 불균형을 이루는 작품들이라 할 수 있다. 현전하는 판소리 작품 대부분은 비장미나 골계미 일변도로 흐르는 일이 없으며, 한쪽으로 치우치는 듯하다가도 결국에는 다른 편 미의식과의 조화를 보여준다. 그 어떤 비극적인 상황에 놓이더라도 대부분은 행복한 결말로 귀결되는 것이다. 〈적벽가〉도 이처럼 전반부와 후반부가 크게 비장과 골계의 구조로 되어 있다.

특히 결말에 이르러서는 간웅 조조가 목숨을 부지하게 된 것을 기뻐하고, 조조를 놓아준 관우가 의로운 영웅으로 칭송되는 축제적 분위기까지 연출된다. 〈적벽가〉에서는 악인형 인물로 분류되는 조조마저 결국 용서를 받고 축제적 분위기를 연출하는 데 일조한다.

〈적벽가〉의 주요 등장인물은 조조, 정욱, 유비, 관우, 제갈공명, 그리고 이름 없는 다수의 군사들이라 할 수 있다. 조조는 자신의 야망을 성취하기 위해 힘없고 가난한 백성들의 삶을 곤궁하게 만드는 지배층으로 형상화되는 인물이다. 실제 역사상의 조조는 이름 높은 영웅이지만, 〈적벽가〉의 조조는 무책임하고 잔인하며 허례와 위선으로 가득한 인물로 그려지고 있다. 전쟁 전에는 부하들의 인심을 얻지 못하고, 전쟁에 패한 후로는 부하들에게 조롱당하며, 억울하게 죽은 병사들의 원혼인 새들에게 비판받고, 가장 믿었던 부하인 정욱마저 그를 놀려댄다. 그는 어리석은 '간웅' 조조로 철저히 희화화되고 있는 것이다. 적벽대전에서 대패한 후 패주하는 과정에서, 조조는 시간이 흐를수록 점점 더 골계적인 인물로 추락한다. 한때는 큰 전쟁을 진두지휘했던 영웅이지만, 이들 대목에 이르러서는 눈앞의 상황조차 제대로 판단하지 못하는 경망스러운 범인(凡人)으로 형상화되고 있다. 19세기 이후에 첨가된 '조조 도망 사설', '메초리 사설' 등을 통해 조조에 대한 골계화가 〈적벽가〉 형성기에는 물론 후대에도 지속적으로 이루어졌음을 확인할 수 있다. '조조 도망 사설'은 〈춘향가〉 중 임창학의 더늠으로 전하는 '어사출또'가 〈적벽가〉에 수용된 것이며, '메초리 사설'은 화용도로 도망가던 조조가 푸드득 날아오른 작은 메추리 한 마리에 깜짝 놀라는 내용으로 되어 있다. 모두 조조를 궁지로 몰아넣고 우스꽝스럽게 희화화하는 대목이다.

정욱은 〈적벽가〉 전반부에서는 조조가 가장 신임하는 부하로 엄숙함을 유지하나, 후반부에 이르러 가장 적극적으로 조조를 조롱하고 비웃는 인물로 나타난다. '조조 패주 대목'을 전후로 그 성격 및 역할이 전환되는 것이다. 그러나 《삼국지연의》를 보면 정욱은 조조가 가장 신임하는 뛰어난 인물도 아니었으며, 조조를 조롱하거나 비웃는 일도 없었다. 그런데 〈적벽가〉에서 정욱은 겉으로는 상전에게 복종하는 듯하나 실제로는 그들의 위선을 폭로하고 조롱하는 인물로 그려지고 있다. 이러한 점에 비추어 정욱은 〈춘향가〉의 방자, 〈봉산탈춤〉의 말뚝이 등과 같은 방자형 인물로 볼 수 있다.

유비는 천하 획득의 정당성을 인정받은 인물로, 유비와 같은 인물상의 구현에는 긍정적인 영웅의 활약을 통해 현실에서 제기되는 문제가 해결되기를 바랐던 평민층의 기대가 반영되어 있다. 《삼국지연의》의 유비는 재덕과 용맹을 두루 겸비한 인물로, 백성들을 자식처럼 사랑하고 현인(賢人)들을 예로써 대우했다. 〈적벽가〉의 유비도 이와 동일하다. 제왕다운 아량과 풍모를 지닌 인물로, 유능한 인물을 적재적소에 등용할 줄 알며, 인애(仁愛)와 후덕함으로 백성들의 신망을 한 몸에 받는다. '삼고초려 대목'은 유비의 긍정적인 영웅상을 부각시키는 대표적인 소리 대목이라 할 수 있다.

관우는 충의를 대표하는 인물로, 용맹스럽고 무예가 뛰어날 뿐만 아니라 의리를 지킬 줄 아는 영웅이다. 중국 삼국시대에 용맹을 떨쳤던 인물인 관우는 후대로 내려오면서 재신(財神) 혹은 무신(武神)으로 신격화되었고, 중국의 관우 신앙은 임진왜란 때 명나라 장수들에 의해 관왕묘(關王廟)가 세워지면서 우리나라에도 도입되었다. 관우는 외적의 침범에 대한 걱정으로부터 나라를 지켜주는 신령으로 숭배되었고, 이러한 인식은 〈적벽가〉에도 유사하게 드러난다. 특히 조조와 그 장수들을 사로잡았다가 놓아주는 〈적벽가〉의 결말을 통해, 관우는 불의한 인물을 징계하고 약자를 구하는 의로운 존재로 부각된다.

제갈공명은 충절과 지혜를 표상하는 전형적인 인물이다. 《삼국지연의》에서 공명은 뛰어난 전략가로, 책임감이 강할 뿐만 아니라 문장과 서화, 탄금(彈琴)에도 두루 능한 인물로 그려졌다. 〈적벽가〉에서도 공명은 지혜로운 전략가로 등장해 유비의 책사로 활약한다. 조조와 손권 사이에 싸움을 일으키기 위해 손권과 잠시 손을 잡는 계략을 도모하고, 신출귀몰한 재주로 동남풍을 불게 해 적벽대전을 승리로 이끈다. 특히 '동남풍 비는 대목'에서 지모와 예지를 겸비한 신이한 능력의 소유자로서의 모습이 크게 부각되고 있다.

〈적벽가〉에는 이름 없는 다수의 군사들이 등장한다. 《삼국지연의》가 왕후장상의 이야기, 영웅 중심의 이야기라면, 〈적벽가〉는 원작 《삼국지연의》에서 그저 이름 없는 군상(群像)에 불과했던 군사들이 등장해 직접 자기 목소리를 표출하는 이야기이다. 군사들은 적벽대전 직전의 '군사 설움 대목'과 적벽대전 이후의 '군사 점고 대목'에 등장한다. 그들은 각각 고유명사를 지닌 특정 개인으로 나오기보다 직책이나 신체적 특징으로 붙은 별명으로 불린다. 따라서 이들의 발언이나 행동은 특정한 개인 누구의 것이 아닌, 보통명사로서의 군사들의 그것이라 할 수 있다. '군사 설움 대목'에는 나이 많은 부모를 걱정하는 군사, 조실부모하고 늦게나마 결혼해 얻은 처를 염려하는 군사, 오대 독자로 마흔 넘어 낳은 어린 아들을 그리워하는 군사, 어려서 부모를 잃고 유리걸식하며 지내다 드디어 처를 얻었으나 첫날밤을 보내려던 차에 강제로 끌려온 것을 서러워하는 군사, 전쟁 중에 죽어도 묻어줄 사람이 없다며 슬퍼하는 군사, 이런저런 탄식 말고 전쟁에서 승리할 생각만 하자고 말하는 군사 등 여러 인물 군상이 생생하게 재현된다. 그들은 권력자들만을 위한 명분 없는 전쟁으로부터 어서 빨리 벗어나 일상의 행복을 누릴 수 있는 공간으로 돌아가기를 소망할 뿐이다. '군사 점고 대목'을 살펴보면, 팔이 부러지고 다리에는 화살을 맞은 허무적이, 뼈 속에 종양이 생긴 골래종이, 상처 하나 없이 사지 멀쩡하게 나타난 전동다리 등 점고에 불려가는 군사들의 형상도 가지각색이다. 조조를 죽일 놈에 빗대어 욕하기도 하고, 절을 올리는 대신에 배를 쑥 내밀어 조조를 무시하기도 한다. 전쟁을 하다 말고 도망 다닌 것을 오히려 자랑스럽게 말하기도 하고, 무기를 팔아 아내에게 줄 바늘을 사려 했다고 밝히기도 한다. 그들은 이렇게 부조리한 지배층으로 표상되는 조조에 대한 반감을 직설적으로 쏟아낸다.

〈적벽가〉의 대표적인 눈대목으로 '삼고초려', '군사 설움 대목', '조자룡 활 쏘는 대목', '적벽화전', '새타령', '군사 점고 대목' 등을 꼽을 수 있다. '삼고초려'는 중고제 명창 김창룡의 더늠으로, 유비가 관우·장비와 함께 제갈공명을 맞고자 그의 집을 세 번이나 찾아간다는 내용으로 되어 있다. 〈적벽가〉는 '삼고초려'의 유무에 따라 크게 〈민적벽가〉 계열과 〈적벽가〉 계열로 나뉜다. 본래 송만갑이나 유성준의 동편제 〈적벽가〉는 '삼고초려'가 없는 〈민적벽가〉였으나, 임방울 창본을 제외한 여타의 동편제 〈적벽가〉에서는 다른 바디를 참조해 '삼고초려'를 새로 넣었다. 정광수는 이동백 바디에서, 박봉술은 김채만 바디에서 불리는 '삼고초려'를 자신의 창본에 넣었다. 초기 〈적벽가〉는 '삼고초려'가 아예 없거나 혹은 아주 간단한 사설로 된 형태였으나, 김창룡에 이르러 오늘날 불리는 '삼고초려'의 틀이 마련된 것이다. '삼고초려' 중 특히 '유관장 인물 치레'는 공명을 찾아가는 유비·관우·장비 세 사람의 늠름한 모습이 장중한 우조로 잘 표현된 부분이다.

'군사 설움 대목'은 조조의 군사들이 고향이나 가족을 그리워하며 전쟁에 억지로 끌려 나온 자신들의 신세를 한탄하는 내용으로 되어 있다. 박기홍의 더늠으로 전하는 '군사 설움 대목'은 평민들의 설움과 고난이 가장 잘 나타나 있는 〈적벽가〉의 백미로 꼽힌다. 박기홍보다 생존 연대가 앞서는 신재효의 개작 사설 〈화용도〉에도 '군사 설움 대목'이 나타나 있다는 점에서, 박기홍의 '군사 설움 대목'은 기존의 사설을 더늠으로 발전시킨 사례라 할 수 있다. '군사 설움 대목'의 사설은 매우 골계적이면서도 생생하고 구체적이다.

'조자룡 활 쏘는 대목'은 주유가 보낸 서성과 정봉 두 장수가 공명을 잡기 위해 따라오자 조자룡이 활을 쏘아 그들을 쫓아 보내는 장면을 노래한 소리 대목으로, 자진모리장단에 우조로 되어 있다. 《조선창극사》에 주덕기의 더늠으로 소개되어 있지만, 대부분의 창본이나 창본 계열의 소설본에 들어 있는 점으로 미루어, 비교적 이른 시기에 형성되었다가 주덕기에 이르러 더늠으로 확장된 것으로 보인다.

'적벽화전'은 오나라 군사들이 지른 불이 동남풍을 타고 번져 적벽강에 있던 조조의 백만 대군이 꼼짝없이 몰살당한다는 내용의 소리 대목으로, 역시 자진모리장단에 우조로 되어 있다. 《조선창극사》에 의하면, '적벽화전'은 방만춘의 더늠인데 그가 이 대목을 부르면 소리판이 온통 불바다가 되는 듯했다고 한다.

'새타령'은 적벽화전에서 죽은 군사들이 원조(怨鳥)가 되어 자신들의 절박한 처지와 원한, 적벽화전의 전투 상황 등을 노래한 중모리장단의 소리 대목이다. 그로테스크한 미감과 비장미, 비극미가 두드러진다. 《조선창극사》에서 이창운의 더늠으로 소개되었으며, '원조타령'이라고도 불린다. 신만엽은 중모리로 잡가 〈새타령〉을 변형시켜 불렀으며, 중고제의 김창룡은 세마치장단에 곡을 붙여 불렀다. 동편제 명창인 송만갑과 이선유는 〈적벽가〉에서 중모리장단의 '새타령'을 불렀는데, 현행 '새타령' 역시 중모리장단으로 되어 있다. '새타령'은 오랜 세월 동안 여러 명창에 의해 다듬어져 완성된 소리 대목이다. 현재 송만갑의 동편제식 '새타령'과 임방울·박봉술의 또 다른 동편제식 '새타령', 한승호의 서편제식 '새타령'이 전승되고 있다.

'군사 점고 대목'은 복병들에게 계속 공격당하면서 패주하던 조조가 화용도로 들어가기 직전 정욱에게 남은 군사가 얼마인가 헤아려보라고 명한 후 그 보고를 듣는다는 내용의 소리 대목이다. 원작인 중국 소설 《삼국지연의》에는 본래 없었던 삽화이나, 이선유의 《오가전집》, 박헌봉의 《창악대강》, 이창배의 《한국가창대계》에 수록된 〈적벽가〉 창본을 제외한 거의 모든 판소리 창본에 삽입되어 있을 정도로 전승이 활발한 대목이다. 사설의 구성과 전개 방식이 〈춘향가〉의 '기생 점고'와 매우 유사하다는 점에서 둘 사이의 깊은 영향 관계를 짐작해볼 수 있다. '군사 점고 대목'에는 추락한 영웅인 조조가 보여주는 희극미, 조조에 맞서는 군사들의 공격적인 풍자와 골계적인 해학도 담겨 있지만, 그 웃음의 기저에는 비장미가 자리 잡고 있다.

〈적벽가〉의 주제는 충(忠)과 의(義)의 강조, 조조로 대표되는 지배층에 대한 풍자, 군사들로 대표되는 빈한한 평민들의 안정적인 삶 추구, 전범적인 영웅에 의한 질서의 회복 등에서 찾을 수 있다. 초기 〈적벽가〉는 평민층의 의식이 강하게 드러나는 형태였으나, 19세기 이후 양반이나 중인층, 비가비 광대 등의 영향으로 긍정적인 영웅상이 부각되면서 장중미가 점차 강화되는 방향으로 변모했다는 점에도 주목할 필요가 있다.

—

〈적벽가〉의 의의

—

〈적벽가〉는 유일하게 《삼국지연의》라는 외국 소설을 바탕으로 하여 발생한 판소리 작품으로, 전통사회에서 특히 인기가 높았다. 남성 영웅들의 쟁패를 다룬 〈적벽가〉는 공력을 들여 소리해야 제맛이 나는 어렵고 진중한 소리로, 양반층의 취향과 잘 어울렸기 때문이다. 박동진 명창의 전언에 따르면, 과거에는 〈적벽가〉 잘하는 명창을 최고로 쳤다고 한다. 그래서 소리꾼이 소리를 하러 가면 먼저 "〈적벽가〉를 할 줄 아시오?"라고 공손히 물었다. 부르지 못한다고 대답하면 "〈춘향가〉 할 줄 아는가?"라고 말투를 낮추어 묻고, 역시 부르지 못한다고 대답하면 "〈심청가〉 할 줄 아나?"라고 하대해 물었다는 것이다. 그만큼 〈적벽가〉는 사람들이 높이 평가하는 소리였다.

〈적벽가〉는 우조 위주로 당당하고 진중하게 부르는 대목이 많아, 소리꾼들은 흔히 소리하기가 '되고 팍팍하다'라고 말한다. 어지간한 공력을 쌓은 명창이 아니면 〈적벽가〉를 제대로 소화해내기 어려운 것이다. 20세기로 접어들면서 전승이 위축된 면도 없지 않으나, 여전히 고졸하고 웅장한 동편제의 멋을 가장 잘 보여주는 소리로 평가되고 있다. 뿐만 아니라 〈적벽가〉는 창극, 마당놀이, 창작극 등의 갈래로 재창조되면서 새로운 의미 영역을 개척하고 있으며, 전쟁을 소재로 한 창작판소리 사설의 형성에도 적극적으로 활용되고 있다.

– 김기형

삼고 문헌

정노식, 《조선창극사》, 조선일보 출판부, 1940.

정병욱, 《한국의 판소리》, 집문당, 1981.

김기형, 《적벽가 연구》, 민속원, 2000.

김동욱, 《한국가요의 연구》, 을유문화사, 1961.

서종문, 《판소리와 신재효 연구》, 제이앤씨, 2008.

조동일·김흥규, 《판소리의 이해》, 창작과비평사, 1978.

판소리학회, 《판소리의 세계》, 문학과지성사, 2000.

六

창작판소리, 시대를 담고 시대와 맞서다

〈열사가〉와 〈똥바다〉, 금지곡으로 지정되다

금지곡이라고 하면 보통 이미자의 〈동백아가씨〉나 김민기의 〈아침이슬〉과 같은 대중가요를 떠올릴 것이다. 그런데 놀랍게도, 그 가운데는 판소리도 있었다.

금지의 명목은 크게 공안(公安)의 측면과 풍속(風俗)의 측면, 즉 정치권력에 위해를 입힐 수 있는 표현과 퇴폐·음란 등 미풍양속을 저해할 수 있는 표현으로 크게 나뉜다. 창작판소리 〈열사가〉와 〈똥바다〉는 도대체 어떤 이유로 금지곡이 되었던 것일까?

〈열사가〉는 일제의 식민 통치를 막 벗어난 해방의 시기를 전후하여 창작 및 전승, 향유되었던 창작판소리이다. 작자에 대해 논란이 있기도 하나, 사설의 작사와 창의 작곡, 그리고 보급에 가장 큰 공을 세운 이는 단연

박동실 명창이다. 그 시절에는 일제를 향한 분노와 울분이 보편적인 민족 정서로 통했다. 이준, 안중근, 윤봉길, 유관순 등 '순국선열'을 주인공으로 내세운 〈열사가〉는 소리판에서 큰 호응을 얻었고, 1960년대 초반까지도 몇몇 소리꾼들이 즐겨 부르는 레퍼토리였다.

〈똥바다〉는 '비가비 광대'이자 문화운동가였던 임진택이 1985년 4월 신촌 우리마당에서 발표한 창작판소리이다. 1973년 시인 김지하가 옥중 에서 쓴 담시(譚詩) 〈분씨물어(糞氏物語)〉가 원작으로, 임진택이 사설을 다듬고 창을 붙였다. 〈똥바다〉는 일본의 새로운 정치적·경제적·군사적 침략 의도를 신랄하게 풍자했다는 점에서 큰 반향을 불러일으켰고, 임진 택은 전국 각 대학으로 순회공연을 다녔다. 연세대 노천극장 공연 당시 극장의 산등성이까지 관중들로 꽉 들어찼다는 것은 유명한 일화이며, 이 후 독일, 일본, 미국 등지에도 초대되었다.

왕성하게 불리던 〈열사가〉와 〈똥바다〉는 각각 1960년대, 1980년대에 금지곡이 되었다. 두 작품이 공통으로 기대어 있는 '반일(反日)'의 정서, 그것이 문제였다. 그런데 이상하다. 일제강점기의 상황이라면 재론의 여 지없는 금지 사유라 하겠으나, 1960년대나 1980년대는 이미 해방이 되고 도 한참 후이다.

1960년대 초반부터 박정희의 군사정권에서는 한·일 국교정상화회담 을 본격적으로 진행했고, 이를 '대일 굴욕 외교'로 규정하며 강력히 반대 하는 운동이 야당과 학생들을 주축으로 전개되었다. 분위기를 의식한 정 권은 일본과의 외교를 수립해가는 과정에서 노골적으로, 또는 암묵적으 로 〈열사가〉를 공개적인 자리에서 부르지 못하게 했다. 한편 1980년대는 일본의 역사 교과서 왜곡, 일제의 조선 지배를 정당화하는 망언 등으로 양 국 간 마찰이 심했던 시기이다. 국내에서는 반일 감정이 날로 높아갔지만,

전두환의 신군부정권은 이를 외교적으로 수습하면서 한·일 간 협력 분위기를 조성하는 데 힘을 쏟았다. 신군부정권에서는 일본에 '안보 협력'을 명분으로 한 경제협력 차관을 요구했고, 교섭 결과 일본은 40억 달러의 차관을 제공하기로 했다. 그즈음 〈똥바다〉는 "한일 관계를 종속적으로 묘사하고 흑막이 있는 것처럼 과장했다."라는 이유로 공연이 중지되었으며, 당시 공연 중이던 극장까지 폐쇄되었다. 일본과의 외교문제 악화를 우려해 정광태의 〈독도는 우리 땅〉을 금지곡으로 지정했던 것과 같은 맥락이다.

〈열사가〉와 〈똥바다〉는 당시 한국 정권이 일본의 심기를 건드리지 않고 한국과 일본의 협력, 어쩌면 유착 관계를 공고히 하는 과정에서 금지곡으로 분류되는 수난을 겪었다. 그러나 이 사실은 역설적으로 이들 창작 판소리가 가졌던 힘, 전통 문화이자 동시대 문화로서의 창작판소리가 지녔던 생명력과 영향력을 강력하게 방증한다.

—

시대를 담아내는 동시대 예술로서의 창작판소리

—

창작판소리라 하면 이전에 없던 새로운 사설에 새로운 곡조를 붙인 판소리로, 현전하는 다섯 바탕의 판소리 및 창을 잃은 채 사설만 남았거나 창과 사설을 모두 잃은 일곱 바탕의 판소리, 즉 '전통'의 열두 바탕 판소리에 속하지 않는 새 작품을 뜻한다.

창작판소리와 함께, 또는 창작판소리의 맥락에서 살펴볼 만한 것이 복원판소리와 신작판소리이다. 복원판소리는 기존의 일곱 바탕 실전(失傳) 판소리사설에 곡만 새로 붙인 것이다. 이미 전승이 끊겼으므로 옛 명창들이 불렀던 창법과 곡조를 재현하지는 못했지만, 전통적인 판소리의 음악

어법에 따라 이전의 텍스트를 되살렸다는 의미에서 이렇게 부른다. 1960년대 후반부터 1970년대까지 박동진이 발표한 〈변강쇠가〉, 〈숙영낭자전〉, 〈배비장전〉, 〈장끼타령〉, 〈옹고집전〉 등이 여기에 포함되며, 김연수의 〈장끼타령〉도 그러하다. 박동진은 〈충무공 이순신〉, 〈유관순전〉, 〈성서 판소리(판소리 예수전)〉 등을 짜서 부르기도 했는데, 이들 작품은 기존의 열두 바탕과는 무관하므로 창작판소리의 범주에 넣는다. 한편 신작판소리는 1930년에서 1950년대까지 역사적 사실이나 고전소설 등에 근간을 두고 판소리화한 작품들을 일컫는 명명으로 통용되었다. 박월정의 〈단종애곡〉이나 정정렬의 〈옥루몽〉 등이 대표작이다. 신소설, 신민요, 신여성 등의 용어에서 볼 수 있듯, 어떤 말 앞에 '신(新)' 자를 붙이는 관습은 전통과 구별되는 새로운 유행과 조류를 의미했다. 이들에 대해서는, 기존의 텍스트를 거의 그대로 가져와 창만 더한 것이므로 뚜렷한 창작 의도 하에 지은 창작판소리와 범주를 달리해야 한다고 보는 견해와 이 역시 크게는 열두 바탕의 전통판소리와 구분되므로 창작판소리의 범주에 포함해야 한다고 보는 견해가 있다.

창작판소리는 새로 '창작'되었다는 것 외에 다음과 같은 점에서 전통판소리와 구별된다. 첫째, 작품의 길이가 짧은 편이다. 전통판소리 한 바탕을 처음부터 끝까지 부르는 데 걸리는 시간은 짧게는 2~3시간, 길게는 8시간 정도이다. 그런데 창작판소리의 경우 30분에서 1시간, 10분에서 20분 정도의 짤막한 소리가 많다. 〈열사가〉를 구성하는 〈이준 열사가〉가 20분, 〈안중근 열사가〉가 12분, 〈윤봉길 열사가〉가 15분 정도이며, 〈유관순 열사가〉가 70분 정도로 조금 긴 편이다. 〈똥바다〉를 부르는 데는 57분 정도가 소요된다. 박동진의 〈충무공 이순신〉(9시간 40분), 〈판소리 예수전〉(2시간 25분)과 같은 예외 사례도 있으나 외형적 길이의 단형화는 창작판소리 대부분이 공유하는 특징이다. 길이가 짧아짐에 따라 서사는 압축되고, 단일 사건을 중심으로 하는 경우가 많아졌다.

둘째, 사설이 현대화되었다. 전통의 판소리와 비교해 한문 구가 적고 순우리말이 많으며, 새로 생겨난 어휘나 유행어를 삽입하기도 한다. 〈똥바다〉에도 '자동차', '카바레', '민주주의'와 같은 어휘가 등장한다. 어휘만이 아니라 어조와 문체도 요즘 우리가 쓰는 말에 가깝다.

셋째, 장단과 곡조가 다양화되었다. 〈열사가〉의 경우 창작판소리사의 가장 초기에 놓이는 첫 작품인 만큼 비교적 전통판소리의 음악적 어법을 준수한 편에 속한다. 〈똥바다〉의 경우 장단과 곡조의 다양화 양상이 훨씬 적극적이고 과감하다. 일본의 노(能)*나 우리의 군가 곡조를 도입하는 한편, 색다른 음향과 분위기를 조성하기 위해 전자 키보드를 부분적으로 활용하기도 했다.

이상의 특징은 창작판소리를 짓는 이들이 동시대의 역사와 현실적인 문제, 함께 시대를 살아가는 사람들의 삶과 이야기에 관심을 가지고 이를 담아내는 과정, 그리고 소리판을 통해 동시대 관객들에게 다가서고 그와 소통하는 과정에서 자연스럽게 얻어진 것이라 할 수 있다.

이제 창작판소리의 대표작일 뿐 아니라 전체 판소리사적으로도 중요한 의미를 지니는 〈열사가〉와 〈똥바다〉에 대해 살펴보기로 한다.

박동실의 〈열사가〉는 〈이준 열사가〉, 〈안중근 열사가〉, 〈윤봉길 열사가〉, 〈유관순 열사가〉 등 네 작품으로 구성되어 있다. 후대 창자들은 박동실의 〈열사가〉에 다른 작품을 덧붙이는 방식으로 그 범주를 확장하기도 했다. 〈이순신전〉, 〈권율장군전〉, 〈녹두장군 전봉준전〉 등이 그 예이

---

* 14세기에 생겨나 계승되어온, 노래와 춤을 동반하는 일본 전통 가무극.

다. 애초에는 항일 정신을 상징하는 '일제강점기 민족 영웅'을 주인공으로 하였으나, 시간이 지나며 '역사 속 민족 영웅'을 소재로 한 작품들로 그 범주를 넓혔다. 네 편의 열사가는 대체로 일제강점기에 나라를 위해 목숨을 바친 민족 영웅들의 의거 활동에 집중하였다. 〈이준 열사가〉는 이준이 헤이그 만국평화회담에 밀서를 전하러 갔다가 실패하고 자결한 사건을, 〈안중근 열사가〉는 안중근이 하얼빈에 온 이토 히로부미를 저격한 사건을, 〈윤봉길 열사가〉는 윤봉길이 홍커우공원(루쉰공원)에 사각폭탄(도시락폭탄)을 투척한 사건을 그려냈다. 〈유관순 열사가〉의 경우 3·1독립만세운동을 중심 사건으로 삼되, 유관순의 출생부터 옥중 투쟁, 순국까지 폭넓게 다루었다.

임진택의 〈똥바다〉줄거리는 이러하다. 대대로 조선 땅에서 똥 때문에 죽은 일본인 가문이 있었다. 애비 분2촌대는 8·15 해방 때 일본이 항복한 줄 모르고 "빠가폼 잡다"가 똥 벼락 맞아 죽고, 할애비 분1촌대는 3·1운동 때 명월관에서 만세 소리 듣고 줄행랑치다가 "똥통에 빠져" 죽고, 증조 분영점1촌대는 의병 난리 때 뒷간에 숨어 똥 싸는 "흉물 떨다" 죽고, 고조 분영점2촌대는 동학혁명 때 똥 밟고 미끄러져 "박 터져서" 죽고, 비조 분불가지촌대는 임진왜란 때 울돌목에서 물고기 밥이 되었는데 그 또한 필경 "물고기 똥"이라는 것이다. 그 자손 분삼촌대가 원수를 갚기 위해 잔뜩 먹기만 하고 똥을 꾹 참았다가, 기생 관광단의 일원으로 한국에 들어온다. 그가 기생파티에서 실컷 먹고 놀 적에, 그를 따라다니는 한국인 금오야, 권오야, 무오야 세 사람은 한일 협력을 명분으로 아부 떨기에 여념이 없다. 분삼촌대는 광화문 네거리에 있는 이순신 동상으로 기어 올라가 그간 참았던 똥을 싸기 시작한다. 그 와중에도 금오야, 권오야, 무오야는 아첨을 늘어놓고, "농사꾼, 날품팔이, 공순이, 공돌이, 학생 놈들"은 "똥씨 물러

가라!"를 외치며 똥을 치우기 시작한다. 분삼촌대는 가소롭다는 듯 허언을 늘어놓고, 그때 분삼촌대 머리 위로 쬐끄만 조선 참새 한 마리가 지나가다 그에게 물찌똥을 갈기고 달아난다. 분삼촌대는 그것을 피하려다 새똥을 밟고 미끄러져 똥바다에 빠져 죽는다.

—

〈열사가〉와 〈똥바다〉가 보여준 미의식의 양극단

—

판소리는 인간의 희로애락을 문학적·음악적·연극적으로 표현하는 공연예술이다. 그 과정에서 다채로운 인간 경험과 사상, 감정이 표현되게 마련이다. 소리꾼은 '창-아니리'의 교체, '비장-골계'의 교직을 통한 '긴장-이완', 즉 맺고 풀기를 지속해서 반복하는 가운데 청중을 울리고 웃긴다. 판소리는 기쁨과 슬픔뿐만 아니라 장중함, 화평함, 유유함도 맛보게 해준다. 다채로운 감정의 촉발을 경험하게 하여 예술적 감흥을 맛보게 하는 것, 이것이 판소리의 본질이다.

그런데 창작판소리 〈열사가〉와 〈똥바다〉를 살펴보면, '비장-골계', '긴장-이완', '울음-웃음'의 균형이 둘 중 어느 한쪽으로 치우쳐 있다. 물론 이러한 양극단의 미의식은 작품의 주제 및 내용, 그리고 의도와 연결되는 부분도 있다.

우선 〈열사가〉의 미의식은 비장미와 엄숙함으로 설명할 수 있다. 비분강개와 비통함의 정서가 유발하는 긴장을 웃음으로 풀어내는 골계미는 이 작품에서 찾아보기 어렵다.

(자진모리) 이준 선생 분한 마음, 모골이 송연, 피 끓어 턱에 차고, 분함이

충천, 회석 앞으로 우루루루루루루루루루. "이놈 왜놈들아. 너희들 침략국이 대한을 위협하여 짓밟고 각국 대사들을 속이느냐. 우리 대한은 동방예의지국이다. 간사한 너희놈들 하늘이 두렵지 않겠느냐. 오천 년 역사가 씩씩한 배달민족의 충혈을 봐라." 품 안에 든 칼을 번듯 내여 가슴을 콱 찌르니, 선혈이 복받쳐 오르고. 왜놈 낯에다 선혈을 뿌리며, "이놈 왜놈들아!" 앞니를 아드득, 태극기 번듯 내여, "대한독립 만세 만세 만세" 삼창을 부르시더니 명이 점점 지는구나. (이성근 창 〈이준 열사가〉)

이준은 죽음의 마지막 순간까지, 비장하고 엄숙하게 분노로 가득한 만세창을 외친다. 〈열사가〉에 등장하는 인물은 모두 조국을 위해 죽음을 각오한 이들이며, 실제로 모두 죽음을 맞이한다. 위 대목에는 자진모리장단이 쓰였다. 〈열사가〉에서는 서사를 통해 표출되는 압도적인 비장미의 경우 진양조나 중모리와 같이 상대적으로 느린 장단으로 그것을 구현하며, 격정적이거나 격노의 감각을 동반하는 비장미를 표현하는 경우 빠른 속도의 자진모리를 사용하는 경향이 있다. 한편 위 대목 중 마지막 "대한독립 만세 만세 만세"를 외치는 부분에서 창자들은 보통 실제 만세를 부르듯 두 팔을 하늘로 높이 든다. 판소리 사설의 내용과 의미는 이렇게 판소리의 음악적 면모(장단, 창법 등), 연극적 면모(너름새)와 어울려 조화를 이룬다.

전승 판소리 다섯 바탕의 비장미는 대개 '범인적 비장'에 가깝다. 비장의 미의식은 영웅적 인물 혹은 적어도 그에 버금가는 비중을 지닌 인물이 자신에게 닥친 외적 현실에 저항하거나, 자신에게 닥친 운명의 무게를 스스로 감당하려 할 때 유발된다. 그러나 전승 판소리 속 등장인물들은 영웅적 삶보다는 평범한 삶을 살아가는 이들이며, 그들 앞에 놓인 문제 상황도 인간으로서 영위하는 기본적인 삶, 일상적 생존과 관계되는 것들이다. 판소리의 청중들은 작중 상황과 인물에 깊이 공감하고 상호작용하며, 주인공과 자신을 동일시하고 정서적으로 그와 하나가 되는 데 이른다.

그러나 〈열사가〉의 주인공은 나라를 위해 자기 목숨을 초개(草芥)처럼 버린 영웅적 인물들이다. 이 작품의 비장미는 '영웅적 비장'에 해당하며, 이는 '범인적 비장'과 다르다. 〈열사가〉의 청중들은 작중인물로서의 영웅들과 일정한 거리를 유지하는 선에서 그에 대한 공감과 이해를 시도한다. 비록 작중인물과의 일체화, 감정이입에까지는 나아가지 않지만, 이 과정에서 인물과 사건에 대한 객관적 인식과 실재했던 역사에 대한 인지, 즉 일종의 '각인'이 가능하게 된다. 영웅적 비장을 추구하면서 역사의식과 민족의식을 고취하는 것, 이것이 바로 〈열사가〉가 의도한 목적이다. 다만 세 편의 〈열사가〉가 시종일관 영웅적 비장미와 긴장만으로 일관할 수 있었던 것은, 그 길이가 10~20분 내외로 비교적 짧았기 때문이다. 70분 분량에 달하는 〈유관순 열사가〉의 경우 유관순을 형상화하는 대목에 범인적 비장의 면모를 함께 보여준다.

다음 〈똥바다〉의 미의식은 골계미와 기괴함으로 특징지을 수 있다. 〈똥바다〉에서 '똥'은 다양한 의미망을 지닌다. 분삼촌대 일명 '좃도마떼'가 조선으로 건너와서 싸는 '똥'은 조선을 지배하고자 하는 일본의 야욕을 의미하며, 금오야·권오야·무오야가 그러한 분삼촌대의 똥이 퍽 향기롭다느니, 매력 있다느니, 땡긴다느니 극찬을 늘어놓을 때의 '똥'은 국내 경제·외교·안보 분야를 대표하는 지도층의 외세 의존적 지향에 대한 폭로이다. 조선 참새의 '똥'은 일본의 조선 지배 야욕을 허망하게 무산시키는 의미를 지니며, 분삼촌대가 자신이 싸놓은 똥바다에 빠져 죽을 때의 '똥'은 무모하게 조선을 집어삼키려다가는 자멸할 수도 있음에 대한 경고이다. 작품에서 골계미를 유발하는 대상은 분삼촌대만이 아니다. 여기에는 한국 스스로 주도하는 친일의 행태에 대한 뼈아픈 자성과 비판의 목소리가 담겨 있다. 표면적 비판의 대상으로 일본을 지목했다면, 실질적 비판의 대상이 되는 것은 한국 내부의 권력층과 사회 지도층이다. 골계미에 기반을 둔 비판과 풍자, 여기에 〈똥바다〉의 미학과 주제가 있다. 음악적으로 보면, 〈똥바다〉의 경우 웅장하고 화창한 느낌을 주는 우조와 평조는 열아홉 곳에 쓰인 반면, 슬픈 정조를 자아내는 계면조는 네 곳에 쓰이는 데 그쳤다. 이는 어둡고 무거운 사회비판적 메시지와 내용을 가볍고 우스운 풍자와 해학으로 그려내고자 한 작품 전반의 전략과도 통한다.

(자진모리) 알록달록 자개상에 온갖 음식이 나온다. 일본서 사온 한국산 맛김, 구주에서 말린 남해 대구, 동경서 만든 제주 돼지고기 통조림, 고려 명산 딱지 붙은 고노와다, 조선 겨자 원료로 만든 일제 청와사비, 발라놓은 바다가재 사시미, 잡자마자 냉동선에 실어 대판에서 얼렸다가 비행기로 방금 공수해 온 충무산 도미 사시미, 똑 그런 내덕 대게, 똑 그런 여수 농어, 똑 그런 영광 조기 복쟁이 지대, 오대산 살모사 가루 발라 아지노모도 톡톡 뿌린 삼천포 꼼장어 구이, 전라도 콩 미소시루, 광주 무 다꾸앙, 왕십리 나라스께, 흑산도에서 잡아 대마도에서 검사한 뒤 한국 햇볕에 말려 동경에서 가루로 빻아 동해물에 섞어서 일본에서 제품한 서울제 홍삼젓을 따근한 정종부터 한 잔 두 잔 석 잔 날름 날름 날름 날름 날름

(임진택 창 〈똥바다〉)

일본 신군국주의의 지배에 놓인 한국의 비극적 현실, 이것은 분명 어둡고 무거운 내용이다. 그러나 〈똥바다〉에서는 자진모리의 신명 나는 장단에 맞추어 가볍고 우습게 상황을 조롱한다. 비극적 현실을 흥겨운 분

위기로 연출해 감정의 불일치를 유발하는 대목들에서 음악적 풍자가 발견된다.

〈똥바다〉를 지배하는 또 다른 미의식인 기괴미는 '하나의 순일한 미의식으로 환원될 수 없는 미적 특질의 복합성 또는 당대의 관습이나 삶의 정상적 감각을 넘어서는 것으로서의 미의식'이라는 성격을 지닌다. 기괴미는 어떻게 조성되는 것일까? 〈똥바다〉는 부정적 인물의 활약이라는 이야기 세계의 전개를 통해 청중을 아이러니한 수용 상황에 놓이게 하고, 이를 통해 하나의 순일한 미의식 창출을 방해한다. 작품 후반부에 이르면 똥 속에서 괴물이 출현하고, 그 파괴의 대상은 모든 사람과 문명으로 확대된다. 이는 청중으로 하여금 세계에 대한 균형감각 자체에 의문을 갖게 하고, 이 과정에서 기괴미가 조성된다. 관련해 억압적인 지배계층에 대한 분노와 적대감이 신체 표현의 기괴함으로 표상되었다고 보는 해석도 있다. 당시 민중들이 품었던 저항 의식은 불만과 부정의 수준을 넘어섰으나, 사회비판적인 어조를 드러내는 작품의 창작자들이 현실적인 안위를 두려워해야 할 정도로 사회는 억압적이었다. 발악과 발광의 수준에 이른 항거의 의지가 작품에서는 불가능함, 불편함, 비현실성이라는 측면으로 구현되었고, 그것들이 모여 하나의 장면으로 형상화되는 과정에서 기괴미가 만들어졌다는 것이다.

앞서 판소리의 본질은 다채로운 감정의 촉발을 경험하게 하여 예술적 감흥을 맛보게 하는 데 있다고 하였다. 비통하고 엄숙한 분위기만을 지속하는 비장 일변도의 예술에서 대중은 완벽한 충족감을 느낄 수 없다. 기괴미라는 독특한 미의식을 구축했다고는 하나, 전반적으로 우스꽝스럽고 익살스러운 분위기를 지속하는 골계 일변도의 예술 역시 마찬가지이다. 〈열사가〉와 〈똥바다〉는 분명 당시의 시대 상황 또는 민중의 요구에 걸맞은 특유의 미의식을 내세워 나름의 문학적·예술적 성취를 보여주었다. 그랬던 〈열사가〉와 〈똥바다〉가 현재까지 일반 대중들 사이에 폭넓게 향유되고 있지 못한 데에는 직설적인 메시지와 목적의식의 강조, 오늘날 청중들이 갖는 관심사와의 괴리감 등 여러 요인이 있을 것이다. 그리고 판소리의 본질을 고려할 때, 이들 작품의 편향된 미의식 또한 그중 하나의 요인으로 주목할 만하다.

—

〈열사가〉와 〈똥바다〉, 그 이후

—

'과거' 전통으로서의 판소리는 창작판소리라는 장르를 통해 '현재'에 되살아났다. 창작판소리 〈열사가〉와 〈똥바다〉는 기존의 소리 대목 사설과 선율을 참조하고 전통의 판소리 음악 어법을 유지하는 등의 방식으로 옛 판소리를 계승하는 한편, 동시대와 소통하고 동시대 청중에 다가서기 위해 전혀 새로운 이야기를 들고 나오는 방식으로 옛 판소리와 결별하였다. 그렇게 〈열사가〉가 나온 지 70여 년, 〈똥바다〉가 나온 지 30여 년이 흘렀다. 그사이 〈열사가〉와 〈똥바다〉 또한 창작판소리사의 '과거'가 된 것이다.

〈열사가〉와 〈똥바다〉 그 이후는 어떠하였을까? 〈열사가〉는 연행 주체나 양식 등을 기준으로 볼 때 전통판소리의 영향권 안에서 안정적으로 전승되고 있다. 박동실의 〈열사가〉는 한승호, 김동준, 장월중선, 정순임, 김소희, 안숙선 등 여러 명창에 의해 전승되었으며, 현재도 면면히 이어지고 있다. 이와 별개로 다른 계열의 〈열사가〉가 나오며 그 범위가 확장되기도 했다. 김연수는 이은상의 사설을 토대로 〈이순신전〉을 만들었다고 하며, 송영석도 민영환, 이준, 안중근 등을 주인공으로 하는 창작판소리인 〈역사가〉를 지어 '계몽 강연'과 병행해 부르고 사설까지 출판했다. 정철호는 안중근, 윤봉길, 권율, 이준, 유관순, 전봉준, 이순신 등을 주인공으로 한 〈열사가〉를 창작했으며, 정권진, 조상현, 성창순, 안향련 등이 연창에 참여했다. 그러나 중요한 점은, 대중들이 널리 즐기는 소리라고 보기는 어렵다는 사실이다.

〈똥바다〉의 행보는 조금 달랐다. 〈똥바다〉 공연은 임진택 한 명에 의해 이루어졌으며, 유사한 부류의 창작판소리로 묶이는 〈소리내력〉, 〈오월광주〉, 〈오적〉 모두 임진택의 작품이다. 이런 상황에서 윤진철 명창이 〈오월광주〉를 재창작하여 새로 부른 것은 상징적인 사건이라 할 만하다. 〈똥바다〉의 확장은 〈똥바다 미국 버전〉, 〈인터넷 똥바다가〉 등을 통해 이루어졌다. 임진택의 공연에 고수로 참여했던 소리꾼 이규호가 부른 〈똥바다 미국 버전〉은 분삼촌대 대신 미국 대통령 조지 부시를 주인공으로 내세워 미국의 이라크 침략과 제국주의적 속성을 풍자하고 비판한 작품인데, 일회성의 공연에 그쳤다. 〈인터넷 똥바다가〉 역시 임진택의 〈똥바다〉에 대한 패러디로, 인터넷 공간을 똥바다에 비유한 사회 고발적인 성격의 작품이다. 그러나 실제 공연으로 실연되지는 못했다. 판소리의 놀이적·대중지향적 역할을 강조했던 〈똥바다〉의 정신은 계승되고 있으나, 공식적인 의미에서의 전승은 거의 이루어지고 있지 못한 상황이다.

예술이란 당대 현실과 긴밀한 연관을 맺으면서 유통될 때 존재 의의가 살아난다. 그런 점에서 〈열사가〉와 〈똥바다〉는 창작판소리가 가진 가능성을 충분히 보여주었다. 어느덧 고전이 되어버린 〈열사가〉와 〈똥바다〉의 '과거'를 토대로 창작판소리의 '현재'와 '미래'를 고민해볼 수 없을까.

– 송미경

참고 문헌

이성근·정순임 소리, 정회천·이태백 북,《창작판소리 열사가》(2CD), 신나라레코드, 1993.

임진택 소리, 이규호 북,《김지하 창작판소리 2》, 서울음반, 1994.

판소리학회 편집부, 〈임진택의 창작판소리 외〉,《판소리연구》39, 판소리학회, 2015.

김기형, 〈창작판소리〉, 판소리학회,《판소리의 세계》, 문학과지성사, 2000.

부유진, 〈박동실 〈열사가〉의 미적 체험 방식과 의미〉,《감성연구》11, 전남대학교 호남학
　　　연구원, 2015.

유영대, 〈20세기 창작판소리의 존재 양상과 의미〉,《한국민속학》39, 한국민속학회,
　　　2004.

이정원, 〈임진택 창작판소리 〈똥바다〉의 예술적 특징〉,《판소리연구》44, 판소리학회,
　　　2017.

제5장

민속극

연극은 이야기처럼 오래된 예술 양식이다. 역사적으로는 우리가 잘 아는 영고·동맹·무천과 같은 국가적 축제 때 연출되었던 집단적 춤과 몸짓에서 전통극의 기원을 찾을 수 있을 것이다. 일본을 경유하여 서양에서 들어온 근대극 이전의 연극에 '전통극'이라는 이름을 붙일 수 있을 터인데, 민속극은 구비문학이나 민속학 분야에서 사용하는 전통극의 다른 이름이라고 할 수 있다. 근대극 이후에도 전통극은 무형문화재로 보존되거나 다양한 형태로 변형·지속되고 있기 때문에 민속극이 더 적절한 용어

일 수 있다.

민속극에는 인형을 조종하여 극을 진행하는 인형극, 각종 탈을 쓰고 춤을 추면서 대사를 주고받는 가면극, 무당이 굿판에서 청중들을 흥겹게 하려고 혼자서 또는 악사와 대화를 주고받으면서 연극적 행위를 하는 무극, 인형극의 변형으로 발에 탈을 씌우고 발탈 인형과 어릿광대가 재담을 주고받는 발탈 등이 있다. 이 외에도 전승이 끊어졌다가 복원된 무언극이자 그림자 인형극인 만석중놀이 등도 있다.

민속극은 신분제가 확립된 이후에는 주로 하층의 문예 양식이었다. 본산대놀이 계통의 가면극에서 알 수 있듯이 궁중의 행사에 동원되는 경우도 있었으나, 조선 후기 유랑연희패가 증가하면서 민속극은 하층의 세계 인식이 강하게 투영된 서사와 몸짓을 일구었다. 그래서 구비문학 가운데 민속극의 풍자와 비판이 가장 사납다. 이런 정신은 민속극을 계승하고 재창조한 1970년대 이래의 마당놀이 등에도 잘 나타난다. ◖◗

一二三四五六七八九十

인형의 말과 동작으로 세상 비웃기

남사당패와 유랑광대의 인형극, 〈꼭두각시놀음〉

〈꼭두각시놀음〉은 유랑예인 집단인 남사당패가 연행하던 여섯 가지의 공연 레퍼토리, 곧 '풍물(농악), 버나(대접 돌리기), 살판(땅재주), 어름(줄타기), 덧뵈기(가면극), 덜미(꼭두각시놀음)' 가운데 하나로, 인형을 조종하며 공연하는 인형극이다. 남사당패의 인형 조종자는 관중이 모일 수 있는 공터에 기둥을 세운 뒤 흰 포장을 씌우고 포장 아래로 들어가 손으로 인형의 몸을 조종한다. 포장 밖에 있는 악사들 중 한 사람은 인형을 조종하는 사람과 대화를 나누면서 흥을 돋운다. 말하자면 포장 안에 있는 인형 조종자가 인형의 몸동작뿐 아니라 대사까지 담당하는 것이다. 때로는 입장료를 받기 위해 공연장 전체에 포장을 두르기도 했는데, 남사당패는 전문 직업 연희인들이었기 때문이다.

남사당패에서 사당은 '사노비(寺奴婢)'를 뜻한다고 하는데, 사당패가 흔히 사찰과 밀접한 관련이 있다고 하는 것은 이를 두고 하는 이야기이다. 사당패는 사찰에서 준 부적을 가지고 다니며 팔았고 그 수입 일부를 사찰에 바치기도 했다. 그래서 공연이 시작하거나 끝날 때 관중에게 돈을 걷으며 흔히 자기들이 수익금으로 절의 중수(重修)나 불사(佛事)를 돕는다는 점을 내세웠다. 〈꼭두각시놀음〉의 맨 마지막 거리가 절을 짓는 내용을 보여주는 '건사(建寺) 거리'인 것도 남사당패와 절의 관련성을 보여준다. 흥미로운 것은 〈꼭두각시놀음〉이 비판하는 인물들 가운데 중도 예외는 아니라는 점이다. 가면극에서 양반과 중이 조롱을 당하듯이 〈꼭두각시놀음〉에서도 양반과 중은 통렬한 풍자의 대상이 된다.

　　남사당패만이 〈꼭두각시놀음〉을 할 수 있었던 것은 아니다. 〈꼭두각시놀음〉만 연행하는 독립적인 유랑광대들도 있었다. 이들은 대개 반농반예인(半農半藝人) 6~7명으로 구성된 광대패로, 전국을 돌며 공연을 했다. 지금까지 조사된 〈꼭두각시놀음〉의 채록본은 ① 김재철 채록본: 전광식·박영하 구술(김재철,《조선연극사》, 조선어문학회, 1933), ② 최상수 채록본: 노득필 구술(최상수,《한국인형극의 연구》, 고려서적주식회사, 1961), ③ 박헌봉 채록본: 남운룡 구술(심우성,《남사당패연구》, 동화출판공사, 1974), ④ 이두현 채록본: 남운룡·송복산 구술(이두현,《한국가면극》, 문화재관리국, 1969), ⑤ 심우성 채록본: 남운룡·양도일 구술(심우성,《남사당패연구》, 동화출판공사, 1974) 등이다. 이 중 ①, ②가 남사당패와는 구별되는 떠돌이 광대패들이 구연한 것이며, ③~⑤는 남사당패들이 구술한 것이다. 가장 잘 정리되었다고 평가받는 것은 심우성 채록본이다.

〈꼭두각시놀음〉의 2마당 7거리와 박첨지

채록본마다 세부 내용의 차이는 있지만 기본 골격은 같다. 심우성 채록본을 중심으로 〈꼭두각시놀음〉의 줄거리를 살펴본다. 심우성 채록본은 크게 '2마당 7거리'로 구성된다. 첫 번째 '박첨지 마당'의 서두를 여는 것은 박첨지이다. 첫 번째 거리, '박첨지 유람 거리'에서 몰락 양반인 박첨지는 어디서 꼭두패가 논다는 소리를 듣고 자신도 구경을 왔노라며 자기소개를 하고 이어 〈유람가〉를 부른다. 다음으로 '피조리 거리'에서는 박첨지의 딸과 며느리인 '피조리'들이 나물을 뜯으러 다니다가 뒷 절 상좌중들과 한바탕 놀아난다. 그러자 박첨지의 사촌 조카인 홍동지가 알몸으로 나와 판을 깨며 혼내준다. 모두 퇴장하자 박첨지가 산받이(악사)에게 딸과 며느리가 잘 놀았는지를 묻고 피조리를 홍동지가 쫓아냈다고 하자 오히려 홍동지를 불러 꾸짖는다. '꼭두각시 거리'에서는 박첨지가 그의 본처인 꼭두각시와 서로를 오래 찾아다닌 끝에 해후한다. 그러나 박첨지가 그새 얻은 첩 덜머리집이 나타나 꼭두각시와 치고받고 싸우고, 설움을 당한 꼭두각시는 금강산으로 중이 되겠다며 떠난다. 마지막 '이시미 거리'에서는 이시미라는 괴물이 나타나 청국 땅에서 온 청노새와 박첨지 손자, 피조리, 박첨지 동생인 작은 박첨지, 꼭두각시, 홍백가, 영노, 표생원, 동박삭이, 묵대사 등을 차례로 잡아먹는다. 박첨지도 이시미에게 물리는데, 홍동지가 와서 이시미를 때려잡아 어깨에 메고 간다.

두 번째 마당인 '평안감사 마당'에서는 평안감사와 박첨지의 갈등이 주가 된다. '매사냥 거리'에서는 평안감사가 매사냥을 가다가 '길치도', 곧 길을 잘못 닦았다는 이유로 박첨지를 궁지에 몰아넣는다. 이때 홍동지가 나서 박첨지를 구해준다. '상여 거리'에서는 평안감사가 매사냥에서 돌아오다가 개미에게 불알 땡금줄을 물려 즉사한다. 평안감사 상주는 상여를 드는 상두꾼들이 다리를 삐었다며 다시 박첨지를 곤경에 처하게 한다. 그러나 이번에도 홍동지가 상두꾼으로 대신 나서 평안감사 상여를 밀고 간다. '절 짓고 허는 거리'에서는 박첨지가 이제 걱정할 게 없다면서 상좌중 둘을 불러 법당을 짓게 한다. 법당이 다 완성되면 그것을 다시 헐어낸다. 이제 놀음이 다 끝났으니 돌아가라고 하면서 박첨지가 관중에게 마지막 인사를 전한다.

줄거리에서 알 수 있듯이 각 거리 사이에는 연결성이 없다. 그러나 박첨지가 처음부터 끝까지 등장하면서 극의 중심을 잡는다. 그런 까닭에 〈꼭두각시놀음〉을 '박첨지놀음'이라고 하기도 한다.

위에서 정리한 줄거리에는 잘 드러나지 않지만 악사 가운데 한 사람이 역할을 맡는 '산받이' 역시 박첨지와 함께 극의 중요한 요소이다. 무대 밖에서 산받이는 인형극의 등장인물들에게 질문을 던지기도 하고, 무대에 나타나지 않은 내용을 전하기도 한다. 산받이가 없다면 박첨지의 중개만으로 극이 진행될 수 있기 때문에 극의 분위기가 자칫 단조로울 수 있다. 따라서 산받이는 그 자체로 극을 생기 있게 만드는 역할을 수행한다.

〈꼭두각시놀음〉의 다른 채록본들에서도 여전히 박첨지는 극의 구심점 역할을 한다. 다만 '김재철 채록본'에서는 박첨지 외의 다른 인물들 역할이 비교적 확대되어 있다. 김재철 채록본은 남사당패와는 독립적인 유랑광대패의 채록본으로 〈꼭두각시놀음〉 채록본 가운데 시기적으로 가장 오래되었다는 의의가 있다. 심우성 채록본과 비교하여 김재철 채록본의 몇 가지 특징을 살펴보는 것도 〈꼭두각시놀음〉에 대한 이해에 도움이 될 것이다.

먼저 김재철 채록본에서는 '꼭두각시 거리'를 '표생원 거리'로 지칭한다. 그리고 박첨지가 아닌 표생원을 등장시킨다. 꼭두각시 또한 박첨지의 아내가 아닌 표생원의 아내로 등장한다. 여기서도 꼭두각시는 표생원의 첩인 덜머리집과 치고받고 싸운다. 심우성 채록본에서 표생원은 '이시미 거리'에서 이시미에게 잡아먹히는 인물들 중 하나로 등장할 뿐이다. 김재철 채록본에서는 박첨지가 아닌 다른 인물의 역할을 부각시키고 있는 셈이다. 게다가 덜머리집 역시 심우성 채록본을 비롯하여 다른 채록본에서는 꼭두각시에게 머리를 박는 것이 고작인데, 김재철 채록본에서는 당당하게 자기 목소리를 낸다. '표생원 거리'에서 여성 인물의 역할이 확대되어 있는 것도 김재철 채록본의 특징이다.

또 김재철 채록본에는 심우성 채록본에는 없는 '동방노인 거리'가 있다. '동방노인'은 심우성 채록본의 '이시미 거리'에 등장하는 '묵대사'에 비견되는 인물이다. 도를 닦고 있기 때문에 눈을 뜰 수 없다고 했던 동방노인이 꼭두패의 흥겨움에 이끌려 눈을 뜨는데, '이시미 거리'의 묵대사 역시 마찬가지라는 점에서 그 유사성을 지적할 수 있다. 그러나 김재철 채록본에서는 별도의 거리로 구성되어 있기 때문에 동방노인은 표생원과 마찬가지로 역할이 확장되어 있는 인물로 볼 수 있다.

김재철 채록본의 박첨지가 다른 채록본들의 박첨지에 비해 주도적으로 나서고 있지 않기 때문에, 채록 시기를 고려할 때 박첨지의 역할이 필요에 따라 점차 확대되었다고 보는 견해도 있다. 그럼에도 대부분의 거리에서 박첨지가 주도적으로 활약한다는 점을 감안한다면 〈꼭두각시놀음〉이 '박첨지놀음'으로도 불리는 이유를 충분히 수긍할 수 있다.

토착광대패의 〈꼭두각시놀음〉 - 〈서산박첨지놀이〉

한국 인형극의 기원에 대해서는 일찍이 삼국시대 이전의 목우(木偶) 인형에서부터 발전했다는 '자생설', 인도에서 서역을 거쳐 중국에서 한국으로, 다시 한국에서 일본으로 전해졌다는 '전래설'이 제기된 바 있다. 현재는 이 두 가지 설의 절충설이 인정을 받고 있다. 따라서 〈꼭두각시놀음〉의 기원에 대해서도 이 절충설이 설득력을 얻고 있으며, 그 외의 특별한 이견은 없다고 할 수 있다.

〈꼭두각시놀음〉에 대한 쟁점으로는 남사당패와의 관련성을 들 수 있다. 초기 연구에서 〈꼭두각시놀음〉은 전문 직업 연희인인 남사당패가 주로 연행한 것이라는 점에서, 문학적 의미를 해명하는 데 있어서도 그 이유를 남사당패라는 전승 집단의 특성과 꼭 연결 짓고는 했다. 특히 〈꼭두각시놀음〉에 '건사 거리'가 존재하는 이유를 남사당패와 절의 관련성을 통해 분석한 것이 대표적인 예이다. 하지만 김재철 채록본에서 알 수 있듯이 남사당패가 아닌 유랑광대패들도 〈꼭두각시놀음〉을 공연했다. 그리고 〈서산박첨지놀이〉와 〈장연꼭두각시놀음〉(북한 지역)과 같이 그 지역의 토착광대패들이 연행하는 〈꼭두각시놀음〉도 현존한다. 그래서 〈꼭두각시놀음〉의 문학적 의미를 전승 집단인 남사당패의 문제로 환원시키는 연구 시각에서 벗어나야 한다는 주장이 제기되고 있다.

토착광대패의 〈꼭두각시놀음〉 중 〈서산박첨지놀이〉는 1920년대 말부터 충청남도 서산시 음암면 탑곡리 4구 마을 사람들을 중심으로 연행되어 왔다고 알려져 있다. 이들의 연행은 일제강점기를 기점으로 잠시 중단되었다가 1950년대 중반에 재개되었고 오늘날까지도 추석을 전후로 하여 지속되고 있다. 물론 탑곡리 4구 마을에 〈서산박첨지놀이〉가 전승될 수 있도록 초기에 큰 역할을 한 유영춘이라는 인물이 남사당패 출신이라는 이야기가 전해지기도 한다. 그렇지만 〈서산박첨지놀이〉는 연행 방식과 내용의 측면에서 남사당패의 〈꼭두각시놀음〉과는 뚜렷하게 구별되는 독자성을 갖추고 있다.

연행 방식의 경우 남사당패의 〈꼭두각시놀음〉은 인형 조종자 한두 명이 목소리를 달리해가면서 다수 인물의 역할을 맡는다. 그러나 탑곡리 4구 마을 사람들의 〈서산박첨지놀이〉는 다수의 인형 조종자가 각각 한 인물의 역할만 수행한다. 이는 인형극에 참여하고 싶은 사람이라면 누구나 참여할 수 있도록 하는 토착광대패의 특성에서 기인하는 것이다.

연행 내용에서도 차이가 존재한다. 남사당패의 〈꼭두각시놀음〉은 박첨지와 꼭두각시의 갈등을 부부 사이의 문제로만 제시한다. 반면 탑곡리 4구 마을 사람들의 〈서산박첨지놀이〉는 꼭두각시인 큰마누라뿐 아니라 큰마누라의 동생과 박첨지의 동생도 박첨지 비난에 참여하게 함으로써 박첨지 개인과 집안의 문제로 갈등을 격화시킨다. 더러는 마을공동체의 윤리를 의식하는 대사들도 포착된다. 이를 통해 볼 때, 〈서산박첨지놀이〉가 시대에 따른 마을공동체의 가치판 변화를 민감하게 반영한 인형극임을 알 수 있다.

〈서산박첨지놀이〉는 채록본으로만 존재하는 〈장연꼭두각시놀음〉에 비해 실제 연행 현장을 체험할 수 있다는 점에서 여러 연구자들에게 관심을 받아왔다. 무엇보다 〈서산박첨지놀이〉를 통해 한국의 인형극은 더 이상 남사당패의 전유물이 아니며 〈꼭두각시놀음〉이 유일하다는 주장도 반박할 수 있었기 때문이다. 연행 방식과 내용의 측면에서 볼 때도 〈서산박첨지놀이〉는 시대에 따라 변모하는 마을공동체의 가치관을 반영하고

있다. 〈서산박첨지놀이〉가 지니는 문학사적 의의가 바로 여기에 있다고
할 수 있다.

—
〈꼭두각시놀음〉에 나타난 굳건한 남성 연대
—

〈꼭두각시놀음〉은 중과 양반, 또 남성이 풍자의 대상이 된다는 점에서 일
반적으로 가면극과 유사한 성격을 보인다. 중요한 것은 가면극에 비해 인
형극의 비판 정도가 더 강렬하다는 것이다. 〈꼭두각시놀음〉에서는 중이
나 양반의 권위는 물론이고 노인의 권위까지 비웃음의 대상으로 취급된
다. 〈꼭두각시놀음〉에서 존중받는 대상은 거의 없다고 말해도 좋을 정도
이다. 이는 인형극이라는 특성상 현실에서는 권위를 가지는 인물들이 인
형극 안에서는 작은 인형으로 축소되기 때문에 가능한 결과로 볼 수 있을
것이다. 〈꼭두각시놀음〉은 작은 인형의 말과 동작을 이용하여 기존의 모
든 도덕 질서를 비웃는다.

특히 알몸에 성기를 드러낸 빨간 인형 홍동지는 인형극 안에서 기존의
도덕 질서를 깨부수는 일의 전면에 선다. 따라서 그의 파괴적이고 극단적
인 행동은 민중의 저항 의식과 비판 정신을 대변하는 것으로 해석되기도
하였다. 분명 홍동지는 자신의 외삼촌인 박첨지에게도 거침없이 욕설을
퍼붓는다. 이시미에게 물린 박첨지가 살려달라고 하자, 집안에서 애나 보
고 잔칫집과 제사집이나 쫓아다닐 것이지 왜 그러느냐고 외삼촌에게 호
통을 친다. 하지만 큰 틀에서 보면 홍동지는 박첨지와 굳건한 남성 연대
를 맺고 있다는 것을 알 수 있다. 이 점을 새롭게 주목할 필요가 있겠다.

홍동지는 박첨지에게 늘 투덜대면서도 언제든지 박첨지가 위급한 상황

에 처하면 그를 찾는 산받이의 부름에 응한다. 특히 '평안감사 마당'에서 그러한 모습이 극명하게 나타난다. 박첨지가 '매사냥 거리'에서 길을 잘못 닦았다는 이유로 평안감사에게 잡힐 위기에 처했을 때도, '상여 거리'에서 평안감사의 상여를 멜 상두꾼을 사야 할 위기에 처했을 때도, 그때마다 박첨지를 구해주는 것은 바로 홍동지이다. 박첨지와 홍동지가 혈연관계로 맺어졌다고는 하나 박첨지의 일이라면 홍동지는 거의 무조건적으로 반응한다. 그리고 이 둘의 관계를 중개하는 것이 '산받이'이다. 여기서도 산받이의 중요성이 부각된다.

한편 이에 비해 〈꼭두각시놀음〉에서 여성 연대는 잘 드러나지 않는다. 꼭두각시와 덜머리집이라는 처첩 간의 관계만 등장하기 때문이다. 그러나 심우성 채록본에서는 무언(無言)에 그치는 덜머리집이지만 그나마 김재철 채록본에서는 '왜 자신이 큰마누라에게 인사를 하러 와야 하냐'며 박첨지에게 화를 낸다. 가부장 중심의 가족 질서를 구축하려는 박첨지의 의도를 정확히 꿰뚫고 있는 것이 인상적이다. 이렇게 김재철 채록본의 덜머리집이 자신의 의사를 당당히 밝힌다는 점은 여성 의식의 측면에서 진일보한 지점이라고 할 수 있겠다.

〈꼭두각시놀음〉은 박첨지를 비롯한 여타 인물들을 통해 기존의 권위를 무차별적으로 조소하지만, 결코 허물어지지 않는 남성 연대가 구축되어 있다는 점에서 대단히 남성 중심적 텍스트라고 할 수 있다. 그렇다고 하더라도 〈꼭두각시놀음〉이 지니는 풍자성은 오늘날에도 여전히 매력적인 요소이다. 극단 '사니너머'의 〈돌아온 박첨지〉는 〈꼭두각시놀음〉의 사나운 풍자성을 현대적으로 계승한 대표적 사례이다. 특히 〈돌아온 박첨지 시즌 2〉에서는 박첨지와 덜머리집, 피조리, 상좌중 같은 전통 인형뿐 아니라 '세월호, 바바리맨 김가, 육방' 등의 창작 인형을 통해 과거와 현대를 넘나드는 풍자를 보여준다. 전통 인형과 창작 인형을 적절히 조화시켜 비판적 의미를 전달하는 〈돌아온 박첨지〉는 전통극을 현재화한 바람직한 사례로 평가할 수 있겠다.

– 이소윤

참고 문헌

서연호, 《꼭두각시놀이》, 열화당, 1990.

서연호, 《꼭두각시놀음의 역사와 원리》, 연극과인간, 2001.

서연호, 〈꼭두각시놀음의 전승 연구〉, 《한국의 민속과 문화 1》, 경희대학교 민속학연구소, 1998.

이능화, 《조선해어화사》, 동양서원, 1927.

전경욱, 《한국의 전통연희》, 학고재, 2004.

임재해, 〈〈꼭두각시놀음〉의 역사적 전개와 발전 양상〉, 《구비문학연구》 5, 한국구비문학회, 1997.

임재해, 〈〈꼭두각시놀음〉 연희본들의 변이 양상과 전승 양상〉, 《한국민속학》 41, 한국민속학회, 2005.

최윤영, 〈〈꼭두각시놀음〉의 현재화 방안 연구 – 극단 '사니너머'의 〈돌아온 박첨지 시즌 2〉를 중심으로〉, 《공연문화연구》 32, 한국공연문화학회, 2016.

허용호, 〈〈꼭두각시놀음〉의 연행기호학적 연구 시론〉, 《구비문학연구》 6, 한국구비문학회, 1998.

허용호, 〈〈서산박첨지놀이〉 연구〉, 《구비문학연구》 10, 한국구비문학회, 2000.

허용호, 〈토박이 광대패 인형극의 전승 양상 – 서산시 음암면 탑곡 마을의 〈서산박첨지놀이〉를 중심으로〉, 《구비문학연구》 20, 한국구비문학회, 2005.

二三四五六十八九十

얼굴은 가리고, 욕망은 드러내고

탈춤, 산대놀이, 오광대, 야류, 그리고 가면극

가면을 쓴 연희자들이 춤과 재담 등으로 극적인 장면을 연출하는 전통연극을 가면극이라 한다. 탈놀이, 탈놀음, 탈춤 등으로 부르기도 한다. 특히 탈춤이라 부르는 경우가 많은데, 그만큼 춤이 두드러지기 때문이다. 하지만 가면극에서는 춤 못지않게 재담이 극 진행의 핵심 요소로 자리한다. 또한 탈춤은 황해도 가면극의 지역 명칭이기도 해서 혼선을 불러올 소지가 있다. 가면극이라 부르는 이유가 여기에 있다. 재담과 춤을 모두 포괄하고, 지역 명칭과 전체 명칭의 혼선을 방지하기 위해서 가면극이라 부르는 것이다.

가면극은 지역마다 고유한 명칭이 있다. 황해도에서는 '탈춤'이라 부른다. 〈봉산탈춤〉, 〈강령탈춤〉, 〈은율탈춤〉 등이 그 사례이다. 서울과 경기도에서는 '산대놀이'라고 부른다. 〈양주별산대놀이〉, 〈송파산대놀이〉가 이에 해당한다. 경상남도 낙동강 유역에서는 '야류'와 '오광대'라 부른다. 낙동강 동쪽 지역에서는 야류, 서쪽 지역에서는 오광대라 부르는 것이다. 〈동래야류〉, 〈수영야류〉, 〈고성오광대〉, 〈통영오광대〉, 〈가산오광대〉 등이 그 구체적 사례들이다. 그 밖에 경상북도의 〈하회별신굿탈놀이〉, 강원도의 〈강릉관노놀이〉, 함경남도의 〈북청사자놀음〉 또한 가면극 범주에 포함시킬 수 있다.

현재 우리가 접할 수 있는 가면극들은 대체로 조선 후기에 형성되었다고 한다. 강이천(1769~1801)이 쓴 연희시(演戲詩) 〈남성관희자(南城觀戲子)〉를 보면 그러한 추론이 틀리지 않았음을 확인할 수 있다. 적어도 1770년대 이전에 현재 전하는 가면극이 형성되고 연행되었다. 〈남성관희자〉에는 '파계하는 노장', '주정하는 취발이', '언청이 양반', '성깔 대단한 할미' 등이 등장한다. 소무(小巫)를 본 노장은 혹하여 파계하며, 취발이는 주정을 하며 행패를 부린다. 언청이 양반은 거드름을 피우지만 조롱당한다. 할미는 대단한 기세로 마당판을 누비지만 싸움 끝에 죽는다. 서울·경기 지역의 산대놀이나 황해도의 탈춤과 거의 동일한 내용이 〈남성관희자〉에 묘사되고 있다.

대부분의 가면극에서는 음담패설과 폭력이 난무한다. 주요 등장인물들은 본능적인 욕망을 그대로 드러내며 하고 싶은 대로 한다. 승려인 노장은 파계하고, 먹중들은 한량임을 자처한다. 양반들은 장애의 형상으로 등장하며, 하인 말뚝이는 그 양반들을 조롱하며 욕보인다. 취발이는 힘으로 여자를 빼앗고, 영감은 할미를 때려죽이기까지 한다. 예의는 물론이고 어떤 절제도 찾아볼 수 없다. 성적 표현이나 행동, 욕설과 폭력이 과도하게 넘쳐난다. 이러한 가면극에서 어떤 교훈을 찾으려 하는 것은 무리한 일일

수 있다. 가면극의 세계는 그 연행 공동체의 자기중심적인 축제판이었을
지도 모른다. 어떤 절제도 없고 배려도 없는 자기중심의 욕망이 분출되는
무심한 축제일 수 있는 것이다. 생각이 여기까지 이르면 또 다른 시각과
차원에서 가면극을 바라보아야 할 필요를 느끼게 된다.

—

마을굿 계통 가면극과 본산대놀이 계통 가면극

—

가면극은 전승 지역에 따라 북부, 중부, 남부 등으로 구분할 수 있다. 또한
지역 고유의 호칭에 따라 탈춤, 산대놀이, 야류와 오광대 등으로 구분하
기도 한다. 한 걸음 더 나아가 전승 지역과 고유 호칭을 결합하여 유형 분
류를 할 수도 있다. 북부 지방의 탈춤, 중부 지방의 산대놀이, 남부 지방의
야류와 오광대 등이 그것이다. 지역과 호칭의 결합에 따른 가면극 분류는
유용하다. 지역의 고유한 특징을 함축한 분류이기에 그러하다. 유사하면
서도 다르고, 다르면서도 유사한 가면극의 양상을 보여주고 있는 것이다.
하지만 이러한 분류는 한국의 가면극 모두를 포괄하지 못한다. 〈하회별
신굿탈놀이〉, 〈강릉관노놀이〉, 〈북청사자놀음〉 등을 염두에 두지 않고 있
기 때문이다.

 가면극을 그 기원과 형성 과정에 따라 분류하기도 한다. 이에 따르면,
가면극은 '마을굿놀이 계통 가면극'과 '본산대놀이 계통 가면극'으로 대별
할 수 있다. 마을굿놀이 계통 가면극은 '서낭제 탈놀이'라 부르기도 한다.
본산대놀이 계통 가면극은 '산대도감 계통극'이라 부르기도 한다. 이러한
유형 분류는 앞서 지역과 호칭에 따른 분류의 한계를 넘어설 수 있다. 한
국의 가면극 모두를 포괄할 수 있기 때문이다. 마을굿놀이 계통 가면극은

마을이나 고을에서 벌어지는 공동체 제의와 밀접한 연관을 맺으며 형성되고 전개되어온 가면극들을 말한다. 본산대놀이 계통 가면극은 본산대놀이의 영향을 받아 형성되고 전개되어온 가면극들이다. 전문적인 가면극 연희집단이었던 본산대패의 가면극과 밀접한 연관이 있는 가면극들인 것이다.

마을굿놀이 계통 가면극으로는 〈하회별신굿탈놀이〉, 〈강릉관노놀이〉, 〈북청사자놀음〉이 있다. 이 가면극 유형은 공통적으로 마을이나 고을에서 벌어지는 공동체굿과 긴밀한 연관을 맺고 있다. 〈하회별신굿탈놀이〉는 하회마을에서 벌어지는 하회별신굿 문맥에서 연행된다. 〈강릉관노놀이〉는 마을을 넘어선 고을 차원의 굿인 강릉단오제가 벌어질 때 연행된다. 〈북청사자놀음〉은 정월대보름 즈음에 마을 지신밟기의 일환으로 연행된다. 모두가 지역공동체의 제의 문맥 속에서 연행되고 있는 것이다. 마을굿놀이 계통 가면극의 경우, 마을공동체 제의와 긴밀한 연관이 있다는 것 말고는 다른 공통적인 특질을 가지고 있지는 않다. 각각의 가면극이 독자적이다. 토착적이고 자생적인 속성이 강한 것이 마을굿놀이 계통 가면극인 것이다.

〈강릉관노놀이〉는 그 명칭에서 나타나듯이, 강릉단오제 때 관노(官奴)들에 의하여 연행되었다. 전체 5과장으로 구성되었는데, 장자마리의 벽사의식무, 양반광대와 소매각시의 사랑, 이에 대한 시시딱딱이들의 훼방, 소매각시의 자살 소동, 양반광대와 소매각시의 화해 등의 내용을 담고 있다. 각 과장이 독립되지 않고 서로 유기적으로 연관되어 있는 점이 독특하다. 재담 없이 춤과 동작 중심으로 진행되는 무언극이라는 점 또한 〈강릉관노놀이〉만이 갖는 특징이다. 양반과 소매각시를 중심으로 한 사랑과 오해, 그리고 화해의 과정이 춤과 동작만으로 표현되고 있는 것이다.

〈북청사자놀음〉은 정월대보름 즈음에 함경남도 북청 지역 곳곳에서 벌어지던 세시풍속 가운데 하나였다. 사자를 앞세우고 집집마다 방문하면서 잡귀를 쫓는 지신밟기의 일종이 〈북청사자놀음〉이다. 현재 공식적으로는 〈북청사자놀음〉이라 부르지만, 북청 지역에서는 '사자놀이'라 불렀다. 〈북청사자놀음〉의 중심에는 사자춤이 자리한다. 애원성춤, 사당·거사춤, 무동춤, 넉두리춤, 꼽추춤, 칼춤 등도 함께 추지만, 모두 여흥으로 추는 춤이다. 〈북청사자놀음〉은 어떤 극적 갈등이나 사건이 전개되는 양상을 보이지 않는다. 가면을 쓴 양반과 꼭쇠가 등장하여 재담을 하지만 즉흥성이 두드러진다. 연행의 진행과 상황에 대한 설명적인 내용이 중심이 되기 때문이다.

〈하회별신굿탈놀이〉는 마을 별신굿에서 벌어졌다. 하회마을 사람들은 서낭신을 마을신으로 모시고 해마다 제사를 지냈다. 이와는 별도로 10년에 한 번씩 혹은 신의 계시에 따라 마을굿을 크게 했는데, 이를 별신굿이라 불렀다. 이 별신굿에서 〈하회별신굿탈놀이〉가 벌어졌다. 하회별신굿 전체는 '강신(降神), 무동 마당, 주지 마당, 백정 마당, 할미 마당, 파계 승 마당, 양반·선비 마당, 당제(堂祭), 혼례 마당, 신방 마당, 헛천거리굿' 등의 순서로 진행된다. 섣달그믐날이나 정월 초이튿날에 강신을 먼저 한 후, 무동 마당에서 양반·선비 마당까지의 탈놀이가 정월 열사흗날까지 마을 곳곳에서 이어졌다. 정월대보름이 되면 당제를 지내고 혼례 마당과 신방 마당을 비밀스럽게 진행했다. 이어서 무당들이 중심이 되어 헛천거리굿을 하는 것으로 별신굿을 마무리했다. 좁게는 무동 마당에서 양반·선비 마당까지, 넓게는 별신굿 그 자체가 〈하회별신굿탈놀이〉라 할 수 있다.

〈하회별신굿탈놀이〉는 그 연원이 오래되었다. 이는 〈하회별신굿탈놀이〉의 가면들에서 확인할 수 있다. 일반적으로 하회탈이라 부르는 가면들은 고려시대에 제작된 것으로 추정되고 있으며, 국보로까지 지정되었다. 〈하회별신굿탈놀이〉의 오랜 연원의 흔적은 그 내용과 형식에서도 확인할 수 있다. 문하시중(門下侍中)이라는 고려시대 벼슬 명칭이 양반과 선비의 재담 속에 등장하는 것이 그 사례가 된다. 섬세한 춤이 아니라 일상의 동작을 양식화한 표현 중심으로 연행이 진행된다는 점 역시 오랜 연원을 말하고 있다. 일상적 동작의 양식화는 4·4조 형태로 하회마을에 전해진다. '주지걸음 하듯 한다', '사뿐사뿐 각시걸음', '능청맞다 중의 걸음', '황새걸음 양반걸음', '황새걸음 선비걸음', '방정맞다 초랭이걸음', '비틀비틀 이매걸음', '맵시 있다 부네걸음', '심술궂다 백정걸음', '엉덩이춤 추는 할미걸음' 등이 그것이다. 하회마을은 물론이고 안동 지역에까지 널리 회자되는 이 말들은 바로 〈하회별신굿탈놀이〉 등장인물들의 실제 연행 양상이기도 하다.

〈하회별신굿탈놀이〉는 그 내용과 형식에 있어서 다른 가면극들과 많이 다르다. 왜냐하면 〈하회별신굿탈놀이〉가 자생적으로 형성되고 전개되다 보니 토착적 성격을 많이 가지게 되었기 때문이다. 이는 마을굿놀이 계통 가면극이 공유하는 속성이기도 하다. 그런데 흥미로운 것은 〈하회별신굿탈놀이〉에서 본산대놀이 계통 가면극과 유사한 내용이 나타난다는 점이다. 여색에 혹해 파계를 하는 중의 모습, 거드름을 떨지만 무지한 양반 조롱, 할미의 고난과 삶의 애환 토로 등은 본산대놀이 계통 가면극에서 공통적으로 확인할 수 있는 내용들이다. 〈하회별신굿탈놀이〉의 전승 과정에서 본산대놀이 계통 가면극의 영향을 일부 받은 것으로 추정할 수 있는 사례들이다.

본산대놀이는 애오개, 사직골, 노량진, 구파발 등 서울 근교를 거점으로 활동하던 본산대패에 의해 연행된 가면극이다. 앞에서 살펴본 〈남성관희자〉는 본산대패의 연희를 보고 지은 시이다. 본산대패는 국가 행사에 참여하던 전문적인 연희자로 구성된 집단이다. 이들이 집단을 이루어 본산대패를 구성하고 서울과 경기는 물론이고 지역으로 순회공연을 자주 다녔다. 본산대놀이 계통 가면극은 이러한 본산대패 가면극의 영향으로 형성된 것들이다. 본산대놀이 계통 가면극에는 황해도의 탈춤, 경기도와 서울의 산대놀이, 경상도 낙동강 유역의 야류와 오광대 등이 모두 포함된다. 〈봉산탈춤〉, 〈은율탈춤〉, 〈강령탈춤〉, 〈양주별산대놀이〉, 〈송파산대놀이〉, 〈동래야류〉, 〈수영야류〉, 〈고성오광대〉, 〈통영오광대〉, 〈가산오광대〉 등이 본산대놀이 계통 가면극이다. 이 가면극들은 그 구성, 등장인물, 내용 등에 있어 공통적인 양상을 보인다. 이 공통적인 양상은 전문적인 가면극 연희패인 본산대패와 긴밀한 연관 속에서 형성되었음을 말해주는 증거가 된다.

본산대놀이 계통 가면극의 구성을 보면, 사악한 것을 쫓아버리는 벽사(辟邪)의 의식무, 양반 과장, 파계승 과장, 영감·할미 과장 등을 공통적으로 가지고 있다. 등장하는 인물들 역시 공통적이다. 등장인물들은 보통 신분이나 계층, 부류 등을 나타내는 명칭으로 불린다. 양반, 샌님, 영감, 할미, 상좌, 노상, 먹중 등이 그 예가 된다. 양반의 하인 명칭이 모두 말뚝이라는 점도 공통적이며, 소무를 사이에 두고 노장과 맞서는 인물이 술 취한 취발이라는 점도 동일하다. 동일한 명칭으로 등장하는 인물들의 가면 형상이 유사하다는 점도 주목할 만하다.

본산대놀이 계통 가면극은 그 내용에 있어서도 공통되는 것들이 많다. 본산대놀이 계통 가면극의 첫 대목을 보면, 상좌춤(봉산탈춤, 송파산대놀이, 양주별산대놀이), 오방신장무(가산오광대), 사자춤(은율탈춤, 강령탈춤) 등으로 달리 나타난다. 하지만 이것들은 나쁜 기운이나 부정을 제거하는 벽사적인 의식무라는 점에서 동일한 속성을 가지고 있다. 양반과 하인이 등장하는 대목, 중이 파계하는 대목, 할미와 영감이 티격태격하는 대목 등이 중심적인 내용을 이루고 있다는 점도 본산대놀이 계통 가면극이 공유하는 특징이다.

양반과 하인이 등장하는 대목은 흔히 '양반 과장'이라 부른다. 양반 과장의 전개를 보면, 우선 말뚝이가 양반을 찾으려고 여러 지역을 돌아다녔다고 장황하게 떠벌리는 '말뚝이 노정기(路程記)' 대목으로 시작한다. 그리고 양반 과장 내내 말뚝이는 겉으로는 시중을 들고 복종을 하는 체하지만, 실제로는 양반의 약점을 폭로하고 무지를 풍자한다. 이러한 말뚝이에게 양반들은 속수무책으로 당할 뿐이다. 말뚝이에게 조롱당하는 양반들의 가면이 대부분 언청이나 비뚤어진 모습으로 형상화되고 있다는 점도 본산대놀이 계통 가면극에 공통적으로 나타나는 특징이다.

중이 파계하는 내용은 주로 '노장 과장'이라 부르는 대목에서 나타난다. 특히 황해도의 탈춤과 경기도·서울의 산대놀이에서 노장 과장이 차지하는 비중이 높다. 그만큼 등장하는 인물도 많다. 노장 과장에서 노장은 소무에게 미혹되어 파계한다. 파계한 노장은 완력을 앞세우는 세속적 인물이 되었다가 마침내 취발이에게 소무를 빼앗기고 쫓겨난다. 노장이 파계하고 쫓겨나게 되는 노장 과장은 적지 않은 시간 동안 진행된다. 노장 과장에서 등장하는 인물들은 노장, 먹중, 소무, 신장수, 원숭이, 취발이 등이다. 이 인물들이 황해도 탈춤과 경기도·서울의 산대놀이에서 동일하게 등장한다.

할미와 영감이 등장하여 티격태격 싸움을 벌이는 대목은 보통 '할미 과장'이라 부른다. 할미 과장 역시 본산대놀이 계통 가면극에서 공통적으로 나타난다. 대체로 영감과 할미가 젊은 첩 때문에 다투는 내용으로 전개된다. 영감과 할미의 싸움은 보통 할미의 죽음으로 맺어진다. 할미의 죽음 이후에는 무당굿을 하거나 상여소리를 하며 상여를 메고 나간다. 서울과 경기도의 산대놀이나 황해도 탈춤에서는 무당굿을 하며, 경상도의 야류와 오광대에서는 상여소리를 하며 상여를 메고 나가는 것이다.

이렇게 본산대놀이 계통 가면극은 공통적인 내용을 가지고 있다. 하지만 지역에 따라 서로 다른 내용을 가지고 있기도 하다. 황해도 탈춤에만 나타나는 '사자춤 과장', 경기도와 서울의 산대놀이에 특징적인 '연잎과 눈끔적이 과장', 경상도 야류와 오광대의 '영노 과장'과 '문둥이춤 과장' 등이 그 예들이다. 이러한 양상은 각 지역의 가면극들이 본산대놀이의 영향만을 받은 것이 아님을 말해주고 있다. 각 지역의 가면극들은 자기 지역의 연희 전통 속에서 나름의 독자적인 전개 과정을 거쳐왔음을 말하는 것이다.

—

비판의 정신과 축제의 민낯

—

가면극 연구 초창기부터 가면극 주제와 내용을 '벽사의 의식무', '파계승에 대한 풍자', '양반계급에 대한 모욕', '일부(一夫) 대 처첩의 삼각관계와 서민 생활의 곤궁상'으로 보아왔다. 이러한 견해는 가면극이 가지고 있는 현실 비판 의식을 중심으로 해서 좀 더 체계적으로 정리된다. 가면극에서는 '노장의 파계 과정을 통해서 관념적 허위 비판', '양반의 오만함과 무지의 폭로를 통해서 신분적 특권 비판', '영감의 가부장적 행태를 통해서 남성의 횡포 비판'이 이루어진다는 것이다. 가면극의 3대 주제라고 말해지는 이 견해는, 사회적 불평등으로 빚어지는 현실적인 문제들을 비판적으로 제시하는 것이 가면극이라는 입장에 서 있다. 가면극에는 노장의 관념적 허위의식, 양반의 신분적 특권, 영감의 가부장적 행태 등이 봉건사회의 유물로서 청산되어야 한다는 의식이 나타난다는 것이다.

이러한 주장에 대해 반론이 제기되기도 했다. 오랫동안 별다른 이의 없이 받아들여지던 가면극의 3대 주제에 대하여 부분적 문제 제기가 이루어진 것이다. 노장의 관념적 허위에 대한 비판이나 양반의 특권에 대한 비판은 가면극에서 찾아볼 수 있지만, 남성의 가부장적 횡포에 대한 비판 의식은 찾아보기 어렵다는 것이 문제 제기의 요지이다. 나아가 '남성의 횡포는 가면극을 창조하고 발전시킨 사람들 자신도 가지고 있는 문제이며, 이런 것까지 드러내서 다루었다는 데서 가면극 창조자들의 비판 정신이 철저하다는 사실을 알 수 있다'는 평가가 강박의 산물이라고 비판한다. 가면극을 현실 비판 정신의 틀로 재단하려는 강박에서 벗어나야 한다는 것이다.

사실 가면극에서는 영감 혹은 남성들의 횡포라고밖에 말할 수 없는 행태가 곳곳에서 나타난다. 집안은 돌보지 않고 첩까지 얻어 지내면서 큰소리치는 영감은 철저하게 자신의 욕망에 따라 행동한다. 가면극에 등장하는 젊은 여성들은 그저 유혹의 대상일 뿐이고, 늙은 여성들은 남성들의 가부장적 행태의 희생자로서만 자리한다. 가면극에서 여성들이 주체로서는 경우는 거의 없다. 유일하게 자기의 생각을 수다스럽게 표현하고 행동하는 할미가 죽음으로 종말을 맞이한다는 설정은 가면극이 가진 남성 중심성의 절정이라 할 수 있다. 이렇게 가면극에서는 남성들의 횡포는 드러나지만 그 비판 의식은 찾아볼 수 없다. 다만 남성 중심적인 욕망이 분출될 뿐이다.

남성의 횡포 비판이라는 주제 설정에 대해 이의를 제기하는 견해에서는, 가면극에서 만들어내는 세계가 남성들의 이상한 이상향이라고 주장한다. 이 주장에 따르면, 가면극의 세계는 남성들의 축제판이다. 남성들은 자신들의 축제판을 성애적인 대상으로 채웠으며, 자신들의 유토피아에서 여성의 제대로 된 역할을 애써 상상하지 않는다. 축제로서 가면극은 전 인류적이고 보편적인 평등향을 추구하는 것이 아니라는 것이다. 물론 기존의 허위와 모든 종류의 불평등에 대한 유쾌하고도 비판적인 민중 공동체적 이상을 구현해보는 것이 축제의 특성이기는 하다. 하지만 이는 축제의 한 측면만을 본 것이라 주장한다. 축제가 때때로 강자가 아닌 약자를, 특히 여성과 인종적·종교적 소수자들을 악마시하거나 공격한다는 사실 또한 주목해야 한다는 것이다. 동시에 축제가 문제가 될 만한 것은 기꺼이 변화시키지만 합법화됨직한 것은 더욱 강화시킨다는 점 역시 유념해야 한다고 한다. 이러한 축제의 속성은 비판거리가 될 만하지만 인정할 수밖에 없는 축제의 이면 혹은 민낯이라는 것이다.

가면극의 주제에 대한 서로 다른 두 견해는 남성의 횡포를 중심으로 쟁점화가 되어 있다. '가면극이 남성의 횡포를 비판하고 있는가', 아니면 '가면극이 남성의 횡포를 즐기고 있는가' 하는 문제로 정리할 수 있는 것이다. 두 견해의 배후에는 '현실 비판의 성신 탐색'과 '욕망 분출의 민낯 직시'라는 서로 다른 지향이 자리하고 있다. 가면극에서 현실 비판의 정신을 찾으려는 시각과 축제로서 갖는 욕망 분출의 민낯을 직시해야 한다는 시각이 맞서고 있는 것이다. 나아가 여기에는 가면극에 긍정적 가치를 부여하려는 구심적 지향과 그러한 시각에서 벗어나려는 원심적 지향이 자리하고 있기도 하다.

남성 중심의 무심한 축제, 가면극

그동안 우리는 가면극을 해석하고 평가하는 데 있어 일정한 편향을 가지고 있었던 것이 사실이다. 한편에서는 가면극이 '우리의 것, 전통적인 것, 민족적인 것'이라는 입장에서 그 긍정적 가치만을 일방적으로 내세웠다. 또 다른 한편에서는 남녀노소가 다 함께 어우러지는 평등의 세상을 구현하는 것이 가면극이라는 주장이 나오기도 했다. 두 입장 모두에서 우리는 가면극의 신화화나 이상화 편향을 발견한다. 오류나 흠이 없는 완전체로서 가면극을 상상하게 되는 것이다. 앞에서 살핀 가면극의 3대 주제론 역시 이 과정에서 산출된 것이다.

이러한 양상이 나타나고 지속되게 된 이유 중에 하나는 가면극이 여전히 전승되고 있으며, 창조적으로 계승해야 할 미래의 민족극이라는 인식 때문이다. 그런데 제대로 된 전승과 창조적 계승을 위해서라도 한계를 직시해야 하는 일이 필요하다. 한계나 이면을 들추어낸다고 가면극이 부정적 평가만을 받거나 허물어지는 것은 아니기 때문이다. 전승과 창조적 계승은 긍정적인 측면만을 부각시키고 그 가치를 인정한다고 이루어지는 것은 아니다. 오히려 적절한 전승과 계승은 그 한계를 직시하고 극복하는 데서 시작된다.

가면극의 한계를 직시하기 위해서는 가면극 해석에서 현실 비판이라는 척도를 먼저 버려야 한다. 현실 비판이라는 척도로만 가면극을 재단하는 것을 넘어서, 보다 너른 차원에서 가면극을 바라보아야 한다. 본성이나 본능 해방, 혹은 욕망의 분출이라는 축제의 시각에서 가면극을 보는 것이 한 방법이 될 수 있다. 가면을 쓰면서 얼굴은 감추어지는 대신, 본능과 욕망이 드러나고 있기 때문이다. 여기서 유념해야 할 것은 그 본능 해방이나 욕망 분출이 긍정적 가치만을 갖거나 건설적이지만은 않다는 점이다. 드러나는 본능과 욕망에 대하여 애써 긍정적 가치를 부여할 필요도 없다. 또한 전통시대 가면극이 갖는 한계에 대해서도 냉정하게 인정해야 할 필요가 있다. 시대적 한계를 염두에 두어야 하는 것이다.

본능 해방과 욕망 분출의 축제로서 가면극을 바라보고, 가면극의 시대적 한계를 인정하는 시각을 가질 때 가면극은 좀 달리 보인다. 그 달리 보이는 세계는 그동안의 해석과 평가와 많은 차이가 있다. 이를 바탕으로 그동안의 지배적인 해석과 평가와는 다른 견해가 피력될 수 있다. 새로운 시각에서 보면 가면극은 남성들의 자기중심적인 축제로 나타난다. 어떤 배려도 없는 무심한 남성들의 자기중심적 축제로 가면극이 보인다. 이 입장에 서면 파계승에 대한 비일관적인 태도, 양반 풍자에서의 배려 없는 방식, 영감 행태에 대한 우호적 태도 등이 보이게 되는 것이다.

남성들의 자기중심적인 무심한 축제로 가면극을 보면, 먼저 파계승에 대한 입장이 일관적이지 않음을 발견할 수 있다. 분명 가면극에서는 파계하는 노장에 대해서 비판적이다. 그래서 노장은 취발이에게 쫓겨 나가는 것이다. 하지만 먹중들의 파계에 대해서는 오히려 우호적이다. 먹중들은 가면극의 긍정적 인물들로 자리하고 있다. 가면극에서 이루어지는 노장 비판은 그가 파계해서가 아니다. 관념과 실제가 일치하지 않는 그의 행태를 비판하는 것이다. 양반의 풍자 방식에서 나타나는 한계 역시 포착할 수 있다. 가면극에서 양반의 특권의식에 대한 비판은 분명하게 이루어지고 있다. 하지만 그 비판의 과정에서 동원된 장애 형상은 문제가 많다. 양반이 가지고 있는 비정상, 무능력, 도덕적 결함, 지적 저열함 등을 드러내기 위해서 장애 형상이 동원되었기 때문이다. 그것이 의도되지 않은 것이라 해도, 한계가 된다. 여성과 장애인을 포함한 소수자에 대한 무심함에 대하여 인정해야 한다. 그 무심함이 문제가 될 수 있는 것이다. 영감의 횡포 역시 비판받는 것이 아니라는 점을 발견할 수 있다. 오히려 축제로서의 가면극에 가장 최적화된 인물이 영감이라는 점을 확인할 수 있다. 가면극에 등장하는 영감은 어쩌면 남성 중심으로 구성된 가면극 연행 공동체의 페르소나일 수도 있다.

- 허용호

참고 문헌

안동문화연구소, 《하회탈과 하회탈춤의 미학》, 사계절, 1999.

이두현, 《한국가면극선》, 교문사, 1997.

이두현, 《한국의 가면극》, 일지사, 1979.

전경욱, 《민속극》, 고려대학교 민족문화연구소, 1993.

전경욱, 《한국의 전통연희》, 학고재, 2004.

전경욱, 《한국의 가면극》, 열화당, 2007.

조동일, 《탈춤의 역사와 원리》, 홍성사, 1979.

박희병, 〈'병신'에의 시선〉, 《고전문학연구》 24, 고전문학회, 2003.

허용호, 〈봉산탈춤의 여성들〉, 《구비문학연구》 4, 한국구비문학회, 1997.

一二三四五六七八九十

장례놀이, 슬픔 속 웃음꽃이 피다

슬픔과 웃음, 그리고 〈다시래기〉

최근에 방문한 장례식장을 떠올려보자. 장례식장은 망자를 떠나보낸 상
주들의 슬픔이 가득한 공간이다. 이곳에서는 건배를 할 때 술잔을 부딪치
면 안 된다고 한다. 초상집에서 술잔을 부딪치는 것은 예의에 어긋나기
때문이다. 그런데 이렇게 엄숙하고 슬픔이 가득한 장례식장에서 사뭇 다
른 모습도 발견된다. 한편에서 화투판을 벌이고, 한편에서는 술을 마시며
웃고 떠드는 것이 우리네 장례식장이다. 슬픔과 웃음의 정서가 공존하는
곳이 장례식장인 것이다.

예조에서 아뢰기를, "경상도, 전라도, 충청도에서는 사치스러운 풍속을
숭상하여, 장례를 지낼 때 힘써 사치합니다. 제전(祭奠)은 유밀(油蜜)의

비용이 수곡(數斛)에 이르고, 주찬(酒饌)을 많이 갖추고 인근 사람들을 널리 불러서 성악(聲樂)을 크게 베풀어, 밤이 지나서야 파하는데, 이름하여 오시(娛尸)라고 합니다. 이 때문에 파산하는 자가 많습니다. 또 가난한 자는 비용을 대기 어려워서 여러 해 동안 장사를 지내지 못합니다."라고 하였다. 《성종실록》 5년(1474) 정월 15일조)

조선 전기 경상도, 전라도, 충청도에서 초상이 나면 인근 사람들을 불러 모아 술과 음식을 갖추고 장례를 성대하게 치렀다고 한다. 이때 성악을 크게 베풀었다는 것은 노래나 춤, 악기 연주 등이 있었음을 의미하며, 그 양상이 매우 사치스러웠다고 전해진다. 이러한 장례 풍속 때문에 백성들은 파산을 하거나 그 비용을 마련하기 위해 장례를 미루기도 했다. 장례를 행할 때 분에 넘치는 사치를 부리지 않도록 왕명을 내려 금하기도 했지만, 백성들은 여전히 성악을 크게 베푼 장례를 치렀고 이후에는 망자를 즐겁게 해준다는 이른바 '오시(娛尸)'가 이어졌다.

오늘날 장례식장에서 웃고 떠드는 행위는 오시의 전통과 관련이 있어 보인다. 이는 유교식 장례와 전혀 다른 차원의 것이다. 유교식 장례에서는 상복을 준비하고 입는 과정과 각종 제상 차림, 시간에 맞추어 이루어지는 의례를 중시한다. 그렇기에 상가(喪家)는 응당 슬프고 엄숙한 분위기를 유지해야 한다. 격식에 벗어난 행위는 무례한 것이기 때문이다. 그러나 위의 사례에서 보듯이 우리 전통의 장례에서는 유교식 장례와 다른 '오시'의 전통이 존재했다. 장례 때 슬픔을 나누는 동시에 웃고 떠드는 소란스러움이 있었던 것이다. 이 풍속이 무부(巫夫)들이 연행한 가무극(歌舞劇), 즉 무극(巫劇)의 형태로 전해지는 사례가 있다. 바로 진도의 〈다시래기〉이다.

현재 국가 지정 중요무형문화재 제81호인 〈다시래기〉는 전라남도 진도 지방에서 출상하기 전날 밤 초상집에서 행하던 장례놀이의 일종이다. 〈다시래기〉는 단골(세습무) 집안의 무부(巫夫)들로 구성된 신청(神廳)을 중심으로 전승되어왔다. 주로 호상(好喪) 때 상주들의 슬픔을 덜어주고 위로하기 위해 웃음 가득한 가무극을 펼쳤다.

—

중요무형문화재 지정과 〈다시래기〉

—

진도에서는 전통적으로 상가에서 술과 음식을 나누고 여기저기서 노래판과 윷놀이판을 벌이며 밤새 논다. 호상일 경우 출상하기 전날 밤, 상가 마당에서는 〈다시래기〉가 펼쳐진다. '다시래기'라는 명칭은 '다시락(多侍樂)'이라고 표기할 수 있는데, 이때는 여러 사람들이 함께 즐긴다는 뜻으로 해석된다. 또는 그 어원을 '다시나기', 즉 '다시 낳는다' 또는 '다시 생산한다'라는 의미로 풀이하기도 한다. 한편 '대시(待時)레기'라는 이칭으로도 불리는데, 이 경우에는 '망자의 영혼이 집에 머물다가 떠나는 시간을 기다리는 과정에서 노는 놀이'라는 뜻으로 이해된다.

〈다시래기〉는 '① 가상제놀이, ② 거사·사당놀이, ③ 상여놀이, ④ 가래소리, ⑤ 여흥'으로 구성된다. 〈다시래기〉의 다섯 거리는 정해진 각본에 따라 행하지 않고 다분히 즉흥적으로 짜인다. 〈다시래기〉를 중요무형문화재로 지정할 때 정리된 '문화재 지정본'(이하 〈문화재본〉)을 중심으로 그 내용을 정리하면 다음과 같다.

첫째 거리인 '가상제놀이'는 다시래기 패들이 상여 틀을 메고 들어와 담에 세워놓고 망자의 영전에 절을 하는 것으로 시작된다. 여기서 '가상주

(假喪主)'가 등장하여 연희를 행하는 취지를 설명하고, 이어 등장인물을 소개한다. 그러면 거사, 사당, 중이 차례로 나와 자기의 장기를 하나씩 선보인다. 당달봉사인 거사는 맹인이 술에 취해 걷는 모습과 소변을 누는 모습을 흉내 낸다. 중은 염불을 외고 사당은 병신춤과 양반춤을 춘다.

둘째 거리인 '거사·사당놀이'에서는 거사, 사당, 중의 삼각관계가 표현된다. 앞이 보이지 않는 거사를 두고 사당과 중은 내통한다. 거사가 이를 알아채고 중을 잡으려는 상황에서 사당은 아이를 출산한다. 이때 거사와 승려는 이 아이를 두고 서로 자기의 아이라고 싸우고, 결국 가상주가 "사람 죽은 집이서 애기나 둘러 가지고 도망가자."라고 외치고 아이를 데리고 간다. 둘째 거리에는 거침없는 욕설과 과장된 언행이 많아서 상주마저도 웃음을 터뜨리고 만다.

셋째 거리인 '상여놀이'는 상두꾼들이 빈 상여를 메고서 상가 마당을 돌며 상여소리를 부르는 놀이이다. 이때 '애(哀)소리', '하적(하직)소리', '아미타불소리', '천근소리'가 불린다. 넷째 거리인 '가래소리'는 묘를 만들 때 가래질을 하며 부르는 소리이다. '달구질소리'라고도 불리는데, 이 소리는 중모리, 중중모리, 자진모리로 짜여 있다. 마지막으로 '여흥'에서는 토막소리로 하는 몇 가지의 판소리와 〈진도아리랑〉, 〈방아타령〉, 〈육자배기〉, 〈흥타령〉, 〈둥덩이타령〉, 〈가마소리〉 등의 민요와 〈남도들노래〉, 〈화중밭소리〉와 같은 농요를 부른다.

이때 〈다시래기〉의 배우들의 재담뿐만 아니라 동작 하나하나가 파격적이어서 관심을 끈다. 눈이 먼 거사는 과장되게 눈을 깜박이면서 지팡이를 앞세우고 우스꽝스럽게 등장한다. 그리고 관객을 향해 소변을 보겠다고하고, 볼일을 본다고 앉아 있다가 뒤로 자빠져서는 배설물을 만지고 냄새 맡는 흉내를 내면서 재담을 한다. 사당 역시 여장 남자가 맡는데, 볼과 입

술에 붉은 화장을 하고 붉은색 속옷이 드러나도록 치마를 들쳐 입고 활갯짓을 하며 춤을 춘다. 행색이나 동작 모두 우습게 표현된다.

무엇보다 〈다시래기〉의 백미는 '거사·사당놀이'이다. 사당과 중이 놀아나는데 남편인 거사가 집으로 돌아온다. 거사는 중놈 냄새가 난다며 안 보이는 눈을 희번덕이며 중을 찾는데, 이때 사당은 아이를 출산한다. 출상 전날 밤 상갓집 마당에서 새로운 생명이 태어나는 것이다. 상갓집에서 생명을 태어나게 함으로써 죽음의 결손을 새 생명의 출산으로 극복하는 대목이다. 〈다시래기〉의 어원이 '다시나기'라는 것을 극적으로 표현한 셈이다.

현재 〈다시래기〉는 중요무형문화재 제81호로 지정되어 있다. 1985년 2월 1일에 가상제(가상주) 역을 맡았던 조담환(1934~1996)과 거사(봉사) 역을 맡았던 강준섭(1933년생)이 기능·예능 보유자로 인정되었다. 1996년 조담환이 사망하자 1997년 5월 1일 사당 역을 맡은 김귀봉(1932년생)이 새로운 보유자로 인정되었다. 〈다시래기〉를 중요무형문화재로 지정하는 과정에서 작성된 보고서가 《무형문화재지정조사보고서 제161호 진도 다시래기》(이두현·정병호, 문화재관리국, 1985)이다. 당시 조사자인 이두현과 정병호는 각각 《한국무속과 연희》(이두현, 서울대출판부, 1996)와 《중요무형문화재해설(연극편)》(정병호, 문화재관리국, 1986)에 문화재 지정 보고서와 비슷한 내용을 소개하고 있다. 이들 자료는 '문화재 지정본'이라 불리며 공신력 있는 자료로서 인용되고 있다.

한편 〈문화재본〉과 다른 〈다시래기〉 이본이 존재한다. 허옥인이 〈다시래기〉 연희자인 김양은(1888~1985)을 인터뷰하여 그 내용을 정리한 〈待時레기 각본〉(이하 〈김양은본〉)이 있다. 이 자료는 이경엽이 현지 조사를 통해 학계에 새롭게 소개한 것이다. 〈문화재본〉과 〈김양은본〉은 《진도 다시래기》(이경엽, 국립문화재연구소, 2004)에서 확인할 수 있다.

—

'만들어진 민속'과 '가려졌던 민속'

—

최근 〈다시래기〉는 본래 현장인 상가 마당에서 연행되기보다는 무대에서 공연되는 기회가 많은 편이다. 장례식장에서 장례를 치르고 있는 현 상황에서 〈다시래기〉는 본래의 연행 형태를 유지하기 어려워 무대 공연물로 전승되고 있는 것이다. 이렇게나마 우리가 〈다시래기〉를 볼 수 있는 것은 중요무형문화재라는 제도에 힘입은 바가 크다. 그러나 중요무형문화재 제도는 〈다시래기〉가 본래 형태에서 벗어나는 결정적인 역할을 했다.

〈문화재본〉은 본래 〈다시래기〉 전승 맥락에서 벗어난 '만들어진 민속'의 혐의가 짙다. 이 점은 〈다시래기〉를 실제 연행했던 연희자가 재현한 것이 아니라, 진도의 예인(藝人) 구춘홍(군내면 분토리)이 목격한 사실을 바탕으로 연희본을 재구성했다는 사실과 관련이 깊다. 초기(1970년대 중후반)에는 〈다시래기〉를 '덕석몰이'라는 이름으로 불렀다고 한다. 〈덕석몰이〉는 망자의 죄를 징치하기 위해 등장한 사자들을 위로하고 달랜다는 '사자놀이'가 주된 내용이었다. 그런데 1980년대 초에 이두현, 정병호 교수가 현지 조사를 와서 내용이 불충분하다는 지적을 하면서 수정이 이루어졌고 이에 따라 '거사·사당놀이'가 추가되었다. 1981년의 〈다시래기 조사보고〉를 보면, '① 사당놀이, ② 사재놀이, ③ 상주놀이, ④ 상여놀이'의 네 거리로 구성되어 있다. 현재의 다섯 거리는 1982년 11월 공간사랑 공연 이후에 정립된 것이다.

한편 〈문화재본〉과는 다른 '김양은 구술본'이 존재한다. 〈김양은본〉은

〈다시래기〉 연희자 출신인 진도군 고군면 석현리의 김양은으로부터 채록한 〈待時래기 각본〉(허옥인, 의신면민속보존회, 1989)이다. 이 자료는 진도의 향토사학자 허옥인이 1983년 김양은(男, 당시 94세)을 만나 〈다시래기〉관련 대담을 정리한 결과물로서 복사물 형태의 비공식적 자료였기에 학자들이 그간 주목하지 못하였다. 그렇지만 〈김양은본〉은 〈문화재본〉과달리 〈다시래기〉 실제 연희자를 대상으로 채록한 자료라는 점에서 의의가 있다. 구춘홍의 어린 시절 기억을 토대로 작성된 〈문화재본〉과 대비되는 지점이다.

김양은본		문화재본	
절차	등장인물	절차	등장인물
바탕놀음	상두꾼	가상제놀이	가상제, 거사, 사당, 중
염불독경	독경잽이	거사·사당놀이	거사, 사당, 중, 가상제
거사·사당놀이	거사 2명, 사당 2명	상여놀이	상두꾼
사당출산놀이	노파, 사당, 봉사 점쟁이	가래소리	상두꾼
이슬털이	상두꾼	여흥	상두꾼 외

〈김양은본〉에 나오는 인물은 사당 2명, 거사 2명, 노파 1명, 가성주 2명, 봉사 점쟁이 1명이다. 연희 내용은 '바탕놀음', '염불독경', '거사·사당놀이', '사당출산놀이', '이슬털이'로 구성된다. 등장인물과 그 구성이 〈문화재본〉과 상당히 다름을 알 수 있다.

〈김양은본〉은 '거사·사당놀이'와 '사당출산놀이'가 별도로 분리되어 있다. 〈문화재본〉은 거사와 사당이 나와 재담을 하고 노래하는 부분부터 사당이 출산에 이르기까지의 장면을 구분하기 어렵다. 이에 비해 〈김양은본〉은 거사와 사당이 나와 소고를 치며 노래하는 장면과 배가 아프다고 하면서 봉사 점쟁이를 부르고 경을 읽고 아이를 낳는 장면이 구분되어 있다. 〈김양은본〉에서 거사와 사당이 각각 2명씩 나와 진퇴를 반복하면서 소리를 주고받는 모습도 〈문화재본〉에 없는 독특한 연희 형태이다. 무엇보다 두 연희본은 '거사·사당놀이'에서 큰 차이를 보인다. 〈문화재본〉은 거사(봉사)와 사당(봉사 처), 그리고 중의 삼각관계를 중심으로 극적 흥미를 이끌어나가는 반면, 〈김양은본〉에는 중이 등장하지 않으며 삼각관계가 나타나지 않는다. 그렇다면 이 둘의 차이를 어떻게 이해해야 할까?

두 연희본이 차이가 나는 이유는 〈문화재본〉이 복원되는 과정에서 찾을 수 있다. 〈문화재본〉 복원 과정에서 인위적인 설정이 개입한 것으로 판단되기 때문이다. 초기 〈다시래기〉 공연 때부터 참여해온 인간문화재 A씨에 의하면, '봉사 캐릭터는 자신의 연기력으로 만들어낸 것이며, 삼각관계는 '심 봉사-뺑덕어멈-황 봉사'를 염두에 두고 만들어 넣은 것'이라고 말하고 있다. A씨의 발언대로, 실제 〈문화재본〉은 창극 〈심청전〉과 겹친다. 거사는 심 봉사와, 사당은 뺑덕어멈과 관련이 있다. 봉사이면서 남루한 행색인 거사는 심 봉사와 흡사하며, 우스꽝스러운 행색으로 서방질을 하는 사당은 뺑덕어멈의 모습과 겹쳐진다. 〈문화재본〉은 극적 흥미를 위해 〈심청전〉의 황 봉사와 같은 역할을 하는 거사라는 새로운 인물을 창조한 셈이다.

그렇다면 〈김양은본〉과 〈문화재본〉이 공유하는 대목은 무엇일까? 바로 사당이 아이를 낳는 대목이다. 〈문화재본〉은 극적 내용이 개작되었지만, 사당이 아기를 출산하는 대목은 그대로 유지하고 있는 것이다. 복원 과정에서 개작의 대상이 되지 않았다는 점에서 이 대목의 극적인 효과가 뛰어났음을 추정하게 한다. 동시에 출산 대목이 비교적 본래의 형태를 유지하고 있는 〈김양은본〉과 동일하다는 점을 생각하면, 이 대목이 〈다시래기〉에서 가장 중요한 위치를 차지하고 있다고 할 수 있다. 따라서 두 연희본이 공유하고 있으며 동시에 〈다시래기〉의 핵심적인 부분이라 생각되는 '출산'의 의미를 살펴볼 필요가 있다.

—

죽음 이후 새 생명의 탄생

—

《수서》〈고구려전〉에 "사람이 죽으면 집 안에 빈소를 만든다. 3년이 지난 후에 좋은 날을 택해 장사 지낸다. 부모와 남편의 초상에는 모두 삼년복을 입고, 형제간 상에는 삼개월복을 입는다. 처음 죽었을 때는 울지만, 장례를 치를 때에는 북치고 춤추며 풍악을 울리면서 보낸다."라는 기록이 있다. 진도의 〈다시래기〉 역시 슬픔에 젖은 상갓집을 떠들썩하게 하는 무극(무당굿놀이)이다.

'상주를 웃겨야 제대로 된 문상'이라는 말이 있다. 이 말에는 '상주(喪主)'와 '비상주(非喪主)'라는 분리가 내재되어 있다. 유교식 장례 절차에 따라 상주는 슬퍼하고 엄숙해야 한다. 반면 비상주는 호상일 경우 예의를 차리는 일은 대개 조문의 의례적 절차에만 한정된다. 그 절차가 끝나면 자유로이 식사와 음주, 그리고 놀이를 즐길 수 있는 것이다. 이런 구도 속에서 고구려의 기록과 진도의 〈다시래기〉와 같이 떠들썩한 상갓집의 풍경을 연출할 수 있었던 것이다. 실상 이런 장례 풍경은 비단 진도에서뿐만 아니라 한반도 전역에 '장례놀이'의 형태로서 발견된다. 그 대표적인 장례놀이를 소개하면 다음과 같다.

먼저 황해도 옹진군의 '생여돋음(상여돋음)'이 있다. 과거에는 5일장, 7일장, 9일장으로 장례를 치렀는데, 처음 2~3일간은 상주가 조문을 받고, 다음 1~2일간에 생여돋음을 벌였다고 한다. 상여꾼들은 밤이 되면 빈 상여를 메고 북, 장구, 꽹과리를 치며 장남 집, 차남 집, 딸과 사위 집 등을 돌며 길놀이를 한다. 이때 잘 노는 사람이 상여 위에 타고 우는 시늉, 상제 시늉, 재산 나누는 시늉 등을 한다. 상가에서는 상여 앞에 제상을 차리고 절을 한 다음 이들에게 돈을 내주고 닭을 잡아 술대접을 한다. 상여놀이가 끝나면 상가로 돌아와 마당에서 시신을 상여에 안치하고 상여꾼들은 선소리를 위시하여 각종 놀이와 투전을 하며 밤새 놀았다고 한다.

충청도에는 '잿더리' 또는 '댓떠리'라는 장례놀이가 있다. '잿더리'를 할 때에는 출상 전날 빈 상여에 사위를 태운다. 장인이나 장모가 타야 할 상여에 젊은 사위가 먼저 탄다는 사실만으로도 웃음을 자아낸다. '사위 태우기' 이후 몇 가지 놀이를 벌인다. 친구들이 상주가 되어 거짓 상주 노릇을 하거나, 상주와 사위 얼굴에 숯으로 검게 칠하기도 한다. 또 사위를 묶어서 꿇어앉히고 상여에다 절을 시키며 돈을 뜯어낸다. 밤을 새는 과정에서 장난으로 문상을 몇 차례씩 거듭하기도 한다.

이렇게 황해도의 '생여돋음'이나 충청도의 '잿더리' 등을 살펴보면, 〈다시래기〉에서 발견되는 슬픔 속 웃음은 그렇게 특별한 것이 아니었다. 한반도 전역의 장례에서 발견되는 풍속의 하나였다. 이 풍속은 '초종 – 염습 – 성복 – 문상 – 발인 – 매장'으로 이어지는 유교식 장례 의례에서 이 풍속은 대체로 발인날 밤이나 매장의 순간에 행해진다. 즉 유교식 장례 절차 중 망자와의 물리적 결별이 임박한 때나, 결별의 순간 혹은 그 직후에 행해지는 것이었다. 슬픔이 가득한 때 상주 곁에서 웃음으로 그 슬픔을 달래주는 것이다.

이처럼 슬픔 속에서 웃음이 피어나는 장면은 그리 낯선 것이 아니다. 앞의 《수서》 〈고구려전〉의 기록이나 장례놀이에서 보듯이 이 땅에서 꾸준히 행해졌던 장례의 풍속이었다. 그런데 여전히 의문이 남는 것이 있다. 〈문화재본〉, 〈김양은본〉에서 공통적으로 발견되는 '출산 장면'의 상징적 의미이다.

여타의 장례놀이에서 발견하기 어려운 〈다시래기〉의 출산 장면에는 상징적 의미가 숨어 있다고 생각한다. 그렇기에 사당의 출산 장면은 단순히 웃음을 표현하기 위한 장치로만 보기는 어렵다. 이 의문을 해결하기 위해 추자도의 〈산다위〉에 주목할 필요가 있다. 전경수가 보고한 추자도의 〈산다위〉는 여성들에 의해 벌어지는 적나라한 놀이이다. 추자도의 경우, 장례가 여성들에 의해 이루어지는 까닭에 장지에서 벌어지는 놀이도 여성들의 몫이다. 장례에서 봉분을 만들고 상주들이 곡을 하는 동안 상두계원인 여성들이 남자의 사지를 하나씩 붙잡는다. 그러면 나머지 여성들이 남성한테 달려들어 사정없이 몸을 만진다. 어떤 부인들은 남성의 성기(性器)도 만진다. 남성은 숨넘어가는 비명을 지르면서 살려달라고 애걸한다. 여성들은 깔깔거리기도 하고, 히히덕거리기도 하고, 성기를 만지다가 "이 물건은 내 거야!"라고 고함을 지르기도 한다. 제물로 공중에 뜬 남성에게 계장이 흥정을 건다. 풀어주면 얼마나 낼 것이냐 하는 흥정이다. 계장의 요구는 거의 그대로 받아늘여진다. 흥성이 끝나야 남성은 땅에 내려올 수 있다.

산 사람들의 죽음을 애도하는 곡소리, 성적인 희롱을 당하는 남성의 비명 소리, 성적인 희롱을 하는 여성들의 웃음소리가 동시에 교차하는 것이다. 이 현장에는 삶과 죽음, 성적인 놀이가 함께 공존하는 것이다. 그렇다면 죽음의 공간인 장지에서 성적인 놀이를 하는 이유는 무엇일까? 죽음 이후 새로운 생명을 만들어가는 과정으로 보인다. 여성들이 보여주는 성적인 놀이는 새로운 생명을 만들어내는 '성행위'의 변형된 형태인 셈이다.

요컨대 추자도의 〈산다위〉는 생명의 소멸인 죽임이 성적인 놀이를 통해서 다시 새로운 생명으로 나아가는 의례적 행위였다.

〈다시래기〉의 출산 장면도 이와 동일한 맥락에 있다. 〈다시래기〉에도 죽음과 생명이 공존한다. 현실에서 망자의 죽음은 극중 사당의 출산으로 이어진다. 상갓집에는 망자의 죽음에 대한 슬픔으로 가득하다. 더욱이 〈다시래기〉가 연행되는 때는 망자와 물리적으로 함께 있는 마지막 순간인 발인 전날 밤이다. 상갓집에서 가장 슬픈 밤이다. 그러나 〈다시래기〉는 상실의 슬픔을 표현하지 않는다. 오히려 사당이 아이를 낳으며 왁자지껄 떠들며 논다. 상갓집에서 가장 슬픈 밤에 새로운 생명이 탄생되는 웃음 가득한 공연이 펼쳐지는 셈이다. 이처럼 〈다시래기〉는 죽음이 초래한 슬픔을 '다시나기'를 통해 웃음으로 극복하려고 하는 무극이다.

- 윤준섭

참고 문헌

이경엽, 《진도 다시래기》, 국립문화재연구소, 2004.

이두현, 〈장례와 연희고〉, 《한국무속과 연희》, 서울대학교 출판부, 1996.

이경엽, 〈축제식 상장례를 통해 본 진도 민속의 독특함〉, 《남도민속연구》 26, 남도민속학회, 2013.

임재해, 〈장례 관련 놀이의 반의례적 성격과 성의 생명 상징〉, 《비교민속학》 12, 비교민속학회, 1995.

전경수, 〈사자를 위한 의례적 윤간(輪姦) - 추자도의 산다위〉, 《한국문화인류학》 24, 한국문화인류학회, 1992.

한양명, 〈일생의례의 축제성 - 장례의 경우〉, 《비교민속학》 39, 비교민속학회, 2009.

一二三四五六七八九十
인간 배우와 인형 배우의 말다툼

발로 조종하는 전통 인형 연희 〈발탈〉

—

마당에 멍석이 깔리고 악사들이 자리 잡는다. 악사들이 자리한 오른쪽에 검은색 포장막이 만들어진다. 포장막 앞에는 마네킹이 놓여 있다. 그런데 마네킹이 좀 이상히다. 팔과 디리는 물론이고 목과 얼굴도 없는 토르소 (torso) 형태를 하고 있다. 이 마네킹에 저고리와 조끼가 입혀진다. 그리고 검은색 포장막 사이로 괴상망측하게 생긴 가면이 뚫고 나와 토르소 목 부분에 자리한다. 목과 얼굴이 없던 마네킹에 어느덧 목과 얼굴이 덧붙여졌다. 입혀진 저고리에 허전했던 양팔의 위치에도 어느새 대나무가 끼워진다. 팔이 생겨난 것이다. 이제 얼굴과 양팔을 갖춘 반등신(半等身) 형상의 인형이 만들어졌다. 이 반등신 인형은 〈발탈〉 연행 내내 말하고 춤추며 노래한다.

반등신 인형이 말하고 움직일 수 있는 것은 포장막 뒤에 있는 인간 연행자의 연행 때문이다. 인간 연행자가 반등신의 인형을 조종하고 목소리 연기를 맡아 한다. '발탈꾼'이라 불리는 인간 연행자가 반등신 인형을 조종하는 방식은 유별나다. 포장막 뒤에 앉아서 포장막 사이로 내민 발에는 가면이 씌워져 있고, 왼쪽과 오른쪽 손에는 반등신 인형의 팔이 되는 'ㅣ'과 'ㄱ' 모양의 대나무가 각각 쥐어져 있다. 발탈꾼의 발과 손이 움직임으로써 반등신 인형의 얼굴과 양팔이 움직이게 된다. 그야말로 온몸을 이용하는 조종 방식이다. 이러한 발탈꾼의 조종 방식, 특히 발을 이용한 조종 방식은 다른 전통 인형 연희에서는 찾아볼 수 없는 독특한 것이다. '발탈' 이외에도 '발작난', '족(足)탈', '족가면(足假面)', '족무용(足舞踊)', '발탈춤' 등의 다양한 이칭이 있는 것은 모두 발에다 탈을 씌우고 조종하는 독특한 연행 방식에서 나온 것이다.

〈발탈〉은 가면이 이용된다는 점에서 가면극의 일종으로 보인다. 〈발탈〉이라는 연행 명칭 역시 탈, 곧 가면을 강조하고 있어서 그 근거가 될 수 있다. 하지만 우리가 보통 접하는 가면극과는 다른 점이 너무 많다. 가면을 이용하기는 하지만 다른 가면극에서처럼 얼굴에 쓰는 것이 아니라 발에 씌운다. 더구나 그 가면은 등장하는 인형 배우의 머리 부분을 구성하는 한 요소로만 기능할 뿐이다. 그렇다고 인형극이라 하기에도 조심스럽다. 남사당패의 〈꼭두각시놀음〉처럼 인형 배우만 등장하여 연행이 진행되는 것이 아니라, 인간 배우가 인형 배우와 함께 등장하여 연행을 하고 있기 때문이다.

이렇게 반등신의 인형 배우만 등장하는 것이 아니라, 스스로 말을 하고 움직일 수 있는 인간 배우가 등장한다는 점도 〈발탈〉이 갖는 독특함이다. 상반신만을 가진 기형적인 인형 배우와 정상적인 인간 배우가 함께 등장하여 춤추고 노래할 뿐만 아니라, 한 치 양보도 없이 티격태격 다투는 연행의 전개 양상은 우리의 전통적인 재담 양상과 닮았다. 하지만 〈발탈〉은 인간 배우들 간의 재담 경연이 아닌, 인간 배우와 인형 배우 간의 재담 경연이라는 점에서 전통적인 재담 연행 양상과도 다르다.

지금까지 살폈듯이, 〈발탈〉은 가면을 이용하면서도 가면극과 다르고, 인형 연행 방식을 이용하면서도 다른 인형극과 변별되는 독특함을 가지고 있다. 그리고 두 명의 등장인물이 티격태격 다투는 전통적인 재담의 전개 방식과 유사한 듯하면서도, 인간 배우와 인형 배우의 대결이라는 특이함을 갖고 있기도 하다. 발과 손을 이용하여 조종되는 특이한 구조의 인형 배우와 스스로 움직이고 말하는 인간 배우가 공존하며 티격태격 다투는 독특한 양상의 전통 연희가 바로 〈발탈〉이다.

—

인간 배우와 인형 배우의 티격태격 다툼

—

〈발탈〉에는 인형 배우와 인간 배우가 등장한다. 인형 배우는 한 명이 등장하고, 인간 배우는 한 명이 등장하기도 하고 두 명이 등장하는 경우도 있다. 한 명의 인형 배우는 '탈' 또는 '발탈'이라 불리는 팔도 유람객이다. 두 명의 인간 배우 중 한 명은 '어릿광대'라 부르는데, 연희 속에서 어물도가(魚物都家) 주인 역할을 한다. 다른 한 명의 인간 배우는 '여자'라 불리며 연희 속에서 생선 장수 아낙네 역할을 한다. 그런데 생선 장수 아낙네는 일부 대목에만 잠깐 등장할 뿐이다. 〈발탈〉의 전반적인 진행은 팔도 유람객 탈과 어물도가 주인 어릿광대를 중심으로 이루어지는 것이다. 〈발탈〉의 두 주요 인물인 유람객과 어물도가 주인은 재담, 소리, 춤을 동원하여 시종일관 다툼을 벌인다. '얼굴 생김새', '시조창', '허튼타령춤', '팔도유람', '잡가', '먹는 것', '약', '조기 세는 법', '조기 장사' 등의 삽화들을 중심으로 한 치의 양보도 없이 대결을 벌이는 것이 〈발탈〉의 내용이다.

〈발탈〉의 내용 전개는 그동안 발표된 채록본마다 조금씩 다르다. 현재까지 정리된 〈발탈〉 채록본은 '심우성 채록본', '무형문화재 조사본', '박해일 정리본', '허용호 채록본' 등이 있다. 〈발탈〉 채록본들 사이에는 그 내용에 있어 공통적인 부분도 존재하지만 차이도 있다. 각 채록본의 내용 전개와 특징을 정리해보면 다음과 같다.

'심우성 채록본'은 1972년 심우성이 〈발탈 연희고〉(《문화재》 12, 문화재관리국, 1972)에서 발표했다. 〈발탈〉의 예능 보유자였던 이동안의 구술을 채록한 것이다. 〈발탈〉의 틀을 형성해내고 전성기를 이끌었던 박춘재의 예능을 이은 것이 이동안이다. 이동안은 1970년대 〈발탈〉이 복원되고 1983년 국가지정 중요무형문화재가 될 때 핵심적인 역할을 했다. 이러한 이동안의 구술을 채록한 것이 '심우성 채록본'이다. 심우성 채록본의 내용 전개를 삽화를 중심으로 정리해보면, '등장 → 굿거리춤 → 만고강산 소리 → 허튼타령춤 → 개성난봉가 소리 → 먹는 것 시비 → 조기 장사 조기 세기 → 고사 → 진도아리랑 소리 → 덧배기춤 → 파연곡(신난봉가)' 순서로 진행된다.

심우성 채록본은 전체적으로 소략하다. 내용을 구성하는 삽화의 수도 적을 뿐만 아니라, 삽화 자체의 내용도 소략하다. 1972년에 채록된 심우성 채록본은 〈발탈〉 최초의 채록본이다. 심우성 채록본은 〈발탈〉의 '본전재담'만을 채록한 것이다. 연행 현장의 상황에 따라 신축성 있게 늘어나거나 줄어드는 제 양상을 모두 채록한 것이 아니라, 꼭 필요한 핵심적인 것만을 채록한 것이다. 다른 채록본들과 비교해볼 때, 심우성 채록본은 여러 삽화들의 핵심만 드러날 뿐 핵심에 이르기까지의 전개나 핵심 이후의 처리 양상이 세밀하게 채록되어 있지 않다. 각 삽화의 '본전'만 채록되어 있고 삽화와 삽화 사이의 전환이 급격하다.

심우성 채록본의 또 다른 특징으로는 유람객 역할을 맡은 탈 중심의 연희본이라는 점을 들 수 있다. 어물도가 주인 역할을 맡은 어릿광대는 유람객 역할의 탈을 소개하는 사회자에 머문다. 연행의 중심에는 언제나 탈이 자리하고 있고, 어릿광대는 주변에서 탈을 주목받게 하는 보조적 역할에 그치고 있다. 등장인물과 관련한 심우성 채록본의 또 다른 특징은 생선 장수 아낙네 역할을 맡은 여자가 등장하지 않는다는 점이다. 심우성 채록본의 경우 '조기 장사' 대목과 '조기 세기' 대목이 미분화되어 있고 그 전개 양상이 소략하여 여자가 등장하지 않는다. 심우성 채록본에서는 줄곧 어릿광대와 탈만 등장한다. 이는 어릿광대와 탈, 그리고 여자 등 세 명의 등장인물이 나오는 다른 채록본들과 구별되는 심우성 채록본만의 특성이 된다.

심우성 채록본의 독특함은 '만고강산 소리' 대목에서도 찾아볼 수 있다. 일반적으로 소리 장단은 악사들이 치는 데 비해, 심우성 채록본의 '만고강산 소리' 대목은 어릿광대가 북을 치며 장단을 맞추고 있다. 심우성 채록본의 특성은 '고사' 대목 이후에 벌어지는 마무리 부분에서도 나타난다. '고사 소리' 이후에 탈이 흥겹게 소리를 하고 춤을 춘다. 어릿광대 역시 곁에서 추임새를 넣고 춤을 춘다. 이는 흥겹게 뒤풀이 형식으로 〈발탈〉을 마무리하는 것으로, 무대 위의 흥겨움을 관객에게까지 전달하려는 열린 마무리 방식이라 할 수 있다. 덧붙여 발탈꾼이 탈을 벗고 나와 객석에 인사한 후 '파연곡' 또는 '신난봉가'를 부르는 방식 역시 독특하다.

'무형문화재 조사본'은 1982년 정병호가 〈발탈〉의 무형문화재 지정 여부를 판단하기 위해 조사하여 정리한 것이다. 〈태평무와 발탈〉이라는 제목으로 《무형문화재 지정조사보고서》 제149호(문화재관리국, 1982)에 실렸다. 이동안의 구술을 중심으로 채록이 이루어졌는데, 심우성 채록본에 비해 삽화 수도 많고, 각 삽화의 전개 양상 역시 비교적 세밀하게 정리되었다. 무형문화재 조사본의 내용 전개를 그 삽화를 중심으로 보면, '등장 → 용모 시비 → 허튼타령춤 시비 → 팔도유람 시비 → 만고강산 소리 → 쑥대머리 소리 → 자진모리춤 → 잡가 → 먹는 것 시비 → 조기 세는 흉내 → 조기 장사 → 약 시비 → 고사 소리 → 파연곡 → 퇴장' 등의 순서로 정리할 수 있다. 이러한 삽화 진행은 심우성 채록본과 비교해볼 때, '용모 시비', '허튼타령춤 시비', '팔도유람 시비', '잡가 시비', '조기 세는 흉내', '조기 장사 시비', '약 시비', '퇴장' 등의 대목이 첨가되거나 확장되어 나타나고 있다. 이 대목들은 이후 박해일 정리본이나 허용호 채록본에서도 거의 빠짐없이 나타나는 것들이다.

무형문화재 조사본의 특징적인 면은 잡가를 매개로 시비를 벌이는 대목에서 부르는 풍부한 소리들이다. 탈이 부르는 잡가 항목으로는 '개성난봉가, 함경도 잡가, 진도아리랑, 밀양아리랑, 경기 잡가, 양산도, 전라도 육자백이, 충청도 잡가, 경기 흥타령' 등이 있다. '잡가 시비' 대목에서 부를 수 있는 소리들을 최대한으로 조사하여 나열한 것으로 보인다. '잡가 시비' 대목에서 보이는 어릿광대의 병신춤 역시 다른 채록본들에서는 찾아볼 수 없는 무형문화재 조사본만의 특징이다.

무형문화재 조사본에서는 '조기 세는 흉내' 대목과 '조기 장사' 대목이 독립되어 나타난다. 이는 심우성 채록본에서 '조기 장사' 대목만 나오는 것과 비교된다. 더불어 '조기 세는 흉내' 대목에서는 어릿광대가 적극적으로 조기 세는 흉내를 내는 양상을 보인다. 심우성 채록본에서 주변적 인물로만 머물렀던 어릿광대가 중심적 인물로 나서기도 하는 것이다. 이러한 '조기 세는 흉내' 대목과 '조기 장사' 대목의 분화와 어릿광대의 조기 세는 흉내는 이후 박해일 정리본이나 허용호 채록본까지 그대로 이어진다.

무형문화재 조사본의 또 다른 특징은 생선 장수 아낙네 역할을 맡은 '여자'의 등장이다. 여자는 심우성 채록본에서는 찾아볼 수 없었던 인물이다. 여자라는 인물은 '조기 장사' 대목이 심우성 채록본에 비해 확장되면서 나타난 것으로, 미약하나마 그 존재를 드러내고 있다. 여자는 '조기를 사러 온 모르는 여자'로 설정되어 '조기 장사' 대목에 등장하고 있다.

무형문화재 조사본의 가장 독특한 특징은 '퇴장' 대목에서 나타난다. 이 대목은 다른 채록본들에서는 찾아볼 수 없는 아주 독특한 것이어서 주목할 만하다. 관중을 위한 '고사 소리'를 하고 '파연곡'을 하고 난 뒤, 탈이 목이 없는 상체만 남게 되는 모습을 보여주는 것이다. 인간 배우는 할 수 없는 인형 배우만의 독특한 연행술을 마지막으로 보여주며 끝내는 방식은 다른 채록본에서는 찾아볼 수 없는 것이어서 흥미롭다.

'박해일 정리본'은 1987년 9월에 박해일이 이전에 〈발탈〉을 많이 보았던 김천흥과 여자(아낙네) 역할을 맡았던 이경자의 조언을 받아 정리한 것이다. 1987년 9월에 박해일이 개인적으로 〈박해일 국악재담 – 발탈편〉이라는 이름으로 발간하였고, 이후 조동일이 〈발탈 조사보고서〉(《탈춤의 원리 신명풀이》, 지식산업사, 2006)를 통해 학계에 발표했다. 박해일은 1970~80년대 〈발탈〉을 복원할 때 어릿광대 역할을 맡았던 인물이다. 그는 우리의 전통적인 재담에 능했으며, 1996년에 〈발탈〉 예능보유자로 인정받았다.

박해일 정리본은 재담 부분이 잘 정리되어 있고, 등장하는 인물들의 정체가 명확하게 규정되어 있다. 박해일 정리본의 내용 전개를 그 삽화를 중심으로 보면, '등장 → 시조창 시비 → 허튼타령춤 시비 → 인사 → 얼굴

용모 시비 → 팔도유람 시비 → 박연폭포 소리 → 몽금포타령과 산염불 소리 → 추풍감별곡, 배따라기, 봉죽타령 → 만고강산 소리 → 한오백년 소리 → 빠른 굿거리춤 시비 → 잡가 시비 → 먹는 것 시비 → 약 시비 → 고사 덕담 → 조기 장사 시비 → 파연곡 소리' 등으로 정리할 수 있다.

이러한 박해일 정리본에서 나타나는 첫 번째 특징은, 등장하는 두 주요 인물의 정체가 명확하게 규정되어 있다는 점이다. 심우성 채록본이나 무형문화재 조사본에서 그 성격이 문면에 분명하게 밝혀져 있지 않던 두 주요 인물이 '팔도강산 유람 차 다니는 사람'과 '마포 강변 어물도가 주인'으로 분명하게 그 정체를 드러낸다. 주요 인물의 정체 규정과 관련해서 나타나는 박해일 정리본의 또 다른 특징은 어릿광대가 '주인'으로 표기되고 있다는 점이다. 심우성 채록본이나 무형문화재 조사본에서 '어릿광대'로 표기되던 것이 박해일 정리본에서는 '주인'으로 바뀐 것이다.

박해일 정리본에서 나타나는 세 번째 특징은 '시조창' 대목의 첨가이다. 심우성 채록본이나 무형문화재 조사본에서는 찾아볼 수 없었던 '시조창' 대목이 나타나고 있다. 이러한 '시조창' 대목은 허용호 채록본에서도 그대로 이어진다. '시조창' 대목의 첨가와 더불어 박해일 정리본은 팔도유람 관련 대목이 확장되고 체계화되어 있다는 특징을 갖고 있다. 팔도유람 관련 대목이 2인 재담의 묘미를 잘 살리는 방향으로 정리되어 있다. 이러한 특징은 심우성 채록본이나 무형문화재 조사본에서는 소외되었거나 미약했던 어릿광대의 재담꾼으로서의 기능을 본격화시키는 효과를 낳는다. 팔도유람 관련 대목에서는 재담의 묘미가 잘 드러남과 동시에 팔도유람을 하면서 그 지역의 사투리나 고유 소리를 하는 방식이 나타난다. 개성에서 '박연폭포', 황해도에서 '몽금포타령'과 '산염불', 평양에서 사투리와 '추풍감별곡' 및 '봉죽타령', 강원도에서 소를 모는 방식과 '한오백년' 등으로 팔도유람 대목이 이어지면서 이 대목이 확장되고 있다.

　박해일 정리본의 다섯 번째 특징으로는 생선 장수 아낙네 역할을 하는 여자의 등장과 등장인물로서의 위상 확보를 꼽을 수 있다. 여자는 앞서 살펴본 무형문화재 조사본에서도 등장했었다. 그런데 무형문화재 조사본의 경우, 잠시 얼굴만 비치는 정도에 머문다. 하지만 박해일 정리본에서는 탈과 어릿광대에 이은 제3의 등장인물로 자리 잡는다. 여자는 남편을 잃고 생선 장사를 하게 된 아낙네로 설정된다. 그리고 무형문화재 조사본과는 달리, 모르는 사람이 아닌 탈과 사전에 알고 있었던 인물로 설정된다. 여자가 본격적인 등장인물로 자기 위상을 잡았다는 것은, 곧 여자가 등장하는 '조기 장사' 대목이 확장되었음을 의미한다. 여자에게 탈이 마구 조기를 퍼주는 정도의 진행에 그친 무형문화재 조사본에 비해, 박해일 정리본에서는 '여자가 생선 장사를 하게 된 사연 → 여자에게 조기를 마구 퍼주는 탈 → 이에 대해 어릿광대가 화를 내고 탈의 따귀를 때림 → 여자가 탈을 위로' 등의 순서로 확장되어 진행된다.

　이렇게 확장된 '조기 장사' 대목은 연행되는 순서의 측면에서 또 박해일 정리본의 특징을 만들어낸다. 다른 연희본들과 달리 박해일 정리본은 '고사 덕담'이 이루어지고 난 다음에 '조기 장사' 대목이 이어지고, 그 다음에 '파연곡'을 하고 연행이 끝나게 되는 것이다. 이렇게 마무리 부분에 '조기 장사' 대목이 자리하게 됨으로써 박해일 정리본은 다른 채록본들과는 다른 성격을 갖게 된다. 박해일 정리본은 탈이 조기를 마구 퍼준 것은 여자에게 인정을 베푼 것이고, 이러한 탈의 모습을 제대로 평가하고 어릿광대가 탈에게 함께 살자며 다시 인정을 베풀며 화해하는 것으로 마무리된다. 박해일 정리본은 이른바 3인 인정극(人情劇)으로서의 지향을 분명히 하고 있다. 이러한 지향은 다른 연희본들에서 보이는 탈과 어릿광대의 티격태격 다툼의 연속과는 분명히 그 방향을 달리하고 있다.

'허용호 채록본'은 2003년 9월 24일 서울 남산한옥마을에서 벌어진 연행을 채록한 것이다.《발탈》(국립문화재연구소, 2004)에 실려 있다.〈발탈〉의 현재적 전승 모습을 잘 파악할 수 있게, 연행자들의 오류는 물론이고 연행되는 현장의 가변성에 따른 변모 양상까지 세밀하게 정리하였다. 대체적으로 허용호 채록본은 무형문화재 조사본과 박해일 정리본이 혼합된 양상을 보인다. 더불어 무형문화재 조사본이나 박해일 정리본에서는 보이지 않았던 새로운 대목이 첨가되기도 하고 일부분이 빠지기도 했다. 허용호 채록본의 내용 전개를 그 삽화를 중심으로 보면, '등장 → 용모 시비 → 시조창 시비 → 허튼타령춤 시비 → 팔도유람, 호남가 소리 → 쑥대머리 소리 → 먹는 것 시비 → 조기 세는 흉내 시비 → 잡가 시비 → 빠른 장단 춤 시비 → 조기 장사 시비 → 약 시비 → 고사 소리 → 국태민안 덕담 → 액막이 소리' 등으로 정리할 수 있다.

무형문화재 조사본과 비교해볼 때, 허용호 채록본은 '조기 세는 흉내' 대목과 '조기 장사' 대목의 독립, 여자의 등장 등에서 공통적인 성격을 갖는다. 다만 '조기 세는 흉내' 대목과 '조기 장사' 대목 각각의 독립성이 더 강화되었다는 점이 허용호 채록본의 특징으로 꼽을 수 있다. 무형문화재 조사본의 경우 '조기 세는 흉내' 대목과 '조기 장사 시비' 대목이 독립되어 있기는 하지만 서로 연이어 자리하고 있어서 그 내적 연관성을 어느 정도 갖고 있었다. 하지만 허용호 채록본은 '조기 세는 흉내' 대목 다음에 '잡가'와 '빠른 장단 춤'이 이어지고 난 후에 '조기 장사' 대목이 자리하고 있어 둘 사이의 내적 연관성은 사실상 없어졌다.

박해일 정리본과 허용호 채록본은 '시조창' 대목의 존재, 두 주요 인물 정체의 확실성, '조기 장사' 대목의 확장, 여자(아낙네)의 등장인물로서의 위상 확보 등에서 공통적이다. 하지만 팔도유람 관련 대목의 확장과 체계화라는 박해일 정리본의 특징을 허용호 채록본에서는 찾아볼 수 없다. 팔도유람 관련 대목은 오히려 무형문화재 조사본과 친연성을 갖는다. 무형문화재 조사본과 허용호 채록본의 친연성은 '조기 장사' 대목의 위치에서도 찾을 수 있다. 박해일 정리본의 경우 마무리 부분에 위치하고 있는 데 비해, 무형문화재 조사본과 허용호 채록본은 탈과 어릿광대가 시비를 벌이는 대목 속에 자리하고 있다. 이는 허용호 채록본이 박해일 정리본과 같이 3인 인정극이라는 지향점을 향하고 있지 않음을 말한다.

허용호 채록본이 갖는 독자적인 특징은 등장 대목의 확장, 어릿광대의 '국태민안 덕담' 대목의 첨가와 탈의 '고사 소리' 일부분의 탈락, 어릿광대의 적극적인 재담 연행 참여 등으로 정리할 수 있다. 〈발탈〉 채록본들을 보면, 보통 '등장' 대목에서는 인사를 하는 정도로 끝이 난다. 박해일 정리본에서는 정체 확인을 '등장' 대목에서 하고, 인사는 '시조창' 대목과 '허튼 타령춤' 대목 다음에 하기도 하지만, 이 경우 역시 '등장' 대목이 그리 길지는 않다. 하지만 허용호 채록본에서는 정체 확인, 통성명, 말 놓기, 인사 등으로 '등장' 대목이 확장되어 있는 것이 특징이다.

또 다른 특징은 '고사 소리' 일부분의 탈락과 '국태민안 덕담'의 첨가라고 할 수 있다. 무형문화재 조사본의 경우 '고사 소리'는 탈에 의해 고사, 성주풀이, 세간 벌기, 도액 막기 등이 길게 이어진다. 박해일 정리본의 경우 탈이 '국태민안'과 '액막이'를 연이어서 한다. 그런데 허용호 채록본의 경우, 탈이 '고사 소리'를 하고 이어서 어릿광대가 '국태민안 덕담'을 한 다음, 탈의 '액막이'가 이어진다. 이러한 어릿광대의 '국태민안 덕담'의 첨가는 곧 어릿광대의 적극적인 참여가 허용호 채록본에서 두드러지고 있음을 말한다. 허용호 채록본에서는 '조기 세는 흉내' 대목과 '국태민안 덕담'

부분에서 어릿광대의 장기가 적극적으로 발휘되는 동시에, 재담꾼으로서의 모습 역시 나타난다. 덧붙여 연행 곳곳에서 해설적인 발언으로 참여를 하고 있어 어릿광대의 〈발탈〉 연행 속 위상은 더욱 강화되고 있다. 어릿광대의 적극적인 참여와 해설자 역할은 허용호 채록본 곳곳에서 발견된다. 다른 채록본에서 보이는 탈의 소리에 맞춰 추임새를 하거나 춤을 추는 것에 그치는 참여 방식이 현저히 사라지고, 재담 혹은 해설을 통한 적극적인 개입이 두드러지는 것이 허용호 채록본이다.

위에서 정리한 4개의 〈발탈〉 연희본의 내용 전개를 보면 서로 다르다. 우선 내용을 구성하는 삽화의 전개 순서가 일정하지 않다. 삽화들 사이의 내적 연결 고리가 약해서 그 순서가 일정하지 않고, 특정 삽화의 생략이나 새로운 삽화의 첨가 양상이 나타난다. 이는 〈발탈〉 전승의 불안정성을 드러내는 것이다. 동시에 연행 현장의 상황에 따라 신축적으로 대응하는 〈발탈〉의 특징을 보여주는 것이기도 하다.

그런데 채록본들의 내용 전개 순서가 고정적이지 않고 생략과 첨가가 있기는 하지만, 나름의 규칙이 있음을 알 수 있다. 그 규칙은 네 가지로 정리할 수 있는 큰 틀 내에서만 생략과 첨가가 이루어진다는 것이다. 네 가지로 정리할 수 있는 큰 틀은 '어물도가 주인과 유람객의 등장과 소리와 춤 대목', '유람객의 팔도유람과 관련된 대목', '유람객과 어물도가 주인의 시비 대목', '관중을 위한 고사와 마무리 대목' 등이다. 삽화들 순서의 뒤바뀜이나 생략과 첨가 등이 이 네 가지 큰 틀 속에서 이루어지고 있다. 이 네 가지 큰 틀은 〈발탈〉의 변하지 않는 기본 뼈대라 할 수 있다. 이 네 가지 틀을 공통적으로 갖고 있으면서도, 그 틀 속에서 나름의 독특함을 보여주고 있는 것이 〈발탈〉의 채록본들이다.

〈발탈〉의 유래와 형성에 대한 몇 가지 견해

〈발탈〉과 관련된 그동안의 연구 성과를 살펴보면, 주로 그 장르적 성격과 유래 중심으로 몇 가지 다른 견해가 피력되고 있다. 〈발탈〉의 장르적 성격에 대한 논의로는, 앞에서 살펴보았듯이 '가면극적 성격, 인형극적 성격, 재담적 성격' 등의 서로 다른 주장이 있다. 이를 다시 정리해본다면, 〈발탈〉은 그 소도구나 인물 형상화를 위한 매체의 측면에서 보면 가면이 사용되기도 하지만, 그 가면이 인형 배우의 머리 부분을 구성하는 한 요소라는 점에서 인형극에 가깝다고 할 수 있다. 하지만 내용 구성이나 전개 양상을 고려해본다면 재담적 성격이 강한 연희라 할 수 있다.

〈발탈〉의 유래와 형성에 대해서는, '신라 진중(陣中)에서 놀던 것이 그 시초라는 주장', '고려 나례잡희에서 기원한 것이라는 주장', '남사당패에 의해 비롯된 것이라는 주장', '박춘재가 창작하여 궁중에서부터 놀던 것이라는 주장' 등이 제기되었다. 각 주장을 정리해보면 다음과 같다.

신라 진중놀이 유래설은 남사당패 연희자였던 남형우의 증언을 근거로 삼는다. 그에 의하면, 1920년경 당시 스승이었던 오명선이 "발탈은 신라 때부터 있었던 것인데 특히 진중에서 놀던 놀이"라고 말하는 것을 들었다고 한다. 신라 진중놀이 유래설은 〈발탈〉 예능보유자였던 박해일도 주장한 바 있다. 하지만 신라 진중놀이 유래설은 뚜렷한 근거가 없다. 고려 나례잡희 기원설은 고려시대에 팔관회나 연말 궁중나례에서 온갖 놀이가 행해졌는데, 여기서부터 〈발탈〉이 기원했을 것이라는 견해이다. 이 견해 역시 신라 진중놀이 유래설과 마찬가지로 그 근거가 막연하다.

남사당패 기원설은 〈발탈〉이 남사당패로 대표되는 떠돌이 광대패에서 비롯되었을 것이라는 주장이다. 남사당패가 〈발탈〉이나 그 유사한 연희를 했을 가능성은 있다. 실제로 "옛 남사당패 중에는 〈발탈〉을 할 줄 아는 사람이 으레 한두 사람 있었는데, 비가 오거나 너무 날씨가 추워 마당놀이를 못할 때 방 안에서 구경거리로 놀았다"는 증언이 있기도 하다. 남사당패로 대표되는 떠돌이 광대패 연행 종목의 하나로 〈발탈〉이나 유사 연희가 존재했을 가능성은 높다. 하지만 이를 바탕으로 〈발탈〉이 남사당패로 대표되는 떠돌이 광대패에서 비롯되었다고 주장하는 것은 무리이다. 〈발탈〉 관련 증언이나 기록 가운데 남사당패에서 기원했다는 언급이 없으며, 남사당패마저도 자신들의 고유 연행 종목으로 〈발탈〉을 내세우지 않고 있기 때문이다.

〈발탈〉의 유래와 관련하여 비교적 구체적인 근거를 갖고 있는 것이 박춘재에 의해 형성되었다는 주장이다. 일제강점기 매일신보나 조선일보를 보면, "박춘재의 기발한 발탈"이나 "박춘재의 장기인 발작난" 등과 같이 박춘재가 〈발탈〉을 연행했음을 보여주는 기사를 발견할 수 있다. 예술계 여러 원로의 증언을 통해서도 〈발탈〉과 박춘재의 관련성을 확인할 수 있다. 박춘재가 언제부터 발탈 연행을 시작했는지는 분명하지 않지만, 대략 1910년대를 전후해서 박춘재에 의해 〈발탈〉이 형성된 것으로 추정할 수 있다. 비록 〈발탈〉을 직접적으로 거론하는 매일신보 기사는 1929년에 발견되지만, 1915년과 1916년에도 발탈 연행을 했음을 추정할 수 있는 기록들이 있기 때문이다.

1915년과 1916년의 매일신보를 보면, 박춘재의 신기한 재주 가운데 하나로 '난장이 놀음' 또는 '난장이 놀이'를 언급하고 있다. 이것이 〈발탈〉일 가능성이 높다. 〈발탈〉에서 유람객으로 등장하는 인물의 외양이 상반신만 존재하기에 이를 보고 '난장이 놀음' 혹은 '난장이 놀이'라 했을 가능성이 있다. 이때의 기록을 보면 "박춘재의 별 이상한 놀음"이라는 언급도 나타나는데, 이 역시 〈발탈〉을 말하고 있는 것으로 추정할 수 있다. 손이 아닌 발을 이용하여 이루어지는 독특한 연행 방식과 등장하는 인형 배우의 모습이 이상하게 보였을 것이기 때문이다. 결국 〈발탈〉은 대략 1910년대를 전후해서 박춘재가 형성해낸 것이라 할 수 있다. 〈발탈〉이 궁중에서 비롯되었다는 설은 가무별감(歌舞別監)을 지냈다는 박춘재의 경력에서 비롯된 것이다. 이를 바탕으로 궁중에서부터 놀던 것이라는 견해가 피력된 것으로 보인다.

결국 〈발탈〉의 기원이나 유래는 명확하지 않다고 할 수 있다. 다만 1910년대를 전후해서 발에다 가면을 씌우고 움직이며 노래하고 재담하는 연행이 형성되어, 나름의 실험과 모색 과정을 거치게 된 것이라는 추정이 가능하다. 발에다 가면을 씌우고 놀리는 연행 방식은 과거에도 쉽게 찾아볼 수 없는 독특한 것이다. 하지만 주요 등장인물 2명이 서로 재담 경연을 하며 연행을 전개해나가는 방식은 조선시대 우희(優戲)나 재담 연희와 연결 지을 수 있다. 따라서 〈발탈〉은 조선시대 우희나 재담 연희 전통을 바탕으로, 발에다 가면을 씌우고 놀리는 등의 독특한 인형 조종 방식을 덧붙인 것으로 볼 수 있다. 우희나 재담 연희 전통의 바탕 위에 발로 조종하는 인형 배우와 인간 배우의 재담 경연이라는 새로운 연희의 창출이 이루어진 것이다.

이 과정에서 주목해야 될 인물이 박춘재이다. 〈발탈〉이라는 새로운 연행 종목의 형성에는 박춘재라는 재능 많은 전통 예술인의 역할이 돋보인다. 관련 구술이나 신문 기사에서 〈발탈〉과 박춘재는 거의 한 몸처럼 등장한다. 이로 보아 박춘재는 현전하는 〈발탈〉 형성에 중요한 역할을 한 것이라 할 수 있다. 〈발탈〉의 시작은 연행자 한 사람이 발 인형을 조종하는 연행이었던 것으로 보인다. 이것이 점차 2인 연행, 나아가 2인 이상의 연행자가 등장하는 방식으로 전개되었던 것으로 추정할 수 있다. 이 과정에서 박춘재가 가지고 있던 전통 재담과 소리 능력이 적절하게 발휘되었다. 특히 박춘재의 전통 재담 능력과 초기 발탈의 결합은 의미 있는 결과를 낳았다고 평가할 수 있다. 인형 배우와 인간 배우가 공존하며, 티격태격하고 재담을 겨루는 방식으로 정리할 수 있는 〈발탈〉의 특징이 갖추어지게 된 것이다.

발로 가면을 놀리며 노래도 하고 재담도 하는 〈발탈〉은 한 가지 계통으로만 존재하지는 않았다. 박춘재라는 개인은 물론이고, 남사당패로 대표되는 여러 떠돌이 광대패에서 주요 연행 종목 중의 하나로 조금씩 다르게 연행되었던 것으로 보인다. 발에다 가면을 씌우고 움직이며 재담과 노래를 하는 기본적 연행 방식은 동일하지만, 세부적인 연행 방식은 조금씩 다른 〈발탈〉이 존재했던 것이다. 박춘재의 〈발탈〉과 남사당패로 대표되는 떠돌이 광대패의 〈발탈〉 사이에, 그 선후 관계나 영향 관계는 명확하지 않다. 하지만 당대의 반응이나 이후의 전승 양상으로 보아, 대략 박춘재에 의해 형성된 〈발탈〉이 유랑 광대패들에게 영향을 끼쳤던 것으로 보인다. 현재 우리가 접할 수 있는 〈발탈〉 역시 박춘재 계열의 것이며, 남사당패 계열은 그 전승이 단절되었다.

—

〈발탈〉의 독특함에서 나온 세 가지 주목거리

—

〈발탈〉은 가면을 이용하면서도 가면극과 다르고, 인형 배우가 등장하면서도 다른 인형극과는 변별되는 독특함을 가지고 있다. 그리고 두 명의 등장인물이 티격태격 다투는 전통적인 재담 연희의 전개 방식과 유사한 듯하면서도, 인간 배우와 인형 배우의 대결이라는 특이함을 가지고 있기도 하다. 발과 손을 이용하여 조종되는 특이한 구조의 인형 배우와 스스로 움직이고 말하는 인간 배우가 공존하며 티격태격 다투는 독특한 양상의 전통연희가 바로 〈발탈〉이다. 이러한 발탈의 독특함은 세 측면에서 주목할 만하다. 그것은 '연행 방식 측면에서의 독특함', '등장하는 배우와 그들이 연행 속에서 맡고 있는 역할 측면에서의 독특함과 가치', '전통연희사 측면에서의 의의' 등이다.

〈발탈〉이 가지고 있는 첫 번째 주목거리는 연행 방식의 측면에서 찾을 수 있다. 발을 이용한 인형 조종이라는 방식은 그 독특함만으로도 주목할 만하다. 발탈꾼이 반등신 인형을 조종하는 방식은 유별나다. 포장막 뒤에 앉아 포장막 사이로 내민 발에는 탈이 씌워져 있고, 손에는 반등신 인형의 팔로 기능하는 대나무가 쥐어져 있다. 발탈꾼의 발과 양손이 움직임으로써, 반등신 인형의 얼굴과 양팔이 움직이게 된다. 그야말로 온몸을 이용하는 조종 방식이다. 발탈꾼의 이러한 조종 방식, 특히 발을 이용한 조종 방식은 다른 전통연희에서는 찾아볼 수 없는 독특한 것이다. 그런데 발을 이용한 조종 방식이 일본에서도 발견된다. 아시오도리〔足踊り〕라 불리는 일본의 발인형 연희는 그 형성 시기를 19세기 중반에서 20세기 초반으로 추정할 수 있다. 이는 〈발탈〉이 주목을 받게 된 시기와 유사하여 흥미롭다. 한국과 일본의 전통연희 형성의 상호 연관성 측면에서 이후 심도 깊게 연구해볼 만한 것이다.

두 번째 주목거리는 등장하는 배우와 그들이 연행 속에서 맡고 있는 역할 차원에서 나타난다. 인간 배우와 인형 배우의 공존이라는 측면에 주목한다면, 〈발탈〉의 독특한 가치를 확인할 수 있다. 〈발탈〉에는 스스로 말하고 움직일 수 있는 인간 배우와 상반신만 있는 기형적인 인형 배우가 함께 등장한다. 인형 배우는 발탈꾼이라는 인간 연행자에 의해서만 움직이고 말할 수 있다. 반면에 인간 배우는 스스로 움직이고 말한다. 이들이 공존하며 티격태격 다투는 독특한 양상의 전통연희가 바로 〈발탈〉이다.

그런데 이 배우들이 〈발탈〉 연희 속에서 맡고 있는 역할을 보면 더욱 흥미롭다. 스스로는 말할 수도 없고 움직일 수도 없는 기형적인 인형 배우가 연희 속에서 맡는 역할은 유람객이다. 팔도를 유람하는 신명 많고 축제적인 자유인으로 형상화된다. 반면에 스스로 움직이며 말을 하는 인간 배우가 맡는 역할은 어물도가 주인이다. 한곳에 머물러 있으면서 일상의 규칙에 얽매여 있는 인물로 형상화된다. 배우의 속성 차원에서 나타나는 '정상/기형'·'생명 있음/생명 없음'·'인간/인형' 등의 양항 대립과, 연희 속 역할 차원에서 나타나는 '정착/유랑'·'정상/비정상'·'일상/축제'·'속박/자유'·'정규/일탈' 등의 양항 대립이 서로 모순적으로 교차되고 있는 것이다. 배우의 속성과는 어긋난, 어쩌면 잘못된 역할 부여라 할 수 있는 묘한 역설의 전통연희가 〈발탈〉이다. 모순적이기는 하지만 그 속에 범상치 않은 의미 가능성을 함축하고 있다. 〈발탈〉은 우리에게 보이는 것 이상의 의미 생산성을 가지고 있다고 할 수 있다.

〈발탈〉에서 주목할 만한 세 번째 거리는 전통연희사의 측면에서 찾아볼 수 있다. 두 배우가 등장하여 한 치의 양보도 없이 티격태격 다투는 연행 양상에 주목하여 우리의 재담 전통을 구성해낼 수 있다. 우리의 재담 전통은 14~15세기 궁정에서 연행된 우희(優戲), 18~19세기 서울 시정(市井)의 재담 연행, 20세기 초반 〈발탈〉을 비롯한 박춘재의 재담 연행 활동, 1930년대 만담과 이후 방송 코미디 등으로 이어져왔다. 이러한 재담 전통의 흐름 속에서 〈발탈〉을 위시한 박춘재의 재담 연행은 근대로 이행하는 급격한 변동의 시기에 재담 전통의 향방을 말해주는 주요한 역할을 한다고 할 수 있다. 재담 전통의 흐름 속에서 특히 〈발탈〉에 주목해보면 티격태격 방식의 재담 전통을 구성해낼 수 있는 것이다. 〈발탈〉은 〈도목정사 놀이〉로 대표되는 14~15세기 궁중 우희에서 18~19세기 시정 재담 연행으로 이어지던 티격태격 방식의 2인 재담 전통을 이어받은 동시에, 이러한 재담 전통을 1930년대 대화만담에 연결시키는 역할을 한 것으로 평가할 수 있다.

- 허용호

참고 문헌

〈심우성 채록본〉: 심우성, 〈발탈 연희고(演戱攷)〉, 《문화재》 12, 문화재관리국, 1979.

〈무형문화재 조사본〉: 정병호·최헌, 〈태평무와 발탈〉, 《무형문화재지정조사보고서》 제149호, 문화재관리국, 1982.

〈박해일 정리본〉: 조동일, 〈발탈 조사보고서〉, 《탈춤의 원리 신명풀이》, 지식산업사, 2006.

〈허용호 채록본〉: 허용호, 《발탈》, 국립문화재연구소, 2004.

허용호, 〈한·일 '발인형연행'의 양상 비교와 그 형성 과정〉, 《비교민속학》 36, 비교민속학회, 2008.

찾아보기

624

기획위원 및 집필진

기획위원

김영희(연세대학교)

김현양(명지대학교)

서철원(서울대학교)

이민희(강원대학교)

정환국(동국대학교)

조현설(서울대학교)

집필진

권혁래(용인대학교)

김경희(건국대학교)

김기형(고려대학교)

김영희(연세대학교)

김준형(부산교육대학교)

김준희(서울대학교)

나수호(서울대학교)

박애경(연세대학교)

송미경(한국항공대학교)

신동흔(건국대학교)

윤준섭(서울대학교)

윤혜신(연세대학교)

이대형(동국대학교)

이소윤(서울대학교)

이홍우(서울대학교)

전금화(서울대학교)

정진희(아주대학교)

조현설(서울대학교)

최원오(광주교육대학교)

허용호(한국예술종합학교)

한국 고전문학 작품론 6 구비문학

민족문학사연구소 편

1판 1쇄 발행일 2018년 9월 14일

발행인 | 김학원
편집주간 | 김민기 황서현
기획 | 문성환 박상경 임은선 최윤영 김보희 전두현 최인영 이보람 정민애 이문경 임재희 이효온
디자인 | 김태형 유주현 구현석 박인규 한예슬
마케팅 | 이한주 김창규 김한밀 김규빈 송희진
저자·독자서비스 | 조다영 윤경희 이현주 이령은(humanist@humanistbooks.com)
스캔·출력 | 이희수 com.
용지 | 화인페이퍼
인쇄 | 청아문화사
제본 | 정성문화사

발행처 | (주)휴머니스트 출판그룹
출판등록 | 제313-2007-000007호(2007년 1월 5일)
주소 | (03991) 서울시 마포구 동교로23길 76(연남동)
전화 | 02-335-4422 팩스 | 02-334-3427
홈페이지 | www.humanistbooks.com

ⓒ 민족문학사연구소, 2018
ISBN 979-11-6080-162-0 04800

• 이 도서의 국립중앙도서관 출판예정도서목록(CIP)은 서지정보유통지원시스템 홈페이지(http://
  seoji.nl.go.kr)와 국가자료공동목록시스템(http://www.nl.go.kr/kolisnet)에서 이용하실 수 있습니
  다.(CIP제어번호 CIP2018027266)

만든 사람들

편집주간 | 황서현
기획 | 문성환(msh2001@humanistbooks.com)
디자인 | 박인규